TORSTEN FINK
Der Prinz der Schatten

Torsten Fink

DER PRINZ DER SCHATTEN

Roman

Originalausgabe

blanvalet

Verlagsgruppe Random House FSC-DEU-0100
Das FSC®-zertifizierte Papier *Super Snowbright*
für dieses Buch liefert Hellefoss AS, Hokksund, Norwegen.

1. Auflage
Originalausgabe Mai 2012 bei Blanvalet,
einem Unternehmen der Verlagsgruppe Random House GmbH, München
Copyright © 2012 by Torsten Fink
Umschlaggestaltung: HildenDesign München
Lektorat: Simone Heller
Karte: © Jürgen Speh
HK · Herstellung: sam
Satz: Buch-Werkstatt GmbH, Bad Aibling
Druck und Einband: GGP Media GmbH, Pößneck
Printed in Germany
ISBN: 978-3-442-26856-6

www.blanvalet.de

Apei Ludgar hatte seinen Hut vergessen. Er stand auf der Mitte der Herzogsbrücke, blickte mit verkniffener Miene in den Regen, der schon während der halben Nacht über der Stadt niederging, und Wasser rann ihm kalt aus den Haaren in den Kragen. Die Huren ... er hatte den Hut im Hurenhaus vergessen, weil der Regen, gerade als er das Rote Haus so beschwingt verlassen hatte, einen Moment lang ausgesetzt hatte. Der Vollmond war sogar für eine Weile hinter den Wolken hervorgekommen und hatte die Stadt in bleiches Licht getaucht. Aber dann hatten sich die Wolken wieder geschlossen, und jetzt stand Apei sich in Regen und tiefer Finsternis die Beine in den Bauch und wartete. Vielleicht sollte er zurückgehen, wenn das Geschäft erledigt war, nicht nur wegen des Hutes. Aber die Frage war, ob im Roten Haus dann noch jemand wach sein würde. Andererseits – seine Frau würde nach dem Hut fragen. Sie fragte ihn schon gar nicht mehr, wo er die Abende verbrachte, vermutlich, weil es ihr gleich war, aber nach dem Hut, nach dem würde sie fragen.

Apei Ludgar spuckte missmutig in den Bach, der, angeschwollen vom tagelangen Herbstregen, unter der Steinbrücke hindurchtoste. Wenn das Geschäft heute zum Abschluss kam, konnte er sich jede Menge neue und bessere Hüte kaufen. Natürlich würde er die Stadt verlassen müssen, denn man würde bald viele Fragen stellen. Er würde im Süden ein neues Leben anfangen, auf Inseln ohne Regen, und ohne seine Frau – ein Gedanke, der ihm gefiel. Er ging ein paar Schritte auf und ab. Warum nur hatten sie als Treffpunkt die Mitte der Brücke vereinbart? Hier gab es nichts, wo man sich hätte unterstellen können, außerdem schützte nur die Nacht vor neugierigen Blicken. Auf der Neustadtseite der Brücke gab es einen Verschlag. Für gewöhnlich saß dort eine Wache, aber in dieser Nacht nicht, dafür hatte er selbst gesorgt. Apei Ludgar zog es zum wiederholten Male in Erwägung, hinüberzugehen und in diesem Unterstand zu warten, aber er hatte einfach zu viel Angst, seine Verabredung zu verpassen. Er hatte seinen Teil erfüllt, und nun wollte er der Gegenseite unter keinen Umständen einen Vorwand liefern, ihn nicht zu bezahlen. Er nieste. Wasser war durch die Nähte seiner alten Stiefel eingedrungen, und jetzt hatte er nasse Füße. Das Gehalt eines Verwalters in einer so armen Stadt wie Atgath war bescheiden. Neue Stiefel würde er sich ebenfalls machen lassen, wenn er endlich, endlich bekommen hatte, was er sich so mühsam verdient hatte.

Er drehte sich um und zuckte erschrocken zurück. Wie aus dem Boden gewachsen stand eine große, dunkle Gestalt vor ihm, keinen Meter entfernt: ein Mann, ein wahrer Hüne. Apeis Herz setzte einen Schlag aus, und dann pochte es schnell und furchtsam. Der andere überragte ihn um mehr als einen Kopf, und der Regen schlug Apei ins Gesicht, als er zu ihm aufblickte. Er kniff die Augen zusammen, aber er konnte nicht mehr sehen als einen dunklen Umriss in der Nacht.

»Wer ...? Ich meine, Ihr seid nicht ... Wo ist Ensgar, der Einäugige?«, stotterte Apei.

»Habt Ihr getan, was vereinbart war, Apei Ludgar?«, fragte der Fremde.

»Natürlich, natürlich«, beeilte sich Apei zu versichern. Er wagte nicht noch einmal zu fragen, wo der andere war, der, der ihm sonst immer die geheimnisvollen Befehle überbracht hatte. Der finstere Einäugige erschien ihm jetzt bedeutend harmloser als dieser Hüne. »Seht Ihr hier eine Wache, Herr? Nein, denn ich habe dafür gesorgt, dass sie andernorts ihren Dienst verrichtet.«

»Und in der Burg?«

»Ebenso, Herr, ebenso. Die Mauern sind nicht besetzt, nur die Tore, und mehr könnt Ihr nicht verlangen, Herr, denn wenn niemand an den Toren wäre, das würde doch auffallen.«

»Wir haben auch nicht mehr verlangt.«

»Natürlich nicht, Herr. Ich wollte nur sagen, dass ich mich an unsere Abmachung gehalten habe, Herr, mehr nicht, mehr nicht«, sagte Apei und bemerkte, dass er plapperte. Er versuchte seine Furcht zu unterdrücken, aber es gelang ihm nicht.

»Das war klug von Euch, Verwalter.«

Apei Ludgar fand, dass dieses Lob nicht so beruhigend klang, wie er es erwartet hätte. Er wünschte, die Wolken würden aufreißen, den Mond hindurchscheinen lassen und ihm endlich einen Blick in das Gesicht seines Gegenübers erlauben. »Ich habe eine Menge auf mich genommen, Herr«, stieß er hervor.

»Ihr seid gut bezahlt worden«, kam es kalt zurück.

»Und doch habe ich nichts von dem schönen Silber, wenn man mich in den Kerker wirft, Herr.«

»Das wird nicht geschehen«, sagte die dunkle Stimme gelassen, und Apei fand, dass auch das nicht beruhigend klang.

»Genau, denn ich werde die Stadt verlassen. Sobald Ihr mir gebt, was wir vereinbart hatten, Herr. Schon morgen Nacht, nein, gleich in der Früh bin ich fort. Gebt mir einfach, was mir zusteht. Und nie wird jemand erfahren, was ich für Euch getan habe.«

»Da bin ich sicher«, sagte der Hüne. Er bewegte sich schnell, eine kurze, elegante Geste, beinahe wie eine Verbeugung. Apei spürte einen Schlag gegen die Brust. Dann hörte er ein ersticktes Keuchen und wunderte sich, weil es so fremd klang, obwohl es doch aus seinem eigenen Mund kam. Er spürte, dass es unter seinem durchnässten Wams plötzlich ganz warm wurde. Sein Herz schien nicht mehr zu schlagen. Das war seltsam. Er fasste sich an die Brust, um sich zu vergewissern, und verstand dann endlich, dass es sein Blut war, das dort heiß aus einer tiefen Wunde strömte. Seine Beine wurden schwach, aber er fiel nicht, ganz im Gegenteil, er fühlte sich plötzlich angenehm leicht. Dann begriff er, dass der Hüne ihn hochgehoben hatte. Das Letzte, was er sah, war das weiß schäumende Wasser des Gebirgsbaches, in den sein Mörder ihn warf.

ERSTER TAG

Morgengrauen

Der Schatten kam von Süden. Er schlich über die Straße den Hügel hinauf nach Atgath. Der Wind hatte gedreht, hatte die Wolken auseinandergetrieben und den Regen versiegen lassen. Die Sichel des Mondes kämpfte sich an der einen oder anderen Stelle durch die Wolkendecke und ließ die nassen Dächer von Atgath in unstetem Licht schimmern. Die Stadt lag auf einer Anhöhe über dem schmalen Tal, und dahinter ragten die Berge in die Wolken hinein. Sie war bewacht, schon von weitem konnte der Schatten Fackeln sehen, unruhige Lichtpunkte, jedoch nur in den hohen Türmen, die die steinernen Mauern krönten. Vor der Stadt saßen ein paar Männer an Feuern, die zwischen einigen Zelten und großen, gefällten Baumstämmen brannten. Sie unterhielten sich halblaut und arglos, als der Schatten an ihnen vorüberglitt und lautlos die Mauer erklomm. Der Schatten überwand die Zinnen, keine zehn Schritte von einer ahnungslosen Wache entfernt, die frierend aus einem Turm in die Nacht schaute, überquerte den Wehrgang und verschwand mit einem Sprung in der Dunkelheit. Nur ein dumpfer Laut verriet, dass er sicher auf einem Hausdach gelandet war.

Die Straßen lagen verlassen, und zum kalten Wind, der um die Hausecken strich, gesellte sich der Klang des Wassers, das aus übervollen Regenrinnen auf das Pflaster tropfte.

Der Schatten ließ sich vom Dach fallen, zögerte kurz, als sei er sich über den Weg nicht sicher, und folgte der Straße dann ins Innere der Stadt. Er bewegte sich vorsichtig, doch schnell, unter Wolken, deren Säume schon eine erste Andeutung des Morgengrauens zeigten. Einmal überquerte er eine Straßenkreuzung, gerade als das Mondlicht darauf fiel, und für einen Augenblick wurde erkennbar, dass es sich bei dem Schatten um einen schlanken, dunkel gekleideten Mann handelte. Aber niemand war auf den Straßen, bis der Dunkle schließlich zum Marktplatz, dem Herzen der Stadt, gelangte. Auch dort brannten Wachfeuer und beleuchteten ein dichtes Gewirr von Bretterbuden und Zelten, kleinen Bühnen und Verkaufsständen. Der Schatten hielt inne. Ein anderes Geräusch kam aus der Dunkelheit, langsamer Hufschlag, begleitet vom misstönenden Knarren großer Räder. Der Schatten verschmolz mit der Wand. Kurz darauf tauchte ein Pferd auf, das in gemächlichem Schritt einen führerlosen Kohlenkarren hinter sich herzog. Der Gaul schnaubte, als er den im Dunkel verborgenen Mann passierte, blieb aber nicht stehen.

Der Schatten sah dem seltsamen Gespann eine Weile hinterher, dann verschwand er in einer schmalen Seitengasse, blieb einige Zeit unsichtbar und tauchte kurz als Umriss auf dem Dach eines stattlichen Hauses auf. Er legte sich auf die nassen Ziegel und spähte über den Markt. Dort waren Männer, Wachen, die sich mit einem Mann unterhielten, der einen Besen geschultert hatte. Die Morgendämmerung konnte nicht mehr fern sein, und von irgendwoher aus der Nähe mischte sich der Duft von frischem Brot in die kalte Herbstluft. Von der Burg, die die Stadt als abweisend schwarzer Umriss weit überragte, blinkten vereinzelte Lichtpunkte hinüber. Ein Meer von Dächern lag zu ihren Füßen.

Der Schatten nickte, als habe er nun gefunden, was er suchte, und schlich davon. Er überquerte das Dach, sprang leichtfüßig über eine schmale Gasse hinweg auf das nächste, und nicht mehr als ein leises Knirschen der Schindeln kündete von seiner sanften Landung. Er bewegte sich schnell und zielstrebig über das Gewirr von Häusern, die, eingeengt durch die Stadtmauern, dicht zusammen- und bis an die alte Burg herangewachsen waren, die die Stadt überragte. Ihre schwarzen Mauern lagen in der Dunkelheit, und nur in zweien der Türme und vor dem Tor deutete unruhiger Fackelschein auf die Anwesenheit eines Wachpostens hin. Der Schatten schlug einen Weg ein, der ihn fast auf die Rückseite der Burg führte, dorthin, wo sich die wohl schmalsten Häuser der Stadt noch zwischen Mauer und Festung gequetscht hatten, dorthin, wo dieser Wall gemeinsam mit dem Gebirgsbach die Verteidigung der Stadt bildete. Der junge Mann richtete sich auf, griff unter seinen Umhang und wickelte ein langes Seil von der Schulter. Mit einem kaum hörbaren metallischen Klicken entfaltete er die drei Arme eines Wurfankers, nahm ihn zur Hand, betrachtete ihn und murmelte eine leise Beschwörungsformel. Ein Schatten löste sich von seiner Hand, kroch über das Seil und legte sich schließlich über den Anker.

Der Dunkle nickte zufrieden, schätzte die Entfernung ab, schwang das Seil und ließ den Anker fliegen. Der Wurfanker verschwand in der Finsternis, und nur ein gedämpftes Klopfen verriet, dass er zu kurz ging. Der Schwarzgekleidete fluchte leise und rollte das Seil wieder auf. Er versuchte sein Glück erneut, und diesmal fand er sein Ziel. Er zog am Seil, und es straffte sich. Noch einmal spähte er die menschenleeren Straßen entlang, dann sprang er am Seil hinüber zur Mauer und kletterte schnell hinauf. Oben hielt er kurz inne und sah sich um, aber es war keine Wache zu sehen. Er rollte das Seil wieder auf, klappte den Wurfanker zusammen und verstaute ihn wieder in dem breiten Gürtel, den er unter dem Umhang trug. Ein kurzer Schauer ging nieder, und der Mond verschwand abermals hinter schnell ziehenden Wolken, aber der Mann schien seinen Weg auch im Dunkeln zu kennen. Er lief über den Wehrgang, bis dieser an der Mauer eines vielstöckigen Gebäudes endete. Dann kletterte er über die groben Steinquader der Hausecke hinauf bis zum Dach. Es gab keine Regenrinne, und er brauchte eine Weile, bis er einen Punkt fand, der ihm sicher genug schien, um sich daran hinaufzuziehen. Er duckte sich und sah sich vorsichtig um. Am anderen Ende des Daches entdeckte er das, was einst der höchste Turm, der Bergfried, gewesen war. Doch die Platznot in der Burg hatte die Häuser immer weiter in die Höhe wachsen und näher rücken lassen, so dass er inzwischen nur noch wie ein leicht erhöhter Dachgarten herausragte. Es war keine Wache zu sehen. Der Fremde spähte dennoch lange hinüber, weil er etwas Ungewöhnliches entdeckt hatte. Er wartete, bis der Mond wieder hervorkam und enthüllte, dass es sich bei den plumpen Schatten nicht etwa doch um Wachen, sondern um große Tontöpfe handelte, wie sie manchmal für Zierpflanzen verwendet wurden, nur dass sie keine Pflanzen enthielten. Das ließ ihn zögern. Schließlich tastete er sich aber doch vorsichtig über die moosbewachsenen Schindeln voran. Die alten Schieferziegel knirschten unter seinen Schritten. Der Fremde zögerte wieder, murmelte einige leise Worte, und ein schützender Schatten umhüllte seine Gestalt. Erst dann setzte er seinen Weg fort.

Rund um den Bergfried wurde das Moos plötzlich weniger, und der Schatten hielt inne. Er war nur noch drei Schritte von den Zinnen des alten Turms entfernt, und immer noch blieb alles still. Dann trat er auf den Draht. Eine Explosion zerriss die Dunkelheit mit einem dumpfen Knall und einem violetten Blitz. Dem Fremden blieb nicht einmal Zeit, sich zu ducken. Die Druckwelle traf ihn und schleuderte ihn über das Dach und auf den Abgrund zu. Er rollte über die Schindeln, suchte verzweifelt nach Halt und stürzte dann über die Traufe. Irgendwie schaffte er es noch, sich am äußersten Rand einer Schieferschindel festzukrallen. Er keuchte eine Beschwörungsformel hervor. Der Schiefer war alt: Er brach unter dem Gewicht, und der Fremde stürzte viele Klafter tief hinab in die Dunkelheit und in den wild schäumenden Gebirgsbach, der unterhalb der Burg entlangtoste.

Morgen

Einige Meilen oberhalb der Stadt kniete Faran Ured am Rand einer Quelle, die frisch zwischen den Wurzeln von Riesenbuchen hervortrat. Der Tag begann kalt und klar, und der Wind trieb nur noch wenige zerrissene Wolken vor sich her. Der Herbst hatte sich über die Berge gelegt, ihre gewaltigen Flanken glänzten nass vom Regen, und die Schneegrenze war schon ein gutes Stück hinunter ins Tal gewandert. Das Laub leuchtete, und ein steter Regen von Blättern fiel von den Baumriesen auf den schon dicht bedeckten Waldboden. Faran Ured achtete nicht darauf. Er hielt einen verbeulten Blechteller ins kalte Wasser, vorsichtig, so dass das Wasser hinein-, aber nicht wieder herausströmte. Leise summte er ein Lied, und seine wachen Augen starrten gebannt auf die kleine Wasserfläche, in der sich das rote und gelbe Blätterdach und darüber der blasse Himmel spiegelten.

Das Wasser kräuselte sich, dann nahm es verschiedene Farben an, und plötzlich zeigte es in schneller Abfolge ganz unterschiedliche Bilder: erst Bäume, die ihre Zweige ins Wasser hängen ließen, dann einen dahinschießenden Gebirgsbach, der irgendetwas Dunkles mit sich führte. Faran Ured starrte angestrengt hinein. Sah er dort einen menschlichen Körper? Er verschwand mit dem Bach, und stattdessen erschien eine Kutsche ohne Pferde an einem Weiher zwischen hohen Felsen. Einige Bewaffnete saßen an Feuern ganz in der Nähe. Auch dieses Bild schwand. Der Teller zeigte einen klapprigen Karren an einer Furt, im Hintergrund waren die Türme einer Stadt zu sehen, plötzlich aber zerflossen die Mauern zu Wellen, und dann sah er das weite Meer und eine Galeere mit gelbem Segel, die schnell darüberglitt. Das Meer! Die Stirnfalten des Mannes glätteten sich, sein Summen wurde noch sanfter. »Komm«, flüsterte er, »zeig mir etwas anderes, zeig mir Insel und Haus.«

Die Wasserfläche klärte sich, zeigte wieder den Himmel, spiegelte das breite, offene Gesicht Faran Ureds und fallende Blätter, dann endlich enthüllte es schroffe Felsen, an denen sich die Wellen brachen, und dahinter eine Insel in der Morgendämmerung – ein graugrüner Fleck unter schnell ziehenden Regenwolken, mit gebeugten Kiefern und windgepeitschten Büschen bewachsen. Ein wehmütiges Lächeln spielte um die Lippen des Mannes. Ein Haus war zu erkennen, inmitten der Kiefern, aber plötzlich schob sich ein dunkles Segel ins Bild wie eine finstere Wolke, und das Wasser wurde trüb. Faran Ured änderte den Ton seiner Beschwörung, versuchte es noch einmal, aber jetzt blieb das Schiff in seinem Blickfeld und versperrte ihm die Sicht auf die Insel, die er so dringend sehen wollte.

»Was tust du da, Mann?«, fragte eine raue Stimme.

Faran Ured zuckte zusammen. Das kleine Wasserbild kräuselte sich und zerfloss.

»Ich wette, er wäscht Gold – oder Silber«, sagte eine zweite Stimme.

»In diesen Bergen gibt es kein Gold, Bruder«, sagte Ured, drehte sich langsam um und erhob sich, wobei er sorgsam darauf achtete, dass noch etwas Wasser im Teller verblieb. »Und Silber wird nicht aus Flüssen gewaschen«, fügte er hinzu.

Zwei Männer waren in sein Lager gekommen. Einer, ein graubärtiger Kahlkopf, lehnte an einer der Riesenbuchen und schnitt betont lässig mit einem Schwert Furchen in die Baumrinde. Der andere hockte am Feuer und untersuchte Ureds Habseligkeiten. Er trug eine alte Armbrust über der Schulter.

»Also, was machst du da?«, fragte der mit dem Schwert.

»Ich habe mich gewaschen und gebetet, Bruder. Faran Ured ist mein Name, und ich bin ein einfacher Pilger auf dem Weg nach Atgath.«

Der Graubart strich sich über den kahlen Kopf, wohl, weil einer der zahllosen Tropfen, die schwer aus den Zweigen fielen, ihn getroffen hatte.

»Hast du gehört? Er hat sich gewaschen.«

»Viel hat er nicht«, gab ihm der andere, der den Inhalt des Beutels auf dem Boden ausleerte, zur Antwort. »Ein paar Tiegel und Fläschchen, Salben und Tinkturen vielleicht.« Er öffnete ein Fläschchen, roch daran und warf es weg. Dann wühlte er weiter im Beutel. »Trockener Speck, ein Kanten Brot, Käse, ein bisschen Mehl, ein paar Groschen. Eine Mahlzeit für zwei, mehr nicht.«

»Brot und Speck?«, fragte der Graubärtige. »Ist das alles?«

Faran Ured machte ein freundliches Gesicht, aber er ärgerte sich über seine Unaufmerksamkeit, die ihn in diese Lage gebracht hatte. Sein Messer – nicht dass es ihm viel genutzt hätte – steckte unerreichbar fern in dem starken Ast, neben dem er seine Decke ausgebreitet hatte. Er hielt den Teller ruhig in der Hand und versuchte, seine Gegner einzuschätzen. Die beiden Männer sahen abgerissen aus. Ihre Kleidung war löchrig und mangelhaft geflickt, und ihre Gesichter waren hohlwangig, die Not stand ihnen ins Gesicht geschrieben.

»Nehmt Euch, Brüder, ich habe schon gefrühstückt«, sagte er freundlich.

Der am Feuer gab dem leeren Beutel einen unzufriedenen Tritt. »Du siehst gut genährt aus, Alter, nicht wie einer, der von so karger Kost lebt. Was bist du? Ein Kaufmann? Die Salben, die Tinkturen – sind die wertvoll?«

»Nein, nur Mittel gegen Warzen, Haarausfall und Jucken der Haut, die ich gelegentlich verkaufe oder gegen eine Suppe eintausche. Ich bin nur ein bescheidener Pilger, ein Jünger des Wanderers.«

Der Graubart schnaubte missmutig. »Ein Pilger? Dass ich nicht lache! Ich wette, du bist ein Händler, unterwegs nach Atgath, um beim Jahrmarkt Geschäfte zu machen. Und das heißt, dass du irgendwo unter deiner schönen Kutte eine Menge Silber vor uns versteckst.«

»Silber...«, meinte der andere und schien dem Klang dieses Wortes andächtig nachzulauschen. Er nahm die Armbrust von der Schulter, spannte sie und legte einen Bolzen ein.

Sein Kumpan hörte auf, mit seinem Schwert herumzuspielen, und richtete es drohend auf Ured. »Es ist besser, du gibst es uns freiwillig, bevor wir es dir aus den Rippen schneiden.«

»Aus den Rippen!«, bekräftigte der andere.

Faran Ured seufzte. Die beiden waren nicht so dumm, wie er gehofft hatte. Er hatte tatsächlich einiges an Silber in seinem Gürtel versteckt, neben einigen ziemlich seltenen und kostbaren Kräutern, er dachte jedoch nicht daran, es diesen beiden hergelaufenen Halsabschneidern zu überlassen. Er lächelte freundlich, strich mit der Linken sanft über den Teller und summte eine leise Beschwörung, denn er wollte versuchen, diese Begegnung friedlich enden zu lassen. Ein warmer Wind kam auf, Sonnenlicht tanzte in den leuchtenden Blättern, irgendwo in den Ästen über ihnen schlug hell eine Drossel an. Für einen Augenblick roch es nach Spätsommer – es war, als würde der Morgen sanft auf sie alle herablächeln. Es war eine Einladung, sich zu vertragen, und das Wenige, was dort am Feuer lag, miteinander zu teilen. »Ich bin nur ein Pilger, wie ich sagte, und Ihr haltet schon alles in den Händen, was ich besitze. Nehmt Euch, was Ihr braucht, ich gebe es gerne.«

»Was rührst du da auf dem Teller herum? Den wirst du uns auch geben. Ist Silber, oder?«, stieß der mit dem Schwert rau hervor, und der andere hob seine Armbrust.

Faran Ured seufzte und änderte die Tonlage seiner Beschwörung. Es hatte wohl keinen Zweck. Die beiden Männer waren zu verzweifelt, um für den Zauber der Freundschaft empfänglich zu sein. Sie kamen näher, langsam, drohend, und Ured sah die Not hinter den finsteren Mienen. Plötzlich knackte es laut zwischen den Riesenbuchen.

»Was war das?«, fragte der eine und blieb stehen, die Armbrust unschlüssig in der Hand.

»Nur ein Ast«, brummte der andere, blieb aber ebenfalls stehen und blickte sich misstrauisch um.

Ein kalter Wind fuhr durch das Herbstlaub, wirbelte ein paar Blätter auf, und tief in der Erde lief ein Knarren durch alte Wurzeln. Der mit der Armbrust fuhr herum und schoss. Der Bolzen zischte durch das Laub und wurde mit einem dumpfen Laut vom Waldboden verschluckt. Einer der Büsche zu seiner Linken bog sich raschelnd unter einem Windstoß, der seltsamerweise alle anderen Büsche zu meiden schien. Das durchdringende Hämmern eines Schwarzspechts klang ganz aus der Nähe heran, und dann wurde es still, totenstill. Nicht einmal ein einziger Tropfen schien noch von den regenschweren Blättern zu Boden zu fallen, und selbst das Murmeln der Quelle schien versiegt. Dann brach ein Ast und fiel dem Mann mit dem Schwert genau vor die Füße. Er sprang mit einem leisen Schrei zurück und hob seine Waffe, aber sein Arm zitterte. Jetzt zog ein eiskalter Windhauch zwischen den mächtigen

Buchen hindurch, und plötzlicher Frost kroch mit einem Flüstern durch das Laub und färbte es weiß.

»Der Boden, er bewegt sich!«, flüsterte der Graubart und ließ sein Schwert fallen, aber er rannte nicht davon. Der Frost erreichte ihn, kroch seine Beine empor, umarmte ihn. Ured sah das Entsetzen in seinem Gesicht, als die kalte Angst sein Herz zerdrückte. Mit einem Ächzen fiel er ins Laub. Der andere sah ihn mit vor Schreck geweiteten Augen fallen, und auch für ihn war es zu spät. Gelähmt vor Furcht starrte er auf das plötzlich unter seinen Füßen gefrierende Laub und den Raureif, der sich auf seine Armbrust legte und über Hände und Arme den Weg zu seinem Hals fand. Ein erstickter Laut drang aus seiner Kehle, dann sank auch er tot zu Boden.

Faran Ured schüttelte den Kopf und beendete die Beschwörung. Der Frost verschwand ebenso schnell, wie er ihn gerufen hatte, Laub fiel wieder in farbenfrohen Schauern von den Ästen, und die Drossel sang ihr Lied. *Warum ist das Gute immer schwieriger zu bewerkstelligen als das Böse?*, fragte er sich. Das Wasser im Teller war grau, und schwärzliche, ölige Flecken trieben darauf. Mit einer unwilligen Bewegung schüttete er es aus. Auch der Teller hatte sich schwarz verfärbt. Er wusch ihn sorgfältig an der Quelle, aber er blieb stumpf und dunkel. Seufzend stellte er ihn zum Trocknen in die Sonne und kümmerte sich um die beiden Toten. Er legte sie hinter einer Buche ins Laub, fügte dem einen mit dem Schwert eine tiefe Wunde in der Brust zu und schoss dann dem anderen einen Armbrustbolzen in den Unterleib. Auf den ersten Blick sah es jetzt so aus, als seien sie sich gegenseitig an die Kehle gegangen. Ured betrachtete sie kritisch und gestand sich ein, dass es nicht genügte. Er schlitzte einem den Bauch auf, so dass die Gedärme hervorquollen, dem anderen schlug er die Armbrust hart ins

Gesicht. Jetzt sah es echter aus. Den Rest würde die Verwesung erledigen. Die Quelle lag abseits des Weges, Ured hielt es für gut möglich, dass Wochen vergingen, bevor die beiden gefunden wurden.

Er sammelte seine Habseligkeiten ein, suchte vor allem das Fläschchen, das der Wegelagerer so achtlos fortgeworfen hatte, und brummte unzufrieden, als er es halb leer vorfand. Er suchte den Verschluss und wischte die Flasche vorsichtig mit etwas Laub ab, bevor er sie in die Hand nahm und sorgsam verschloss. »Das hätte dir einen schöneren Tod beschert«, murmelte er mit Blick auf den unglücklichen Räuber, der im Laub lag und ihn aus weit aufgerissenen Augen anstarrte. Ein blutrotes Blatt war ihm auf die Wange gefallen und sah aus wie eine klaffende Wunde. Ured steckte sein Messer in den Gürtel. Er war wütend auf sich selbst: Er hatte nicht aufgepasst, und wenn er sich nicht vorsah, konnten selbst solche armseligen Gestalten wie diese beiden Wegelagerer ihm gefährlich werden. Hätte der eine einfach gleich geschossen, bevor der andere Ured angesprochen hatte, würden die beiden jetzt dort unten sitzen und sich sein Silber teilen. Nun, vielleicht stimmte das aus gewissen Gründen nicht ganz, aber die Begegnung hätte noch weit unangenehmer ausgehen können, als es ohnehin der Fall gewesen war. War er so sehr aus der Übung, dass er die einfachsten Vorsichtsmaßnahmen vergaß? Er wusch den Teller noch einmal, wenn auch ohne Erfolg, trocknete ihn sorgsam ab, wickelte ihn in ein Tuch und steckte ihn in seinen Beutel. Teller und Wasser würden ihm vorerst nichts mehr zeigen, nicht nach diesem Zauber. Tod und Magie, das vertrug sich eben schlecht. Er fluchte noch einmal über seine Unachtsamkeit und fragte sich, ob es vielleicht gereicht hätte, die beiden einfach nur zu erschrecken. Aber dann sagte er sich seufzend, dass sie dann sicher irgendjemandem von dieser Begegnung erzählt hätten, und das hatte er verhindern müssen. Er blickte nachdenklich auf die beiden Leichen und schüttelte den Kopf.

Einst hatte er geschworen, dieses Tal nie wieder zu betreten, aber man hatte ihm keine Wahl gelassen, und nun war er eben hier und konnte nur hoffen, dass es nicht so unglücklich weiterging, wie es begonnen hatte. Er warf sich den Riemen des Lederbeutels über die Schulter und seufzte. Das Wasser hatte ihm wenig genug gezeigt: einen Körper in einem Gebirgsbach, eine pferdelose Kutsche an einem Weiher, ein Schiff auf hoher See. Das alles hing irgendwie zusammen, sonst hätte der Teller es ihm nicht gezeigt, aber noch konnte er das Rätsel nicht lösen. Der klapprige Karren an der Furt, unterhalb jener Stadt, die er dreihundert Jahre lang gemieden, aber sofort wiedererkannt hatte, das war die deutlichste Spur, und er gedachte, ihr nachzugehen. Als er aufbrach, hatte er kurz das Gefühl, als ob er beobachtet würde. Aber er konnte niemanden sehen, also hatte er sich wohl getäuscht.

Heiram Grams schlug die Augen auf und erblickte dicht über seinem Gesicht ein paar gelbliche Blätter, die schlaff am Ast einer Birke hingen. Er schloss die Augen sofort wieder, denn sein Kopf dröhnte, und die Helligkeit des neuen Morgens war schmerzhaft. Er richtete sich stöhnend auf, verfluchte den Zweig, der seine nassen Blätter an seinem Gesicht abstreifte, und blickte sich müde um. Er saß auf der Ladefläche seines Kohlenkarrens, so weit, so gut, aber wo war die Hütte? »Blöder Gaul«, murmelte er, schob sich langsam vom Karren, rutschte auf dem aufgeweichten Boden aus und fiel auf die Knie. Der grobe Sack, auf dem er geschlafen hatte, rutschte nach, und Grams war für einen Moment versucht, ihn ganz herunterzuziehen, auszubreiten und sich daraufzulegen. Er schloss die Augen, denn alles drehte sich. »Schlachten sollte ich dich,

Haam, du Mistvieh«, murmelte er. Er zog sich ächzend am Karren hoch und sah sich noch einmal um. Birken und dichtes Unterholz säumten den Pfad, fahles Laub fiel von den Bäumen, und alles war entsetzlich nass, selbst seine eigene Kleidung, wie er missgelaunt feststellte. Zwischen großen Findlingen rauschte der Bach, sein Pferd hatte also an der Furt angehalten, aber Grams war noch zu schlaftrunken – und er war nicht nur vom Schlaf trunken –, um den Grund dafür zu verstehen.

Er rief sich die vergangene Nacht in Erinnerung. Er war im *Blauen Ochsen* gewesen, wie so oft, mit anderen Handwerksmeistern. Karten hatte man gespielt und über die schlechten Zeiten geklagt. Wie immer war er ein wenig länger geblieben und hatte getrunken, bis er den Schmerz und den Kummer seines Lebens, wenn schon nicht ertragen, so doch wenigstens vergessen konnte. Jemand, vermutlich der Wirt, hatte ihn irgendwann zum Karren gebracht und das Pferd auf den Weg geschickt. Der Gaul war nicht blöd, er fand den Weg zum Stall. Meister Grams erinnerte sich schwach, dass die Wachen am Tor irgendetwas zu ihm gesagt hatten, aber er wusste beim besten Willen nicht mehr, was das gewesen sein könnte. Er zuckte mit den Achseln. Es war doch auch gleich, was sie sagten, was wussten die schon? Auf jeden Fall hatten sie ihn, wie üblich, erst mit dem Morgengrauen hinausgelassen, denn vorher durften sie das Tor nicht öffnen. Also war eigentlich alles so, wie es eben sonst auch war, nur dass Haam nicht zum Stall gelaufen war. Grams blinzelte in den blassblauen Himmel. Seine Kleider waren nass, vermutlich, weil er in den Regen geraten war, und er fror. Er hätte längst zuhause sein müssen. Warum nur war der blöde Gaul stehengeblieben?

Grams hatte einen furchtbaren Geschmack im Mund, seine Kehle war rau, und er verspürte großen Durst. Aber zunächst lehnte er sich an einen der Findlinge und schlug auf schwankenden Beinen sein Wasser ab. Erst dann tastete er sich am Karren vorsichtig nach vorne, um nachzusehen, was Haam aufgehalten hatte. Der Bach führte reichlich Wasser, aber die Furt schien passierbar. Das Pferd wandte den Kopf und blickte ihn stumm an. Er hätte den Gaul gern angeschrien, aber dazu war ihm der eigene Schädel noch zu schwer. Schon das Gurgeln des Baches zwischen den Felsen dröhnte viel zu laut in seinen Ohren. Also begnügte er sich damit, dem Gaul beruhigend auf das Hinterteil zu klopfen. Dann entdeckte er den Schatten. Er lag auf dem schnell fließenden Wasser und gehörte irgendwie nicht dorthin. Heiram Grams blinzelte zweimal. Was warf diesen Schatten? Dort gab es weder Felsen noch einen Busch, außerdem stand die Sonne noch viel zu tief. Sah er nicht recht? Er trat näher heran und hielt sich dabei am Pferdegeschirr fest, denn er fühlte sich immer noch schwach. Er blinzelte noch einmal, und dann war der Schatten verschwunden, und stattdessen lag ein lebloser Körper im flachen Wasser.

Köhler Grams blieb verblüfft stehen. Er blinzelte wieder, aber zu seinem Bedauern blieb der Körper, wo er war, und löste sich nicht etwa in Nichts auf. Er nickte düster. Das hatte ihm noch gefehlt. »Du bist mir keine Hilfe«, murmelte er und meinte sein Pferd. Dann beugte er sich vornüber, um den Regungslosen auf den Rücken zu drehen. Dabei wurde ihm übel, und er übergab sich in den Bach. Er rutschte aus und landete auf allen vieren im kalten Wasser. Einige Sekunden blieb er in dieser Haltung, weil sich der Bach unter ihm zu drehen schien, dann kam er fluchend wieder hoch. Das eiskalte Wasser vertrieb für einen Augenblick die bleierne Schwere aus seinem Körper. Er starrte den Fremden an – es war ein junger Mann, dem das lange schwarze Haar im Gesicht klebte. »Du bist nicht von hier, oder?«, fragte er, aber der Fremde antwortete nicht. Er tastete den Körper ab. Er war kalt, aber Grams spürte einen Herzschlag. Er murmelte wieder einen Fluch, denn jetzt *musste* er etwas unternehmen. Er drehte den Fremden auf den Rücken, packte ihn und zerrte ihn an einem Arm aus dem Wasser. Erschöpft sank er im Schlamm nieder. Dann richtete er den Oberkörper des jungen Mannes auf und schüttelte ihn. Der Fremde hustete Wasser, aber er erwachte nicht. Grams schlug ihm zweimal leicht ins Gesicht. »Los, wach auf!«, sagte er heiser, aber der Fremde rührte sich nicht. Der Köhler kratzte sich am Kopf. Er konnte ihn zur Stadt zurückbringen, aber er hatte keine Lust, den Weg noch einmal zu fahren, außerdem würden die Wachen Fragen stellen, und er war nicht in Stimmung für Fragen. Aber liegen lassen konnte er den Mann auch nicht.

»Du könntest mir ruhig ein wenig helfen«, murmelte er, als er den Fremden zum Karren zerrte. Am Karrenrad gab er auf. Am einfachsten wäre es gewesen, den schlaffen Körper über die offene Rückseite zu wuchten, aber das schien ihm jetzt zu weit. Also lehnte er den Fremden an das Rad, sammelte sich und hob, stemmte, stieß und rollte den leblosen Körper irgendwie über die hohe Seitenklappe auf die Ladefläche. »Du hast Glück«, keuchte er, als er erschöpft auf die Knie sank, »dass ich mal der beste Ringer von Atgath war.« Er schloss die Augen, weil sich wieder alles drehte und erneut Übelkeit in ihm aufstieg. »Warum ich?«, murmelte er. »Warum immer ich?«

Haam, sein Gaul, hatte wohl das Gewicht im Karren gespürt, und offenbar hielt er es für ein Zeichen, dass sein Eigentümer wieder aufgesessen war und er seinen Heimweg fortsetzen konnte. Und Meister Grams, immer noch schwerfällig im Denken, verstand es erst, als der Karren schon halb durch die Furt war. Fluchend stolperte er hinterher.

Ela Grams wollte weg. Sie hatte den Boden der Hütte gefegt, das Stroh ihrer Bettstellen gewendet, die Kuh gemolken, Wasser aus dem Brunnen geholt und Frühstück auf den Tisch gebracht wie eigentlich jeden Morgen, aber bei allem, was sie tat, begleitete sie der Gedanke, dass sie das nicht mehr lange tun, dass sie bald Haus und Hof verlassen würde. Vielleicht war es wegen des Tellers, der einsam auf dem Tisch stand und mit ihr darauf zu warten schien, dass ihr Vater endlich zurückkehrte. Sie fragte sich, ob sie ihn stehen lassen oder wegräumen sollte. Ihre Brüder waren mit dem Frühstück längst fertig, und sie strichen ums Haus, um sich noch ein wenig vor der Arbeit des Tages zu drücken. Es war unwahrscheinlich, dass ihr Vater etwas essen wollte, wenn er nach Hause kam. Aber wenn doch, konnte er fuchsteufelswild werden, wenn der Tisch nicht gedeckt war. Einmal hatte er sogar verlangt, dass sie sich alle noch einmal zu ihm setzten, obwohl es schon spät gewesen war und die Arbeit sich nicht von selbst erledigte. Da war er schlimm betrunken gewesen, hatte gelallt, dass eine Familie gemeinsam am Tisch sitzen müsse, und war dann über seinem Teller eingeschlafen. Ela nagte an ihrer Unterlippe. Der Gedanke, den Hof zu verlassen, war ihr vor einiger Zeit schon einmal durch den Kopf gegangen, nach einem besonders schlimmen Tag, als ihr Vater sie beinahe geschlagen hätte. Sie hatten gestritten, um ein paar Groschen, die sie nicht hatte herausrücken wollen. Ihr Vater hatte sie in seiner Wut gepackt, schon mit der Rechten ausgeholt, aber dann plötzlich angefangen zu zittern, war zu ihren Füßen zusammengebrochen und hatte sie weinend um Verzeihung angefleht. Hätte er sie geschlagen, wäre sie längst fort. Vielleicht wusste er das ebenso wie sie.

Eine Zeitlang hatte sie gehofft, es würde wieder besser werden, doch in letzter Zeit wurde es eher schlimmer. Wo mochte er jetzt schon wieder stecken? Die dünne Tierhaut im Fenster hatte einen Riss, durch den kalt der Herbstwind in die Stube hineinblies. Sie nahm sich vor, ihn nach dem Frühstück zu flicken, da nicht damit zu rechnen war, dass ihr Vater, der seit Tagen versprach, das zu erledigen, sich je darum kümmerte. Durch den Spalt konnte sie einen kleinen Teil der Welt da draußen sehen. Buntes Laub leuchtete von den Bäumen, die den kleinen Köhlerhof umstanden. Sie war nicht gewillt, sich Sorgen zu machen. Vielleicht war ihr Vater unterwegs vom Karren gefallen, lag jetzt irgendwo im Laub und schlief seinen Rausch aus. Oder er lag, vom Wirt vergessen, in einem Wirtshaus auf dem Fußboden. Eigentlich hoffte sie es sogar. Dann musste sich jemand anders um ihn kümmern.

Asgo steckte den Kopf durch die Tür. »Ich geh mal runter zum See und schaue, was die Meiler dort machen«, erklärte er. Er war fünfzehn und damit der ältere ihrer beiden Brüder.

»Pass nur gut auf, diese Fischer legen gefährliche Netze aus«, erwiderte Ela mit einem Lächeln. Sie wusste, warum Asgo unbedingt zum See wollte.

»Keine Ahnung, was du meinst.«

»Oh, gar nichts, aber wenn du zufälligerweise in die Nähe einer gewissen Fischerhütte kommen solltest, in der zufällig ein bestimmtes Mädchen wohnt, dann sieh, ob du frischen Fisch mitbringen kannst. Aber nicht wieder Aal, den mag Vater nicht.«

»Meister Hegget hat mich gestern gefragt, ob ich nicht mal mit raus auf den See fahren will. Er will mir zeigen, wie sie das mit den Netzen machen.«

Elas Lächeln erstarb. War das mit Meister Heggets Tochter etwa so ernst? Er war doch erst fünfzehn. »Fischer müssen immer früh raus, Asgo, und sie riechen entweder nach Fisch oder nach Räucherkammer.«

»Aber wir riechen immer nach Holzkohle, wo ist da der Unterschied?« Seine Stimme war scharf, selbstbewusst.

Ela fühlte sich beklommen. Wenn er auf das Boot von Meister Hegget ging, die Netze auswarf, und wenn ihm das gefiel, weil seine Ria immer in der Nähe war – was sollte ihn dann noch auf dem Hof halten? War ihm bewusst, dass er daranging, den Hof und damit auch sie zu verlassen? »Du kannst nicht schwimmen.«

»Kann ich wohl«, sagte Asgo und war plötzlich wieder der trotzige Knabe, den sie großgezogen hatte. Er war noch lange nicht alt genug, um zu heiraten. Aber irgendwann schon – was sollte ihn hier noch halten? Und dann wäre sie mit Stig und ihrem Vater allein.

»Ich glaube, er kommt«, meldete Stig, der jüngere der beiden, von draußen.

»Wo sind deine Schuhe?«, fragte sie missbilligend, obwohl sie die Antwort kannte.

»Vater hat sie mitgenommen. Zum Schuhmacher. Aber es ist auch gar nicht so kalt.«

»Ist es schon. Zieh Vaters Filzpantoffel an, wenn du schon unbedingt da draußen herumrennen musst!«

Maulend gehorchte ihr Bruder, und Ela trat seufzend vor die Tür. Der kleine Hof der Grams' lag inmitten eines Wäldchens von Buchen und Erlen, dem letzten Überbleibsel des Waldes, der sich einst unterhalb von Atgath erstreckt hatte. Heiram Grams war Nachfahre einer sehr langen Reihe von Köhlern, aber keiner seiner Vorfahren, und nicht einmal er selbst, war so dumm gewesen, die schützenden Bäume vor der eigenen Tür abzuholzen. Ela sah den alten Haam, ihren knochigen Wallach, der den Karren in beachtlicher Geschwindigkeit über den aufgeweichten Weg zog. Er hatte wohl Sehnsucht nach seinem Stall, und sie konnte es ihm nicht verdenken.

Vermutlich hatte das arme Tier wieder die ganze Nacht im kalten Regen stehen müssen.

»Reibst du ihn gleich trocken?«, fragte sie Stig, der mit den zu großen Pantoffeln nach draußen geschlurft kam.

»Klar«, sagte der Knabe. Er war erst zwölf und war vermutlich sogar erleichtert, wenn er sich um den Gaul kümmern durfte, denn das hieß, dass sich seine Geschwister mit ihrem Vater herumschlagen mussten. Ela wusste, dass Stig litt, wenn er seinen Vater so betrunken sah, auch wenn er versuchte, es sich nicht anmerken zu lassen. Der alte Haam verlangsamte seinen Schritt und blieb schließlich vor der Hütte stehen. Stig fasste ihn am Halfter und redete beruhigend auf ihn ein. Plötzlich tauchte der Kopf ihres Vaters über der hohen Seitenwand des Kohlenkarrens auf. Sein lockiges Haar hing ihm noch wirrer als sonst im Gesicht. Er stierte sie an, dann rief er: »Helft mir mal eben, Kinder.«

Sie schafften den Fremden zu dritt ins Haus, wobei Heiram Grams eher eine Last als eine Hilfe war, vor allem an der Tür. Sie trugen und schleiften den Bewusstlosen durch die Stube in einen der beiden rückwärtigen Verschläge – jenem, in dem die Männer der Familie ihr Lager hatten – und betteten ihn auf einen der Strohsäcke. Kaum waren sie ihre Last los, als auch Heiram schon niedersank, auf sein Lager fiel und sagte: »Asgo, mein Junge, sei so gut und hol mir den Krug.«

»Warte, Asgo«, hielt Ela ihn auf. »Vielleicht sagst du uns erst, wer dieser Fremde ist, Vater?«

»Was weiß ich. Geh schon, mein Junge, dein Vater hat Durst.«

Ela nickte ihrem Bruder knapp zu. Die Stimme ihres Vaters hatte einen zornigen Unterton angenommen. Es war besser, ihm zu geben, was er verlangte. So wie er aussah, würde er vermutlich gleich einschlafen und nicht vor dem hohen Mittag zu sich kommen. Sie versuchte auch gar nicht erst, ihn dazu zu überreden, sich vorher zu waschen, obwohl er schwarz vom Kohlenstaub des Karrens war. »Er sieht nicht aus wie einer deiner Saufkumpane«, stellte sie fest. Sie nahm sich erst jetzt Zeit, den Fremden näher zu betrachten. Er war ganz in schwarz gekleidet, und sein schulterlanges Haar war ebenfalls tiefschwarz. Er war blass, aber seine Haut wirkte dennoch dunkler als bei den Leuten aus dieser Gegend. Er musste von irgendwo aus dem Süden stammen.

»Hab ihn gefunden. Am Bach«, brummte ihr Vater und starrte auf den Vorhang, der die kleine Schlafkammer der drei Männer der Familie von der Wohnstube trennte, aus der gleich Asgo mit einem Krug Branntwein erscheinen würde.

Kaum hatte er die Schlafkammer betreten, als sein Vater ihm schon mit einer Schnelligkeit, die man ihm kaum zugetraut hätte, den Krug aus der Hand riss.

Ela sah stumm zu, wie er den Krug ansetzte und mit geschlossenen Augen einen tiefen Zug nahm. Aus den Augenwinkeln konnte sie sehen, dass Asgo angewidert das Gesicht verzog.

»Besser«, sagte Heiram nach dem ersten langen Schluck. Er hatte Schwierigkeiten, den Korken zu platzieren.

»Also, was heißt, gefunden?«

Ihr Vater starrte sie stirnrunzelnd an, dann streckte er sich, den Krug fest umklammert, auf seinem Lager aus. »Ich muss nur ein Weilchen die Augen zumachen.«

»Vater, bitte! Was sollen wir denn jetzt mit diesem Fremden anfangen?«

»Frag deine Mutter«, brummte Heiram, und einen Atemzug später begann er zu schnarchen.

Ela starrte ihn an. Wie oft hatte sie das schon mitgemacht?

Sie wollte ihn verachten, aber er hatte ihre Mutter erwähnt, als ob sie noch lebte, und das war erschütternd.

»Was machen wir denn jetzt mit dem da?«, fragte Asgo.

»Wir müssen ihm die nassen Sachen ausziehen und ihn dann warm einpacken. Komm, wir legen ihn nebenan in meine Kammer. Es mag sonst was geschehen, wenn Vater aufwacht und diesen Fremden neben sich entdeckt.«

»Und du meinst, es ist besser, wenn er einen nackten Mann in deinem Bett findet?«

Ela konnte ein Grinsen nicht unterdrücken. Asgo fand doch immer die richtigen Worte, um sie aufzuheitern. Ihre gute Laune verflog aber schnell wieder. Es war unmöglich vorherzusagen, in welcher Stimmung ihr Vater später erwachen würde. Vorsichtshalber nahm sie ihm den Krug weg. Er war vermutlich schlecht gelaunt, wenn er nach dem Aufwachen nicht gleich etwas zu trinken bekam, aber sie brauchte ihn halbwegs nüchtern. Sie hatte keine Ahnung, was sie wegen des Fremden unternehmen sollte. Sie seufzte. Es war besser, eines nach dem anderen zu erledigen. Und zunächst mussten sie den jungen Mann in ihr Bett schaffen und von seinen nassen Sachen befreien.

»Und Ihr seid sicher, dass es nicht wieder nur eine Katze war?«, fragte Hochmeister Quent schnaufend, als sie die Treppen des Bergfrieds hinaufstiegen.

Bahut Hamoch murmelte eine Antwort, die der alte Magier nicht verstand, aber das war auch nicht nötig. Sein Adlatus war sicher nicht so dumm, ihn all diese Stufen hinaufzuschleifen, wenn er sich seiner Sache nicht sicher war. Endlich traten sie auf die Plattform hinaus, und ein frischer Wind begrüßte die beiden Zauberer. Nestur Quent schlug sich den weiten Mantel enger um den Leib und blickte sich um. Der alte Bergfried war schon lange mehr ein Dachgarten als ein Wachturm – er selbst hatte zu der Zeit, als ihn Pflanzen noch interessiert hatten, eine ganze Anzahl Kräuter hier oben gezogen und gehegt. Aber das war lange her, und die armseligen Palmen, die der Herzog dennoch so liebte, waren wegen der Herbstkälte schon lange irgendwo anders in der Burg untergestellt worden. Nur auf den Ecken des Turmes standen noch drei bauchige Töpfe. Eigentlich sollten es vier sein, aber einer war in der Nacht offensichtlich explodiert. Tonscherben hatten sich über den Steinboden verteilt.

»Und wie war das mit dem Wachposten?«, fragte der alte Magier.

Der Adlatus räusperte sich. Sein Gesicht war eine ausdruckslose Maske. »Es war, wie ich schon erwähnte, keiner hier oben, Meister Quent.«

»Eigenartig.« Nestur Quent war klar, dass sein Adlatus nun so etwas wie ein Lob erwartete, weil seine Falle doch tatsächlich funktioniert hatte, aber er war nicht in der Stimmung für Freundlichkeiten. »Aber Ihr wisst nicht, wen oder was Eure kleine Spielerei hier erwischt hat, oder?«

Bahut Hamoch hob die Schultern. »Ich habe einige Männer geschickt, um unterhalb der Burg nachzusehen, aber sie haben bislang nichts gefunden.«

Der Hochmeister trat an die Brüstung und blickte hinaus. Früher hätte man hier bis hinunter in den Kristallbach sehen können, aber seit die Gebäude um den Turm gewuchert waren, war das nicht mehr möglich, es sei denn, man kletterte hinaus auf das Dach, und dafür fühlte er sich nun wirklich zu alt. Einer der Soldaten lag bäuchlings dort und hatte sich bis zum Rand vorgetastet. Über die moosbewachsenen Schindeln hatten sich ebenfalls Tonscherben verteilt.

Hochmeister Quent kratzte sich über die weißen Bartstoppeln. »Er könnte in den Bach gestürzt sein. Dann hätte ihn die Strömung mitgerissen, und sie werden ihn irgendwo weiter unten finden«, vermutete er, »wenn es nicht doch eine Katze war.«

Der Soldat auf dem Dach wandte den Kopf. Es war ein junger Mann mit auffallend kleinen, abstehenden Ohren. »Ich denke, es war ein Mensch, Herr, denn ich habe hier etwas schwarzen Stoff gefunden. Außerdem glaube ich, dass er sich hier festhielt, denn von dieser Schindel fehlt ein gutes Stück.«

»So, glaubt Ihr?«, meinte der Hochmeister knapp. Er hatte wenig Lust, sich von einem Soldaten belehren zu lassen.

»Seltsam ist nur, dass er zwischen Burg und Bach hätte aufschlagen müssen, dort unten, wo Hauptmann Fals gerade das Ufer absuchen lässt. Er müsste dort unten liegen, mit zerschmettertem Leib. Aber da ist er nicht«, meinte der Soldat. Quent erinnerte sich jetzt: Es war einer der beiden Leutnants der Burg, aber den Namen wusste er nicht. Er gähnte. Die ganze Nacht hatte er auf dem Nordturm verbracht, weil er, letzten Endes vergebens, gehofft hatte, durch die Wolken einen Blick auf die Sterne werfen zu können. Der Wanderer stand ganz in der Nähe des Sternbilds des Jägers – ein Schauspiel, wie es so nur alle fünfundsiebzig Jahre zu beobachten war. Er hatte sogar darüber nachgedacht, die Wolken auseinanderzutreiben, aber dann hatte er es doch gelassen, denn er pflegte grundsätzlich einen sehr zurückhaltenden Umgang mit der Magie, und erst die kommende Nacht war die entscheidende. Dann würde der Wanderer die Pfeilspitze berühren – wenn seine Berechnungen richtig waren. Unter anderem diese Berechnungen hatte er im Schein einer Öllampe überprüft, wieder und wieder, und dabei auf das Loch in den Wolken gewartet, das nicht kommen wollte. Jetzt brauchte er dringend eine Stunde Schlaf, wollte zuvor aber noch ein paar alte Sterntabellen durchgehen. Die Nachricht von einem geheimnisvollen Eindringling war daher höchst unwillkommen – wie eigentlich alles, was seine Studien störte.

Quent erinnerte sich jetzt sogar dunkel, gegen Morgen einen dumpfen Knall gehört zu haben, aber da es danach ruhig geblieben war, hatte er dem keine weitere Beachtung geschenkt. Er konnte sich schließlich nicht um alles kümmern. Er blickte sich um. Die Aussicht war überwältigend. Unter ihm lag die Burg, darunter waren die dicht gedrängten Häuser der Stadt, durch den Kristallbach in Alt- und Neustadt geteilt, und dahinter das Tal und die hohen Berge, zwischen denen schnelle Wolken dahinzogen. Es würde ein kalter, aber schöner Herbsttag werden, und in der kommenden Nacht würden die Wolken aufreißen, wenn er sich nicht sehr täuschte. Eigentlich täuschte er sich nie, was das Wetter betraf. So gesehen, hätte er die vorige Nacht auch in seiner Kammer verbringen können, denn er hatte doch selbst Regen und eine dichte Wolkendecke vorhergesagt. Andererseits hatte er die Nacht nutzen können, um die Tabellen durchzurechnen und einige seiner Notizen zu sichten und zu übertragen. Die Arbeit hörte eben nie auf.

Er drehte sich um und blickte in die finstere Miene seines Adlatus, der, so nahm er jedenfalls an, immer noch auf ein Lob für seine Falle wartete. Im Grunde genommen war Quent sogar beeindruckt. Er hielt sonst nicht viel von den alchemistischen Spielereien seines künftigen Nachfolgers, weil sie recht wenig mit altehrwürdiger Magie zu tun hatten, und er hätte es nicht für möglich gehalten, diese tückische Falle so fein zu justieren, dass sie ihren Zweck erfüllte, ohne gleichzeitig den halben Bergfried in die Luft zu sprengen. »Wenn er sich dort festhalten konnte, wie dieser Soldat sagt, dann scheint die Explosion ihn nicht getötet zu haben, oder?«

»Das Pulver muss nass geworden sein«, murmelte der Adlatus verlegen.

Meister Quent hob amüsiert die Augenbrauen, und auf seiner breiten Stirn faltete sich die magische Tätowierung, die ihn als einen Zauberer des neunten Ranges auswies, in ein schmales Labyrinth. Der Adlatus hatte seine Bemerkung falsch verstanden, aber Quent hielt ohnehin nicht viel davon, mit Lob großzügig umzugehen, denn er war der Meinung, dass zu viel Anerkennung faul und träge machte. Also sagte er: »Eure Erfindung ist vielleicht doch nicht so ausgereift, wie Ihr dachtet, Hamoch.«

»Auf jeden Fall hat sie Schlimmeres verhindert. Irgendjemand wollte in dieser Nacht über das Dach in die Burg einsteigen. Ihr wisst, dass die Gemächer des Herzogs nicht weit von hier entfernt sind.«

»Habt Ihr Herzog Hado schon informiert, Hamoch?«

»Nein, Meister Quent, ich wollte erst Eure Meinung zu diesem Fall hören.«

»Das war klug von Euch, Hamoch. Ich denke, wir warten noch ein wenig damit. Es geht ihm nicht allzu gut in letzter Zeit, und weitere Aufregung will ich ihm vorerst ersparen.«

»Ihr wollt es Seiner Hoheit verheimlichen?«

»Bis wir Genaueres wissen, Hamoch. Und jetzt entschuldigt mich. Ich werde versuchen, etwas von dem Schlaf nachzuholen, den Ihr mir mit dieser albernen Angelegenheit geraubt habt. Berichtet mir, wenn Ihr etwas Wesentliches erfahrt. Ich werde dann mit dem Herzog sprechen.«

Er schickte sich an, die Treppe wieder hinabzusteigen, blieb aber dann doch noch einmal stehen. »Eines noch, Hamoch. Wenn Eure Falle so funktioniert hätte, wie Ihr sie geplant hattet, was wäre dann eigentlich aus der Wache geworden, die hier oben hätte stehen sollen?«

Der Adlatus blitzte ihn kurz zornig an, senkte dann aber schnell den Blick.

»Soll ich in Erfahrung bringen, warum der Posten hier oben nicht besetzt war, Herr?«, fragte der Leutnant, der vorsichtig über das Dach kroch und offensichtlich nur halb verstanden hatte, was Meister Quent gesagt hatte.

Der Hochmeister nickte widerwillig und verschwand im Turm. Er schob es auf seine Müdigkeit, dass er nicht schon selbst auf diesen Gedanken gekommen war. Er brauchte dringend etwas Schlaf, und er ignorierte die leisen Zweifel, ob sein angehender Nachfolger der Richtige für diese Arbeit war. Im Grunde genommen war der Adlatus nicht untüchtig: Er war fleißig, strebsam und zuverlässig, aber sein Talent für die Magie war eher kümmerlich entwickelt, bestenfalls mittelmäßig. Als Zauberer konnte er Quent nicht das Wasser reichen. Gleichzeitig nahm Hamoch ihm all die lästigen Pflichten ab, die der Posten eines herzoglichen Hofkanzlers mit sich brachte. Genau das waren die Gründe, warum er ihn als Nachfolger ausgesucht hatte.

Eine kalte Windböe fegte über den Bergfried. Bahut Hamoch starrte dem Alten missmutig hinterher. Wieder hatte Quent es fertig gebracht, ihn zu demütigen, und das, obwohl er – die Himmel konnten es bezeugen – mit seiner kleinen Erfindung ganz sicher Schlimmeres verhindert hatte. Ein Fremder war in die Stadt und sogar in die Burg eingedrungen. Er fand das höchst beunruhigend, und jetzt tat der Alte so, als sei es eine Kleinigkeit, und überließ ihm die ganze Arbeit, würde aber selbst mit dem Herzog sprechen, wenn die Sache aufgeklärt war. Es war offensichtlich, wer den Lohn einstreichen würde.

»Soll ich mit Verwalter Ludgar reden, Herr?«, fragte der Leutnant wieder.

»Verwalter Ludgar?«, fragte Hamoch abwesend.

»Apei Ludgar, Herr. Der Erste Verwalter. Er ist auch für die Einteilung des Wachdienstes zuständig.«

»Tatsächlich? Ich dachte, das sei Sache des Quartiermeisters.«

»Der ist vor drei Monaten verstorben, und Ihr habt seine Aufgaben vorübergehend dem Verwalter übertragen, Herr.«

Hamoch sah den jungen Leutnant nachdenklich an. Er schien ein recht heller Kopf zu sein, womit er vermutlich eine Ausnahme unter den Soldaten der Stadt darstellte. Er erinnerte sich jetzt wieder an die Sache mit dem Quartiermeister. »Ihr seid nicht ganz richtig informiert, Leutnant. Ich habe den Verwalter lediglich gebeten, einen geeigneten Bewerber auszuwählen und mit diesem Amt zu betrauen. Ich habe mich schon gewundert, dass ich in dieser Angelegenheit so lange nichts mehr gehört habe.«

Der Leutnant zuckte mit den Achseln. »Vielleicht hielt Ludgar sich selbst für am besten geeignet, Herr. So habt Ihr ihn also nicht ernannt, wie er behauptet hat?«

Der Adlatus starrte über die Stadt, die mit ihrem Gedränge regennasser Schieferdächer unter ihm lag wie ein schwarzes, wirres Garnknäuel. Atgath war nicht groß, aber es bedurfte eines unglaublichen Aufwandes, es zu verwalten. Es war kein Wunder, dass der Alte ihm die Verantwortung dafür übertragen hatte. Dabei wartete unten im Laboratorium so viel weitaus wichtigere Arbeit auf ihn. Aber es ließ sich wohl nicht ändern. Apei Ludgar hatte sich also selbst zum Quartiermeister ernannt? Das war mehr als seltsam. »Bringt den Verwalter ins Wachhaus, Leutnant. Wir treffen uns dort. Vielleicht werden wir sehr schnell eine Erklärung dafür finden, wie der große Unbekannte so weit vordringen konnte.«

Shahila von Taddora saß in ihrer Kutsche und blickte hinaus auf den kristallklaren Weiher, an dem sie die Nacht über gerastet hatten. Dunkle Felsen rahmten ihn, und schwarze Bäume, von denen beständig Herbstlaub in den Weiher rieselte, säumten sein Ufer. Die Kutschpferde grasten in der Nähe, und etwas weiter entfernt brannten zwei Lagerfeuer, um die sich etwa drei Dutzend Männer drängten und ihr Frühstück zu sich nahmen. Es ging munter zu, und der eine oder andere raue Scherz flog zwischen den Feuern hin und her, einer der Gründe dafür, dass die Kutsche, von zwei Männern mit kurzen Speeren bewacht, etwas abseits abgestellt worden war.

Mit ruhigen Bewegungen kämmte die Baronin ihr langes schwarzes Haar, doch innerlich brannte sie vor Anspannung. Sie hatte sich halb aus dem pelzbesetzten Mantel geschält, um sich besser kämmen zu können, und versuchte, die morgendliche Kälte dieses Herbsttages zu ignorieren. Dies war ein kaltes Land, und einmal mehr sehnte sie sich nach der Wärme ihrer Heimat weit im Süden. Sie seufzte, legte den Kamm zur Seite und begann unruhig, ihr Haar mit langen elfenbeinernen Nadeln wieder zu dem strengen Knoten aufzustecken, in dem sie es gewöhnlich trug. Sie schlug den Kragen ihres Mantels hoch, wartete und lauschte dem halblauten Geflüster der beiden Männer, die vor der Kutsche über ihre Sicherheit wachten. Offensichtlich hatten sie Hunger und warteten ungeduldig auf die Ablösung. Aber jetzt zischte der eine den anderen an, er solle schweigen, um auf ein näher kommendes Geräusch zu lauschen. Die Baronin spitzte die Ohren. Tatsächlich, da kam schneller Hufschlag den steinigen Weg herauf. Ein weiterer irgendwo in den Felsen versteckter Posten gab mit einem leisen Pfiff Entwarnung. Dann hörte sie das Pferd schnauben. Es hielt scharf vor der Kutsche an, jemand sprang aus dem Sattel und sagte: »Kümmert euch um das Tier, und dann geht frühstücken.«

»Jawohl, Rahis«, riefen die beiden Männer, und dann hörte die Baronin sie schon davoneilen.

Sie schob den Vorhang im kleinen Fenster der Kutsche zur Seite. Draußen stand ein wahrer Hüne von Mann und verneigte sich ehrerbietig. Sie lächelte und konnte doch ihre Anspannung nicht verbergen. »Du bist endlich zurück, Almisan«, begann sie.

»Der Weg scheint sicher, Hoheit«, antwortete der Rahis förmlich und so laut, dass die beiden Speerträger es gerade noch hören konnten. Dann trat er einen Schritt näher an die Kutsche heran und spähte durch das Fenster herein. »Euer Gemahl, Hoheit?«

Shahila verzog das hübsche Gesicht und deutete mit einem Nicken hinüber in den Wald. »Der Baron ist irgendwo dort drüben und kriecht im Gebüsch umher. Offensichtlich hat er etwas von Belang entdeckt.«

Tatsächlich war am Weiher ein Mann in rot leuchtender Kleidung zu sehen, der eindeutig zutiefst fasziniert eine Pflanze betrachtete. Seine Ehefrau seufzte. »Sieh ihn dir nur an, Almisan. Das ist mein Ehemann. Ich bin Shahila at Hassat, vor drei Jahren war ich noch stolze Prinzessin des größten Reiches der Welt, und Fürsten mächtiger Länder hielten um meine Hand an. Und nun bin ich die Frau eines Barons, der sich für Blumen und Käfer interessiert, und darf mich Herrin von Taddora nennen, eine Baronie, die kleiner ist als der Garten im Palast meines Vaters.«

»So sind wir also ungestört«, stellte der Hüne fest, und sein Gesicht blieb völlig ausdruckslos.

Shahila schätzte ihren Vertrauten und Leibwächter auch deshalb, weil er ihr gelegentliches Lamentieren mit großem Gleichmut ertrug. Sie lächelte und sagte: »Lassen wir das. Du kennst mein Leid, und ich weiß, dass du es teilst, auch wenn du es niemals zeigen würdest. Sag, was bringst du Neues aus Atgath, Almisan?«

»Ich habe unseren Mann getroffen, Hoheit, und mein Dolch hat dafür Sorge getragen, dass er für immer schweigen wird.«

Shahila nickte. Etwas anderes hatte sie nicht erwartet. »Und – die andere Sache?«

»Ich habe versteckt außerhalb der Stadt gewartet, doch der Morgen kam, ohne dass Alarm gegeben wurde. Im ersten Licht des Tages habe ich dann einige Krieger ausrücken sehen, die den Bach nahe der Burg absuchten. Ich kann aber weder sagen, was sie suchten, noch, ob sie es gefunden haben, denn ich musste zurückkehren, bevor meine Abwesenheit hier zu viele Fragen aufwirft.«

»Er hat also versagt«, stellte Shahila nüchtern fest.

Der Hüne verzog wieder keine Miene. »Es ist schmerzlich, doch, ja, ich nehme an, dass er es nicht geschafft hat.«

»Nun, es wäre auch zu einfach gewesen, nicht wahr?«

»Ja, Hoheit.«

»Ich habe eigentlich sogar damit gerechnet, dass er es nicht überlebt, es wäre mir allerdings lieber gewesen, er wäre erst *nach* Erfüllung seines Auftrags gestorben«, sagte Shahila kühl.

»Es ist nicht gesagt, dass er tot ist, Hoheit. Die Mitglieder meiner Bruderschaft verfügen über großes Talent, sich am Leben zu erhalten.«

Die Baronin sah den Hünen nachdenklich an. »Ich hatte immer den Verdacht, dass seine Fähigkeiten nicht so groß waren, wie er selbst allzu gern angenommen hat«, sagte sie dann, »und sie waren schon gar nicht vergleichbar mit den deinen, Almisan.«

Der Hüne wechselte plötzlich den Tonfall. »Jedenfalls kann ich Euch mitteilen, dass der Weg nach Atgath frei von Hindernissen und Gefahr ist, Hoheit. In drei Stunden können wir dort sein.«

»Wie überaus erfreulich, Rahis Almisan«, rief die fröhliche Stimme des Barons von Taddora. »Ich kann es kaum noch erwarten, meine Brüder wiederzusehen.« Er lief durch das feuchte Gras und hielt vorsichtig etwas in den geschlossenen Händen, als habe er Angst, etwas sehr Kostbares zu zerbrechen. »Sieh nur, Liebste, was ich gefunden habe.«

Shahila runzelte die Stirn. Sie war mit ihren Gedanken bei wichtigen Unternehmungen und hatte wenig Sinn für das Grünzeug, mit dem ihr Mann sich lächerlicherweise abgab. Sie setzte dennoch ein freundliches Lächeln auf und fragte: »Was ist es, Beleran?«

Der Baron trat nahe an die Kutsche heran und öffnete die Hände ein wenig. Ein leuchtend bunter Schmetterling saß darin und spreizte die Flügel. »Es ist ein Paradiesfalter, und glaube mir, es ist mehr als außergewöhnlich, um diese Jahreszeit noch einen zu finden.«

Shahila stieß einen leisen Ruf des Entzückens aus. Das Tier war wirklich prachtvoll.

»Es ist schade, dass er schon einen Namen hat, mein Leben, denn sonst würde ich ihn nach dir benennen«, sagte der Baron lächelnd.

Shahila konnte nicht verhindern, dass sie errötete. Sie betrachtete das Tier, dessen samtene Flügel zitterten. Vielleicht war ihm ebenso kalt wie ihr? »Was hast du nun mit ihm vor, mein Gemahl? Wirst du ihn deiner Sammlung hinzufügen?«

Beleran von Taddora schüttelte den Kopf. »Ich könnte kein Tier töten, dessen Schönheit und Anmut mich an dich erinnern, Liebste.« Damit öffnete er die Hände. Der Falter zögerte einen Augenblick, dann spreizte er die bunten Flügel und taumelte davon.

Ela Grams stand vor ihrer Schlafstatt und betrachtete den tief und fest schlafenden Fremden. Sie hatte den zerschlissenen Vorhang zurückgeschlagen, der die schmale Kammer von der Stube trennte, um mehr Licht zu haben. Im Verschlag nebenan schnarchte ihr Vater. Gelegentlich stieß er ängstliche Rufe im Schlaf aus, offenbar wurde er von bösen Träumen gequält. Ela kümmerte sich nicht darum, sie konnte es ohnehin nicht ändern. Früher, da hatte sie ihn manchmal geweckt, aber das hatte sie bereut, denn dann hatte er sie angeschrien, mit Schlägen gedroht, einmal sogar um sich geschlagen, und fast immer hatte er sich dann wieder mit Branntwein betäubt. Nein, es war viel besser, ihn seinen Rausch ausschlafen zu lassen, und hätten sie nicht so viel Arbeit gehabt, hätte er den ganzen Tag schlafen können, wenn es nach Ela ging. Jetzt schnarchte er, stöhnte und rief gelegentlich den Namen seiner Frau. Ela biss sich auf die Lippen. Früher hatte sie noch Mitleid mit ihm gehabt, aber ihr Vorrat war inzwischen erschöpft. Hatte sie nicht auch ihre Mutter verloren, damals, vor nunmehr zehn Jahren? Sie schüttelte den Kopf, um den Zorn loszuwerden, den sie in sich spürte, aber er blieb. Asgo zog also in Erwägung, den Hof zu verlassen und Fischer zu werden. Vielleicht wusste er es noch nicht einmal selbst und dachte sich nichts dabei, die Einladung von Meister Hegget anzunehmen, aber es lief doch alles darauf hinaus. Er war bis über beide Ohren in Ria verliebt, und der Vater des Mädchens hatte – und das war erstaunlich genug – nichts dagegen. Anscheinend mochte er den armen Köhlerjungen sogar, auf jeden Fall genug, um ihn auf seinem Boot zum Fischen mitzunehmen. Nun, Meister Hegget hatte keinen Sohn, nur fünf Töchter, die es unter die Haube zu bringen galt, und in dem Fall vielleicht sogar einen Schwiegersohn zu gewinnen, der eines Tages das Boot und das Handwerk übernahm. Dann wäre sie mit ihrem Vater und Stig alleine. Wie sollte sie das schaffen? Elas Blick wanderte wieder zu dem Riss in der Fensterhaut. Hinter den Bäumen ragten die Berge hoch auf und verstärkten nur das Gefühl von Enge, das sie in letzter Zeit empfand. Erst hinter diesen Bergen begann die weite Welt, die sie so gerne sehen würde. Es gab einige junge Männer aus der Gegend, die vorsichtig um ihre Hand warben oder geworben hatten. Aber wer waren die schon? Zwei Bauernburschen aus den Dörfern, drei tumbe Handwerksgesellen aus Atgath, ein Muttersöhnchen von der Wache. Keiner von denen konnte ihr mehr bieten als ein anderes zu enges Haus, und keiner dachte auch nur daran, mit ihr dieses armselige Nest zu verlassen.

Der Fremde stöhnte leise auf, und sie fand es viel angenehmer, sich mit ihm als mit ihrem Vater und ihren eigenen Sorgen zu beschäftigen. Er schien von irgendwo aus dem Süden zu stammen, von irgendeinem fernen Ort dieser Welt, von der sie so wenig wusste und von der sie wohl niemals mehr zu sehen bekommen würde als dieses enge Tal zwischen den Bergen. Sie trat näher an die Schlafstatt heran. Gemeinsam mit Asgo hatte sie den jungen Mann ausgezogen, trockengerieben und in ihre Decke gepackt. Ihr Bruder hatte die ganze Zeit dämlich gegrinst, aber sie hatte versucht, sich nicht ablenken zu lassen. Sie hatte schon nackte Männer gesehen, schließlich hatte sie ihre beiden Brüder großgezogen, und ihr Vater war an Badetagen recht ungezwungen mit seiner Nacktheit umgegangen. Aber so einen Körper hatte sie noch nie zu Gesicht bekommen: Er war schlank, eher sehnig als kräftig, die Hände waren schmal, die Finger feingliedrig – das waren keine Hände, die viel schwere Arbeit verrichteten. Gleichzeitig war der Körper von alten Narben bedeckt. Er musste einiges durchgemacht haben. Auch die Nase schien gebrochen zu sein, was seinem ebenmäßigen Gesicht etwas Verwegenes gab. Und dann das lange, glatte schwarze Haar! Wer war dieser Fremde nur? Und was hatte er mit ihrem Vater zu tun? Sie seufzte, denn sie musste sich wohl gedulden, bis er wieder erwachte. Und sie hoffte sehr, dass er vor ihrem Vater zu sich kam. Und wenn er gar nicht erwachte?

Die Hüttentür öffnete sich. »Schläft er immer noch?« Es war Asgo, der mit seinem Bruder Stig einen Rundgang zu den Kohlemeilern gemacht hatte.

Ela nickte. »Du bist schon zurück?«

»Ich kann ja auch noch später zum See gehen. Mir ist gar nicht wohl dabei, dich mit ihm allein zu lassen, Schwester.«

»Ich weiß mich schon zu wehren«, sagte Ela und verwies mit einem Nicken auf die Axt, die über der Tür hing.

Asgo nickte ernst. »Das ist mir klar, aber dieser Fremde ist mir dennoch unheimlich. Ich finde, es liegt etwas sehr Hartes in seinen Zügen, und ich habe gesehen, dass er Narben und ein paar frische blaue Flecke hat, aber ich habe keinerlei schwere Verletzung entdecken können, und deshalb verstehe ich nicht, warum er nicht aufwacht. Betrunken scheint er mir ja nicht zu sein.«

»Das stimmt, ich habe nicht mal eine gebrochene Rippe gespürt, als ich ihn untersucht habe.«

»Und du hast ihn sehr gründlich untersucht, Schwester.«

Aus dem Augenwinkel sah Ela ihren Bruder breit grinsen, aber sie beschloss, nicht darauf einzugehen.

»Wo hast du Stig gelassen?«, fragte sie stattdessen. Die Pantoffeln ihres Vaters standen am Herd, um zu trocknen. Stig hatte seine eigenen Schuhe wieder angezogen, obwohl ihr Vater natürlich vergessen hatte, sie zum Schuster zu bringen. Er hatte die lose Sohle unter ihrem zweifelnden Blick einfach mit einem Strick befestigt und behauptet, dass das reichen würde.

»Er sieht noch einmal nach dem Pferd«, antwortete Asgo.

Ela nickte. Stig ging dem Anblick seines betrunkenen Vaters aus dem Weg, aber sie fand es seltsam, dass er gar nicht neugierig auf den Fremden war.

»Vielleicht sollten wir den Kleinen ins Dorf schicken. Tante Zama könnte Rat wissen«, schlug Asgo vor.

Daran hatte Ela natürlich auch schon gedacht. Die alte Zama war nicht ihre richtige Tante, sie war die Heilerin eines Dorfes, das ein gutes Stück südlich der Stadt lag. Sie schüttelte den Kopf. »Dann könntest du auch gleich einem Marktschreier Geld dafür geben, dass er die Neuigkeit ausruft, und ich habe das Gefühl, dass es besser für uns ist, wenn wir erst einmal selbst erfahren, was dieser Fremde mit unserem Vater zu tun hat.«

Der Fremde bewegte im Schlaf einen Arm und schlug die Decke zurück. Ela seufzte und deckte ihn vorsichtig wieder zu. Nicht einmal eine Sekunde später lag sie auf dem Rücken, blickte in ein paar zornige, dunkle Augen und spürte die Klinge einer Axt am Hals.

Die Wachstube in der Burg war groß, aber verwinkelt, eine Folge der vielen Umbauten. Die Fenster waren zu klein, um für ausreichend frische Luft zu sorgen, und an den Haken an der Wand dünsteten nasse Mäntel aus. Es war kein Ort, an dem sich Bahut Hamoch gerne aufhielt. Der Leutnant hatte ihn lange hier warten lassen, und nun war er endlich erschienen, aber ohne Verwalter Ludgar. Hamoch schüttelte den Kopf. »Ich kann Euch nicht ganz folgen, Leutnant Aggi. Habt Ihr ihn nun gefunden oder nicht?«

»Einen Teil von ihm, Meister Hamoch, genau genommen seinen Hut.«

Der Adlatus seufzte. Er hatte nur kurz Zeit gehabt, im Laboratorium nach dem Rechten zu sehen, und er hoffte, dass diese leidige Angelegenheit nicht zu viel Zeit in Anspruch nehmen würde. Leider zeigten die Soldaten nicht viel Initiative. Hauptmann Fals war zurückgekehrt, um zu melden, dass sie unterhalb der Burg nichts gefunden hätten, und er war nicht von selbst auf die Idee gekommen, es bachabwärts, unterhalb der Stadt zu versuchen. Hamoch hatte es erst ausdrücklich anordnen müssen. Und während er sich noch über die Begriffsstutzigkeit des Hauptmanns geärgert hatte, war nun dieser Leutnant in der Wachstube aufgetaucht und meldete, dass er einen Teil des Verwalters gefunden hatte. Er hatte keine Lust auf Rätsel. »Seinen Hut?«, fragte er nach.

»Verzeiht, Herr, vielleicht ist es besser, ich beginne von vorne.«

»Das erscheint mir sinnvoll, Leutnant.«

»Ich begann in der Kanzlei, doch ist Apei Ludgar heute nicht dort erschienen. Also ging ich zu ihm nach Hause, doch seine Frau hatte ihn seit dem gestrigen Abend nicht mehr gesehen und vermutete ihn in einem der Wirtshäuser in der Neustadt.«

Der Adlatus seufzte. Der Leutnant war nicht dumm, doch umständlich. Vielleicht wollte er auch nur glänzen, aber Hamoch wünschte sich, er würde endlich zum Punkt kommen.

»Nun, Herr, gewisse Dinge, die man sich über Verwalter Ludgar erzählt, ließen mich vermuten, dass er nicht in einer Schänke, sondern vielleicht in einem bestimmten Haus in der Neustadt sein könnte, bekannt als das Rote Haus, wenn Ihr wisst, welches ich meine.«

»Ich kenne nicht jedes Haus dieser Stadt, Leutnant.«

»Es hat einen Ruf, Herr, wenn auch einen sehr zweifelhaften. Es ist das Hurenhaus der Stadt, um genau zu sein. Und dort fand ich den Hut unseres Verwalters. Er hatte ihn dort vergessen.«

»Also war er selbst nicht mehr da?«

»Nach Aussagen mehrerer Damen hat er es kurz nach Mitternacht verlassen, ungewöhnlich früh, wie man mir sagte. Aber sie wussten leider nicht, wo er hingehen wollte.«

»Wenn er in der Neustadt war, dann muss ihn doch der Posten auf der Brücke gesehen haben, oder?«

»Das ist es ja, Herr. Der Mann, der Dienst auf der Brücke haben sollte, wurde von Verwalter Ludgar am Abend eigens ans Südtor beordert, ebenso wie der Mann, der gestern auf dem Bergfried hätte wachen sollen. Angeblich hatte Apei Ludgar andere Männer für diesen Dienst vorgesehen, doch niemand weiß, wer das gewesen sein soll. Es war übrigens auch niemand am unteren Wassertor, Herr.«

Der Adlatus starrte düster auf den kahlen Tisch der Wachstube. Die Angelegenheit war wohl doch nicht so schnell erledigt, wie er gehofft hatte. Die Wassertore thronten über dem Kristallbach und sollten diese Schwachstellen der Stadtverteidigung sichern. Ein verwaister Posten mochte Nachlässigkeit bedeuten, doch jetzt waren es schon drei. Da war etwas im Gange, das war offensichtlich, und der Verwalter war der Schlüssel. Doch war er noch in der Stadt? Oder war er geflohen?

»Habt Ihr eine Idee, wo sich Ludgar verstecken könnte?«

»Nein, Herr, aber er muss noch in der Stadt sein, denn an den Toren hat man ihn nicht gesehen.«

»Er könnte das Wassertor genommen haben«, murmelte Hamoch nachdenklich.

»Ein gefährlicher Weg, Herr, er müsste ein Stück schwimmen.«

»Ich habe das Gefühl, dass Verwalter Ludgar die Gefahr nicht scheut, Leutnant.«

»Das ist wohl wahr, Herr.«

»Ich danke Euch, Leutnant Aggi. Jetzt geht und unterstützt Hauptmann Fals bei seiner Suche. Irgendjemand hat heute Nacht versucht, in die Burg einzudringen, und dieser Jemand *muss* in den Bach gestürzt sein. Ich wünsche, dass der Hauptmann nicht eher zurückkehrt, bis er etwas gefunden hat, und wenn er dem Kristallbach bis zum See oder meinetwegen auch bis zum Meer folgen muss. Habt Ihr verstanden?«

»Jawohl, Herr«, sagte der Leutnant mit wenig Begeisterung, salutierte und verschwand.

Der Adlatus blickte ihm nach. Die Sache begann, ihn unglücklich zu machen. Im Moment lag Meister Quent wohl noch im Bett und schlief, aber er würde Ergebnisse erwarten, wenn er erwachte – Ergebnisse, und keine neuen Rätsel.

Mittag

Ela starrte in die Augen des Fremden, und er starrte zurück. Plötzlich wurde sein zorniger Blick weich, dann verwirrt. Er sprang entsetzt auf, die Axt immer noch in der Hand, und rief etwas in einer Sprache, die Ela nicht verstand.

»Ruhig, es ist alles in Ordnung«, stammelte sie.

Ihr Bruder stand wie erstarrt neben dem Bett.

»Was ist das für ein finsterer Ort?«, fragte der Fremde nun, und nur eine leichte, südländische Klangfärbung verriet, dass er nicht aus dieser Gegend war.

»Es ist die Hütte von Meister Grams. Und ich bin seine Tochter«, sagte Ela und lag immer noch auf dem Boden. Ihr Bruder Asgo stand, wie zur Salzsäule erstarrt, ein paar Schritte entfernt und stierte den nackten Fremden mit der Axt ungläubig an. Die Axt! Ela setzte sich auf. Es war die Axt, die sonst über der Tür hing. Wie war sie von dort so schnell in die Hände des Fremden geraten?

»Was wollt ihr von mir? Wie bin ich hierhergekommen?«, fragte der Fremde.

»Unser Vater hat dich mitgebracht. Aus der Stadt vielleicht. Jedenfalls warst du durchnässt, und wir dachten ...«

Der Fremde schien erst jetzt zu bemerken, dass er nackt war. Er stieß einen Schrei aus, griff sich mit der Linken den schäbigen Vorhang, der Elas Schlafstatt von der Stube trennte, und riss ihn herunter, um seine Blöße zu bedecken. In der Kammer nebenan schnaufte und stöhnte Heiram Grams. Ela befürchtete, dass er nun wach geworden war. Sie erhob sich vorsichtig. Tatsächlich hustete ihr Vater, und Ela konnte hören, wie er sich stöhnend aufsetzte und nach dem Branntweinkrug suchte. Sie hatte ihn jedoch auf die Fensterbank gestellt, denn sie brauchte ihren Vater nüchtern. Jetzt fragte sie sich, ob das vielleicht ein Fehler gewesen war. Der Fremde hob die Axt. Der Vorhang der Schlafkammer der Männer wurde zur Seite gezogen, und Heiram Grams trat blinzelnd hervor. Er blickte sich schweigend um, entdeckte den Krug, machte einen Schritt und blieb stehen. Er starrte den Fremden an. »Wer ist das, und was macht er deiner Kammer, Ela? Und wieso ist er nackt?«

»Aber Vater, du hast ihn mitgebracht, du musst doch wissen, wer er ist.«

»Ich würde niemals einen nackten Mann mit nach Hause bringen.« Er straffte sich und spannte sein breites Kreuz.

Für einen Augenblick sah Ela den starken Ringer wieder, der er gewesen war, als sie klein gewesen war.

»Tu lieber das Beilchen weg, bevor ich dir wehtun muss, mein Junge«, knurrte er.

Scheinbar erschrocken ließ der Fremde die Axt fallen und wich einige Schritte zurück, bis er an die Wand stieß. Für einen Augenblick bewegte sich niemand, aber Heiram Grams konnte seine drohende Pose nicht lange beibehalten, sein Körper erschlaffte, und aus dem stämmigen Ringer wurde wieder ein untersetzter Köhler. Sein Blick irrte zum Krug auf der Fensterbank. »Ich muss nachdenken«, sagte er und leckte sich über die Lippen.

»Gleich«, meinte Ela und schob sich ihm unauffällig in den Weg. »Wir müssen erst einiges klären, Vater, zum Beispiel, woher du ihn kennst.«

Ihr Vater starrte finster auf die alten Holzdielen, und der Fremde runzelte die Stirn. Ela fand, dass er überhaupt nicht wie ein Trinker aussah. War ihm vielleicht das zum Verhängnis geworden? Hatte er sich mit ihrem Vater auf ein Saufgelage eingelassen? Auf dem schmalen Gesicht machte sich zunehmende Verwirrung breit.

»Weiß nicht«, sagte Meister Grams jetzt, »bin wirklich nicht sicher, dass ich den da mitgebracht habe. Oder warte, vielleicht habe ich ihn unterwegs irgendwo aufgelesen. Weißt du das nicht, mein Junge?«

Aber der Fremde schüttelte den Kopf.

»Im *Blauen Ochsen?*«, fragte Ela, die die Gewohnheiten ihres Vaters kannte.

»Nein, nicht im *Ochsen*. Warte, ich weiß es wieder – am Bach. Ich hab ihn aus dem Bach gezogen!«

»Aus dem Bach ...«, murmelte der Fremde.

»Da das also geklärt ist«, verkündete der Köhler triumphierend, »ist er jetzt mit Erklärungen dran.« Er schob seine Tochter grob zur Seite und griff sich den Krug. Dann ließ er sich auf einen der wackligen Schemel fallen und nahm einen Schluck, wobei er den Fremden nicht aus den Augen ließ. »Von hier bist du wohl nicht. Also, wer bist du? Und warum hast du dich mir in den Weg gelegt?«

Der Fremde öffnete den Mund, schloss ihn wieder und sagte dann mit einem seltsam leeren Blick: »Ich ... weiß es nicht.«

»Du weißt nicht, warum du im Bach gelegen hast?«

»Ja, nein, ich meine, ich ... ich weiß nicht ... wer ich bin.«

Einen Augenblick blieb es still in der Hütte, dann dröhnte der Köhler: »Das ist wirklich das Dümmste, was ich je gehört habe, mein Junge. Und ich sage dir, wenn du meiner Tochter zu nahe getreten bist, dann ...«

»Aber Vater, er ist eben erst erwacht, er hatte doch noch

gar keine Gelegenheit ...«, begann Ela und verstummte. Ihr Blick wurde von der Axt angezogen. Sie war in den alten Dielen stecken geblieben, als der Fremde sie fallen gelassen hatte. Ela verstand immer noch nicht, wie sie eben noch über der Tür hängen und eine Sekunde später an ihrer Kehle liegen konnte. War sie ohnmächtig gewesen? Das schien ihr mit einem Mal die einzig mögliche Erklärung, aber es war verwirrend, und diese Verwirrung brachte sie dazu, dummes Zeug zu reden. Zum Glück war ihr Vater nicht in der Verfassung, den verfänglichen Sinn ihrer Worte zu verstehen. Er saß schwer auf dem Schemel und hielt den Branntweinkrug fest, eigentlich hielt er sich eher *am* Krug fest, und plötzlich schämte sie sich für ihn, vielleicht, weil er eben einen Augenblick lang wieder der große, starke Ringer ihrer Kindheit gewesen war und jetzt wieder offensichtlich wurde, wie wenig der Branntwein davon übrig gelassen hatte. Es war kaum zu ertragen.

»Setz dich, mein Junge, setz dich dort hin«, sagte er jetzt. »Mir wird schwindlig, wenn ich zu dir aufsehen muss.«

Der Fremde blickte kurz zu Ela, und in seinen dunklen Augen glaubte sie, eine Bitte um Verzeihung, vielleicht auch um Hilfe zu lesen. Sie fand, es waren außerordentlich schöne dunkelbraune Augen. Sie lächelte schwach und nickte ihm aufmunternd zu, woraufhin der Fremde den Vorhang beinahe würdevoll um die Schultern raffte und sich an den Tisch setzte. Dabei achtete er auf Abstand zum Köhler. Erst jetzt schien er sich die Hütte näher anzusehen. Ela folgte seinem Blick, sah den Riss in der Fensterhaut, den alten Tisch, die zerschlissenen Vorhänge vor den Schlafkammern, die rissigen Dielen, und auf einmal erschien ihr ihr Heim noch ärmlicher und unzulänglicher als sonst. Sie atmete tief durch. Er war ein Fremder, und er behauptete nicht zu wissen, wer er war. Das war vielleicht gelogen. Und wenn man seine Augen einmal beiseiteließ, dann war doch nur eines sicher, nämlich, dass er Ärger bedeutete. Und noch während sie das dachte, klopfte es an die Tür.

Faran Ured zog sein schlichtes Gewand glatt und klopfte noch einmal. Er war das Tal hinabgewandert, und das kleine Wäldchen rund um diesen Hof war ihm schon von weitem aufgefallen. Als er das letzte Mal in dieser Gegend gewesen war, hatte sich noch ein dichter Wald zwischen den Bergen erstreckt. Jetzt war abgesehen von diesem Hain nur das Unterholz übrig geblieben, und die alte Stadt Atgath thronte auf einem kahlen Hügel über dem Tal. Er hatte den See wiederentdeckt und die Fischerhütten, die damals wie heute sein Ufer säumten, und er hatte die Furt gefunden, die ihm der Teller gezeigt hatte, bevor die beiden Räuber ihn gestört hatten. In der Hütte waren eben noch laute Stimmen zu hören gewesen, doch jetzt wurde schnell geflüstert, was Faran sagte, dass er wohl richtig geraten hatte.

An der Furt waren Schleifspuren zu sehen gewesen, die darauf hindeuteten, dass jemand aus dem Bach gezogen worden war, und die Spuren des Karrens waren frisch. Er war ihnen gefolgt und schließlich auf diesen Hof im Wald gestoßen. Das Gehöft war nicht sehr groß: ein Stall, groß genug für eine Handvoll Pferde oder Kühe, und eine Hütte, ärmlich, sogar etwas heruntergekommen. Der Putz war an vielen Stellen abgeplatzt, und das Holzdach sah schadhaft aus, aber der Weg zwischen Haustür und Stall war sorgsam mit Streu ausgelegt. Offenbar wohnte dort jemand, der gegen den Mangel und die Armut ankämpfte. Hinter dem Haus flatterte schwarze Kleidung an einer Wäscheleine. Sie war von guter Qualität, nicht das, was man auf einem so armen Hof erwarten würde. Faran Ured war sehr gespannt, was er im Haus vorfinden würde.

Die Tür öffnete sich einen Spalt, und ein blasses Jungengesicht starrte ihn an.

»Ja?«, fragte der Junge.

»Seid mir gegrüßt, Herr«, rief Ured mit übertriebener Höflichkeit. »Habt Ihr vielleicht einen Schluck Wasser für einen müden Wanderer?«

Drinnen wurde kurz geflüstert, dann sagte der Junge: »Es ist ein Brunnen dort drüben. Da findet Ihr, was Ihr sucht, Herr.« Er wurde rot dabei.

Faran Ured lächelte freundlich. »Der Segen der Götter möge auf dir ruhen, junger Freund. Sei doch so gut und frage jene, die zögern, mich über die Schwelle zu bitten, ob sie vielleicht auch eine Scheibe Brot erübrigen könnten. Und wenn es nicht zu viel verlangt ist, auch einen trockenen Platz, um meine alten Beine auszuruhen. Du musst wissen, ich bin unter die Räuber geraten und irre nun schon seit vielen Stunden durch das Unterholz.« Ured fiel es nicht schwer, eine leidende Miene zu zeigen. Er war sogar so vorausschauend gewesen, seine Vorräte aus dem Beutel zu nehmen und am Rand des Wäldchens zu verstecken, falls man auf die Idee käme, seine Geschichte, die wenigstens teilweise stimmte, zu überprüfen.

»Schon gut, mein Junge«, brummte eine dunkle Stimme, und der Knabe verschwand von der Tür. Ein finsteres Gesicht blickte kurz hindurch, dann wurde sie endlich ganz geöffnet. »Räuber, sagt Ihr?«

Der Herr des Hauses war nur mit einem langen Hemd bekleidet, und er stank nach Branntwein. Er war ein Köhler und hatte offenbar noch keine Zeit gefunden, sich den schwarzen Staub abzuwaschen, der mit seinem Beruf einherging. Sein lockiges Haar hing ihm wirr über die Augen. Ured brauchte nur Sekunden, um zu erkennen, dass dieser Mann vom Kummer besiegt worden war und seine Niederlage mit Bier und Branntwein besiegelt hatte. Er sagte: »So ist es. Die Götter halten immer wieder schwere Prüfungen bereit, auch für die Gerechten, Bruder, und zu denen darf ich mich gewiss nicht zählen. Und so gefiel es ihnen, mir zwei Räuber zu schicken.«

»Was seid Ihr, ein Prediger?«

»Ein Jünger des Wanderers, Bruder, und ein Verkünder seiner Werke und Wahrheiten. Doch predige ich nicht mit Worten, Bruder.«

Der Köhler starrte ihn an. »Der Wanderer, wie? Ich wusste nicht, dass der noch Anhänger hat. Ihr könnt herein, wenn Ihr mir versprecht, uns die Predigten zu ersparen. Heiram Grams hat noch keinen Mann mit Hunger oder Durst von seiner Tür gewiesen.«

»Habt Dank. Ich werde Euch sicher nicht zur Last fallen, Bruder, ja, Ihr werdet gar nicht merken, dass ich hier bin.«

»Schon gut, schon gut. Ela, was zu essen für unseren Gast. Und du, Asgo, hol frisches Wasser vom Brunnen. Und wo ist Stig? Ich hoffe, ihr habt ihm nicht die ganze Arbeit aufgeladen. Bin nämlich ein wenig krank, Herr, und fühlte mich nicht recht wohl heute Morgen.«

Faran Ured nickte verständnisvoll und trat ein. Die Stube war niedrig, nur mit dem Notwendigsten ausgestattet, aber reinlich. Ein blondes Mädchen von vielleicht siebzehn Jahren stand mit verschränkten Armen am Herd. Ihre Lippen waren verkniffen, und offensichtlich war sie nicht glücklich darüber, dass ihr Vater ihn hereingebeten hatte. Die Spannung in der Luft war fast mit Händen greifbar. Es hatte hier wohl einige Aufregung gegeben, und es war nicht schwer zu erraten, dass es dabei vor allem um den halbnackten jungen Südländer ging, der stumm am Tisch saß und krampfhaft einen alten Vorhang an sich drückte. Ured dachte an die schwarzen Sachen, die hinter der Hütte zum Trocknen aufgehängt waren. Nicht viele Menschen trugen diese Art Kleidung. Aber dieser verunsichert wirkende junge Mann passte nicht ganz in das düstere Bild, das sich zusammenzusetzen begann. »Mein Name ist Faran Ured, ich bin ein bescheidener Diener des Wanderers und hoffe, dass ich Euch nicht zur Last falle«, sagte er, um seine Gedanken zu verbergen.

»Ela, nun mach und bring Brot und Käse für unseren Gast. Heiram Grams werde ich genannt, und diese Plage dort ist meine Tochter Ela. Und der dort ...« Meister Grams stockte unsicher, und die Hand, die auf den Südländer wies, erschlaffte in der Bewegung.

»... das ist unser Vetter Anuq, von den Inseln«, fiel Ela schnell ein.

»Ein schöner Name. Anuq – wird so nicht der Schwarze Sperber genannt?«

Der junge Mann nickte langsam. »Anuq«, murmelte er.

»Von welcher der Inseln kommt Ihr, Bruder?«

»Cifat, er kommt aus Cifat«, beeilte sich das Mädchen zu sagen.

»Ach, Cifat, ein schöner Flecken Erde, und eine noch schönere Stadt, wirklich eine der schönsten Perlen am Goldenen Meer, nicht wahr, mein Freund?«

Der junge Mann nickte.

»Ich war einige Male dort. Wie ist der Name Eurer Familie, Anuq? Vielleicht kenne ich sie, oder vielleicht haben wir gemeinsame Bekannte.«

Das Mädchen knallte einen Teller mit Brot, Butter und Hartkäse vor ihn auf den Tisch. »Grams. Er ist ein Grams wie wir. Und er wohnt nicht in der Stadt, sondern in einem der Dörfer, Herr.«

»Vielen Dank, mein Kind. Es gibt nicht viele Haretier in Cifat, aber wenn ich Euch so anschaue, dann kann der Verwandtschaftsgrad auch nicht so hoch sein, wie es der Name vermuten lässt«, sagte Faran Ured und brach ein Stück Brot ab. Das Mädchen war offensichtlich nicht dumm, und er fragte sich, ob sie Verdacht geschöpft hatte. Vielleicht hatte er es mit der freundlichen Harmlosigkeit übertrieben. Er war eben doch aus der Übung. Plötzlich stand auch ein Becher mit frischem Wasser neben ihm. Der Junge war zurückgekehrt. Ured nickte erst ihm zu, dann dem Mädchen und begann zu essen.

»Ihr habt gesagt, Ihr seid unter Räuber geraten?«, fragte die Köhlertochter jetzt.

Ured nickte wieder. »Es waren zwei – schreckliche, streitsüchtige Kerle. Sie haben mir meine bescheidenen Vorräte weggenommen, viel mehr konnte ich ihnen nicht geben, und ich fürchtete sehr um mein Leben.«

»Immerhin haben sie Euch Euren Beutel gelassen«, meinte das Mädchen, und Misstrauen lag in ihrer Stimme. »Und für jemanden, der vom Tode bedroht war, macht Ihr einen sehr gefassten Eindruck.«

Ured gestand sich ein, dass er sie wirklich unterschätzt hatte. »Das Leben gibt, und das Leben nimmt, wie der Wanderer sagte. Ich hatte tatsächlich Glück. Wisst Ihr, ich pflege meinen Kopf auf diesen Beutel zu betten, wenn ich draußen schlafe. So lagen die Vorräte, die sie mir nahmen, auf der Seite. Und in der Dunkelheit haben die beiden mein Kopfkissen wohl übersehen, was ein Glück war, denn so sind mir wenigstens ein paar Groschen geblieben.« Er stopfte sich Brot und Käse in den Mund, um Zeit zu gewinnen. Vorräte nicht im Beutel verwahren? Im Wald? Was redete er für einen Unsinn?

»Und Ihr nennt Euch Jünger des Wanderers? Was ist das?«, fragte sie weiter. Ihr Vater saß auf der Bank und stierte teilnahmslos vor sich hin.

Ured spülte den Bissen mit etwas Wasser hinunter, dann

sagte er: »Der Wanderer war ein heiliger Mann, der vor vielen Jahrhunderten durch die Welt zog, um den Menschen zu helfen. Davor ist er ein angesehener Prediger gewesen, doch er verzweifelte, weil er glaubte, mit Gebeten und Worten nicht viel zu bewirken. Es ist eben nicht genug, sich auf die Güte der Götter zu verlassen, der Mensch selbst muss dem Menschen Gutes tun, das ist seine Lehre, wenn Ihr so wollt.«

»Und Ihr tut es ihm gleich?«, fragte sie, und immer noch schien sie misstrauisch.

»Mit meinen bescheidenen Möglichkeiten. Ich verfüge leider nicht über die große Tatkraft meines Meisters, doch kann ich von ihm erzählen und so die Menschen anspornen, seinem Beispiel zu folgen, und ich helfe dort, wo ich kann.« Ured sah, dass sie keineswegs überzeugt war. Ihrem Vater war es offensichtlich gleich. Er hielt sich an einem großen Steinkrug fest, und es kostete ihn offenbar viel Willenskraft, nicht daraus zu trinken. Der angebliche Vetter mit dem unwahrscheinlichen Namen starrte düster vor sich hin und schien kaum zuzuhören, und der Knabe staunte ihn einfach nur groß an. Aber die Tochter, die Tochter des Hauses war nicht überzeugt. Er selbst musste zugeben, dass seine Geschichte einige Lücken hatte, und sie hatte sie bemerkt. Und wenn sie an ihm zweifelte, dann würde sie vielleicht jemandem davon erzählen, und dann war sein ganzer Auftrag in Gefahr. Er fluchte innerlich noch einmal über die beiden Räuber, die ihn am Morgen überrascht hatten, und seine Unvorsichtigkeit, durch die es überhaupt so weit gekommen war. Bei diesem verfluchten Auftrag ging nichts so, wie es sollte. Es wäre mehr als ärgerlich, wenn er wegen dieser dummen Unachtsamkeit nun noch einen weiteren Menschen töten müsste.

Er lächelte freundlich, aß noch einen Bissen und sagte dann: »Wisst Ihr, ich war einst ein Kaufmann und bin weit in der

Welt herumgereist. Ich machte gute Geschäfte, sehr gute Geschäfte, doch ich muss es zugeben, nicht alle waren ehrlich, und nicht alle waren gottgefällig.« Er riss etwas Brot ab. Er hatte diese Geschichte schon oft erzählt. Sie gefiel ihm, denn sie kam der Wahrheit recht nahe, nur dass er nie ein Händler gewesen war, und an seinen »Geschäften« wohl nur der Gott der Diebe Gefallen fand. »Eines Tages geriet mein Schiff in Seenot, und ich blickte dem Tod ins Antlitz.«

»Und da habt Ihr geschworen, nur noch Gutes zu tun?«, fragte das Mädchen beinahe spöttisch.

Ured schüttelte den Kopf. »Nein, ich schwor in diesem Augenblick nicht, denn ich war viel zu verängstigt für einen klaren Gedanken, doch fragte ich mich nach meiner Rettung, wie der Tod über mich richten wird, wenn er dann doch eines Tages kommt. Er ist unbestechlich, wisst Ihr, und mein damaliger Reichtum hätte mir nichts genützt. Also begann ich, mein Gold den Armen zu geben. Ich verschenkte alles, was ich besaß, und dann machte ich mich auf, den Spuren des Wanderers zu folgen, von dem ich so viel gehört hatte.«

»Und Eure Frau, Eure Kinder?«

Sie ließ einfach nicht locker. Ured setzte ein betrübtes Gesicht auf. »Meine Frau ... fragt mich bitte nicht nach ihr.« Das war die einzig mögliche Antwort, denn aus irgendeinem Grund brachte er es nicht fertig, sie einfach zu verleugnen.

Plötzlich legte der Köhler ihm eine Pranke auf den Arm. »Ach, sagt nichts mehr, Freund, sagt nichts mehr. Ihr wisst gar nicht, wie gut ich Euch verstehe.«

Trübsinn erfüllte den Raum. Selbst das Mädchen wirkte plötzlich seltsam verloren. Ured war längst klar, dass sie es war, die diesen Hof und diese Familie zusammenhielt. Und jetzt war zu erkennen, wie schwer diese Verantwortung auf ihr lastete. Er blickte verstohlen von einem zum anderen. Letztlich hatten sie ihm seine Geschichte also doch abgekauft. Und was hatte er hier erfahren? Der Teller hatte ihm den Karren des Köhlers gezeigt, und offenbar hatte dieser den angeblichen Vetter aus dem Wasser gezogen, einen jungen Mann mit einigen interessanten Narben. In Verbindung mit der schwarzen Kleidung und dem falschen Namen legte das eine ganz bestimmte Schlussfolgerung nahe. Offensichtlich hatte diese Köhlerfamilie jedoch keine Ahnung, wer da bei ihnen am Tisch saß, und der angebliche Vetter verstellte sich so vollkommen, dass selbst Faran Ured plötzlich unsicher wurde. Vielleicht täuschte er sich? Die schwarze Kleidung war ein starker Hinweis, aber seine Auftraggeber hatten nichts von einem zweiten Schatten gesagt. Und wie war der junge Mann in die Furt geraten, und was tat er halbnackt in einer Köhlerhütte? Ured seufzte. Statt Antworten also neue Rätsel. Wenn er nur das Wasser hätte fragen können!

Die Tür öffnete sich, und ein zweiter Knabe, jünger als sein Bruder, stolperte eilig in die Stube. »Da sind Soldaten, oben am Bach. Sie suchen etwas.«

»Soldaten?«, fragte der Köhler, und seine Miene wurde noch düsterer.

»Ein gutes Dutzend, Vater.«

»Das trifft sich gut«, rief Faran Ured. »Ich werde ihnen erzählen, was mir widerfahren ist. Denn es war ja nicht weit von dieser Stadt, dass diese Räuber mich überfallen haben. Vielleicht können sie sie jagen und fangen.«

Der Köhler schnaubte verächtlich.

Ured schob den Teller zur Seite, stand auf, bedankte sich freundlich und wünschte den Segen des Wanderers auf die Hütte herab. Als er vor die Tür treten wollte, wurde er von dem Mädchen noch einmal aufgehalten. »Seid doch so gut, Herr, und erwähnt meinen Vetter nicht, wenn Ihr mit den Soldaten redet. Er hatte gestern in der Stadt Streit mit ihnen, und sie könnten ihm das nachtragen.«

Sie verfügte wirklich über eine schnelle Auffassungsgabe, fand Ured. Er versprach es und ging hinaus.

Als er den Weg zum Bach hinaufwanderte, fragte er sich, ob der »Vetter« wirklich jener Körper gewesen war, den er leblos im Wasser hatte treiben sehen. Das Wasser. Er hätte die Wassermagie nicht nutzen dürfen, um die beiden Wegelagerer zu töten, dann wüsste er jetzt mehr und müsste nicht raten, was es mit dem »Vetter« auf sich hatte. Jetzt musste er es auf die altmodische Art in Erfahrung bringen, unverfängliche Fragen stellen, und das war immer ungünstig, weil schon eine einzige Frage zu viel Verdacht erregen konnte. Das Mädchen hatte ihm nicht getraut. Sie war vermutlich die Einzige in der Familie, die ahnte, dass Unheil über der Hütte hing. Ein Unheil, das nicht unbedingt von ihm ausgehen musste, wenn man bedachte, *wen* sie dort drinnen aufgenommen hatten. Faran Ured nahm sich vor, die Hütte und ihre Bewohner im Auge zu behalten. Wenn er mehr darüber in Erfahrung gebracht hatte, was hier vorging, würde vielleicht ein zweiter Besuch erforderlich sein, und der würde dann weit unerfreulicher verlaufen. Er verfluchte seine geheimniskrämerischen Auftraggeber. Sie ließen ihn im Dunkeln tappen, vermutlich gefiel es ihnen sogar, dass er sich so abstrampeln musste, aber er würde sich nicht entmutigen lassen. Er würde diese Rätsel schon lösen, eines nach dem anderen, vielleicht sogar das von der Galeere mit gelbem Segel, die ihm der Teller gezeigt hatte und die irgendwie mit der ganzen Sache zusammenhängen musste.

Der Bug einer Galeere schnitt durch die Wellen des Goldenen Meeres. Die Rudersträflinge brachten sie schnell voran, und ihr gelbes Segel blähte sich in einem hilfreichen Wind. Delfine spielten um ihren Bug, und einzelne hohe Wolken am blauen Himmel versprachen einen weiteren ruhigen Tag auf See. Kapitän Sepe Baak stand auf dem Achterdeck und starrte missmutig zum Bug, wo Prinz Gajan von Atgath mit seinen drei Söhnen stand und den Delfinen zusah. *Warum hat er seine Kinder mit auf diese Reise genommen?*, fragte sich der Kapitän. Das jüngste war erst vier und fürchtete sich vor seinem schwarzen Bart. Es war nie von Kindern die Rede gewesen, als er den Auftrag angenommen hatte. Der Kapitän warf einen Seitenblick auf Jamad, der an der Reling lehnte und über die Wellen schaute. Vorne im Bug schrie eines der Kinder begeistert auf. Es war das mittlere, ein aufgeweckter Knabe von vielleicht zehn Jahren, und er konnte sich nicht sattsehen am Spiel der Delfine. Gajans Frau Seja und Prinz Olan, sein jüngerer Bruder, saßen dort vorne im Schatten des Baldachins, und die Prinzessin mahnte ihre Kinder immer wieder laut und beinahe vergeblich zur Vorsicht, wenn sie sich weit über die Reling lehnten. Prinz Gajan war eben noch bei ihm gewesen, hatte gefragt, wann sie endlich am Zielhafen eintreffen würden, und schließlich Baaks Versicherung geglaubt, dass sie am nächsten Morgen in Felisan anlegen würden. Aber das würden sie nicht. Der Kapitän schüttelte den Kopf. Nicht wegen der beiden Männer und nicht einmal wegen der Frau hatte er Bedenken, schon gar nicht wegen der fünfzig Sträflinge, die im Unterdeck an den langen Riemen saßen, denn deren Schicksal war ohnehin besiegelt – aber von Kindern hatte niemand etwas gesagt.

»Ihr werdet doch nicht etwa weich?«, fragte die sanfte Stimme von Jamad, der plötzlich neben ihm stand.

Sepe Baak brummte nur zur Antwort und schüttelte den mächtigen Kopf. Er überragte den schlanken Matrosen beinahe um Haupteslänge, aber doch hatte er Angst vor ihm. Es lag etwas in den blassbraunen Augen dieses jungen Mannes, eine fürchterliche Härte, die den Kapitän zutiefst beunruhigte.

»Wann wollt Ihr es endlich hinter Euch bringen? Es ist nicht mehr viel Zeit, Kapitän.«

Wieder brummte Sepe Baak, aber dann rang er sich doch zu einer Antwort durch: »Der Kurs ist schon längst geändert. Nur ein paar Strich, damit niemand es merkt. Heute Nacht, vielleicht gegen Morgengrauen, streifen wir die Schärensee. Tückisches Gewässer, voller Felsen und Klippen. Wir laufen auf das Messerriff, einen Ausläufer, schmal, leicht zu übersehen. Und dann mit dem Boot nach Felisan. Müssen ja sehen, dass wir selbst mit heiler Haut davonkommen, oder?«

Jamad sah ihm in die Augen, und der Kapitän hatte das Gefühl, dass der junge Mann ihm auf den Grund der Seele schaute. Er versuchte, seine innersten Gedanken zu verbergen, denn er hatte inzwischen eine ziemlich deutliche Ahnung, wer und *was* der junge Matrose in Wirklichkeit war. Ihm war längst klar geworden, dass er besser alles tat, was Jamad verlangte. Vorne lachten die Kinder mit ihrem Vater. Sepe Baak wandte den Blick ab. Hier ging es schon lange nicht mehr um die Belohnung, hier ging es um sein Leben.

Faran Ured entdeckte die Soldaten ein Stück oberhalb der Furt, und er sah gleich, dass sie etwas gefunden haben mussten, denn sie wirkten aufgeregt, und zwei der Männer stapften widerwillig in den Bach hinein. Ured gab sich Mühe, harmlos zu wirken, und schlenderte näher heran. Der Kristallbach zwängte sich hier zwischen einigen Findlingen hindurch und hatte abseits der schnellen Strömung zwei kleine, steinige Buchten gebildet, und aus einer der beiden zogen die Soldaten nun einen Leichnam. Ured trat näher heran.

»Das ist Verwalter Ludgar, Hauptmann«, stellte ein junger

Offizier fest, wohl ein Leutnant, als er die Leiche auf den Rücken drehte. Bleiches Herbstlaub rieselte von den Birken und legte sich wie trauriger Schmuck auf den kalten Leib des Toten.

»Wer hätte das gedacht«, murmelte der Hauptmann und starrte auf das blasse, aufgedunsene Gesicht hinab.

Der Leutnant tastete den Körper ab, und seine Finger blieben über einem Riss in der Kleidung des Toten hängen. Er öffnete ihn und legte eine tiefe Stichwunde frei.

»Möge seine Seele einen sicheren Pfad hinauf in die Himmel finden«, sagte Faran Ured, der einfach hinzugetreten war.

Der Hauptmann starrte ihn misstrauisch an. »Wer, bei der Unterwelt, seid Ihr denn? Und was habt Ihr hier zu suchen?«

»Faran Ured ist mein Name, Herr. Ich bin ein Jünger des Wanderers und helfe, wo immer ich kann. Doch wie ich sehe, kann ich hier nicht mehr tun, als für diese arme Seele zu beten.«

»Ein Jünger? Was soll das heißen? Seid Ihr ein Priester oder ein Heiler? Für Ersteres hätten wir vielleicht Verwendung, für das Zweite ist es zu spät, denn der Mann ist tot.«

»Ich sehe es, und mein Mitgefühl gilt seinen Angehörigen. Ein Heiler bin ich eigentlich nicht, nur ein einfacher Pilger, der seinen Pfad im Leben sucht.«

»Vermutet Ihr ihn etwa hier im Buschwerk? Ich frage Euch noch einmal, was habt Ihr hier zu suchen?«, fragte der Hauptmann unfreundlich.

»Ein Bauer, der auf dem Weg zum Markt war, erzählte mir, dass er Soldaten am Bach gesehen hat, und ich nahm es als Wink des Himmels, denn denkt Euch, ich wurde im Morgengrauen von Wegelagerern überfallen.«

»Räuber? Hier?«, fragte der Hauptmann.

»Nun, nicht hier am Bach, Bruder, sondern ein Stück oberhalb, dort, wo die Riesenbuchen wachsen.«

»Ah, oberhalb«, sagte der Hauptmann. »Dann wird es das Beste sein, Ihr geht in die Stadt und macht Meldung bei den Marktwachen, oder gleich bei Richter Hert. Ihr seht ja, dass wir beschäftigt sind.«

»Ich wollte Euch keineswegs stören, Herr. Doch seid so gut und sagt mir wenigstens, wie der Mann hieß und wer er war, so dass ich ihn in meine Gebete einschließen kann. Vielleicht kann ich auch später nach seinen Angehörigen sehen.«

Der Hauptmann hatte jedoch offenbar beschlossen, den Prediger zu ignorieren, und schnauzte seine Männer an, die den Toten angafften. »Ihr da, steht nicht herum, schneidet Äste für eine Bahre, denn wir müssen ihn doch in die Stadt schaffen.« Dann beugte er sich zum Toten hinab, murmelte noch einmal »wer hätte das gedacht«, erhob sich wieder und sagte: »Adlatus Hamoch wird zufrieden sein.«

»Zufrieden, Hauptmann?«, fragte der Leutnant mit einem Stirnrunzeln.

»Nun, wir haben den Eindringling gefunden, und er ist tot, wie der Magier vermutet hatte.«

»Verzeiht, Hauptmann, aber das ist Verwalter Ludgar. Der Mann war beinahe sechzig und doch sicher nicht in der Lage, wie ein Affe über die Mauern und Dächer der Burg zu klettern.«

Der Hauptmann schüttelte den Kopf. »Ihr begreift es nicht, Aggi, aber das ist kein Wunder, denn Ihr seid noch nicht so lange dabei wie ich. Mauern und Dächer? Denkt nach! Er musste gar nicht klettern, denn er hatte doch einen Schlüssel für die Burg.«

»Und was wollte er dann auf dem Dach?«

»Wer kann schon wissen, was in einem Mann vorgeht?«

»Und die Stichwunde? Die stammt sicher nicht von Meister Hamochs Falle. Wie erklärt Ihr Euch diese Wunde?«

»Das wird sich alles finden, Leutnant. Auf jeden Fall haben wir einen Erfolg, und das sollten wir dem Adlatus melden.«

»Jawohl, Hauptmann«, sagte der Leutnant mit ausdruckslosem Gesicht.

Faran Ured bewunderte ihn für seine Selbstbeherrschung. Es war offensichtlich, dass der Hauptmann dazu neigte, es sich möglichst einfach zu machen. Er selbst fand etwas anderes aufschlussreich: Es gab also einen toten Verwalter mit Zugang zur Burg von Atgath, und offenbar hatte jemand versucht, in diese Burg einzudringen. Er hatte einen Verdacht, wer das gewesen sein könnte, vermutlich hatte er ihm eben erst gegenübergesessen. Er hatte also zwei weitere Steinchen in diesem Mosaik, das er Stück für Stück zusammensetzen musste.

Der Hauptmann wandte sich ihm zu. »Ihr da, Pilger, ich denke, für Euch gibt es hier nichts mehr zu tun. Verschwindet!«

»Nun, Ihr wolltet mir seinen Namen sagen, und vielleicht auch, wo ich seine Angehörigen finde, damit ich mit ihnen beten kann.« Ured lächelte freundlich und machte keinerlei Anstalten zu gehen. So wie er den Hauptmann einschätzte, würde der ihm sagen, was er wissen musste, sobald er das Gefühl hatte, dass es der einfachste Weg war, ihn loszuwerden.

»Wollte ich das? Nun, Apei Ludgars Frau wohnt in der Korbgasse, aber seid vorsichtig bei ihr. Sie hat Haare auf den Zähnen und ist bei weitem nicht so gutmütig wie ich. Und nun trollt Euch.«

Faran Ured verabschiedete sich mit einer demütigen Verbeugung. Er hörte aber noch, dass der Leutnant vorschlug, in der Umgebung Erkundigungen einzuziehen, denn vielleicht habe ja unten am See jemand etwas gehört oder gesehen, und schaden könne es doch nicht. Er war wirklich gar nicht so dumm. Der Hauptmann gab mürrisch seine Einwilligung. Es war wohl nicht zu verhindern, dass sich auch einige Soldaten zur Köhlerhütte aufmachen würden, aber Faran Ured nahm an, dass man dort darauf vorbereitet war.

Es war ein Loch, ein großes schwarzes Loch, und es würde ihn verschlingen. Er hatte Namen für alle möglichen Dinge: Dies war ein *Tisch,* das dort ein *Fenster,* jenes eine *Tür.* Da waren ein *Branntweinkrug,* ein *Mann* und eine junge *Frau.* Er selbst hatte *Arme* und *Hände,* und dort, im Boden, steckte eine *Axt.* Er hatte für all diese Dinge und Menschen Namen in wenigstens zwei Sprachen, nur für sich selbst, da hatte er keinen, er war namenlos. Während Vater und Tochter sich stritten, versuchte er, sich an irgendetwas zu erinnern. Aber da war nichts, alles war leer, finster, ein bodenloser Abgrund. Er fühlte sich wie ein Mann, der in einen schwarzen Brunnen blickt und Steine hineinwirft, dem aber kein Echo verraten will, wie tief dieser Brunnen war und ob es überhaupt Wasser darin gab. Wer war er? Und was machte er in dieser düsteren Hütte? Die Axt. Er hatte sie plötzlich in der Hand gehalten – es hätte nicht viel gefehlt, und er hätte dem Mädchen die Kehle damit durchtrennt. Es war der erste Anblick gewesen, als er die Augen aufgeschlagen hatte: ein Mädchen mit hellen Haaren, das sich über ihn beugte. Ihre Berührung war warm gewesen, fürsorglich und zärtlich, und er hatte sie zum Dank zu Boden geworfen und fast getötet. Er schloss die Augen. Er erinnerte sich daran, dass er etwas gefühlt hatte, als er die Klinge an den weichen Hals gedrückt hatte. Lust. Er hatte für den Bruchteil eines Augenblicks eine rasende Lust verspürt, diesen Hals zu durchtrennen und das warme Blut herausströmen zu sehen. Jetzt erschreckte ihn der Gedanke zutiefst, und er fühlte nur noch Scham. Und das Seltsamste war, dass er diese Axt über der Tür gesehen hatte, keine Sekunde, bevor er sie dem Mädchen an die Kehle gesetzt hatte. Sie stritt sich mit ihrem Vater, zuerst seinetwegen, dann ging es um ganz andere Dinge, und er hörte nicht einmal mehr zu, doch langsam verstummte der Streit, und sie blickten ihn erwartungsvoll an.

»Wie?«, fragte er schlicht.

»Du musst dich doch an irgendwas erinnern, Anuq«, sagte die Tochter.

Er dachte nach. Es gab doch etwas, ein Gefühl, tief in diesem lichtlosen Brunnen. Es war Zorn. »Das ist nicht mein Name«, erklärte er.

»Wärst du dann so gütig, uns deinen richtigen Namen zu verraten?«, verlangte das Mädchen.

Der Zorn wurde stärker. »Ich *weiß* es nicht!« Er fühlte sich beleidigt, denn man hatte ihm seinen richtigen Namen gestohlen. Anuq, das war der Name eines Raubvogels, des Schwarzen Sperbers. So hieß er sicher nicht. Anuq war gerade einmal besser als *gar kein* Name. Sollte er dem Mädchen etwa dafür dankbar sein? Er war wütend, und dieses Gefühl schien ihm vertraut.

»Weißt du denn, wo du herkommst? Oder was du gestern gemacht hast?«

Er schüttelte den Kopf. Alles, was hinter ihm lag, war in Finsternis verborgen. Manchmal war ihm, als könne er doch etwas erhaschen, ein Aufblitzen dunkler und grimmiger Bilder, aber immer, wenn er glaubte, ein Erinnerungsbild erkennen zu können, schob sich ein schwarzer Schatten davor.

»Vielleicht bist du auch von Räubern überfallen worden«, vermutete das Mädchen.

Er zuckte mit den Schultern.

»Ein Schlag auf den Kopf vielleicht«, stimmte ihr der Vater jetzt zu. Es war das erste Mal, dass sie einer Meinung zu sein schienen. »Ich habe so etwas mal bei einem Faustkämpfer erlebt, beim Jahrmarkt«, fügte er hinzu. »War ein Mordskerl, aber er weinte wie ein Mädchen, als er aufwachte und nicht mehr wusste, wo er war. Das war in dem Jahr, in dem ich das Ringerturnier gewonnen habe, Ela, du wirst dich nicht mehr erinnern, aber ...«

»Ich erinnere mich, dass du mir das oft erzählt hast, Vater, aber das hilft uns jetzt nicht weiter. Vielleicht sollten wir doch einen Heiler aus der Stadt rufen, oder nach Tante Zama schicken. Sie kennt viele Kräuter.«

»Willst du ihn umbringen? Außerdem sollten wir vorsichtig sein, vielleicht hatte er wirklich Ärger mit der Wache. Er wäre nicht der Erste, der unschuldig ...« Seine Stimme versagte plötzlich, und sein Blick ging ins Leere.

»Aber irgendetwas müssen wir tun, Vater, oder sollen wir hier herumsitzen und abwarten? Es ist ja nicht so, dass er ein Säufer wäre, der nur seinen Rausch ausschlafen muss.«

»Was willst du damit sagen?« Nicht zum ersten Mal schlug die Stimmung des Köhlers plötzlich um. Der Namenlose sah, wie sich das vom Alkohol aufgedunsene Gesicht verfinsterte.

Seine Tochter ließ sich aber nicht einschüchtern, ganz im Gegenteil, es war fast, als würde sie den Streit noch schüren wollen: »Du weißt genau, was ich meine, und wenn du nicht schon wieder betrunken wärst, würdest du dich vielleicht erinnern, ob du ihn wirklich erst an der Furt aufgelesen oder doch schon im *Blauen Ochsen* getroffen hast.«

»Wie redest du eigentlich mit mir? Vergiss nicht, dass ich dein Vater bin!«

»Das würde ich aber gern!«

Der Schemel flog, als der Köhler erstaunlich flink aufsprang und weit ausholte, als wollte er seiner Tochter eine Ohrfeige verpassen. Sie zuckte nicht zurück, aber ihr Vater kam nicht dazu, den Schlag auszuführen. Der Namenlose fand sich auf dem Tisch wieder, in der Hocke, die Finger der Linken in die Kehle des Mannes gekrallt, in der Rechten die Axt. »Rühr sie nicht an, Mann!«, presste er hervor.

Die Tochter schrie entsetzt auf, aber der Köhler starrte ihn eher überrascht als erschrocken an. Der Zorn brannte in ihm, ein gutes Gefühl, das die Leere verdrängte, und der Namenlose verspürte den Drang, das heiße Verlangen, dem Köhler den Kehlkopf mit bloßen Fingern herauszureißen, nur ein wenig mehr Druck und … aber dann röchelte der Köhler unter seinem harten Griff, und die Wut wich plötzlich der Verwirrung, denn er begriff nicht, warum und vor allem *wie* er das gemacht hatte. Hatte er eben nicht noch friedlich auf seinem Schemel gesessen?

»Lass ihn los!«, kreischte das Mädchen.

Erschrocken nahm er die Hand von der Kehle ihres Vaters, dann stieg er vom Tisch und legte die Axt stumm zur Seite. Er blickte auf die Stelle, an der das Beil eben noch in den Dielen gesteckt hatte. Es waren gute drei Schritte bis dahin. Wie hatte er das nur gemacht?

Köhler Grams röchelte, hustete und massierte sich den Hals. Die Finger hatten tiefe Druckstellen an seiner Kehle hinterlassen. Er wirkte mit einem Mal stocknüchtern: »An dir ist mehr dran, als man sieht, mein Junge, doch sicher nicht viel Gutes«, stieß er keuchend hervor. »Das Beste wäre ohne Zweifel, dich gleich in den Wald zu jagen. Ich bin sicher, die Soldaten am Bach, sie suchen nach dir, und wahrscheinlich sollte ich mir wünschen, dass sie dich schnell fassen.« Wieder hustete er und rang nach Luft. »Dennoch, du bist Gast in meiner Hütte, und das Gastrecht ist heilig. Ich werde nicht zulassen, dass diese Soldaten es mit Füßen treten.«

Der Namenlose starrte zu Boden. Eigentlich hatte der Köhler ihn gerade beleidigt, oder? Er hätte ihn leicht töten können. Es schauderte ihn. Wie leicht es ihm gefallen wäre, wie unglaublich leicht: Das Leben des Mannes hatte zwischen seinen Fingerspitzen gelegen, und irgendetwas in ihm hatte geradezu danach *verlangt* zuzudrücken, den Kehlkopf zu zerquetschen und das Leben aus dem Leib dieses Mannes herauszureißen. Und jetzt schwafelte der davon, ihn wegen des Gastrechts nicht an die Soldaten auszuliefern. Gastrecht? Er hätte diesen angeblichen Meisterringer fast umgebracht. War er wirklich auf die Hilfe dieses Menschen angewiesen? Wäre es nicht besser, einfach zu verschwinden?

»Das mit der Axt ...«, begann der Köhler, schüttelte den Kopf und sagte: »Hier ist Zauberei im Spiel, und wir sollten jemanden fragen, der sich damit auskennt.«

»Ich glaube nicht, dass der Hochmeister sich dazu herablässt, mit uns ...«, sagte Ela, aber ihr Vater schnitt ihr das Wort ab: »Niemand aus der Stadt sollte hiervon erfahren. Nein, ich muss jemand anderen fragen ... Ela, hol mir einen Krug Milch.«

»Milch, Vater?«

»Ich nehme doch an, ihr habt die Kuh heute schon gemolken, oder? Gut. Nun mach schon, und dann zeige ich dem Jungen unser Versteck, aber, um Himmels willen, er soll sich endlich etwas anziehen!«

Die beiden Söhne des Köhlers kehrten zurück. Sie waren fortgeschickt worden, um die Soldaten zu beobachten und an der Furt nach irgendeinem weiteren Hinweis in Bezug auf ihren Gast zu suchen, aber sie hatten dort nichts gefunden. Doch brachten sie andere Neuigkeiten: Die Soldaten hatten einen toten Mann aus dem Kristallbach gezogen, gar nicht weit von der Furt, und trugen ihn in die Stadt. Aber einige waren den Bach weiter hinabgegangen, sie wollten zum See. »Teis Aggi führt sie an. Er hat uns aber nicht verraten, was sie suchen, und auch nicht, wen sie gefunden haben«, erklärte Asgo.

»Hat der Leutnant nach mir gefragt?«, wollte seine Schwester wissen.

Asgo schüttelte den Kopf.

»Dann kommen sie auf dem Rückweg hier vorbei«, sagte Ela.

Der Namenlose fragte sich, woher sie das wusste. Die Dunkelheit in ihm wurde noch finsterer: Ein Toter im Bach? Ob er etwas damit zu tun hatte? er konnte an den Gesichtern seiner Gastgeber sehen, dass sie sich das Gleiche fragten. Natürlich, wie wahrscheinlich war es denn, dass zwei Männer beinahe nebeneinander im selben Bach lagen und nichts miteinander zu tun haben sollten? Doch war da ein Freund an seiner Seite gestorben – oder hatte er einen Feind getötet? Er wusste es einfach nicht. Und das machte ihn zornig.

»Freust du dich darauf, Atgath wiederzusehen, Liebster?«, fragte Shahila. Sie saß mit ihrem Mann in der Kutsche, die von den vier Pferden den Berg hinaufgezogen wurde. Sie kamen langsam voran, der Weg war schlecht, und ihre Leibwache war nicht beritten. Die Baronin fror, und wenn sie aus den kleinen Fenstern blickte, fand sie die hohen, kahlen Berge bedrückend.

»Natürlich freue ich mich. Es ist meine Heimat, Liebste, aber ich kann verstehen, dass du ihr wenig abgewinnen kannst«, antwortete Beleran.

»Das ist nicht wahr!«

»Lass nur, ich kann es verstehen. Oberharetien ist ein armes Land, und die Gegend um Atgath ist sicher nicht das Paradies, vor allem nicht, wenn man wie du aus den warmen Ländern des Südens stammt.«

»Es scheint mir nicht viel kälter als Taddora zu sein, und

der Wind weht nicht so scharf wie bei uns an der Küste«, gab Shahila höflich zurück.

»Und doch wirkst du angespannt«, meinte Baron Beleran, nahm ihre Hand und streichelte sie.

Ob er sie auch streicheln würde, wenn er wüsste, was hier vorgeht?, fragte sich Shahila. Er tat ihr beinahe leid. Er war ein Narr und hatte es nicht besser verdient, aber es wäre ihr leichter gefallen, ihn zu benutzen und zu hintergehen, wenn er nicht ganz so verständnis- und liebevoll gewesen wäre. Doch die Dinge waren in Bewegung gekommen, und jetzt gab es kein Zurück mehr.

»Erzähl mir von Atgath«, bat sie, um sich abzulenken.

»Du wirst die Stadt bald sehen, denn sie liegt zwar zwischen hohen Bergen, thront aber auf einem Hügel über diesem Tal. Sie ist nun seit sechshundert Jahren in der Obhut meiner Familie, und du weißt ja, die Legende sagt, dass die Bergmahre selbst sie für uns gebaut haben.«

»Davon habe ich gehört«, sagte Shahila. Sie hörte ihm gern zu, wenn er über etwas sprach, das ihm am Herzen lag, denn dann konnte er eine überraschende Leidenschaft entfalten.

»Sie ist nicht groß, kein Vergleich zu Frialis oder Cifat oder den anderen großen Städten des Seebundes, oder gar Elagir, deiner Heimatstadt, und wäre das Silber nicht gewesen, dann wäre sie wohl immer noch so unbedeutend, wie sie es lange gewesen ist. Man könnte sagen, dass die zwölf großen Bundesstädte beinahe mit Verachtung auf uns herabgeblickt haben, aber plötzlich, als es hieß, dass es reichlich Silber in unseren Bergen gäbe, da hofierten sie uns und buhlten um unsere Freundschaft. Mein Urgroßvater Hado, Hado II., verstand es, Kapital daraus zu schlagen, und erreichte, dass das kleine Atgath plötzlich Sitz und Stimme im mächtigen Seerat bekam.«

Shahila sah in seinen Augen, wie stolz er auf seine Vorfahren war.

»Es muss eine aufregende Zeit gewesen sein«, fuhr er fort, dann seufzte er. »Es ist beinahe erstaunlich, dass sie uns unsere Rechte nicht wieder genommen haben, als der Silberstrom so schnell wieder versiegte. Ich nehme an, sie konnten sich einfach nur nicht einigen, wie in so vielen Dingen. Mein Bruder Gajan hat mir erzählt, dass die zwölf Städte im Grunde immer noch auf uns herabsehen und nur freundlich sind, wenn sie unsere Stimme brauchen, um irgendetwas zu erreichen.«

»Ich bin neugierig, was mir dein Bruder aus Elagir Neues berichten kann. Dort Botschafter zu sein ist sicher keine leichte, aber eine sehr ehrenvolle Aufgabe«, warf Shahila ein. Sie blickte aus dem Fenster. Kalt und abweisend schien ihr alles, was sie sah.

»Vielleicht hätten wir doch in Felisan auf ihn warten sollen«, meinte der Baron nachdenklich.

Shahila lächelte, weil sie so ihre Gedanken besser verbergen konnte. Ihr Mann war der gutherzigste Mensch, der ihr je begegnet war, aber sie konnte keine Rücksicht auf seine sentimentalen Gefühle nehmen. Prinz Gajan stand ihren Plänen im Weg, das war sein Pech. Und es wäre doch sinnlos gewesen, auf ein Schiff zu warten, das den Hafen nie erreichen würde. Natürlich konnte sie das Beleran schlecht verraten. »Vielleicht ist er uns sogar schon voraus und wartet in Atgath auf uns«, sagte sie. »Und die Straßen in diesem Land sind so schlecht, dass ich sehr froh bin, dass du mir den Umweg über diese Hafenstadt erspart hast, Liebster.« Sie hauchte ihm einen Kuss auf die Wange, und er lächelte sie verliebt an.

Heiram Grams führte *Anuq*, der sicher ganz anders hieß, in die unterirdische Vorratskammer, schob das Regal mit den Äpfeln beiseite und öffnete den geheimen Raum dahinter. Einer seiner Vorfahren musste seinerzeit viel Mühe und Schweiß darauf verwendet haben, ihn anzulegen.

»Sehr groß ist er nicht«, meinte der Fremde stirnrunzelnd.

»Er ist gebaut für ein halbes Dutzend, also stell dich nicht so an«, brummte Grams. Natürlich war er weder groß noch behaglich, es war ein feuchtes Erdloch, ein Unterschlupf für den Notfall, denn auch, wenn schon lange keine Feinde mehr nach Atgath gekommen waren, konnte doch niemand sagen, ob das so bleiben würde, und sicher war nun einmal sicher. Grams fragte sich, ob der junge Mann das kleine Fach unter dem gestampften Lehm finden würde – das Fach, von dem nicht einmal seine Kinder etwas wussten –, aber er nahm es eigentlich nicht an. Es war ohnehin beinahe leer. Irgendwie schien ihm in letzter Zeit das Silber immer schneller durch die Finger zu rinnen. Er gab dem Fremden seine Kleider. Sie waren noch feucht. »Hier hast du auch eine Kerze, aber besser, du machst sie nicht an. Ela holt dich dann, wenn die Luft wieder rein ist, verstanden? Du hast doch keine Angst vor der Dunkelheit, oder? Gut. Und verhalte dich ruhig!«

Er schob den zögernden Fremden in die Kammer, verschloss sie und stellte das Regal wieder auf seinen Platz. Dann schnappte er sich den Milchkrug und verschloss ihn sorgfältig. Die Kuh war neben dem Karrengaul sein wertvollster Besitz, wenn er es recht bedachte. Vor einem Jahr hatte er auch noch einige Hühner besessen und ein Schwein, aber er hatte sie verkaufen müssen. Plötzlich knurrte sein Magen, und er fühlte sich schwach und müde. Er hatte ja noch nicht einmal gefrühstückt. Er warf einen Blick auf die Ecke, in der der Branntwein gelagert war. »Nur einen Schluck«, sagte er sich. Es wurde dann ein sehr großer Schluck, aber er widerstand der Versuchung, sich für unterwegs etwas mitzunehmen, auch wenn er am Eingang lange zögerte. Stattdessen steckte er sich zwei Äpfel ein. Dann hörte er Stimmen näher kommen. Vermutlich waren das schon die Soldaten. Er schloss die Klappe so leise wie möglich und schlich mit dem Milchkrug im Arm durch das Unterholz davon.

»Sieh an, Leutnant Aggi«, sagte Ela, nachdem sie auf sein nachdrückliches Klopfen hin die Tür geöffnet hatte. Er hatte fünf Männer der Wache mitgebracht und strahlte erfreut. Ela achtete darauf, den Leutnant nicht etwa durch Freundlichkeit in seinen vergeblichen Hoffnungen zu bestärken.

»Ela Grams, wie schön, Euch zu sehen«, antwortete er.

»Habt Ihr diese Soldaten mitgebracht, weil Ihr Euch alleine nicht hierhertraut, Herr Leutnant? Ihr braucht keine Angst zu haben, mein Vater ist nicht hier.«

Einer der Soldaten lachte leise, und Aggi warf ihm einen feindseligen Blick zu. »Wir sind hier, weil wir einen Toten im Bach gefunden haben. Und nun fragen wir in der Umgebung, ob jemand etwas Verdächtiges bemerkt hat.«

Ela schüttelte den Kopf. Sie stand mit verschränkten Armen in der Tür und dachte nicht daran, die Soldaten hereinzubitten.

»Es wäre gut, wenn wir in dieser Angelegenheit Euren Vater sprechen könnten, Ela Grams, denn ich glaube, er ist heute Morgen aus der Stadt gekommen, und wir fanden den Toten unweit der Furt, die auf seinem Weg liegt.«

Ela nahm zur Kenntnis, dass der Leutnant sich taktvoll ausdrückte. Es war allgemein bekannt, dass sich ihr Vater immer öfter bis zur Besinnungslosigkeit betrank, und Ela schämte sich schrecklich dafür. Sie beschloss, ihrerseits nicht ganz so rücksichtsvoll zu sein: »Ihr wisst doch, in welchem Zustand er ist, wenn er den *Blauen Ochsen* verlässt. Er schläft, wenn er nach

Hause kommt, und es ist ein Glück, dass der alte Haam, unser Pferd, den Weg zum Stall so gut kennt. Jetzt ist er mit meinen Brüdern unterwegs, um nach den Meilern zu sehen. Aber sagt, wer ist dieser Tote, den Ihr gefunden habt?«

»Verwalter Ludgar.«

»Ich kenne diesen Namen. Der Mann war früher Schreiber beim Gericht, oder? Ihr versteht vielleicht, dass ich keine gute Meinung von ihm habe. Ich kann Euch aber sagen, dass er ganz sicher nicht zu den Männern gehört, mit denen mein Vater trinken würde.«

»Ihr gebt also zu, dass Euer Vater ihn gehasst hat«, meinte einer der Soldaten, ein älterer, vierschrötiger Kerl, als der Leutnant betreten zu Boden schaute.

»Es gibt Männer, die hasst er zweifellos mehr«, gab Ela zornig zurück. Gleich danach hätte sie sich am liebsten auf die Zunge gebissen. War sie etwa dabei, ihren Vater zum Verdächtigen zu machen?

»Auf jeden Fall sollten wir uns da drin mal umsehen«, meinte der Soldat, und Leutnant Aggi nickte zögernd.

Ela versuchte nicht, sie daran zu hindern, und sie sah mit zusammengekniffenen Lippen zu, wie die Soldaten in der kleinen Hütte Hocker umwarfen und sogar unter den Matratzen nachschauten. Leutnant Aggi hinderte sie daran, die Strohmatten mit dem Messer aufzuschlitzen, aber er konnte nicht verhindern, dass zwei ihrer fünf irdenen Teller zu Bruch gingen. Ela schwieg dazu, aber der Leutnant fuhr seine Männer scharf an und schickte sie dann in den Stall, um dort nachzusehen. Offenbar wollte er die Gelegenheit nutzen, um ungestört ein paar Worte mit ihr zu wechseln.

»Es tut mir leid, und ich hoffe, Ihr zieht keine falschen Schlüsse daraus, dass ich hier meine Pflicht erfülle, Ela Grams.«

»Ich ziehe die Schlüsse, die ich ziehen muss, Teis Aggi, und ich erwarte nicht viel von einem Mann, der immer tun wird, was ein Schwachkopf von Hauptmann ihm befiehlt oder was seine Mutter ihn heißt.«

Er wurde rot. »Ich hoffe, Ihr denkt nicht wirklich so von mir«, sagte er verlegen. »Meine Absichten Euch gegenüber sind aufrichtig und ...«

»Und es sind nicht mehr als Absichten, da Euch zu mannhafter Tat doch einiges an Mut zu fehlen scheint, Herr Leutnant. Weiß denn Eure Mutter, dass Ihr hier seid, bei dem armen Köhlermädchen, der Tochter eines Säufers, wie sie auf dem Markt zu sagen pflegt?«

»Bitte, meine Mutter hat doch nichts mit dieser Sache zu tun«, erwiderte der Leutnant verdrossen.

»Glaubt Ihr denn wirklich, eine Frau mit einem Rest Stolz würde Euch in ein Heim folgen, in dem der Herr des Hauses am Rockzipfel seiner Mutter hängt? Ich werde es gewiss nicht tun, Herr Leutnant, und ich wäre Euch dankbar, wenn Ihr das endlich begreifen würdet. Und jetzt tut mir den Gefallen und seht Euren Leuten auf die Finger, bevor sie noch ernsthaften Schaden anrichten.«

Mit hochrotem Kopf folgte Aggi seinen Männern zunächst in den Stall, dann in die Vorratskammer. Ela blieb in der Hütte und lauschte dem rauen Gelächter der Soldaten. Sie war ungerecht zu Teis Aggi gewesen, das wusste sie. Er war unter den Männern, die ihr den Hof machten, noch der Angenehmste, aber er war zur Wache gegangen, und das war noch schlimmer als das, was sie über seine Mutter gesagt hatte. Sie hörte draußen etwas zerbrechen. Ihr Vater war bei den Soldaten, zumal den älteren, ziemlich unbeliebt, und sie wusste, dass sie es genossen, ihm zu schaden. Sie hörte einen Krug zersplittern, dazu ein gehässiges Lachen, und dann die Stimme des Leutnants, der sich immerhin bemühte, seine Leute im Zaum zu halten. Seine Männer marschierten schließlich ab, und Aggi kam noch einmal allein zur Hütte zurück. Er wirkte verlegen und sagte zum Schluss: »Der Branntweinvorrat Eures Vaters ... es tut mir leid. Wenn Ihr eine Liste jener Dinge erstellt, die heute beschädigt wurden, dann werde ich dafür sorgen, dass unser Zahlmeister sie ersetzt.«

»Ich glaube nicht, dass mein Vater von irgendjemandem aus der Burg Geld annehmen wird.«

Der Leutnant nickte düster. »Ich kann nicht mehr tun, als es anzubieten, aber ich hoffe, dass Ihr mich, der ich erst viel später zur Wache kam, nicht für das verantwortlich macht, was damals geschehen ist.«

Ela zuckte mit den Achseln. »Ihr habt die Geschichte gekannt und seid trotzdem Soldat geworden. Das war Eure Entscheidung, Herr Leutnant, nicht meine.«

»Wenn ich kann, werde ich versuchen, Euren Vater und Euch vor weiterem Schaden in dieser Sache zu bewahren.«

»Das sollte Euch nicht schwerfallen, denn wir haben nichts mit dem Tod des Verwalters zu tun. Oder glaubt Ihr etwa, mein Vater würde zu seinem Vergnügen Leichen spazieren fahren? Fragt doch die Wachen am Tor, die ihn heute Morgen gesehen haben müssen, aber – Augenblick, so wie Ihr mich anseht, habt Ihr das längst getan!«

Der Leutnant nickte zögernd. Er sah traurig aus, als sie ihm wütend die Tür vor der Nase zuschlug.

Tief in den Katakomben von Burg Atgath nahm der Adlatus die Meldung von Hauptmann Fals entgegen. Die Soldaten hatten die improvisierte Bahre mit dem Leichnam des Verwalters einfach auf den Boden gestellt, und sie wechselten Blicke, die Bahut Hamoch verrieten, dass sie sich schon im Vorraum seines Laboratoriums äußerst unbehaglich fühlten. Er wusste, dass es viele Gerüchte über das gab, was er hier unten tat, und er war dankbar für die abschreckende Wirkung, die das Gerede entfaltete, denn es bedeutete, dass er selten gestört wurde. Jeder, der sich trotzdem hier heruntertraute, wartete im Vorraum, bis Esara, seine Dienerin – die Einzige, die ungefragt das eigentliche Laboratorium betreten durfte –, ihn holte.

»Tatsächlich, Apei Ludgar«, sagte er nun, als er den Mantel, mit dem die Soldaten die Leiche bedeckt hatten, zurückschlug. »Seltsam, nicht wahr, Herr Hauptmann?«

»Jawohl, Herr.«

»Leider können wir wohl nicht davon ausgehen, dass er es war, der über das Dach der Burg geklettert ist.«

»Natürlich nicht, Herr«, beeilte sich der Hauptmann zuzustimmen.

»Ich sehe Euch an, dass Ihr da vielleicht anderer Meinung seid, Hauptmann.«

»Nein, Herr, der Mann war doch beinahe sechzig, allerdings ...«

»Bitte, nur zu. Wir sind doch unter uns«, ermunterte ihn Hamoch.

»Als Erster Verwalter hatte er immerhin einen Schlüssel, Herr.«

»Sehr richtig, Hauptmann. Aber wenn er doch alle Pforten öffnen kann, warum geht er dann übers Dach? Nein, ich fürchte, Ihr müsst weitersuchen.«

»Natürlich, Herr, das habe ich bereits veranlasst. Meine Männer befragen die Fischer unten am See und auch alle anderen, die im Umland wohnen.«

»Sehr gut. Seht, er wurde offensichtlich erstochen, unser Erster Verwalter.«

»Vielleicht war es nur ein Raub, Herr. Er trieb sich oft nachts in der Neustadt herum.«

Der Adlatus glaubte nicht, dass der Hauptmann auch nur einen blassen Schimmer davon hatte, was vor sich gegangen war, aber das war wohl auch nicht zu erwarten.

»Ein Raubmord, Fals?«

»So etwas ist schon vorgekommen, Herr.«

»In Atgath?«, fragte Hamoch betont freundlich.

»Nein, Herr«, beeilte sich Fals zu versichern. »Man hört es aber aus Felisan, auch in den Bergen soll es ...«

»Hauptmann Fals, Apei Ludgar wurde nicht in Felisan getötet, sondern in unserer Stadt, und offensichtlich habt Ihr nicht die leiseste Ahnung, was dahintersteckt!«

Fals verstummte, und Hamoch fragte sich, wie der Mann Hauptmann geworden war. Er war offensichtlich völlig unfähig, und er trank mehr, als ihm guttat. Der Zauberer erinnerte sich daran, dass ihm Richter Hert vor einiger Zeit erzählt hatte, dass es vermehrt Diebstähle in Atgath und Überfälle auf Händler in den Bergen gab und dass die Wache keine Ahnung hatte, wie sie der Sache Herr werden sollte. Händler? Die Pässe über das Paramar waren schwierig, im Winter unpassierbar, und nördlich des Hochgebirges lag karges Hochland, besiedelt von Nomaden, die außer ihren struppigen Pferden nicht viel anzubieten hatten. Nur wenige Händler nahmen den Weg auf sich, und wenn die Räuber diese Männer abpassen wollten, brauchten sie viel Geduld. Dennoch konnte man das nicht auf sich beruhen lassen, zumal es offensichtlich auch in Atgath Schwierigkeiten gab. Er war in den letzten Wochen wohl einfach viel zu beschäftigt gewesen, um seine Aufmerksamkeit diesen Dingen zu widmen. »Wie ich hörte, soll es in unserer Stadt zuletzt einige Einbrüche gegeben haben, Hauptmann.«

»Wie? Ja, Herr, das ist leider wahr.«

»Und Ihr habt auch in dieser Angelegenheit bisher nichts erreicht?«

»Einmal hatten wir drei verdächtige Männer in die Enge getrieben, Herr, doch dann waren sie plötzlich wie vom Erdboden verschluckt. Immerhin konnten wir ihre Beute sicherstellen.«

»Was war es?«

»Wie, Herr?«

»Die Beute – was haben diese Männer geraubt, die Euch entwischt sind?«

»Es waren zwei silberne Leuchter, Herr. Aus dem Haus von Zunftmeister Haaf. Er war sehr erfreut, dass wir ihm diese Erbstücke ...«

»Und die Verdächtigen, wurden sie erkannt?«

»Leutnant Aggi behauptete damals, wenigstens einer hätte vorher im Schuldturm gesessen, ein Fischer, unten vom See. Doch meines Wissens hat dieser Mann die Stadt lange schon verlassen. Jedenfalls hat man ihn seither nicht mehr gesehen.«

Hamoch seufzte. Hatte etwa ein gewöhnlicher Dieb versucht, in die Burg einzudringen? Und Ludgar? Ein Helfershelfer? Warum war er ermordet worden? Das alles passte nicht zusammen.

»Gut, ich danke Euch für Eure Bemühungen, Hauptmann, aber ich fürchte, Ihr müsst weitersuchen.«

Der Hauptmann nickte und sah nicht sehr begeistert aus, während seine beiden Männer es wohl kaum noch abwarten konnten, den Raum endlich zu verlassen. Bei anderer Gelegenheit hätte ihr Unbehagen den Magier vielleicht sogar amüsiert, aber die Sache war zu ernst. »Ist noch etwas?«, fragte er, weil der Hauptmann an der Tür zögerte.

»Nun, Ludgars Leiche, Herr. Seine Witwe wird fragen, wann sie ihn beerdigen kann.«

Der Adlatus nickte gedankenverloren. »Gut, sagt ihr, dass wir sie gründlich untersuchen müssen. Ich werde ihr seine Asche zukommen lassen.«

»Seine Asche, Herr?«

»Eine gründliche Untersuchung macht es vielleicht erforderlich, dass ich den Mann aufschneiden muss, und das ist ein Anblick, den man einer Witwe doch ersparen sollte, findet Ihr nicht? Ich werde dabei selbstverständlich die Gebote der Götter beachten.«

»Selbstverständlich, Herr.« Der Hauptmann salutierte und ging endlich.

Der Adlatus rief nach Esara, seiner Dienerin und rechten Hand. Als sie eintrat, war er mit der Untersuchung der Wunde bereits fertig. Es war ein einfacher Stich mit einer langen, leicht gebogenen Klinge, also eher von einem Dolch als von einem Messer. »Esara, bring mir Wasser und ein Tuch für meine Hände. Dann bereite eine Urne vor und bring sie morgen zu Ludgars Witwe. Du kannst Asche aus dem Kessel nehmen. Und dann sorge dafür, dass unsere Helfer den Bottich vorbereiten und den Körper in der Schlachtkammer auf meinen Tisch legen. Ich würde mich gerne sofort und selbst darum kümmern, aber ich denke, es ist klüger, erst Meister Quent meine Aufwartung zu machen.«

Hochmeister Nestur Quent schritt durch die Flure von Burg Atgath. Er hatte nur drei Stunden geschlafen, aber er brauchte zum Glück nicht mehr viel Schlaf und war schon wach gewesen, als ihm der Adlatus die Neuigkeiten überbracht hatte. Vermutlich hatte Hamoch Recht, und der Tod des Verwalters hing irgendwie mit dem geheimnisvollen Eindringling vom Dach zusammen. Der Adlatus hatte in der kurzen Zeit erstaunlich viel in Erfahrung gebracht, was Quent das gute Gefühl gab, sich richtig entschieden zu haben, als er ihm die Sache überlassen hatte. Hamoch schien wenigstens dieser Sache gewachsen, und er konnte sich um wichtigere Dinge kümmern. Er blickte aus dem Fenster. Wie er vorhergesagt hatte, würde es ein klarer Tag mit wenigen Wolken und höchstens sehr kurzen Schauern werden. Seine Vorhersagen waren berühmt, und die Bauern der Gegend verließen sich – vollkommen zu recht – auf seine Fähigkeiten in dieser Frage. Er musste plötzlich daran denken, dass er früher noch viel weiter gegangen war: Er hatte Regen gemacht, zum letzten Mal in jenem berühmten trockenen Sommer vor fast dreißig Jahren. Seine Miene verdüsterte sich. Die Bauern hatten seiner Kunst nie getraut, und bedauerlicherweise hatten sie damals Recht behalten: Am See waren einige Häuser überschwemmt worden, und dann hatte in einem Dorf oberhalb der Stadt ein Bergrutsch sieben Menschen unter sich begraben. Natürlich war es, wie die Bauern dachten, seine Schuld gewesen. Es hatte viel böses Blut gegeben, als er in das Dorf gekommen war, um die Schäden und die Toten mit eigenen Augen zu sehen. Es hätte nicht viel gefehlt, und sie hätten ihn angegriffen. Auch am See hatte es Tote gegeben. Zwei Kinder waren ertrunken, und die Mutter, die sich ins Wasser gestürzt hatte, um die beiden Kleinen zu retten, war ebenfalls umgekommen. Hier hatte es keine Vorwürfe gegeben, nur stumme Blicke. Aber diese drei Leichen, sie erschienen ihm noch heute von Zeit zu Zeit im Traum und sahen ihn aus ihren toten Augen anklagend an. Quent seufzte, weil diese Erinnerung so lebendig vor ihm stand, als sei es gerade erst geschehen. Immerhin, dieser Tag hatte ihn Vorsicht und Bescheidenheit gelehrt, und seit er das Wetter nur noch vorhersagte, liebten ihn die Bauern. Manchmal war es eben besser, sich zurückzuhalten. Er holte Luft. Er hatte noch keine Ahnung, wie er dem Herzog die Ereignisse der Nacht erklären sollte, aber erklären musste er sie, denn in der Burg wurde schon getuschelt, und es war besser, der Herzog hörte es von ihm und nicht von der Dienerschaft.

Auf dem Weg durch die verwinkelten Flure dachte er daran zurück, wie er einst hierhergekommen war. Der alte Segoch, damals Zauberer und Kanzler von Atgath, hatte ihn eingeladen, und Quent, jung und voller Tatendrang, war gekommen, um zwei oder drei Jahre zu bleiben und von dem Alten zu lernen. Aber dann hatte ihm Meister Segoch das Geheimnis der Burg enthüllt, und Quent war geblieben. Alerion war damals Herzog gewesen, und nun war es Hado, sein Enkel. Er erinnerte sich mit einem Lächeln daran, wie er dem kleinen Hado und seinen Brüdern früher seine Kunststückchen gezeigt hatte: Er hatte es in der großen Halle über irgendeinem unglücklichen Bediensteten regnen lassen, hatte Wolken und Regenbögen über dem Tisch geschaffen. Es fiel ihm schwer zu glauben, dass es beinahe dreißig Jahre zurück lag. Damals war er für einen Zauberer jung, voller Kraft und vielleicht sogar ein wenig überheblich gewesen. Nun war er selbst »der Alte«, aber er hatte dennoch nicht vor, Bahut Hamoch etwas von Atgaths Geheimnis zu verraten, noch nicht.

Herzog Hado III. empfing seinen Magier im Schlafgemach, das er an diesem Tag, obwohl es schon Mittag war, nach Aussagen seiner Diener noch nicht verlassen hatte. Die Vorhänge vor den schmalen Fenstern waren zugezogen, und der Herzog saß in einem Hausmantel am Tisch und frühstückte.

»Ostig, um der Götter willen, lasst doch etwas Licht herein«, rief Quent dem alten Diener zu, dem einzigen, den der Herzog länger in seiner Nähe duldete. Ostig zögerte, aber der Herzog erlaubte es mit matter Geste.

»Hoheit, wie ist Euer Befinden?«, begann Quent förmlich.

»Nicht gut, alter Freund, nicht gut«, erwiderte der Herzog. Seine Augenlider wirkten schwer, sein ganzes Gesicht drückte Müdigkeit aus.

»Die Kopfschmerzen, Hoheit?«

»Es ist das Wort, Quent, es ist das Wort. Es drängt alle anderen Worte zur Seite, versteht Ihr?«

Quent nickte. Sie hatten alle Kräuter und Pulver dieser Welt versucht, aber gegen diesen einen, bestimmten Schmerz hatten sie nichts ausgerichtet, denn er war magischen Ursprungs. Quent spürte sein schlechtes Gewissen, denn er hatte dem Herzog Abhilfe versprochen, aber in letzter Zeit seine Bemühungen fast aufgegeben.

»Im Sommer ist es leichter zu ertragen, aber jetzt, im Herbst, wenn die Nächte immer länger werden ... Wisst Ihr, ich fürchte das Aufwachen so sehr, dass ich schon gar nicht mehr zu Bett gehen will, versteht Ihr?«

»Ich verstehe, Hoheit«, sagte Quent. Er hörte diese Klage nicht zum ersten Mal.

»Gestern Nacht, ich konnte nicht schlafen, da hörte ich einen dumpfen Knall, hoch oben, vom Dach. Ich habe Ostig danach gefragt, aber er wusste nichts darüber.«

Die Explosion hatte sich kurz vor Morgengrauen ereignet. Quent hatte sie ebenfalls gehört und ihr – sträflicherweise, wie er nun wusste – keine Beachtung geschenkt. Der Herzog war so lange wach geblieben? Da war es kein Wunder, dass er so erschöpft aussah. »Es besteht kein Grund zur Beunruhigung, Hoheit. Ein Einbrecher hat versucht, sich Zutritt zur Burg zu verschaffen, aber wir hatten Vorkehrungen getroffen. Es war eine unserer Fallen, die Ihr gehört habt.«

Der Herzog runzelte die Stirn. »Eine Falle? Eine von diesen neuen Erfindungen Eures Stellvertreters?«

»So ist es, und ausnahmsweise hat sie funktioniert. Der Eindringling stellt keine Gefahr mehr dar.« Er bemühte sich, Zuversicht auszustrahlen.

Der Herzog warf missmutig seine Gabel fort. »Quent, ich bitte Euch, das ist doch noch nicht alles, oder?«

Der Zauberer warf Ostig einen finsteren Blick zu, und dieser sah schuldbewusst zu Boden. »Nein, Hoheit, es gab einen Toten in der Nacht. Einer der Verwalter ist gestorben. Man hat ihn jedoch weit vor den Mauern Eurer Stadt gefunden.«

Der Herzog nahm die Gabel wieder auf und stocherte lustlos in der üppigen Platte mit Wildbret, die vor ihm auf dem Tisch stand. »Was meint Ihr, sollten wir den Jahrmarkt und das Bankett da nicht besser absagen, Quent?«

Er stellte die Frage beinahe beiläufig, aber der alte Zauberer wusste, welche Abscheu der Herzog vor diesem Fest empfand. Er zeigte sich immer seltener in der Öffentlichkeit, und er vermied Auftritte bei öffentlichen Anlässen, wo er nur konnte. Natürlich war nicht daran zu denken. »Es ist die Sechshundertjahrfeier, Hoheit.«

»Sechshundert Jahre«, echote der Herzog matt.

»Immerhin wird ein Gesandter aus Frialis zugegen sein, eine Ehre, die uns sehr selten zuteilwird.«

Der Herzog nickte. »Ich weiß. Ist es nicht unglaublich?«

»Was, bitte, Hoheit?«

»Wie lange es schon her ist, dass meine Vorfahren diesen Ort übernahmen. Sechshundert Jahre ohne eine einzige Unterbrechung oder auch nur eine Abzweigung in eine Nebenlinie. Ist das nicht ein Wunder?«

Der Zauberer nickte. Wenn man das erste Mal darüber nachdachte, erschien es wirklich wie ein Wunder. Wenn man aber Bescheid wusste, dann war es erstaunlich, dass sich niemand darüber wunderte.

Der Herzog seufzte und blickte gedankenverloren aus dem Fenster. Dann sagte er: »Wisst Ihr, Quent, ich wollte, die Mahre hätten diese Stadt behalten.«

Köhler Grams kämpfte sich schwitzend den Hang hinauf. Er fühlte sich elend und verfluchte sich dafür, nichts zur Stärkung mitgenommen zu haben. Als er sich umwandte, sah er Atgath auf der gegenüberliegenden Seite des Tals, schon ein gutes Stück unterhalb. Rauch stieg aus den vielen Schornsteinen auf, und er fragte sich, ob den Leuten dort unten nicht ebenso warm war wie ihm. Die Herbstsonne stand schon im Mittag, und er gab ihr die Schuld für seine Erschöpfung. Oder war es etwa doch seine eigene Schwäche? Er wusste es nicht und kletterte weiter. Es gab auch einen gewundenen, leichteren Pfad zur alten Silbermine hinauf, aber er hatte es eilig. Unten, am Fuß des Grauhorns, hatte er es noch für eine gute Idee gehalten, die Abkürzung zu nehmen. Jetzt war er sich nicht mehr so sicher. Wo war nur die Kraft seiner Jugend geblieben? Er wischte sich den Schweiß von der Stirn. Er hätte die Milch besser in einem Schlauch befördert – der Krug erwies sich als unhandlich, und er hätte sicher die Hälfte verschüttet, wenn er ihn nicht verschlossen hätte. *Hoffentlich,* so dachte er, *ist die Milch nicht sauer geworden.*

Er war dann doch ziemlich überrascht, als er auf einmal bemerkte, dass er die Mine bereits erreicht hatte. Der alte Pfad kreuzte seinen Weg, und der dunkle Eingang lag nicht einmal einen Steinwurf entfernt. Er ließ sich ins Gras fallen und atmete erst einmal durch, dann schleppte er sich hinüber zum Stollen. Er war nicht besonders tief. Die Silberadern in den Bergen rund um Atgath folgten alle demselben bitteren Muster: Sie begannen ergiebig und versiegten ausnahmslos alle nach wenigen Schritten wieder vollständig. Der große Silberrausch hatte sich vor seiner Geburt ereignet, aber sein Großvater hatte ihm Geschichten erzählt: von den vielen Menschen, die plötzlich ins Tal gekommen waren, so vielen, dass Atgath sie nicht mehr hatte aufnehmen können, und wie in großer

Hast die Neustadt aus dem Boden gestampft worden war. Auch die Burg hatte man umbauen müssen, und trotzdem war sie von Soldaten schier übergequollen, denn der Seebund hatte den neu entdeckten Reichtum gut geschützt wissen wollen. Gute Zeiten waren das für die Köhler gewesen, denn die Erzschmelzer brauchten viel Holzkohle für ihr Werk. Aber dann war eine Enttäuschung der anderen gefolgt, und als auch die Letzte der entdeckten Silberadern versiegt war, waren die Bergleute und all die anderen wieder gegangen; die Händler, die Holzfäller und Zimmermänner, die Schmelzer und Veredler und all die Handwerker, die den Bergleuten zugearbeitet hatten. Am Ende waren auch die Soldaten verschwunden, und zurückgeblieben war nur ein Bodensatz von Bettlern, Huren und Strauchdieben. So hatte es sein Großvater erzählt. Immerhin, das war der eigentliche Gewinn daran, war auch seine Großmutter damals mit ihrem Vater, einem Zimmermann, nach Atgath gekommen und geblieben, und so hatte die Geschichte, wenigstens für Großvater Grams, doch auch ihr Gutes gehabt.

Der Köhler trat in den dunklen Stolleneingang. Er ging einige Schritte hinein, suchte, bis er im Halbdunkel die abgebrochene und rostige Spitzhacke fand, nahm sie, schlug dreimal hart auf den Fels, wartete, schlug wieder dreimal zu und dann noch dreimal. Anschließend legte er die Hacke zurück in den Spalt, aus dem er sie genommen hatte, griff nach dem Branntweinkrug, den er dort versteckt hatte, setzte sich an den Stolleneingang, ließ sich die Herbstsonne ins Gesicht scheinen, trank und wartete.

Der Namenlose, der von dem Mädchen in der Köhlerhütte hartnäckig *Anuq* genannt wurde, fühlte sich unbehaglich. Seine Kleider waren immer noch nicht ganz getrocknet, aber sie waren besser als dieser lächerliche Vorhang.

»Hast du nicht etwas zu tun, am See vielleicht?«, fragte das Mädchen, aber die Frage war nicht an *Anuq* gerichtet.

»Vater sagte, ich soll dich nicht alleine lassen mit dem da«, erwiderte ihr Bruder Asgo.

»Er heißt Anuq.«

»Das hast du dir doch nur ausgedacht. Er weiß doch selbst nicht, wie er heißt.«

Das Mädchen warf ihrem Bruder einen finsteren Blick zu. Dem jüngeren, Stig, war wieder die Aufgabe zugefallen, die Meiler zu kontrollieren, und er war maulend verschwunden. Asgo schien den Auftrag, die Ehre seiner Schwester zu schützen, sehr ernst zu nehmen, etwas, das der Namenlose aus Gründen, die ihm nicht ganz klar waren, sogar guthieß. Sie schien damit weit weniger glücklich zu sein.

Er saß mit verschränkten Armen auf seinem Schemel und sah ihr zu, wie sie die letzten Tonscherben, die nach dem Besuch der Soldaten zurückgeblieben waren, zusammenfegte.

»Wie bist du auf diesen Namen gekommen?«, fragte er.

»Wie? Ach, letztes Jahr, auf dem Jahrmarkt, da war ein Vogelhändler. Er hatte auch einen Schwarzen Sperber von den südlichen Inseln mitgebracht. Den verkaufte er allerdings nicht, aber er hatte ihm Kunststücke beigebracht, die der Sperber zur Unterhaltung des Publikums darbot.« Sie schien an seinem Gesicht ablesen zu können, dass es ihm nicht gefiel, mit einem dressierten Vogel verglichen zu werden, und fügte schnell hinzu: »Und dieser Sperber, er hieß Anuq und hatte ganz glattes schwarzes Gefieder. Dein Haar hat mich daran erinnert.« Und dann errötete sie.

»Ich kenne den Sperber, doch weiß ich nicht, woher. Ein kleiner Räuber, nicht sehr stark, aber geschickt«, sagte *Anuq* schließlich höflich, weil es in der ärmlichen Hütte so still geworden war.

»Und du weißt wirklich nicht, wo du herkommst?«, fragte Asgo.

Der Namenlose schüttelte den Kopf. Er wusste es nicht – irgendetwas oder irgendjemand hatte ihm die Erinnerung geraubt. Das machte ihn zornig. Und nun sollte er einen Vogelnamen tragen – *Anuq*. Das war lächerlich!

»Erinnerst du dich wirklich an gar nichts?«, fragte das Mädchen nicht zum ersten Mal.

Er schloss die Augen und starrte in seine innere Finsternis, bevor er antwortete: »Manchmal, da blitzen Bilder auf, die ich nicht erkennen kann. Weiße Felsen, ein verzerrtes Gesicht, jemand scheint zu schreien, aber nicht mehr.« Da war noch etwas, ein Bild von einer Frau, undeutlich, nur ein sanft geschwungener Nacken und samtene Haut, aber das behielt er vorerst für sich. Er spürte eine Verbindung zu dieser Frau, und es machte ihn wütend, dass man ihm auch die Erinnerung an sie geraubt hatte. Sollte er einfach nur abwarten, bis der Köhler von seinem geheimnisvollen Ausflug zurückkehrte? Nein! Er stand auf. »Ich brauche andere Kleidung«, sagte er.

»Ich kann den Riss in deinem Wams flicken, wenn du willst. Das Tuch deiner Gewänder ist besser als alles, was wir dir anbieten könnten.«

»Ich muss in die Stadt, denn nur, wenn ich in Erfahrung bringe, was dort vorgefallen ist, kann ich vielleicht das wiedererlangen, was mir genommen wurde. Dabei sollte ich aber etwas weniger Auffälliges tragen. Und ich kann euch nicht sagen, warum, aber ich verbinde Unheil mit diesen Gewändern.« Er starrte auf seine schwarzen Kleider. Sie hatten viele kleine Taschen, auch auf der Innenseite, aber sie waren alle leer, es gab nichts, das etwas über ihren Besitzer verriet. Es schienen ihm aber die Gewänder eines Mannes zu sein, der etwas zu verbergen hatte. Hatte er etwas zu verbergen?

»Vater hat gesagt, du sollst warten«, meinte Asgo.

»Und worauf? Er hat ja weder euch noch mir gesagt, wo er hinwill mit seinem Krug Milch«, sagte der Namenlose, und er versuchte, nicht zu sehr durchklingen zu lassen, wie wenig er von dem Köhler hielt.

»Du willst also in die Stadt?«, fragte das Mädchen. Sie nahm ihre graue Schürze ab.

Er nickte. Alles war besser, als tatenlos herumzusitzen.

»Ich begleite dich«, erklärte sie schlicht.

»Vater würde dir das nie erlauben. Und er wird bestimmt sehr wütend, wenn er es erfährt.«

»Ich bin vor ihm zurück, Asgo. Und wenn nicht, dann sag ihm ... sag ihm, dass ich mit Anuq zu Tante Zama gegangen bin.«

Ihr Bruder legte den Kopf schief und sah sie zweifelnd an.

»Ich kann nicht erlauben, dass du deinen Vater meinetwegen anlügst. Es ist besser, du bleibst hier«, sagte der Namenlose.

»Ob ich ihn anlüge oder nicht, kannst du getrost mir überlassen, Anuq. Warte, ich suche dir einige Sachen von ihm heraus. Sie sind dir sicher zu weit, aber mit einem Gürtel wird es schon gehen.«

»Es könnte gefährlich werden«, wandte er ein. »Du weißt, man hat einen Toten gefunden.«

Sie rümpfte ihre leicht himmelwärts weisende Nase: »Kennst du denn irgendjemanden in der Stadt? Nein! Du weißt ja nicht einmal, ob du schon mal in Atgath gewesen bist. Du brauchst jemanden, der dich führt.«

»Aber Ela, Vater hat dir verboten, allein in die Stadt zu gehen.«

»Ich bin ja nicht allein.«

»Aber Ela ...«

»Du trägst hier solange die Verantwortung, Asgo. Wenn ich

bis zum Abend nicht zurück bin, erinnere deinen Bruder daran, etwas zu essen, falls Vater auch noch fort sein sollte. Ich bringe ihn nur in die Stadt zu Meister Dorn, der weiß doch meistens, was vorgeht. Und dann komme ich zurück.«

Asgo schüttelte den Kopf. »Die Wachen werden Fragen stellen.«

»Was ist schon dabei, wenn mein Vetter aus dem Süden mir hilft, eine Fuhre Holzasche zu Meister Dorn zu bringen?«

»Aber wir haben ihm erst letzte Woche ...«

»Und du meinst, das wissen die Soldaten noch? Die denken doch nicht weiter als bis zum Rand ihrer Helmkrempe. Und jetzt geh und spanne Haam vor den Karren, und du, Anuq, kannst dich ruhig auch endlich einmal nützlich machen.«

Er nickte. *Anuq* – der Schwarze Sperber. Der Name war wirklich gerade einmal besser als gar keiner. Er würde ihn nur so lange tragen, bis er seinen eigenen wiederfand. Das Mädchen schien wild entschlossen, ihm zu helfen. Er fragte sich, was sie sich davon versprach. Aber offensichtlich hatte sie einen Plan, und das war mehr, als er von sich behaupten konnte.

Der Köhler blickte über das Tal und nahm einen Schluck aus dem Krug. Die schnell ziehenden Wolken sorgten für ein lebhaftes Schattenspiel. Er konnte Menschen sehen, die die Straße zur Stadt hinaufpilgerten, viele Menschen, denn es war der erste Tag des dreitägigen Jahrmarkts. Als er jünger gewesen war, hatte er diese Festtage und die Kämpfe kaum erwarten können. Jetzt fand er, dass aus dieser Höhe alles klein und unbedeutend wirkte. Er trank langsam, um sich den Branntwein einzuteilen, denn er hatte keine Ahnung, wie lange er warten musste. Wenn er Pech hatte, konnte es bis zum Abend dauern, vielleicht sogar bis zum nächsten Tag. Er aß einen Apfel und wünschte sich, er hätte mehr zu essen mitgenommen.

Hinter ihm räusperte sich jemand.

Er warf einen Blick über die Schulter. »Das ging ja schnell«, stellte er fest.

Der Neuankömmling nickte. Er war keine drei Ellen groß und so feingliedrig, dass er beinahe zerbrechlich wirkte. Seine Haut war ungewöhnlich bleich, beinahe weiß, und die Augen in dem schmalen Gesicht lagen tief und dunkel in den Höhlen. Wenn Grams jedoch genauer hinsah, meinte er immer, ganz tief im Inneren einen fahlen Funken glimmen zu sehen.

»Ich habe dir Milch mitgebracht, Marberic«, sagte er.

Der so Angesprochene setzte sich neben ihn und blinzelte in die Sonne, aber der Milchkrug schien ihn nicht zu interessieren. »Es ist jemand nach Mahratgath gekommen«, begann er stattdessen.

»Nach Atgath?«, fragte der Köhler, der sich dunkel erinnerte, dass die Stadt früher die Mahre im Namen geführt hatte. Er stopfte den Korken in den Krug. Es war vielleicht besser, jetzt nichts mehr zu trinken.

»Ja, Atgath. Jemand, der schon lange nicht mehr hier war.«

Grams wartete ab. Die Erfahrung hatte ihn gelehrt, dass er dem Mahr Zeit geben musste. Marberic pflegte nicht viel Umgang mit Menschen, und ihm fehlten oft die richtigen Worte, wenn er etwas sagen wollte.

»Er hat etwas von uns. Aber er hat es nicht von uns«, erklärte der Mahr jetzt.

Grams kratzte sich am Kopf, denn das verstand er nicht. »Es ist auch jemand in meine Hütte gekommen. Ein junger Fremder, aus dem Süden.«

»Jung?«

»Zwanzig, vielleicht. Er sagt, er weiß nicht, wer er ist. Ich habe aber gesehen, dass er Zauberkräfte hat.«

»Ein Zauberer? Hat er etwas von uns?«

»Du meinst einen Ring oder so etwas? Nein, ich glaube nicht, mir ist keiner aufgefallen, und ich habe ihn sogar nackt gesehen, worauf ich, wenn du mir das glauben magst, gerne verzichtet hätte, denn nicht nur ich, sondern auch meine Tochter hat ihn so gesehen, und das schickt sich nun wirklich nicht. Jedenfalls war da kein Ring. Und noch etwas war da nicht – oder vielmehr, ich habe es nicht gesehen –, seine Tätowierung. Verstehst du? Die blauen Linien, die alle Magier tragen müssen. Er hatte keine, aber er hat gezaubert, das habe ich gesehen.«

Der Mahr nickte freundlich und kratzte sich dann an seinem schütteren, dunklen Bart, was Grams verriet, dass er kein Wort verstanden hatte. »Du weißt doch, alle Zauberer müssen die Zeichen tragen, seit dieser Sache damals, vor hundert Jahren oder so. Du erinnerst dich?«

Ein erfreutes Aufleuchten der kleinen Augen verriet, dass Marberic jetzt wenigstens ahnte, wovon Grams sprach. »Welche Art Zauber?«, fragte er.

Der Köhler kratzte sich nachdenklich am Hinterkopf, weil er versuchen wollte, es möglichst einfach zu erklären: »Da war eine Axt, ein paar Schritte von ihm weg, also außer Reichweite, aber plötzlich hielt er sie in der Hand. Einfach so. Und jetzt sitzt er unten in meiner Hütte. Ela ist bei ihm. Sie wird ihrer Mutter von Tag zu Tag ähnlicher, weißt du?« Er fragte sich, wie er seine Tochter nur mit dem Fremden allein lassen hatte können. War er so benebelt gewesen? Er starrte den Branntweinkrug an. Dann nahm er einen Schluck, den letzten. *Kein Tropfen mehr, bis diese Sache geklärt ist,* versprach er sich.

Der Mahr schüttelte ernst den Kopf. »Er sprach mit dem Wasser.«

»Wer?«

»Der, der lange nicht hier war. Er hat geschworen, nicht wiederzukommen.«

»Das hat er gesagt?«, fragte der Köhler, weil er wieder nicht folgen konnte. Sie redeten offensichtlich aneinander vorbei.

»Nein, nicht heute, damals. Ich habe wenig verstanden. Er flüstert mit Wasser, nicht mit Stein. Zwingt es. Er ist stark.« Der Köhler wusste nicht weiter. Eigentlich hatte er den Mahr um Rat fragen wollen. Aber das kam ihm plötzlich lächerlich vor. Was sollte dieses Bergwesen von seinen Nöten verstehen?

Marberic stand auf und streckte die Hand aus. »Komm.«

»Wohin?«

»Vielleicht verstehst du ihn besser als ich.«

»Wen?«

»Den, von dem ich sprach. Es ist wichtig«, sagte der Mahr. Der Köhler erhob sich schwerfällig. »Die Milch«, sagte er.

»Später«, sagte der Mahr und warf einen Blick auf den Krug, aus dem Grams Verlangen las. Dann drehte er sich um und ging in den Stollen.

Grams blickte vom Milch- zum Branntweinkrug und zurück. Er würde lächerlich aussehen, wenn er dem Mahr mit zwei Krügen hinterhertrottete, und eigentlich hatte er sich ja auch vorgenommen, mit dem Branntwein langsam zu machen. »Ist es weit?«, fragte er.

»Nicht sehr«, sagte der Mahr und streckte wieder die Hand aus.

Grams seufzte, nahm noch einen allerletzten Schluck für den Weg und versteckte den Branntwein wieder in der Felsspalte. Dann nahm er den Milchkrug und folgte dem Mahr in das verlassene Bergwerk hinein. Nach wenigen Schritten standen sie vor einer finsteren Felswand. Hier hatten die Bergleute eingesehen, dass die Silberader schon erschöpft war, und aufgegeben. »Und jetzt?«, fragte Grams. Ihm fiel auf, dass er sich nie gefragt hatte, wo Marberic eigentlich herkam, wenn sie sich hier trafen.

Der Mahr antwortete nicht. Er griff nach der Hand des Köhlers und zog ihn in den Felsen hinein.

»Wir verreiben einfach noch etwas mehr Asche in deinem Gesicht, und schon siehst du aus wie ein echter Köhler«, sagte Ela.

Der Fremde brummte unzufrieden, aber dann ließ er sie gewähren. Er trug über seinen schwarzen Sachen eine alte, zu kurze und zu weite Hose ihres Vaters, außerdem einen vielfach zerrissenen grauen Umhang mit Kapuze, die sie ihm in die Stirn zog, um seine auffälligen rabenschwarzen Haare zu verbergen. Sie hatten vier Bottiche auf den Karren geladen.

»Ich verstehe immer noch nicht, wozu jemand Holzasche braucht. Kohle verstehe ich, aber was soll das mit der Asche?«, fragte er, als er auf den Kutschbock kletterte.

Ela setzte sich neben ihn und nahm ihm die Zügel umstandslos aus der Hand. »Haam lässt sich nicht von jedem lenken«, erklärte sie, und dann: »Wulger Dorn macht Glas damit, wie, kann ich dir auch nicht sagen. Du kannst ihn gerne fragen, denn es schmeichelt ihm, wenn man ihn nach seiner Arbeit fragt. Er wird es dir gleichwohl nicht verraten, denn er ist Glasbläser, und er macht ein großes Geheimnis um seine Kunst.«

»Und kann er nicht einfach irgendeine Asche aus den Öfen dieser Stadt nehmen?«

»Könnte er, doch er will sie sauber und rein, und darüber bin ich froh, denn er zahlt gut und pünktlich, was wir nicht von allen unseren Kunden behaupten können.« Sie behielt für sich, dass sie auch deswegen mit ihrem Vater stritt. Er war gutmütig, vor allem, wenn ihm Schuldner Branntwein anboten. Es gab eine Menge offene Rechnungen, während sie gleichzeitig nicht wusste, woher sie das Notwendigste zum Leben bekommen sollte. Sie hatte ihrem Vater mehr als einmal angeboten, an seiner Stelle das Kassieren zu übernehmen, aber das hatte er ihr verweigert, weil er der Meinung war, es sei zu gefährlich für ein junges Mädchen, allein in die Stadt zu gehen. Und dann hatte er das Schwein und die Hühner verkauft und auch noch erwartet, dass sie sich freute, als er stolz die wenigen Groschen, die er dafür bekommen hatte, auf den Tisch gelegt hatte.

Sie wandte sich an Asgo, der mit verschränkten Armen vor der Hütte stand und sie skeptisch musterte. »Wann bist du zurück?«, fragte er.

»Bald, Asgo, noch vor dem Abend. Ich übergebe dir solange die Verantwortung für den Hof, und ich weiß, dass ich dir vertrauen kann. Sieh nach deinem Bruder, und wenn Vater vor mir zurückkommen sollte, dann sag ihm doch ruhig die Wahrheit.«

»Die Wahrheit?«

»Na, dass ich Onkel Dorn Asche liefere«, rief sie lachend und schnalzte mit der Zunge. Sie winkte ihrem Bruder fröhlich zu, aber ganz wohl war ihr bei der Sache nicht. Haam setzte sich träge in Bewegung, und sie rumpelten davon.

»Ich muss dir danken«, meinte der Fremde, als sie den kleinen Hof hinter sich gelassen hatten.

»Musst du, aber erst, wenn wir an den Wachen vorbei sind. Sie sind misstrauisch, was Fremde betrifft. Du hast Glück, dass der Jahrmarkt jetzt viele Menschen von weither anzieht. Sonst sehen sich die Soldaten jeden Reisenden ziemlich genau an.«

»Warum tust du das?«, fragte er plötzlich. »Warum hilfst du einem Fremden?«

Sie zuckte mit den Schultern. »Man muss doch Leuten in Not helfen. Und vielleicht kannst du mir ja auch mal helfen.

So wie jetzt, wo du mir hilfst, die Pottasche in die Stadt zu bringen.«

Ela sah ihn nicht an, als sie das sagte. Er war ein Fremder, wahrscheinlich aus einem weit entfernten Land, und vermutlich würde er bald wieder dahin verschwinden. Vielleicht – sie wusste, es war nur eine sehr vage Möglichkeit –, aber vielleicht würde er jemanden, der ihm geholfen hat, sogar mitnehmen.

Eine Weile fuhren sie schweigend durch das herbstliche Unterholz. Dann fragte er: »Sag, Ela, was ist das eigentlich zwischen den Soldaten und deiner Familie?«

Sie schwieg einen Augenblick, bevor sie stockend antwortete: »Vor beinahe zehn Jahren, da waren wir auf dem Wochenmarkt, mein Vater, meine Mutter, meine Brüder und ich. Es gab ... ein Unglück. Die Pferde eines Fuhrwerks gingen durch, weil die Wachen meinten, auf dem Kornmarkt Schabernack mit dem Fahrer spielen zu müssen. Meine Mutter warf sich vor den Wagen, denn sonst wäre Stig, mein Bruder, unter die schweren Räder gekommen.«

»Ich verstehe«, sagte der Namenlose.

»Nein, du verstehst nicht«, fuhr Ela ihn zornig an. »Als herauskam, was geschehen war, hätte mein Vater den Anführer, Hauptmann Fals, am liebsten mit bloßen Händen getötet. Er war damals der beste Ringer der Stadt, weißt du? Aber er hatte auch drei kleine Kinder zu versorgen, also ging er zum Richter und klagte.«

»Aber er bekam kein Recht?«

»Nein, niemanden kümmerte die Frau eines Köhlers. Den Richter nicht, und auch nicht den Magier, der doch ganz leicht die Wahrheit herausfinden kann und deshalb in Atgath die Richter berät. Meister Hamoch ist aber nicht einmal zur Verhandlung erschienen, so unwichtig waren wir ihm. Und mein Vater betäubt seither den Hass und den Schmerz mit Branntwein. Am Anfang riss er sich noch zusammen, uns zuliebe, aber seit er mich für alt genug hält, den Haushalt zu besorgen ...« Sie sprach nicht zu Ende.

»Es gibt also einen Magier in der Stadt«, murmelte der Namenlose und fragte sich, ob ein Zauberer ihm vielleicht helfen könnte.

Ela schwieg verärgert. Offensichtlich hatte er ihr nicht richtig zugehört, aber sie zwang sich, ruhig zu bleiben. Er war ein Fremder, die alte Geschichte betraf ihn nicht. Wie konnte sie erwarten, dass er ihren Schmerz verstand? »Es gibt sogar zwei Zauberer in Atgath, wenn du es genau wissen willst, den alten Quent und seinen Stellvertreter, Meister Hamoch. Das ist der, dem mein Vater nicht wichtig genug war, um bei Gericht zu erscheinen. An deiner Stelle würde ich mich von beiden fernhalten, denn noch nie ist etwas Gutes aus Zauberei erwachsen.« Und dann hatte sie ihrer Ansicht nach genug gesagt und schwieg.

Sie überquerten die Furt, folgten dem aufgeweichten Pfad und stießen bald darauf auf die Straße, die zur Stadt führte. Dort waren wirklich viele Menschen unterwegs, Bauern zumeist, aber dieses Mal kamen sie nicht, um Gemüse oder Fisch oder Fleisch auf dem Markt zu verkaufen, sondern um sich zu amüsieren und selbst Dinge zu kaufen, die sie nur auf dem Jahrmarkt bekommen würden. Ela hielt den Karren an, denn gerade rollte eine geschlossene Kutsche mit zahlreichem Gefolge heran.

»Was ist das für ein Wappen?«, fragte der Fremde, als die Kutsche an ihnen vorüberrollte.

»Ein Fisch und ein Widderkopf? Das kenne ich nicht«, sagte Ela, die außer dem Roten Turm von Atgath überhaupt keine Wappen kannte, aber nicht ungebildet wirken wollte. Es war vermutlich eine Gesandtschaft. »Es ist Jahrmarkt, und da gibt es in der Burg immer ein festliches Bankett mit mächtigen Herren aus dieser und aus anderen, fernen Städten«, erklärte sie.

Sie entdeckte die Wache, die der Kutsche folgte. Bis auf den Anführer, einen riesenhaften Kerl, waren die Männer zu Fuß, und Ela fragte sich, wie sie mit der Kutsche Schritt halten konnten. Sie waren zwar nicht schwer gepanzert und trugen anders als die Soldaten von Atgath nicht einmal einheitliche Waffenröcke, aber sie sahen aus, als wüssten sie mit ihren Waffen etwas anzufangen. Sie bemerkte, dass der Anführer, der neben der Kutsche ritt, zu ihr herübersah, einen Augenblick nur, aber doch lange genug, dass es ihr auffiel. Dann trieb er sein Pferd zur Eile, galoppierte ein paar Längen voraus und jagte ein paar Bauern von der Straße, um dem Zug Platz zu verschaffen.

Ela schnalzte mit der Zunge, und Haam setzte sich wieder in Bewegung. »Wenn wir Glück haben, beschäftigen die hohen Herrschaften die Wache am Tor so sehr, dass sie uns gar nicht weiter beachten«, meinte sie.

Unterhalb der Stadtmauer sah sie einige Männer, die große Baumstämme bearbeiteten. Es waren auch schon Zelte aufgestellt, und ein paar Bauern mähten den langen, steilen Hang mit der Sense. Der Jahrmarkt war immer ein großes Ereignis, etwas, worauf sie sich wochenlang freute. »Sie schmücken die Stämme für das Rennen«, sagte sie, aber der Fremde antwortete nicht. Vielleicht hatte er gar nicht zugehört. Er schien mit seinen eigenen dunklen Gedanken beschäftigt.

Die Sterne bewegten sich in berechenbaren Bahnen, das war etwas, was Nestur Quent durchaus zu schätzen wusste. War das Leben auch sonst voller Unwägbarkeiten, die Sterne folgten zuverlässig ihren vorbestimmten Pfaden. Es gab allerdings Uneinigkeit unter den Gelehrten, wie diese Bahnen genau verliefen, und deshalb war es ihm so wichtig, den Wanderer so nah am Sternbild des Jägers zu sehen. In der kommenden Nacht, in der letzten Stunde vor dem Morgen, müsste er die Pfeilspitze passieren, so stand es in den alten Listen, aber sie stimmten eben nicht. Der Wanderer würde zu spät kommen, so hatte Nestur Quent es berechnet.

Mit seinen Berechnungen hatte er sich in gewissen Kreisen schon einen Namen gemacht, und er fand bedauerlich, dass sein nun vor über zwanzig Jahren verstorbener Vater das nicht mehr erleben konnte. Imgur Quent hatte an die Gestirne geglaubt, allerdings auf die abergläubische Weise, ja, er hatte sogar versucht, seinem Sohn den Weg in den Orden des Lebendigen Odems auszureden, weil die Sterne angeblich sagten, dass ihm die Zauberei kein Glück bringen würde. Nestur Quent hatte sich jedoch nicht aufhalten lassen. Er lächelte. Was sein alter Herr wohl sagen würde, wenn er wüsste, wie falsch die Sterndeuter gelegen hatten? Aber es waren ohnehin nur Scharlatane, die die Gutgläubigkeit schlichter Gemüter ausnutzten, keine Weisen. Wer die Gestirne wahrhaft erforschte, schloss aus vielen kleinen Beobachtungen auf die Größe der Welt und wies Schiffen mit seinen Zahlen einen sicheren Weg auch in fernen Gewässern. Und genau dafür waren eben möglichst genaue Berechnungen nötig. Quent hatte keinerlei Zweifel an der Richtigkeit seiner Zahlen, ihm fehlte nur noch die letzte Bestätigung durch simplen Augenschein. Vermutlich würde auch in Frialis und an anderen Orten jemand auf einem Turm sitzen und auf den Wanderer warten – ein Gedanke, der Quent gefiel. Die Wolken hatten in den letzten Tagen eine Beobachtung beinahe unmöglich gemacht, aber für die kommende Nacht sah es gut aus.

Natürlich hätte er die Wolken verscheuchen können, er war ein Zauberer des neunten Ranges, aber er hatte sich nun einmal nach der Sache mit den Überschwemmungen geschworen, sich nicht mehr in das Wetter einzumischen. Und es war nicht nur das. Quent starrte auf die alten Listen. Wieder so eine Erinnerung, die er lieber vergessen hätte und die nun ganz unvermittelt vor ihm stand. Vor drei Jahren war ein besonders harter Winter über das Tal von Atgath hereingebrochen, und wochenlang hatte selbst am Tag strenger Dauerfrost die Stadt und die Dörfer im eisigen Griff gehalten. Am Ende war das Vieh sogar in den Ställen erfroren, und als die ersten Menschen in ihren Hütten gestorben waren, weil sie es versäumt hatten, rechtzeitig Holz heranzuschaffen, war Quent seinem Vorsatz untreu geworden: Er hatte sich in seinem Turm eingeschlossen und einen warmen Südwind vom Meer herbeigerufen. Es war kein einfacher Zauber, das hatte er schon vorher gewusst, zwang er doch den Wind, den Weg seiner Bestimmung zu verlassen, und zwar für mehrere Tage, aber es war gelungen. Für drei kostbare Tage war der bittere Frost gewichen, und die Menschen hatten aufgeatmet, ohne je zu erfahren, wem sie diese Linderung zu verdanken hatten. Die Seufzer der Erleichterung waren in ganz Oberharetien zu hören gewesen.

Für Quent war es jedoch die Hölle gewesen. Noch nie hatte er erlebt, dass ihn Magie so auszehrte. Völlig entleert hatte er sich gefühlt, ausgelaugt von der magischen Energie, die sein Geist beschworen hatte. Er wäre schon während des langen und komplizierten Rituals beinahe zusammengebrochen, und als es endlich vollbracht gewesen war, hatte er am ganzen Leib gezittert, konnte nicht sprechen, nicht gehen, hatte stundenlang in dem dreifachen Beschwörungskreis gelegen, zu schwach, um sich zu bewegen. Und dann war diese kalte Beklemmung gekommen, die sich auf sein Herz gelegt hatte: Nackte Todesangst hatte er verspürt, er, der mächtige Zauberer des neunten Ranges, als er hilflos wie ein Käfer auf dem

Rücken gelegen hatte und nur einen schmerzhaften Atemzug nach dem anderen hatte machen können. Noch viele Nächte danach war er schweißgebadet erwacht und hatte diese Angst gefühlt, die sich um sein Herz legte. Er hatte davon gehört, dass älteren Zauberern so etwas widerfahren konnte, aber er hätte sich nicht vorstellen können, dass es ihn einmal selbst treffen könnte. War ihm nicht einst noch der schwerste Zauber mit Leichtigkeit von der Hand gegangen? Hatte sein junger Geist nicht noch jeden schwierigen Spruch bezwungen und beherrscht? Und nun sollte Magie für ihn nur noch Mühsal und Qual sein? Nein, das war unwürdig. Und auch deshalb hielt Quent sich zurück, was das Zaubern betraf, und er ließ die Wolken, wo sie waren, denn – und diese Anstrengung war verkraftbar – er hatte die Winde gefragt, und sie sagten, dass es von selbst aufklaren würde.

Also saß Hochmeister Quent in seinem Studierzimmer im Ostturm der Burg und ging seine Berechnungen noch einmal, zum hundertsten Mal, durch. In dieser Nacht würde er die Alten widerlegen, in dieser Nacht würde er sich endgültig einen Namen machen. Er war so vertieft in die langen Listen, dass er das vorsichtige Klopfen an der Tür erst gar nicht wahrnahm. Dann sah er unwillig auf. Wer immer das war, musste einen sehr guten Grund haben, ihn zu stören. Er hatte abgeschlossen, also musste er aufstehen, zur Tür gehen und selbst öffnen.

»Was gibt es?«, herrschte er den nervösen Kammerdiener an, der vor ihm stand.

»Herr, es sind Gäste eingetroffen.«

»Gäste? Was geht mich das an? Meister Hamoch kümmert sich um solche Angelegenheiten. Geht und stört ihn.«

»Es ist Prinz ... verzeiht, Baron Beleran von Taddora mit seiner Frau und einigem Gefolge, und der Herzog ist unpässlich und bat mich ausdrücklich, Euch ...«

»Prinz Beleran? Was will der denn hier?«, entfuhr es Quent.
»Er kommt wegen des Festes, Herr. Offensichtlich ... offensichtlich wurde er eingeladen«, stotterte der Diener.

Der alte Zauberer runzelte die Stirn. Eingeladen? Der Jahrmarkt war ein Fest, eingeführt zur Erinnerung an den Tag, als die Herzöge die Herrschaft über die Stadt übernommen hatten. Hado III. verabscheute jedoch die Feierlichkeiten und Verpflichtungen, die damit einhergingen, und hielt den Kreis der Gäste so klein wie möglich. Es war schon schwer genug gewesen, ihn dazu zu bringen, die unvermeidliche Einladung an die Großen von Frialis auszusprechen, die Erste Stadt des Seebundes und auch Schutzmacht von Atgath. Noch nie hatte Herzog Hado einen seiner Brüder zum Fest gebeten.

Der Diener drehte seine Kappe verlegen in den Händen. »Er ist bereits in der Burg eingetroffen, Herr, und nun warten er und sein Gefolge im Hof auf eine angemessene Begrüßung, und der Herzog fühlt sich, wie Ihr wisst, nicht wohl...«

»Gefolge?«

»Er hat eine stattliche Eskorte mitgebracht, und ich weiß nicht...«

»Schon gut, ich komme«, sagte Quent. »Ist noch etwas?«

»Der Prinz, er fragte außerdem, ob seine Brüder schon eingetroffen sind.«

Der Zauberer starrte den Diener an. »Seine Brüder? Sind die etwa auch eingeladen?«

Der Kammerdiener hob verlegen die Schultern. »Ich weiß von keiner Einladung, Herr, aber ich werde sofort Erkundigungen...«

Quent schüttelte den Kopf. »Überlasst das mir. Jetzt geht und sorgt dafür, dass irgendwo Quartiere für die Gäste eingerichtet werden.«

Der Diener eilte davon. Quent blickte auf seinen Arbeitstisch, der unter einem Berg Papier begraben lag. Ob Hamoch so dreist gewesen war, ohne sein Wissen die Brüder des Herzogs nach Atgath zu bitten? Nein, sicher nicht. Sein Adlatus kannte doch die Abneigung des Herzogs gegen Festivitäten und Familientreffen, und er kannte seine Grenzen — Quent hatte sie ihm oft genug aufgezeigt. Er seufzte, warf einen letzten Blick auf die langen Sterntabellen und machte sich dann auf den Weg. Die Prinzen von Atgath kamen nach Hause? Das war seltsam. Früher hatte der Herzog ein recht gutes Verhältnis zu seinen Brüdern gepflegt, und es war erschreckend, wie sehr er sich seit dem Tod seines Vaters und unter der Last des Geheimnisses verändert hatte, aber er wollte nun einmal niemanden sehen, auch nicht seine Brüder. Und er, Quent, konnte ihm nicht helfen. Er eilte die Treppe hinab. Wer, bei allen Göttern, war nur auf die Idee gekommen, die herzoglichen Prinzen einzuladen?

Shahila at Hassat, Baronin von Taddora, stand im Innenhof der Burg und wartete. Sie hatte den Pelzkragen ihres Mantels hochgeschlagen und fror dennoch. Burg Atgath war noch hässlicher, als sie erwartet hatte. Sie hatte von ihrem Gemahl gehört, dass damals, in der kurzen Zeit des Silberrauschs, die Burg als Garnison für ein ganzes Regiment ausgebaut worden war. Es war offensichtlich, dass man sich dabei wenig Gedanken um Schönheit und Behaglichkeit gemacht hatte. Sie blickte auf ein zusammengeschustertes Gewirr zu hoher Gebäude, die ihr das Gefühl gaben, nicht in einem Hof, sondern in einem Brunnen zu stehen. Die Herbstsonne stand so kurz nach dem Mittag hoch, aber ihre Strahlen gelangten nicht bis auf den Boden des Hofes. Der Baron stand auf der Treppe und nahm geduldig die unaufhörlichen Entschuldigungen eines Dieners entgegen. Offenbar hatte man sie nicht erwartet, und jetzt war der ganze Hofstaat in heller Aufregung. Shahila lächelte still in sich hinein. Es war teuer genug gewesen, diese Überraschung zu bewerkstelligen. Verwalter Ludgar hatte sich als ein ausgesprochen kostspieliger Helfer erwiesen, aber es befriedigte sie zu sehen, wie überfordert die Untergebenen des Herzogs schon bei dieser harmlosen kleinen Krise waren. Und sie würden nie herausfinden, was den Verwalter bewogen hatte, die Einladungen zu versenden, dafür hatte Almisan in der vergangenen Nacht gesorgt.

Ihr Vertrauter, der auch der Rahis war, der Hauptmann ihrer Leibwache, redete mit seinen Leuten und ermahnte sie zur Disziplin. Das war nötig, denn es waren Damater, harte, halbwilde Kerle aus den Bergen. In Taddora hatte es Unmut gegeben, als sie die Männer in ihren Dienst genommen hatte, aber das war Shahila schon damals gleich gewesen. Sie hatte schnell gelernt, dass sie es den Taddorern nicht recht machen konnte. Die Baronie war eine schon beinahe beleidigend armselige Mitgift. Zur Ehrenrettung ihres Gemahls musste sie zugeben, dass er selbst erst anlässlich seiner Hochzeit die Herrschaft darüber erlangt hatte. Der Seebund hatte sie den letzten Besitzern, einem aussterbenden Adelsgeschlecht, abgekauft und dann dem Prinzen von Atgath geschenkt, damit er als Fürst und nicht nur als Prinz ohne Land auftreten konnte. Viel konnte der Bund allerdings nicht dafür bezahlt haben.

Shahila hatte als Erstes eine kleine Weberei eingerichtet, damit man die Wolle der Schafe in der Baronie verarbeiten konnte, und sie nicht roh gehandelt werden musste. Das brachte Geld und Arbeit, aber die Schäfer beschwerten sich, weil sie Verträge mit alten Freunden nicht mehr einhalten konnten, und die Handwerker beschwerten sich, weil sie angeblich das Zunftrecht umgangen hatte. Dann hatte sie den kleinen Hafen im Dorf ausbauen lassen, und die Fischer klagten, weil ihnen nun Fernhändler manchmal die Liegeplätze streitig machten. Dass diese Händler ihnen die Fische gleich fassweise und zu guten Preisen abkauften, vergaßen sie gern, wenn sie in den Gaststuben über die Baronin und ihre fremdländischen Ideen lamentierten. Und zum guten Schluss hatte sie auch noch die Damater aus den Hochtälern des Paramar angeworben, rauflustige, furchtlose Kerle, die unter Dieben und Wegelagerern Angst und Schrecken verbreiteten. Dass die Räuber seither aus den Wäldern der Baronie verschwunden waren, erklärten sich die Taddorer dann aber lieber mit dem Wirken himmlischer Mächte. Shahila hielt sie inzwischen für fast so dumm wie die Schafe, für deren Zucht sie berühmt waren. Sie seufzte.

»Ich verstehe wirklich nicht, wo das Problem liegt«, rief Baron Beleran und ließ den unglücklichen Diener einfach stehen. »Offenbar sind unsere Quartiere nicht vorbereitet, aber bei den Göttern, diese Burg steht doch zur Hälfte leer, da muss sich doch eine Lösung finden lassen. Es tut mir so leid, Liebste. Ist dir kalt?«

Sie lächelte ihm zu. »Aber nein, Liebster«, behauptete sie.

Rahis Almisan kam zu ihnen. »Verzeiht, Hoheit, würdet Ihr mir erlauben, hinunter in die Stadt zu gehen?«

Der Baron runzelte die Stirn, vielleicht, weil Almisan sich an die Baronin und nicht an ihn gewandt hatte, vielleicht auch, weil er sie immer noch so ansprach, wie es einer Prinzessin zukam, eine Auszeichnung, die er ihm, dem ehemaligen herzoglichen Prinzen, nie zuteilwerden ließ. »Jetzt, Almisan?«, fragte er.

»Sobald wir unser Quartier bezogen haben, Herr.«

Normalerweise hätte der Baron sich wenig darum gekümmert, aber er hatte offenbar schlechte Laune. »Und aus welchem Grund, Hauptmann?«

»Auf dem Weg hierher habe ich einen alten Freund gesehen«, erklärte Almisan mit unbewegtem Gesicht, »jemanden, den ich wirklich nicht erwartet hätte, hier zu treffen.«

Shahila hob überrascht eine Augenbraue. Ein unerwarteter Freund? Eigentlich gab es nur einen Mann, den der Rahis meinen konnte. Er hatte ihn gesehen? Am helllichten Tag? Was hatte das zu bedeuten?

»Ich wusste gar nicht, dass Ihr Freunde habt, Almisan«, sagte der Baron gallig.

Shahila legte ihm eine Hand auf den Arm und schenkte ihm ein strahlendes Lächeln. »So lass ihn doch, Liebster. Wir benötigen seine Dienste vorerst doch sicher nicht.«

Der Baron seufzte und nickte ergeben. Er hatte ihr noch nie einen Wunsch abschlagen können.

Der Namenlose hatte keine Vorstellung davon gehabt, wie die Werkstatt eines Glasers aussehen mochte, aber nun fand er sie überraschend groß. Sie umfasste drei Höfe, ein großes Wohnhaus und mehrere noch größere Nebengebäude, die zusammen beinahe einen ganzen Häuserblock einnahmen. Das Glasblasen schien einen gewissen Wohlstand zu bringen. Meister Wulger Dorn war hocherfreut, als Ela und Anuq mit dem Karren auf den Hof rollten. »Kannst du Gedanken lesen, Ela Grams? Gerade dachte ich daran, einen meiner Gehilfen zu euch in den Wald zu schicken. Die Asche kommt wie gerufen.«

Er wirkte sehr beschäftigt und fragte nicht nach, als Ela ihren Begleiter als entfernt verwandten Vetter aus dem Süden vorstellte, sondern rief seine Gesellen, damit sie mit ihm die Bottiche in die Werkstatt schaffen konnten. Offenbar waren sie mitten in einer schwierigen Arbeit. Er lief unruhig auf und ab und gab seinen Gehilfen Anweisungen. Die Männer schwitzten an den großen Kesseln, aber der Namenlose fand es wohltuend warm, zum ersten Mal eigentlich, seit er die Köhlerhütte verlassen hatte. Er blieb in der Nähe der Köhlertochter, denn er hoffte, der Glasbläser würde wirklich irgendetwas Nützliches wissen.

»So hast du also viel zu tun, Onkel Dorn?«, begann das Mädchen höflich und unverfänglich das Gespräch.

»Ja, allerdings«, antwortete Meister Dorn, ohne seine Gehilfen aus den Augen zu lassen. »Der Adlatus weiß die Qualität meines Glases immer mehr zu schätzen, wie es scheint, und gerade vorhin erst hat er vier neue große Kolben bestellt.« Er wies in eine Ecke, wo ein großes Gefäß, sorgsam eingewickelt in Stroh, gelagert war. Der Namenlose sah genauer hin. Es war ein bauchiger Kolben, beinahe drei Ellen hoch. Er hätte nicht gedacht, dass man so große Gläser fertigen konnte.

»Was macht er denn damit?«, fragte Ela.

»Das musst du ihn selbst fragen, mein Kind. Er braucht immer wieder neue, allerdings bestellt er weit schneller, als er zahlt. Die nächsten wird er jedenfalls erst bekommen, wenn er die offene Rechnung beglichen hat. So viel ist sicher. Aber machen will ich sie doch, denn am Ende treibt er ja immer irgendwie Geld auf. Nun sag, wie geht es deinem Vater?«

Ela gab eine ausweichende Antwort, und eine Weile redeten sie über die Familie – eine Unterhaltung, die immer wieder unterbrochen wurde, weil Dorn seine Gesellen manchmal zu größerer Eile, dann wieder zu mehr Sorgfalt anhielt.

Der Namenlose hörte heraus, dass der Glasmeister mit den Grams zwar nicht verwandt war, Ela aber schon von klein auf kannte. Er fand das langweilig, streifte durch die Werkstatt und näherte sich einem Bereich, der durch einen großen Vorhang abgeteilt war. Meister Dorn rief ihn jedoch sofort zurück: »Entschuldigt, Vetter Anuq, doch dies ist der Bereich, den kein Fremder sehen darf. Oder ist es im Süden üblich, dass die Meister meiner Zunft anderen Einblick in ihre Kunst gewähren?«

Er schüttelte stumm den Kopf. Eigentlich interessierte es ihn wirklich nicht sehr, wie Glas gemacht wurde, aber er spürte eine wachsende Ungeduld, und er musste einfach etwas unternehmen. Er war nicht in die Stadt gekommen, um über die Familie zu plaudern, und er fühlte einen unbestimmten Zorn, weil der Glasmacher mit ihm redete, als sei er ein einfacher Knecht.

Endlich kam Ela auf den Punkt: »Sag, Onkel, es ist so eine Aufregung in der Stadt. Hast du eine Ahnung, was geschehen ist?«

»Ach ja, es heißt, einer der Verwalter des Herzogs sei in der Nacht in den Bach gefallen und ertrunken. Obwohl ich auch gehört habe, er sei ermordet worden. Es ist ein großes Rätsel. Angeblich soll er versucht haben, den Schatz des Herzogs aus der Burg zu stehlen, aber wie kam er dann nach draußen, vor die Stadt und ohne Schatz? Nun, die Leute reden viel, vor allem auf dem Markt, und vor allem, wenn sie nichts Genaues wissen.«

»Und deshalb die Aufregung?«, fragte Ela nach.

Der Glasbläser zuckte mit den Schultern. »So etwas ist zum Glück schon lange nicht mehr geschehen. Zwar gibt es Gerüchte über Diebstähle in der Stadt, und auch draußen, auf den Straßen nach Norden, soll es nicht mehr so sicher sein wie früher, aber Mord? Ich kann mich nicht erinnern, wann es das letzte Mal in Atgath so etwas gegeben hat. Es wird gemunkelt, dass Apei Ludgar in letzter Zeit schlechte Gesellschaft hatte, wenn du verstehst, was ich meine. Es sind jedoch alles nur Gerüchte, wer weiß? Am Ende ist er vielleicht doch einfach nur betrunken in den Kristallbach gefallen. Wenn du es unbedingt wissen willst, solltest du Teis Aggi fragen, der ist doch bei der Wache. Hat sich da prächtig entwickelt in letzter Zeit, wie ich finde.«

Der Namenlose bemerkte, dass hier etwas ohne Worte gesagt wurde, er konnte es an Elas Miene erkennen.

»Ich weiß ja, dass du ihn magst, Onkel Dorn, vermutlich viel mehr als ich. Der Leutnant war mit ein paar Soldaten bei uns. Denk dir, sie haben unsere Hütte durchsucht. Sie wussten wohl selbst nicht recht, aus welchem Grund, aber dafür haben sie bemerkenswert viel zerbrochen.«

Wulger Dorn kratzte sich verlegen am Hinterkopf. »Nun, Befehl ist Befehl, weißt du?«, nahm er den Leutnant ungeschickt in Schutz, was das Mädchen mit einem missmutigen Schnauben kommentierte.

Der Glasmeister räusperte sich und wechselte das Thema: »Werdet ihr eigentlich auf den Jahrmarkt gehen? Ich weiß, ihr habt ihn in den letzten Jahren gemieden, aber da du und dein Vetter schon mal in der Stadt seid ...«

»Ich hatte es im Sinn, Onkel Dorn, und wenn du nichts dagegen hast, dann würde ich den alten Haam gerne ein Stündchen in deinem Hof stehen lassen und meinem Vetter die Stadt zeigen.«

»Ich bezweifle, dass dein Vater sehr begeistert davon wäre. Überhaupt, weiß er eigentlich, dass du hier bist, oder ist diese Lieferung etwa nur ein Vorwand, um sich auf den Jahrmarkt zu schleichen?«

Ela errötete.

»Schon gut«, seufzte der Glasbläser lächelnd. »Ich verstehe. Geht ruhig. Ich werde mich dumm stellen, wenn dein Vater fragt.«

Ela dankte ihm, umarmte ihn, drückte ihm einen Kuss auf die Wange und zog ihren angeblichen Vetter schnell aus der Werkstatt.

»Dein Vater sieht es also nicht gern, wenn du ohne ihn in die Stadt gehst?«, fragte der Namenlose, als sie das Anwesen des Glasmeisters verließen.

»So kann man es auch ausdrücken. Eigentlich hat er es mir und meinen Brüdern sogar streng verboten.«

»Und du widersetzt dich seinem Willen?« Aus irgendeinem Grund kam ihm das falsch vor.

Die Köhlertochter zuckte nur mit den Achseln. »Onkel Dorn hat doch Recht, auf dem Marktplatz hört man immer allerlei, gerade beim Jahrmarkt. Vielleicht redet man auch über einen jungen Fremden, ja, vielleicht kennt dich dort jemand, vielleicht gehörst du ja zu einem der fremden Händler, oder gar zu den Gauklern. Du hast so feine und geschickte Hände, Anuq.«

Anuq runzelte die Stirn. Ein *Gaukler?* Er? Da klang nichts bei ihm an, höchstens leichte Abscheu vor den Tagedieben, die durch die Welt wanderten und keiner ehrlichen Arbeit nachgingen. Nein, er war sicher kein Gaukler. Aber wer oder was war er dann? Der Glasbläser hatte erwähnt, dass der Verwalter angeblich den Schatz des Herzogs hatte stehlen wollen. Das Mädchen war darüber hinweggegangen, aber ihm war bei diesen Worten heiß und kalt geworden. War er etwa ein Dieb? Er lauschte in sich hinein. Nein, Diebstahl kam ihm unehrenhaft vor, und das hieß doch, dass er kein Dieb war, oder? Er wollte auch keiner sein. Aber was war er dann?

Es waren erstaunlich viele Bewaffnete, die den Baron auf seinem Weg hierher beschützt hatten. Waren die Straßen von Haretien so unsicher geworden? Nestur Quent war nicht sehr begeistert, als er die Männer im Hof herumlungern sah, denn er fand, sie sahen nach Ärger aus. Außerdem mussten sie untergebracht und verpflegt werden. Das mit der Unterbringung war natürlich kein Problem – die Burg war während des Silberrauschs über Nacht vergrößert und noch einmal vergrößert worden und stand nun, da die Garnison lange fort war, zu mehr als der Hälfte leer. Dennoch, drei Dutzend Bewaffnete waren drei Dutzend unnütze Esser, die dem Herzog auf der Tasche lagen – und ebenso wenig eingeladen waren wie der Baron selbst. Der stand am Fuß der Treppe und wartete offensichtlich auf die überfällige angemessene Begrüßung. Der alte Zauberer war dazu leider so gar nicht in der Stimmung, denn er hatte wahrlich Wichtigeres zu tun. Er versuchte es trotzdem: »Prinz Beleran, welch unerwartete Freude«, rief er, als er die Treppen hinabstieg.

»Meister Quent«, begrüßte ihn der Baron knapp. Offenbar war auch seine Laune nicht die beste, und das, so erinnerte sich Quent, kam eigentlich nur selten vor.

»Ich hoffe, Ihr hattet eine gute Reise?«

»Die Straßen sind nicht besser geworden, seit ich fort bin, und in Atgath scheint eine gewisse unerwartete Kälte zu herrschen«, gab der Baron zurück.

Ein anderer wäre bei dieser Anspielung vielleicht verlegen geworden, aber das war Meister Quents Sache nicht. »Wir hatten einfach nicht mit Euch gerechnet, Prinz. Da scheint es ein Missverständnis gegeben zu haben.« Dann hängte er doch noch ein halbherziges »Verzeiht« hinten an.

Beleran von Taddora schüttelte den Kopf, lachte dann und sagte: »Entschuldigungen waren noch nie Eure Stärke, Meister Quent, aber ich bin ohnehin sicher, dass Euch an diesem Durcheinander keine Schuld trifft. Und nun sehe ich, dass Ihr den Hofstaat ordentlich aufgescheucht habt, und bin sicher, dass wir dieses kleine Missgeschick bald vergessen haben werden. Darf ich Euch aber nun meine Gemahlin Shahila vorstellen?«

Meister Quent verneigte sich. »Baronin, Ihr seid noch schöner, als man mir gesagt hat.« Viel konnte er allerdings von ihr nicht sehen. Sie war in einen dicken Mantel gehüllt und trug den Pelzkragen hochgeschlagen. Ihr Haar fiel ihm auf, schwarz, üppig und mit fast fingerdicken, kostbaren Elfenbeinnadeln zu einem kunstvollen Knoten zusammengesteckt. Sie schlug den Kragen ein wenig zurück und begrüßte ihn mit einem strahlenden Lächeln. »Es ist mir eine große Ehre, den berühmten Nestur Quent endlich persönlich zu treffen.«

Meister Quent fragte sich, ob eine Form von Magie hinter diesem Lächeln steckte, denn es war bezaubernd, und es war schwer, diese Frau nicht berückend schön zu finden. Prinz Beleran konnte sich glücklich schätzen, wenigstens, was das Äußere betraf. Allerdings vergaß der Zauberer keineswegs, mit wem er es zu tun hatte: Shahila war die Tochter des Padischahs von Oramar, Akkabal at Hassat, den man nicht ohne Grund den Großen Skorpion nannte. Seine ganze Familie hatte einen gewissen, gefährlichen Ruf. Er ermahnte sich, die junge Frau trotz ihres unwiderstehlichen Lächelns keinesfalls zu unterschätzen.

»Führt Ihr uns zu meinem Bruder, Meister Quent?«, fragte der Baron.

»Ich freue mich sehr darauf, meinen Schwager endlich kennenzulernen«, warf die Baronin ein.

»Ich bedaure, Prinz Beleran, aber Euer Bruder befindet sich nicht wohl und kann Euch nicht empfangen.«

»Immer noch diese eigenartigen Kopfschmerzen?«, fragte der Baron mit gedämpfter Stimme.

Seine Frau konnte ihn allerdings hören. In ihrer Miene war Anteilnahme zu lesen.

Quent warf dem Baron einen halb überraschten, halb tadelnden Blick zu. Dies war nichts, was man außerhalb der Familie besprach. Beleran war hoffentlich nicht so töricht, seine Frau nach nur drei Jahren Ehe als vertrauenswürdiges Familienmitglied anzusehen. »Es ist wohl das Wetter, der Magen«, murmelte er lahm. Dann winkte er den Kammerdiener heran, der in respektvollem Abstand gewartet hatte. »Man wird Euch nun Eure Quartiere zeigen, Prinz. Ich hoffe, wir haben bald Gelegenheit, mehr zu plaudern.« Anschließend bat er, sich entschuldigen zu dürfen, und eilte zurück in die Burg.

Quent konnte die Gedankenlosigkeit des Barons nicht fassen: Dass Beleran nach Atgath gekommen war, war unerwartet, aber er gehörte wenigstens zur Familie und kannte die Gegebenheiten. Gerade deshalb hätte er darauf verzichten müssen, seine Frau mitzubringen. Er wusste doch, wie es seinem Bruder ging, und diese Schwäche war nichts, was man Fremden vorführte. Was also hatte die Tochter des Großen Skorpions hier zu suchen? Aus Oramar war nach Quents Erfahrung noch nie etwas Gutes gekommen. Gab es diese angebliche Einladung überhaupt? Oder hatte Beleran sich selbst eingeladen? *Nein,* dachte Quent, *Beleran ist nicht der Mann, der selbst Ränke schmiedet. Die Baronin hingegen ...* Aber was sollte sie sich davon versprechen? War sie etwa so versessen darauf, Ihren Schwager kennenzulernen? Quent konnte keinen Sinn darin erkennen. Er sehnte sich nach den Sternen mit ihren berechenbaren Bahnen, machte sich aber zunächst auf den Weg zur Kanzlei der Burg. Wenn es eine Einladung gab, musste es dort auch eine Zusage geben, und die wollte er sehen, und vor allem wollte er erfahren, warum er über diese Angelegenheit nicht informiert worden war.

Heiram Grams hatte das Gefühl, schon seit Stunden durch den Berg zu stolpern. Der Mahr ging vorneweg und leuchtete mit einer verbeulten Laterne, die grünliches Licht abgab. Er ging schnell, zu schnell für den Köhler, der in dem niedrigen Gang immer wieder den Kopf einziehen musste. Er litt Durst und schob das auf den feinen Staub, der vom Boden aufstieg, wenn sie darüberhasteten. Als sie in den Stollen gegangen waren, hatte er angenommen, sie würden nach einigen Schritten ihr Ziel erreichen, und hatte den Branntwein deshalb stehen lassen, und der Krug mit Milch, den er stattdessen mitschleppte, war für den Mahr bestimmt. Nie hatte er sich gefragt, wo Marberic eigentlich herkam, wenn sie sich trafen. Er war eben einfach da, beinahe wie aus dem Boden gewachsen. Sie kannten sich schon lange, über zwanzig Jahre. Grams erinnerte sich, wie sein Vater, schon auf dem Totenbett, ihn zu sich herangezogen und ihm erzählt hatte, dass die Familie noch einen besonderen »Freund« hatte, und er sollte nicht erschrecken, wenn er eines Tages zu ihm käme. Grams hatte das hingenommen, ohne den Sterbenden mit Fragen zu belästigen, denn er fragte nie viel, und an diesem Tag war ihm Neugier besonders unpassend erschienen. Einige Tage nach der Beerdigung war dann Marberic an einem der Meiler aufgetaucht, und Grams hatte erfahren, dass die Mahre schon seit vielen, vielen Jahren die Oberhäupter der Köhlerfamilie besuchten. Marberic schwieg sich jedoch über den genauen Grund für diese alte Freundschaft aus.

Grams folgte dem Mahr weiter in den Berg. Er staunte immer noch darüber, wie dieser ihn ohne Umstände durch den Fels gebracht hatte. Marberic hatte seine Frage nach diesem Wunder nur mit einem Schulterzucken beantwortet und zur Eile gedrängt. Und jetzt hasteten sie schon eine Ewigkeit durch diesen Stollen. Es war warm, und Grams schwitzte Branntwein aus. »Ist es denn noch sehr weit?«, fragte er zum wiederholten Male.

Der Mahr schüttelte, ohne sich umzudrehen, den Kopf und lief weiter. Grams trottete hinterher. Sein Nacken war schon ganz verspannt, weil der Gang für Mahre, aber nicht für große Menschen gemacht war. »Und wohin genau bringst du mich nochmal?«

»Du wirst hören«, erwiderte der Mahr.

»Wunderbar«, murmelte Grams und stapfte weiter. Er hatte sich auch nie Gedanken darüber gemacht, wie Marberic im Berg hausen mochte.

Plötzlich blieb der Mahr stehen. »Wir sind da«, flüsterte er, legte einen Finger auf die Lippen und öffnete vorsichtig eine steinerne Tür. Grams folgte dem Mahr, der die Pforte wieder sorgsam verschloss, und blieb beeindruckt stehen. Sie standen in einem weitläufigen Gewölbe, und im Gegensatz zu dem langen, unebenen Stollen war hier der Stein sorgsam geglättet. Der Mahr hob die kleine Laterne, aber sie war zu schwach, um den Raum oder Gang ganz auszuleuchten. Grams legte den Kopf in den Nacken und bestaunte dieses steinerne Wunder. Diese Halle war anders als alles, was er je zuvor gesehen hatte, wenn es denn eine Halle war. Vielleicht war es doch ein Gang, ebenso breit wie hoch und so weitläufig, dass er zur Rechten weder Decke noch Wand erkennen konnte. Er beschrieb zur anderen Seite offenbar eine lang gezogene Biegung, so dass er auch dort kein Ende erkennen konnte. Sie traten ein und wandten sich nach links. Grams blieb stehen, und seine Nackenhaare stellten sich auf. Er hörte etwas. Ein Flüstern, das über die steinernen Wände kroch. »Was ist das?«, fragte er.

». . . ist das . . . ist das . . . ist das«, echote die endlose Halle, und wieder und wieder hallten Grams Worte von den Wänden. Es schien gar kein Ende nehmen zu wollen.

Der Mahr bedachte ihn mit einem finsteren Blick aus seinen seltsamen Augen und hob noch einmal den Finger an die Lippen. Grams nickte schuldbewusst. So etwas hatte er doch nicht ahnen können. Marberic zog ihn am Ärmel hinter sich her. Staunend folgte ihm der Köhler. Es schien ihm, als würde die Hallendecke ebenso wie die Wände allmählich näher kommen, und die Biegung, die die grünliche Laterne enthüllte, wurde immer stärker. Bald hatte er das Gefühl, dass sie in einem immer enger werdenden Kreis gingen. *Ein Schneckenhaus, das ist ein riesiges, in Stein gemeißeltes Schneckenhaus,* dachte er, als er dem Mahr folgte und versuchte, das vielstimmige Wispern, das über die Wände glitt, zu überhören. Dann, als er schon wieder den Kopf einziehen musste, weil der gewundene Gang so niedrig geworden war, erreichten sie plötzlich eine kleine Halle mit einer schwarzen Kuppel. »Hier kannst du reden«, erklärte Marberic.

Grams wartete auf das Echo, aber es kam nicht. Der Mahr entzündete drei größere Laternen, die an der runden Wand befestigt waren. Es gab einen steinernen Ring, weiter innen, und ganz in der Mitte stand ein kleiner Hocker neben einem niedrigen Steinblock, auf dem ein Horn ruhte. Es sah fast aus wie ein Stierhorn, war aber aus irgendeinem seltsamen Metall gefertigt. Ansonsten war die Halle vollkommen leer, und kein Schmuck zierte die schwarzen Wände.

»Was ist das für ein Ort?«, fragte der Köhler. Wieder gab es kein Echo, ganz im Gegenteil, seine Worte erstarben regelrecht ohne auch nur den Hauch eines Widerhalls. Grams lief ein kalter Schauer über den Rücken. Er wünschte sich, er hätte den Branntwein nicht stehen lassen.

»Hier hören wir, früher, heute selten«, erklärte Marberic schlicht.

Grams traute sich nicht, etwas zu sagen, und nickte nur. Der Mahr wies auf das Horn. »Versuch es«, sagte er.

Der Köhler seufzte, betrat den inneren Kreis und blieb sofort stehen. Da war es wieder, das Flüstern, ein leises Durcheinander von Stimmen, vielen Stimmen. Er schluckte. Marberic nickte ihm aufmunternd zu und nahm einen Schluck aus dem Milchkrug. Dann lächelte er versonnen. Aus irgendeinem Grund fand Grams das ermutigend.

Als er an den niedrigen Tisch trat und sich nach dem Horn bückte, wurden aus vielen Stimmen hunderte, die sich zu einem wirren, nervenzerrenden Flüstern vermischten. Er wollte das Horn aufheben, aber es war festgeschraubt. Also ging er schwerfällig in die Knie und versuchte, den Strom der Stimmen einfach hinzunehmen. Dann beugte er den Kopf über das Rohr und das Brausen verebbte zu einigen wenigen, leisen Stimmen. Der Mahr sagte etwas. Grams hörte ihn nicht, aber er verstand die Gesten. Er entdeckte kleine Schrauben an diesem Rohr, eigentlich zu fein für seine Finger, aber als er sie behutsam drehte, verschwanden einige Stimmen, und neue kamen hinzu. »Das ist Tante Zama«, stellte er verblüfft fest.

Der Mahr seufzte, wischte sich die Milch vom Mund, trat an den Tisch und begann mit ernster Miene, die Schrauben zu verstellen. »Atgath«, sagte er.

Grams blieb der Mund offen stehen. Er hörte gedämpft das Stimmengewirr des Marktes, den Hufschlag eines Pferdes und dann die Rufe eines Gauklers, der ein Kunststück mit Feuerbällen ankündigte; da waren Verkäufer, die irdene Töpfe anpriesen, ein Scherenschleifer, der seine Dienste anbot, und schließlich die dünne Stimme von Jomenal Haaf aus der Weizengasse, dem Zunftmeister der Stadt, der mit einem Tuchhändler um halbe Groschen feilschte.

»Dieser Geizkragen«, entfuhr es Grams, der fasziniert lauschte.

»Hörst du ihn?«
»Wen?«
»Den, der mit dem Wasser spricht.«

Grams zuckte hilflos mit den Schultern. »Mit Wasser redet da niemand. Vielleicht hörst du doch besser als ich.«

Der Mahr schüttelte den Kopf. »Menschen. Ich höre sie, aber ich verstehe sie nicht. Sie sagen das eine und meinen das andere. Aber du verstehst sie. Und du kennst die Stimme. Er war bei euch.«

Des Köhlers Miene verdüsterte sich. »Anuq? Der, den ich aus dem Bach gezogen habe?«

Marberic überlegte einen Augenblick. »Nein, der andere«, sagte er dann.

»Aber da war kein … Augenblick, der Pilger? Der, der angeblich dem Wanderer nacheifert?«

»Ein Wanderer, ja. Ein Zauberer. Hörst du ihn? Er muss in Atgath sein. Aber er darf nicht.«

Faran Ured saß im Haus der Witwe Ludgar, ließ sich Gebäck aufdrängen und fragte sich, ob er die Frau töten musste. Die Dinge spitzten sich zu. Die Baronin war in der Stadt eingetroffen, und in den Straßen wurde viel über den toten Verwalter geredet. Irgendwie schienen die Leute schon von seinem Tod gewusst zu haben, bevor man die Leiche durchs Tor getragen hatte. Faran Ured hatte auf dem Markt allerlei über Apei Ludgar gehört: Er sei nicht nur untreu gewesen, nein, er habe auch mehr Geld mit jungen Huren verprasst, als seine Anstellung einbrachte. Einige glaubten, er habe einen Schatz gefunden, andere nahmen an, dies sei in der Schatzkammer des Herzogs geschehen, aus der sich der Mann schamlos bedient habe. An die Schatzkammer der Burg hatte Faran Ured bislang noch gar nicht gedacht. Sie hatte nichts mit seinem Auftrag zu tun, aber er beschloss, ihre Existenz im Hinterkopf zu behalten. Was den Ursprung von Apei Ludgars Reichtum betraf, so hegte er einen ganz anderen Verdacht, und auch deshalb saß er nun bei

Witwe Ludgar in der Korbgasse, sprach ihr Trost zu und erhielt zum Dank Tee und Gebäck.

Asa Ludgar war gefasst, nein, eigentlich war sie eher wütend, und zwar auf ihren Mann: »Ich habe lange geglaubt, er würde unser Geld nur ins Wirtshaus tragen, in den *Schwarzen Henker*, wo all die Wachen herumsitzen und ihren Lohn versaufen. Ich hatte die Augen verschlossen vor den fremden Haaren, die ich auf seinem Kragen fand. Wisst Ihr, er widerte mich lange schon an, und es ist Jahre her, dass ich ihn in meinen Schoß ließ. Ich beklage mich also nicht, dass er zu einer anderen ging, aber das Geld, das gute Geld! Hätte er nicht eine der Mägde aus der Burg nehmen können? Mussten es die Huren im Roten Haus sein?«

»War seine Stelle denn so gut entlohnt?«, fragte Ured, weil er sich bemühte, ahnungslos zu wirken.

Darauf lachte Asa Ludgar laut auf. »Ein Hungerlohn angesichts der Verantwortung, der vielen Arbeit, kaum genug, uns zu nähren und zu kleiden, aber seht, was ich heute versteckt unter seinen Papieren gefunden habe!«, rief sie. Dann verschwand sie und kehrte mit einem Tuch zurück, aus dem sie nacheinander sieben glänzende Münzen auf den Tisch legte, und jetzt war Faran Ured beinahe sicher, dass er sie zum Schweigen bringen musste.

»Irgendwoher hatte der Lump dieses Geld. Und ich weiß nicht, woher. Er hatte Geheimnisse vor mir, Meister Ured, versteht Ihr? Vor mir!«, rief sie jetzt.

Faran Ured nahm die Münzen in Augenschein. Cifarische Silberschillinge – offenbar war die Baronin so klug, in fremder Münze zu zahlen.

»Ich verstehe Eure Empörung, gute Frau«, sagte Faran Ured, ganz der fromme Pilger, der gekommen war, einer Witwe in schwerer Stunde beizustehen.

Asa Ludgar war verbittert, ihr Herz quoll über vor Schmerz und Wut, und sie brauchte einfach jemanden, der ihr zuhörte. Ured hatte nicht einmal Magie anwenden müssen, um ihr Vertrauen zu gewinnen, und das war ihm sehr recht, denn Menschen unter einem Bann sagten oft nur, was der Zaubernde hören wollte.

Sie starrte auf die Münzen. »Ich weiß wirklich nicht, wo er diese Münzen herhat. Aus Atgath stammen sie nicht, das ist gewiss«, sagte sie und bemerkte nicht, dass ihr Leben an einem sehr dünnen Faden hing.

Ured drehte einen Silberschilling in den Händen. Kopf oder Zahl, das war hier die Frage. Wenn die Frau damit zur Burg lief, würde offenbar werden, dass der Verwalter Geld von außerhalb der Stadt bekommen hatte. »Werdet Ihr diesen rätselhaften Fund denn der Wache melden?«, fragte er möglichst unverfänglich.

»Der Wache? Seid Ihr noch bei Trost? Damit sie mir das einzig Gute nehmen, was mir von meinem Mann geblieben ist? Wovon soll ich denn leben, jetzt, da er tot ist? Glaubt Ihr, eine Wittfrau in meinem Alter findet leicht einen neuen Ernährer? Keinem Menschen werde ich davon erzählen, und ich wundere mich, dass ich es Euch sagte, Meister Ured. Doch Ihr seid nicht von hier und verschwiegen, nehme ich an. Ja, Ihr seid ein ehrlicher und aufrechter Mann, das sehe ich an Euren Augen. Ihr würdet eine arme Witwe sicher nicht an den Bettelstab bringen wollen, indem Ihr irgendjemandem hiervon erzählt!«

»Meine Lippen sind versiegelt«, versicherte Ured und entspannte sich.

»Danke, Ihr seid eine wahre Stütze in meiner Not, die einzige, und dabei ein Fremder.« Sie rückte näher an ihn heran und versuchte ein zaghaftes Lächeln. »Sagt, habt Ihr denn schon Quartier in unserer Stadt? Ihr wisst sicher, dass die Gasthöfe wegen des Jahrmarkts überfüllt sind, und die Wirte verlangen glatt das Doppelte für das armseligste Nachtlager. Das Bett meines Mannes hingegen wird jedoch leer bleiben und wäre somit ganz und gar nutzlos. Und ich gestehe, ich habe Angst, so ganz allein in diesem großen Haus. Wenn Ihr also noch nicht wisst, wohin in der kalten Nacht ...«

Anuq, Anuq, Anuq, — das Mädchen schien einen Narren an diesem Namen gefressen zu haben und hörte einfach nicht auf, ihn so zu nennen. *Anuqs* Laune verschlechterte sich auch deshalb mit jedem Schritt, den sie über den Markt schlenderten. Er hatte von dem Jahrmarkt, von dem ihm die Köhlertochter so vorgeschwärmt hatte, auch deutlich mehr erwartet. Er war zunächst überrascht, dass es in dieser kleinen Stadt einen so großen Marktplatz gab, und er erfuhr von Ela, dass das einem der früheren Herzöge zu verdanken war, denn als der Silberrausch vorüber gewesen war, hatten viele Häuser in der Neustadt leergestanden, und der Herzog hatte Familien vom Markt einfach umgesiedelt und ihre Häuser abreißen lassen. »Er hat sie aber großzügig entschädigt, heißt es«, fügte sie entschuldigend hinzu.

So war Atgath also zu einem Marktplatz gekommen, der, so nahm *Anuq* jedenfalls an, an einem normalen Markttag viel zu groß war. Vermutlich war das auch die Ursache dafür, dass das Gedränge, das er erwartet hatte, einfach nicht zu sehen war: Die Menschen verliefen sich zwischen den großzügig gestellten Ständen. Er hatte keine Ahnung, ob er jemals zuvor auf einem solchen Markt gewesen war, aber ein unbestimmtes Gefühl sagte ihm, dass er schon viel belebtere Märkte gesehen haben musste. Die ganze Stadt beeindruckte ihn nicht sonderlich. Sie schien nicht besonders reich, sondern eher ärmlich zu sein. Ihre Häuser standen meist grau oder mit blätterndem

Putz, schmal und dicht aneinandergedrängt, und dann gab es diesen viel zu großen Platz in der Mitte, der einfach nicht dorthin passte. Atgath war ganz gewiss nicht besonders schön, vielleicht auch nicht besonders hässlich – es war einfach ganz schrecklich langweilig.

»Es ist deshalb so ruhig«, erklärte Ela, »weil es eigentlich erst morgen richtig losgeht. Heute ist ohnehin Wochenmarkt, und du kannst alles kaufen, was du auch sonst auf dem Markt bekommst, aber morgen gibt es viel mehr Darbietungen. Dann finden auch die Ring- und Faustkämpfe statt, und die Fernhändler öffnen ihre Stände, denn morgen ist Göttertag und den folgenden Tag der Atgath-Tag, ein Feiertag. Da gibt es sogar Feuerwerk, und an beiden Tagen gibt es Rennen.«

Er nahm die Erklärung hin und war trotzdem enttäuscht. Die Stände boten Gemüse feil, Fleisch, Hühner, Gewürze, Fisch und Wolle – nichts, womit er im Augenblick etwas anzufangen wusste. Die Händler sahen nicht aus, als ob sie besonders gute Geschäfte machten. Der Namenlose hielt ohne bestimmten Grund nach einem Waffenhändler Ausschau, aber er fand keinen. Es hätte ihm auch nichts genutzt, denn er hatte kein Geld in der Tasche, und irgendwie hatte er den Eindruck, dass er das mit vielen Menschen hier gemeinsam hatte. Dann entdeckte er den abgesteckten Ring, in dem die Kämpfe stattfinden würden. Er war auf der Südseite des Marktes aufgebaut, ganz in der Nähe zweier Häuser, die die anderen überragten. Von Ela erfuhr er, dass es sich bei dem einen um das Gericht und bei dem anderen um das Zunfthaus handelte, was ihm nichts sagte. Er bemerkte am Kampfring auch eine kleine Ehrentribüne, vermutlich für den Herzog, aber selbst die machte in seinen Augen einen armseligen Eindruck.

Zur Enttäuschung gesellte sich bald noch ein anderes Gefühl: Ungeduld. Es gab wirklich nicht viel zu sehen, aber Ela starrte und staunte jeden Stand an, als sei er das Wunderbarste auf der Welt. Besonders die Tuchstände hatten es ihr angetan, dabei hatte sie nicht einmal Geld, um sich irgendetwas zu kaufen. Trotzdem schien sie jeden Stoff betrachten und befühlen zu müssen. Sie behauptete, dass sie es tat, um sich unauffällig umzuhören, aber das bezweifelte er. Er selbst belauschte viele Gespräche, und in den meisten ging es um Apei Ludgar, den Toten vom Bach. Sein Tod war in aller Munde, und man überbot sich in schrecklichen Einzelheiten der Ereignisse, die sich leider oft gegenseitig ausschlossen: Entweder, er war von einem Turm gestürzt, dann ertrunken oder erstochen, von einer Hure erschlagen oder von seiner Frau vergiftet worden, manchmal war er angeblich auch sowohl erschlagen wie auch ersäuft worden, und niemanden schien es zu stören, dass sich die Gerüchte widersprachen. Weitgehende Einigkeit herrschte hingegen darüber, dass es Ludgar recht geschehen war. Aber auch dafür wurden wieder viele Gründe angeführt: Mal war er ein Ehebrecher, dann ein Dieb, ein Hurenbock, ein Betrüger und Falschspieler oder Freund von Räubern gewesen, je nachdem, wem man glauben wollte. Jedenfalls war man allgemein entrüstet, dass der arme Herzog Hado so eine Schlange am Busen genährt hatte, Hado, der Gute, der mildtätige Herr über die Stadt, der sich so selten zeigte und um den man sich allgemein große Sorgen machte.

»Vielleicht erscheint er dieses Mal zu den Kämpfen«, rief ein Händler.

Aber der Kunde, mit dem er sprach, schüttelte bekümmert den Kopf. »Ach, er war letztes Jahr nicht hier, und die beiden Jahre davor auch nicht. Es geht ihm immer schlechter, wie man hört. Ist das nicht ungerecht, dass die Götter einen Mann bestrafen, über den kein Mensch etwas Schlechtes sagen kann?«

»Und dass Ludgar sich nicht schämte, ihn zu bestehlen!«, rief der Händler in ehrlicher Empörung.

»Wenn er nicht schon tot wäre, sollte man ihn aufhängen!«, pflichtete der Kunde ihm bei.

Der Namenlose ging weiter. Er hatte längst begriffen, dass niemand etwas Genaues wusste. Noch schlimmer war allerdings, dass er selbst überhaupt nicht erwähnt wurde: Niemand sprach über einen jungen Mann, der vermisst wurde, niemand verlor ein Wort über einen geheimnisvollen, schwarz gekleideten Fremden, nach dem jemand gesucht hätte – es schien, als habe er die Stadt niemals betreten. Es war allerdings die Rede von einem versuchten Einbruch in die Burg und einem Unbekannten, den die Wachen dringend suchten, aber viele glaubten, der Einbrecher sei Verwalter Ludgar gewesen, denn die Wachen sagten, der Mann sei in den Bach gestürzt – und hatte man den Verwalter nicht aus jenem Bach gezogen? »Ich weiß auch nicht, warum sie ihn noch suchen«, meinte ein Kerzenhändler, »es ist doch offensichtlich, dass es Ludgar war.«

»Aber er soll vom Dach der Burg gefallen sein!«, hielt ein Kunde dem entgegen.

»Er wollte schon immer hoch hinaus«, spottete ein zweiter.

»Die Wache sucht jedenfalls immer noch«, sagte der erste wieder.

»Als wenn die schon jemals etwas gefunden hätten«, meinte der Kerzenhändler. »Am besten, ihr schickt sie zu mir. Ich verkaufe ihnen ein paar Kerzen, vielleicht geht ihnen dann ein Licht auf.«

Der Namenlose ging weiter, während die Kundschaft lachte und der Kerzenhändler sich zufrieden mit seinem Scherz die Hände rieb. An einem anderen Stand war man der Meinung, der Einbrecher müsse einer der Gesetzlosen gewesen sein, die in den letzten Monaten den einen oder anderen reisenden Händler überfallen hatten oder auch in das eine oder andere Haus in der Stadt eingebrochen waren. Wieder so eine Sache, der die Wache nicht Herr wurde.

»Sie liegen dem armen Herzog nur auf der Tasche, aber wehe, es wird ernst!«, rief einer.

In zunehmend düsterer Stimmung ging der Namenlose weiter. Er sah sich um, sog Gerüche und Geräusche auf, betrachtete die Stände, das Warenangebot, immer in der Hoffnung, dass er etwas Vertrautes wiedererkennen würde, sogar den Gauklern schenkte er Beachtung, weil er hoffte, irgendetwas zu sehen, was ihm die Augen öffnete – aber alles kam ihm fremd und unbedeutend vor. Nur, was über den Diebstahl gesagt worden war, das klang noch immer in ihm nach. War er also doch ein Dieb? Aber es war von Männern die Rede, die schon lange die Gegend unsicher machten, und er war doch fremd. Jetzt stand er an der Bühne eines Feuerschluckers, der sich die größte Mühe gab, seine Aufmerksamkeit zu erregen, und sah gedankenverloren durch die Darbietung hindurch.

»Kommt er dir bekannt vor?«, fragte Ela leise. Offensichtlich hatte sie sich am Ende doch von ihren Stoffen und Tuchen losreißen können. Er erwiderte schlecht gelaunt: »Nicht mehr als der Vogelhändler, den du mir unbedingt zeigen musstest, und auch nicht mehr als dieser Fischhändler dort.«

»Eine Spende, edler Herr, für den Künstler.« Der Feuerspucker war herangetreten und hielt ihm eine kleine Kappe hin.

Er schüttelte unwillig den Kopf.

»Ach, anderen Zuschauern die besten Plätze nehmen, aber dann nichts geben?« Jetzt hielt der Gaukler ihm die Kappe dicht unter die Nase.

»Lass mich bloß in Ruhe, Mann! Es sind doch gar keine anderen Zuschauer da.«

Außer ihm und Ela war nur ein Straßenkehrer vor dem Stand stehengeblieben, und der war offensichtlich schwachsinnig. Er stützte sich auf seinen ausgefransten Reisigbesen, grinste blöde und schien den sich anbahnenden Streit mit Interesse zu verfolgen.

»Weil niemand neben einem schmutzigen Köhler stehen will!«, rief der Feuerschlucker.

»Hast du Ärger, Freund?«, fragte ein Akrobat, der seinen Stand nebenan aufgeschlagen hatte.

»Der hier sieht gerne zu, zahlt aber nichts«, rief der Feuerschlucker.

Dem Namenlosen verschlug es die Sprache. Er hatte den Feuerschlucker nicht einmal bemerkt, und jetzt verbreitete der freche Kerl Lügen über ihn! Er fühlte jäh heißen Zorn in sich aufsteigen, ein Gefühl, das aus der Mitte jener Finsternis kam, die seine Vergangenheit verschluckt hatte, und es tat gut, überhaupt etwas im Inneren zu spüren. Seine Hand fuhr zum Gürtel, aber sie fand dort kein Messer. Er betrachtete seinen Gegner: sehnig, beweglich, aber unbewaffnet und nicht auf einen Angriff vorbereitet.

»Komm jetzt, Anuq«, flüsterte Ela und zerrte ihn am Arm.

Er dachte jedoch nicht daran, vor diesen beiden Gauklern zurückzuweichen. »Ich habe nichts gesehen, was auch nur einen zwölftel Schilling wert gewesen wäre«, zischte er.

»Hoho, jetzt wird er auch noch beleidigend!«

Ela war erleichtert gewesen, dass sie Anuq, den sie über einen Plausch mit einem Wollweber aus den Augen verloren hatte, wiedergefunden hatte. Offenbar war sie gerade noch rechtzeitig erschienen, um einen Streit zu schlichten. Sie verstand allerdings gar nicht, warum Anuq über dieses kleine Missverständnis so wütend geworden war. Ein paar Bürger blieben stehen und sahen zu. Vielleicht hofften sie auf eine handfeste Schlägerei.

Wieder zerrte Ela an Anuqs Arm. »Die Marktwache hat es gesehen«, flüsterte sie. Dann sagte sie laut: »Aber ihr Herren, wir sind nur arme Köhler und haben gar kein Geld, das wir euch geben könnten.« Dabei schob sie sich vor Anuq und bedachte die beiden Gaukler mit einem süßen Lächeln, während sie gleichzeitig versuchte, ihn wegzuschieben.

Aber Anuq wich immer noch nicht.

Plötzlich winkte der Akrobat ab. »Ach, lass ihn doch. Wozu der Ärger? Nachher wirst du noch vom Markt verwiesen, Freund.«

Der Feuerschlucker nickte grimmig. »Für dieses Mal soll es gut sein, aber lass dich hier nicht mehr blicken, Kleiner.«

Anuq schien vor Zorn geradezu zu wachsen, und Ela, die ihn zurückhielt, stellte erstaunt fest, dass er viel stärker war, als er aussah. Zum Glück wandten sich seine beiden Gegner lachend ab.

»Nun komm«, drängte Ela, »oder willst du Bekanntschaft mit der Wache machen?«

Er sah sie mit einer Kälte an, die sie erschreckte, dann schüttelte er plötzlich den Kopf, als würde er seinen Zorn selbst nicht begreifen. Er nickte und folgte ihr ohne weitere Umstände. Sie zog ihn eilig zwischen einigen Ständen mit Tongeschirr hindurch und in eine Seitengasse.

»Danke, ich wäre ihm beinahe an die Gurgel gegangen«, sagte er, als sie an der nächsten Kreuzung stehenblieben. Ela sah sich um. Sie wurden offenbar nicht verfolgt. Sie waren auf der Nordseite des Marktes, nicht mehr weit von der Burg entfernt. Das war eine Gegend, die sie selten betrat. Sie schlug vor, einen Bogen zu schlagen und es auf einer anderen Seite des Marktes zu versuchen. Anuq nickte, aber er wirkte mutlos.

Sie waren mitten auf der Heugasse, als plötzlich aus einer Seitenstraße ein Dutzend Soldaten auftauchten. Sie waren keine fünfzig Schritte entfernt und nahmen lachend und scherzend die ganze Breite der Straße in Beschlag. Ein sicheres Gefühl sagte Ela, dass sie ihnen besser aus dem Weg gehen sollten. Anuq schien den gleichen Gedanken zu haben.

»Schnell, von der Straße«, flüsterte er. Auf der linken Seite überragte ein großes, dunkles Gasthaus die anderen Häuser, und er zog sie hinein. Sie erhaschte einen Blick auf das Schild, das an einer Stange über der Tür prangte. Es zeigte einen Mann mit einer schwarzen Kapuze und einer großen Axt. Das Licht innen war schummrig, und nicht viele Tische waren besetzt. Der Wirt glotzte sie blöde an, vielleicht, weil Ela die einzige Frau unter den Gästen war. Sie fühlte sich unwohl. Irgendetwas warnte sie, sagte ihr, dass sie besser nicht hier sein sollte, und sie hoffte, dass die Wachen schnell vorübergingen und sie wieder verschwinden konnten, aber dann ging die Tür auf, die Soldaten traten lärmend und johlend ein und verlangten lautstark nach Bier. Jetzt wusste Ela, wo sie war, denn ihr Vater hatte ihr ausdrücklich verboten, auch nur in die Nähe dieses Ortes zu gehen: Es war der *Schwarze Henker*, das Stammgasthaus der Wachsoldaten. Und, noch schlimmer, Hauptmann Fals führte den Trupp an, und Leutnant Aggi war dicht hinter ihm.

Faran Ured hatte es sich mit einem Krug Bier an einem großen Tisch in der Mitte des *Schwarzen Henker* gemütlich gemacht. Ludgars Witwe hatte das Wirtshaus erwähnt, und er war zuversichtlich, hier das eine oder andere zu erfahren. Betrunkene Soldaten redeten gerne, und er hatte genug Silber, um viele Soldaten betrunken zu machen. Er hatte bereits einem Schmied, der auf der Burg arbeitete, ein Bier ausgegeben, aber kaum Neues erfahren, nur, dass Prinz Beleran sehr unerwartet in der Burg aufgetaucht war und sich nun alles in heller Aufregung befand, weil man hastig ein Quartier bereiten musste für ihn, seine schöne Frau und die vielen Bewaffneten. Er nahm das als ein gutes Zeichen, denn es schien, dass noch niemand in Atgath etwas von dem Sturm ahnte, der sich über der Stadt zusammenbraute. Wenn er Glück hatte, konnte er sich damit begnügen, einfach zuzusehen, wie der Plan der Baronin Früchte trug, ohne dass er irgendwie eingreifen musste. Seine Auftraggeber würden zufrieden sein, und er würde der Stadt bald den Rücken kehren können.

Doch gerade als er bereit war, höchst zufrieden an ein einfaches Gelingen seines Auftrages zu glauben, ging die Tür auf und die Köhlertochter und ihr angeblicher Vetter traten ein. Und dann, wenige Sekunden später, fiel ein ganzer Trupp Soldaten lärmend in den *Henker* ein. Immerhin war »Vetter Anuq« geistesgegenwärtig genug, das Mädchen in eine dunkle Ecke zu ziehen, aber es war dennoch nur eine Frage der Zeit, bis die Soldaten auf den Fremden aufmerksam werden würden. Der Hauptmann vom Bach führte sie an, und zu seinem Verdruss sah Ured, dass auch der junge Leutnant unter den Soldaten war. Einen Augenblick lang zog er in Erwägung, sich ganz aus dieser Sache herauszuhalten, aber wenn der junge Mann lebend in die Hände der Wachen fiel ... Die Soldaten drängten sich an den Ausschank und warteten ungeduldig auf ihr Bier. Wenn sie sich erst an den Tischen verteilten, war es zu spät. Faran Ured schloss die Augen und seufzte. Es hätte so einfach sein können.

Er stand kurzentschlossen auf, stieg auf eine Bank und sagte: »Ich möchte auf die tapferen Männer trinken, die diese Stadt vor allen Feinden schützen.«

»Hört, hört«, rief einer der Soldaten. Die anderen lachten.

»Und ich möchte auf die Stadt Atgath trinken. Ich sah die großen Städte, die schimmernden Perlen am Goldenen Meer, ich sah die Städte der Barbaren im Norden und der fernen Reiche im Osten, aber keine hat mich so tief berührt wie Atgath, das Juwel der Berge.« *Das ist nicht einmal gelogen*, dachte Ured, *wenn man bedenkt, was mir hier widerfahren ist.* Sein zweites Leben hatte hier begonnen. Damals hatte er versprochen, nicht wiederzukommen, aber er konnte nicht anders, denn wenn er sich geweigert hätte, würde er mehr verlieren als sein Leben. Er zwang sich zu einem heiteren Lachen und prostete den Wachen zu. Die Soldaten starrten ihn an, offenbar unschlüssig, was sie von seiner seltsamen Rede halten sollten, und er hoffte, dass die beiden jungen Leute die Gelegenheit endlich ergreifen und verschwinden würden.

Plötzlich rief der Hauptmann: »Gut gesprochen! Aber Ihr seid wohl der Einzige, der unser Atgath für ein Juwel hält, Pilger.« Er lachte und hob nun ebenfalls sein Glas.

Ured verneigte sich und sah, dass die Köhlertochter mit ihrem Begleiter schon fast an der Tür war, als plötzlich der Leutnant rief: »Ela Grams, was macht *Ihr* denn hier im *Henker?*«

Unter dem Vorwand, ihn überraschen zu wollen, hatte die Baronin ihren Mann im Quartier zurückgelassen und sich von einem der Diener hinunter in die Kellergewölbe der Burg führen lassen. Sie war beinahe zufrieden mit dem bisherigen Verlauf der Dinge, aber der »Freund«, den Rahis Almisan jetzt in der Stadt suchte, bereitete ihr Kopfzerbrechen. Er war also nicht tot, obwohl das nach seinem Versagen eigentlich das Mindeste war, was man erwarten konnte, aber darüber konnte sie sich später Gedanken machen. Sie war in Atgath, in der Burg, und nun würde die lange und sorgfältige Vorbereitung schnell Früchte tragen – oder aber alles würde in einem fürchterlichen Fehlschlag enden. Es war ein Gang auf Messers Schneide, und ihr war bewusst, dass auf dem Weg zum Ziel noch etliche schwierige Hindernisse überwunden werden mussten. Es fiel ihr schwer, ihre Anspannung zu verbergen.

Ihr Mann war gekränkt und verwirrt, weil sein Bruder sie nicht empfangen wollte, aber Beleran war ein ahnungsloses Schaf, er wusste nicht, was hier vorging, und sie würde dafür sorgen, dass es so lange wie möglich auch so blieb. Der gefährlichste Gegner in dieser Burg, das war ihr klar, war Nestur Quent. Die Begrüßung durch den alten Zauberer war ziemlich frostig ausgefallen, beinahe schon unhöflich. Sie hatte von Baron Beleran genug über den berühmten Meister Quent gehört, um zu wissen, dass sie ihn nicht für ihre Sache würde gewinnen können. Der alte Zauberer hatte schon dem Vater und dem Großvater von Herzog Hado gedient, war ehrlich und treu bis ins Mark und interessierte sich weder für Gold noch für Frauen, ja, nicht einmal für Macht. Nein, ihn konnte sie nicht für ihre Pläne gewinnen, und deshalb stieg sie hinab in die Katakomben. Es gab ja noch einen zweiten Zauberer in Atgath. Der Diener, der vor ihr herschlurfte, war erst verwundert, dann beinahe bestürzt gewesen, als sie ihn gebeten hatte, sie zu Meister Hamoch zu führen, hatte aber dann doch gehorcht. Und nun waren sie Treppe um Treppe hinabgestiegen, bis sie endlich vor dem Laboratorium des Adlatus anlangten. Der Diener klopfte leise an eine Tür und wartete, bis sie sich einen Spalt weit öffnete. Eine Frau namens Esara trat in die Kammer. Sie verneigte sich zwar ehrerbietig, aber in ihren Augen lag etwas, das die Baronin für kalte Verachtung hielt. Von ihr hatte Shahilas Gemahl nichts erzählt, dennoch schien sie eine besondere Stellung im Umfeld des Zauberers einzunehmen. Sie bat die Baronin mit knapper Geste in einen Raum, wohl einen weiteren Nebenraum des eigentlichen Laboratoriums, und verschwand dann, um ihren Meister zu holen. Der Diener, der sie hergeführt hatte, war längst wieder ziemlich eilig verschwunden.

Shahila nutzte die Wartezeit, um sich umzusehen. Sehr oft konnte sich der Adlatus hier nicht aufhalten, denn es gab nicht einmal einen Schreibtisch, nur einige große Schränke mit vielen beschrifteten Schubladen und zwei hohe Regale, aus denen Bücher und Pergamente quollen. Sie sah sie sich näher an. Einige Titel waren ihr aus der Bibliothek ihres Mannes vertraut, aber einiges war auch in Sprachen geschrieben, deren Buchstaben sie nicht einmal kannte.

»Es ist mir eine große Ehre, Euch kennenzulernen, erlauchte Baronin«, sagte der Adlatus, der beinahe lautlos eingetreten war.

Shahila drehte sich um und lächelte ihn freundlich an. Bahut Hamoch trug einen Arbeitskittel, und sein zu langes Haar lag in wirren Strähnen am Kopf. Ganz offensichtlich störte sie ihn bei wichtiger Arbeit, denn seine ganze Haltung drückte weniger Freude als vielmehr Verdrossenheit aus.

»Aber nicht doch«, beeilte sie sich zu versichern, »die Ehre ist ganz auf meiner Seite, Meister Hamoch.« Sie lächelte, denn sie wusste, dass sie mit ihrem Lächeln beinahe jeden Mann schwach machen konnte. Bei diesem Zauberer schien es jedoch nur bedingt zu wirken, denn er murmelte lediglich missmutig etwas wie: »Aber nicht doch, Baronin.«

Also fügte sie hinzu: »Ich freue mich wirklich, einen so berühmten Gelehrten, ja, vor allem einen so berühmten Magier kennenzulernen, und ich hoffe, Ihr könnt mir in einer kleinen Angelegenheit behilflich sein.« Die Sache mit dem berühmten Magier schmeichelte ihm, das konnte er nicht verbergen. Er verneigte sich noch einmal, lächelte schwach, und die krause Tätowierung auf seiner Stirn glättete sich ein wenig. Shahila wusste, dass er zwar ein Meister seines Ordens war, aber nur den siebenten Grad erreicht hatte. Und obwohl er nun schon fast fünfzehn Jahre der Adlatus von Nestur Quent war, hatte er sich nicht verbessern können. Ihr Mann hatte ihr erzählt, wie sehr ihm das zusetzte, auch wenn er es zu verbergen suchte.

»Was ist es denn für eine Angelegenheit, bei der ich Euch helfen kann, Herrin?«

»Wie Ihr sicher wisst, ist mein Gemahl ganz versessen auf seltene Blumen und Schmetterlinge. Nun gab es heute einigen Verdruss, denn offenbar hat man uns gar nicht erwartet. Ich würde nun gerne seine Gedanken ein wenig aufhellen und hoffe, dass Ihr mir vielleicht ein Stück aus Eurer berühmten Sammlung überlassen könntet, über das er sich freuen würde.«

»Ja, der Prinz, ich meine, der Baron, war immer ein Freund der Gelehrsamkeit. Wir haben früher oft zusammengesessen und miteinander disputiert.«

»Er hat mir davon erzählt. Und ich muss sagen, ich teile seine Bewunderung Eurer Haltung zu bestimmten Fragen der Magie – und der Wissenschaft.«

Nun hatte sie seine Aufmerksamkeit. In den nächsten Minuten schmeichelte sie ihm noch mehr. Sie wusste, dass er sein beschränktes magisches Talent dadurch ausglich, dass er sich auf Gebieten versuchte, die nichts oder nicht viel mit der üblichen Magie zu tun hatten. Er wagte sich auch in Grenzbereiche vor. Dumm war er sicher nicht, er hatte einige ziemlich scharfsinnige Schlussfolgerungen getroffen, nach dem zu urteilen, was ihr Gemahl erzählt hatte. Nun studierte sie ihn von Angesicht zu Angesicht, tat, als bewunderte sie seine Gelehrsamkeit, und hielt ihn im Grunde genommen doch nur für einen Schwächling, der sich seit Jahren von seinem Lehrer kleinhalten ließ. Sie war sich aber auch sicher, dass er sich genau aus diesem Grund noch als nützlich erweisen würde. Es war offensichtlich, dass Meister Hamoch nach Anerkennung dürstete – die war billig, und sie konnte sie ihm reichlich zuteilwerden lassen. Sie verließ ihn schließlich mit dem getrockneten Exemplar einer seltenen Bergblume, deren Namen sie nicht aussprechen konnte. Der Adlatus hatte unbeholfen vorgeschlagen, sie ersatzweise nach ihr zu benennen.

Ela redete, sie redete sich um Kopf und Kragen. Sie wusste es, aber sie konnte einfach nicht aufhören. Hätte Leutnant Aggi nicht einfach nur eine Sekunde länger in die andere Richtung schauen und dem Pilger zuhören können? Hätte er nicht ebenso zum Bierkrug greifen und trinken können wie seine Kameraden? Zu ihrem Pech war Teis Aggi wohl der einzige Soldat der Wache, der nicht gerne trank. Vermutlich, weil es seiner Mutter missfiel. Natürlich hatte er sofort nach dem Fremden an ihrer Seite gefragt, und leider glaubte er nicht, dass es sich um einen Tagelöhner aus dem Süden handelte. Dann war Hauptmann Fals dazugekommen. Sie sah den alten Hass in seinen Augen. »Sieh an, die kleine Mistfliege von einer Köhlertochter traut sich hierher. Und wen hat sie mitgebracht? Schaut Euch an, Leutnant, was für Männer sie Euch vorzieht! Das ist ein Gaukler oder gar Dieb, wenn ich mich nicht sehr täusche.«

Ela drängte sich dicht an Anuq, um ihn zu beschützen, vor allem aber, um ihn zu beruhigen, denn sie hörte an seinem stoßweise gehenden Atem, dass seine Wut mit jedem Satz des Hauptmannes wuchs. »Ein Tagelöhner aus dem Süden also? Und sie treibt es mit ihm, weil er so dreckig ist wie die ganze Köhlersippschaft? Ist seine Haut denn wirklich so dunkel, oder hat er sich die Farbe in deinen schmutzigen Laken geholt, Köhlertochter?«

»Hauptmann, bitte ...«, schaltete sich der Leutnant leise ein.

Fals grinste breit. »Eine Hure! Ich habe es immer gewusst. Schaut sie Euch an, Aggi. Eine Hure aus einer Familie von Lügnern und Verleumdern. Verdorben bis ins Mark, wie ihr versoffener Vater, und wie ihre Mutter, die doch auch eine Hu...«

Er kam nicht weiter. Irgendeine unsichtbare Kraft schleuderte ihn zu Boden. Drei seiner Leute riss er dabei um. Ela stand mit offenem Mund da und sah Anuq, der eben noch hinter ihr gewesen war, nun vor sich stehen. Seine Faust war geballt, sein ganzer Körper angespannt. Er erinnerte sie an ein Raubtier. Totenstill war es in der Wirtschaft geworden, und die Soldaten starrten verblüfft auf ihren Hauptmann, der auf dem Boden saß und sich die blutende Nase hielt. »So ergreift ihn doch, Männer!«, kreischte er.

Dann sah Ela nur noch ein wirbelndes Durcheinander von Armen, Beinen, Leibern, und Anuq war mittendrin und doch irgendwie auch nicht. Sein Gesicht war weiß vor Wut. Er hielt plötzlich einen schweren Steinkrug in der Faust, einen Krug, den Ela eben noch ganz sicher in der Hand eines Soldaten gesehen hatte. Sie bemerkte den verblüfften Ausdruck im Gesicht dieses Mannes, der seine leere Hand anstarrte und dann von eben jenem Krug krachend am Kopf getroffen und in den Kreis seiner Kameraden geschleudert wurde. Sie sah Anuq auf einem Stuhl, dann auf dem Tisch, und es war, als würde er zwischen den Soldatenarmen tanzen, die nach ihm griffen. Dann zog jemand ein Schwert, holte aus und hielt inne, weil er stattdessen plötzlich einen zerbrochenen Bierkrug in der Hand hielt, während Anuq mit eben jenem Schwert einem Soldaten den Bauch aufschlitzte. Plötzlich warf sich jemand auf Ela und riss sie zu Boden. Sie sah in das blutende Gesicht des Hauptmanns, der brüllte: »Packt ihn doch endlich, Männer. Ich habe seine Hure!«

Sie wehrte sich, strampelte mit den Beinen, aber er lag schwer auf ihr, und sein Blut tropfte ihr ins Gesicht. »Ergib dich, oder sie stirbt«, schrie er und drängte ihre Beine mit dem Knie auseinander. Ela bäumte sich verzweifelt auf. Der Hauptmann lachte, zerriss ihr Hemd mit einer Hand, während die andere plötzlich grob zwischen ihren Schenkeln wühlte. Aber dann heulte Fals jäh auf, und sie sah mit einer Mischung aus Grauen und Faszination die Spitze eines Schwertes knapp über dem Schlüsselbein durch seine Schulter dringen. Blut schoss aus der Wunde, spritzte ihr über die halb entblößte Brust, und der Hauptmann bäumte sich vor Schmerz auf. Sie schrie, versuchte, Fals wegzustoßen, und sah, dass die Soldaten jetzt mit Schwertern, Stuhlbeinen und ganzen Schemeln auf Anuq eindrangen. Schon hatten sie ihn in die Ecke gedrängt. »Lauf weg!«, schrie sie. Und dann schrie sie noch einmal, weil sie erst jetzt wirklich begriff, dass es das Blut des Hauptmannes war, das ihr klebrig und warm über die Haut lief. Sie strampelte, kam halb frei, schlug um sich. Der Hauptmann packte sie mit der Linken so hart, dass sie ein drittes Mal schrie, diesmal vor Schmerz. Sie schlug nach ihm, und erwischte ihn mit den Fingernägeln im Gesicht. Er heulte wieder auf, und sie konnte sich losreißen.

»So lauf doch weg!«, rief sie und sprang auf. Dann rannte sie am verblüfften Wirt vorbei in die Küche. Hier musste es doch einen Hinterausgang geben!

Der Namenlose hörte ihre Rufe. Er sah die Männer, die ihn umringt hatten. Blut rauschte in seinen Ohren. Die heiße Wut hatte ihn gepackt, und er hatte wild um sich geschlagen, als es begonnen hatte, aber dann war dieses Gefühl verschwunden. Stattdessen breitete sich eine eisige Kälte in ihm aus, und die ging einher mit einem Gefühl von Kraft und Schnelligkeit.

Männer lagen am Boden, und zweifellos hatte er sie niedergestreckt, mit einer Geschwindigkeit, die ihm selbst unbegreiflich war. Er bückte sich, und ein Schwert zischte, plump geschwungen, an ihm vorbei. Er sah seine Hände, die dem Mann das Schwert abnahmen, es gegen ihn richteten und es ihm in den Hals rammten. Der Soldat taumelte zurück und fiel über einen anderen, der dort, das Gesicht eine breiige Masse, wimmernd auf dem Boden lag. Der Namenlose erinnerte sich daran, ihm mit einem Krug den Wangenknochen zerschmettert zu haben. Und während er sich ganz deutlich und in allen Einzelheiten an den Augenblick erinnerte, in dem der Steinkrug an diesem Gesicht zerbrochen war, wich er einem anderen, sehr langsam anmutenden Schwertstreich aus und trennte mit der Waffe, die er aus dem Hals seines vorigen Gegners gerissen hatte, die Schwerthand vom Arm. Der Soldat schrie auf. Der Namenlose sah das Blut aus seinem Handgelenk spritzen. Er sah seine Rechte, die das Schwert führte, so deutlich, dass er jede einzelne Ader zählen konnte, aber irgendwie schien es ihm gleichzeitig so, als hätte er mit der Angelegenheit nichts zu tun, als wäre er nur Zuschauer und irgendein anderer würde hier für ihn kämpfen, mit einer Ruhe und Kälte, die er nicht begreifen konnte.

Da war dieser Leutnant, und er erkannte, dass das der einzige Mann im Raum war, der etwas mit seiner Waffe anzufangen wusste. Er wich zurück, wobei er dem Mann, der ihn im selben Augenblick von hinten angriff, in einer blitzschnellen, ihm jedoch sehr langsam und folgerichtig erscheinenden Bewegung seine Klinge in den Brustkorb rammte. Der Soldat taumelte mit einem erstickten Ruf zur Seite. Da lag schon ein anderer, der krampfhaft die Hände auf seinen aufgeschlitzten Bauch presste, seine Eingeweide aber nicht halten konnte und entsetzt auf das blickte, was zwischen seinen Fingern hervorquoll. Und dort drüben war der Hauptmann, lag fluchend und jammernd auf den Knien, und das Schwert ragte ihm in einem grotesken Winkel aus der Schulter. Eigentlich hätte er tot sein müssen, doch gerade als die Klinge die Hand des Namenlosen verlassen hatte, war ihm im letzten Augenblick dieser verfluchte Leutnant in den Arm gefallen. Das alles wusste, sah und erkannte der Namenlose in eisiger Klarheit, und doch konnte er nicht begreifen, was hier geschah, und vor allem nicht, dass es *durch ihn* geschah. Und noch etwas bemerkte er: Er *genoss* es. Er genoss diesen eisigen Rausch von Kraft und Macht, der ihn beinahe ganz ausfüllte, genoss seine geschärften Sinne, die ihm jeden Angriff seiner Feinde im Voraus verrieten, die ihm ihre Schwächen und Wunden offenbarten, und die ihm all das viele Blut in prachtvoller Deutlichkeit zeigten. Er genoss es, und ein Teil von ihm verlangte mehr.

Das Mädchen hatte sich losreißen können und floh jetzt durch eine Tür, aber er konnte ihr nicht folgen, denn ein Dutzend Männer hatte ihn eingekreist. Die Soldaten hielten jetzt Abstand, sie griffen ihn nicht an, ihre Waffen, Messer, Stuhlbeine, Schemel und Bierkrüge zitterten in ihren Händen, obwohl er unbewaffnet war. Sein Schwert, er wusste nicht mehr, wem er es entrissen hatte, steckte noch in der Brust seines letzten Gegners. Genau jetzt spürte er, wie die kalte Ruhe ihn verließ. Es schnürte ihm die Kehle zu, zum einen, weil er das Blut, die Toten und die stöhnenden Verwundeten sah, zum anderen, weil er begriff, dass er gar nicht wusste, wie man kämpfte, dass irgendetwas aus der Finsternis in seinem Inneren, sein vergessenes Ich, diesen Kampf für ihn geführt hatte. Doch jetzt war dieser Teil seines Wesens wieder fort, und er fühlte sich schwach und verloren. Panik stieg in ihm auf. Es war nur eine Frage der Zeit, bis die Soldaten seine Hilflosigkeit bemerken würden.

Aber da war der Fremde, der Pilger, der sich unauffällig im Hintergrund hielt. Er gab ihm einen Wink mit den Augen. Er folgte dem Blick: Das Fenster! Natürlich. Er holte tief Luft, täuschte einen Angriff an, was seine Feinde zurückweichen ließ, nahm Anlauf, sprang auf den nächsten Tisch, rutschte fast aus, sprang wieder und dachte erst im letzten Augenblick daran, die Arme schützend über den Kopf zu legen. Die Butzenscheiben zersplitterten zu tausend Scherben, und er landete hart auf dem Pflaster der Straße.

Hinter ihm wurde geschrien und gebrüllt. Dann flog die Tür auf, und die ersten Soldaten stolperten auf die Straße hinaus. Der Namenlose sprang auf die Füße und rannte. Er lief zum Markt, besann sich im letzten Augenblick eines Besseren und bog in eine schmale Gasse ein. Den Straßenkehrer, der hinter der Ecke stand, sah er einfach zu spät: Er stieß mit ihm zusammen, stolperte über den Besen und stürzte zu Boden. Ein Schatten legte sich auf ihn. Er brauchte einen Augenblick, um zur Besinnung zu kommen. Dann waren die Soldaten schon da. Sie sahen seltsam grau und blass aus, genauso wie alles andere, was er sah.

»Der Fremde, wo ist er hin?«, herrschte einer der Soldaten den armen Straßenkehrer an.

Der Namenlose traute seinen Ohren nicht. Er lag doch keine drei Schritte von dem Wachmann entfernt auf der Straße. War der Mann blind?

»Ist aufs Dach, Herr. Richtung Markt«, antwortete der Straßenkehrer schwerfällig, und die Soldaten stürmten davon. Der Grauschleier verschwand. Er erinnerte sich, der Mann hatte beim Feuerschlucker neben ihm gestanden. Da hatte er ihn für schwachsinnig gehalten.

Jetzt sah ihn der Mann mit sehr wachen Augen an und schüttelte den Kopf. »Reife Leistung«, sagte er mit anerkennendem Grinsen. »Du solltest selbst auf dem Jahrmarkt auftreten, mein Freund.« Dann reichte er ihm sein Schweißtuch. »Hier, du solltest dir das Blut abwischen. Und jetzt komm mit, Freund, für jemanden wie dich könnten wir Verwendung haben.«

Faran Ured konnte es nicht fassen: Wie konnte ein Mann von der Bruderschaft der Schatten sich nur so in die Enge treiben lassen? Er hatte längst keine Zweifel mehr, dass der angebliche Vetter ein Schüler dieses berüchtigten Ordens war. Er war schnell, und er beherrschte einige äußerst nützliche Kampfzauber, wie die toten und verwundeten Soldaten bewiesen. Zeugen, er hatte einen Kampf geführt, bei dem er Zeugen hinterlassen musste! Ured verstand es einfach nicht. Irgendetwas schien mit dem Jungen nicht zu stimmen. Erst die hohe Kunst des Kampfes, wenn auch etwas unkonventionell eingesetzt, wenn er an den Bierkrug dachte, dann diese plötzliche Hilflosigkeit. Er, der Schatten, hatte sich in die Enge treiben lassen! Sie hätten ihn gar überwältigt, wenn Ured ihm nicht den offensichtlichsten Fluchtweg gezeigt hätte.

Die Soldaten stürmten aus dem Wirtshaus, um ihn zu verfolgen. Zwei wurden jedoch von ihrem Hauptmann aufgehalten. Er hielt sich das blutende Gesicht und schien das Schwert in seiner Schulter vergessen zu haben. »Ihr da, fangt diese verfluchte Hure. Fangt sie!«

Es gab keinen Weg, wie Ured ihr helfen konnte, ohne seinen Auftrag zu gefährden. Ganz im Gegenteil. Er biss sich auf die Lippen. Sie hatte dem Schatten geholfen. Erst hatte sie ihn versteckt, dann in die Stadt gebracht, und jetzt hatte sie sogar mehr oder weniger an seiner Seite mit der Wache gekämpft. Inwieweit war sie eingeweiht in das, was hier seinen Lauf nehmen sollte? Was würde sie ausplaudern, wenn sie verhört wurde?

Der Wirt und seine Schankfrau kümmerten sich um die Verwundeten. Der Hauptmann starrte ihn jetzt mit glasigem Blick an. Blut tropfte von der Hand, mit der er sich die Wange hielt. Ured sah, dass der Hauptmann unter Schock stand. Immer noch steckte das Schwert in seiner Schulter. Ein beachtlicher Wurf, quer durch den Raum, mit einer Waffe, die dafür gar nicht gemacht war. Dennoch, von einem Schattenschüler hätte Ured mehr erwartet. Der Hauptmann lebte noch, und das fand er beinahe enttäuschend. Er war immer noch unschlüssig, was zu tun war. Viel hing davon ab, ob die Wachen den Flüchtenden erwischten. Aber was war mit dem Mädchen? Konnte er sie lebend in die Hände der Wache fallen lassen? Ured fluchte und gestand sich ein, dass er einfach zu wenig über die Pläne der Baronin wusste. Waren beide eingeweiht? Oder nur der Junge? Er konnte nicht beiden folgen. Er murmelte etwas von Trost und »Hilfe holen«, als er sich am Hauptmann vorbeidrückte und die Wirtschaft eilig verließ.

Er entschied sich für den Schatten, denn der war auf jeden Fall ein Teil der großen Pläne, die hier im Gange waren. Und damit war er jetzt auch eine Gefahr. Warum nur hatte er sich am hellen Tag in die Stadt gewagt? Und das Mädchen? Sie hatte seinetwegen gelogen, schon in der Hütte, aber als Ured jetzt noch einmal darüber nachdachte, kam er zu dem Schluss, dass sie keine Ahnung haben konnte, mit wem sie sich da eingelassen hatte. Sie hätte ihn sonst kaum beschützt, so dumm konnte sie nicht sein. Andererseits, wer konnte wissen, was in diesem jungen Mädchen vorging? Er hatte die Blicke bemerkt, mit denen sie den Fremden ansah. Wenn sie in ihn verliebt war ... Ured seufzte und hastete weiter. Es hatte keinen Zweck, sich noch den Kopf zu zerbrechen, wenn die Entscheidung schon gefallen war. Er konnte nur hoffen, dass sie nicht falsch war. Unter diesen Überlegungen war er, so schnell es ihm möglich war, ohne aufzufallen, den Soldaten gefolgt. Dem Lärm und Geschrei nach zu urteilen jagten sie den Jungen gerade über den Markt. Wenn sie ihn erwischten, war es besser, er starb, denn er wusste einfach zu viel. Ured fluchte. Ein Schatten sollte sich nicht gefangen nehmen lassen, aber ein Schatten spazierte auch nicht am helllichten Tag in ein Wirtshaus voller Soldaten. Was hatte er nur in der Stadt gewollt? Er bog um die nächste Ecke und fuhr nur einen Augenblick später erschrocken zurück.

Da stand Almisan! Selbst von hinten war die hünenhafte Gestalt des Rahis unverkennbar. Der Vertraute der Baronin stand dort auf der Straße, spähte in eine Seitengasse und rührte sich nicht. Ured hastete leise hinter die nächste Hausecke. Zwar glaubte er nicht, dass der Mann ihn kannte, aber er hielt es für besser, zunächst unsichtbar zu bleiben. Also tat er so, als müsste er etwas in seinem Beutel suchen, und beobachtete den Hünen aus den Augenwinkeln. Der Rahis stand an einer Abzweigung, wirkte einen Augenblick unschlüssig, aber dann verschwand er schließlich doch in der kleinen Gasse. Das versprach, interessant zu werden. Faran Ured folgte ihm vorsichtig, sehr vorsichtig, mit viel Abstand, denn sogar seine Auftraggeber hatten ihn auf die gefährlichen Fähigkeiten dieses Mannes hingewiesen.

Rahis Almisan blickte auf und betrachtete die schnell ziehenden Wolken. Wie kalt es in diesem Land doch war! Er hoffte, dass diese Stadt wirklich die Mühe wert war, die sie auf diesen Plan verwendeten, aber eigentlich wusste Shahila immer, was sie tat. Bis jetzt lief auch fast alles halbwegs nach Plan, nur dass Sahif sich so offen zeigte, das war seltsam. Er hatte ihn auf dem Karren vor der Stadt trotz seiner lächerlichen Verkleidung sofort erkannt, aber Sahif hatte durch ihn hindurchgesehen, als sei er Luft. Immerhin verstand er es also, sich zu verstellen, wenn er es schon nicht verstand, sich zu verstecken – *oder* einen Auftrag zu erfüllen *oder* bei dem Versuch zu sterben.

Almisan war in die Stadt gegangen, um ihn zu suchen. Atgath war nicht groß, und Sahif war ein Fremder, so wie er. Andererseits konnte sich niemand besser verstecken als ein Schatten. Almisan hatte anfangs Zweifel gehabt, dass er ihn finden würde, aber jetzt hatte er eine mehr als deutliche Spur.

Er war auf dem Markt gewesen, als er die wütenden Rufe und das Geschrei gehört hatte, und natürlich war er dem nachgegangen. Gerade als er um die Ecke hatte biegen wollen, hatte er die Soldaten gesehen, die irgendjemandem nachjagten. Das hätte alles Mögliche bedeuten können, aber sein Instinkt sagte ihm, dass sie den Mann jagten, den er selbst suchte. Die Männer schienen ziemlich aufgebracht, als nähmen sie diese Jagd persönlich. Sie waren an ihm vorbeigerannt, und einer, der ihn wiederzuerkennen schien, hatte angehalten und gefragt: »Habt Ihr einen Mann gesehen, in Köhlerkleidung? Er muss an Euch vorübergekommen sein, Herr.«

Almisan hatte nur bedauernd die Schultern gehoben, und der Soldat war fluchend davongestürmt. Die Soldaten waren Richtung Markt gerannt, aber Almisan dachte nicht daran, ihnen zu folgen, denn er hatte etwas gespürt. Eigentlich war es eher ein metallischer Geschmack in der Luft gewesen, schwach, schwer fassbar, etwas, das er trotzdem wiedererkannte. Er nannte es den *Hauch der Schatten*. Ohne Zweifel, ganz in der Nähe hatte ein Mann seines Ordens Magie angewandt.

Er folgte dem *Hauch* durch die schmale, menschenleere Gasse. Es war eine Gasse wie hundert andere, sie hatte nichts an sich, was verdächtig oder auffällig wirkte, aber ihm war der zerbrochene Besenstiel nicht entgangen. In seiner Nähe war das Gefühl von Magie am stärksten. Er ging ein paar weitere

Schritte in die Gasse hinein. Ja, ein Schattenbruder war hier gewesen, das spürte er jetzt deutlich. Er folgte der Gasse bis zur nächsten Kreuzung. Hier zweigten kleine Gässchen ab, kaum breit genug für seine Schultern, und wanden sich zwischen schmalen Häusern hindurch. Er dachte nach und wählte schließlich die, die weiter vom Markt wegführte. Sie schlängelte sich um einige schmale Häuser und führte zu einem kleinen Hof, der bis auf ein paar Kisten vollkommen leer schien. Auf der anderen Seite ging es wieder hinaus, und er konnte Menschen sehen, die dort auf einer Straße unterwegs waren. Hatte er sich falsch entschieden? Er ging auf die andere Seite des Hofes, um einen Blick auf die Kisten zu werfen. Eine Steinplatte knirschte unter seinem Gewicht, und zwar so, wie es Steinplatten nicht tun sollten. Er nahm sie in Augenschein. Da hatte sich ein Stück Holz scheinbar zufällig in den Fugen verfangen. Almisan glaubte jedoch nicht an Zufälle.

Er bückte sich und untersuchte das Holz vorsichtig, denn er hatte gelernt, auch an harmlosen Orten gefährliche Fallen zu vermuten. Schließlich schob er das Holz zur Seite. Es hatte eine Vertiefung im Stein verdeckt. Er griff hinein, zog und stellte erstaunt fest, dass sich die große Platte ganz leicht anheben ließ. Er trat zur Seite und öffnete sie vorsichtig, aber kein vergifteter Pfeil und auch keine andere tödliche Überraschung wartete auf ihn. Die Platte war mit soliden Scharnieren versehen und verdeckte ein Loch, in dem eiserne Sprossen einen Weg nach unten wiesen. Almisan zögerte, denn er war dabei, sich auf etwas einzulassen, auf das er in keiner Weise vorbereitet war. Sein Schattenbruder hatte dieses dunkle Loch sicher nicht allein gefunden, er hatte Hilfe gehabt, und das hieß, dass er vermutlich einen Freund gefunden hatte. Und der Freund seines Bruders sollte doch wohl auch sein Freund sein, oder? Er prüfte die Sprossen, sie sahen vertrauenswürdig aus.

Er stieg ein. Sollte der Freund doch kein Freund sein, würde er ihn lehren, das zu bedauern. Noch einmal spähte er in alle Richtungen, dann schloss er die Platte wieder und tastete sich weiter hinab in die Finsternis.

Faran Ured drückte sich an die Wand und schüttelte den Kopf. Zum Glück war Atgath nicht so schön und planvoll gebaut wie die großen Städte des Südens. Hier gab es viele Winkel, Überstände, Erker und schiefe Wände, hinter denen er sich verbergen und einen anderen unauffällig verfolgen konnte. Almisan hatte also einen Zugang zur Unterwelt der Stadt entdeckt. Nachdem die Platte sich knirschend geschlossen hatte, schlich Ured vorsichtig hinüber. Er dachte aber nur sehr kurz daran, ebenfalls dort hinabzusteigen, denn Rahis Almisan gehörte eindeutig zu den Menschen, denen er nicht im Dunkeln begegnen wollte. Und es gab noch einen Grund für ihn, einen sehr alten Grund, diese Gänge zu meiden. Ured zuckte mit den Achseln und zog sich zurück. Es wäre doch auch sinnlos gewesen, blind durch die Dunkelheit da unten zu irren. Er versuchte, sich einen Reim auf diese Sache zu machen. Der Hüne musste eine Spur seines Ordensbruders gefunden haben. Ured nagte unruhig an seiner Unterlippe. Die Schule der Schatten bereitete ihm stets Unbehagen. Sie war eine der zwei magischen Bruderschaften, die sich der großen Übereinkunft widersetzt hatten. Ihre Mitglieder trugen keine Zeichen, die sie als Magier auswiesen, und auch sonst scherten sie sich herzlich wenig um Recht und Gesetz und schon gar nicht um das Leben anderer. Und er hatte es hier gleich mit zwei Männern dieses Ordens zu tun. Er lief zurück zum Wirtshaus.

Heiram Grams hatte Kopfschmerzen und Durst. Es war anstrengend, aus dem Geflüster, das aus dem Horn drang, irgendetwas herauszuhören. Erschwerend kam hinzu, dass Marberic mit seinen zierlichen Händen ständig an den kleinen Schrauben des Horns herumdrehte und der Köhler so laufend nur halbe Sätze immer wieder neuer Menschen zu hören bekam.

»Langsam«, brummte er zum wiederholten Male.

»Das ist er nicht«, erwiderte der Mahr mit düsterem Blick und drehte weiter.

Grams seufzte. Er versuchte gar nicht mehr zu verstehen, wie dieses Ding funktionierte. Er hatte auf dem Jahrmarkt einmal einen Südländer gesehen, der eine neuartige Wasserpumpe vorgeführt hatte. Sie hatte mit allerlei Hebeln, Seilen, Rollen und Rädern gearbeitet und war sehr beeindruckend gewesen. Dennoch hatte sie niemand kaufen wollen, denn in den Bergen mangelte es an vielem, jedoch nicht an Wasser. Grams hatte zu Beginn gedacht, dass dieses Horn ebenfalls an verborgene Räder, Röhren und Hebel angeschlossen wäre, die auf seltsame Art die Wörter durch den Berg trugen, aber da war nichts. Es gab nur einen Steinblock, auf dem ein Horn gelagert war, und wenn Marberic an den Stellschrauben drehte, war nicht zu sehen, dass sich irgendetwas veränderte – nur das, was Grams zu hören bekam, änderte sich. Es war, als würde man mit geschlossenen Augen durch die Stadt wandern und Gesprächsfetzen auffangen, und es machte offenbar keinen Unterschied, ob die Leute in ihren Häusern oder auf der Straße waren.

»Ich begreife nicht, wie das geht«, sagte er schließlich und richtete sich auf, denn er brauchte eine Pause. Er bereute es, denn die Luft um ihn herum war auf einmal wieder voller Stimmen.

»Gestein. Wir sprechen«, sagte Marberic.

Grams' Kopfschmerzen wurden schlimmer, und er hatte eine trockene Kehle. Er blickte auf in die schwarze Halle und kam sich verloren vor. Er brauchte dringend etwas, um sich zu stärken. Er hatte auch noch immer nicht verstanden, warum es so wichtig war, nach diesem Fremden zu suchen. Es hatte etwas mit Magie zu tun, und vielleicht war es die Magie, die ihm diese Kopfschmerzen verursachte. »Ihr redet mit dem Stein?«, fragte er ratlos.

Der Mahr runzelte die Stirn, dann sagte er: »Nein. Nicht mit, durch den Stein.«

»Ich verstehe«, sagte Grams, der gar nichts verstand. Aber dann hörte er eine leise Stimme aus dem Horn dringen. Sie klang wütend.

»Augenblick – das ist Ela«, flüsterte er.

»Deine Tochter«, sagte der Mahr, und es klang eher, als müsse er es für sich noch einmal feststellen.

»Ruhig doch! Nein, der Hauptmann, sie ist an Hauptmann Fals geraten. Bei allen Himmeln!«

Ela wurde von zwei Soldaten festgehalten. Sie versuchte sich loszureißen, aber es war aussichtslos. Sie hatte nicht einmal Gelegenheit, sich das Blut des Hauptmanns vom Gesicht und von der Brust zu wischen. Die Küche hatte zwar eine Hintertür gehabt, aber der Hof dahinter war durch ein hohes Tor verschlossen, und die beiden Wachen hatten sie schnell eingeholt und mitleidlos überwältigt. Jetzt stand sie im Wirtshaus Hauptmann Fals gegenüber. Irgendjemand hatte ihm das Schwert aus der rechten Schulter gezogen, und der Wirt war dabei, ihm einen vorläufigen Verband aus Tüchern anzulegen. Blut sickerte darunter hervor. Er hielt sich immer noch das Gesicht, und sie sah zufrieden die tiefen Kratzer, die sie ihm zugefügt hatte.

»Hure«, zischte er und schlug ihr ohne Vorwarnung hart ins Gesicht. Tränen schossen Ela in die Augen, aber sie wollte nicht losheulen, nicht im Angesicht ihres Feindes. Der Hauptmann stöhnte auf. Er hatte sie mit der Linken geschlagen, doch die schnelle Bewegung ließ nun noch mehr Blut unter dem Verband hervortreten. »Nicht doch, Hauptmann, nicht doch«, schimpfte der Wirt. »Wartet, bis es Eurer Schulter besser geht.«

»Verdammt soll sie sein«, fluchte Fals und ächzte vor Schmerz.

»Was sollen wir jetzt mit der da machen?«, fragte einer der beiden Männer, die Ela festhielten.

Der Hauptmann sah sie finster an. »Bringt sie in den Kerker und werft dann den Schlüssel weg.«

Es lagen Männer auf dem Boden, der sich rot gefärbt hatte. Zwei rührten sich nicht. Sie waren tot, wie Ela jetzt mit Grauen begriff. Dem einen hatte jemand den Hals durchbohrt, dem anderen quollen die Eingeweide aus dem Bauch. Sie konnte nicht hinsehen. An der Wand lehnte ein anderer, der sich ein rot tropfendes Tuch an das zerschmetterte Gesicht hielt und stöhnte. Neben ihm lag einer, dem ein Schwert aus der Brust ragte, der aber noch wimmerte und matt den Arm hob. Einer seiner Kameraden hielt ihm in einer hilflosen Geste die Hand. Daneben saß ein weiterer Mann, der eine Hand in der Linken hielt und offenbar nicht begriff, dass es seine eigene war. Jemand hatte ihm den rechten Arm abgebunden, und ein Kamerad redete beruhigend auf ihn ein. *Und das hat Anuq getan?*, fragte sich Ela erschüttert.

Die Tür öffnete sich, und Leutnant Aggi trat mit einem weiteren Soldaten ein. Er salutierte und meldete, dass der Fremde spurlos verschwunden war. Er sah Ela mit einem sehr besorgten Blick an. Anuq war also entkommen, das war doch immerhin eine gute Nachricht. Der Hauptmann fluchte unflätig über die Unfähigkeit seiner Untergebenen, was Aggi ruhig über sich ergehen ließ. Er schien das schon zu kennen. Als Fals' Flüche in einem erneuten Schmerzensschrei endeten – der Wirt hatte den Sitz des Verbandes mit einem festen Griff geprüft –, warf der Leutnant schnell ein: »Ist es nicht möglich, dass dieser Fremde der Mann vom Dach war?«

Der Hauptmann öffnete den Mund für einen erneuten Fluch, schloss ihn wieder und fragte dann: »Wie kommt Ihr denn darauf?«

»Er ist ein geschickter Kämpfer, wie unsere Verwundeten bezeugen können, und ich glaube, es war Magie im Spiel, als er uns entkam.«

»Magie? Er war nicht tätowiert«, wandte der Hauptmann stöhnend ein.

»Nun, es gibt eine bestimmte dunkle Bruderschaft, die keine Zeichen trägt, wie man hört.«

Der Hauptmann erbleichte. »Ein Schatten? Hier in Atgath?«

Leutnant Aggi zuckte mit den Schultern. »Habt Ihr eine andere Erklärung, Hauptmann?«

»Natürlich, Zauberei, sonst hätten wir ihn sicher überwältigt«, murmelte Fals.

Ela verstand kein Wort. Magie? Anuq? Und von was für Schatten redeten sie? Aber sie hielt den Mund, weil sie allmählich begriff, dass sie in viel größeren Schwierigkeiten steckte, als sie je für möglich gehalten hätte.

»Ich schlage vor, dass wir das Mädchen schnellstmöglich zu Meister Hamoch bringen. Er muss von diesem Zwischenfall erfahren«, sagte Aggi.

»Der Adlatus, natürlich. Er muss es erfahren. Ich gehe selbst und...«

»Ihr geht nicht, bis der Feldscher hier war, Hauptmann«, brummte der Wirt. »Die Verbände halten so eben gerade, aber wenn Ihr mit einer Gefangenen durch die Stadt spaziert, kann die Wunde wieder aufbrechen, und Ihr verblutet mir am Ende noch wie ein angestochenes Schwein. Und ich habe dann den Ärger.«

Ela hoffte, dass Fals nicht auf den Rat des Henkerswirts hören würde. Nichts hätte sie lieber gesehen als diesen Hauptmann, der zu ihren Füßen verblutete, aber ihr Wunsch wurde nicht erfüllt.

»Verdammt soll sie sein, aber Ihr habt Recht. Aggi, Ihr bringt sie zu Meister Hamoch. Und bildet Euch keine Torheiten ein. Ihr haftet mir mit Eurem Kopf für diese Hure! Wartet! Schickt dann ein paar Männer in den Wald. Sie sollen sich den verfluchten Köhler und seine Brut schnappen.«

Heiram Grams starrte ins Leere. Er stand auf, hielt sich die Ohren zu und wandte sich ab. Er ertrug es nicht mehr. Ela verhaftet? »Ich muss weg«, sagte er rau.

»Wegen deiner Tochter?«, fragte Marberic und blickte ihn fragend an.

»Natürlich. Muss ihr helfen. Hast du keine Kinder?«

Der Mahr sah ihn aus unergründlichen Augen an. »Nein, keine Kinder.«

»Dann verstehst du es vielleicht nicht, aber ich muss ihr helfen. Ich muss zurück, ich brauche meine Axt.«

»Da sind viele Wachen«, warf Marberic nachdenklich ein.

»Das ist mir gleich. Sie können mich nicht aufhalten, und wenn ich mir einen Weg durch die Mauer hacken muss.«

»Das ist gefährlich«, stellte der Mahr überflüssigerweise fest.

»Auch das ist mir gleich. Sie sollen mich kennenlernen. Wer Hand an meine Tochter legt, ist des Todes!«

»Sie bringen sie in die Burg.«

»Das ändert nichts.«

»Noch mehr Wachen, noch gefährlicher«, meinte der Mahr. Sein bleiches Gesicht blieb unbewegt.
Grams sah ihn zornig an. »Du kannst mich nicht aufhalten! Versuch es also gar nicht erst.«
Marberic sah ihn erstaunt an und schüttelte den Kopf. Dann sagte er bedächtig: »Es gibt einen anderen Weg.«
»Du meinst, ich soll sie auf Knien um Gnade anflehen? Auf die Richter und die ach so schlauen Zauberer vertrauen? Niemals!«
»Nein. Es gibt einen anderen Weg nach Mahratgath. Zur Burg. Nicht durch die Mauer. Drunter durch.«
Grams starrte ihn an. »Wie? Unter der Mauer?«
»Wir haben viele Gänge in den Bergen. Alte Stollen, fast vergessen. Aber sie sind noch da. Ich kann dich führen.«
»Und diese Gänge, die führen zur Burg?«
Marberic nickte: »Wir haben sie gebaut.«
»Das habe ich verstanden. Ihr habt Gänge gebaut. Schön. Wann brechen wir auf?«
»Nicht nur die Gänge. Auch die Burg.«
Grams setzte sich auf den Boden und barg den Kopf in den Händen. Er verstand nur die Hälfte von dem, was der Mahr sagte, und plötzlich spülte eine Welle der Angst ihm den Boden unter den Füßen fort: Seine Tochter war auf dem Weg in den Kerker. War es nicht genug, dass sie seine Frau getötet hatten? Was hatte er nur getan, dass das Schicksal ihn so bestrafte? Er zitterte und fragte sich, wie er das ertragen sollte. Und es war doch auch seine Schuld, weil er sie mit diesem Fremden allein gelassen hatte. Was hatte er sich nur dabei gedacht? Er war einfach zu gutgläubig, und alle nutzten es aus. Dann verdüsterte sich seine Miene. Die Angst blieb, aber Zorn gesellte sich dazu. Nein, es war nicht seine Schuld, es war dieser Fremde, den er arglos und freundlich in seinem Haus aufgenommen hatte

und der nun dabei war, seine Tochter ins Unglück zu stürzen. Aber nicht mit ihm, nicht mit Heiram Grams! Er war einmal der beste Ringer von Atgath gewesen, und wenn er diesen Jungen in die Finger bekam, würde er ihm eigenhändig den Hals umdrehen. Er atmete tief durch. Marberic kannte also einen heimlichen Weg in die Stadt, das war viel wert. Ächzend kam er wieder auf die Beine. »Gut«, sagte er düster, »wir nehmen deinen Weg, mein Freund. Aber ich brauche dennoch eine Axt.«

Der Namenlose blinzelte, als der Mann vor ihm die Laterne entzündete. Sie waren eine Weile durch eine Dunkelheit getappt, die nur durch ein sehr schwaches Windlicht in der Hand des Mannes erhellt worden war. Es war der Straßenkehrer, jener, der schon auf dem Jahrmarkt neben ihm gewesen war, als er sich mit dem Feuerschlucker gestritten hatte. Aber er war gewiss nicht schwachsinnig, wie der Namenlose geglaubt hatte.

»Also, wie hast du das gemacht?«, fragte der Kehrer jetzt.

»Was gemacht?«

»Oben, nachdem du über meinen Besen gefallen bist. Ich habe dich stürzen sehen, aber plötzlich warst du unter einem Schatten verschwunden. Ich habe so etwas noch nie gesehen. Also, wie hast du das angestellt?«

Er zuckte mit den Achseln. Er hatte doch selbst keine Ahnung. Es war fast wie in der Schänke gewesen. Er hatte gehandelt, oder vielmehr irgendetwas in ihm hatte für ihn gehandelt, etwas, das aus der Finsternis seines vergessenen Inneren kam. Der Rausch war verflogen, und er hatte keine Ahnung, keine Erinnerung, wie er seine erstaunlichen – nein, seine erschreckenden – Taten bewerkstelligt hatte.

»Verstehe, so eine Art Gauklergeheimnis, wie?«, sagte der Kehrer mit einem verschwörerischen Grinsen. »Verrätst du mir wenigstens deinen Namen, Freund?«

»Anuq.« Der Kehrer hielt ihn für einen Gaukler? War er vielleicht am Ende doch einer? Waren Gaukler in der Lage, so leicht und so kaltblütig Männer abzuschlachten? Nein, wohl kaum.

»Ich bezweifle, dass das dein richtiger Name ist, Freund, doch soll es meinethalben so sein. Mich kannst du Habin nennen, oder Reisig, wie es die Atgather tun.« Er grinste noch breiter.

»Und wo bringst du mich hin, Habin?«
»Es gibt jemanden, der dich sicher kennenlernen will, Freund.«
»Hier unten? Was ist das überhaupt für ein Ort?«
»Alte Gänge, es gibt sie unter der ganzen Stadt, ziemlich nützlich für unsereins. Aber frag mich nicht, wer sie angelegt hat, oder warum. Doch komm jetzt, wir haben einen weiten Weg vor uns.«

Anuq zögerte. Der Mann hatte ihm geholfen, ihn vermutlich sogar gerettet, aber er traute ihm dennoch nicht. Und er wusste nicht, was mit Ela geschehen war. »Ich muss zurück. Ich war nicht allein, verstehst du?«, sagte er.

»Noch jemand, den die Wachen suchen? Da können wir dir vielleicht helfen. Wir haben überall in der Stadt Augen und Ohren. Wenn dein Kumpan sich irgendwo versteckt, werden wir es erfahren.«

Der Namenlose hielt es noch nicht für nötig zu erwähnen, dass es sich um ein Mädchen handelte. Es schien ihm ratsam, vorerst möglichst wenig preiszugeben. Aber er konnte Ela nicht im Stich lassen. »Ich muss zurück«, erklärte er.

Habin trat näher an ihn heran. In seinem Blick lag jetzt etwas ausgesprochen Tückisches. »Höre, Freund, die Wache sucht nach dir, und da oben bist du nicht sicher. Und wenn du verhaftet wirst und meinen Namen nennst – nein, das wollen wir doch nicht, oder? Du bist fremd, wenn ich das richtig sehe, kennst dich nicht aus in Atgath. Du brauchst Freunde, und ich biete dir meine Freundschaft an. Ich hoffe, du bist so klug, sie anzunehmen. Ich war so großzügig, dich zu retten, nun kannst du ruhig so großzügig sein, mir ein oder zwei Stunden deiner kostbaren Zeit zu opfern. Ich will dich nämlich jemandem vorstellen. Wart's ab, ehe du dich versiehst, hast du lauter gute Freunde in unserer schönen Stadt.« Dann grinste er wieder breit. »Es muss dein Schaden nicht sein, Anuq, ganz gewiss nicht.«

»Und wer ist das, zu dem du mich bringen willst?«

»Lass dich überraschen, aber jetzt komm und gib auf deinen Schädel acht, diese alten Stollen sind manchmal recht niedrig.«

Anuq nickte. Die Sache gefiel ihm nicht, aber er würde vorerst mitgehen und dann sehen, was dabei herauskam. Er machte sich allerdings Gedanken um Ela. Sie waren getrennt worden, und er hatte keine Ahnung, ob sie entkommen war.

Ela schaute bedrückt zu Boden. Ihre Wange schmerzte, ihre Hände waren mit Stricken gefesselt, und ihr zerrissenes Hemd hing halb über der Schulter. Sie hätte es gerne hochgezogen, wagte aber nicht, sich zu bewegen. Sie stand schutzlos auf der Straße und wurde von sechs Soldaten und Leutnant Aggi bewacht. Inzwischen hatte sich eine Menschentraube gebildet und gaffte sie an. Noch nie in ihrem Leben hatte sich Ela so gedemütigt gefühlt. Der Hauptmann hatte seinen Leuten noch keinen Marschbefehl erteilt. Er lehnte in der Tür, Blut quoll dunkel durch den Verband. Er litt offensichtlich unter großen Schmerzen, aber dennoch grinste er sie höhnisch an. Jetzt erst begriff sie, dass er seine Leute absichtlich warten ließ. Er wollte, dass die ganze Stadt ihre Schande sah, er genoss es, die Tochter seines alten Feindes zu demütigen. Endlich gab er dann doch das Zeichen zum Abmarsch, aber nur, weil der Wirt des *Henkers* ihn drängte, sich drinnen weiterbehandeln zu lassen: »Meinetwegen könnt Ihr auch ruhig verbluten, Hauptmann, aber nicht auf meiner Schwelle!«, sagte er.

Sie setzten sich in Bewegung. Ela hielt den Blick auf das Pflaster gerichtet, denn sie wollte nichts von der Welt sehen oder hören. Das Blut, sie hatte immer noch das Blut dieses Widerlings an sich. Sie versuchte unbeholfen, es mit ihren gefesselten Händen abzuwischen, aber es gelang nicht. Offenbar hatte sich das Gerücht ihrer Festnahme in der Stadt wie ein Lauffeuer herumgesprochen, denn als sie durch die Straßen zur Burg geführt wurde, hörte sie die Menschen schon raunen. Man flüsterte, sie sei die Dirne eines Verbrechers, ja, sie sei sogar beteiligt an der Ermordung des armen Apei Ludgar gewesen, möglicherweise mit ihren eigenen Händen. Elas Wange brannte vor Scham und von der Ohrfeige, die ihr der Hauptmann verpasst hatte, und sie hätte sie gerne irgendwie gekühlt.

Plötzlich hielt der Zug an, und sie sah doch auf. Sie hatten das äußere Burgtor erreicht, Aggi machte Meldung, und sie wurden eingelassen. In dem dunklen Vorhof schien es Ela noch kälter zu sein als in der Stadt. Sie fror plötzlich. Dann zogen sie durch das obere Tor zum Innenhof der Burg. Was für eine dunkle Ecke das doch war, es war wie der Grund eines tiefen, sehr tiefen Brunnens. Sie verlor allen Mut. Aggi sprach mit einem anderen Leutnant der Wache, dann übernahm er selbst den Strick, der zu Elas gefesselten Händen führte. »Von hier ab sollte ich es alleine schaffen, Männer. Geht und seht euch in der Stadt um. Doch bleibt immer wenigstens zu dritt, denn der Mann, den wir jagen, ist gefährlich. Gebt Alarm, wenn ihr ihn sichtet, aber greift ihn nicht an, wenn ihr nicht wenigstens zu sechst seid. Habt ihr verstanden?«

»Und was ist mit dem Köhler? Der Hauptmann meinte, wir sollten ihn und seine Söhne verhaften.«

»Darum kümmere ich mich später. Nun geht, ihr habt eure Befehle.«

»Jawohl, Herr Leutnant«, antworteten die Männer. Sie klangen wenig begeistert.

Teis Aggi legte Ela die Hand auf die Schulter und führte sie in ein schmuckloses Nebengebäude. »Augenblick«, murmelte er. Dann fühlte sie plötzlich, dass er ihre Wange mit einem feuchten Tuch reinigte. Überrascht blickte sie auf und sah in seine besorgten Augen. »Danke, Teis«, murmelte sie.

Er richtete vorsichtig ihr zerrissenes Hemd, so gut es eben ging. »Es tut mir leid, dass ich dir das nicht ersparen kann, Ela.«

»Kannst du nicht?«, fragte sie in einer plötzlichen, verzweifelten Hoffnung.

Er schüttelte den Kopf. »Dieser Mann, ich fürchte, er ist sehr gefährlich. Und du warst mit ihm zusammen.«

»Aber ich kenne ihn doch erst wenige Stunden.«

Der Leutnant nickte, als habe er das erwartet. »Woher eigentlich?«, fragte er.

»Er ... er tauchte in unserer Hütte auf und fragte nach Arbeit«, behauptete sie schnell. »Und da Vater nicht da war und wir Holzasche an Meister Dorn liefern mussten, habe ich ihn mitgenommen. Ich weiß nicht einmal seinen Namen.«

Aggi sah sie ernst an und wischte ihr noch einmal mit dem Tuch übers Gesicht. »Das ist nicht die ganze Wahrheit, Ela, das merke ich schon. Du hast ihn Anuq genannt, ich habe es gehört. Ich weiß ja, dass deine Familie uns Soldaten hasst, aber dass ihr euch mit einem Schatten einlasst ...«

Ela starrte ihn entsetzt an. »Aber ich hasse dich doch nicht!«, rief sie.

Aggi seufzte. »Aber du hasst die Wache, und dein Vater hasst sie noch mehr. Er hasst die Richter, die Zauberer, sogar den Herzog. Das ist allgemein bekannt, denn er erzählt es im *Blauen Ochsen* jedem, der es hören will oder auch nicht hören will. Was hat er euch gezahlt, der Fremde, dafür, dass ihr ihn in die Stadt schmuggelt?«

Ela bemerkte jetzt die Verbitterung in der Stimme des Leutnants. Er glaubte wirklich, dass sie die Wachen, ja, die ganze Stadt, verraten hätten – und er war persönlich gekränkt. »Gar nichts, er hat uns gar nichts gegeben, und von Schmuggeln war nie die Rede. Und – was ist das überhaupt, ein Schatten?«

Teis Aggi wurde noch ernster. »Mörder sind sie, von einem verbotenen Orden. Sie morden mit Waffen, Gift, Magie und auf jede andere Art, die ihnen einfällt. Aber was rede ich? Du weißt es wohl besser als ich, denn du hast einem von ihnen geholfen.«

Ela starrte ihn mit offenem Mund an. Das war es, was er glaubte?

»Versuche nicht, mich mit deinen großen blauen Augen einzuwickeln, Ela Grams. Früher hättest du für diesen Blick alles von mir bekommen, aber du hast dich anders entschieden, und nun müssen wir beide damit leben.« Er nahm sie am Arm und führte sie eine dunkle Treppe hinab.

»Ich will nicht zu Meister Hamoch«, sagte sie.

»Er untersucht diesen Fall. Wäre es dir lieber, der Hauptmann würde das übernehmen?«

Ela schauderte bei dem Gedanken. Sie blieb stehen. »Warum bringst du mich nicht zu Meister Quent? Er ist viel klüger als Hamoch, er wird herausfinden, dass ich die Wahrheit sage. Ich habe wirklich keine Ahnung, wer dieser Fremde ist.«

»Ich habe meine Befehle«, sagte Aggi und zog sie weiter.

»Bitte, Teis. Vor Meister Hamoch habe ich Angst.«

»Das geht vielen so. Aber er ist ein Zauberer, und er kann die Wahrheit ebenso gut ergründen wie Meister Quent.«

»Das glaubst du doch selbst nicht, Teis.«

Der Leutnant blieb stehen und seufzte. »Es ist besser, du gewöhnst dir deine Widerborstigkeit ab, Ela. Ich habe mich inzwischen mit ihr abgefunden, wie wohl alle jungen Männer, die vergeblich um deine Hand angehalten haben, aber Meister Hamoch hat nicht viel Sinn für solche Späße. Mach es dir nicht schwerer, als es schon ist.«

Sie schluckte und musste wieder mit den Tränen kämpfen.

Er zog sie weiter, aber dann blieb er noch einmal stehen, seufzte und sagte: »Höre, ich kann nicht gegen meinen Befehl handeln, aber ich will Folgendes tun: Sobald ich dich abgeliefert habe, werde ich zu Meister Quent hinaufgehen und ihm den ganzen Fall schildern. Er ist wirklich weise, und wenn jemand noch etwas für dich tun kann, dann er. Doch erzähle das bloß nicht Meister Hamoch. Und jetzt Ruhe, wir sind da.«

»Wirst du es meinem Vater erzählen?«, fragte sie plötzlich.

Er klopfte an die schwarze Tür, sah sie mit einem seltsamen Blick an und schüttelte den Kopf. »Hast du denn immer noch nicht begriffen, dass deine ganze Familie unter Verdacht steht?«

»Eine Spitzhacke ist keine Axt«, erklärte Heiram Grams unzufrieden. Sie waren irgendwo tief im Berg, in einer Art Lagerkammer. Eine Menge Werkzeuge hingen dort an der Wand. Sie alle waren von einer feinen, grauen Staubschicht bedeckt, aber keines zeigte auch nur eine Spur von Rost. Es war warm, und Köhler Grams schwitzte. Er stand gebückt in dem engen und niedrigen Zugang zur Kammer, sein Kopf schmerzte, und er litt immer noch Durst. »Viele Menschen waren wohl noch nicht hier, wie?«

»Noch keiner«, antwortete der Mahr nach einer kurzen Bedenkpause.

Grams' Blick schweifte über die Wand. Er sah weder Waffen noch Äxte, dafür Zangen, Hämmer, seltsame Sägen, Scheren, Leisten, Winkel, Zirkel und noch viele andere Dinge, die er nicht kannte. In der Ecke entdeckte er etwas, das er für einen Webstuhl hielt, und er fragte sich, was die Mahre dort wohl weben mochten. Auch er war staubbedeckt. Wer immer dort arbeitete, er war sehr lange nicht hier gewesen. Marberic hielt ihm geduldig eine Spitzhacke hin. Sie war für einen Menschen zu klein, wie alle Werkzeuge, und Grams wäre eine gute Axt viel lieber gewesen.

»Dies ist besser«, behauptete der Mahr, »bricht nicht.«

Grams nahm die Hacke widerstrebend an und fand sie überraschend leicht. Er konnte sie gut mit einer Hand führen. »Mit einer Axt habe ich aber mehr Erfahrung, verstehst du?«

»Wir haben keine Verwendung für eine Axt«, erwiderte Marberic.

»Ist mir schon aufgefallen«, murmelte Grams schlecht gelaunt und schob sich aus dem engen Gang in den Stollen, wo er wenigstens aufrecht stehen konnte. Er durchlebte ein ständiges Auf und Ab, war abwechselnd beunruhigt, hoffnungsvoll, panisch, niedergeschlagen, übermütig, verzagt oder verzweifelt, und ihm dämmerte, dass das nicht nur an der Sorge um Ela lag. Er hatte lange nichts mehr getrunken. Die Zunge klebte ihm schon am Gaumen, und der Mahr konnte ihm nichts anderes als Wasser anbieten. Er rechnete es Marberic hoch an, dass er ihm sogar von seiner geliebten Milch anbot. Grams atmete tief durch. Es war seltsam hier unter der Erde und schwer vorstellbar, dass jemand hier lebte, so ganz ohne Himmel. Grams hatte natürlich immer gewusst, dass es unter Tage weder Bäume noch Kühe gab, aber nun begriff er, wie anders das alles war: keine Bäume – keine Äxte; keine Kühe – keine Milch. Er schüttelte den Kopf, um die seltsamen Gedanken und den dumpfen Schmerz zu vertreiben, aber es war vergeblich. Die Luft hier unten erschien ihm stickig, und er sehnte sich nach einem frischen Wind. »Sag, Marberic, wo sind eigentlich die anderen von deinem Volk?«, fragte Grams.

»Nicht hier.«

»Das sehe ich. Gibt es denn viele von euch?«

Marberic antwortete mit einem Schulterzucken.

Offenbar war er nicht bereit, ihn weiter als unbedingt nötig in die Geheimnisse der Mahre einzuweihen. Aber es ging ihn ja eigentlich auch nichts an. Hauptsache, er führte ihn in die Stadt. »Na schön, da es keine Axt gibt, nehme ich eben die Hacke.«

»Gut«, sagte der Mahr zufrieden. Er hatte ein Messer in den Gürtel gesteckt.

»Ist das alles, ein Messerchen?«, fragte Grams.

»Gutes Schwert, schnell, braucht wenig Platz«, erwiderte Marberic. »Aber ich will nicht kämpfen. Wer kämpft, wird gesehen.«

»Ich will kämpfen«, meinte der Köhler düster, »und ich hoffe, diese kleine Hacke reicht aus, um einem gewissen Hauptmann den Schädel einzuschlagen. Und es ist mir völlig gleich, wie viele Menschen das sehen.«

Anuq folgte dem angeblichen Kehrer durch einige niedrige Gänge. Ihm ging bald auf, dass sie sich weit unterhalb der Keller dieser Stadt bewegten. In einigen der Gänge stand Wasser, andere waren feucht und mit Pilzen überwuchert, einmal scheuchten sie Ratten auf. Es gab auch düstere Kammern hie und da, in denen es nach Unrat roch. Er hatte das Gefühl, dass sie ein oder zwei Umwege gegangen waren, vielleicht, um ihn zu verwirren. Einige Gänge waren rau, seltsam gewunden und so niedrig, dass sie nur gebückt gehen konnten, andere waren sorgsam glatt gehauen und hoch genug selbst für große Menschen. Sie gingen schnell und redeten nicht viel. Habin schien es eilig zu haben, was die Umwege nur noch unverständlicher machte. »Führen diese Stollen eigentlich irgendwohin?«, fragte der Namenlose nach einer erneuten Kehre.

Habin zuckte mit den Schultern. »Ja und Nein. Sie enden alle spätestens unter der Stadtmauer, wenn du das meinst.«

Das meinte er eigentlich nicht. »Ich meine, ihr habt doch sicher einen Gang unter der Mauer hindurch, oder?«

Der Straßenkehrer grinste kurz, sagte aber nichts dazu.

Etwas später fragte Habin: »Eines wüsste ich gerne, Anuq: Da gab es einen Mord, gestern, an einem der Verwalter der Burg. Du hast nicht zufällig etwas damit zu tun, oder?«

»Ich? Nein.«

»Von uns war es keiner, und so, wie die Wachen hinter dir her waren ...«

»Nein, ich hatte nichts damit zu tun«, behauptete *Anuq* mit gespielter Ruhe. Hatte er vielleicht doch?

Habin schien es dabei belassen zu wollen. Er wies auf ein Loch im Boden, eine enge Röhre im Fels, in der einige der alten Sprossen fehlten.

»Da unten wird es jetzt ungemütlich, aber ich hoffe, du hast dich an nasse Füße inzwischen gewöhnt.«

Der Namenlose zuckte gleichgültig mit den Schultern. Er hatte wirklich andere Sorgen. Er stieg hinter dem Kehrer hinab und fand sich am Ende knietief in eiskaltem Wasser wieder. Es floss schnell, der Stollen schien stärker geneigt als alle, die sie vorher durchquert hatten, und im Schein ihrer Laterne blitzte zu ihren Füßen etwas silbern auf.

»Fische?«, rief *Anuq* laut, um das Rauschen des Wassers zu übertönen.

»Sie sind blind, aber genießbar, wenn man lange genug nichts gegessen hat. Komm jetzt.«

Sie stapften den Gang hinauf und bogen bald darauf in einen Seitengang ein, wo ihnen das Wasser nur bis zu den Knöcheln reichte. Plötzlich hielt ihn Habin auf. »Ruhig!«, flüsterte er.

Der Namenlose lauschte in die Dunkelheit. Da war etwas, es klang wie nackte Füße, die durch Wasser stapften. Das Geräusch schien ihnen entgegenzukommen. Habin blickte sich hektisch um, entdeckte eine kleine Nische im Fels und zerrte ihn wortlos am Kragen hinüber. »Rein da, schnell«, flüsterte er. Die Vertiefung war kaum groß genug für sie beide. Kaum hatte sich der Kehrer hineingequetscht, löschte er die Laterne. Sie warteten. Die Schritte kamen näher, und ein schwacher Lichtschein erhellte den Gang.

»Versteck uns«, zischte Habin.

Der Namenlose begriff, dass er den Schatten meinte, unter dem er sich auf der Straße verborgen hatte, aber er wusste nicht, wie er das anstellen sollte. Er versuchte, es sich vorzustellen, aber nichts geschah.

Die Schritte wurden langsamer. Sie waren jetzt fast heran, und ein leises Schnüffeln war zu hören. Der Namenlose hielt den Atem an. Dann war das Wesen da. Es war ein Kind. Nein, kein Kind, aber es war nicht viel größer als ein siebenjähriger Knabe, und sein Gesicht ähnelte auf den ersten Blick einem Kindergesicht: kaum ausgeprägte Gesichtszüge, völlig haarlos, mit einer winzigen Nase, einem lippenlosen Mund und seltsam geformten Ohrmuscheln – nein, es war sicher kein Kind, es war vielleicht nicht einmal ein Mensch. Er hatte noch nie etwas Abscheulicheres gesehen. Es war, als hätte man einen

Menschen in Verkleinerung nachgeäfft. Das Wesen blieb stehen, starrte sie kurz aus großen, ausdruckslosen Augen an, dann tappte es im Dunkeln davon.

Als seine letzten Schritte verklungen waren, löste sich Habin vorsichtig aus der Nische. *Anuq* folgte ihm hinaus in den Gang. »Was war das für eine Kreatur?«

Habin blickte düster drein. »Ich weiß es nicht, aber in letzter Zeit sehen wir öfter so etwas wie den da hier unten. Sie sind klein, aber viel stärker, als sie aussehen. Einmal ist einer unserer Jungs einem von denen nachgeschlichen, um herauszufinden, wo er herkommt. Wir haben ihn nie wiedergesehen. Halte dich besser fern von ihnen, so wie ich das auch tue. Und übrigens, danke!«

»Wofür?«

»Dass du uns versteckt hast. Ich dachte schon, wir wären erledigt.«

»Schon gut«, murmelte der Namenlose, der gar nichts unternommen hatte. Es war ihm eher so vorgekommen, als hätte sich dieses unheimliche Wesen einfach nicht für sie interessiert.

Als der alte Zauberer die Tür aufriss, hatte Leutnant Aggi das Gefühl, dass es vielleicht ein Fehler gewesen war, an seine Pforte zu klopfen. Tatsächlich fuhr ihn der Alte zunächst barsch an und wollte ihm nicht zuhören, weil er natürlich mit anderen Dingen beschäftigt war, aber dann erwähnte Aggi den Schatten.

»Ein Schatten, seid Ihr sicher?«, fragte der Zauberer skeptisch, aber doch immerhin interessiert.

»Nein, Herr, sicher bin ich nicht, doch er hat mehrere Männer verwundet und getötet, ohne selbst einen Kratzer abzubekommen, und ich glaube, dass er Magie angewandt hat. Er hat einem unserer Männer das Schwert aus der Hand gezaubert.«

»Aus der Hand?«

»Er hielt es dann plötzlich selbst, und er verstand auch damit umzugehen, Herr.«

»Ein Schatten also«, murmelte der Alte. »Und er ist Euch entkommen?«

»Wir waren dicht hinter ihm, aber er scheint sich in Luft aufgelöst zu haben, Herr.«

»Wenn er wirklich zu dieser Bruderschaft gehört, überrascht mich das nicht. Es ist schon erstaunlich, dass Ihr ihn überhaupt zu Gesicht bekommen habt, Leutnant.«

»Ich weiß, denn ich habe einiges über diesen Orden gehört, Herr.«

»Das Meiste sind wohl Gerüchte und Übertreibungen. Mir selbst ist noch nie einer dieser Männer begegnet. Trug er magische Zeichen?«

»Nein, Herr, keines, das ich gesehen hätte. Deshalb glaube ich ja, dass er ein Schatten ist. Und ich fragte mich, ob vielleicht die Ereignisse der vergangenen Nacht …«

»Der tote Verwalter? Der Mann auf dem Dach? Natürlich, Leutnant, die Anwesenheit eines Schattens würde beides erklären. Jedenfalls teilweise«, schränkte er dann ein. Der Zauberer legte die große Tabelle zur Seite, die er die ganze Zeit festgehalten hatte. Er schien sehr nachdenklich geworden zu sein.

»Ich danke Euch, Leutnant, für diese Informationen, aber Ihr wisst, dass nicht ich mit der Untersuchung dieses Falles befasst bin?«

»Ja, Herr, ich habe Meister Hamoch meine Überlegungen bereits mitgeteilt, als ich die Gefangene übergab.«

»Eine Gefangene?«

»Ich glaube, sie hat dem Schatten geholfen, in die Stadt zu kommen. Es ist die Tochter von Köhler Grams, Herr, und demzufolge, was sie sagt, weiß sie nicht, mit wem sie sich da eingelassen hat.«

»Natürlich sagt sie das, was habt Ihr denn erwartet? Ah, ich verstehe, Ihr kennt diese Frau näher. Nun, keine Sorge, Leutnant, Meister Hamoch hat Erfahrung in diesen Dingen. Er vertritt mich doch schon seit Jahren bei Gericht. Er wird die Wahrheit schon herausfinden, Leutnant.«

»Ja, Herr.«

Als Aggi das Turmzimmer verließ, war ihm trotz der Versicherungen des alten Meisters nicht ganz wohl in seiner Haut. Er neigte inzwischen dazu, Ela ihre Geschichte wenigstens teilweise zu glauben. Sie war zwar stur wie eine Ziege, und vielleicht nahm sie es mit der Wahrheit nicht immer allzu genau, aber im Grunde genommen hielt Teis Aggi sie für ehrlich. Er hätte sich sonst wohl auch nie in sie verlieben können. Bedauerlicherweise hatte sie ihm das Gefühl vermittelt, dass er aus irgendeinem Grund nicht gut genug für sie war. War denn ein Schatten besser? Nun würde der Adlatus sie also befragen. Der alte Zauberer hatte erstaunlich viel Vertrauen in seinen künftigen Nachfolger. Wusste er etwa nicht, dass Meister Hamoch sich nur in den seltensten Fällen bei Gericht zeigte? Als Aggi am Fuß des Turmes angekommen war, wusste er, dass er die Sache nicht den Zauberern überlassen konnte. Er musste selbst herausfinden, was hier vorging.

Meister Quent hörte den Leutnant die Treppe hinuntersteigen. Er starrte auf die Sternentabelle in seiner Hand, aber er sah die Zahlenkolonnen gar nicht. Ein Schatten? Er hatte versucht, sich nicht anmerken zu lassen, wie beunruhigt er war. Ein Schatten in Atgath? Das war eine besorgniserregende Entwicklung. Konnte er diese Angelegenheit wirklich seinem Adlatus überlassen? Der schien in letzter Zeit mit anderen Dingen beschäftigt. Es waren ihm Gerüchte zu Ohren gekommen über seltsame Experimente in den Katakomben der Burg, Experimente, die mit wahrer Magie wenig zu tun hatten. Ein Schatten, ausgerechnet jetzt. Quent starrte aus dem schmalen Turmfenster nach Osten, wo der Sattler, der Hausberg von Atgath, lange Schatten warf. Sagte man nicht dem Padischah von Oramar nach, dass er im Geheimen gute Verbindungen zu diesem verfemten Orden pflegte? Und war nicht eine seiner Töchter gerade in Atgath eingetroffen? Eine Verbindung war naheliegend – aber wozu das alles? Warum sollte ein Schatten – nach allem, was man hörte, ein doch recht kostspieliger Auftragsmörder – einen kleinen Verwalter ermorden? Das ergab keinen Sinn. Quent fiel ein, dass er sich noch nicht nach der Geschichte mit den Einladungen erkundigt hatte. Er war schon auf dem Weg in die Kanzlei gewesen, aber irgendetwas hatte ihn dann aufgehalten und abgelenkt. Er würde das nachholen, am besten jetzt gleich! Und der Mann auf dem Dach? War das der Schatten gewesen? Und wenn ja, was hatte er dort oben gewollt?

Unzufrieden warf Quent die Tabelle auf den Tisch. Nicht einmal Prinz Beleran kannte das wichtigste Geheimnis der Burg, also konnte seine Frau auch nichts davon wissen. Es passte einfach nicht zusammen. Dann kam ihm sengend heiß ein Gedanke: Wenn der Herzog ermordet würde ... Er schüttelte den Kopf. Nicht einmal ein Schatten würde Hado töten können, und Beleran kam außerdem weit hinten in der Erbfolge. Gajan und Olan standen vor ihm, und Gajan hatte bereits Söhne, die ebenfalls vor Beleran standen. Nein, diese Idee war also auch abwegig. Das alles war verwirrend. Er nahm die Tabelle wieder zur Hand. Die Sterne waren anders. Ihre Wege waren viel klarer als die der Menschen. Und wenn er heute Nacht den Wanderer beobachten konnte, würde er die Tabellen verbessern und noch genauer machen. Meister Hamoch hatte die Sache vermutlich im Griff. Er hatte doch schon eine Verdächtige verhört, und er kannte ohne Zweifel Wege, um die Wahrheit ans Licht zu bringen.

Während Teis Aggi Meister Hamoch im Vorraum des Laboratoriums die ganze Geschichte vom Kampf im Wirtshaus noch einmal geschildert hatte, hatte Ela nur stumm danebengestanden. Sie war am Boden zerstört. Ihre Familie war unter Verdacht, das hatte Teis gesagt, und ihr Leichtsinn hatte ihren Vater und ihre Brüder in diese Gefahr gebracht. Anuq, ein Mörder? Das konnte einfach nicht sein! Und wenn doch? Er hatte Soldaten umgebracht, hätte den Hauptmann beinahe getötet, mit einem Schwertwurf! Erst jetzt wurde ihr klar, wie schwierig es war, ein Schwert auf diese Art zu werfen. War denn die ganze Geschichte mit seinem verlorenen Gedächtnis nur gelogen? Er wirkte so aufrichtig, so verletzlich. Er konnte einfach kein kaltblütiger Mörder sein. Ja, man tat ihm sicher Unrecht. Und man tat vor allem ihr Unrecht, ihr und ihrer ganzen Familie, wieder einmal. Und jetzt war sie dem Adlatus ausgeliefert, ausgerechnet jenem Mann, der seinerzeit ihrer Familie zu ihrem Recht hätte verhelfen können, es aber nicht getan hatte. Sie wurde wütend. Das war besser, viel besser als die Verzweiflung, die sich ihrer bemächtigt hatte. Sie schaute Teis Aggi nicht hinterher, als er ging. Er würde sich bald bei ihr entschuldigen müssen.

»Du hast also dem Schatten geholfen?«, begann der Adlatus und betrachtete sie mit unverhohlener Neugier. Ihre Hände waren immer noch gefesselt, aber sie fragte sich dennoch, ob sie sich nicht einfach auf ihn stürzen sollte. Besonders kräftig sah er nicht aus. Wenn er zu dumm war, um ihre offensichtliche Unschuld schnell zu erkennen, würde sie das vielleicht auch tun. Aber jetzt sagte sie: »Nein, Herr, ich habe nur einem

Fremden geholfen, der zu unserer Hütte kam. Er ist mir bei einer Lieferung Holzasche zur Hand gegangen, und dafür habe ich ihn in die Stadt mitgenommen. Am hellen Tag, ohne jede Heimlichkeit, Herr.«

Der Adlatus hob eine Augenbraue, was seine von Natur aus düstere Miene ein wenig aufhellte. »Und du glaubst nicht, dass ein solcher Mann Möglichkeiten hat, die Wachen zu täuschen?«

»Wenn, dann habe ich nichts davon bemerkt, Herr.«

»Was soll mit ihr geschehen, Herr?«, fragte eine harte Frauenstimme.

In der Tür des eigentlichen Laboratoriums stand eine verhärmt wirkende Frau. Ela hatte sie bis dahin gar nicht bemerkt.

»Bring sie ruhig hinunter, Esara, aber sorge dafür, dass sie nicht fortzulaufen versucht oder irgendeinen anderen Unsinn macht. Ich werde gleich nachkommen.«

Die Frau nickte, packte Ela hart am Arm und schob sie in das Laboratorium. Es roch eigenartig süßlich, das war das Erste, was Ela auffiel. Viele Lampen hingen dort von der Decke, so dass es in dem fensterlosen Raum überraschend hell war. Und was war das? Ließ der Zauberer etwa Kinder für sich arbeiten? Ela sah kleine Gestalten, die eifrig verschiedenen Aufgaben nachgingen. Dann blieb sie stehen, weil eines der Geschöpfe sie angesehen hatte. Das waren keine Kinder – diese Gesichter, so glatt, so widernatürlich, diese unheimlichen Augen. »Was sind das für Wesen?«, fragte sie flüsternd.

»Das sind die Homunkuli. Sie werden dir nichts tun, solange du keinen Ärger machst. Und jetzt geh weiter.«

Mit weichen Knien stieg Ela weiter die Treppe hinab. Esaras knochige Hand schob sie in eine Ecke.

»Wir sind auf Besuch nicht eingerichtet, Mädchen, aber dieser Stuhl wird es vorerst tun. Setz dich und wehre dich nicht.«

Ela konnte den Blick nicht von den Geschöpfen wenden,

die wortlos ihrer Arbeit nachgingen. Sie zählte fünf. Dann sah sie die großen Glaskolben – sie glichen jenen, die sie bei Wulger Dorn in der Werkstatt gesehen hatte, nur dass sie mit einer trüben, gelblich gärenden Flüssigkeit gefüllt waren. Aber da – hatte sich nicht etwas in diesem Kolben bewegt? Für einen Augenblick glaubte Ela, dort ein zuckendes Bein gesehen zu haben. Ein Schauer lief ihr über den Rücken. Was für seltsame Dinge gingen hier vor? Sie konnte nicht verhindern, dass sie die kleinen, unheimlichen Wesen anschaute, und bemerkte zunächst gar nicht, dass Esara sie an den Stuhl fesselte.

»Starr sie besser nicht an, Mädchen. Ist unhöflich, und sie mögen es auch nicht«, sagte die Frau kalt.

Ela nickte, aber sie konnte nicht anders. Eines dieser Wesen erwiderte jetzt ihren Blick. Das glatte Gesicht blieb dabei völlig ausdruckslos. Es war unerträglich. Ela wandte sich entsetzt ab. Diese Wesen waren einer der Höllen entsprungen – und der Adlatus war ihr Herr. Ela bekam es mit der Angst zu tun, und zum ersten Mal seit Jahren wünschte sie sich, dass ihr Vater bei ihr wäre.

»Augenblick, ich brauche eine kurze Rast«, bat Heiram Grams und lehnte sich an die Wand. Er hatte das Gefühl, dass ihm Branntwein aus allen Poren ran. Warum war es unter der Erde so warm, und warum war der Weg so weit?

»Es ist deine Tochter«, sagte der Mahr.

»Ich weiß, aber wenn ich tot zusammenbreche, nutze ich ihr nichts mehr.« Er setzte sich ächzend auf den nackten Steinboden. Diese Gänge nahmen kein Ende. »Wie weit ist es noch, und wie tief unter der Erde sind wir eigentlich?« Er starrte an die grob behauene Decke und hatte plötzlich Angst, dass sie einbrechen und der Berg ihn unter sich begraben würde.

»Nicht mehr weit. Und viele Klafter tief.«

»Wie beruhigend«, murmelte Grams und schloss die Augen. Seine Kehle war schon wieder ganz ausgetrocknet.

»Willst du etwas Wasser?«

Grams öffnete ein Auge und nickte. Er nahm einen Schluck aus dem angebotenen Schlauch. Es kam ihm vor, als würde sich der Mahr immer besser ausdrücken, als hätte es ihm nur an Übung beim Sprechen gefehlt. »Kann ich dich etwas fragen? Ich meine, ich bin mir nicht sicher, ob ich es richtig verstanden habe, aber du hast gesagt, ihr habt Atgath gebaut.«

Der Mahr sah ihn einen Augenblick aus seinen unergründlichen Augen an, dann seufzte er mit einem Schulterzucken, einer Geste, die der Köhler noch nie bei ihm gesehen hatte, und setzte sich ihm gegenüber an die Stollenwand. »Wir haben Mahratgath gebaut, vor vielen hundert Jahren. Eine Festung, um den Eingang zu schützen.«

»Den Eingang?«

»Zu dem Land unter den Bergen.«

»Ich habe nie davon gehört«, sagte der Köhler nachdenklich. »Es gibt nur ein paar Märchen, die man Kindern erzählt, von Berggeistern, und eines, in dem es heißt, sie hätten für die Herzöge eine Burg herbeigezaubert.«

Der Mahr nickte, und eine Art Lächeln spielte um seine blassen Lippen. »So wollen wir es. Vergessen sein. Wir haben die tieferen Gänge verschlossen und die Festung guten Menschen geschenkt. Freunden. Vielleicht ein Fehler.«

Der Köhler versuchte zu folgen. »Wieso Fehler?«

»Jemand sucht nach uns. Seit kurzem. Mit Wesen, die anders sind.«

»Verstehe«, murmelte Grams und verstand wieder einmal kein Wort.

»Wir müssen weiter. Es ist vielleicht kein Zufall.«

»Was, bitte?«, fragte Grams und kam mühsam auf die Beine.

»Der Fremde, der mit dem Wasser spricht. Dass er wieder hier ist. Gerade jetzt. Kein Zufall, vielleicht. Er hat versprochen, nie wieder herzukommen.«

»Versprochen? Warum denn?«

»Wir haben ihn reich beschenkt.«

»Ich verstehe«, behauptete Grams seufzend und stolperte dem Mahr hinterher. Marberic schien es plötzlich eilig zu haben, und der Köhler fragte sich, wohin das alles führen mochte. Es beschlich ihn das seltsame Gefühl, dass hier etwas im Gange war, das viel größer war als er selbst, und die beiden Fremden, die er in seiner Hütte beherbergt hatte, schienen eine wichtige Rollte darin zu spielen.

»Wir sind da«, verkündete Habin, der angebliche Straßenkehrer, zufrieden.

Für den Namenlosen unterschied sich dieser feuchte Stollen nicht von den anderen, die sie durchquert hatten, obwohl er allmählich so etwas wie ein System in den niedrigen Gängen entdeckte: Es gab wenigstens zwei Ebenen und viele leere Kammern, die doch irgendwann einmal einen Zweck erfüllt haben mussten. Das alles wirkte unendlich alt. Ein verlassenes Bergwerk schien es nicht zu sein, aber was war es dann? Und wer hatte diese Gänge gegraben? Aber vor allem, wo führte Habin ihn hin? Nun standen sie in einem weiteren, grob gehauenen Gang, der aussah wie all die anderen auch, aber wenigstens war der Boden halbwegs trocken.

Jemand räusperte sich hinter ihm. Er fuhr herum und blickte auf den Bolzen einer Armbrust, die auf seine Stirn gerichtet war. Der Mann am Abzug sah nicht so aus, als ob er das nur zum Spaß machen würde. Hinter ihm stand ein Mann mit einem kurzen Speer. Sie waren aus einer Kammer getreten, die er übersehen hatte.

»Du solltest vorher Bescheid sagen, wenn du Besuch mitbringst, Habin«, meinte der Armbrustschütze düster.

»Ich sage es dir jetzt. Ist Narok hinten?«

»Er wartet sicher schon voller Sehnsucht auf dich und deine Erklärung für den da.«

Habin antwortete nicht und winkte *Anuq*, ihm zu folgen. Sie durchquerten einen niedrigen Stollen, dann weitete sich der Gang zu einer niedrigen, aber großen Kammer. Schmutzige Teppiche bedeckten einen Teil des nackten Steinbodens, alte Truhen waren an der Wand eng zusammengeschoben, und auf einem zerschlissenen Diwan hatten sich zwei Männer breitgemacht, die kaum aufblickten, als die beiden Neuankömmlinge die Kammer betraten. Auf einem Schemel am Ende der Kammer saß ein Mann und zählte silberne Kerzenständer, Leuchter und Teller, die in bescheidener Zahl vor ihm auf einem Tuch ausgebreitet waren.

»Ich grüße dich, Hauptmann Narok«, rief Habin.

»Du störst«, antwortete der Mann, ohne seine Arbeit zu unterbrechen, »und du bringst einen ungeladenen Gast.«

»Ich glaube, er kann uns nützlich sein, Hauptmann.«

Narok zählte ungerührt weiter. Der Namenlose konnte nicht sagen, dass ihm gefiel, was er sah: Die Teppiche waren wohl niemals besonders kostbar gewesen, nun waren sie auch noch fleckig und schadhaft. Einige der Truhen waren mit Riegeln oder Schlössern gesichert gewesen, die waren alle aufgebrochen, und sie schienen leer zu sein. Er bemerkte außerdem einige alte Waffen, die ungeordnet an den Wänden lehnten; Speere, Armbrüste und Schwerter, aber auch Heugabeln, Dreschflegel und Sensen. Aus einer Nebenkammer drangen Stimmen. Es waren also noch mehr Leute hier unten.

Erst nach einer ganzen Weile beendete der Narok genannte Hauptmann seine Arbeit. Er notierte noch etwas auf einem

Pergament, das er dann auf einen kleinen Stapel anderer Pergamente legte, dann endlich wandte er sich ihnen zu. Er musterte Anuq von Kopf bis Fuß und sagte schließlich düster: »Bist du noch bei Trost, Reisig? Du kannst nicht einfach einen Fremden hierherführen.«

»Das ist Anuq, ein Gaukler. Er kann beeindruckende Kunststücke, Hauptmann. Und die Wache war hinter ihm her.«

»Anuq, wie? Und der Mann wird gesucht? Ein Grund mehr, ihn nicht hierherzubringen. Hast du so lange den Schwachkopf gespielt, dass du nun schon denkst wie einer?«

»Er kann sich unsichtbar machen.«

»Unsichtbar, wirklich?« Narok wirkte nicht sehr beeindruckt.

»Ich war in der Nähe der Heugasse, als er mich über den Haufen rannte. Er sah mich zu spät, stolperte über meinen Besen, rollte in den Schatten eines Hauses – und war plötzlich nicht mehr zu sehen. Die Wachen hätten auf ihn drauftreten müssen, um ihn zu finden. Und eben, im Gang, da war einer von diesen verfluchten kleinen Unholden. Aber auch vor dem hat er uns versteckt. Ich dachte, wenn er uns verrät, wie er das anstellt, dann könnte das doch sehr nützlich sein ...«

»Du dachtest? Bist du sicher? Wirklich, du solltest das Denken mir überlassen, Reisig. Mir ist gleich, was der Mann kann oder nicht kann. Selbst wenn er fliegen kann – kein Fremder kommt hierher, wenn ich es nicht erlaube!«

»Ja, Hauptmann«, murmelte Habin. »Aber wenn einer herkommt, heißt das ja nicht, dass er auch wieder gehen muss, oder?«

»Gut, nun ist er hier, also wollen wir ihn uns mal ansehen.« Narok erhob sich und kam näher.

Der Namenlose sah, dass die Männer in der Kammer ihren Anführer respektierten, vielleicht sogar fürchteten, auf ihn wirkte der Mann allerdings nicht besonders beeindruckend. Er sah aus wie ein Handwerker, der sich als Räuber verkleidet hatte.

»Warum waren die Wachen hinter dir her, mein Junge?«

»Ein Missverständnis. Um ein Mädchen. Da war ein Hauptmann, der sich nicht zu benehmen wusste.«

»War es denn dein Mädchen? Nicht? Was? Ein Gaukler, der den edlen Retter spielt? Besonders klug scheinst du nicht zu sein, wenn du dich wegen einer Frau mit der Wache anlegst. Ich bin nicht sicher, dass das für dich spricht, Anuq. Und ich kann hier unten nicht noch mehr Narren gebrauchen.«

Anuq gefiel die Art nicht, wie der Mann mit ihm sprach. Er schien ihn für einen Dummkopf zu halten und für einen Gaukler, aber er war weder das eine noch das andere. »Ich habe auch nicht gesagt, dass ich hier unten bleiben will«, entgegnete er. Zorn stieg aus seiner inneren Finsternis auf.

»Oho! Er ist frech.« Narok lachte und legte ihm in beinahe freundschaftlicher Herablassung die Hand auf die Schulter. »Bilde dir bloß nicht ein, dass das deine Entscheidung ist, Bürschchen. Du gehst hier mit unserem Segen oder gar nicht mehr raus, verstanden? Und ich bin gespannt, ob du dich wirklich unsichtbar machen kannst, wie Habin behauptet. Wenn nicht, wäre das schlecht – für dich.«

Aus einem der Nebenräume kamen vier weitere Männer, ziemlich abgerissene Gestalten, in die Kammer. Offenbar wollten sie hören, mit wem ihr Hauptmann sprach. Nun standen *Anuq* mit Habin sieben Männer gegenüber. Er war jedoch nicht bereit, sich einschüchtern zu lassen. Dieser angebliche Hauptmann machte ihn wütend. Er war respektlos, und irgendetwas in ihm sagte ihm, dass er sich das nicht gefallen lassen durfte. Da war er wieder, jener dunkle Zorn. Er fragte sich jetzt, warum er überhaupt mit dem Straßenkehrer mitgegangen war.

Hatte er wirklich auf Hilfe gehofft? Von einem falschen Straßenkehrer? Von diesen armseligen Gesetzlosen hatte er jedenfalls keine zu erwarten. Es war besser, er machte sich davon. Doch wie?

»Wer seid ihr eigentlich?«, fragte er, um Zeit zu gewinnen.

»Wer wir sind? Hört ihr das, Männer? Der Grünschnabel fragt, wer wir sind!«

Seine Männer lachten rau.

»Nun, mein Junge, ich nehme an, dass du fremd bist und nur daher noch nichts vom listigen Narok und seinen Gerechten gehört hast.«

»Den Gerechten?«

»Wir sind Männer aus Atgath, ehrliche Männer einst, aber in Zeiten wie diesen kann auch ein ehrbarer Mann in Not geraten, und in dieser Stadt ist dann wenig Hilfe zu erwarten. Wir sind die, denen Unrecht geschah, und wir sind die, die im Verborgenen für Gerechtigkeit sorgen. Richter Hert ist der Hüter des Gesetzes in dieser Stadt, aber er ist ein Mann, der wenig Gnade kennt. Er hat uns Hab und Gut genommen, hat uns von Haus oder Hof verjagt, hat uns in den Schuldturm gesperrt oder auf einem anderen dunklen Weg ins Unglück gestürzt. Da ist es doch nicht mehr als recht und billig, wenn wir uns zurückholen, was ohnehin uns gehört. Wir nehmen jedoch nur von den Reichen, und deshalb nennt man uns die Gerechten.«

Der Namenlose sah einen seltsamen Stolz in den Gesichtern der Männer. Vielleicht glaubten sie diesen Unsinn sogar.

»Also raubt ihr und stehlt«, stellte er trocken fest.

»Das sind hässliche Worte, Anuq«, sagte Narok düster.

»Ein hässliches Wort für ein böses Handwerk.«

»Für einen armseligen Gaukler hast du ein ziemlich großes Maul, Freund. Oder bist du etwas anderes? Bist *du* vielleicht das Verhängnis, dem Apei Ludgar begegnet ist? Oder – die Riesenbuchen, warst du vielleicht bei den Riesenbuchen?« Bei diesen Worten trat Narok noch näher an ihn heran und senkte die Stimme zu einem Flüstern. »Es sind dort zwei unserer Männer gefallen, ermordet, doch nicht von der Wache. Nein, die Leichen wurden versteckt, und wäre nicht unser Hinkebein Owim mit ihnen dort verabredet gewesen, so hätten wir vielleicht niemals davon erfahren.«

Ein junger Mann trat mit schleppendem Schritt an Narok heran und sagte: »Das ist er nicht, Hauptmann. Ich habe einen Fremden dort bei den Buchen gesehen, aus weiter Ferne zwar, doch der da war es sicher nicht.«

Narok schüttelte den Kopf. »Vielleicht ist er es doch, und er verstellt sich nur. Sag, *Freund*, der du dich Anuq nennst, wo warst du in der vergangenen Nacht?«

Anuq zuckte kalt mit den Schultern. Vielleicht sollte er vorsichtig sein, doch der Zorn in ihm verlangte etwas anderes. »Ich bin weder dein Freund, noch habe ich vor, es zu werden, Narok, der du dich der Listige nennst. Und ich weiß nichts von Riesenbuchen oder toten Straßenräubern. Aber wenn du mich fragst, ist ihnen doch wohl nur Gerechtigkeit widerfahren. Es ist besser, unsere Wege trennen sich hier.«

Narok trat einen Schritt zurück. Seine Miene hatte sich weiter verfinstert. »Hast du nicht zugehört? Du gehst nirgendwohin, wenn ich es nicht erlaube. Packt ihn, Männer!«

Hände streckten sich, um ihn zu greifen – aber sie griffen ins Leere. Der Namenlose war nicht mehr dort. Er war zwischen den Männern hindurchgeschlüpft, und er hörte an ihren Flüchen, dass sie ebenso wenig wie er selbst begriffen, wie er es angestellt hatte. Er fühlte Blut an seinen Händen. Ja, er hatte einen Mann mit dessen eigenem Dolch getötet, kalt, wie im Vorübergehen, weil er den Fluchtweg blockiert hatte. Er hatte auf das Herz gezielt und es durchbohrt. Inzwischen war er schon halb aus der Höhle geflohen.

»Hinterher, ihr Narren!«, brüllte Narok.

Er lief, aber er fragte sich, wie er an den beiden Männern im Stollen vorbeikommen sollte. Einer von beiden besaß eine Armbrust – und er konnte nicht schneller laufen als ein Bolzen. Er ließ den kurzen Gang hinter sich und stellte verblüfft fest, dass die beiden Wachen nicht auf ihrem Posten waren. Hinter ihm polterten Naroks Männer heran, und er rannte den Weg hinab, den er mit Habin gekommen war. Er musste einen Ausgang finden. Hinter ihm schrie jemand laut auf. Dann fluchten und stöhnten die Männer, und er hörte ein hässliches Geräusch. Es klang vertraut – eine Klinge, die auf einen Knochen traf. Er blieb stehen, obwohl alles in ihm danach schrie weiterzuflüchten, und drehte sich um. Eine zerbrochene Lampe lag auf dem Boden. Etwas von ihrem Öl war ausgelaufen und brannte noch. Im unruhigen Schein dieser schwachen Lichtquelle lagen zwei Männer im Stollen und rührten sich nicht. Ein dritter lehnte an der Wand und hielt sich den Hals. Er hustete Blut. Die anderen Männer standen dicht gedrängt, ihre Messer zitternd zur Abwehr erhoben. Habin war unter ihnen, Narok jedoch nicht. Sie wichen vor einem dunklen Umriss zurück, der den Gang verdunkelte. Ein einzelner Mann, wenn auch ein Hüne, stand dort und versperrte ihnen den Weg. Plötzlich hob er sein Messer und brüllte. Die Männer schrien auf, drehten sich um und stolperten davon. Der Hüne ließ sie laufen, wandte sich ab und kam durch den Gang gerannt. Anuq starrte den schwarzen Schatten mit offenem Munde an. Dieser rannte auf ihn zu, packte ihn am Arm und rief: »Komm schon, Bruder, genug getötet. Wir müssen hier raus!«

Nachmittag

Leutnant Aggi überquerte die Brücke, die von der Altstadt zur Neustadt führte. Die doppelte Wache war auf ihrem Posten und grüßte, und er grüßte, halb in Gedanken, zurück. Seit er Ela bei Meister Hamoch abgeliefert hatte, dachte er über das nach, was sie gesagt hatte. Einerseits war er sicher, dass sie ihm nicht die Wahrheit sagte, andererseits war sie nicht der Mensch, der einem Mörder half. Sie war verbittert über den ungesühnten Tod ihrer Mutter und litt unter ihrem Vater, der das bisschen Geld, das die Familie verdiente, gleich wieder versoff, aber sie würde sich auf eine solche Geschichte nicht einlassen. Aber wer konnte wissen, was in ihrem Kopf vorging? Sie hatte ihm gegenüber einmal angedeutet, dass sie die Stadt und das Tal von Atgath gerne verlassen würde, und er war so langsam gewesen, dass er viel zu spät erst begriffen hatte, dass es das war, was sie von einem Mann erwartete: dass er sie fortbrachte, weit weg vom heruntergewirtschafteten Köhlerhof und ihrem stets betrunkenen Vater. Je länger er darüber nachdachte, desto weniger sicher war er sich, ob Ela nicht doch wusste, wem sie da geholfen hatte. Der Mann kam aus der Fremde, er würde auch wieder dorthin zurückkehren, wenn seine schmutzige Arbeit erledigt war. Hatte er ihr versprochen, sie mitzunehmen? Aber warum hatte der Schatten ihre Hilfe überhaupt gesucht? Warum brauchte er jemanden, der ihm in die Stadt half, wenn er doch auch auf anderen Wegen leicht hineingelangen konnte, wie sein Besuch auf dem Dach der Burg bewiesen hatte. Aggi beförderte verärgert einen Stein mit einem Tritt zur Seite. Eine Verschwörung? Unter Beteiligung von Ela und Heiram Grams? Das war Unsinn, der Köhler war viel zu oft betrunken, um für so etwas in Frage zu kommen. Und auch deshalb hatte Aggi darauf verzichtet, Soldaten zur Köhlerhütte zu schicken, wie Fals es befohlen hatte.

Unter den Soldaten gab es viele, die dem Köhler übel nahmen, dass er den Hauptmann seinerzeit angeklagt hatte, denn sie glaubten, er habe damit dem Ruf und der Karriere von Fals, der nach eigenem Gefühl längst hätte Obrist sein müssen, empfindlich geschadet. Leutnant Aggi wusste, dass es in Atgath zu Friedenszeiten noch nie einen Obristen gegeben hatte – denn schließlich wollte so ein Mann auch besser bezahlt werden als ein Hauptmann, und Geld war in Atgath eigentlich immer knapp. Aber für diesen Groll konnten Ela und ihre Brüder doch nichts. Nein, er würde die Köhlerfamilie so lange wie möglich heraushalten, aber Ela war zur Befragung bei Meister Hamoch, und wenn er ihr helfen wollte – und das wollte er, auch wenn sie seine Zuneigung zurückgewiesen hatte –, dann musste er herausfinden, was hinter diesen Vorfällen steckte. Der Schatten auf dem Dach, der Schatten im *Schwarzen Henker*, der tote Verwalter, Ela Grams, das alles hing irgendwie zusammen, und Aggi war zu dem Schluss gekommen, dass er am besten ganz von vorne begann, um dieses wirre Knäuel zu entwirren. Und womit hatte es angefangen? Mit der Ermordung von Verwalter Ludgar. Der Verwalter musste von irgendwoher Geld bekommen haben, wenn er wirklich so oft Gast im Roten Haus war, wie die Soldaten sagten. Er hatte also noch einmal Ludgars Witwe besucht, die aber steif und fest behauptete, nichts von irgendwelchem Geld zu wissen. Er glaubte ihr zwar nicht, beschloss aber, es vorerst so hinzunehmen. Warum sollte er die arme Witwe noch unglücklicher machen, als sie es schon war? Ihn interessierte auch nicht, wo Ludgars Geld nach seinem Tod hinging, er wollte wissen, wo es hergekommen war.

Deshalb war Teis Aggi nun auf dem Weg zum Roten Haus, ebenfalls zum zweiten Mal. Seiner Frau hatte Apei Ludgar offensichtlich vieles verheimlicht – aber hatte er auch bei den Huren immer den Mund gehalten? Das war die Frage, die Aggi klären wollte. Das Rote Haus stand nicht weit von der Brücke entfernt und war das einzige Hurenhaus der Stadt. Die Straße, auf die es hinausblickte, war noch von anderen zweifelhaften Kaschemmen gesäumt, und sie hatte den Ruf, Taschendiebe, Falschspieler und anderes Gesindel anzuziehen, wie überhaupt die Neustadt viele zweifelhafte und heruntergekommene Ecken hatte. Die Wache ließ sich selten hier blicken, und Aggi hatte immer den Verdacht gehabt, dass Hauptmann Fals die Hand dafür aufhielt, dass er beide Augen fest zudrückte. Er selbst war bis zu diesem Morgen, als er den Hut des Verwalters hier gefunden hatte, noch nie im Roten Haus gewesen. Nun war er schon zum zweiten Mal dort. Von außen machte es wirklich nicht den besten Eindruck, der rote Putz war zu großen Teilen abgeblättert, und die Fensterläden hätten einen frischen Anstrich gut vertragen können. Er klopfte an die Pforte. Ein kräftiger, kahlköpfiger Mann öffnete und musterte ihn misstrauisch.

»Ich bin noch einmal hier, wegen Apei Ludgar«, begann der Leutnant.

»Schon wieder? Der ist nicht hier. Er ist immer noch tot, wisst Ihr«, sagte der Glatzkopf mit einem dünnen Grinsen. Er blieb in der Tür stehen und versperrte Aggi den Weg.

»Und sein Tod ist immer noch nicht aufgeklärt. Also lasst mich hinein.«

»Wachen kommen sonst nicht hierher, jedenfalls nicht während des Dienstes«, sagte der Mann und wich keinen Schritt.

»Ich will nur noch einmal mit dem Mädchen reden, das Ludgar immer wieder besuchte. Ich will niemandem Ärger machen.«

»Ihr ärgert mich, und je länger wir reden, desto mehr ärgere ich mich.«

»Ach komm schon, Dicker, lass ihn rein. Er verschreckt sonst noch die Kundschaft.« Das kam von einer Frau, die kaum weniger wog als der Kahlkopf, aber einen Kopf kleiner war. Sie war aus einem der Zimmer getreten, lehnte nun an der Wand und musterte den Leutnant mit einem Blick, der ihn verlegen machte. Dann drehte sie sich um und rief die Treppe hinauf: »Cal, Cal, geh und hol' die Rote Coraja. Sie hat Besuch.«

Aggi deutete steif eine Verbeugung an. Am Morgen hatte er mit einer Dienerin gesprochen, die ihm den Hut von Apei Ludgar gegeben hatte, aber ziemlich maulfaul gewesen war. Er wusste, dass er es jetzt hingegen mit der Herrin des Hauses zu tun hatte, hatte aber keine Ahnung, wie er sich benehmen sollte. »Ich danke Euch, gute Frau«, sagte er schließlich.

Sie lachte schallend auf, und auch aus anderen Zimmern klang Frauengelächter. Aggi fühlte sich unbehaglich.

Der Kahlkopf wies mit dem Kinn auf ein Zimmer am Ende des dunklen Ganges. »Da kannst du warten.«

Als Aggi das Zimmer betrat, hätte er es am liebsten gleich wieder verlassen. Der Geruch von feuchtem Stroh, der ihn schon in der Nase stach, seit er das Haus betreten hatte, war hier fast unerträglich. Er stieg von den Matratzen auf, die aus einem alten Bettgestell quollen. Billiger roter Stoff war an die Wand genagelt worden, und als er eine der Stoffbahnen vorsichtig anhob, sah er selbst im schwachen Kerzenschein, der das Zimmer erhellte, schwarzen Schimmel auf der blanken Mauer.

Die Rote Coraja betrat das Zimmer mit einem Lächeln. Sie trug ein langes gelbgrünes Gewand, das am Busen raffiniert verschnürt war und ihre üppigen Brüste betonte. Sie war jung, rothaarig und strahlte eine so warme und überwältigende Weiblichkeit aus, dass Aggi schlucken musste, als sie eintrat. Es war leicht zu übersehen, dass ihr hübsches Lächeln berechnend und ihre großen grünen Augen kalt waren.

»Habt Ihr also doch Sehnsucht nach mir, Leutnant? Warum zieht Ihr Euch nicht schon aus? Ich nehme an, Ihr habt Mutter Annigi schon das Geld gegeben?«

»Eurer Mutter?«

Sie lachte. »Annigi ist die Mutter von uns allen, wenn Ihr versteht, was ich meine. Wie viel habt Ihr ihr gegeben? Sie hat ein schlechtes Gedächtnis für Zahlen, vor allem wenn es darum geht, mir meinen Anteil zu überlassen.«

»Gar nichts hab ich ihr ... ich meine, ich bin nicht deswegen hier.«

»Ist es wieder eine Gefälligkeit, die wir der Wache erweisen müssen?« Jetzt blickte sie schon bedeutend weniger freundlich.

»Nein, ich bin hier, weil ich immer noch herausfinden will, wer Euren Freund Apei Ludgar ermordet hat.«

Sie runzelte die Stirn und seufzte dann: »Ach, Apei. Es ist wirklich schade, dass er tot ist, denn er hat gut gezahlt.«

Der Leutnant nickte. »Ich habe mich nun gefragt, wo er das viele Geld herhatte. Ihr seht nicht aus, als wäret Ihr billig, ich meine ...«

Sie zuckte mit den Achseln. »Schon gut, ich habe Schlimmeres über mich gehört. Er war freigiebig, mehr hat mich nicht interessiert. Und ich habe keine Fragen gestellt.«

Aggi gab nicht auf: »Es wäre besser, Ihr würdet mir erzählen, was Ihr wisst. Der Mörder von Ludgar ist noch auf freiem Fuß, und wenn er von Euch weiß, könnte es sein, dass er Euch ebenfalls einen Besuch abstattet. Es wäre also besser für Euch, wenn Ihr uns helft, ihn schnell zu fassen.«

Sie sah ihn mit ihren kalten Augen lange an, bevor sie sagte: »Wenn der Mörder noch frei ist, wäre es vermutlich doch wohl besser für mich, ich würde schweigen, oder? Aber gut, es waren meist Schillinge aus Cifat. Gutes Geld, und ich habe es mir hart verdient. Ihr könnt es mir nicht wegnehmen.«

Aggi schüttelte den Kopf. »Ich hatte nicht vor, Euch etwas wegzunehmen, Fräulein Coraja. Hat Ludgar denn nie etwas gesagt, nicht einmal eine Andeutung gemacht, woher das Silber kam, das er so gern mit Euch verprasste?«

Sie lächelte flüchtig, als er sie Fräulein nannte. »Nein, aber er sprach davon, dass er bald in den Süden gehen würde. Einmal hat er mich sogar gefragt, ob ich mitkommen will.«

»Das hat er gefragt? Er scheint Euch gemocht zu haben. Wärt Ihr mitgegangen?«

»Mit Ludgar? Wohl kaum. Ich weiß, wie er seine Frau behandelt hat, und kenne diese Sorte Männer, denn es sind viele dieser Art hier. Sie versprechen einer schönen Frau alles, aber wenn Jugend und Schönheit eines Tages fort sind, dann sind auch Männer wie Apei Ludgar schnell verschwunden.«

Aggi nickte nachdenklich. Diese Frau war klüger, als er erwartet hatte, aber auch verbittert, was ihm leid tat.

»Er wollte übrigens schon bald fort, wenn Euch das hilft, Herr Soldat. Er sagte etwas von einer größeren Summe, die er bald erhalten würde, und war ziemlich aufgeregt deswegen.«

Aggi leckte sich nachdenklich die Lippen. Ludgar hatte also fortgewollt. Weil sein Auftrag so gut wie vollendet gewesen war? Das schien ihm wahrscheinlich, denn das würde auch die größere Summe erklären, auf die der Verwalter gewartet hatte. War das vielleicht der Punkt? Ein Streit um die Bezahlung? Aber Bezahlung wofür? Aggi hatte das Gefühl, dass er nahe dran war. Auf jeden Fall hieß das, dass die Pläne, in die der Verwalter verwickelt war, kurz vor dem Abschluss standen. Dann stand es ihm klar vor Augen: Apei Ludgar war ermordet worden, weil er zu viel wusste, vielleicht auch zu viel kostete und wahrscheinlich nicht mehr gebraucht wurde, so einfach war das. Teis Aggi nickte grimmig. Ob Ludgar gewusst hatte, dass er sich mit einem Schatten eingelassen hatte?

»Ich danke Euch, Fräulein Coraja, Ihr habt mir sehr geholfen«, sagte er, und dann verabschiedete er sich höflich. Sie lächelte zur Antwort auf eine Art, die Aggi wieder in Verlegenheit brachte. Er war froh, dass er das Rote Haus verlassen konnte. Er musste nachdenken, und in Anwesenheit dieser Frau hatte er damit große Schwierigkeiten. Der Geruch von warmem, feuchtem Stroh folgte ihm bis auf die Straße. Es roch auf einmal irgendwie verlockend.

Erst als er wieder in der Altstadt war, ging er etwas langsamer. Er verstand vieles noch immer nicht. Was wollte der Schatten in Atgath, was hatte er in der Burg gewollt? Diese Frage zu beantworten war auf der einen Seite einfach, denn es gab nur ein mögliches Ziel für einen solchen Mann, und das war Herzog Hado, doch andererseits war es wieder überhaupt nicht einfach, denn Atgath war eine unbedeutende, arme Stadt, eine unter vielen kleinen Städten im Seebund, kein Ort, um dessen Herrschaft je gestritten wurde, auch wenn die Stadt Sitz und Stimme im Seerat hatte. Die Zeiten des Silberrauschs waren doch schon lange vorbei, und außerdem – es standen Erben hinter dem Herzog. Da Hado III. keine eigenen Kinder hatte, wäre Prinz Gajan der nächste. Aggi kannte den Prinzen von früher. Er erinnerte sich daran, wie froh der Mann gewesen war, als der Seerat ihn nach Frialis gerufen hatte und er

Atgath endlich hatte verlassen dürfen. Er grinste. Gajan würde vermutlich eher morden, um *nicht* Herzog werden zu müssen. Und nach Gajan kamen seine drei Söhne, dann seine beiden Brüder, und keiner von denen war der Mann, Herzog Hado einen Mörder auf den Hals zu hetzen. Aggi seufzte. Er übersah irgendetwas, oder vielleicht wusste er auch irgendetwas noch nicht. Er hoffte, dass Meister Hamoch mehr Glück bei seinen Nachforschungen hatte. Und er hoffte, dass der Magier schnell herausfinden würde, dass Ela mit der ganzen Sache doch nichts zu tun hatte. Er ging wieder schneller. Es kam nicht sehr oft vor, dass einer der Magier einen Verbrecher verhörte, aber Aggi hatte gehört, dass sie sehr schmerzhafte Methoden kannten, um die Wahrheit herauszufinden. Der Adlatus kannte Ela nicht so gut wie er. Aggi konnte sich nicht darauf verlassen, dass er ihre Unschuld gleich erkannte.

Bahut Hamoch sah seinen Kindern gerne bei der Arbeit zu. Er stand am Kopf der Treppe und blickte hinab in sein Laboratorium. Die Homunkuli waren fleißig und unermüdlich wie immer. In gewisser Weise erinnerten ihn die kleinen Helfer an seine eigene Kindheit in den Sümpfen von Saam, wo er, ein stets kränkelndes Kind von acht Jahren, der Obhut von Meister Krohm übergeben worden war, weil sein Vater eingesehen hatte, dass er für die harte Arbeit auf den Reisfeldern nicht taugte. Zu seinem Pech war sein erster Lehrer für einen Zauberer ziemlich beschränkt gewesen, und der junge Bahut hatte in wenigen Jahren alles gelernt, was es dort zu lernen gab. Trotzdem hatte Meister Krohm ihn nicht fortgelassen, hatte ihn bei sich behalten und sich geweigert, ihn für eine der Zauberschulen zu empfehlen. Kostbare Jahre hatte er in den Sümpfen verloren, und erst auf dem Totenbett hatte Krohm ihn freigegeben. So war es gekommen, dass er, als er endlich in Elsing dem Orden der Silbernen Flamme der Weisheit beitreten durfte, der mit Abstand älteste Schüler war und schmerzhaft erfuhr, wie lückenhaft Meister Krohms Ausbildung gewesen war. Auch verfolgte man in der Silbernen Flamme sehr enge Vorstellungen davon, womit sich ein Magier zu beschäftigen hatte und womit nicht, und man hatte wenig Verständnis für sein Interesse an der Alchemie aufgebracht. Er hatte sich wirklich bemüht, es ihnen recht zu machen, aber seine Lehrer waren nur mäßig zufrieden gewesen, und am Ende hatten sie ihm klargemacht, dass er es wohl nie über die unterste Stufe der Meisterränge hinausschaffen würde. Nun, vielleicht hatten sie Recht und seine Begabung war nicht sehr groß, aber er hatte inzwischen Dinge vollbracht, die sie nie geschafft hätten.

Voller Stolz blickte Hamoch in das große Laboratorium hinab und beobachtete die Homunkuli. Sie achteten darauf, dass die Temperatur im Kessel konstant blieb, und sie überwachten die Glaskolben, in denen ihre neuen Brüder heranwuchsen. In den Kolben bewegten sie sich bereits, er sah die kleinen Arme und Beine in der Nährlösung zucken. Einer der Älteren hinkte zwischen den Glaskolben hin und her. Bahut Hamoch runzelte besorgt die Stirn. Es war Ilep, benannt nach dem zwölften Buchstaben des Alt-Miretischen Alphabets. Er war noch keine zwei Monde alt. Setzte der Verfall schon ein? Er gab Esara einen Wink. Er konnte sich wirklich glücklich schätzen, eine so verschwiegene und gute Gehilfin gefunden zu haben. Sie verstand sofort, was er wollte, und ging, um diese Beobachtung festzuhalten. Sie teilte seine Besorgnis, denn sie machten zwar unbestritten Fortschritte – jeder Homunkulus lebte schon etwas länger als seine älteren Brüder –, doch ein Hinken war ein erstes Zeichen für das beginnende Ende. Sie konnten es nicht ändern, denn sie waren einfach abhängig von dem Material, das ihnen zur Verfügung stand.

Und nun saß dort unten dieses Mädchen, jung und voller Leben. Hochverrat? Sie sah gar nicht aus, als sei sie zu so etwas fähig, andererseits hatte er schon oft Überraschungen erlebt: Es war eben doch so, dass man nicht jedem Menschen ansah, ob er gut oder schlecht war. Die junge Frau war vielleicht nicht böse, aber womöglich war sie dumm genug, sich mit einem Schatten einzulassen. Wer weiß, was ihr der Fremde versprochen hatte? Und ob es nun aus Dummheit oder aus bösem Willen geschehen war, wenn sie sich mit einem Schatten verbündet hatte, stellte sie eine Gefahr für die Sicherheit der Stadt und der Burg dar. Er durfte sich von ihrem hübschen Gesicht nicht täuschen lassen. Verängstigt wirkte sie jetzt – er konnte sehen, wie sie gleichzeitig gebannt und abgestoßen seine Kinder betrachtete. Er würde sie verhören, in der gebotenen Gründlichkeit. Er hatte Richter Hert in der Wachstube getroffen, und dieser teilte seine Meinung, dass das Mädchen eine Gefahr darstellte, die es auszuschalten galt. Der Richter war schwermütig und streng, und er ging seinen Pflichten ohne falsche Rücksichtnahme nach, aber Hamoch hatte herausgefunden, dass der Mann im tiefsten Inneren die Folter verabscheute. Er war sichtlich froh gewesen, dass er das Verhör nicht selbst durchführen musste, denn Verhöre in so einem Fall liefen früher oder später auf die Folter hinaus, vor allem, wenn die Angeklagten darauf beharrten, unschuldig zu sein. Am Ende hat noch keiner geschwiegen, den man aufs Rad geflochten oder mit glühenden Eisen traktiert hatte.

Der Magier schüttelte den Kopf. Er zweifelte nicht an der Wirksamkeit dieser Methode, denn man bekam immer das Geständnis, das man wollte. Eine andere Frage war, ob es auch nur das Pergament wert war, auf dem es niedergeschrieben wurde. Und die Methoden der Folterknechte führten unweigerlich dazu, dass der Körper ernsthaft verletzt wurde. Das galt es in diesem besonderen Fall unter allen Umständen zu vermeiden. Als Zauberer gehörte es zu seinen lästigen Pflichten, solchen Verhören beizuwohnen, oder – das war die andere Möglichkeit – die Wahrheit durch Magie ans Licht zu bringen. Auch das hatte seine Tücken, denn Menschen unter einem Bann neigten nun einmal dazu, das zu sagen, was man hören wollte, und so waren auch diese Geständnisse nicht viel wert. Meister Hamoch hätte das nie zugegeben, denn er verstand es, den Schein zu wahren. Der Ruf der Zauberer war nicht mehr so gut, wie er es in den großen, alten Zeiten gewesen war. Da konnte es nicht schaden, wenn die Leute ihm wenigstens die Fähigkeit zubilligten, hin und wieder Wahrheit und Recht zum Sieg zu verhelfen.

Er stieg hinab ins Labor. Die Methode der Zauberer hatte noch einen zweiten Nachteil: Wenn der Befragte stark war und sich wehrte, konnte sein Geist Schaden erleiden, und auch das galt es zu vermeiden. Zum einen bestand die winzige Möglichkeit, dass sie unschuldig war – es war ihm aber noch viel wichtiger, Schäden zu vermeiden, wenn sie schuldig war. Hamoch hatte zusammen mit dem Richter Hauptmann Fals in der Krankenstube befragt. Es waren drei weitere Männer dort, die beim Kampf verletzt worden waren, einer davon rang mit dem Tod und konnte nicht sprechen, aber die beiden anderen bezeugten, dass das Mädchen dem Schatten geholfen hatte. Fals behauptete sogar, sie habe versucht, ihn zu töten, was Hamoch jedoch für eine Übertreibung hielt. Dennoch bestanden weder für ihn noch für Richter Hert Zweifel an ihrer Schuld. Er gestand sich ein, dass er auch gar nicht wollte, dass sie unschuldig war. Sie war jung, gesund, strotzte vor Leben, und nach allem, was er gehört hatte, war sie auch nicht ganz dumm, mit anderen Worten: Sie war vollkommen. Besseres und vor allem frischeres Material würde er wohl nie in die Finger bekommen. Es sah so aus, als würde sich seine traurige Pflicht hier auf das Vorteilhafteste mit seinen Forschungen vereinbaren lassen.

Er blickte hinüber zu den Glaskolben und ärgerte sich jetzt, dass er sie für die Überreste von Verwalter Ludgar verschwendet hatte. Und Meister Dorn, der Glasbläser, wollte nicht liefern, bevor er nicht seine Schulden bezahlt hatte. Da hatte er nun endlich einen Leib im Laboratorium, der noch nicht halb verwest war, und er konnte mit seiner Arbeit nicht beginnen, weil ihm ein paar Groschen fehlten. Er hatte schweren Herzens sogar auf die Leichen der beiden Soldaten verzichtet, die sie in einer eigenen Kammer aufgebahrt hatten. Normalerweise hätte er sie »untersucht« und dann eine Urne zurückgeschickt, aber er hatte keine Glaskolben mehr, und die nächsten, die er bekommen würde, waren für dieses Mädchen reserviert. Er seufzte. Er würde eben mit dem Verhör beginnen, vielleicht würde sich über Nacht irgendeine Geldquelle auftun, oder es würde ihm ein Weg einfallen, Meister Dorn doch zur Lieferung der Kolben zu bewegen. Bis dahin hatte er ohnehin einiges zu klären. Die Soldaten, selbst der Leutnant, waren sich einig, dass der Begleiter des Mädchens ein Schatten war. Das war in der Tat beunruhigend. Bahut Hamoch nahm sich einen Stuhl und setzte sich. »Dir ist bekannt, dass du des Hochverrats beschuldigt bist?«, begann er.

Ela fühlte den Blick des Magiers auf sich ruhen. Der Ausdruck darin gefiel ihr nicht. Kein Mann sollte ein anständiges Mädchen so ansehen. Sie hatte ohnehin keine hohe Meinung von ihm, doch jetzt sah sie unverhohlene Gier in seinen Augen. Es war abstoßend, und es machte ihr Angst.

»Ihr seid sehr dumm, wenn Ihr diesen Unsinn glaubt«, erwiderte sie endlich.

»Hast du nicht einem Schatten geholfen, in die Stadt zu gelangen? Und hast du ihm dort nicht sogar im Kampf gegen die Soldaten des Herzogs beigestanden? Oder sollten Leutnant Aggi und Hauptmann Fals mich etwa belogen haben?«

»Hauptmann Fals lügt, wenn er den Mund aufmacht, Herr. Und ich glaube nicht, dass Anuq das sein soll, was Ihr behauptet, Herr.«

»Du kannst es dir und mir einfach machen und gestehen, oder du kannst dich stur stellen. Es gibt viele Wege für mich, die Wahrheit zu erfahren, und ich würde dir die Folter gern ersparen.«

Ela schwieg.

»Ich kann auch mit Leichtigkeit in deinen Geist eindringen, Kind. Glaube mir, das ist äußerst schmerzhaft und unangenehm, aber nur für dich, nicht für mich.«

»Ich habe nichts zu verbergen«, behauptete Ela. Wenn sie gewusst hätte, dass sie damit freikäme, hätte sie ihm die Wahrheit gesagt. Denn sie wusste doch wirklich nicht, was es mit Anuq auf sich hatte. Sie hatte ihm geglaubt, dass er sein Gedächtnis verloren hatte, und sie glaubte ihm noch. Doch sie hatte Aggi schon ein paar kleine Notlügen erzählt, und die Wahrheit würde der Magier ihr jetzt sicher nicht mehr abnehmen. Sollte er ruhig versuchen, in ihren Geist einzudringen, dann würde man ja sehen, für wen das unangenehm und schmerzhaft werden würde.

Der Zauberer lächelte dünn. »Vielleicht überlasse ich die Befragung auch den Homunkuli. Sie haben ihre ganz eigenen Methoden.«

Ela unterdrückte ihre Angst. »Es sind abscheuliche Geschöpfe.«

»Abscheulich? Kunstwerke sind es, Wunder der Magie, oder eigentlich eher der Alchemie, auch wenn du den Unterschied

nicht verstehst. Ich bin sicher, sie wollen dich näher kennenlernen. Willst du das auch?«
»Aber ich habe nichts Unrechtes getan!«
»Nun gut. Beginnen wir also von vorn. Seit wann kennst du diesen Schatten? Und wie viel hat er dir bezahlt, damit du ihn in die Stadt schmuggelst? Und vor allem, was weißt du über seine Pläne?«
Ela biss die Zähne zusammen und schwieg. Der Adlatus wiederholte seine Fragen, wieder und wieder. Da Schweigen wohl doch keine Lösung war, erzählte Ela noch einmal die Geschichte vom Fremden, der gegen eine Fahrt auf der Kutsche seine Hilfe beim Beladen des Karrens angeboten hatte. Der Zauberer schüttelte den Kopf, begann erneut, und sie wiederholte die Aussagen.
»Du lebst nicht alleine dort draußen, oder?«, fragte er dann.
»Nein, Herr. Ich habe zwei Brüder und einen Vater. Aber die waren nicht dort, als der Fremde kam.«
»So ein Zufall«, bemerkte der Zauberer in spöttischem Ton. »Du willst mir also sagen, dass sie nichts über den Schatten wissen?«
»Die haben Anuq überhaupt nicht zu Gesicht bekommen.«
»Ah, du gibst also zu, dass er ein Schatten ist. Und – Anuq? Das ist sein Name? Der Mann soll heißen wie ein Vogel?«
Ela schwieg darauf, und der Zauberer begann das Verhör von vorne.

Bahut Hamoch studierte das Mädchen während der Befragung genau. Ihre Jugend und Lebhaftigkeit faszinierten ihn. Sie sagte ihm sicher nicht die Wahrheit, das war offensichtlich, aber viel schien sie nicht zu wissen. Der Schatten hatte sich wohl einfach ein naives, gutgläubiges Mädchen gesucht und es gefunden. Vielleicht war sie doch nicht ganz so klug, wie er gehofft hatte, aber das war keine Entschuldigung für ihr Verbrechen. Sie hatte sich mit dem Schatten verschworen, hatte ihn in die Stadt gebracht, hatte an seiner Seite gegen die Soldaten der Burg gekämpft, dem armen Fals fast die Augen ausgekratzt. Damit war sie des Hochverrats schuldig. Hamoch wusste, dass Richter Hert das genauso sah. Sollte man nun also einen kostspieligen Prozess anstrengen, dessen Ausgang doch schon feststand? Sollte man sie auf den Richtblock legen – das junge Leben mit der Henkersaxt beenden? Bahut Hamoch seufzte. Es wäre eine tragische Verschwendung.

War es nicht besser, dass sie ein anderes, sinnvolleres Ende fand, hier in seinem Laboratorium? Selbst aus dem Leben einer Verräterin würde so am Ende noch etwas Gutes erwachsen können. Und sie war ideal für seine Zwecke. Nachdem er, mehr der Form halber, zum dritten oder vierten Mal dieselben Fragen gestellt und annähernd dieselben Antworten bekommen hatte, stand er auf und schob seinen Stuhl zur Seite.

»Ich sehe, du bist eine geübte Lügnerin, Kind. Doch wirst du am Ende die Wahrheit sagen, denn so ist es immer. Ich gebe dir nun eine Weile Zeit, über deine Lage nachzudenken. Wenn ich zurückkehre, solltest du dich klüger verhalten, denn dann werde ich weit weniger rücksichtsvoll sein.«

Er ging hinüber zu Esara, die an einem kleinen, grauen Kleidungsstück nähte. »Hab ein Auge auf sie. Sie hat einen starken Willen.«

»Ja, Herr. Ist sie schuldig?«

»Wie? Ja, ohne Zweifel. Ich werde Richter Hert unterrichten. Aber sieh sie dir nur an, jung, stark, voller Leben! Sie ist vollkommenes Material, Esara, und sie ist ohne Zweifel schuldig genug, um sie zu verurteilen. Ich nehme an, niemand wird viel fragen, wenn sie noch vor dem Prozess durch unglückliche Umstände zu Tode kommen sollte, ganz im Gegenteil,

Hert wird dankbar sein, dass dieses Verfahren ein schnelles Ende hat. Vielleicht können wir mit dem Aufbereitungsprozess sogar schon beginnen, wenn ihr Herz noch schlägt, das wäre von unschätzbarem Wert. Also achte darauf, dass sie sich nicht etwa selbst ein Leid zufügt. Sperr sie ein, wenn sie zu viele Schwierigkeiten macht.«
»Ihr könnt Euch auf mich verlassen, Herr.«
»Ich weiß, Esara, ich weiß.«
Der Adlatus begab sich in sein Arbeitszimmer, um seine Aufzeichnungen durchzusehen und neue Berechnungen anzustellen. Es war das erste Mal, dass er einen weiblichen Körper verwenden würde, und das Mädchen wog schon viel weniger als alles, was er vorher auf dem Tisch gehabt hatte. Eine Frau – würde das Auswirkungen auf die eigentlich geschlechtslosen Homunkuli haben? Er dachte nach. Er hatte in den alten Unterlagen nichts darüber gefunden. Seine Vorgänger hatten alle dieselben Probleme geschildert: Auch ihnen war jeder Homunkulus nach wenigen Wochen gestorben. Er hatte immerhin herausgefunden, dass es am Alter der Leiche lag. Je kürzer der Todeszeitpunkt zurücklag, desto länger lebten die Homunkuli. Aber welche Auswirkungen hatte das Geschlecht? All seine Vorgänger hatten nur die Leichen von Männern verwendet. Gab es dafür einen Grund, den sie nicht aufgeschrieben hatten? Übersah er am Ende etwas? Es gab wohl nur einen Weg, es herauszufinden. Wenn er nur die Glaskolben schon hätte!

Hamoch rieb sich die müden Augen und mahnte sich zur Besonnenheit. Er musste mit Richter Hert sprechen, um die Form zu wahren. Sie würde nicht fortlaufen, dafür würde Esara schon sorgen. Morgen würde er die Kolben irgendwie bekommen und vielleicht endlich den entscheidenden Durchbruch erzielen, denn er hatte das ideale Objekt im Laboratorium. Niemand würde sie vermissen, niemand würde viel nach ihr fragen. Dieses Mädchen wäre schließlich nicht die Erste, die beim Verhör starb, und wer kümmerte sich schon um eine Köhlertochter, die sich des Verrats schuldig gemacht hatte? Nein, er tat allen Beteiligten einen Gefallen, und er wehrte eine Gefahr ab. Er hielt kurz inne. Der Schatten? Wenn sie mit ihm in Verbindung stand, dann würde er vielleicht versuchen, sie zu befreien. Nein, er hatte sie sicher nur benutzt, und dann war es, nach allem, was man über diese finstere Bruderschaft hörte, schon erstaunlich, dass sie überhaupt noch lebte.

Faran Ured schlenderte über den Jahrmarkt und versuchte, sich seine Gereiztheit nicht anmerken zu lassen. Es ging allmählich auf den Abend zu, und er wusste, er brauchte den Teller kaum vor Sonnenuntergang um Hilfe zu bitten, denn so war es eben mit der Magie: Sie verweigerte sich, wenn man sie zum Töten benutzte. Vielleicht hätte er diese beiden Räuber bei den Riesenbuchen doch einfach nur davonjagen sollen, das hätte ihm viel Ärger erspart. Und sein Plan, lediglich aus sicherer Entfernung den Lauf der Dinge zu beobachten, war seit der Geschichte im Wirtshaus wohl endgültig gescheitert. Er steckte mittendrin, auch weil seine verfluchten Auftraggeber ihm ganz offensichtlich entscheidende Dinge vorenthalten hatten. Faran Ured war nicht der Mann, sich von Schwierigkeiten entmutigen zu lassen, jedoch suchte er sich die Schwierigkeiten lieber selbst aus. Er strich über den Jahrmarkt und näherte sich langsam jener Ecke, in der die Fernhändler ihre Stände aufgeschlagen hatten. Nachdem er sich zuerst darüber geärgert hatte, dass er sich in jenem Gasthaus zu einer fruchtlosen Einmischung hatte hinreißen lassen, gedachte er nun, den Vorfall aus dem *Schwarzen Henker* zu seinen Gunsten zu nutzen, ganz so wie früher, als er die Kunst, den Nachteil in einen Vorteil zu verwandeln, wie kein Zweiter beherrscht hatte. Ja, in ihm reifte ein Plan, der die ganze Lage am Ende vielleicht sogar entscheidend zu seinen Gunsten verändern würde. Doch dafür brauchte er etwas, was ihm wohl nur ein Fernhändler verkaufen konnte.

Die meisten Stände waren noch geschlossen und die Händler damit beschäftigt, ihre Waren einzusortieren. Er suchte und fand einen Kräuterhändler und klopfte an das Holzgestell, das die Stoffplanen über dem Stand hielt, denn der Besitzer war nicht zu sehen.

»Wir haben geschlossen, Freund«, sagte eine Stimme.

»Ich bitte um Verzeihung, mir ist bekannt, dass es den Fernhändlern erst an den Feiertagen gestattet ist, hier Handel zu treiben, doch benötige ich dringend ein bestimmtes Kraut. Und verstanden habe ich diese Regel ohnehin nicht.«

Hinter dem Stand tauchte, gerahmt von langen, schneeweißen Haaren, das rote Gesicht des Händlers auf. Er schlug dabei eine Plane zur Seite, so dass Ured Gelegenheit hatte, einen Blick auf das reichhaltige Sortiment zu werfen. »Da seid Ihr nicht der Einzige, Freund. Aber so will es der Herzog. Ich glaube, sie wollen, dass die Atgather ihr Geld zunächst den Händlern aus der Umgebung in den Rachen werfen.«

»Ah, habt Dank für die Erklärung«, gab sich Ured von seiner freundlichsten Seite. Gleichzeitig machte er einen bekümmerten Eindruck. »Es ist nun aber so, dass ich dringend ein Kraut benötige, das ich bei den hiesigen Händlern nicht finden kann.«

Der Alte starrte ihn mit einem seltsamen Blick an. »Sagt, kann es sein, dass wir uns schon einmal begegnet sind?«

Ured sah ihm unbefangen in die Augen. »Nein, nicht dass ich wüsste. Ich glaube, ich würde mich auch an einen so wohl sortierten Händler erinnern.« Gleichzeitig suchte er fieberhaft in seinem Gedächtnis nach einer möglichen Verbindung.

»Wo seid Ihr her, Freund?«

»Aus der Gegend von Frialis«, log Ured.

»Nun, dann irre ich mich wohl. Ich sehe viele Gesichter, verzeiht«, sagte der Händler. »Ihr habt mich neugierig gemacht, und auch, wenn ich Euch das Kraut nicht verkaufen kann, so sagt mir doch, was es ist. Wenn ich es habe, könnt Ihr morgen kommen. Ich lege es für Euch zurück und mache Euch einen guten Preis.«

»Es ist eine Pflanze aus Tenegen im fernen Osten, Wolkenkraut genannt.«

»So habt Ihr Zahnschmerzen?«, fragte der Händler.

»Nicht sehr schlimm, eher lästig, doch rauben sie mir den Schlaf«, behauptete Ured bekümmert.

»Ja, die Eingeborenen dort schwören auf seine Wirkung, wie ich hörte. Zu meinem Glück habe ich es noch nie gebraucht, und zu Eurem Glück besitze ich einen Vorrat, allerdings bereits zu Pulver zerrieben.«

»Oh, wundervoll, genau so benötige ich es auch. Und Nachtmohn, besitzt Ihr auch Samen dieser Pflanze?«

Der Händler kratzte sich am Kinn. »Natürlich, der Samen ist als Zutat zu vielen Speisen sehr begehrt, und ich habe etwas davon. Ich habe auch etwas Milch dieser Pflanze, falls Ihr so etwas sucht. Ihr seht aus, als wüsstet Ihr mit diesem gefährlichen Saft umzugehen.«

Faran Ured lächelte. »Ihr könnt Gedanken lesen, wie mir scheint.«

Plötzlich zuckte der Händler zusammen. »Jetzt weiß ich es wieder! Ich habe nicht Euch gesehen, doch einen Mann, der Euch zum Verwechseln ähnlich ist!«

»Wirklich?« Faran Ured wusste, dass es vielleicht klüger wäre, das Gespräch jetzt höflich zu beenden und einen anderen Händler zu suchen. Andererseits würde das den Alten wohl erst recht misstrauisch machen – und er musste wissen, wovon dieser Weißbart sprach.

Dieser schüttelte den Kopf. »Es ist lange her, sehr lange, wisst Ihr. Ich war noch ein Kind, damals in Anuwa. Da sah ich einen Pilger. Seine Kleidung war der Euren ähnlich, aber das Gesicht – er muss Euer Vater, nein, Großvater gewesen sein, anders kann ich mir diese verblüffende Ähnlichkeit nicht erklären.«

»Das ist wohl ein Zufall, denn meine Vorfahren waren einfache Landmänner, und keiner von ihnen ist je bis nach Anuwa gekommen.« Wenigstens das stimmte. Ured hoffte, dass der Händler die Sache auf sich beruhen lassen würde, aber er sah sich getäuscht.

»Wisst Ihr, es ist eigenartig. Ich erinnere mich so gut an diese Geschichte, die immerhin mehr als siebzig Jahre zurückliegt, weil damals ganz Anuwa in heller Aufregung war. Diebe waren in die Schatzkammer eingedrungen, hatten die Wachen ermordet und kistenweise Gold fortgeschafft, und niemand konnte sich erklären, wie sie das geschafft hatten, lag die Schatzkammer doch auf einer streng bewachten Insel inmitten der Lagune, in der die Stadt errichtet ist.«

»Hat man die Diebe gefasst?«, fragte Ured und tat halb interessiert.

»Nein, nie. Ich weiß noch, dass man damals jenen Pilger verdächtigte, wohl, weil er ein Fremder war und über Nacht spurlos verschwand.«

»Bemerkenswert«, sagte Ured, der sich nur zu gut an die Geschichte in Anuwa erinnerte. Allerdings hatte er seinerzeit nur eine kleine Kiste mit Gold erbeutet. Es gab Grenzen, wenn man alleine arbeitete. Außerdem war er nicht wegen des Goldes dort gewesen, das hatte er nur genommen, um vom eigentlichen Diebstahl abzulenken. Es war um ein verbotenes Artefakt gegangen, ein Leichenhemd, von Totenbeschwörern gewoben, das angeblich die Gabe hatte, Tote zum Reden zu bringen. Es hatte ihm viel mehr eingebracht als eine Kiste Gold.

»Und das Eigenartige ist, dass ich nun Euch hier sehe«, fuhr der Händler kopfschüttelnd fort, »in einer Stadt, die gerade wieder wegen rätselhafter Ereignisse in heller Aufregung ist.«

»Ich kann Euch aber versichern, dass ich damit nichts zu tun habe«, sagte Ured lächelnd.

Der Händler lachte laut auf. »Natürlich nicht. Es ist nur diese Ähnlichkeit. Dieser Pilger von damals muss doch schon seit vielen Jahren tot sein.«

Ured stimmte in das Lachen mit ein. *Wie bedauerlich*, dachte er, *aber wer konnte damit rechnen, nach all den Jahren?* Dann sagte er: »Ich weiß, Euer Stand öffnet erst morgen, aber könntet Ihr vielleicht …? Um der Erinnerung an meinen Doppelgänger willen? Wisst Ihr, ich sehne mich nach etwas Schlaf.« Dabei griff er in seine Tasche.

Der Händler zögerte, aber dann entdeckte er das Silber in Ureds Hand. »Kommt auf die Rückseite. Und zu niemandem ein Wort, versteht Ihr? Es könnte mich meine Konzession kosten.«

»Niemand wird je davon erfahren, dass wir uns begegnet sind«, versprach Ured. Er sah sich um. Die meisten Fernhändler waren noch damit beschäftigt, ihre Stände zu bestücken, und die Atgather waren damit beschäftigt, ihr Geld für andere Angebote auszugeben. Niemand schien auf sie zu achten.

Ured erwarb, was er benötigte, für einen gerade noch annehmbaren Preis, und verabschiedete sich freundlich. Und immer wieder schüttelte der Händler den Kopf über seine verblüffende Ähnlichkeit mit dem Pilger, den er siebzig Jahre zuvor gesehen hatte. Der Mann war von ganz angenehmer Art für einen Händler, der in erster Linie doch auf seinen Gewinn achtete, aber darauf konnte Ured keine Rücksicht nehmen. Er bemerkte eine Matte hinter dem Stand, was ihm verriet, dass der Alte, vermutlich zum Schutz seiner Ware, in seinem Stand schlafen würde. Er konnte nur hoffen, dass der Händler vorerst mit niemandem über dieses kleine Geschäft und seine besonderen Umstände reden würde. Später in der Nacht würde er dafür sorgen müssen, dass es dabei blieb.

Der Namenlose rannte mit seinem unbekannten Helfer wortlos durch die Finsternis. Sie hasteten keuchend durch dunkle Gänge, nur erleuchtet vom grünlichen Schimmer der Schimmelpilze, die in den feuchteren Abschnitten von der Decke wucherten. Schließlich fanden sie, nachdem er schon nicht mehr hatte glauben wollen, dass er jemals aus diesem Labyrinth würde entkommen können, einen Ausgang. Es war eine kurze, enge Röhre, vielleicht ein alter Brunnen, und sie endete im Keller eines Hauses. Vorsichtig stieg er hinter dem Hünen die Sprossen hinauf. Das Haus stand leer, und das Dach war teilweise eingestürzt. Bislang hatten sie kein Wort geredet, und auch jetzt wollte der unbekannte Helfer nicht, dass gesprochen wurde. Erst als er sich überzeugt hatte, dass das Haus und die Straße davor menschenleer waren, schien er sich zu entspannen. Sie blockierten den Zugang zur Unterwelt mit zwei schweren Dachbalken, dann setzten sie sich darauf.

»Wenn sie hier nicht mehr herauskönnen, werden sie natürlich auf anderem Wege hierherkommen, weil sie sich denken können, dass wir es sind, die den Ausgang blockieren. Aber eine kurze Rast können wir uns wohl gönnen.«

Der Namenlose nickte und schwieg. Er wusste nicht, wie er beginnen sollte. »Danke«, sagte er schließlich.

Der Hüne zuckte mit den Schultern. »Ich bin sicher, du wärst auch alleine mit ihnen fertig geworden, Bruder. Aber vielleicht war es sogar klug, ihnen nicht zu zeigen, wer du bist.«

»Ich weiß es doch selbst nicht!«

Der Hüne starrte ihn befremdet an.

»Du nennst mich Bruder, doch wenn wir wirklich Brüder sind, dann habe ich deinen Namen vergessen, ebenso wie meinen.«

»Du weißt nicht, wer ich bin?«

»Ich weiß nicht einmal, wer ich selbst bin, was ich in dieser Stadt tue, wo ich herkomme, warum ich manche Dinge kann, die ich nicht einmal verstehe. Ich habe all das vergessen. Es ist, als hätte eine große Finsternis meine ganze Vergangenheit verschluckt.«

»Aber du hast einen Schatten beschworen, ich habe es gespürt.«

Der Namenlose zuckte mit den Schultern. »Ich weiß, doch weiß ich nicht, wie ...«

Der andere sah ihn nachdenklich an. »Erinnerst du dich an gar nichts?«

»Nichts. Nur Schwärze.«

»Das ist seltsam. Es sei denn ...«

»Ja?«

»Nichts, es ist seltsam.«

»Da du mich zu kennen scheinst, könntest du mir helfen, die Dunkelheit zu lüften, Bruder — oder sind wir keine Brüder?«

Der Hüne schüttelte den Kopf. »Nicht durch das Blut, nur durch die Schatten. Doch will nicht ich es sein, der dir erzählt, was du wissen musst. Dieses Wissen ist gefährlich, und jemand anders soll entscheiden, ob es klug ist, dich erneut in Dinge einzuweihen, die du wusstest, aber offenbar vergessen hast.«

Der Namenlose dachte darüber nach. Es gefiel ihm nicht,

aber seltsamerweise konnte er den Hünen sogar verstehen. »Ich scheine mir in dieser Stadt Feinde gemacht zu haben«, sagte er unglücklich.

Der andere grinste plötzlich. »Und ich war Zeuge, wie du dir sogar unter der Erde neue gemacht hast. Diese Fähigkeit liegt wohl in deiner Familie, Bruder.«

»Meine Familie ... sag mir, wer ich bin, Bruder!«

Der Mann dachte einen Augenblick nach, dann erhob er sich. »Nein, es erscheint mir wirklich klüger, es dir jetzt nicht zu sagen, nicht, bevor nicht entschieden ist, dass wir dir wieder vertrauen können, Bruder.«

»Aber meinen Namen ...«, bat der Namenlose und kämpfte gegen die Verzweiflung an, die sich seiner bemächtigen wollte.

Der Hüne schüttelte abermals den Kopf: »Ich werde dir weder meinen noch deinen Namen nennen. Es ist, wie du sagtest: Du hast viele Feinde in dieser Stadt. Sie könnten dich fangen, und dann kannst du nicht verraten, was du nicht weißt. Denn ich bin mir nicht sicher, dass du in diesem Fall den Weg der Schatten gehen würdest, Bruder.«

Der Namenlose verstand nicht, was das hieß, war aber auch zu unglücklich, um nachzufragen.

Kurz darauf entschied der Hüne, dass sie genug gerastet hatten, und sie schlichen aus dem Haus. »Es scheint hier viele verlassene Gebäude zu geben. Das ist gut, denn so werden wir leicht ein Versteck für dich finden. Vielleicht solltest du etwas ruhen, zu Kräften kommen. Ich denke, bis spätestens Mitternacht werden wir uns entschieden haben. Also, fasse dich in Geduld, Bruder. Es sind nur wenige Stunden.«

Ihm blieb kaum etwas anderes übrig. Sie fanden ein leeres Haus, das als Versteck geeignet schien, aber er wechselte es, sobald der Hüne verschwunden war. Der Namenlose hoffte, dass sie — wer immer *sie* waren —, sich dafür entscheiden würden, die Schleier über seiner Vergangenheit zu lüften, doch hatte er eine böse Ahnung, was geschehen würde, wenn sie sich entschieden, es *nicht* zu tun.

Die Wachen am Burgtor behandelten Faran Ured wie einen Bittsteller, und er zeigte sich von seiner freundlichsten und zuvorkommendsten Seite, um sie in ihrer überheblichen Arglosigkeit zu bestärken. Beinahe demütig brachte er sein Anliegen vor: »Wisst Ihr, edle Herren, ich war heute Mittag zufällig Zeuge, wie Euer tapferer Hauptmann und andere Männer verwundet wurden. Da sie mir bei diesem Kampf vielleicht sogar das Leben gerettet haben, fühle ich mich verpflichtet, diesen Soldaten zu helfen.«

»Der Feldscher hat ihre Wunden längst versorgt. Ihr kommt zu spät, Mann.«

»Ich zweifle nicht daran, dass sie in besten Händen sind, doch bin ich auf meinen Reisen weit herumgekommen, und ich besitze Kräuter, die die Schmerzen eines Verwundeten sehr mildern können.« Die besaß er seit dem frühen Abend tatsächlich. Wolkenkraut und Milch vom Nachtmohn wirkten, richtig dosiert, wahre Wunder.

Die beiden Soldaten wechselten einen schnellen Blick. »Der Hauptmann jammert wirklich sehr wegen seiner Schulter. Ihr seid also ein Heiler?«

»Oh, nein, ich bin nur ein bescheidener Pilger. Und ich biete meine Hilfe aus Dankbarkeit an, ohne etwas dafür zu verlangen.«

»Der Feldscher schätzt es nicht besonders, wenn man sich in seine Kunst einmischt.«

»Ich verspreche, das werde ich nicht. Ich kann die Bedauernswerten auch nicht heilen, nur ihre Schmerzen kann ich ihnen nehmen. Und natürlich werde ich Eurem Heiler meine

Kenntnisse in dieser Kunst vermitteln, dann werden auch künftige Verwundete ihren Nutzen davon haben.«

Die beiden Wachen warfen sich einen Blick zu, der Faran Ured verriet, dass er die richtigen Worte gefunden hatte. Sie wussten, dass sie selbst früher oder später auf dem Tisch ihres Feldschers landen konnten. Ured kannte die Bader, Heiler und Ärzte, die rund um das Goldene Meer ihr Handwerk versahen. Manche waren tüchtig, doch verstanden sie wenig vom menschlichen Körper. Man war meist besser dran, wenn man eine Dorfhexe aufsuchte oder einen tüchtigen Zauberer, wenn man denn über das nötige Silber verfügte.

Wenig später saß Faran Ured in einer schmalen Kammer im Wachhaus, einem der verwinkelten Nebengebäude der Burg, und mischte unter den misstrauischen Augen des Feldschers, eines jungen Mannes mit einem für seinen Beruf beinahe unpassend fröhlich-rosigen Gesicht, die Kräuter in einem Stößel. Dann verabreichte er sie, aufgelöst in etwas Wasser und begleitet von fortlaufenden skeptischen Anmerkungen des Arztes, zuerst dem jammernden Hauptmann und dann dem schwer verwundeten Soldaten, der den Schwertstich in die Brust bekommen hatte. Ured verstand nicht sehr viel von Heilkunde, aber selbst er sah, dass der Mann die Nacht kaum überleben würde. Wenigstens konnte er ihm die Schmerzen nehmen. Der dritte Verwundete konnte kaum trinken, weil sein Kiefer zerschmettert war, und Ured konnte dem Arzt gerade noch ausreden, es mit einem Trichter zu versuchen. »Mit Geduld geht es besser, Meister Segg«, sagte er, »denn der Arme kann ja weder kauen noch reden, und auch das Schlucken fällt ihm schwer.«

Der Soldat bedachte ihn mit einem dankbaren Blick. Der Mann, der seine Hand verloren hatte, hatte zugesehen. Er nahm Ured wortlos den Becher aus der Hand und trank. Sein

Blick war leer und wanderte immer wieder zu dem Stumpf, in dem sein rechter Arm nun endete.

Anschließend saß Ured mit dem feindselig schweigenden Feldscher in einer Stube und wartete, bis die betäubende Wirkung einsetzte. Als die Verwundeten nicht mehr stöhnten, meinte der Heiler: »Sie werden an Eurem Gift gestorben sein, und hätte der Hauptmann es nicht befohlen, hätte ich es nie zugelassen.« Er ging nachsehen.

Während Meister Emrig Segg bei den Verwundeten war, füllte Ured einen Krug randvoll mit Wasser, tauchte seine Finger darin ein und begann leise zu summen. Er konnte nur hoffen, dass die Magie ihm ihren Missbrauch vom Morgen inzwischen verziehen hatte, denn er brauchte das Vertrauen des Feldschers für den Plan, der in ihm gereift war.

Seine Auftraggeber erwarteten, dass er beobachtete und nur im Notfall eingriff. Wenigstens hatten sie ihm dabei weitgehend freie Hand gelassen, wohl wissend, dass er nichts unternehmen würde, was ihrem Willen widersprach, solange seine Familie in ihrer Gewalt war. Für einen Augenblick verdüsterte sich Ureds Miene. Er hätte nie gedacht, dass ein anderer ihn einmal so sehr in der Hand haben könnte, und er dachte daran, sich die Mittel zu verschaffen, um diesem eisernen Griff zu entkommen. Es war ein gefährliches Spiel, das er da spielte, aber er kannte seine Auftraggeber zu gut, um ihnen zu trauen. Auch wenn er noch keinen genauen Plan hatte, so wusste er doch, dass er auf jeden Fall viel Silber dafür brauchen würde. Atgath war zwar offensichtlich keine sehr reiche Stadt, aber auch ein armer Herzog würde wohl Silber und Gold in seiner Schatzkammer aufbewahren. Meister Segg wusste vermutlich, wo diese Kammer zu finden war. Ured summte leise, und er war erleichtert, als er spürte, dass die Magie ihn erhörte. Er wusste selbst, dass sein Plan gefährlich war, denn es gab mit dem alten Quent einen Zauberer in dieser Burg, dem seine magischen Talente vielleicht auffallen würden, wenn sie sich über den Weg liefen. Aus diesem Grund durfte der Zauber, den er nun anwenden wollte, auch nicht sehr stark sein, denn auch das mochte bemerkt werden.

Der Feldscher kehrte mit verkniffener Miene zurück. »Der Hauptmann verlangt nach Euch, und bei den Himmeln, er lächelt.«

»Wie ich es sagte«, erklärte Faran Ured freundlich und summte.

»Es ist ein Wunder.«

»Keineswegs, nur Kräuter, die in diesem Land schwer zu bekommen sind. Und, noch einmal, sie heilen die Verletzten nicht, sie dämpfen nur die Schmerzen.«

»Dämpfen die Schmerzen«, wiederholte der junge Arzt nachdenklich.

Ured sah, wie das Vertrauen, das er beschwor, wuchs, und äußerte eine Bitte: »Verzeiht, Meister Segg, es ist möglich, dass ich später noch einmal hinausmuss, um Dinge aus meinem Quartier zu holen. Könntet Ihr es ermöglichen, dass die Wachen mich auch später noch einlassen? Ich will doch auch wieder nach den Kranken sehen.«

Der Arzt nickte. Er schien plötzlich von tiefer Nachdenklichkeit erfüllt.

Jetzt war Faran Ured zufrieden, denn endlich schien ihm das Glück wieder zuzulächeln. Er hatte soeben freien Zugang zur Burg erhalten, und damit früher oder später auch zu ihren Schätzen. Seine Hand lag auf dem randvollen Krug, und er summte. In der Stube schien es wärmer geworden zu sein. Ured konnte förmlich sehen, dass sich die anfängliche Feindseligkeit des Feldschers in beinahe freundschaftliche Zuneigung verwandelt hatte. Er fragte sich allerdings, wie er den seltsam verklärten Blick des jungen Arztes deuten sollte. Plötzlich sprang Meister Segg auf, griff sich den Mörser, in dem Ured seine Medizin gemischt hatte, und rief: »Lauft nicht weg, Meister Ured. Seid doch so gut, und seht noch einmal nach den Kranken. Ich bin gleich zurück.«

Faran Ured nickte überrumpelt. Als er den eiligen Schritten des Feldschers nachlauschte, hatte er das Gefühl, dass sein Zauber vielleicht zu erfolgreich gewesen war, und er fragte sich, was der Arzt denn auf einmal so Dringendes zu besorgen hatte.

Gerade als Heiram Grams glaubte, keinen Schritt weiterzukönnen, blieb Marberic stehen. »Sind wir endlich da?«, keuchte Grams.

Der Mahr hob die bleiche Hand, damit Grams schwieg. Er starrte voraus in die Dunkelheit jenseits seiner schwachen, grünlich leuchtenden Laterne. Dann sah auch Grams, dass ihnen von dort ein Licht entgegenkam. Der Mahr zog langsam sein Messer. Der Köhler hatte sich die Spitzhacke in den Gürtel gesteckt und nahm sie jetzt vorsichtshalber zur Hand. Er verstand nicht, was da vor sich ging. Warum versteckten sie sich nicht, wenn ihnen Gefahr drohte? Sie waren erst vor wenigen Schritten an einem Seitenstollen vorübergekommen. Warum löschten sie nicht wenigstens die Laterne? Das Licht kam näher. Heiram Grams wunderte sich nun noch mehr, denn da kam offensichtlich ein Mahr des Weges. Er trottete durch die Dunkelheit genau auf sie zu. Dann konnte er sehen, dass Marberic sich ein wenig duckte und das Messer fester nahm. Der Mahr kam in gleichmäßigem Schritt näher. Dem gedämpften Klang nach lief er barfuß. War es vielleicht gar kein Mahr, sondern ein Kind? Grams runzelte die Stirn.

Das Kind, wenn es denn eines war, kam immer näher, und

Marberic wurde immer unruhiger, jedoch ohne Anstalten zu machen, das Licht zu löschen. Nun, vielleicht war es zu spät, denn der andere musste ihre Laterne schon lange gesehen haben. Er war jetzt so nah herangekommen, dass Grams erkennen konnte, dass er sich gründlich getäuscht hatte: Es war weder ein Kind noch ein Mahr, es war eine Abscheulichkeit, wie er sie nicht einmal in seinen Albträumen gesehen hatte, ein glattgesichtiges, blasses Wesen mit wässrig blauen Augen, aber ohne Augenbrauen, Haare oder Lippen und mit nur winzigen Ohrmuscheln. Es trug graue Kleidung, ein Messer im Gürtel und eine Tasche über der Schulter. Es lief genau auf sie zu, dann blieb es plötzlich keine zwanzig Schritte von ihnen entfernt stehen. Grams hörte es mit seiner winzigen Nase schnüffeln. Es hob sein Licht, leuchtete den Stollen aus, fand eine Markierung an der Wand und stellte seine Tasche ab. Jetzt stellte auch Marberic seine Laterne auf den Boden und schlich langsam einige Schritte näher heran.

Das Wesen zog Hammer und Meißel hervor und fügte der Markierung an der Wand mit leichten, schnellen Schlägen eine weitere hinzu. Dann packte es das Werkzeug ohne besondere Eile wieder ein, warf sich die Tasche über die Schulter, drehte sich halb um und erstarrte mitten in der Bewegung. Marberic hatte es fast erreicht. Das Wesen schnüffelte noch einmal, drehte sich dann aber doch vollends um und trottete davon. Marberic sprang los und hob das Messer zum Stich. Sein Gegner fuhr herum, schrie leise auf, schleuderte dem Mahr seine Tasche entgegen und griff in seinen Gürtel nach seinem Messer. Aber Marberic war viel zu schnell. Sein Feind stieß einen quiekenden Laut aus und lag tot am Boden, bevor er seine Klinge auch nur gezogen hatte.

Grams hatte mit offenem Mund zugesehen. Jetzt nahm er die Laterne auf und lief schnell zum Mahr, der mit grimmigem Gesicht über sein Opfer gebeugt stand. Schwarzes Blut quoll aus dem Leib und bildete eine hässliche Lache. Die übergroßen blauen Augen schienen ihn vorwurfsvoll anzublicken.

»Was ist das?«, fragte er flüsternd.

»Unhold«, sagte Marberic nur. Er hob die Tasche auf und durchsuchte sie. Grams schien der fahle Funke, der tief in seinen Augen brannte, heller zu glimmen.

»Warum, ich meine, warum hat das da uns nicht bemerkt?«, fragte Grams. Das Wesen lag reglos zu seinen Füßen. Wie zierlich seine Glieder waren! Der Köhler fand, dass es weit weniger unnatürlich aussah, seit es tot war.

Marberic schnaufte verächtlich und wies nach hinten. Grams drehte sich um und entdeckte verblüfft eine Felswand, wo eben noch der Stollen gewesen war. Er lief mit der Laterne hin und legte die Hand auf den Felsen. Halb erwartete er, ins Leere zu greifen, aber seine Finger fühlten harten, kalten Stein. Er entdeckte an der Seite die Markierung, die das Wesen hinterlassen hatte.

»Wie...?«, fragte er. Dann erinnerte er sich wieder an den Beginn seiner Wanderung, als ihn der Mahr am Arm gepackt und durch massiven Fels gezogen hatte.

Marberic zuckte mit den Achseln. »Steinzauber. Aber ab jetzt müssen wir aufpassen, wir sind innerhalb der Stadtmauern.«

Abend

Shahila von Taddora saß vor dem Silberspiegel und zog ihre Augenbrauen nach. Rahis Almisan war noch nicht zurück, und in der Burg erzählte man sich Gerüchte über eine Einheimische, die die Geliebte eines gedungenen Mörders sein sollte und dem Adlatus zum Verhör übergeben worden war. Das gab ihr zu denken. Sie starrte angespannt auf das verschwommene Spiegelbild. Atgath war wirklich armselig, selbst in Taddora gab es inzwischen einen Glasspiegel, allerdings hatte sie ihn aus Elagir mitgebracht, er war ein Teil ihrer Aussteuer. Ihr Gemahl ging in der Kammer nebenan auf und ab. Offenbar konnte er es nicht erwarten, endlich zum Bankett aufzubrechen, und offenbar verstand er immer noch nicht, dass selbst dieses kleine Abendessen einer Frau eine gewisse Vorbereitung abverlangte, vor allem, da so viel auf dem Spiel stand und sie sich keine Fehler leisten konnte. Aus Taddora hatte sie aus gutem Grund nicht einmal eine Kammerzofe mitgebracht, denn das bedeutete, dass sie die Dienerschaft des Herzogs beanspruchen musste. Sie fand es erstaunlich, wie viel sie mit ein paar freundlichen Worten und einem Lächeln in Erfahrung gebracht hatte, vor allem, wenn sie bedachte, wie viel Silber sie zuvor für ihre Spione in Atgath hatte ausgeben müssen, um weit weniger zu erfahren.

Sie hatte schnell eine Magd gefunden, der Herz und Mund

überliefen von all den Dingen, die sie erzählen *musste*. Der gute Herzog litt ihren geflüsterten Berichten zufolge immer schlimmer unter den rätselhaften Kopfschmerzen, die ihm schon seit Jahren zu schaffen machten. Shahila hätte ihn wirklich gerne kennengelernt, und sie war sogar ein bisschen beleidigt, dass er sie nicht empfangen wollte. Nach Auskunft der Magd, einer jungen Frau namens Nieli, war er aber wohl tatsächlich zu schwach, um an einem Empfang teilzunehmen, und Shahila entging nicht, wie besorgt sie deswegen war. Die ganze Dienerschaft litt mit ihrem Herrn – ein Zeichen seiner Beliebtheit –, aber weder Ärzte noch Magier vermochten ihm zu helfen. Vor allem Letzteres fand die Baronin aufschlussreich. Ein Schmerz, gegen den selbst Magie nichts ausrichtete … Ihr Gemahl hatte ihr in Taddora alles über das Leiden seines Bruders und »das Wort« erzählt, von dem der Herzog immer sprach. Wie arglos er doch war.

»Einen Augenblick noch, Liebster«, rief sie hinüber, weil er erneut fragte, wann sie endlich fertig war.

Sie zog ihre Lippen mit dem dunklen Rot nach, das aus den Leibern der Purpurschnecke gewonnen und mit einem Dutzend weiterer Zutaten so abgestimmt worden war, dass es die Blicke der Männer geradezu magisch anzog. Sie lächelte, weil sie daran dachte, dass sie keine Zauberei benötigte, um zu bekommen, was sie wollte. Dann leckte sie sich über die Zähne, um eventuelle Spuren von Rot zu tilgen.

Den alten Nestur Quent hielt sie weiterhin für den gefährlichsten ihrer Gegner, auch wenn Nieli berichtete, dass er sich in letzter Zeit mehr mit den Sternen als mit den Nöten seines Herrn beschäftigte. Sie ermunterte die Magd, ihr mehr zu erzählen, und fragte sich, ob die Dienerschaft in Taddora ebenso über sie tratschte wie die Bediensteten hier. Sie fühlte sich immerhin darin bestätigt, dass es klug gewesen war, bis auf

Almisan niemanden in ihre Pläne einzuweihen. Sie puderte einen Hauch von Rosa auf ihre Wangen. Sie war sich im Klaren darüber, dass sie nun an dem Punkt angelangt war, an dem sie neue Verbündete brauchte. Der Adlatus wusste es noch nicht, aber er war ein reifer Apfel, der nur darauf wartete, gepflückt zu werden. Über ihn und das, was er in den Katakomben trieb, wollte die Magd am liebsten gar nicht reden. Es kostete die Baronin ein großes Lob für ihre Hilfe, einen glänzenden Silbergroschen und das Versprechen der Verschwiegenheit, doch etwas mehr zu erfahren. Dann raunte Nieli von geheimnisvollen Geräten und großen Plänen, die viel Silber und Gold kosteten, aber deren Ergebnisse noch niemand zu sehen bekommen hatte. Und noch ein böses Wort mache in der Dienerschaft die Runde, ein Wort, das die Magd nur flüsternd auszusprechen wagte: *Totenbeschwörer.* Man munkelte, der Magier habe sich heimlich mit den entsetzlichen Werken der Nekromanten beschäftigt und folge nun möglicherweise sogar ihren Wegen. Shahila gab sich ungläubig erstaunt und besorgt, dabei hatte sie doch selbst veranlasst, dass dem Adlatus zu einem gerade noch glaubhaft niedrigen Preis von geheimnisvollen Fremden gewisse verbotene Pergamente zugespielt worden waren.

Sie entnahm ihrer Schmuckschatulle zwei große, goldene Ohrringe, deren Herzsteine perfekt zum dunklen Rot ihrer Lippen passten. Sie fragte sich einen Augenblick, ob sie vielleicht auf das feingliedrige oramarische Perlendiadem verzichten sollte, dann legte sie es jedoch an, gerade weil es für den Anlass etwas übertrieben war. Wer durch ihre Schönheit und den Schmuck nicht ohnehin geblendet war, würde sie vermutlich für eitel und damit harmlos halten. Unzufrieden starrte sie auf das matte Spiegelbild, das ihr nicht verraten wollte, ob sich der Aufwand wirklich ausgezahlt hatte. Dann richtete sie ein letztes Mal die kostbaren, fast fingerdicken Elfenbeinnadeln in ihrem schwarzen Haar und ging endlich hinüber zu ihrem Mann, der immer noch ungeduldig auf und ab lief. Als sie seinen offenen Mund sah, wusste sie, dass sich die Mühe gelohnt hatte.

»Wird uns Rahis Almisan nicht begleiten?«, fragte Beleran, der wusste, dass Shahila ihren Vertrauten und Leibwächter sonst fast immer in ihrer Nähe wissen wollte.

»Ich glaube, in Burg Atgath brauche ich keinen Leibwächter, Liebster«, entgegnete Shahila, »und Almisan wollte sich um ein paar andere Dinge kümmern.«

Immer wieder spähte der Namenlose aus seinem Versteck auf die Straße hinaus. Er hatte sich einen Platz ausgesucht, von dem aus er sowohl sein vorheriges Versteck wie auch die Hausruine mit dem versperrten Zugang zu den alten Stollen überblicken konnte. Einmal hasteten zwei Männer vorüber, später streunte ein Hund über die Straße, und einige Katzen sammelten sich auf einem der Dächer – ansonsten blieb es ruhig. Er konnte es nicht fassen: Endlich hatte er jemanden getroffen, der wusste, wer er war, und der weigerte sich, ihm irgendetwas zu erzählen. Nicht einmal seinen Namen hatte er enthüllt. *Vielleicht sollte ich bei Anuq bleiben*, dachte er grimmig und starrte weiter hinaus in die Dunkelheit. Eigentlich hatte er erwartet, dass Naroks Männer irgendwann auftauchen würden, aber sie kamen nicht. Hatten sie die Verfolgung vielleicht einfach aufgegeben? Er wartete, und seine Ungeduld wuchs. Er hatte Ela im Stich gelassen, das nagte an ihm. War sie entkommen? Er würde es nicht erfahren, wenn er blieb, wo er war. Warten bis Mitternacht? Stundenlang untätig herumsitzen, bis sein geheimnisvoller Helfer zurückkehrte, der vielleicht gar nicht kam, um ihm zu helfen, sondern um ihn zu töten? Je länger er darüber nachdachte, desto unsinniger erschien es ihm, weiter an Ort und Stelle auszuharren. Er musste sich umhören, um zu erfahren, was aus Ela geworden war, und umhören konnte er sich nur dort, wo Menschen waren.

Er schlich sich die knarrende Treppe hinunter und aus dem Haus. Es war inzwischen dunkel geworden, und der Mond war noch nicht aufgegangen. Die Gasse lag verlassen, nur zwei Katzen streunten beinahe unsichtbar darüber. *Anuq* hielt sich eng an der Hauswand, sah immer noch keinen Menschen und schlich weiter.

Da, ein leises Geräusch!

Er hielt inne. Für einen Augenblick war ihm, als hätte er einen Menschen husten hören, aber nun war es wieder still. Vielleicht hatte der Wind Geräusche vom Jahrmarkt herübergeweht, der auf der anderen Seite der Stadt stattfand. Der Namenlose wartete dennoch eine ganze Weile, bevor er sich weiter hinaus wagte. Er erreichte eine Kreuzung, und jenseits davon fiel Licht durch die dünnen Schlitze der verriegelten Läden der Hütten. Er meinte, eine gewisse Feindseligkeit zu verspüren, die mit dem Licht aus den geduckten Häusern drang. Er hielt inne. Es roch feucht, obwohl der Abend doch trocken und kühl war. Die Gassen selbst lagen wie ausgestorben. Vorsichtig spähte er um die Ecke.

»Da ist er, Männer! Packt ihn!«, rief es aus der Finsternis.

Eine dunkle Gestalt stürzte sich mit einem Schrei von einem der Dächer auf ihn, aber der Angreifer fiel ins Leere, und der Namenlose fand sich plötzlich selbst auf der anderen Straßenseite wieder. Da war sie wieder, die eisige Kälte, die aus dem Nichts kam und für ihn handelte. Ein brüllender Mann tauchte vor ihm auf, eine Klinge blitzte in seiner Hand. Der Namenlose sah die Bewegung wie verzögert, es war, als würde ihn der Mann unendlich langsam angreifen, und er hatte alle Zeit der Welt, ihn hart in den Unterleib zu treten, sich zur Seite zu werfen, sich abzurollen und das lange Messer aufzuheben, das dem anderen aus der Hand gefallen war. Der Namenlose sah zu, wie seine Hand wie von selbst mit der Waffe nach einem weiteren Angreifer stach, der eine nagelgespickte Keule über dem Kopf schwang. Es knirschte durchdringend, als die Klinge eine Rippe spaltete und im Inneren des Mannes abbrach. Der Angreifer taumelte mit einem gurgelnden Aufschrei zurück.

Der Namenlose wollte es beenden, aber noch bevor er begriff, was das sirrende Geräusch bedeutete, wich er stattdessen zurück, und ein Armbrustbolzen schlug dicht neben ihm in die Hauswand. Er duckte sich unter einem Schwert hindurch, rollte sich wieder ab, sprang auf, rammte jemandem die Schulter in den Magen und das abgebrochene Messer ins Bein und rannte los. Sieben, es waren sieben Angreifer, aber auch noch einige mehr, die sich nicht gezeigt hatten. Der Namenlose begriff nicht, woher er das so genau wusste, aber er sah die Situation völlig klar, und die Dunkelheit, in der sich seine Feinde verbargen, war kein Versteck, nicht vor ihm, er konnte hören, wie sie atmeten und sich bewegten, es war beinahe besser als sehen. Auf einem Dach waren Armbrustschützen, er hörte das leise Klicken, als sie mit dem Abzug hantierten. Er schlug einen scharfen Haken, und zwei Bolzen schossen dicht an ihm vorbei, einer streifte sogar sein Ohr.

»Ihm nach!«, brüllte jemand.

Er rannte, aber etwas in ihm verlangte, dass er anhalten, kämpfen und töten solle, verlangte nach dem rauschhaften Gefühl von Kraft und Macht, wie es ihn im *Henker* erfüllt hatte. Er wusste, wo seine Feinde lauerten, er konnte sie erledigen, einen nach dem anderen. Sie waren keine Krieger, sie waren keine Gegner für ihn. Er schmeckte Blut auf den Lippen, und er wusste, dass jener andere – der, der sich in seiner inneren Finsternis vor ihm verbarg – für ihn reagiert hatte, ihn gerettet hatte, und nun war es, als verlange jener andere dafür nach noch mehr Blut. Plötzlich roch es nach Fisch, und er wich schnell zurück. Ein Fischernetz kam aus dem Dunkeln geflogen und erwischte ihn an den Beinen. Er stürzte, durchtrennte mit dem Messer die Maschen und war schon wieder auf den Füßen, bevor der Werfer ihn erreichte. Dieser zögerte, sein stoßweises Keuchen verriet seine Angst, er wich zurück – leichte Beute. An der Ecke war noch einer, dieser mit einem Speer. Der Namenlose hörte ihn gepresst atmen und konnte die eiserne Speerpitze im schwachen Licht schimmern sehen. Sie zitterte in den Händen eines Mannes, der nun schon so gut wie tot war. Der Namenlose würde erst ihn, dann den Netzwerfer töten.

Doch dann, von einem Augenblick auf den nächsten, wich die eiskalte Sicherheit, und das rauschhafte Gefühl, es verflog. Der andere, der aus der Finsternis, war weg, und die Nacht war wieder eine Nacht, in der sich seine Feinde verstecken und ihm auflauern konnten. Sie jagten ihn, und er hatte keine Ahnung, was er nun machen sollte. Für einen Augenblick war er wie gelähmt von Furcht, und es war ein guter Teil Furcht vor sich selbst, aber dann erspähte er eine Lücke zwischen den Häusern und rannte hinein. Eine Mauer versperrte den Weg, er sprang hinüber, gelangte in einen Hinterhof, kletterte irgendwie auf ein Dach und rannte über die knirschenden Ziegel. Wieder sirrte es aus der Dunkelheit, und dieses Mal hörte er es erst, als es schon zu spät war – aber der Bolzen war schlecht gezielt und verfehlte ihn. Er blickte zurück. Ein Mann war ihm auf die Dächer gefolgt und hantierte mit seiner Armbrust. Er wartete nicht ab, bis der Mann wieder geladen hatte, sondern sprang auf das nächste Dach, rollte sich über den First auf die andere Seite, rutschte hinab und landete in einem weiteren Hinterhof. Er schwang sich über eine Mauer in den nächsten Hof, fand eine offene Pforte und rannte hinaus auf die Gasse. Er platzte mitten hinein in eine Gruppe von Menschen, die sich dort im Schein ihrer Laternen versammelt hatten. Das Messer, er hatte das Messer verloren! Aber die Männer und Frauen starrten ihn nur verwundert an, niemand machte Anstalten, ihn anzugreifen. Er hielt sich nicht weiter auf, schob zwei Männer zur Seite und rannte zwischen ihnen hindurch in die nächste Gasse. Erst einige Querstraßen weiter hielt er an. Ein rauschender Bach versperrte ihm den Weg. Er lehnte sich an eine Hauswand und schöpfte Atem. Er war beinahe froh, dass er das Messer verloren hatte, denn sonst hätte er die Männer, die ihm im Weg gestanden hatten, vielleicht einfach getötet.

»Was hatte nun das zu bedeuten?«, fragte einer der Laternenträger verblüfft. Er hielt seine Frau im Arm und sah in die Richtung, in der der Unbekannte, der sie fast über den Haufen gerannt hätte, verschwunden war.

»Er hatte es vielleicht eilig, zum Jahrmarkt zu kommen«, scherzte ein anderer.

»Dann ist er aber in die falsche Richtung gelaufen. Es sei denn, er will in die Altstadt hinüberschwimmen.«

»Er hat mich ganz schön erschreckt«, beschwerte sich eine der Frauen.

»Erschreckt? Ich will niemanden erschrecken!«, rief jemand mit unsicher klingender Stimme.

»Reisig? Bist du das?«, fragte einer der Männer und hob die Laterne.

»Natürlich ist er das, oder siehst du den Besen nicht«, rief eine der Frauen. »Nein, du hast uns nicht erschreckt. Da war ein Mann, der lief dort ins Gerberviertel. Das hatte mit dir nichts zu tun.«

»Ich kehre nur«, sagte Habin und hob seinen Besen.

»Natürlich tust du das, Reisig. Hier hast du ein paar Groschen. Vielleicht trinkst du später ein Bier auf uns, wenn du fertig mit der Arbeit bist.«

»Aber er wird doch nie fertig«, rief wieder ein anderer lachend, während sich Habin mit einer ungeschickten Verbeugung bedankte.

»Na, aber ich zum Glück schon. Lasst uns endlich gehen, ich habe Durst!«, rief einer, und dann brach die Gruppe unter weiteren Scherzen und Gelächter zum Jahrmarkt auf.

Habin blieb zurück und kehrte gemächlich die Gasse, bis die Gruppe außer Sicht war.

Zwei Gestalten lösten sich aus dem Dunkeln. »Und, was hast du erfahren?«

»Er ist im Gerberviertel«, sagte Habin, »hast du es nicht gehört?«

»Das ist ein bisschen ungenau, oder?«

»Du kannst denen da gern hinterhergehen und fragen, ob er auch Straße und Haus genannt hat.«

Der andere spuckte aus. »Er kennt sich in der Stadt nicht aus, das ist ein Vorteil, aber auch der einzige, wenn du mich fragst. Ich weiß nicht, warum Narok unbedingt seinen Kopf will. Wir haben schon wieder einen Verletzten. Und mit den paar Mann ist es hoffnungslos. Wir können doch nicht das ganze Gerberviertel durchsuchen. Und was, wenn sein großer Freund irgendwo in der Nähe ist?«

Habin nickte. »Ich habe auch wenig Lust, mich im Dunkeln abstechen zu lassen, aber ich kenne ein paar Leute, die werden für sowas sogar bezahlt.«

»Du meinst – die Wache?«

Habin grinste breit. »Reisig geht mal eben zur Brücke und erzählt den Wachen, dass er diesen Mann gesehen hat, den sie überall suchen. Lassen wir die doch die Drecksarbeit machen.

Ich denke mal, sogar Narok ist es gleich, wer ihn erledigt, Hauptsache, er ist am Ende tot.«

Das Bankett fand im Thronsaal der Burg statt. Auf Shahila wirkte das befremdlich, denn es nahmen nur eine Handvoll Menschen an der viel zu großen Tafel Platz, und eine beklemmende Leere erfüllte den Saal. Die Wände waren kahl, und Shahila fielen vier große Sockel in der Nähe des mit einem Tuch verhängten Thrones auf, auf denen einst Säulen gestanden haben mussten. Ihr Gemahl hatte ihr von den Säulen erzählt. Sie waren angeblich mit geheimnisvollen Zeichen beschriftet und standen nun in den Gemächern des Herzogs, die er so gut wie nie verließ. So fehlte es also an Einrichtung und an Gästen, und es fehlte an Lampen und Kerzen. Shahila hatte den Eindruck, dass man einfach vergessen hatte, oder, schlimmer noch, es der Mühe nicht für wert befand, den Saal ordentlich herzurichten. *Mag schon sein, dass Hado bei seinen Leuten sehr beliebt ist,* dachte sie, *aber ganz offenbar hat er seine Dienerschaft nicht im Griff.* Der Herzog ließ sich, wie nicht anders zu erwarten, entschuldigen, weshalb seinem Bruder Beleran der Ehrensitz zukam. Shahila nahm an seiner Seite Platz, dann folgte der Gesandte aus Frialis: Graf Brahem ob Gidus, ein weißhaariger Mann von beträchtlicher Leibesfülle, der am Nachmittag mit bescheidenem Gefolge eingetroffen war. Daneben nahm ein älterer, finster dreinblickender Mann Platz, der ihr als Richter Hert vorgestellt wurde. Dann gab es noch den Vorsitzenden der Zünfte, einen dürren Bäcker Namens Jomenal Haaf, der mit seiner ebenso dürren Frau erschienen war. »Den beiden gehört die Hälfte aller Bäckereien der Stadt, außerdem einige Mühlen und sogar Bauernhöfe in den Dörfern. Sie sind berühmt für ihren Reichtum – und für ihren Geiz«, hatte Beleran sie vorgewarnt. Sie saßen dem Richter und dem Gesandten gegenüber und damit auf derselben Seite wie die beiden Zauberer. Shahila fand diese Sitzordnung eigenartig, aber offensichtlich war das Zeremoniell in Atgath weniger streng als in Oramar, wo ein einfacher Handwerker, sei er auch noch so reich, niemals neben dem Zauberer eines Fürsten hätte sitzen dürfen. Bahut Hamoch traf als Letzter in der Halle ein, er kam sogar ein wenig zu spät, und der Baronin entging nicht, dass er unter dem strafenden Blick von Meister Quent zusammenzuckte. Mehr Gäste wurden nicht erwartet.

»So ist Hado immer noch krank, wie bedauerlich«, eröffnete der Gesandte Gidus die Unterhaltung, während die Dienerschaft auftischte, als habe sie mit der dreifachen Zahl von Gästen gerechnet.

»Ein hartnäckiges Leiden, in der Tat«, murmelte Nestur Quent und schien in die Betrachtung des in Honig eingelegten Fenchels, der das Mahl eröffnete, versunken zu sein.

»Ich wundere mich nicht, bei dem Wetter, das hier in den Bergen herrscht«, warf Shahila ein, als hätte sie Verständnis für das Fehlen des Herzogs. »Ich würde ihm eine Reise in den Süden ans Herz legen. Etwas Wärme würde ihm sicher guttun«, fügte sie hinzu.

Der Gesandte – er hatte den Fenchel bereits hinter sich gelassen und war schon beim zweiten Gang, der Ochsensuppe, angelangt – stimmte ihr zu: »Das Klima in Eurer Heimat muss viel besser sein, denn wie sonst ließe es sich erklären, dass dort solche Schönheiten erblühen?«

Er nickte ihr dabei leutselig zu, und Shahila sah Suppe über sein Kinn rinnen, lächelte aber trotzdem, als sei sie geschmeichelt.

Gidus fand zwischen zwei Löffeln Suppe auch noch Zeit zu sagen: »Ich muss Euch gratulieren, Baron. Wahrlich, die schönste Perle am Goldenen Meer, sie ist Euer!«

Die Baronin lächelte noch freundlicher und nahm sich vor, ihm bei Gelegenheit zu zeigen, dass sie niemandem gehörte, schon gar nicht ihrem Mann, der bei diesen plumpen Komplimenten auch noch glücklich dreinschaute. Sie musterte verstohlen die anderen Gäste, denn sie galten doch etwas in dieser Stadt. Der Richter aß wenig und sprach noch weniger. Er wirkte, als sei er von ganz eigenen finsteren Gedanken eingenommen. Dass Zunftmeister Haaf und seine Frau nichts zur Unterhaltung beitrugen, lag hingegen daran, dass sie viel zu sehr mit Essen beschäftigt waren. *Vermutlich, weil es nichts kostet,* dachte Shahila. Sie bemerkte, dass der alte Quent sie beobachtete. Versuchte er, ihre Gedanken zu lesen? Er war nicht so leicht zu blenden wie andere Männer. Sie lächelte ihn mit gespielter Schüchternheit an und fragte sich, ob er die Gefahr, in der er schwebte, schon ahnte.

Nestur Quent hörte den Gesprächen am Tisch kaum zu. Der Gesandte sprach über das schlechte Wetter und schmeichelte in einem fort der Baronin. Es war beinahe schon peinlich. Sie ertrug es mit einem Lächeln, das ihm eine Spur zu freundlich erschien. Er löste seine Gedanken vom Wanderer, der in wenigen Stunden in das Sternbild des Jägers eintreten würde, und betrachtete sie genauer. Eine Schönheit, ohne Zweifel, und sie hatte sich für diesen Abend viel Mühe gegeben, das zu unterstreichen. Er verstand nicht viel davon, aber er hatte sie nach der Reise gesehen. Schon da hatte er angenommen, dass andere Männer sie für außerordentlich anziehend halten mussten, und nun war es, als sei sie regelrecht erblüht. Aber warum hatte sie sich so viel Mühe gegeben? Seinetwegen sicher nicht. Die Zeit, da er sich für Frauen interessiert hatte, lag lange hinter ihm, ja, eigentlich hatte es sie nie wirklich gegeben. Die Große Vereinbarung verlangte Zauberern Enthaltsamkeit und vor allem Kinderlosigkeit ab. Für ihn war das nie ein großes Opfer gewesen, denn die Magie hatte ihn früh in ihren Bann gezogen, und nun, da er älter wurde und die Magie ihn mehr kostete, als sie Neues für ihn bereithielt, waren es die Sterne. Und in dieser Nacht würde er mit eigenen Augen sehen, ob seine Berichtigungen der alten Sterntafeln wirklich zutreffend waren. Das bedurfte einer gewissen Vorbereitung. Er konnte nur hoffen, dass sich dieses lästige Bankett nicht zu lange hinzog.

Der Gesandte hatte etwas zu ihm gesagt, aber er hatte nicht zugehört. »Wie habt Ihr gemeint, Graf Gidus?«

»Ich verstehe, die betörende Wirkung der Baronin verfehlt auch auf einen Zauberer die Wirkung nicht.«

Er lachte laut über diese alberne Bemerkung, was Quent mit einem dünnen Lächeln kommentierte.

»Ich fragte«, wiederholte der Graf, »ob Ihr mir darin zustimmt, dass diese Ehe das Meisterstück Eures Prinzen Gajan war.«

»Zweifellos«, gab Quent zurück. Die Frage war reichlich unhöflich, aber berechtigt. Er selbst hatte bei dieser Ehe nie ein wirklich gutes Gefühl gehabt. Das kleine, unbedeutende Atgath vermählte sich mit dem mächtigen Oramar? Nun, Beleran wirkte glücklich, das war ebenso schön wie überraschend, aber Quent glaubte nicht an Märchen, und diese Hochzeit war eines: Der arme Prinz gewann die Hand der Königstochter, auch wenn sich dieser König Padischah nannte. Natürlich, es war nicht aus heiterem Himmel gekommen, die Ehe war sozusagen das Siegel unter dem Handelsvertrag, den der Seebund mit dem Reich von Oramar geschlossen hatte, und es war nur die Tochter einer Nebenfrau, die der arme Prinz, schnell noch zum Herrn einer heruntergekommenen Baronie gemacht, bekommen hatte. Und jetzt saßen sie da wie das Glück der Erde, und das fand er einfach zu schön, um wahr zu sein.

»Sagt, ist es wahr, dass alle Frauen Eurer Familie die Namen von Sternen tragen, Baronin?«, wollte der Graf nun wissen.

Shahila nickte lächelnd, aber Quent hatte den Eindruck, dass ihr dieses Thema unangenehm war. Nach einem Stern benannt? Quent waren die oramarischen Sternennamen eigentlich geläufig, aber von einem Gestirn namens Shahila hatte er nie gehört.

Gidus fragte weiter: »Und wo finden wir den Stern, nach dem Ihr benannt wurdet? Ich kann mir nicht vorstellen, dass er Eure Schönheit überstrahlt, ja, ich bezweifle, dass er Euch auch nur gerecht wird. Wisst Ihr es, Quent? Man sagt, Ihr würdet den Nachthimmel recht gut kennen.«

»Nein, ich muss zugeben, dass mir dieser Name bisher nicht untergekommen ist.«

»Es sind die alten Namen, die, die unsere Vorfahren für die Gestirne hatten«, erklärte die Baronin. »Mir wurde die Ehre zuteil, nach einem Stern im Bild des Skorpions benannt zu werden.«

Gidus fand das ganz entzückend, und er lobte den poetischen Sinn des großen Padischahs von Oramar.

Quent schüttelte innerlich den Kopf. Wenn Akkabal at Hassat ein Poet war, dann einer des Krieges und des Mordens, und er schrieb seine Geschichten mit reichlich Blut.

Der Gesandte plauderte plötzlich über die Getreidepreise, die den Bürgern von Frialis Sorgen machten. Das war ein Thema, das auch den Zunftmeister beschäftigte, und er schimpfte ausgiebig auf den Seebund, der immer noch feste Brotpreise vorschrieb. Aber Graf Gidus hatte offenbar keine Lust, sich auf einen Streit mit dem Mann einzulassen. Ganz unvermittelt sagte er: »Ich hoffe sehr, dass Prinz Gajan es noch rechtzeitig zum morgigen Fest schafft, denn ich habe ihn lange nicht gesprochen und bin doch neugierig, was er Neues aus Oramar zu berichten weiß.«

Quent sah ihn stirnrunzelnd an. Prinz Gajan war im Auftrag des Rates nach Elagir, in die oramarische Hauptstadt, gesandt worden, gewissermaßen eine Folge dieser Eheschließung. Er hatte fast vergessen, dass auch Gajan und Olan rätselhafterweise zu diesem Fest geladen worden waren. Ihm fiel wieder ein, dass er diese Geschichte schon längst in der Kanzlei hatte überprüfen wollen. Wenn es Einladungen gab, dann gab es auch Kopien davon, oder wenigstens die Antworten der Prinzen, die er nie zu Gesicht bekommen hatte. Hamoch sah so aus, als hätte er ebenfalls nichts von der bevorstehenden Ankunft der Prinzen gewusst. Also hatte einer der Verwalter die Briefe zurückgehalten. *Apei Ludgar*, dachte Quent, *immer wieder geht es um Apei Ludgar.*

»Ihr Schiff wird mit den Herbstwinden zu kämpfen haben«, warf Baron Beleran ein.

»Ja, selbst im Goldenen Meer können sie zu dieser Jahreszeit tückisch und widrig sein«, erwiderte der Gesandte kauend und gab dann die Geschichte einer gefährlichen Sturmfahrt nach Frialis zum Besten.

Quent stutzte. »*Ihr Schiff?*«, fragte er den Baron halblaut.

»Gajan und Olan reisen gemeinsam, da Terebin für Gajan doch sozusagen auf dem Weg liegt.«

Prinz Olan lebte schon viele Jahre in Terebin, wo er sich mit mäßigem Erfolg als Händler versuchte, auch das hatte Quent natürlich gewusst, aber nicht bedacht.

»Und Ihr seid sicher, dass sie mit demselben Schiff kommen wollen?«, fragte er nach. Er war plötzlich beunruhigt, auch wenn er nicht genau wusste, weshalb.

»So schrieb er mir, er bot sogar an, Taddora anzusteuern,

doch Shahila wollte die Gelegenheit nutzen, auf dem Landweg meine Heimat etwas besser kennenzulernen.«

Quent nickte, von bösen Vorahnungen erfüllt.

Brahem ob Gidus schwärmte unterdessen von der herben Schönheit Haretiens und den erhabenen Gipfeln des Paramar, des mächtigen Gebirges, das das Land und damit die Kornkammer des Seebundes wie ein steinerner Schild vor den halbwilden Nachbarn im Norden schützte, und erging sich in Überlegungen, die wenigen Pässe nach Norden und Osten noch besser zu sichern. »Sagt, Meister Quent, teilt Ihr die Zweifel dieses Gesandten, was die Freundschaft zwischen dem Seebund und meiner Heimat Oramar angeht?«, fragte die Baronin und riss ihn damit aus seinen Gedanken.

»Verzeiht, aber meine Erfahrung sagt mir einfach, dass zwei so große Mächte nur befreundet bleiben werden, solange sie beide davon einen Nutzen haben«, warf Brahem ob Gidus ein. »Und im Moment ist es ja auch so. Der Padischah braucht Waffen für seinen Krieg gegen die damatischen Stämme, und wir liefern sie für gutes Gold. Sagt, Baronin, sind Eure Krieger nicht Damater?«

»Sie sind es, doch nicht alle Damater wollen den Krieg ihrer Fürsten gegen Oramar führen, der doch nur viel Leid und wenig Gewinn bringt«, sagte Shahila.

Quent hörte interessiert zu. Die Leibwächter der Baronin waren Feinde ihres Vaters? Dieser bemerkenswerte Umstand war ihm bislang gar nicht aufgefallen. Er war einfach zu sehr mit anderen Dingen beschäftigt gewesen.

»Verzeiht, aber auch die Treue Eurer Männer scheint mir sehr an das Silber gebunden, das Ihr ihnen zahlt. Wieder ein Beweis meiner Behauptung, dass Verbindungen und Bündnisse nur halten, solange beide Seiten davon profitieren.«

»Ich sage dagegen, dass diese Männer mir treu und ehrlich

dienen und dass unsere Ehe ein Zeichen des beiderseitigen, ehrlichen guten Willens und des Wunsches nach Freundschaft zwischen unseren Reichen ist!«, rief die Baronin. »Was meint Ihr, Meister Quent?«

»Nun, es trifft wohl beides zu«, meinte Quent, der nicht recht bei der Sache war.

»Ich jedenfalls habe einen sehr großen Nutzen von dieser Freundschaft, nicht wahr?«, sagte der Baron plötzlich und griff in galanter Geste nach der Hand seiner Gattin.

Sie lächelte. Quent seufzte. Beleran verstand wirklich rein gar nichts von Politik, aber offenbar verstand er etwas von Frauen, denn die schöne Baronin sah aus, als sei sie wirklich verliebt. Quent ermahnte sich noch einmal, nicht zu vergessen, wessen Tochter sie war. Der Große Skorpion hatte den Ruf, jene ins Unglück zu stürzen, die sich mit ihm einließen, und die Herzöge von Atgath hatten sich mit ihm eingelassen, hatten einen ihrer Prinzen mit seiner Brut verbunden. Beleran wirkte glücklich, aber irgendetwas sagte Quent, dass er es nicht sehr lange bleiben würde. Er sah zur Tür. Es wurde Zeit, dass der letzte Gang aufgetragen wurde, denn es wurde immer später, und die Sterne würden nicht auf ihn warten. Shahila – jetzt wusste er es! Heute wurde der Stern Scuwala genannt, und sein Name entsprach seiner Position: Er stand für den tödlichen Stachel im Sternbild des Skorpions.

»So kommt doch«, forderte der Feldscher überschwänglich und hastete weiter durch schlecht beleuchtete Flure.

Faran Ured folgte ihm. Der Mann war unerträglich aufgekratzt. Wenn er ihm wenigstens gesagt hätte, wo es hingehen sollte! Sie waren irgendwo im Hauptgebäude dieser verwinkelten Burg unterwegs. Ured hatte gehofft, dass sich – irgendwann – eine günstige Gelegenheit ergeben würde, seinen neuen

Freund ganz unverfänglich um eine Führung durch die Burg zu bitten. Er verfügte über genug Talent, um seinen Führer dann, ohne dass dieser es merkte, dazu zu bringen, ihm den Weg zur Schatzkammer zu offenbaren. Aber jetzt war der falsche Zeitpunkt. Er musste vor Mitternacht am Wasser sein, und er hatte vor dem Ende der Nacht noch etwas auf dem Marktplatz zu erledigen. Aber der Feldscher lächelte nur glücklich, antwortete nicht auf Fragen und zerrte ihn hinter sich her.

Dann erreichten sie eine breite Pforte, die von zwei Soldaten bewacht wurde. Ured ahnte Unheil. Er sah die Wachen und begriff, dass sie die Gemächer des Herzogs erreicht hatten. Die Männer nickten dem Feldscher zu und öffneten. Sie gelangten in eine Art Vorraum, an dessen Ende eine weitere Doppeltür und zwei Wachen warteten, die sie ebenso umstandslos durchließen. Ured fand das sehr befremdlich, geradezu verdächtig. Warum durchsuchte man ihn nicht? Er hatte natürlich gehört, dass der Herzog »geschützt« war, aber sollte man Fremde nicht dennoch gründlich nach Waffen abtasten, bevor man sie vorließ? Trug er nicht sein Messer sogar deutlich sichtbar am Gürtel? Sie traten über die Schwelle in eine große Halle. Sie wirkte seltsam kahl, kein Wandbehang gab dem Raum Wärme, dafür entdeckte Ured vier unförmige Säulen, die merkwürdig fehl am Platz wirkten und mit alten Schriftzeichen übersät waren. Er erkannte sie sofort als Mahrzeichen.

In der Mitte des Saales, auf einem blauen Thron, saß der Herzog und lächelte. Ured sah genauer hin. Der Herzog lächelte nicht, er grinste.

»Wie viel habt Ihr ihm gegeben, Mann?«, fragte Ured den Feldscher leise.

»Zwei kleine Löffel auf ein Glas Rotwein, so, wie Ihr es bei den Verwundeten gemacht habt.«

Faran Ured seufzte. »Dem Hauptmann habe ich einen gegeben, nur dem schwer verwundeten Soldaten zwei, und das auch nur, weil er die Nacht kaum überleben wird und es keinen Unterschied mehr macht, ob das Mittel seinen Verstand angreift oder nicht. Und ich habe sie ihnen in Wasser verabreicht, nicht in Wein.«

Der Arzt verfärbte sich.

»Nein, keine Sorge«, brummte Ured, »es wird ihn nicht töten, nur solltet Ihr nicht erwarten, in den nächsten Stunden auch nur ein vernünftiges Wort von ihm zu hören.«

Herzog Hado III. winkte sie lächelnd heran. Ein alter Diener stand bei ihm und behielt seinen Herrn besorgt im Blick. Keine Wachen? Ured runzelte die Stirn. Verließ man sich ganz auf den magischen Schutz? Das erschien ihm leichtsinnig. Er verneigte sich tief.

»Ihr könnt es Euch nicht vorstellen«, sagte der Herzog leise und schien auf irgendetwas zu lauschen.

»Gewiss nicht, Hoheit«, murmelte der Feldscher demütig.

»Diese Stille! Es schweigt! Ist das der Mann, dem ich das zu verdanken habe?«

Der Feldscher nickte, und Ured verneigte sich stumm. Dieser Narr! Er hatte ihn zum Herzog geschleift; fehlte nur noch, dass er ihn einem der Zauberer vorstellte! Er betrachtete den Herzog. Langes Leiden hatte seinem Gesicht etwas zutiefst Schwermütiges verliehen. Und nun zuckte ein Lächeln darüber, irgendwo zwischen Melancholie und Wahnsinn.

Herzog Hado beugte sich zu Ured hinab. »Es schweigt«, flüsterte er wieder.

Ured entdeckte das Amulett am Hals des Herzogs: eine alte Arbeit, fein geschmiedetes Gold, mit Sicherheit von den Mahren. War das der Schutz? Bevor er weitere Einzelheiten erkennen konnte, richtete sich der Herzog jedoch wieder auf.

»Ich würde gerne etwas Musik hören«, verkündete er fröhlich.

»Musik, Hoheit?«, fragte der Kammerdiener und warf dem Feldscher einen beinahe ängstlichen Blick zu.

»Könnt Ihr singen?«, fragte der Herzog. »Das Wort mag zwar keinen Gesang, aber es schweigt ja! Das müssen wir nutzen.«

»Es ist vielleicht besser, wenn Ihr geht, Ihr Herren. Ich sollte nach Meister Quent schicken«, flüsterte der Diener.

»Das wird nicht nötig sein«, sagte Ured schnell. »Gebt ihm warme Milch und bringt ihn zu Bett. Er wird fest schlafen, doch können starke Träume kommen, es sollte jemand bei ihm bleiben.«

Der Herzog lachte leise in sich hinein. »Ihr habt eine angenehme Stimme«, behauptete er, »und ich höre Euch gern, weil das Wort endlich schweigt.«

Der Kammerdiener rief einen der Soldaten herein, und gemeinsam führten sie den vergnügt lachenden Herzog unter geduldigem Zureden aus dem Saal.

»Habt Ihr eine Ahnung, welches Wort er meint?«, fragte Ured, als er mit dem Feldscher das Quartier wieder verlassen hatte.

»Nein, ich weiß nur, dass er seit Jahren unter den fürchterlichsten Kopfschmerzen leidet und dass ihm weder die Zauberer noch ich helfen konnten. Deshalb danke ich Euch, auch wenn ich wollte, Ihr hättet mir eine genauere Anweisung für die Dosierung gegeben.«

Ured blieb stehen: »Ich habe Euch gar keine Anweisung gegeben und auch nicht die Erlaubnis, dieses Mittel zu verwenden. Es ist stark, und es wirkt nicht nur auf den Schmerz, sondern auch auf den Geist.«

»Verstehe«, murmelte der Feldscher verlegen.

Faran Ured ärgerte sich aber nicht nur über den Leichtsinn des Arztes, er ärgerte sich über sich selbst. Er hatte aus verschiedenen Gründen freien Zugang zur Burg erlangen wollen, aber nun war er viel näher am Geschehen, als es ihm lieb war. Nicht auszudenken, wenn ihm einer der beiden Magier über den Weg gelaufen wäre! »Verwendet es nicht wieder, bevor ich Euch nicht unterwiesen habe, verstanden?«

»Ja, Meister Ured.«

Ured sammelte sich. Das Kind war nun einmal in den Brunnen gefallen, aber wenigstens hielt der Feldscher ihn immer noch für einen Freund, und er hatte ein schlechtes Gewissen. Ured beschloss, das auszunutzen: »Sagt, ist die Schatzkammer in der Nähe?«

»Die Schatzkammer?«

»Es gibt eine bestimmte Art von Edelsteinen, die schmerzlindernd wirkt«, behauptete Ured.

»Nun, sie ist hier im Hauptgebäude, im ersten der Untergeschosse unweit dieser Treppe dort«, sagte Meister Segg und wies vage in die Richtung. »Wenn Ihr mir sagt, was für ein Stein das ist, dann könnte ich ...«

»Es ist ein Halbedelstein, den man in den Bergen von Tenegen findet. Ein seltener rosenfarbener Ogei. Für unsere Zwecke muss er jedoch unbedingt einen weißen Einschluss haben, versteht Ihr?« Es war jetzt nicht mehr nötig, dass er die Schatzkammer selbst sah. Der Feldscher hatte ihm den Weg gewiesen. Und sollte sie bewacht sein – nun, bislang hatte er noch immer einen Weg gefunden.

»Ich verstehe«, sagte Meister Segg, »aber ich bezweifle, dass wir einen solchen Stein ...«

»Seht einfach nach, wenn Ihr Zeit dafür findet, doch nun entschuldigt mich. Ich muss in mein Quartier, denn ich habe wichtige Dinge zu besorgen.«

»Wir könnten doch gleich jetzt ...«

»Nein, das ist nicht erforderlich. Der Herzog wird noch viele Stunden keine Schmerzen spüren und mit etwas Glück die meiste Zeit davon schlafen. Auch müsste ich in meinem Quartier zuvor einige Dinge nachlesen, was die genaue Anwendung angeht.«

»Wo wohnt Ihr? Für den Fall der Fälle, wenn Ihr versteht?«

Ured seufzte. Diese Frage zeigte ebenfalls, dass er zu erfolgreich gewesen war. Er wollte für hilfreich oder nützlich gehalten werden, er wollte nicht unentbehrlich sein. »Ich wohne bei Witwe Ludgar«, sagte er, da ihm auf die Schnelle nichts Besseres einfiel.

Der Feldscher sah ihn mit einer Mischung aus Überraschung, Mitleid und Belustigung an. »Bei Asa Ludgar? Seid Ihr sicher, dass Ihr dort nächtigen wollt? Ich kann Euch auch hier in der Burg ...«

»Nein, ich danke Euch, aber die Witwe braucht in dieser schweren Zeit Beistand.«

»Ihr seid zu selbstlos, Meister Ured«, spottete der Arzt grinsend.

Faran Ured war das nur recht. Sollte er ruhig denken, dass er dorthin ging, um sich mit der Frau zu vergnügen, dann würde dieser Dummkopf sich wenigstens nicht fragen, was er zu so später Stunde in Wahrheit zu besorgen hatte. Er hätte sein Messer ... Augenblick. Faran Ured fasste sich an den Gürtel. Sein Messer steckte dort in der Scheide, wie es sich gehörte, aber eben, im Saal, war er der festen Überzeugung gewesen, unbewaffnet zu sein! Er verstand endlich und lächelte. Deshalb hatten ihn die Wachen nicht durchsucht: Es war gar nicht nötig! Das Amulett, die Säulen mit den Mahrzeichen! Da war sehr starke Magie am Werk. Der Herzog war wirklich höchst wirksam geschützt.

Ela saß in den Katakomben und sah den fünf Homunkuli bei ihrer Arbeit zu. Zwei hielten die Kessel in Gang und schienen mit seltsamen Geräten immer wieder etwas an den vier großen Glaskolben zu messen, in denen in dicker, gelblich brauner Flüssigkeit hin und wieder ein Zucken und manchmal auch eine kleine Hand oder ein zierliches Bein zu sehen waren. Die drei anderen putzten unermüdlich die zahllosen Apparaturen des Laboratoriums. Sie bewegten sich dabei alle in einem sehr gleichmäßigen Trott und schienen niemals langsamer oder schneller zu werden, nur eines hinkte ein wenig. Falls es jedoch Schmerzen hatte, war ihm das nicht anzusehen, das glatte Gesicht zeigte keinerlei Regung. Auch Esara, die Gehilfin des Magiers, war dort. Sie war damit beschäftigt, aus grauem Stoff Kleidungsstücke zu nähen, und schenkte Ela keinerlei Beachtung. Auch die Homunkuli taten, als sei sie gar nicht da. Ela hatte versucht, mit Esara ein Gespräch zu beginnen, war aber auf taube Ohren gestoßen. Sie zerrte immer wieder unauffällig an ihren Fesseln, denn sie musste irgendwie entkommen, aber zu ihrem Leidwesen waren die Stricke stark und die Knoten fest.

Nach einer ganzen Weile kam Esara doch zu ihr herüber. Die verhärmte Frau baute sich ihr gegenüber auf und starrte sie mit verschränkten Armen an. »Du meinst vielleicht, dass du ihm gefällst und dass du ihn mit schönen Augen und lüsternen Blicken dazu bewegen kannst, dich freizulassen. Leugne es nicht, ich kenne diese Blicke! Aber mach dir keine Hoffnungen, Mädchen. Noch keine Hure hat den Meister in ihr Bett zerren können, denn so ein Mann ist er nicht! Und sein Interesse an dir ist ein ganz anderes.« Sie beugte sich vor, brachte ihr kantiges Gesicht ganz nah an Ela heran.

»Schon morgen vielleicht, wenn er die Kolben hat, kommt deine letzte Stunde, und dein lüsterner Leib findet eine neue, eine bessere Bestimmung. Du solltest dich geehrt fühlen.«

Ela konnte die Kälte in diesen Augen kaum ertragen. »Doch nun wird es Zeit, sich zur Ruhe zu begeben, denn der Tag war lang, und auch die Homunkuli brauchen ein wenig Schlaf.«

Sie löste die Beinfesseln, riss Ela hart am Arm vom Stuhl und führte sie zu einer niedrigen Tür. »Dort drinnen bist du gut aufgehoben für die Nacht. Und unterstehe dich, Lärm zu machen, denn die Homunkuli brauchen Ruhe!« Sie öffnete die Tür und stieß Ela über die Schwelle. Die Kammer war nicht höher als die Pforte, Ela konnte nicht aufrecht darin stehen. Sie war stickig, ohne Fenster, nur durch ein kleines, eisenvergittertes Loch in der Tür konnte Luft eindringen. Im Dämmerlicht sah Ela verbeulte Eimer in der Ecke stehen, und eine große Lache einer rostbraunen, übel riechenden Flüssigkeit bedeckte das hintere Drittel der Kammer. Es gab weder Pritsche noch Stroh, nur einen schmierigen Steinboden.

»Was ist das für ein schrecklicher Ort?«, fragte Ela.

»Vielleicht war es früher ein Kerker, für die schlimmsten Schurken. Nun ist es ein Lager für alles, was nicht mehr gebraucht wird, und für heute ist es dein Schlafgemach.«

»Wollt Ihr mir nicht die Fesseln lösen?«, bat Ela und hob die Hände.

Aber Esara schnaubte nur verächtlich und schloss die Tür.

Ela hörte sie durch den Raum gehen, sie presste ihr Gesicht an das Gitter und sah, dass Esara nach und nach die vielen Kerzen und Lampen löschte, die das Laboratorium erhellten. Mit der letzten Laterne trat sie zu den Homunkuli, die sich in der Mitte der weitläufigen Kammer versammelt hatten. »Gute Nacht, meine Kinder. Du, Ilep, wachst über das Feuer, das deine ungeborenen Brüder wärmt. Schon morgen werden sie euch bei eurer Arbeit helfen können. Habt ein Auge auf die Gefangene, doch bleibt ihr fern, denn sie ist voller Falschheit und sehr gefährlich. Sie würde euch wehtun, wenn sie könnte.« Die Homunkuli sahen die Frau nur stumm an. »Habt auch ein Auge auf die Pforte. Denn Utiq, der die Gänge unter der Stadt erkundet, müsste bald zurückkehren. Er ist schon lange in den Tunneln.« Für einen Augenblick wirkte sie beinahe besorgt. Dann kehrte die Härte in ihre Stimme zurück. »Und nun ruht, Kinder. Morgen wird wieder ein langer Tag.«

Damit verließ sie das Laboratorium. Als sie die Pforte hinter sich verschloss, wurde es dunkel, nur unter dem Kessel drang noch schwacher Feuerschein hervor. Ela blieb am vergitterten Fensterchen, allein schon, um bessere Luft zu bekommen. Sie sah die fünf Homunkuli eine ganze Weile regungslos dort stehen. Plötzlich begann einer, sich zu bewegen. Ein zweiter fiel ein, dann alle fünf. Sie marschierten im Kreis, trotteten langsam, zögerten manchmal, gingen dann schneller. Nein, sie marschierten nicht –, sie tanzten! Ela sah ihre kleinen Leiber im schwachen Feuerschein des Kessels. Sie tanzten im Kreis, und das Feuer spiegelte sich in ihren großen, unheimlichen Augen.

Leutnant Aggi war auf dem Weg ins Laboratorium. Er war besorgter um Ela, als er sich eingestehen wollte, und er wollte dem Adlatus trotz vorgerückter Stunde unbedingt von seinen Erkenntnissen berichten. Es gab Menschen, die hier von langer Hand Böses planten, und das waren sicher nicht Ela oder ihr versoffener Vater. Er war schon am oberen Tor der Burg angekommen, als ihn ein Sergeant einholte, der völlig außer Atem war. »Herr Leutnant, endlich!«, keuchte er.

»Was gibt es?«, fragte Aggi.

»Man hat ihn gesehen, den Schatten.«

»Gesehen? Wo?«

»In der Neustadt, im Gerberviertel. Ich habe die Straßenkreuzungen besetzen lassen. Er kommt also nicht ungesehen hinaus, aber wir brauchen mehr Leute.«

Aggi nickte grimmig. Das war eigentlich Sache des Hauptmannes, aber der war verwundet. Also war es nun an ihm. »Geht in die Wachstube und nehmt jeden Mann, der diese Nacht nicht auf Wache steht. Ich gehe in den *Henker* und sammle die ein, die sich dort herumtreiben. Wir treffen uns auf der Brücke.«

»Jawohl, Herr Leutnant«, rief der Sergeant und eilte weiter.

Leutnant Aggi machte kehrt und lief in die Stadt hinab. Ela und der Adlatus mussten warten. Ihm war klar, dass die Jagd möglicherweise die ganze Nacht dauern würde, aber das war eben nicht zu ändern. Ihm war auch klar, dass die Erfolgsaussichten nicht sehr hoch waren. Sie jagten einen Schatten. Er hatte noch nie gehört, dass ein solcher gefangen worden wäre, wenigstens nicht lebend. Es war schon erstaunlich, dass man ihn überhaupt gesehen hatte.

Er sammelte seine Leute bei der Brücke und teilte sie in Gruppen ein. Das Gerberviertel war vom Rest der Neustadt vergleichsweise abgeschieden, weil der Geruch, der mit diesem Handwerk einherging, so unangenehm war. Es gab im Wesentlichen drei Straßen: Die Gerbergasse, die Ledergasse und den Uferweg, daneben noch Gässchen und Pfade zwischen den Wegen, aber dennoch, wenn man einen Mann in die Enge treiben wollte, dann ging das in Atgath am besten im Gerberviertel, denn nur dort, wo die Gerbergasse vom Uferweg abzweigte, kam man in dieses Viertel hinein oder konnte es verlassen. Teis Aggi teilte seine vierzig Männer in drei Gruppen ein.

»Wie sollen wir vorgehen, Leutnant?«, fragte einer der Sergeanten. »Sollen wir wirklich Haus für Haus durchkämmen? Das könnte blutig enden.«

»Deshalb machen wir es auch anders. Wir veranstalten eine

Treibjagd. Schlagt Lärm, so viel ihr könnt, und rückt langsam, Haus für Haus, vor. Wenn er sich in die Enge getrieben fühlt, wird er ausbrechen wollen. Wir stellen Armbrustschützen auf die Dächer.«

»Und wenn er in den Bach springt?«

»Wenn er erfrieren und ertrinken will, soll er das ruhig versuchen. Ich habe dennoch auch am anderen Ufer und auf der Brücke eine Handvoll Männer postiert.«

»Die Glücklichen«, murmelte der Sergeant.

Aggi verstand den Mann nur zu gut. Sie jagten einen gefährlichen Gegner. Er sah die Gesichter der Männer, sie wirkten alle nicht sehr hoffnungsvoll. Er fragte sich, ob sie alle die Nacht überleben würden, aber er versuchte, sich seine Zweifel nicht anmerken zu lassen.

»Auf geht's, Männer. Bald haben wir den Dreckskerl!«, rief er laut. Und dann begannen sie, unter großem Lärm und noch größerer Vorsicht, in das Gerberviertel einzurücken.

Der Namenlose hatte im Dachstuhl eines Hauses ein Versteck gefunden, das ihm sicher schien. Auf der Stirnseite gab es dort eine Ladeöffnung mit einem Flaschenzug, und drinnen war Leder zum Trocknen aufgehängt. Es roch streng, aber weit weniger schlimm als draußen, wo es nach faulender Haut und starker Beize stank. Er fragte sich, wie man es aushielt, in diesem Gestank zu leben. Sein Plan war, nur so lange hierzubleiben, bis er sich langsam wieder zum vereinbarten Treffpunkt mit seinem *Bruder* zurückschleichen konnte. Es gab genug, worüber er bis dahin nachdenken konnte. Diese Wut, dieses Verlangen nach Blut, das ihn während des Kampfes gepackt hatte, und dann diese Kälte, die ihn so schnell und sicher handeln ließ – er wusste nun, woher das kam: Er war ein Schatten. Sein Bruder hatte ihm wenig darüber gesagt, aber der

Namenlose wusste inzwischen ziemlich genau, was ein Schatten war. Die Leute flüsterten in den Häusern, auf den Straßen, verfluchten ihn, nannten ihn Mörder. Er schüttelte den Kopf. Es konnte, durfte nicht so sein! Jemanden zu töten war falsch, ein Verbrechen. Nein, er war kein Mörder. Er hatte getötet, in dem Gasthaus, in den Gängen unter der Stadt, vielleicht auch vorhin auf den Straßen, aber das waren Kämpfe gewesen, keine feigen Anschläge aus dem Hinterhalt!

Die Leute hatten keine Ahnung. Vermutlich war er ein Krieger, der im Kampf erstaunliche Fähigkeiten besaß, ja, das erschien ihm viel wahrscheinlicher. Er konnte doch unmöglich etwas sein – oder gewesen sein –, das er verabscheute! Er redete sich nach einer Weile sogar ein, dass sein Schattenbruder ihn mit jemandem verwechselt haben musste, dort unten in der Finsternis der Stollen. Selbst das erschien ihm einleuchtender als die Möglichkeit, dass er ein Mörder sein könnte. Aber dann dachte er an den Schatten, unter dem er sich auf der Gasse versteckt hatte, an die Kampfkünste, die der vergessene Teil seines Selbst beherrschte, und an das kalte Verlangen nach Blut, das er beim Kämpfen empfunden hatte. Es hatte wohl keinen Zweck, es zu leugnen. Ob er es wollte oder nicht: Er war ein Schatten, gefürchtet und verhasst.

Der Mond war inzwischen aufgegangen, und in seinem Licht sah er nun Männer auf den Dächern der Umgebung erscheinen, Männer, die mit Armbrüsten bewaffnet waren. Er begriff schnell, dass sie ihn einkreisen wollten. Dann kam der Lärm. Das waren nicht die Räuber, die ihn vorhin durch die Stadt gejagt hatten: Soldaten marschierten in das Viertel ein! Er kletterte durch die Ladeöffnung hinaus und dann über den Flaschenzug auf das Dach, wo er sich sofort flach auf den Bauch legte. Konnte er dort bleiben? Dem Lärm nach rückten die Soldaten langsam näher, sie schienen Haus für Haus zu durchsuchen. Er kroch am First entlang und hoffte, dass die Schützen auf den Dächern ihn nicht entdecken würden. Die Soldaten rückten langsam vor, aber sie würden ihn früher oder später in die Enge treiben, und er hatte keine Ahnung, ob ihm dann sein anderes, vergessenes Ich helfen würde. Er hatte mehrfach versucht, noch einmal den Zauber zu wirken, mit dem er sich auf der Straße so gut wie unsichtbar gemacht hatte, aber es war ihm nicht gelungen. In den Straßen wurde gestritten. Die Bewohner waren offenbar nicht sehr begeistert vom Vorgehen der Soldaten.

Der Namenlose hörte sie näher kommen. Der kürzeste Fluchtweg wäre zum Bach hin. Er musste über die Gasse springen, zwischen zwei Häusern durchschlüpfen, den Weg am Ufer überqueren, und schon könnte er sich in den Bach stürzen, tauchen und entkommen. Es sei denn, es standen auch dort Soldaten. Und er hatte den Bach gesehen: ein wildschäumendes Gewässer voller Felsen, die einem Mann leicht das Genick brechen konnten. Außerdem war er sich nicht sicher, ob er gut genug, ja, ob er überhaupt schwimmen konnte. Er spähte zur Stadtmauer. Auch dort blinkten die Helme von Wachen im Mondlicht. Aber er konnte auch nicht abwarten, bis sie ihn noch weiter in die Enge getrieben hatten. Also doch der Bach? Nein, auch da waren jetzt Soldaten, er hörte sie rufen. Er kroch über das Dach zurück zur Luke, sprang und erwischte das Seil des Flaschenzugs. Auf der Westseite, da, wo der größere Teil der Neustadt lag, versperrte ein Riegel höherer Häuser den Weg, und dort sah er nur drei Männer auf den Dächern, noch dazu weit voneinander entfernt. Vielleicht dachten sie, er würde dort nicht hinaufkommen. Er wusste selbst nicht, ob er das schaffen würde, aber er würde es herausfinden. Außerdem hatten Häuser Fenster und Türen, und Fenster konnte er leicht einschlagen.

Die Rollen des Flaschenzuges quietschten verräterisch, als er sich vorsichtig nach unten hangelte. Er hörte Stimmen. Auch die Bewohner dieses Hauses hatten den Lärm in ihrer Straße vernommen und waren vor die Tür getreten. Er ließ sich fallen, landete härter, als er erwartet hatte, im dunklen Hof, unterdrückte ein Stöhnen, schlich nach hinten und kletterte über die Mauer des Hinterhofs. Im nächsten Hof gab es eine Pforte. Er fand sie verriegelt, schob den verrosteten Riegel langsam zurück, schlüpfte hinaus und drückte sich in eine dunkle Nische zwischen den Häusern. Die offene Gasse lag vor ihm, auf der anderen Seite lockten schützende Schatten. Wieder hörte er die Stimmen von Menschen, die durch den Lärm aus dem Haus gelockt worden waren. Sie entzündeten Laternen und begannen damit, die Dunkelheit aus der Gasse zu vertreiben. Er musste an ihnen vorüber. Er nahm seinen Mut zusammen und trat einfach auf die Straße, schlenderte auf die andere Seite, als hätte er schon immer hier gelebt, und verschwand im dunklen Gang zwischen zwei Häusern.

»Da ist er!«, rief eine helle Frauenstimme.

Er fluchte, rannte und sprang über eine Hofmauer, verletzte sich die Hand an Eisendornen, die dort oben in die Mauer eingelassen worden waren, riss sich Löcher in die Kleidung und ließ sich in den Hof fallen. Er hörte viele Füße herantrampeln, dann hämmerten seine Verfolger gegen die Pforte. Im Haus, zu dem der Hof gehörte, wurde eine mürrische Stimme laut, und Licht erschien im Fenster. Aber er war fast da. Der Hinterhof endete an einem der hohen Häuser, durch die er entkommen wollte. Sie waren sehr hoch, und sie kehrten dem Gerberviertel und seinen stinkenden Ausdünstungen ihre abweisenden Rückseiten zu. Und auf diesen Rückseiten gab es keine Fenster! Ein Stöhnen entrang sich seiner Kehle. Er saß in der Falle, nur noch durch eine hölzerne Pforte von seinen Verfolgern getrennt! Schwere Stiefel trabten heran, Eisen rasselte, die Soldaten waren also auch dort, und er hörte die missmutige Stimme des Hausherrn, der ein Fenster öffnete und fragte, was der Lärm zu bedeuten habe.

»Der Schatten, der Schatten ist in deinem Hof! Öffne das Tor, Mann!«, rief eine laute Stimme. Dann entdeckte der Namenlose die gestapelten Fässer in einer Ecke. Eine wacklige Pyramide aus Dauben, vielleicht eine Fluchtmöglichkeit. Hinter ihm splitterte Holz, die Soldaten schlugen mit roher Gewalt auf das Hoftor ein. Er rannte, sprang auf die Fässer, krallte sich in die Mauer, kletterte und hoffte, dass sein anderes Ich ihm irgendwie helfen würde. Viel Zeit blieb ihm nicht mehr.

Nestur Quent wartete auf den letzten Gang. Die Zeit verrann unerbittlich, und er würde bald gezwungen sein, sehr unhöflich zu werden. Die anderen schienen weit weniger angespannt als er. Der Zunftmeister und seine Frau aßen immer noch für vier, Richter Hert saß einfach nur schweigend da und starrte finster vor sich hin, und der Baron, der leider den Vorsitz an der Tafel führte, schien alle Zeit der Welt zu haben und plauderte angelegentlich mit dem Gesandten Gidus über die Pflanzen- und Tierwelt der Fieberinseln im Süden Oramars. Quent hatte den Grafen für einen Idioten gehalten, aber er war leider umfassend, wenn auch ziemlich oberflächlich gebildet und hatte zu jedem Thema etwas beizutragen. Gänzlich unerwartet meldete sich jetzt Richter Hert zu Wort: »Ich hörte, dass der Padischah von Oramar die Abtrünnigen von diesen Inseln sehr hart bestraft haben soll. Man sagt, er habe fast alle Männer, die die Waffen gegen ihn erhoben haben, köpfen lassen.«

Für einen Augenblick herrschte betretenes Schweigen, dann sagte die Baronin: »Das trifft nicht ganz zu, Richter Hert, jedenfalls nicht nach allem, was ich weiß. Ich war zwar noch nicht geboren, als das geschah, doch in Elagir heißt es, er habe nur die tausend Ältesten und Stammesführer köpfen lassen. Den übrigen Gefangenen ließ er die rechte Hand abhacken, und dann schickte er sie zur Abschreckung nach Hause.«

»Recht grausam«, murmelte der Gesandte.

»So mag es erscheinen, Graf«, sagte der Richter düster, »doch so ist sie nun einmal, unsere Welt. Bedenkt, dass seither auf den Fieberinseln, die zuvor immer wieder Aufstände ausgebrütet haben, völlige Ruhe herrscht.«

»Wie auf einem Friedhof«, meinte Graf Gidus gallig.

»Ich bitte Euch, Ihr Herren, gibt es keine besseren Themen für dieses Bankett?«, fragte Baron Beleran, und seine Frau streckte die Hand nach ihm aus und lächelte ihm zu.

Wie verliebt die beiden wirken, dachte Quent, der gerne gehört hätte, was die Baronin noch zu dieser alten Geschichte zu sagen gehabt hätte. Er selbst neigte dazu, Brahem ob Gidus Recht zu geben: Der Padischah von Oramar war ein grausamer Mann, und wenn er es richtig im Gedächtnis behalten hatte, waren seinerzeit nicht nur Aufständische verstümmelt worden, sondern auch völlig harmlose Fischer und Bauern, die einfach nur das Pech gehabt hatten, auf diesen Inseln zu leben. Der Große Skorpion war eben nicht ohne Grund gefürchtet. Und seine Tochter saß schön und rätselhaft mit ihnen an der Tafel. Er musterte sie gedankenverloren. Sie sprach sehr nüchtern über den Padischah, ja, sie gab sich keine Mühe, ihren Vater zu verteidigen, und er fragte sich, ob er das für ein gutes Zeichen halten durfte.

Quent bemerkte, dass er den Faden verloren hatte. Offenbar hatte man wieder das Thema gewechselt. Jedenfalls sagte sein Adlatus, der den ganzen Abend etwas abwesend gewirkt hatte: »In diesem Fall muss ich Euch widersprechen, Graf, Atgath ist keineswegs so unbedeutend, wie es scheint.«

»Wie? Wollt Ihr mir erzählen, die Stadt hätte ihr Stimmrecht im Bund aus einem anderen Grund als um des vielen Silbers willen bekommen, das man einst hier vermutete?«

»Nein, ich sage nur, dass diese Stadt möglicherweise noch ganz andere Schätze birgt.«

»Ich gestehe, ich bin neugierig, was das für Schätze sein sollen«, sagte der Gesandte mit freundlicher Herablassung.

Auch Quent war neugierig geworden, denn er hatte keine Ahnung, worauf Hamoch hinauswollte.

»Habt Ihr je von der Flamme der Wahrheit gehört? Und von der Halskette von Cifat, oder den Spiegeltellern von Akkar?«

»Nun, wer kennt die alten Geschichten nicht?«, meinte der Graf.

»Oder denkt an den Adamant von Elagir, der die Mauern dieser großen Stadt schützt.«

»Ah! Berühmt, berühmt, aber ist sie nicht dennoch bei einem Erdbeben sehr schwer beschädigt worden, werter Meister Hamoch?«, hielt der Gesandte ihm fröhlich entgegen.

»Ich muss Euch widersprechen«, warf die Baronin ein. »Dieser Adamant schützt der Legende nach die alte Mauer, die heute nur noch den Palast umgibt, und diese alte Mauer hat das Beben ganz unbeschadet überstanden.«

»Mag sein, mag sein, aber was hat das alles mit Atgath zu tun?«, fragte Graf Gidus.

Der Adlatus lächelte zufrieden. »Ich bin der Spur der erwähnten und noch anderer Artefakte, Amulette und magischer Ringe gefolgt, werter Graf, und ich kann Euch sagen, dass sie alle, ausnahmslos, zuerst in alten Berichten aus Haretien erwähnt werden, ja, die meisten scheinen sogar aus Oberharetien und damit aus oder aus der Nähe von Atgath zu stammen und ...«

»Was redet Ihr da für einen Unsinn, Hamoch!«, fiel ihm Nestur Quent ins Wort. Wie hatte er ihn nur so lange reden lassen können? Dieser Narr war drauf und dran, das bestgehütete Geheimnis der Stadt zu verraten! Er hatte keine Ahnung gehabt, dass Hamoch so viel darüber wusste.

Und jetzt mischte sich auch noch die Baronin ein: »Unsere Legenden sagen, dass der Adamant ein Werk von Berggeistern sein soll.«

»Die Mahre, genau«, bestätigte Hamoch. »Der Adamant und alle anderen ...«

»Unsinn!«, schnitt ihm Quent, der wusste, wie Recht der Adlatus hatte, grob das Wort ab. »Das sind doch alles nichts weiter als Kindermärchen! Mahre? Dass ich nicht lache! Es ist besser, Ihr beleidigt unsere Intelligenz nicht weiter mit diesen Geschichten, Hamoch, wirklich. Ich glaube, ich war voreilig, als ich Euch als meinen Nachfolger ausgewählt habe.«

Das saß. Hamoch verfärbte sich weiß, und die anderen, selbst der Zunftmeister und seine Frau, blickten betreten auf ihre Teller. Aber es ging nicht anders. Nestur Quent konnte nicht zulassen, dass dieser Narr, dessen Wissensdurst er so sträflich unterschätzt hatte, hier munter ein über Jahrhunderte sorgsam gehütetes Geheimnis ausplauderte. Er stand auf. »Ich muss mich entschuldigen, aber der Tag war hart, und Hamoch und ich hatten heute viel zu tun. Das mag den Unsinn entschuldigen, den er soeben von sich gab. Mit Eurer Erlaubnis werden wir die Tafel nun verlassen und uns um Dinge kümmern, die leider unaufschiebbar sind.«

Damit erreichte er, dass auch sein Stellvertreter sich notgedrungen erhob und verabschiedete, während die anderen Gäste verlegen schweigend zurückblieben. Kaum waren sie durch die Tür, fasste Quent den Adlatus hart am Arm. »Was habt Ihr Euch nur dabei gedacht, Hamoch? Ihr macht unseren ganzen Berufsstand lächerlich, wenn Ihr dem Gesandten hier mit Ammenmärchen kommt!«

»Aber die Säulen im Gemach des Herzogs. Meine Studien ergeben zweifelsfrei, dass ...«

»Eure Studien? Habt Ihr nichts Besseres zu tun? Läuft nicht ein Mörder noch frei in unserer Stadt herum? Fangt ihn und vergesst sie besser, Eure Studien, wenn Ihr jemals meinen Posten übernehmen wollt!«

Der Adlatus schien unter seinem strengen Blick geradezu zu schrumpfen. Aschfahl war er geworden, und er konnte Quents Blick nicht standhalten. *Was für ein Waschlappen!*, dachte Quent. Er ärgerte sich aber auch über sich selbst, weil er das Unheil nicht hatte kommen sehen. Hamoch war eben nicht ganz so dumm, wie er gedacht hatte. Nein, er hatte gerade bewiesen, dass er sogar recht klug war. Aber wofür setzte er seinen Verstand, seine Kraft, seine beneidenswerte Jugend ein? Für nutzlose alchemistische Spielereien! Quent atmete tief durch und überlegte, ob er den Mann nicht auf ein Glas Wein in seine Kammer einladen und ihm endlich die Wahrheit über Atgath und die Mahre offenbaren sollte. Eines Tages musste er sie ohnehin erfahren. Dann schüttelte er den Kopf. Eines Tages hieß nicht heute. Und bis es so weit war, sollte sich Hamoch ruhig noch ein bisschen in Demut üben. Vielleicht würde er in der Zwischenzeit auch lernen, den Mund zu halten.

Mit was für Dingen er sich hier herumschlagen musste! Bankette und geschwätzige Zauberer. Und das jetzt! Die Sterne warteten nicht. Der Wanderer würde bald den kritischen Punkt erreichen, das durfte er nicht verpassen, und er hatte noch so viel vorzubereiten. Er verabschiedete Hamoch mit einem mürrischen Kopfnicken, und der Adlatus schlich davon wie ein geprügelter Hund. *Er hat wirklich keine Ahnung von Magie*, dachte Quent und wunderte sich, dass der Mann es überhaupt bis zum siebten und damit immerhin untersten Meistergrad geschafft hatte. *Aber weiß ich denn wirklich so viel mehr? Oder irgendeiner von uns?*, fragte sich Quent. Die ganze Welt war von Magie durchdrungen, aber so zart und schwach, dass sie die meisten Menschen gar nicht bemerkten, und eigentlich war es nur ein armseliger, fast erstorbener Nachhall aus jener alten Zeit, in der die Magie noch stark und mächtig gewesen war. Die Schulen, Orden und Bruderschaften mochten sich mühen, vielleicht gelang es ihnen sogar, das Wissen um die Magie allmählich zu vermehren, und doch blieben all ihre Zauber im Grunde kurzlebiges Stückwerk, Stümperei. Wahre, dauerhafte und unverfälschte Magie blieb den Menschen nun einmal vorenthalten, die gab es nur bei den Mahren.

Er fand Halt an der Mauer und zog sich mit verzweifelter Anstrengung empor. Aber das Dach war weit und die Verfolger dicht hinter ihm.

»Schnappt ihn euch, Männer!«, brüllte eine Stimme, und ein Speer kam herangeflogen und prallte neben seinem Kopf gegen die Mauersteine.

Aber als habe dieser Speer sein altes Ich geweckt, fand der Namenlose sich nur wenige Augenblicke später auf dem eben noch unerreichbar scheinenden Dach wieder. Er lief über die Ziegel, wich irgendwie den durch die Dunkelheit sirrenden Bolzen und Pfeilen aus und fand Deckung hinter einem Kamin. Unten brüllte jemand nach einer Leiter. Vor ihm tauchte ein Soldat auf. Im schwachen Mondlicht konnte er sein Gesicht kaum erkennen, aber der Mann wirkte ebenso überrascht wie er selbst, ließ seine Armbrust fallen und griff nach seinem Schwert. Er rannte ihn über den Haufen und floh weiter. Der Mann schrie auf, rollte das Dach hinab, schrie noch einmal und verschwand in der Dunkelheit, und es dauerte lang, bis der Namenlose den dumpfen Aufschlag des Soldaten und seinen dritten, schmerzvollen Schrei hören konnte. Die Häuser waren Dach an Dach gebaut und zu hoch, um hinunterzuspringen, ohne sich dabei alle Knochen zu brechen. Sein altes, vergessenes Ich hätte es vielleicht vermocht, aber darauf konnte er sich nicht verlassen. Er rannte weiter über die lange Reihe der Dächer Richtung Stadtmauer, obwohl er sah, dass sie dort schon auf ihn warteten. Er sah einfach keinen anderen Weg.

Auch hinter ihm tauchten jetzt immer mehr Soldaten auf. Sie mussten ihre Leiter schnell gefunden haben, und jetzt verfolgt ihn ein Dutzend Männer. Irgendwann musste sich doch eine Möglichkeit ergeben, von diesen verfluchten Dächern herunterzukommen! Die Wachen auf der Stadtmauer schickten ihm Armbrustbolzen entgegen. Er duckte sich und sah, dass die Soldaten ihn nur langsam verfolgten. Entweder hatten sie Angst abzustürzen, oder sie wollten warten, bis sie ihn mit noch größerer Überzahl in die Enge treiben konnten. Unten in der Straße flammten Lichter auf. Die Häuser auf der anderen Straßenseite waren nicht so groß wie jene, über die er flüchtete, aber aus ihren Türen kamen aufgeregte Männer, Männer, die sich mit Knüppeln und Werkzeugen bewaffnet hatten, offenbar eine Art Bürgerwehr. Warum waren diese Menschen nicht auf dem Jahrmarkt? *Ich hätte gleich springen sollen,* dachte er. Doch nun war es zu spät, und vermutlich hätte er sich dabei ohnehin nur alle Knochen gebrochen. Nun konnte er weder vor noch zurück.

Der Kommandant seiner Verfolger brüllte den Männern auf der Mauer zu, dass sie mit dem Schießen aufhören sollten, so nahe waren sie ihm schon gekommen. Er kannte die Stimme – sie gehörte dem Leutnant, der die Vorratskammer der Grams' durchsuchte und den er beim Kampf in der Schänke gesehen hatte. Aber das half ihm nicht. Es gab keinen Ausweg – keinen, den er nehmen konnte. Also musste er sich doch auf sein dunkles Ich verlassen. Er lief hinauf zum First, um seinen Anlauf zu verlängern, rannte das Dach hinunter und sprang, sprang über die Gasse und die brüllende Bürgerwehr und landete hart auf dem Dach des gegenüberliegenden Hauses. Er hoffte, dass der verborgene Teil seiner selbst nun das Schlimmste schon irgendwie verhindern würde, aber das geschah nicht. Stattdessen brach er durch die Ziegel und stürzte in die Tiefe. Er schlug hart auf, und Staub und Nebel verschluckten ihn.

Er spürte jeden einzelnen Knochen im Leib, hustete und rang nach Luft, denn er war in dicken, weißlichen Nebel gehüllt. Als er aufblickte, erahnte er kaum das Loch, das er in das Dach gerissen hatte. Er sah genauer hin und erkannte, dass er auch mindestens durch einen der darunter liegenden Fußböden gebrochen war.

»Mein Mehl! Was macht er da in meinem Mehl?«, rief eine empörte Stimme.

Der Namenlose befreite sich von Ziegelsplittern und Dachsparren, kam auf die Beine und versuchte, sich zu orientieren. Es war warm. Er stand in einem großen, hölzernen Kübel, gefüllt mit einem feinen, hellen Pulver. Mehl! Er war offensichtlich in einer Bäckerei gelandet. Im Nebel war eine Bewegung. Ein dicker, weiß gekleideter Mann fuchtelte mit irgendetwas in der Luft herum und stieß Laute der Empörung aus. Von draußen drang Lärm heran. Die Bürgerwehr!

»Bei den Göttern! Wenn ich ihn zu fassen kriege, werd' ich ihn lehren!«, rief der dicke Mann, machte aber keine Anstalten näherzukommen. Der Mehlstaub hing schwer in der Luft. Jetzt flog die Tür auf, und die ersten Männer der Bürgerwehr stürmten herein. Der Namenlose griff sich einen herumliegenden Schieber und schleuderte ihnen Mehl entgegen. Sie schrien und wichen zurück, als hätte er sie mit kochendem Öl übergossen. Blut rauschte in seinen Ohren, und ein dunklerer Teil von ihm wünschte sich, dass es wirklich Öl gewesen wäre, verlangte von ihm, dass er stehen blieb, um dieser lächerlichen Bürgerwehr Mann für Mann den Hals umzudrehen. Aber er schüttelte die Gedanken stöhnend ab und rannte durch eine Nebenstube, wo sich zwei zitternde Gesellen oder Lehrlinge ängstlich an die Wand pressten, lief in den Hinterhof, kletterte über einen breiten Holzzaun, über einen weiteren und fand sich in einer schmalen Gasse wieder. Hinter ihm brüllten viele wütende Männer, und sie waren nicht sehr weit weg.

Bahut Hamoch kochte innerlich vor Wut: Wut auf den Alten, der ihn wie einen dummen Schuljungen behandelt hatte, Zorn aber vor allem auf sich selbst, weil er sich das immer wieder gefallen ließ. Er stand an einem der schmalen Fenster unweit des Festsaals und blickte über die Stadt, ohne jedoch allzu viel wahrzunehmen. Kein Wort hatte er über die Lippen gebracht, dabei wusste er doch, dass er Recht hatte: All die alten, legendären Artefakte hatten ihren Ursprung in Oberharetien, also vielleicht sogar irgendwo in der Gegend von Atgath. Warum hatte er nicht auf seinem Standpunkt beharrt, sich nicht gewehrt? *Ich weiß, was ich weiß!*, hätte er dem Alten entgegenschleudern, eine andere Erklärung für all diese Legenden hätte er ihm abverlangen können. Er konnte es beinahe sehen: Wie er den Wutausbruch lächelnd über sich ergehen ließ und den Alten dann ruhig fragte, woher denn zum Beispiel der Herzog sein machtvolles Amulett habe. Es war so einfach – aber was hatte er stattdessen gesagt? Nichts! Verlegen gestammelt hatte er, verstummt war er, aus Angst, unbegreiflicher Angst vor dem alten Magier.

»Meister Hamoch, auf ein Wort, bitte.«

Der Zauberer drehte sich um. Die Baronin von Taddora stand im warmen Lichtschein der Öllampen, die diesen Gang erhellten, und lächelte sanft. Er war eigentlich nicht in Stimmung für weitere Gespräche. »Verzeiht, Herrin, doch ich habe dringende Geschäfte zu besorgen.«

»Das sehe ich«, sagte sie sanft, trat zu ihm ans Fenster und blickte hinaus.

Damit kam sie ihm sehr nah. Er wich unwillkürlich einen halben Schritt zurück und folgte ihrem Blick. Das Licht über dem Markt rief ihm ins Gedächtnis, dass der erste Tag des Festes noch im Gange war. Feierten sie dort vielleicht seine Niederlage?

»Er tat Euch Unrecht«, stellte die Baronin ernst fest.

»Nun, so ist er eben ...«, sagte Hamoch lahm.

Die Baronin wandte sich ihm zu. Im Schein der Lampen hatte ihre Haut einen unwahrscheinlich schönen, samtenen Farbton. Hamoch wich einen weiteren halben Schritt zurück.

»Ich würde sagen, er wäre ein Narr, wenn er Euch immer so behandelt, aber ich fürchte, es ist schlimmer, als Ihr ahnt, Meister Hamoch.«

»Schlimmer?«

»Er weiß, dass Ihr Recht habt«, sagte sie. Sie duftete nach wilden Blumen.

»Er weiß *was?*«

Sie blickte wieder hinaus über die Stadt, und er sah die sanfte Kurve ihres Nackens.

»Glaubt Ihr, ein so kluger Zauberer wie Meister Quent weiß nicht Legende von Märchen zu unterscheiden? Mein Gemahl hatte früher das eine oder andere Gespräch mit ihm, und da Quent den Baron wohl nicht für sonderlich klug hält, war er bei ihm weniger vorsichtig als bei Euch. Selbst ich weiß daher, dass die Artefakte, die Ihr erwähnt habt, aus der Hand der

Mahre stammen. Kennt Ihr nicht den alten Namen der Stadt, Meister Hamoch? Mahratgath wurde sie früher genannt, das *Tor der Mahre* in der alten Sprache, die Ihr vermutlich besser kennt als ich.«

»Mahratgath …«, murmelte Hamoch verwirrt.

Sie wandte sich ihm zu und legte ihm unvermittelt eine schlanke Hand auf die Brust. »Sagt, habt Ihr Zugang zu allen Bereichen der Burg?«

»Wie? Der Burg? Ja, ich meine, ich weiß nicht, was Ihr meint, Baronin.«

Sie strich eine unsichtbare Falte in seinem Mantel glatt. »Wart Ihr jemals in den Räumen hinter der Schlafkammer des Herzogs?«

Wie angenehm ihre Stimme war. »Aber dort ist nichts von Bedeutung, ich meine, außer den sehr persönlichen …«

»Habt Ihr denn nie die alten Pläne der Burg studiert, Meister Hamoch? Dieses ›nichts von Bedeutung‹ nimmt sehr viel Platz ein, meint Ihr nicht?«

»Die Pläne?«, fragte der Adlatus und wünschte sich, er könnte aufhören, wie ein Echo alles zu wiederholen.

»Mein Mann Beleran war dort, einmal als Kind, heimlich. Eine Kammer wartet dort. Immer verschlossen, mit einer Tür ohne Schloss, einer sehr alten Tür. Es ist wirklich bedauerlich, dass Meister Quent Euch nicht in dieses Geheimnis eingeweiht hat.« Sie zog ihre warme Hand von seiner Brust zurück. »Ich denke, er traut Euch nicht, Meister Hamoch, ja, ich fürchte sogar, er *miss*traut Euch.«

Hamoch fühlte noch die Wärme der Berührung auf der Brust, und er wünschte sich, die Hand würde dort noch liegen. Wie nah sie ihm gekommen war, ihr duftendes Haar, ihre leicht geöffneten Lippen, ihre schimmernden Augen! Er schluckte. »Misstraut mir?«, echote er.

Sie blickte jetzt ernst. »Wisst Ihr denn nicht, dass Ihr in der Burg im Ruf steht, Nekromantie zu betreiben?«

»Nek...?« Der Magier erbleichte. »Aber das ist eine Verleumdung!«

»So habt Ihr also nicht aus dunklen Quellen Pergamente der verbotenen Bruderschaft erworben?«, fragte sie kühl.

»Ihr wisst ...?«

»Meister Quent weiß es, das sollte Euch weit mehr zu denken geben. Er steht dieser alten Bruderschaft nicht so offen gegenüber wie wir beide, Meister Hamoch.«

»Wir beide?«, fragte Hamoch, und kalter Angstschweiß brach ihm aus. Wenn Quent von seinen Experimenten wusste, war er in ernsten Schwierigkeiten.

Sie trat ans Fenster, doch war es ein anderes, und so kam sie Hamoch nicht wieder so nahe wie zuvor. »Wir wissen wohl beide, dass nicht alles, was die Bruderschaft der Totenbeschwörer einst tat, falsch und böse war. Vielleicht sind sie zu weit gegangen, aber sie waren wenigstens bereit, über die Grenzen des Bekannten hinauszudenken. Sie wussten viel, erstaunliche Dinge nach allem, was man hört. Ich glaube, in ihrem magischen Wissen überragten sie alle anderen Orden. Und es war der Neid der Unwissenden, der ihren Untergang herbeiführte.«

»Sie haben die Pest über die Länder gebracht«, wandte Hamoch vorsichtig ein.

»Und das glaubt Ihr? Ich hätte Euch für klüger gehalten. Außerdem, wenn Ihr Euch erinnern wollt, machte man damals zunächst *alle* Zauberer für die Pest verantwortlich. Ich denke, sie haben es am Ende nur auf ihre unbeliebtesten Brüder, die Nekromanten, abgewälzt.«

»Die Totenbeschwörer haben die Große Vereinbarung nicht unterzeichnet.«

Jetzt traf ihn ein Blick, der beinahe mitleidig war. »Meister Hamoch, ich bitte Euch! Diese Vereinbarung hat die Zauberer doch kastriert, sogar fast im wörtlichen Sinne, wenn man so will. Oder hat sie Euch nicht zu Enthaltsamkeit verdammt?«

»Nun, Enthaltsamkeit ...«, murmelte Hamoch.

Sie stand plötzlich wieder dicht bei ihm, und der Duft ihres Haares stieg ihm in die Nase. »Es ist ein Jammer, denn ich muss gestehen, dass ich kluge Männer wie Euch stets bewundert habe. Ihr Zauberer seid so anders als die gewöhnlichen Männer, die nur über die Jagd, den Kampf oder das Geschäft reden können.« Und wieder strich sie eine Falte an seinem Mantel glatt.

»Warum erzählt Ihr mir das alles, Baronin?«, fragte er heiser.

»Aus Freundschaft, oder sagen wir, aus freundschaftlicher Zuneigung. Es täte mir sehr leid, wenn ein Mann wie Ihr, ein Mann, der im Denken so kühn, so erhaben ist, an der Engstirnigkeit eines alten Zauberers zugrunde ginge. Und ich finde, Ihr habt ein Recht zu erfahren, dass man Euch hier einige Geheimnisse vorenthält, und das, obwohl Ihr schon so viele Jahre im Dienst des Herzogs steht.«

Hamochs Verwirrung wuchs. »Aber was soll ich tun?«

»Nun, Ihr habt jetzt Freunde in der Burg, auch wenn ich vermutlich nicht so lange in Eurer Nähe bleiben kann, wie ich möchte. Ich schlage vor, Ihr überdenkt, was ich Euch gesagt habe. Überdenkt die Gefahr, in der Ihr Euch befindet. Falls Ihr Hilfe braucht, wendet Euch ruhig an mich, denn vielleicht habe ich die Mittel, Euch zu helfen.« Sie nahm plötzlich ihre goldenen Ohrringe ab und drückte sie ihm in die Hand. »Ich hörte, Eure Forschungen leiden unter Geldmangel. Nehmt das bitte an.«

Er starrte auf die beiden goldenen Schmuckstücke. »Aber ...«

»Nein, Meister Hamoch, dankt mir nicht. Es ist ein Zeichen meiner Wertschätzung, ein bescheidener Beitrag zu Eurem Wirken. Doch nun geht, bevor man uns zusammen sieht.«

»Natürlich. Ich meine, danke. Ich meine, ich weiß nicht ...«

Schließlich schüttelte er den Kopf, schloss die Faust fest um die Ohrringe und verabschiedete sich mit einer hastigen Verbeugung. Er musste Esara wecken. Vielleicht konnte er die Glaskolben doch noch heute Nacht bekommen. Er konnte es kaum erwarten.

Shahila sah ihm nachdenklich nach, als er davonstürmte. War er Manns genug, um seinen Teil in ihren Plänen zu erfüllen? Sie hatte Zweifel. Die schnellen Schritte Hamochs waren noch nicht ganz verklungen, als sich ein dunkler Umriss aus den Schatten des Ganges löste und zu Rahis Almisan wurde.

»Wird das reichen, um ihn auf unsere Seite zu ziehen, Hoheit?«

»Es fehlt nicht mehr viel, denke ich. Er hat einiges, über das er nachdenken muss, und vielleicht werde ich später noch einmal zu ihm gehen. Es wird darauf ankommen, dass er glaubt, das Richtige zu tun.«

»Und der Baron?«

»Ich habe ihn an der Tafel zurückgelassen, um den Gesandten noch ein wenig zu unterhalten. Aber ich bin sicher, er wird heute Nacht gut und fest schlafen.«

»Ein Schlafmittel?«

Shahila blickte über die Stadt. Der Mond stand schon hoch. »Wir werden uns bald ins Schlafgemach zurückziehen müssen, sonst schläft er mir noch auf dem Weg dorthin ein. Aber sag, was gibt es Neues von deinem *Freund*, Almisan?«

»Ich habe ihn gefunden. Es scheint, als hätte er sein Gedächtnis verloren. Allerdings ist ihm die Fähigkeit geblieben, sich Feinde zu machen. Ich hörte vorhin, dass die Soldaten aus der Burg ausrückten, um ihn zu jagen, Hoheit.«

»Das Gedächtnis verloren? Ist das möglich?«

»Er kannte weder meinen noch seinen eigenen Namen. Jetzt sitzt er dort draußen und wartet auf Nachricht von Menschen, an die er sich nicht erinnern kann.«

»Wie seltsam. Du hast ihn am Leben gelassen?«

»Es erschien mir klüger, Hoheit. Zum Ersten lenkt er die Wachen von den Dingen ab, die vielleicht schon bald innerhalb der Burg geschehen werden, zum Zweiten wäre er nach wie vor ein guter Sündenbock, aber nur, falls er nicht zu früh erwischt wird, und zum Dritten, nun …«

»Ja?«

»Zum Dritten ist er Euer Bruder, Hoheit.«

»Halbbruder«, berichtigte ihn Shahila sanft. »Sahif ist nur mein Halbbruder.«

Nacht

Nestur Quent war endlich, schwer beladen mit Pergamenten, auf dem Weg zum Nordturm. Die Nacht war weit fortgeschritten, es war nicht einmal mehr eine Stunde bis Mitternacht, und es wurde höchste Zeit, dass er das Fernrohr ausrichtete. Wenn der Wanderer in das Sternbild des Jägers eintrat, würde er endlich mit eigenen Augen sehen können, was seine Berechnungen behaupteten: Der Wandelstern würde das Sternbild an der Pfeilspitze berühren, und der Schwerpunkt seiner seltsamen Bahn hatte nichts mit der Welt zu tun, die manche für den Mittelpunkt alles Seienden hielten. Das galt natürlich auch für die Begleiter. Was hatten diese Narren gerechnet und verbessert, hatten immer neue Hilfstheorien entwickelt, um die Bahnen der Planeten zu erklären. Dabei war es ganz einfach, wenn man nicht mehr annahm, dass sie um einen selbst kreisten. Quent blieb auf der Mauer stehen und schöpfte Atem. Der hohe Nordturm lag etwas außerhalb der eigentlichen Burg, am Ende einer langen Mauer, die im Grunde schon Teil der Stadtmauer war. Er war einst errichtet worden, um den neu gebauten Stadtteil zu schützen, oder genauer gesagt, um ihn besser im Auge behalten zu können. Von Anfang an war offensichtlich gewesen, dass sich dort unter Bergmännern und Soldaten auch viel zweifelhaftes Volk ansiedeln würde, angezogen durch die Aussicht auf schnellen Reichtum.

Nun, daraus war nichts geworden, die Soldaten und Bergleute waren wieder fort, die Neustadt nur dünn bevölkert. Er blickte hinüber. Im Gerberviertel war recht viel Licht. Er zuckte mit den Achseln, denn ihm war gleich, was sie dort unten zwischen ihren kleinen Häusern trieben. Er hatte Wichtigeres zu tun, eine Arbeit, die ihn vielleicht unsterblich machen würde, wenigstens in gewissen Kreisen. Er keuchte die Treppen hinauf und blieb dann doch noch einmal stehen, weil er außer Atem war. Die Burg lag schwarz zu seinen Füßen. Ärger wallte in ihm auf, als er daran dachte, welches Unheil sein Adlatus fast angerichtet hatte. Es gab Geheimnisse, die man besser nicht aufdeckte. Vielleicht sollte er seine Entscheidung noch einmal überdenken und sich einen anderen Nachfolger suchen. Er hatte Hamoch gewählt, weil er fleißig, aber beschränkt war, ein besserer Verwalter, mit mäßigen magischen Fähigkeiten. Wer hätte ahnen können, dass er so neugierig war?

Er stieg weiter die Treppen hinauf. Die Sterne erwarteten ihn, aber er wurde die nagenden Zweifel nicht los; es gab da diese bösen Gerüchte in der Dienerschaft, Gerüchte, Hamoch würde sich mit verbotenen Dingen beschäftigen. Die Diener schwätzten viel Unsinn, aber ein Besuch in den Katakomben war überfällig. Er hätte sich schon längst darum gekümmert, wenn nicht andere, wichtigere Ereignisse angestanden hätten. Burg Atgath stand seit Jahrhunderten und würde noch weitere Jahrhunderte unverrückt an ihrem Platz stehen, der Wanderer kam hingegen nur alle fünfundsiebzig Jahre und blieb stets nur kurze Zeit. Quent hatte die oberste Plattform erreicht. Ein frischer Wind empfing ihn, aber Wind und Wetter hatten ihm noch nie etwas ausgemacht. Er schlug die Plane des provisorischen Holzverschlags zur Seite und legte seine Pergamente schnaufend auf dem Tisch ab. Den kleinen Unterstand hatte er bauen lassen, weil er seine Gerätschaften schützen musste und keine Lust hatte, sie jedes Mal von unten heraufzuschleppen, und noch weniger Lust hatte er auf die Anwesenheit eines Dieners, der ihn bei der Arbeit störte – nein, er genoss die Ruhe und Abgeschiedenheit des Nordturms. Er prüfte die beiden großen Sanduhren im Schein einer kleinen Lampe. Sie gingen beide immer noch erstaunlich genau. Er trat aus dem Unterstand, sah auf und staunte, wie stets, über die unglaubliche Pracht des gestirnten Himmels. Da war das Sternbild des Jägers, und dort, ein kleines Stückchen nur von Siltahi, der Pfeilspitze, entfernt, stand der Wanderer, mit bloßem Auge gut zu erkennen. Eine ganze Weile verbrachte Nestur Quent in stiller Bewunderung der Pracht, dann machte er sich ans Werk.

Das Fernrohr war eine Arbeit aus Elagir. Prinz Gajan hatte es ihm geschenkt. Ein Schatten legte sich auf Quents Gemüt. Der Prinz. Er war mit dem Schiff irgendwo auf dem Goldenen Meer unterwegs, gemeinsam mit seinem Bruder. Ihm fiel wieder ein, dass er sich um die Sache mit den Einladungen hatte kümmern wollen. Wenn sie ihr Kommen angekündigt hatten, warum waren dann weder der Herzog noch er selbst informiert worden? Und warum waren sie noch nicht eingetroffen? Er richtete sich auf, denn er konnte den Gedanken nicht länger verdrängen, dass etwas faul war. Der tote Verwalter musste dahinterstecken, doch Apei Ludgar war sicher nicht von allein auf diese Idee gekommen. Wer hatte ihn angestiftet – und warum? Und dann die Geschichte mit dem Schatten. Hatte sein Adlatus nicht eine Verbündete des Schattens in seinem Gewahrsam? Er hätte ihn vielleicht vorhin fragen sollen, was er bislang in Erfahrung gebracht hatte. Andererseits hätte Hamoch es bestimmt nicht für sich behalten, wenn er etwas Wichtiges herausgefunden hätte. Quent runzelte die Stirn. Dennoch, es roch geradezu nach Verschwörung. Doch

wozu das alles? Atgath war eine arme, unbedeutende Stadt, es sei denn ...
 Ihm wurde kalt; *es sei denn, man kannte ihr Geheimnis!* Er starrte ins Nichts. Hamoch hatte nur geraten, er wusste nichts Genaues, sonst hätte er sich doch nicht so übers Maul fahren lassen. Wie war er eigentlich darauf gekommen, das Thema beim Bankett anzuschneiden? Quent hatte die meiste Zeit nur halb zugehört, aber nun war ihm, als hätte die Baronin davon angefangen. Die Baronin, Tochter des Großen Skorpions, verheiratet an einen armen Prinzen ... Quent atmete tief durch, sein Atem stand weiß in der kalten Nachtluft. Das alles mochte auch ein Zufall sein. Der tote Verwalter, die rätselhaften Einladungen, Belerans Hochzeit, die alten Geheimnisse – wo sollte da eine Verbindung sein? Und dass die Prinzen Gajan und Olan in einem Schiff reisten, und ein Schatten versucht hatte, in die Burg einzudringen? Quent schüttelte den Kopf. Selbst einem Schatten dürfte es schwerfallen, Herzog Hado auch nur zu verletzen, denn er war gut geschützt. Kein Gift, keine Magie und keine Waffe konnten ihn töten.
 Das Schiff, beide Prinzen reisten auf einem Schiff, und wenn sie zum Bankett hätten hier sein wollen, waren sie zu spät. Das war beunruhigend. Quent hielt inne. Den Wind, er konnte den Wind fragen! War er nicht ein Meister der Wolken, ein Zauberer neunten Ranges der ehrwürdigen Schule des Lebendigen Odems? Es waren gewisse Vorbereitungen nötig, aber er konnte den Wind befragen, der würde ihm sagen, ob die Prinzen auf ihrem Schiff in Sicherheit waren. Natürlich müsste er dafür hinuntergehen, einige Dinge besorgen, einen Sturmkreis anlegen. Er blickte auf die Sterne, die vom Nachthimmel blinkten. Der Wanderer war nicht mehr weit von der Pfeilspitze des Schützen entfernt. Mit bloßem Auge konnte man sie bereits für einen einzigen Stern halten. Wenigstens das

wollte er sich ansehen. Auf diesen Moment hatte er Jahre gewartet. Das andere, die offenen Fragen, die seltsamen Ereignisse – vermutlich sah er nur Gespenster, und es steckte gar nichts dahinter. Seine Fragen an den Wind konnten auch noch ein oder zwei Stunden warten.

Mitternacht

Faran Ured hatte sich einen geschützten Platz im Schatten gesucht. Der Kristallbach führte viel Wasser, und der Uferweg war an dieser Stelle teilweise überschwemmt, die Häuser schon lange verlassen. Ured entzündete eine Kerze und schirmte sie sorgfältig ab. Es war wichtig, dass er nun eine Weile ungestört und ungesehen blieb. Er kniete am Wasser und riss ein Stück Pergament von einem der Blätter, die ihm die Witwe Ludgar freundlicherweise überlassen hatte. Er dachte kurz nach, dann schrieb er: »Zweiter Schatten in der Stadt.« Er zögerte kurz, aber dann beließ er es vorerst dabei. Seine Auftraggeber ließen ihn über vieles im Unklaren, er sah nicht ein, warum er ihnen seinerseits mehr mitteilen sollte als unbedingt nötig. Er betrachtete den Teller im Mondlicht. Er schimmerte matt, die schwarze Verfärbung war verschwunden. Noch einmal wischte er ihn ab und stellte ihn in den Bach, so dass das Wasser nur auf einer Seite hineinlief und sich dann staute. Der Mond stand inzwischen recht hoch, aber er gab einfach zu wenig Licht ab, um auf die Kerze zu verzichten, auch wenn ihm das lieber gewesen wäre. Ured starrte in den Teller und wartete, dann kräuselte und verfärbte sich das Wasser golden im Licht einer Öllampe, die auf der anderen Seite entzündet worden sein musste. Ein massiger Kopf füllte das Bild. Wieder einmal fragte sich Ured, warum der Große Skorpion ausgerechnet

Prinz Weszen diese Angelegenheit übertragen hatte. Er war ebenso fett wie beschränkt, und seine kleinen Schweinsaugen wirkten selbst in diesem verschwommenen Bild niederträchtig. Ured deutete eine Verneigung an, zeigte den Pergamentstreifen und legte ihn in den Teller.

Prinz Weszen tat es ihm gleich. Die Schrift verblasste schnell, und Ured sah, wie der Prinz seinen Streifen aus dem Teller zog und las. Er schien mit jemandem zu reden, den Ured nicht sehen konnte, nahm, vielleicht von einer weiteren unsichtbaren Person, nun seinerseits ein schmales Pergament entgegen und legte es ins Wasser. Ured sah, wie auf seinem Pergament, das noch im Teller lag, neue schwarze Buchstaben erschienen. Er nahm das Blatt schnell heraus und hielt es ins Licht. *Kümmert Euch nicht um ihn*, entzifferte er mühsam.

Das beantwortete ihm immerhin die Frage, ob Prinz Weszen Bescheid wusste. Aber stand der Schatten nun in seinen Diensten oder in denen der Baronin? Weszen legte einen zweiten Zettel in den Teller, und Ured auch. *Wie kommt sie voran?*, las er.

Niemand hat Verdacht geschöpft, schrieb er zurück, auch wenn er nicht genau wusste, ob das stimmte.

Beobachtet. Bleibt verborgen. Sorgt für ihren Sieg, kam es zurück. Dann zitterte das Bild und verschwand. Offenbar war der Magier, der die Verbindung für den Prinzen hielt, nicht fähig, sie lange zu halten. Das sprach weder für den Zauberer noch für den Prinzen, der ihm diese Aufgabe übertragen hatte. Weszen war natürlich nicht der eigentliche Auftraggeber, und Ured fand es beleidigend, dass sie ihn das glauben machen wollten. Er starrte ins schäumende Wasser und dachte nach. Wie alle Söhne des Skorpions war Weszen seinem Vater treu ergeben, was vor allem daran lag, dass er genau wusste, dass er nur sicher war, solange Akkabal at Hassat lebte. Ansonsten war er dumm, brutal und rücksichtslos. Natürlich, der Prinz war eine fleischgewordene Drohung. Sie meinten es ernst, das war es, was sie ihm hatten sagen wollen, als sie Weszen auf dem schwarzen Schiff zu ihm geschickt hatten. Er starrte in das Wellengekräusel über dem Teller. Der Prinz war fort, aber das Wasser erlaubte ihm, andere Dinge zu sehen. Er suchte nach der grünen Insel im Osten, wo unter knorrigen Kiefern ein weißes Haus auf ihn wartete, die Insel, auf die der Schatten eines schwarzen Segels gefallen war, und wo nun seine Frau und seine Töchter als Geiseln des Prinzen auf seine Rückkehr warteten. Plötzliche Angst flackerte in ihm auf. Solange er tat, was Weszen verlangte, würde ihnen angeblich kein Leid geschehen, aber konnte er sich darauf verlassen? Das Wasser im Teller zitterte. Er fand nicht, was er so dringend suchte, offenbar war sein Geist nicht frei genug. Stattdessen sah er plötzlich ein Feuer: Etwas brannte, mitten auf dem Wasser, lichterloh. Ein Schiff. Und im Wasser waren kleine Punkte. Er starrte hinein, aber dann verflüchtigte sich das Bild, und sosehr er sich bemühte, er konnte es nicht zurückrufen.

Kapitän Sepe Baak starrte auf das Flammenmeer, und nun packte ihn doch das Grauen. Er fasste sich an die Brust und fühlte den verfluchten Beutel. Hätte er ihn doch nur niemals angenommen! Das Boot schwankte in den Wellen, und seine Männer blickten, genauso wie er, schweigend hinüber zu der brennenden Galeere. Die Schreie der Rudersträflinge waren inzwischen verstummt, was wohl hieß, dass die, die nicht verbrannt waren, vom Gewicht ihrer Ketten in die Tiefe gezogen worden waren.

»Glaube nicht, dass da noch einer lebt«, sagte einer der Männer und griff nach dem Ruder. Aber schrie da nicht noch jemand? Nein, Baaks Sinne spielten ihm nur einen Streich. Der

Kapitän musterte im Feuerschein die Gesichter seiner Gefährten. Fünf Männer hatte er einweihen dürfen, denn ohne sie wäre es nicht gegangen. Sie hatten Öl und schwarzes Pulver an den richtigen Stellen verteilen müssen, die Lunte legen und dann schnell zünden, sobald das Schiff auf das Riff gelaufen war. Die Explosion und das Feuer hatten der Galeere rasch den Todesstoß gegeben. Sepe Baak hatte noch nie ein Schiff verloren. Doch jetzt war das Meer übersät mit den brennenden Zeugnissen seiner Untat.

Sie saßen zu viert im Boot, was bedeutete, dass zwei Männer fehlten, wenn er Jamad nicht mitzählte – Jamad, den jungen Mann, der ihm den Auftrag und den Beutel überbracht hatte, den Beutel voller Edelsteine, der jetzt wie ein Mühlstein an Baaks Hals hing. »Asker und Halem?«, fragte er heiser.

Kopfschütteln. »Die waren im Bug, haben das Öl ausgekippt. Waren wohl zu langsam.«

»Warte – da!« Einer der Männer wies ins Wasser. Ein Schwimmer, ein dunkler Kopf vor dem Feuer, teilte das Wasser und hielt auf sie zu. Baak kniff die Augen zusammen. War das einer von seinen Leuten, oder war das jemand, den sie töten mussten, nachdem er sich schon fast gerettet glaubte?

»Asker, hierher!«, brüllten seine Männer. Acht Hände streckten sich dem Schwimmer entgegen, aber als sie ihn an Bord zogen, bemerkten sie ihren Irrtum. Es war nicht ihr Gefährte, es war Jamad. Kapitän Baak starrte ihn ungläubig an. Er war sich sicher gewesen, dass er Asker im Wasser gesehen hatte. Aber vielleicht hatte er ihn auch nur sehen wollen.

Jamad nahm im Heck des kleinen Beibootes Platz, dort, wo eigentlich der Platz des Kapitäns war. Er schüttelte das Wasser aus seinen Haaren, blickte kühl von einem zum anderen, bis sein Blick beim Kapitän hängen blieb: »Sagtet Ihr nicht, wir würden das Riff erst gegen Morgengrauen erreichen?«

»Waren schneller als gedacht«, murmelte Baak und wich dem Blick des jungen Mannes aus.

Jamad zuckte mit den Achseln. »Jetzt ist es nicht mehr zu ändern. Worauf wartet ihr? Greift in die Ruder. Wir sind hier fertig, oder seht ihr hier noch ein Schiff, das ihr versenken könnt?«

Keiner der Männer rührte sich. Die Flammen hatten das Öl inzwischen fast verzehrt, und allmählich erloschen sie auch auf den treibenden Holztrümmern. Die Sträflinge, die Matrosen und die Prinzen von Atgath mit ihren Familien, sie ruhten alle auf dem Meeresgrund.

Sepe Baak nickte schließlich. Hier gab es nichts mehr zu tun. »An die Riemen, Männer. Nach Felisan ist es weit, und die Strömung ist gegen uns.«

Als sie davonruderten, war dem Kapitän wieder, als ob er über dem Knarren der Riemen und dem Wellenschlag leise Rufe oder das leise Weinen eines Kindes hören würde. Aber das war wohl nur der Wind. Er presste den schweren Beutel an die Brust und befahl den Männern, schneller zu rudern.

Nun war er doch wieder dort angekommen, wo er aufgebrochen war. Der Namenlose presste sich an die Wand seines Versteckes und blickte hinüber zum Treffpunkt, den er mit seinem geheimnisvollen Freund vereinbart hatte. Er hatte eine kleine Ewigkeit gebraucht, um herzukommen, denn überall waren Menschen, die nach ihm Ausschau zu halten schienen: Soldaten, Naroks Männer und inzwischen auch diese Bürgerwehr. Zum Glück veranstalteten sie bei ihrer Suche viel Lärm, vielleicht, weil die Männer nicht besonders erpicht darauf waren, ihm zu begegnen, und ihm mit dem Krach Gelegenheit geben wollten, rechtzeitig zu verschwinden. Er war über Dächer und Mauern gekrochen, über zahllose Pfade und Höfe geschlichen, bis er endlich wieder in dem weitgehend verlassenen Viertel im Westen der Stadt angekommen war. Und nun wartete er. Der Mond stand hoch, es musste schon Mitternacht sein.

Der Hüne kam. Er schlenderte ganz offen über die Straße, als habe er nichts zu verbergen, ging jedoch an ihrem Treffpunkt vorbei und verschwand am Ende der Gasse in den Schatten. Würde er nun endlich erfahren, wer er war? Er lauschte. Es blieb still, dann knirschte irgendwo ganz in der Nähe Schiefer. Da war jemand auf dem Dach über ihm! Er fuhr herum. Die Gestalt seines Schattenbruders saß in einem der Fenster.

»Es war weise von dir, das Versteck zu wechseln, Bruder.«

»Verspottest du mich?«

»Nein, es war wirklich klug, vor allem im Vergleich zu deinem Ausflug, mit dem du die halbe Stadt in Aufruhr versetzt hast.«

»Du weißt davon?«

»Man redet in den Straßen über nichts anderes. Du hast wirklich alles vergessen, was unsere Bruderschaft uns gelehrt hat.«

»Und bist du jetzt gekommen, um mich daran zu erinnern – oder um mich zu töten?«

Der Hüne blieb im leeren Fensterrahmen sitzen. »Wenn ich dich umbringen wollte, Bruder, wärst du schon tot. Allerdings ist es auch nicht meine Sache, dir Dinge zu erklären, die du eigentlich wissen solltest. Aber ich bringe dich zu jemandem, der dir alle deine Fragen beantworten wird. Komm jetzt, es ist spät, und wir haben noch viel zu tun.«

»Eines noch, Bruder, da war ein Mädchen, Ela, sie hat mir geholfen. Hast du etwas von ihr gehört? Die Soldaten waren auch hinter ihr her.«

Der Hüne schüttelte den Kopf.

Sie verließen das Versteck und gingen zurück zu dem eingestürzten Haus, in dem der Zugang zu den Tunneln lag.

»Du willst zurück in die Tunnel?«, fragte er überrascht.

»Da die halbe Stadt dich sucht, wäre es nicht sehr klug, auf der Straße zu wandeln, oder?«

»Und Narok und seine Männer?«

Der Hüne zuckte mit den Achseln. »Die sollten uns besser aus dem Weg gehen. Es war ohnehin ein Fehler, sie nicht gleich alle zu töten, allerdings war ich auch nicht vorbereitet, und wie du eigentlich wissen solltest, vermeiden wir Kämpfe, deren Ausgang ungewiss ist.«

Sie räumten die Dachbalken, mit denen sie den Eingang verriegelt hatten, vorsichtig und leise zur Seite. Dann öffneten sie die Falltür. Der Namenlose blickte mit gemischten Gefühlen in das schwarze Loch zu seinen Füßen.

Der Hüne gab ihm einen Klaps auf die Schulter. »Kopf hoch, bald wirst du es verstehen.« Dann stieg er hinab in die Finsternis, und der Namenlose folgte ihm. Nachdem er die Klappe geschlossen hatte, war es stockdunkel, und er konnte die Sprossen nur ertasten. Er hörte ein leises Murmeln, und plötzlich zuckte ein bleicher Lichtstrahl auf. In der Hand seines Schattenbruders lag ein schwach leuchtender Kristall.

»Wenn du dein Gedächtnis nicht verloren hättest, könntest du das auch, Bruder«, sagte der Hüne grinsend. »Auch wir Schatten brauchen gelegentlich ein wenig Licht.«

Ein wenig traf es ganz gut, denn der Kristall gab so wenig Licht ab, dass der Namenlose kaum etwas erkennen konnte. Aber es genügte, um dem Stollen zu folgen, und allmählich gewöhnten sich seine Augen an das fahle Zwielicht.

»Kennst du dich hier unten aus?«

Der Hüne schüttelte den Kopf. »Kaum mehr als du, aber ich vergesse so schnell keinen Weg, den ich einmal gegangen bin, also werde ich uns dahin zurückbringen, wo wir in diese Gänge eingestiegen sind. Von da ist es nicht mehr weit.«

»Weit? Wohin?«

»Warte doch ab.«

Er seufzte und folgte dem Hünen durch die Dunkelheit. Es ging um Ecken, Windungen und durch endlose Gänge. Endlich erkannte er den unterirdischen Wasserlauf wieder, durch den er mit Habin gewatet war. Es schwammen immer noch blinde Fische darin. Hier waren sie auch jenem seltsamen Wesen begegnet, das Habin so gefürchtet hatte. Ob sein Schattenbruder es auch gesehen hatte? Er würde ihn bei Gelegenheit fragen. Sie kletterten den schmalen Aufgang hinauf und gingen weiter. Noch hatten sie keine Spur von Narok oder seinen Männern gesehen. Sie waren dennoch vorsichtig, und er begriff, dass selbst sein Begleiter nicht sicher war, ob er eine in der Finsternis lauernde Gefahr rechtzeitig wahrnehmen würde.

Der Hüne blieb plötzlich stehen und schloss die Hand um den Kristall. Es wurde sofort stockfinster. »Hörst du das?«, fragte er.

Sie lauschten. Es knirschte, als würde Stein auf Stein gerieben. Dann knackte es im Fels, einmal, zweimal. Dann wieder Stille. Sie warteten, und der Namenlose wagte kaum zu atmen. Endlich flackerte der Kristall wieder auf. »Es war wohl nichts«, murmelte der Hüne, aber er zog sein Messer und behielt es auch in der Hand, als sie weiterschlichen. Sie erreichten die nächste Abzweigung und blieben stehen.

»Was ist?«

»Still doch!« Der Schattenbruder starrte in einen kurzen Stollen. »Nein, nichts. Ich dachte nur wieder, ich hätte etwas gehört, und ich könnte schwören, dass dieser Gang viel länger war, als ich heute Nachmittag hier durchgekommen bin. Allerdings hatte ich da keinen Kristall und habe nur gehört, aber fast nichts gesehen. Die Nacht spielt wohl meinen Sinnen Streiche«, murmelte er.

»Aber das ist auch nicht unser Weg, oder?«, fragte der Namenlose, dem erst jetzt bewusst wurde, dass sein Begleiter den Weg beim ersten Mal in beinahe völliger Dunkelheit zurückgelegt haben musste.

»Nein, Hoheit, wir kamen aus der anderen Richtung, aber dennoch ...«

»Hoheit?«

Der Hüne grinste ihn an. »Die Macht der Gewohnheit. Damit hatte ich schon im Palast deines Vaters meine Schwierigkeiten, Bruder. Doch komm jetzt. Wir sind fast am Ausgang.«

Köhler Grams starrte dem bleichen Licht hinterher, in dem die Schatten der beiden Männer über die Tunnelwand geglitten waren. Als sie um die nächste Ecke verschwunden waren und er auch ihre leisen Schritte nicht mehr hören konnte, wiederholte er das Wort für sich. »Hoheit? Der?«

Die grünliche Laterne leuchtete wieder auf. Grams blickte hinunter zum Mahr, der ihn festgehalten hatte, als er sich durch die Wand auf Anuq hatte stürzen wollen, den Mann, der seine Tochter in Gefahr gebracht hatte. Heiram Grams hatte sich immer für einen starken Menschen gehalten; war er nicht seinerzeit sogar der beste Ringer der Stadt gewesen? Aber Marberic hatte ihn festgehalten, als sei er ein kleines Kind, das vergeblich an der Hand seines viel stärkeren Vaters zerrte.

»Warum hast du das Licht gelöscht? Ich dachte, von der anderen Seite sieht diese unsichtbare Wand aus wie harter Fels.«

»Kein richtiger Steinzauber. Wird nicht lange bestehen. Hatte nicht genug Zeit, mit dem Fels zu reden.« Der Mahr sah wieder klein und schwach aus, und er kratzte sich verlegen an seinem schütteren schwarzen Bart.

»Das heißt, die da hätten uns sehen können?«

»Das Licht vielleicht.«

»Steinzauber«, murmelte Grams.

»Menschen«, sagte Marberic missmutig und begann, in seiner Tasche zu kramen.

»Was hast du?«

»Hier gehen Menschen. Ich rieche sie. Sie laufen durch unsere alten Gänge. Pissen in die Gänge, ins Wasser. Es stinkt nach ihnen. Überall.«

»Und?«

»Ich muss es den anderen sagen.«

»Du willst zurück?«, fragte Grams überrascht.

»Nein. Ich sage es dem Stein. Der Stein sagt es den anderen.« Mit diesen Worten zog er ein kurzes, schwarzes Rohr aus der Tasche und begann, die Wand abzutasten.

Grams, der dem Mahr wieder einmal nicht folgen konnte, sah fasziniert zu.

Marberic hielt an einer Stelle inne, die sich für den Köhler in nichts von anderen Stellen im Fels unterschied, setzte das Rohr an und begann, hineinzuflüstern. Es klang hart, rau, fremd – fast wie das Knirschen von Kieseln. Eine ganze Weile sprach Marberic in das Rohr, dann war er fertig.

»War das eure Sprache?«, fragte Grams beeindruckt.

Der Mahr zuckte mit den Schultern. »Viel genauer und … fester als Menschensprache.«

»Fester?«

»Menschen – sie ändern ihre Worte immer. Mal sagen sie das eine, dann etwas anderes. Wenn einer von uns etwas sagt, dann bleibt es. In Worten, in Gedanken.«

Der Köhler nickte, weil er ungefähr ahnte, was der Mahr meinte. »Und jetzt?«, fragte er.

»Wir können weiter, doch weiß ich den genauen Weg nicht.«

»Augenblick. Ich dachte, ihr hättet all diese Gänge gebaut und dann irgendwie ... verschenkt.«
»Das ist lange her. Und der eigentliche Weg ist versperrt. Aber es muss andere geben, bis in die Torburg.«
»Burg Atgath?«
»Ja, Torburg. Deshalb frage ich die anderen.«
»Meine Tochter ist dort.«
»Ich weiß, aber ich weiß dennoch den Weg nicht sicher.«
Grams seufzte. Die ganze Zeit hatte ihn der Gedanke aufrecht gehalten, dass er zur Rettung seiner Tochter eilte, auch wenn er keinerlei Vorstellung hatte, was er denn tun würde, wenn er sie gefunden hatte. Jetzt fühlte er sich schwach. Er hatte den ganzen Tag noch nichts gegessen und auch nichts getrunken.
»Aber es muss andere Zugänge geben, oder? Ich meine, in die Stadt«, sagte er nach einer Weile.
Der Mahr sah ihn nachdenklich an.
»Diese Männer da, die müssen doch irgendwo hier heruntergekommen sein.«
»Nicht von uns.«
»Meinetwegen – aber es muss Tore oder Pforten oder sonstwas geben. Und so etwas sollten wir suchen.«
»Wozu?«
»Meine Tochter, ich muss wissen, wie es ihr geht. Ich könnte mich in der Stadt unauffällig umhören.«
Marberic bedachte ihn mit einem ausgesprochen zweifelnden Blick.
»Ich kenne Menschen in der Stadt, und Orte, wo man sich trifft«, sagte Grams und musste plötzlich an den *Blauen Ochsen* denken.
»Es ist spät«, wandte der Mahr ein.
»Aber es ist auch der erste Abend des Jahrmarkts. Die

Sperrstunde ist aufgehoben. Ich gehe einfach irgendwo in ein Wirtshaus und erkundige mich unauffällig.«

»Wirtshaus?«

»Die einfachste Sache der Welt. Ich hätte schon früher darauf kommen können.«

»Und die Soldaten?«

»Die sind um diese Zeit in der Burg oder auf den Mauern und an den Toren. Denen gehe ich also leicht aus dem Weg. Ich kann mich dann auch nach diesem Fremden umhören, den ihr sucht. Na? Wir müssen nur einen Ausgang finden.« Grams fragte sich, warum er nicht früher auf diese Idee gekommen war. Er fand sie glänzend. Er würde ein Bier trinken, um nicht aufzufallen, und dabei Erkundigungen einziehen. *Aber nur eins,* mahnte er sich, als der Mahr nach langem Zögern seinem Plan zustimmte.

»Du weißt doch noch, wie man klettert, oder?«, fragte der Hüne, und seiner Stimme war nicht anzuhören, ob er das ernst meinte oder seinen *Bruder* verspottete.

Der Namenlose, der es kaum noch erwarten konnte, endlich zu erfahren, wer er war, nickte. Sie standen vor einer hohen Mauer der Burg, dicht am Bach. Auf der Burgmauer thronte ein Haus. Aus einem der schmalen Fenster weit oben fiel schwaches Licht heraus. Dann meinte er, dort einen Kopf zu erkennen. Sein Begleiter ließ den Kristall kurz aufleuchten. Etwas fiel von oben herab. Ein starkes Hanfseil.

»Nach dir«, meinte der Hüne, »aber mach schnell.«

Der Namenlose griff nach dem Seil und begann zu klettern. Es fühlte sich vertraut an, und er kam gut voran. Er spürte am Zug, dass sein Begleiter ihm folgte, aber als er hinunterblickte, sah er nichts außer einen Schatten, der das Seil verschlungen zu haben schien. Er kletterte rasch weiter.

Er zwängte sich durch das enge Fenster und landete in einer Kammer, die völlig leergeräumt war. Allerdings saß in einer Ecke ein Mensch, den Anuq im Dunkeln kaum sehen konnte, eine Frau. Der Hüne presste sich ächzend durch die schmale Öffnung und begann wortlos, das Seil aufzurollen.

»Lass es dort liegen, Almisan«, sagte eine weiche Stimme.

Anuq lief ein Schauder über den Rücken. Diese Stimme, sie klang ... vertraut.

»Habt Ihr weitere Befehle, Hoheit?«

»Schließe den Laden und dann sorge dafür, dass wir ungestört bleiben.«

Ein Licht flackerte auf, und dann sah Anuq im Kerzenschimmer eine junge Frau im Schneidersitz auf dem Boden sitzen. Sie hatte einen Mantel um sich geschlagen, so dass fast nur ihr hübsches Gesicht zu sehen war. Ihr Haar war zu einem Knoten aufgesteckt. Es war dicht und schwarz wie das seine.

»Du weißt wirklich nicht, wer ich bin, oder?«, fragte sie.

Er schüttelte den Kopf. »Ich weiß nicht einmal, wer ich selbst bin, und dein Gefolgsmann wollte mir weder meinen noch seinen Namen verraten, allerdings ... nannte er mich *Hoheit*.«

Sie lächelte, und es war ein Lächeln, bei dem es im Raum heller zu werden schien. »Setz dich, denn ich glaube, ich habe dir viel zu erklären, und es geht besser, wenn ich nicht zu dir aufschauen muss.«

Er setzte sich ihr gegenüber auf den blanken Holzboden, und für eine Weile sahen sie einander stumm an.

»Mein Gemahl erzählte mir«, begann die junge Frau dann, »dass hier einst die Obstgärten der Burg lagen, aber dann, während des Silberrauschs, brauchten sie Quartiere für viele Soldaten. Also haben sie die Obstbäume gefällt und diese hässlichen Häuser errichtet, die nun wieder leer stehen. Man sollte sie abreißen und neue Bäume pflanzen, wenn du mich fragst, Sahif.«

»Sahif – ist das mein Name?«

Die junge Frau nickte. »Du bist Sahif at Hassat, Prinz von Oramar, Schwert und Schild von Akkabal at Hassat, dem erhabenen Padischah, deinem Vater, auch bekannt als der Große Skorpion.«

»At Hassat ...«, wiederholte er nachdenklich.

»Mein Name ist Shahila, einst Prinzessin von Oramar, nun Baronin von Taddora. Wir sind Geschwister, Sahif, Halbgeschwister, wenn du es genau wissen willst.«

»Sahif, das klingt ... vertraut, und auch wieder nicht.« Er barg den Kopf in den Händen. Er hatte gehofft, dass sich der dunkle Vorhang vor seiner Vergangenheit lüften würde, wenn er erst einmal seinen Namen erfuhr, aber nun geschah – gar nichts. Die junge Frau erschien ihm irgendwie bekannt, aber das Gefühl war so unbestimmt, dass er nicht sicher war, in ihr wirklich eine Schwester zu haben.

»Du hast keinerlei Erinnerung an das, was geschehen ist, und warum du hierhergekommen bist, Bruder?«, fragte sie jetzt.

»Nein, da ist nur Dunkelheit, ... Schwester. Ich weiß nichts über das, was geschah, bevor ich heute Morgen in einer Köhlerhütte vor der Stadt erwacht bin.« Und doch, er spürte etwas, eine Verbindung zu ihr. Etwas in ihm kannte sie. Oder war es nur der Wunsch, sie zu kennen?

Sie lächelte. »Vielleicht kann ich die eine oder andere deiner Fragen beantworten, denn wir sind nicht nur Bruder und Schwester, sondern auch Verbündete.«

Sahif, das also war sein Name. Er starrte düster auf die Dielen. Das ging alles zu schnell, oder auch zu langsam: zu schnell, um es zu begreifen, zu langsam in Bezug auf das, was er alles wissen wollte. Er wurde plötzlich zornig. »Ich bin also ein Prinz?« Das Wort klang hohl, nichts, was ihn irgendwie berührte.

Seine Schwester seufzte. »Ich kann mir gar nicht vorstellen, wie das für dich sein muss, Sahif, alles vergessen zu haben. Am besten wird es sein, wenn ich von vorne beginne, sonst wirst du es wohl nicht verstehen können.«

Er nickte knapp. Die Wut, die aus der Finsternis aufstieg, wuchs, und er fragte sich, warum er zornig auf diese hübsche junge Frau mit dem strahlenden Lächeln war.

»Höre also, Sahif. Du bist ein Sohn des Padischahs, und damit ein Prinz, allerdings haben wir viele Geschwister, über dreißig schon, und fast jedes Jahr werden es mehr. Viele Frauen und Nebenfrauen hält sich der Padischah, denn so ist es Brauch bei den Herrschern von Oramar.«

»Dreißig?«, fragte er ungläubig.

»Du, mein Bruder, bist der Sohn einer Nebenfrau des Padischahs, Mitaqi war ihr Name. Sie starb vor vielen Jahren, und das spielt für das, was hier geschieht, eine gewisse Rolle.«

Sie lehnte sich zurück und fuhr mit der Hand über die Kerzenflamme. »Du bist weit vom Thron entfernt, Sahif, kein Sohn, der ernsthaft als Erbe in Betracht kommt, und auch deshalb wurdest du, als du sechs oder sieben Jahre alt warst, fortgegeben. Deine Mutter hat die Trennung nie verwunden. Sie starb kurze Zeit darauf. Es hieß, es sei ein tragisches Unglück gewesen, doch glaube ich nicht, dass sie bei einem Unfall zu Tode stürzte, denn sie fiel in tiefer Nacht von einem der Türme der Palastmauer, und was hätte sie da oben gesucht zu dieser Zeit, wenn nicht einen Weg in den Tod?«

»Sie hat sich das Leben genommen?«

Die Baronin zuckte mit den Achseln. »Das ist meine Vermutung. Ich könnte dir auch leicht sagen, dass es gewiss ist, weil dich das noch enger an meine Pläne binden würde, doch will ich dir die Wahrheit sagen, denn wir waren stets ehrlich zueinander.«

Sahif nickte verwirrt. Seine Mutter war schon Jahre tot? Er erinnerte sich nicht an sie. Er schloss die Augen und suchte in der Finsternis nach einem Bild, einer Stimme, einem Geruch, aber da war nichts.

»Es ist durchaus üblich, dass die Söhne des Padischahs in verschiedenen Künsten unterwiesen werden. Sie werden ausgebildet zu Magiern, Generälen, Künstlern, Baumeistern, Verwaltern, eben zu Männern, die ein so großes Reich wie Oramar braucht. Diese Ausbildung erfolgt in Elagir, unserer Hauptstadt, gelegentlich aber auch in der Fremde, bei großen und berühmten Meistern ihres Fachs. Bei dir erfuhr jedoch nicht einmal deine Mutter, zu wem du gebracht wurdest. Und auch, als du zehn Jahre später zurückgekehrt bist, blieb verborgen, wo du gewesen warst. Inzwischen wissen wir, dass du in der Obhut der Bruderschaft der Schatten warst.«

Sahif nickte düster. »Dein Vertrauter, Almisan, hat mir das gesagt, doch wieder ist dort nichts, woran ich mich erinnern könnte. Dabei weiß ich, dass es wahr sein muss, denn ich vollbringe manchmal Taten, die ich mir nicht erklären kann.« *Schatten*, dachte er mit einem seltsamen Schaudern. Er verband auch mit diesem Wort ein merkwürdiges Gefühl von Vertrautheit, doch wieder war da nichts Genaueres, es war mehr wie ein Traum, den man bis auf ein paar schnell verblassende Bilder schon vergessen hatte. Er fragte sich, ob dieser Traum nicht von der Art war, an die man sich gar nicht erinnern wollte.

»Almisan hat mir schon berichtet, dass du nicht alles vergessen haben kannst, denn sonst müssten deine Häscher dich längst gefangen oder getötet haben. Es besteht also noch Hoffnung«, sagte die junge Frau lächelnd, aber Sahif konnte wenig Hoffnungsvolles darin erkennen.

Seine Schwester sah ihm nachdenklich ins Gesicht, als versuchte sie, seine Gedanken zu erraten. Dann fuhr sie mit einem Achselzucken fort: »Die Bruderschaft der Schatten ist gefürchtet und verfemt, denn anders als die anderen magischen Schulen hat sie die Große Vereinbarung nie unterzeichnet. Niemand kennt ihre Verstecke, und ihre Mitglieder bleiben verborgen. Vielleicht hast du auch das vergessen, vielleicht weißt du aber auch noch, dass alle Magier Zeichen auf der Stirn tragen müssen, damit die Menschen sie als Zauberer erkennen. Selbst die Kräuterhexen in den armseligen Dörfern dieser Gegend malen sich einen blauen Strich auf die Stirn, und die großen Orden haben magische Linien, die mit der Kunstfertigkeit ihrer Träger wachsen. Die Schattenbrüder tragen solche Zeichen jedoch nicht.«

»Magie«, murmelte Sahif.

»Die Abneigung der Schatten gegen diese Kennzeichnung ist nicht verwunderlich, wenn man die Art ihrer Kunst kennt«, sagte Shahila, und als sie seinen fragenden Blick sah, schüttelte sie den Kopf und fügte hinzu: »Muss ich dir sogar das Offensichtliche erklären? Mörder sind sie, Diebe, Räuber, Spione, die sich ungesehen in die stärkste Festung schleichen und selbst die am besten bewachten Fürsten töten.«

Nein, das musste sie ihm nicht erklären, er wusste es, aber er wollte es nicht wahrhaben. »Ich bin kein Mörder!«, zischte er.

Die Baronin sah ihn einen Augenblick an, dann lachte sie, hell und fröhlich. »Bist du dir sicher, Bruder? Nun, in der Tat hat unser Vater dich nicht zum Orden geschickt, damit du in seinem Auftrag irgendwo in der Fremde mordest, nein, ganz im Gegenteil, du warst für vier Jahre sein Leibwächter.«

Sahif hob den Kopf. Das klang schon viel besser. »So habe ich also nur unseren Vater beschützt?«

Sie lachte verächtlich. »So kannst du es nennen. Es wird über diese Dinge nicht geredet, aber ich weiß von wenigstens zwei Gelegenheiten, bei denen tapfere Männer versuchten, unseren Vater Akkabal zu ermorden. Du hast sie daran gehindert, und du darfst nun raten, wie du sie aufgehalten hast.«

»Ich habe sie ... getötet?«, fragte er mit flacher Stimme.

»Du sagst es.«

»Ich erinnere mich nicht«, sagte er leise. Aber plötzlich sah er Bilder aus der Finsternis aufsteigen, Bruchstücke nur, einen dunklen Gang, einen bärtigen Mann mit durchgeschnittener Kehle, der ihn ungläubig anblickte, während ihm Blut über die Lippen trat. Sahif schüttelte den Kopf, um diese Bilder loszuwerden. Hatte er das wirklich getan?

»Es ist seltsam. Du scheinst deine Erinnerung verloren, aber so etwas wie ein Gewissen gefunden zu haben«, sagte seine Schwester kühl.

Er starrte auf den Boden. Er war also ein Mörder? Aber nein, wenn er nur seinen Vater verteidigt hatte, dann war das doch etwas anderes, oder?

Ein kalter Wind fuhr durch das Fenster und ließ die Flamme der Kerze flackern. Shahila zog den Kragen ihres Mantels höher, lehnte sich zurück und betrachtete ihren Halbbruder. Die überhebliche Selbstsicherheit, die ihm wie den meisten ihrer Brüder zu eigen gewesen war, schien völlig verschwunden. Sie war sich noch nicht sicher, ob er ihr so besser gefiel, vor allem aber, ob er in diesem Zustand noch für ihre Pläne taugte. Ein Gewissen? Nach dem Wenigen zu urteilen, was Almisan ihr erzählt hatte, war es das Erste, was man den Schülern in der Bruderschaft austrieb. Wer die harte Ausbildung überlebte, sollte weder Skrupel noch Mitleid kennen. Sie legte Sahif in einer mitfühlenden Geste die Hand auf den Arm, aber eigentlich tat sie es mehr, um sich zu vergewissern, dass er kein Geist war, so fremd und unwirklich erschien er ihr.

»Wie viele habe ich getötet?«, fragte er jetzt düster.

»Vierzehn oder fünfzehn, soweit ich weiß. Wenigstens einen davon mit bloßen Händen, wie man sich erzählt. Es heißt, du seist deinen Pflichten recht ... entschlossen nachgegangen. Und ich weiß natürlich nicht, was du getan hast, wenn du nicht über unseren Vater gewacht hast.«

Sie wusste es wirklich nicht, aber sie genoss es, durch diese Andeutungen weiteres Salz in seine Wunden zu reiben. Sie hatte ihm in vielen, aber nicht in allen Punkten die Wahrheit gesagt. Ja, man hatte ihn fortgegeben, aber erst, *nachdem* seine Mutter gestorben war, und ja, ihr Tod war kein Unfall, es war aber auch kein Selbstmord gewesen.

»Und was tue ich nun hier?«, fragte ihr Bruder matt.

Shahila musterte ihn nachdenklich. Wie unsicher und schwach er war; in gewisser Weise war das sogar befriedigender, als ihn tot zu sehen. Doch wie passte dieser Weichling nun noch in ihre Pläne? In diesem Zustand taugte er wirklich bestenfalls noch als Sündenbock, als toter Sündenbock natürlich, denn wenn er festgenommen wurde, würde er vielleicht reden. Schatten kamen bekanntlich nicht in Gefangenschaft, sie gingen eher in den Tod, aber auch das hatte er wohl leider vergessen. Vermutlich wäre es klüger, ihn einfach im Dunkeln zu lassen, aber seine Verwirrung schmeckte zu köstlich, als dass sie der Versuchung hätte widerstehen können, also fuhr Shahila fort: »Ich weiß nicht, ob dir gefällt, was ich zu sagen habe, Sahif.«

»Ich bin dein Bruder!«, presste er hervor, und Shahila hörte den unterdrückten Zorn in seiner Stimme.

Ein wenig von seinem alten Wesen war also doch erhalten geblieben. Aber nein, es brachte keinen Gewinn, ihm zu vertrauen, je weniger er wusste, desto besser. Und nicht alles, was er erfuhr, musste der Wahrheit entsprechen. Also sagte sie: »Du bist nach Atgath gekommen, um gewisse Dinge zu erledigen. Allerdings hat niemand etwas davon gesagt, dass du diesen Verwalter töten solltest.«

»Der Tote aus dem Bach? Das war ich?«, fragte er und erbleichte.

»Ja«, behauptete Shahila, ohne mit der Wimper zu zucken. »Und eben deshalb ist die halbe Stadt hinter dir her, beziehungsweise die ganze, wenn man Almisan glauben will.«

»Ich habe ihn ermordet«, wiederholte Sahif flüsternd.

Sie sah ihm an, wie tief seine Bestürzung war, dabei war er doch vor Kurzem noch ein Schatten gewesen. *Entschlossen* hatte sie sein Vorgehen genannt, *wild und brutal* hätte es besser getroffen.

»Aber warum?«, fragte er leise.

»Eigentlich solltest du nur etwas für uns besorgen, und der Verwalter sollte dir gewisse Türen öffnen. Offenbar hat er irgendetwas gesagt, was deinen leicht entflammbaren Zorn geweckt hat. Hätte ich gewusst, dass du derart unbeherrscht bist, hätte ich an deiner Stelle Almisan geschickt.«

»Und was war es, das ich besorgen sollte?«, fragte ihr Bruder düster.

»Ich weiß nicht, ob ich dich einweihen soll, denn ich weiß nicht, ob ich dir noch vertrauen kann, Sahif.«

Er blickte auf, und sie sah den brennenden Zorn in seinen Augen. Für einen Moment erschien er ihr wieder fast wie früher: ein Sohn des Großen Skorpions, gefährlich und schnell mit der Waffe zur Hand, aber dann fiel er förmlich in sich zusammen.

»Bitte«, sagte er.

Shahila traute ihren Ohren kaum. Sie konnte sich nicht erinnern, wann er dieses Wort zum letzten Mal verwendet hatte. Er litt, und das gefiel ihr. Da ihr aber daran gelegen war, ihn von ihrem Wohlwollen zu überzeugen, sagte sie: »Es muss vorerst genügen, wenn ich dir sage, dass diese Stadt, so unbedeutend sie dir auch scheinen mag, mächtige Geheimnisse birgt. Und du solltest gewissermaßen den Schlüssel dazu besorgen.«

»Also bin ich auch noch ein Dieb?« Sein Blick war jetzt verzweifelt.

Sie konnte nicht fassen, wie leicht der neue Sahif zu verwirren war. Es war fast keine Herausforderung mehr. Als Verbündeter war er wertlos, und um als Sündenbock zu dienen, wusste er eigentlich schon genug. Es gab so vieles, was er nicht einmal ahnte – und manches hatte er nicht etwa vergessen. Selbst der alte Sahif wusste nichts von den Plänen hinter den Plänen, von der Rache, der er als Werkzeug diente und die ihn doch auch selbst treffen würde. Er hatte sich längst in dem Netz verstrickt, das sie so geduldig gewoben hatte, und hatte es nicht einmal gemerkt. Und nun bekam sie vermutlich sogar die Gelegenheit, ihm beim Sterben zuzusehen. Diese Rache schmeckte wirklich süßer, als sie es sich hätte vorstellen können. Am köstlichsten war seine völlige Abhängigkeit von ihr – ihm blieb fast nichts anderes übrig, als ihr blind zu vertrauen, etwas, was der alte Sahif nun doch nicht getan hätte.

»Weiß unser Vater, was du hier tust?«, fragte er plötzlich.

Sie lächelte. »Natürlich nicht. Wir widersetzen uns im Augenblick beide seinen Befehlen und Wünschen. Er würde unsere Köpfe fordern, wenn er davon wüsste.«

Er schüttelte den Kopf. »Ich verstehe das nicht, Schwester. Dass ich sein Leibwächter bin oder war, heißt doch, dass er mir sein Leben anvertraut hat. Warum stelle ich mich nun gegen ihn, meinen eigenen Vater, mein eigenes Blut?«

Shahila schüttelte den Kopf und sagte: »Hältst du denn unseren Vater etwa für einen weisen Herrscher, einen Menschenfreund, einen guten Vater und Ehemann? Du hast wirklich alles vergessen! Weißt du, wie viele Frauen in seinem Haus leben? Es mögen um die hundert sein, die mit ihm vermählt wurden, einige haben ihn noch nicht ein einziges Mal zu Gesicht bekommen, andere, weniger glückliche, sehen ihn viel öfter, als sie wollen, bis endlich die Schwangerschaft ihnen seine Gesellschaft erspart. Über dreißig Kinder haben ihm seine Frauen schon geschenkt, und immer noch ist es nicht genug. Die Frauen, die ihm einen Sohn gebären, haben neue Leiden zu erdulden, denn er erlaubt ihnen nicht, sie selbst aufzuziehen, wie es die Natur vorgesehen hat. Nein, die Söhne werden zu Meistern gegeben, ausgebildet zu seinem Nutzen, so wie du, Sahif, und die Töchter sind nur dazu da, um an andere Fürsten verkauft oder verschenkt zu werden. Unserem Vater gefiel es zum Beispiel, mich an einen Baron dieses Landes zu verheiraten, als ein Unterpfand für gewisse Handelsverträge. So ist er, der große Padischah, er benutzt seine Kinder, wie es ihm gefällt. Er macht sie zu Mördern, oder er verkauft sie, je nachdem, was ihm nutzt. Mich hat er, wenn du so willst, für ein paar Sack Pfeffer verkauft.«

Shahila wurde wütend, sie redete sich in Rage. Sie wusste, das war nicht klug, aber sie konnte nicht aufhören, all der angesammelte Zorn brach aus ihr heraus: »Dich hat er den Schatten übergeben, obwohl deine Mutter ihn auf ihren Knien anflehte, dich nicht fortzuschicken. Er hat ihr das Herz gebrochen. Und meine eigene Mutter? Die kluge Nilami, so nannte man sie voller Achtung und Liebe, denn sie war schön und gebildet. Sie war lange die Favoritin unseres Vaters, doch dann kam eine jüngere, schönere, und er schickte meine Mutter fort, von einem Tag auf den anderen. Als sie aber in ihrer verzweifelten, unvernünftigen Liebe zu ihm Widerworte gab, da ließ er sie auspeitschen, auf dem größten Platz des Palastes, und alle mussten zusehen, auch ich, die ich doch noch ein Kind war.«

Die Erinnerung war stark, und für einen Augenblick hatte Shahila das Bild ihrer Mutter vor Augen, wie sie halbtot an dem Pfahl zusammengesunken war. Sie fühlte, dass es sie fast überwältigte, atmete tief durch, sammelte sich, und erst dann fuhr sie fort: »Dann verbannte er sie in einen lichtlosen Kerker, tief unter dem Palast, und ich habe sie nie wiedergesehen. Du siehst, ein besonders zärtlicher Ehemann ist er nicht. Und ein liebender Vater? Dich hat er fortgeschickt zu den Schatten, auf dass du, ausgebildet zum herzlosen Mörder, ihn beschützen mögest. Und ich? Prinzen mächtiger Reiche kamen und haben um meine Hand angehalten, aber er verheiratete mich an diesen Baron, einen ganz und gar unbedeutenden Mann, den ich vor der Hochzeit nicht einmal zu Gesicht bekommen habe. Ich war eine Prinzessin des größten Reiches der Welt und bin nun die Herrin einer winzigen Baronie, eines armseligen Küstenstreifens landgewordener Armut, auf dem mehr Schafe als Menschen leben, und wo es so kalt ist, dass es mich sogar im Sommer friert. Aber selbst dieses harte Land ist wärmer als die Liebe unseres Vaters.«

Sie merkte erst jetzt, dass sie die Fingernägel in den Arm ihres Bruders gegraben hatte, und ließ ihn los, erschrocken über sich selbst. Sie sah seinen Blick. Mitgefühl. Er, der Schatten, zeigte Mitgefühl!

»Ich verstehe allmählich, warum wir uns verbündet haben«, sagte er langsam.

Sie sammelte sich und legte ihm die Hand dieses Mal sanft auf den Arm. »Noch verstehst du es nicht ganz, Sahif, denn es war nicht die Kälte unseres Vaters, die dich zu mir führte, sondern die Liebe einer Frau.«

Heiram Grams suchte zum dritten Mal in seinen Taschen nach den Groschen, die er dort ganz sicher bei sich führte. Vor ihm stand der Wirt der *Riesenbuche* mit einem Krug in der Hand, und der weiße Bierschaum floss auf einer Seite leicht über. Das Wirtshaus lag unweit der Burg, und es war keines, in dem der Köhler für gewöhnlich verkehrte: »Ich finde sie nicht, aber ich weiß, dass ich die Groschen habe. Stellt doch einstweilen den Krug ab, Freund. Ihr kennt mich und wisst, dass Köhler Grams seine Schulden immer bezahlt.«

»Ich kenne Euch zwar, Köhler, jedoch nicht gut genug, um Euch einen weiteren Krug auf Pump zu geben. Bezahlt die anderen acht, und dann sehen wir weiter.«

»Acht?« Grams blinzelte den Wirt an. »Die Höllen mögen mich verschlingen, wenn es mehr als drei waren.«

»Dann sollte ich wohl einen Schritt zur Seite tun, damit ich nicht mit hinabgerissen werde«, sagte der Wirt, hielt den Krug weiterhin fest und schien gar nicht daran zu denken, ihn herzugeben.

Heiram Grams starrte abwechselnd vom Krug zum Wirt und zurück. Er konnte unmöglich acht Biere getrunken haben. Er sah in die Runde. Es war zwar schon weit nach Mitternacht, aber das Wirtshaus war wegen des Jahrmarkts noch recht gut gefüllt. Nur er, er hatte inzwischen einen Tisch für sich alleine. Mehrere leere Krüge standen darauf, aber es waren sicher keine acht. Er hatte das erste Bier trinken müssen, um die Angst zu besiegen, und dann eines, um mit den Gästen ins Gespräch zu kommen, ein weiteres, weil Reden doch eigentlich gar nicht seine Sache war, dann ein Bier, weil man hier nicht sehr nett zu ihm war, dann ein letztes, weil er endlich jemanden gefunden hatte, der mit ihm redete, einen Auswärtigen, der ihm auch von dem Mädchen erzählte, das zur Burg geschafft worden war, und dem folgte ein Allerletztes, weil er es nicht ertrug, was der Mann erzählte, und schließlich noch ein Krug, um sich zu beruhigen, und dann noch einer zum Abschied. Also, nie im Leben waren das acht. »Ihr seid nicht sehr freundlich zu einem ehrbaren Köhler, Herr Wirt«, sagte er.

»Ich war so freundlich, Euch mit gutem Bier zu versorgen, Köhler. Und ich bin so freundlich, Euch noch ein wenig Zeit zu lassen, um Eure Groschen zusammenzusuchen, bevor ich die Wachen rufe.«

»Dann entschuldigt mich für einen Augenblick. Mein Freund Marberic wird mir sicher etwas borgen, ich bin sofort wieder da. Er ist klein, aber reich, wisst Ihr?« Er erhob sich und versuchte dabei, ein einnehmendes Lachen an den Mann zu bringen.

Der Wirt schüttelte den Kopf und legte ihm die Hand auf die Schulter. »Für diese Art Späße fehlt mir der Sinn, denn der erwacht erst, wenn man ihn mit dem Klang guter Groschen weckt.«

Grams kramte weiter in den verschiedenen Taschen seiner Kleidung herum. Vielleicht hätte er Marberic vorher um etwas Silber bitten sollen. Er schüttelte den Kopf, denn ihm fiel ein, dass er genau das getan hatte. Sie hatten einen Ausgang gefunden, in einem Hinterhof, mitten in der Altstadt. Er hatte den Mahr nach Geld gefragt, weil sein eigenes höchstens für einen halben Humpen reichte. Aber Marberic war der Meinung gewesen, das sei genug. Er hatte ihm aber dann doch etwas gegeben, einen Ring aus Eisen. Marberic hatte etwas über den Ring gesagt, irgendetwas über Kraft, aber Grams wusste nicht mehr, was es war. Er zog die Hand aus der Tasche und betrachtete sie. Der Ring steckte schmal und stumpf auf seinem kleinen Finger. »Dieser Ring, Wirt, meint Ihr nicht, dass er leicht seine zehn oder zwölf Krüge wert sein könnte?«

Der Wirt warf einen kurzen und verächtlichen Blick darauf und sagte: »Bitte, meine Geduld ist am Ende. Es ist kein Silber, nur Blech, und völlig wertlos. Also, zahlt Ihr nun, oder muss ich die Marktwache rufen?«

Immer noch hielt er den Krug verführerisch nah, beinahe in Grams Griffweite. »Vielleicht können wir uns einigen. Wisst Ihr, ich war einst der beste Ringer von Atgath. Ich wette um einen Silbergroschen, dass mich niemand von den Herrschaften in diesem noblen Gasthaus in einem anständigen Ringkampf zu besiegen vermag.«

Der Wirt knallte den Krug auf den Tisch. »Und ich wette einen Schilling, dass niemand hier Euch auch nur anfassen würde, Köhler. Ihr seid verdreckt, als hättet Ihr seit Tagen im Kohlenstaub geschlafen und Euch nicht gewaschen. Ich frage mich, was mich bewogen hat, Euch überhaupt in dieses ehrbare Haus zu lassen. Arnig, Gurid, kommt her und helft mir. Wir schaffen diesen Sack Kohlen vor die Tür.«

»Ihr ... Ihr werft mich hinaus?«, rief Grams, der sich plötzlich am Kragen gepackt fühlte.

»Vor die Tür, und dann geht's zur Marktwache, so ist es. Los, packt an!«

»Dann noch einen auf den Weg«, meinte Grams und langte mit unsicherem Griff nach dem Bierkrug.

Jemand hielt ihn jedoch am Kragen und zerrte ihn von der Bank. Und da war noch ein Händepaar, das ihn am Wams gepackt hielt. Grams strampelte und trat gegen den Tisch, der durch den Tritt ein gutes Stück angehoben wurde, kippte und polternd umfiel. Klirrend zerbrachen die leeren Steinkrüge auf dem Boden. Grams blickte auf den vollen Krug, der ebenfalls zerbrochen war. Eine dunkle Pfütze breitete sich zu seinen Füßen aus.

»Nun reicht es«, brüllte der Wirt und gab Grams einen Stoß, und da ihn die beiden Gehilfen nicht mehr festhielten, stürzte er zu Boden und landete auf allen vieren. Genau unter ihm floss das Bier über die Dielen. *Was für eine Verschwendung*, dachte Grams. Dann fühlte er den ersten Tritt in die Seite, kurz darauf den zweiten.

Er ging inmitten der Scherben zu Boden, wälzte sich in der Lache, und der zerbrochene Krug drückte ihm ins Fleisch. Er rang nach Luft. Wieder trat ihn jemand, und das ganze Wirtshaus lachte über ihn. Plötzlich, gerade als ihm schwarz vor Augen zu werden drohte, erschien Elas Gesicht vor seinen Augen, Ela, die in der Burg gefangen war, und dann die Gesichter von Stig und Asgo. Was sie wohl gesagt hätten, wenn sie ihn so sähen? Er schüttelte den Kopf. Nochmals wurde er getreten. Er hielt den Fuß fest, aber dann schlug ihn jemand mit einer Latte. Er ließ stöhnend los, wälzte sich zur Seite und kam auf die Knie. Alle lachten sie über ihn. Aber sie hatten ja auch Recht, er war eine Schande, ein Versager. Er spürte die nächsten Schläge und Tritte kaum, hielt sich am Tisch fest, kam schwankend auf die Beine und spuckte Blut. Er hatte seine Kinder im Stich gelassen. Er war ein Säufer, eine Schande für seine Familie. Irgendwo aus dem Nebel, der ihn umgab, brüllte eine Stimme, man solle ihn doch nackt aus der Stadt jagen, und da johlte und jubelte die Menge.

Grams spürte Tränen in den Augen. Dieses Geräusch, der Jubel, hatte er das nicht schon einmal gehört, damals vor langer Zeit? Fremde zerrten im Hier und Jetzt an seinem Umhang, und sie lachten, als er zerriss. Man hatte ihn auf Schultern durch den Ring getragen, damals, nach seinem Sieg gegen diesen riesigen Holzfäller, man hatte ihm einen Siegerkranz auf die Locken gedrückt, und seine Frau Ama, die Tochter im Arm, hatte ihm zugewinkt. Wie besorgt sie immer vor den Kämpfen gewesen war und wie glücklich danach, und, ja, auch stolz auf ihren starken Mann, den geschickten Ringer. Seine Frau, wie ihr Gesicht strahlen konnte. Damals, da hatten sie ihn gefeiert, die vielen Zuschauer, und jetzt, jetzt bejubelten sie seine Niederlage, johlten, weil er sich in einer Bierlache wälzte und verprügelt wurde. Was Ama wohl sagen würde? Er hob den Arm, um sich vor einem Schlag zu schützen, und er hörte, wie eine Latte zerbrach – oder war es ein Knochen? Er spürte nichts, schüttelte sich und blinzelte unter seinen dunklen Locken in die Runde. Man lachte ihn aus, böses, gehässiges Gelächter über einen alten Säufer. Er straffte sich und hörte ein Knurren, das, wie er überrascht feststellte, von ihm selbst stammte. Wie sie über ihn lachten! Aber er war nicht nur ein alter Säufer, er war auch einst der beste Ringer von Atgath gewesen. Da zerrte jemand an seinem Wams, ein Jüngelchen, ein Dreikäsehoch. Hatte dieser Bursche es gewagt, ihn zu treten und zu schlagen? Die Menge feuerte den Knaben an: »Los, Gurid, du hast ihn! Los, Gurid, gib ihm den Rest!«

Grams schnaufte, packte den Arm, der vor seinem Gesicht herumfuchtelte, und verbog ihn, bis er zu seinem Erstaunen brach. Gurid schrie auf und ließ ihn los. Der Köhler schnappte ihn am Kragen und hob ihn hoch. Es ging so leicht, dass es ihn selbst überraschte. Und dann flog Gurid in einem weiten Bogen quer durch den Raum, viel weiter, als Grams es für möglich gehalten hätte. Da lachten sie noch. Von hinten sauste etwas heran, Grams duckte sich instinktiv, und der Schemel zerbrach an seinem Rücken. Er drehte sich um, blickte in ein verblüfftes, bartloses Gesicht, packte den Mann an der Brust, zerschmetterte ihm mit einem Fausthieb den Kiefer und schleuderte ihn ohne weitere Umstände quer durch die

Wirtsstube. Bänke und Tische fielen um, und Menschen sprangen schreiend zur Seite. Jetzt lachte niemand mehr. Und dann brüllte Grams, so wie er vor den Ringkämpfen immer gebrüllt hatte, um den Gegner einzuschüchtern. Er brüllte die ganze Welt an, und er blickte in ein paar blasse Gesichter, Männer, die plötzlich alles stehen und liegen ließen und schreiend zur Tür stürmten. Aber Heiram Grams war noch nicht mit ihnen fertig, und sein Brüllen ließ die Wände erzittern.

Teis Aggi fror, war müde und hungrig. Er führte einen kleinen Trupp seiner Männer zurück zur Burg und versuchte, sich nicht anmerken zu lassen, dass er genauso übermüdet war wie sie. Stundenlang hatten sie die Neustadt abgesucht, aber von diesem verfluchten Schatten keine Spur gefunden. Die Bürgerwehr hatte sich an der Jagd beteiligt, aber das war eher Fluch als Segen, denn diese ehrbaren Männer gaben immer wieder falschen Alarm. Also hatte der Leutnant die Jagd schließlich abgeblasen, zehn Mann auf die Herzogsbrücke gestellt und ein paar Bogenschützen am Altstadtufer verteilt. Auch auf den Türmen und Mauern der Stadt waren doppelte Wachen aufgezogen, aber Aggi glaubte nicht, dass das den Schatten wirklich aufhalten würde, wenn er denn hinauswollte.

Das brachte ihn wieder zur Frage zurück, warum der Mann auf die Hilfe von Ela Grams zurückgegriffen hatte, um nach Atgath hereinzukommen. Das alles ergab keinen Sinn. Oder war der Ruf der Schatten vielleicht größer als ihre tatsächliche Kunst? Er würde der Frage nachgehen, vielleicht noch heute Nacht. Bahut Hamoch arbeitete gerne in der Nacht, wie man so hörte. Er nahm sich vor, noch einmal hinab in die Katakomben zu steigen, auch wenn er sich sehr nach etwas Schlaf sehnte. Als er seine Leute durch die Holzgasse führte, drang plötzlich lauter Lärm an sein Ohr. Irgendwo ganz in der Nähe wurde offenbar gekämpft. Er gab seinen Männern das Zeichen zum Halten. Der Lärm kam aus der *Riesenbuche,* einer Gastwirtschaft mit sonst recht gutem Ruf. Dann flog dort die Tür auf, und mehrere Männer stolperten heraus. Und einen Augenblick später barst eines der Fenster, weil eine schmächtige Gestalt hindurchgeworfen wurde.

»Wahnsinn, das ist Wahnsinn«, rief einer von denen, die durch die Tür flüchteten. Er entdeckte die Wache, stolperte auf Aggi zu, fiel, klammerte sich am Leutnant fest und stammelte: »Bitte, mein Gasthaus, helft! Helft!«

Gedämpfte Schreie und das Gepolter einer wüsten Schlägerei drangen heraus.

»Wie viele sind es?«, fragte Aggi.

»Einer, nur einer, aber er ist wahnsinnig«, stammelte der Wirt, der sich hilfesuchend an Aggi festklammerte.

Aggi sah seinen Leuten an, dass sie wenig Lust auf eine Schlägerei hatten. »Kommt schon, Männer, ich bin sicher, der Wirt gibt eine Runde aus, wenn wir sein Haus retten, nicht wahr?«

»So ist es, so ist es!«, rief der zitternde Mann.

Aggi fand sich ein bisschen schäbig, weil er die Not des Wirts ausnutzte, andererseits hielten er und seine Leute nun auch für ihn den Kopf hin. Von drinnen ertönte ein einzelner, kläglicher Schrei und dann ein Gebrüll, dass die Wände wackelten. Einen Augenblick später kroch jemand auf allen vieren jammernd auf die Straße, und fast gleichzeitig flog noch ein Körper durch das bereits zerstörte Fenster heraus.

»Auf geht's!«, kommandierte Aggi. Er verzichtete darauf, sein Schwert zu ziehen. Wenn es wirklich nur ein Mann war, würden sie schon ohne Waffen mit ihm fertigwerden.

Als sie das Gasthaus betraten, fanden sie ein Bild der Verwüstung vor. Tische, Bänke und Schemel lagen kreuz und quer,

Öllampen waren aus ihren Halterungen gerissen und baumelten flackernd von der Decke, aus einem großen zerschlagenen Fass strömte Bier auf den Boden, und zwischen zerbrochenen Stühlen und Krügen krochen leise wimmernde Gestalten umher. Überall war Blut, und inmitten des Chaos stand ein Mann in der Haltung eines Ringers und glotzte sie aus blutunterlaufenen Augen an.

»Bei allen Himmeln – Meister Grams!«, entfuhr es Aggi.

Der Köhler brummte wie ein Bär, winkte ab und setzte sich seufzend auf einen wackeligen Tisch. »Nur einen Augenblick, bitte«, murmelte er, streckte sich und war eine Sekunde später eingeschlafen. Und dann brach der Tisch unter ihm zusammen.

Der Namenlose, der also eigentlich Sahif hieß, ließ seinen Blick durch die leere Kammer schweifen. Aus der Stadt drang ferner Lärm durch die geschlossenen Läden. Ein Nachtfalter hatte sich in die Kammer verirrt. Er umflatterte die Kerze, in deren Schein sie beisammensaßen. Seine Schwester lächelte schwach. Sie hatte die Selbstbeherrschung verloren, als sie über ihren Vater gesprochen hatte, und er dachte bei sich, dass sie nicht aussah wie jemand, dem das oft geschah. Sie hatte aber auch von seiner Liebe zu einer Frau gesprochen, und er hatte wieder das Bild vor sich, das Bild eines sanft geschwungenen Nackens. Für einen Augenblick dachte er, dass er nun einen Zipfel seiner Vergangenheit fassen und unter dem Vergessen hervorziehen könnte, und ja, er sah weitere Bilder, doch es waren keine schönen: Ein Mann mit durchschnittener Kehle, der brechende Blick eines Mannes, der unter seinen Händen starb, ein kahler Gang im Dämmerlicht, und dann ein schwarzes Dach im Mondlicht, über das er hinwegschlich. Und dann doch: Das Bild einer weichen Nackenlinie stand für einen Moment sehr deutlich vor seinen Augen. Diese Frau, sie sagte etwas, aber gerade, als sie sich ihm zuwandte, verschwand das Bild, und er bekam ihr Gesicht nicht zu sehen.

»Was hat es mit dieser Frau auf sich, Schwester?«, fragte er schließlich.

Sie lächelte wieder, offensichtlich hatte sie sich beruhigt. Dann sagte sie: »Vier Jahre hast du unserem Vater treu gedient und in allem gehorcht, ohne zu fragen oder zu klagen. Du warst wie eine marmorne Statue am Thron unseres Vaters. Dann jedoch bist du Aina begegnet, einer Dienerin im Palast, und ich kann verstehen, dass du ihrer Schönheit nicht widerstehen konntest. Um es kurz zu machen – dein steinernes Herz erweichte sich, und du bist ihr verfallen. Aber natürlich hätte Vater dir nie erlaubt, sie zu heiraten, oder überhaupt mit ihr zusammenzukommen.«

»Aina?«

»Sie war es, die dich zu mir geschickt hat, denn wir waren Freundinnen, bevor ich in dieses kalte Land gesandt wurde.«

»Und wir haben uns verbündet?«

Shahila nickte und musterte ihren Bruder verstohlen. Seine Bewegungen waren fahrig, sein Blick unstet, sie konnte ihm ansehen, dass er bis ins Mark verunsichert war. Schon bald, vielleicht schon am kommenden Tag, war diese Angelegenheit erledigt, und sie brauchte ihn nur noch als Leiche. Sie freute sich auf sein Gesicht im letzten Augenblick seines Lebens, wenn er begriff, wie sehr sie ihn betrogen und belogen hatte. Wie ahnungslos er war! Er wusste nicht, dass es seine Mutter Mitaqi war, wegen der ihre Mutter vom Padischah verstoßen worden war, denn er hatte diese falsche Schlange zu seiner neuen Lieblingsfrau auserkoren. War es denn nicht mehr als gerecht, dass die schöne Nilami sich gewehrt und die Rivalin getötet hatte, als sie erfahren hatte, dass diese ihr den kostbaren Platz an der Seite ihres Mannes rauben wollte? Shahila hätte nicht anders gehandelt. Doch von alldem hatte Sahif, der damals noch ein Kind gewesen war, nie etwas erfahren. Ihr Blick verdüsterte sich. Auch sie war ein Kind gewesen, aber ihr Vater hatte sie gezwungen, der Auspeitschung ihrer eigenen Mutter zuzusehen. Sie träumte manchmal davon. Das alles war Mitaqis Schuld. Aber da sie sich an einer Toten nicht mehr rächen konnte, hatte sie Sahif, den verhassten Sohn, als todgeweihtes Werkzeug ihrer Rache ausersehen, einer Rache, deren Weg als Nächstes über die Leiche des Herzogs von Atgath führte.

Es hatte sie viel Beherrschung gekostet, ihm nicht all das ins Gesicht zu schreien, aber jetzt hatte sie sich wieder im Griff, und es war Zeit, ihm das Fallbeil zu zeigen, unter dem er lebte. Shahila war nicht zimperlich, wenn es darum ging, ihren Vater als Ungeheuer darzustellen, doch jetzt musste sie einfach nur die Wahrheit erzählen: »Es gibt da noch etwas, was du vermutlich vergessen hast, Sahif: das *Gesetz der Skorpione*.«

Sein fragender Blick verriet ihr, dass er natürlich keine Ahnung hatte, wovon sie sprach. Sie seufzte. »Weißt du, das Reich von Oramar ist groß und vereint viele Stämme und Völker. Früher, in der alten Zeit, wurde es oft von Bruderkriegen erschüttert, vor allem, wenn der alte Padischah gestorben war und mehrere Söhne nach seinem Thron griffen. Sie verbündeten sich mit diesem oder jenem Stamm, und dann führten sie lange und blutige Kriege gegeneinander. Aus diesem Grund erließ unser Ur-Urgroßvater ein Gesetz, das dem ein für alle Mal ein Ende bereitete.«

»Das Gesetz der Skorpione?«

Sie nickte. »Es verlangt, dass nach dem Tod des Padischahs der Erbe seine Brüder tötet, um die Ordnung im Reich zu wahren.«

Sahif starrte sie ungläubig an. »Die Brüder töten sich gegenseitig?«

»Warum, glaubst du, nennt man unser Haus das Haus der Skorpione? Unser Vater hatte acht Brüder, doch keiner unserer Onkel hat das erste Jahr seiner Herrschaft überlebt. Die klügeren unter ihnen legten sich freiwillig unter das Schwert des Scharfrichters, weil sie damit wenigstens ihre Frauen und Töchter, wenn auch nicht ihre Söhne retten konnten, die anderen ließ er ermorden – mit ihren Frauen und Kindern. Nun war unser Vater im vergangenen Jahr erkrankt, ein tückisches Fieber, das er sich in Damatien beim endlosen Krieg gegen die Bergvölker geholt hatte. Er wäre fast daran gestorben, und unsere Brüder begannen schon, sich an die Gurgel zu gehen. Betai – du wirst dich auch an ihn wohl nicht erinnern, aber er war ein Liebling unseres Vaters – ist bereits unter rätselhaften Umständen gestorben. Nun, der Große Skorpion erholte sich, und damit halten unsere Brüder vorerst Ruhe. Doch sollte er sterben, ist dein Leben verwirkt.«

»Du glaubst also, jemand hat unseren Bruder Betai getötet?«

Wieder zuckte sie mit den Achseln. »Einige unserer Brüder, Halbbrüder allesamt, denn keiner Frau ist gestattet, mehr als einen Sohn zu gebären, sind früh gestorben, aber es leben außer dir noch elf männliche Nachkommen. Sechs von ihnen stammen wie du von Nebenfrauen und haben keine Aussicht auf den Pfauenthron, denn sie verfügen über keinerlei Hausmacht. Es ist kein Zufall, dass ihnen die Ehe verboten ist. Fünf deiner Halbbrüder stammen jedoch von den Hauptfrauen unseres Vaters, und sie sind es, aus deren Kreis er seinen Nachfolger bestimmen wird. Es gäbe also wenigstens fünf Männer mit Gründen für eine solche Tat, auch wenn Alamaq wahrscheinlich zu jung ist. Vielleicht war es Baran, der älteste und nach Betais Tod der wahrscheinlichste Nachfolger, oder Weszen, der brutalste und rücksichtsloseste unter den Prinzen. Doch spielt das eine Rolle?«

»Also wollte ich mich und ... Aina in Sicherheit bringen? Hier, in Atgath?«

Shahila lachte. »Nein, da müsstest du schon erheblich weiter fliehen, kleiner Bruder. Ich behaupte sogar, dass es auf dieser Welt keinen Ort gibt, an dem du sicher wärst. Der Arm des Padischahs ist lang genug, um dich überall auf der Welt zu erreichen. Er gebietet über mächtige Magier, und seine Verbindungen zur Bruderschaft der Schatten sind ausgezeichnet. Nein, es gibt kein Entkommen vor seinem tödlichen Stachel.«

»Möge unser Vater also noch viele Jahre leben«, murmelte Sahif nachdenklich.

»Eine schwache Hoffnung, wenn du mich fragst, denn der Große Skorpion wird allmählich alt, und die Krankheit hat all seinen Feinden und Söhnen in Erinnerung gerufen, dass selbst der unbesiegbare Akkabal at Hassat nicht unsterblich ist. Nein, deine Lösung liegt im Vergessen, und das wiederum findest du hier, in Atgath.«

»Vergessen?«

»Ich will dich nicht mit Einzelheiten langweilen, doch Tatsache ist, dass diese unscheinbare Burg in einer geheimen Kammer einige äußerst mächtige magische Ringe und Amulette birgt, so mächtig, dass sie vor der Welt verborgen wurden. Zu diesen Kostbarkeiten sollen der Legende nach auch ein paar Ringe gehören, die denen, die sie tragen, die Gnade des Vergessens bescheren sollen.«

Sahif barg die Stirn in den Händen. »Das verstehe ich nicht«, gestand er.

»Man wird dich vergessen, Sahif, dich und deine Geliebte, wenn ihr diese Ringe tragt. Unsere Brüder werden nicht einmal mehr wissen, dass es dich gibt oder je gegeben hat. Ich übrigens auch nicht mehr. Ich kann nicht sagen, zu welchem Zweck diese Ringe gefertigt wurden, doch sind sie genau das, was du brauchst.«

»Ich wollte also ein paar Ringe stehlen? Das war alles?«

»Den Schlüssel, du solltest mir den Schlüssel zu dieser Kammer besorgen.«

»Ein Diebstahl also«, murmelte er unglücklich. »Ich nehme an, dass es da andere Schätze gibt, auf die du es abgesehen hast.«

Shahila lächelte. »So etwas in der Art, lieber Bruder, und es ist bedauerlich, dass du mir dabei wohl vorerst nicht mehr helfen kannst. Doch vielleicht haben wir Glück, und dein Gedächtnis kehrt bald zurück.«

Ihr Bruder nickte schwach, und sein Blick ging ins Leere.

Shahila sah ihm an, wie schwer es ihm fiel, all die Dinge, die sie ihm gesagt hatte, zu begreifen. Sie war im Großen und Ganzen mit sich zufrieden. Sie hatte sich die meiste Zeit eng an die Wahrheit gehalten, für den unwahrscheinlichen Fall, dass er die Erinnerung über Nacht wiederfinden würde. Natürlich hatte sie ihm Dinge, von denen er nie gewusst hatte, weiterhin verschwiegen. Und diese Ringe? Schon beim ersten Mal, als sie ihm zögernd, geradezu widerstrebend, von diesen Wunderringen berichtet hatte, hatte er ihr sofort geglaubt. Sie waren wirklich genau das, was er brauchte, und genau deshalb hatte er ihr unbedingt glauben *wollen*. Wie leichtgläubig die Männer doch waren! Wer, bei den Göttern, sollte denn Verwendung für solche Ringe haben? Sie war sehr stolz auf diesen Einfall. Und nun hatten die Götter auch noch Humor bewiesen, denn sie hatten ihn, der das Vergessen so verzweifelt suchte, es auf so ganz andere und bittere Weise finden lassen.

Sie legte ihm sanft die Hand auf die Wange und schenkte ihm einen Blick, aus dem er Wohlwollen und Mitgefühl lesen sollte. »Ich verstehe, dass all das für dich schwierig zu begreifen ist. Doch bist du nun in Sicherheit und kannst in Ruhe darüber nachdenken. Wir werden dich verstecken, bis die Sache ausgestanden ist. Und, wer weiß? Vielleicht kommt deine Erinnerung ja auch schon bald zurück. Doch da du nun dein Handwerk vergessen hast, sollten wir dich wohl zunächst verstecken.«

»Aina, meine ... Geliebte. Ich will sie sehen. Ist sie hier?«

»Nein, sie ist nicht in Atgath. Das wäre wohl doch zu gefährlich. Sie wartet in der Hafenstadt Felisan auf dich, bis all das hier vorüber ist.«

Er nickte zögernd, dann fragte er: »Und wo wollt ihr mich verstecken?«

Sie lächelte und erhob sich. »Unter der Nase deiner Feinde, hier, in der Burg, kleiner Bruder. Es gibt hier viele vergessene Winkel, und ich denke, das ist der Ort, an dem man dich zu allerletzt vermuten wird. Warte hier, ich werde noch einmal mit Almisan reden. Ich glaube, er hat sogar schon eine geeignete Kammer vorbereitet.«

Als sie fast an der Tür war, rief er: »Noch eines, Shahila: Da war ein Mädchen, hier aus der Stadt, sie hat mir geholfen. Eine Köhlertochter. Die Wachen waren auch hinter ihr her. Hast du vielleicht etwas über sie gehört?«

Shahila runzelte die Stirn. Hielt nicht Meister Hamoch ein Mädchen aus der Stadt in seinen Katakomben gefangen? Das mochte das Mädchen sein, nach dem er fragte. Doch musste er das wissen? »Nein«, sagte sie schließlich, »ich weiß von keinem Köhlermädchen, tut mir leid. Aber nun entschuldige mich einen Augenblick, Sahif.«

Sahif – immer noch klang ihm der Name seltsam fremd in den Ohren. Er sah seiner Halbschwester nach, und dann starrte er in das flackernde Licht der Kerze. Ihn fröstelte. Die Kammer war kalt und dunkel, und jetzt, da seine Schwester und ihr warmes Lächeln fort waren, wirkte sie doppelt leer. Der Nachtfalter taumelte beharrlich weiter um die Flamme, als würde er ihr noch näher kommen wollen, aber am Ende doch wieder vor dem Licht zurückschrecken. Seine Schwester, Halbschwester, hatte ihm erstaunliche, ja, erschreckende Dinge erzählt, und er spürte, dass die meisten davon wahr sein mussten. Das Loch, das sich in seinem Inneren auftat – es war ein Abgrund. Er war ein Schatten, ein Mörder, und sie hatte es ihm mit einem mitleidigen Lächeln enthüllt. Er horchte in sich hinein, hoffte auf ein Echo aus der Dunkelheit, irgendetwas, das ihm sagte, dass das alles nicht stimmte, aber da war nur Leere. Er hatte an ihren Lippen gehangen, als sie ihm enthüllt hatte, wer er war, hatte die Worte aufgesaugt, auch wenn sie ihn erschreckten. Der alte Sahif muss Shahila vertraut haben, denn sonst wäre er wohl nicht hier, aber der neue Sahif? Sollte er ihr ebenfalls vertrauen? Sie hatte ihm nicht alles gesagt, das hatte sie selbst zugegeben. Dafür gab es von ihrem Standpunkt aus gesehen durchaus nachvollziehbare Gründe.

Sahif schloss die Augen und dachte nach. Er hatte den Verwalter getötet, offensichtlich ohne Grund. Das hatte ihm seine Schwester wenigstens erzählt. War sein früheres Ich so kaltblütig, dass er für seine eigene Sicherheit, sein Glück mit seiner Liebsten, über Leichen ging? In welch finstere Pläne hatte er sich einspannen lassen? Shahila schien der Tod dieses Verwalters allerdings auch nicht sonderlich zu bestürzen. Für sie war es offenbar eher eine Art Ärgernis, nicht ein Verbrechen, dass er einem Mann das Leben geraubt hatte. Sie war wenigstens ebenso kaltblütig wie er, ohne Zweifel, und sie hegte finstere Pläne, zu denen sein altes Ich seinen Teil beitragen hätte sollen. Doch was konnten das für Pläne sein, zu denen sie die besonderen Talente eines Schattens brauchte? Der Nachtfalter flog endlich doch ins Licht und verbrannte. Für einen kurzen Augenblick flackerte die Kerze, dann brannte sie weiter, als sei nichts geschehen. Sahif starrte in die Flamme. Vielleicht war die Frage gar nicht, ob der alte Sahif Shahila vertraut hatte, sondern ob er dem alten Sahif vertrauen konnte! Sein altes Ich hatte Menschen getötet, skrupellos, zu seinem eigenen Vorteil und zu dem seiner Schwester. Ein Schatten war er, ein Geschöpf der Finsternis. Nein, das war kein Mann, dem er vertrauen wollte.

Er erhob sich. Wenn er seinem alten Selbst nicht traute, dann erst recht nicht dessen Verbündeter, seiner Halbschwester. Was begehrte sie aus jener geheimnisvollen Kammer, von der sie gesprochen hatte? Er wendete ihre Worte hin und her. Es schien ihm jetzt, dass sie ihm eigentlich mehr verschwiegen als verraten hatte. Wie freundlich und nachsichtig sie ihm gegenüber doch war – ihm, dem Mörder Sahif. Was suchte sie in Atgath? Sie war voller Hass auf ihren Vater, das hatte er begriffen, doch was hatte sie vor? Wozu brauchte sie einen Schatten – oder sogar zwei, denn da war ja noch Almisan an ihrer Seite. Er sah zum Fenster. Lärm aus der Stadt drang durch die geschlossenen Läden, vielleicht vom Jahrmarkt. Ihm wurde endlich mit erschreckender Kälte klar, dass er hierhergekommen war, um Tod und Unglück über diese Stadt zu bringen, denn das war der Zweck, das Wesen der Schatten. Jetzt beschlich ihn noch ein anderes Gefühl: Grauen. Ihm graute vor seinem alten Ich, und vor dem, was es, nein, was *er* getan hatte.

Sahif biss sich auf die Lippen. Das Seil lag noch dort an der Wand. Er blickte zur Tür und zögerte. Shahila war seine einzige Verbündete, die Einzige, die ihm einen sicheren Unterschlupf bieten konnte, und das in einer Stadt, in der beinahe jeder hinter ihm her war. Wieder blickte er zum Fenster. Wenn er flüchtete, bedeutete das den Bruch mit seiner Halbschwester. Da draußen war er auf sich allein gestellt, beinahe hilflos, in einem Meer von Feinden. Wie sollte er Ela helfen, wenn er sich doch nicht einmal selbst helfen konnte? Er wusste doch nicht einmal, wo sie war. Shahila würde es vielleicht in Erfahrung bringen können. Er hielt inne. Als er nach Ela gefragt hatte, hatte sie gezögert, nur eine Winzigkeit, kaum spürbar, aber er hatte es bemerkt. Sie wusste etwas, natürlich! Also hatte sie ihn angelogen. Sahif schloss die Augen und atmete einmal tief durch. Wenn sie ihn in diesem Punkt belog, dann sicher auch in anderen. Shahila war vor der Tür und sprach mit Almisan, seinem Schattenbruder, aber er konnte sie nicht hören. Also gab es wohl noch mehr Geheimnisse. Vielleicht sollte er versuchen, sie zu belauschen. Er war sich ziemlich sicher, dass es das war, was der alte Sahif getan hätte.

»Ich bekomme den Tisch aber wieder, Herr Leutnant, nicht wahr?«

»Natürlich, keine Sorge«, brummte Teis Aggi.

Sie hatten den Köhler auf dem zusammengebrochenen Tisch gelassen und dort festgebunden, denn er war nicht aufzuwecken, und Aggi dachte, es sei am einfachsten, ihn auf dieser improvisierten Trage in die Burg zu schaffen.

»Und wer zahlt den Schaden? Und wer das Bier, das Eure Männer so reichlich genießen?«

Aggi warf dem Mann angewidert zwei Silbergroschen zu. Offensichtlich hatte er vergessen, wie sehr er sie um Hilfe angefleht hatte. Es war ja nicht ihre Schuld, dass der Kampf sich von selbst erledigt hatte. Allerdings war der Schaden wirklich beträchtlich. »Und Ihr seid sicher, dass das alles dieser eine Mann angerichtet hat?«, fragte er noch einmal nach.

Der Wirt nickte. »Ich wollte ihm kein Bier mehr geben,

denn er konnte nicht zahlen. Da ist er wütend geworden und hat uns angegriffen.«

»Einfach so?«

»Einfach so, Herr Leutnant.«

»Und es kann nicht sein, dass Eure Gehilfen vielleicht zuerst handgreiflich geworden sind?«

»Aber nicht doch, Herr Leutnant, sie haben ihn lediglich höflich gebeten zu gehen.«

Aggi glaubte ihm kein Wort, aber damit sollte sich Richter Hert herumschlagen. Es war schon spät, und er wollte endlich ins Bett. Dennoch fragte er sich, was Grams in der *Riesenbuche* gewollt hatte, denn für gewöhnlich verkehrte er doch im *Ochsen*. Ob er wusste, dass seine Tochter eine Gefangene war? Und wie war er überhaupt in die Stadt hineingekommen? Die Wachen am Tor hätten ihn festnehmen müssen, und Köhler Grams war nun wirklich jemand, der leicht zu erkennen war.

»Hatte er eigentlich einen besonderen Grund, hierherzukommen?«, fragte Aggi.

Der Wirt sah ihn schief an. »Er fragte immer wieder nach einem Mädchen. Er war schon sehr lästig für meine anderen Gäste. Ich hätte ihn wohl besser gar nicht erst hereinlassen sollen.«

»War er denn allein?«

»Ja, war er, aber er erwähnte einen Marbic oder Marbelic oder so ähnlich. Zu dem wollte er, um sich Geld zu borgen, wenn ich das richtig verstanden habe.«

»Aber Ihr habt ihn nicht gehen lassen?«

»Ich kenne den Mann doch kaum. Dies ist ein ehrbares Haus, mit ehrbaren Gästen. Wäre nicht Jahrmarkt, hätte ich ihn wohl gar nicht erst hereingelassen, was klüger gewesen wäre. Aber ihn hinausgehen lassen, um von einem angeblichen Freund Geld zu borgen? Ich bitte Euch! Am Ende sehe ich ihn nie wieder.«

»Nun, spätestens im Winter, wenn Ihr bei ihm Kohlen bestellt, seht Ihr ihn sicher wieder. Und vermutlich müsst Ihr ihn sogar wieder ins Haus lassen, sonst könnte es sein, dass Euch einer Eurer ehrbaren Gäste am kalten Ofen erfriert.« Und dann befahl er angewidert den Abmarsch.

Vier Mann waren nötig, um Meister Grams auf der Tischplatte anzuheben. Er war noch schwerer, als er aussah. *Vor allem ist er stärker, als er aussieht*, dachte Teis Aggi. Er sah sich noch einmal um. Die *Riesenbuche* wirkte, als hätte ein ganzes Heer darin gewütet. Und nun schafften sie den Köhler in den Kerker der Burg. Ela Grams würde das sicher nicht gefallen.

»Und Ihr glaubt, dass er uns vertraut, Hoheit?«, fragte Almisan leise.

Shahila stand mit dem Rahis auf dem Gang, einige Schritte von der Kammer entfernt, denn ihr Vertrauen zu ihrem Bruder ging nicht so weit, dass sie nicht glaubte, er könne versuchen, sie zu belauschen. Sie blickte auf die schwarzen, lichtlosen Gebäude der Burg. Es sah so aus, als wären sie die einzigen Menschen, die noch auf den Beinen waren. »Du hast doch zugehört, Almisan. Ich denke, ich habe ihm klarmachen können, dass er uns braucht, wenn er überleben will«, sagte sie.

Almisan antwortete nicht.

»Hast du Bedenken, ihn zu töten?«

»Nein, wenn es für Euren Plan erforderlich ist, wird er sterben, Herrin.«

»Vielleicht sollten wir es besser gleich tun, bevor er Schwierigkeiten macht.« Sie genoss die Vorstellung, dass ihr verhasster Halbbruder nur einige Schritte entfernt in der Dunkelheit saß und keine Ahnung hatte, was ihn erwartete.

»Es gibt Männer in dieser Burg, die bemerken würden, ob Sahif vor oder nach dem Tod des Herzogs gestorben ist«, gab Almisan zu bedenken.

Shahila gab ihm widerwillig Recht. Sie betrachtete den Umriss des Hünen in der Dunkelheit. Almisan stammte aus einem Dorf, das in einem der vielen Kriege ihres Vaters niedergebrannt worden war, und der Große Skorpion hatte ihn aufgenommen und dann zur Ausbildung der Bruderschaft der Schatten übergeben. Er hatte schon ihrer Mutter gedient, und eigentlich war es seltsam, dass der Padischah zuließ, dass er nach ihrem Sturz auch der Tochter dienen durfte. Er war unerschütterlich wie ein Fels, doch nun schien er ungewohnt nachdenklich. »Dich beschäftigt noch etwas anderes, oder?«

»Es ist etwas Unberechenbares an ihm, Hoheit. Ich kann es nicht gut erklären, aber er ist nicht mehr der Mann, der er bis gestern war.«

»Ja, er wirkt völlig hilflos.«

»Das meinte ich nicht. Er denkt einfach anders. Das dürfen wir nicht außer Acht lassen.«

Sie seufzte. »Ich weiß leider nicht, was genau du meinst, Almisan, aber ich glaube, wenn du ihn erst einmal in seinem Versteck eingeschlossen hast, ist es gleich, ob er uns noch traut oder nicht. Und ich kann mich endlich um andere Dinge kümmern. Es liegen noch erhebliche Schwierigkeiten vor uns, Almisan.«

»Nestur Quent?«

Sie nickte. »Der alte Zauberer ist tausendmal schlauer als sein Adlatus. Es ist zu schade, dass er so gänzlich unempfänglich ist für die Reize des Goldes, der Frauen oder der Macht.«

»Mit Gold könnten wir ihn auch kaum noch ködern, Hoheit«, sagte Almisan trocken.

Shahila seufzte. In der Tat hatte sie den größten Teil ihrer

Mitgift sowie das Vermögen ihres ahnungslosen Mannes in diesen Plan gesteckt, und jetzt waren ihre Mittel nahezu verbraucht. »Dafür ist Meister Hamoch schon beinahe auf unserer Seite. Es fehlt nur noch ein kleiner Stoß, und den wird er bald bekommen«, sagte sie.

»Wollt Ihr diesen Mann tatsächlich in Euer Bett lassen, Hoheit?«

»Natürlich nicht! Ich werde ihm auch da mehr versprechen, als ich zu halten gedenke. Wie ich schon sagte, es wird leichter gehen, wenn er davon überzeugt ist, das Richtige zu tun, nicht für sich, sondern für den Herzog.«

»Und doch zweifle ich, dass er mit dem alten Quent fertig wird, Hoheit«, gab Almisan zu bedenken.

»Alleine sicher nicht. Und deshalb wird er deine Unterstützung bei der Durchführung seines Plans brauchen.« Shahila lachte leise. »Der Arme weiß noch nicht einmal, dass er einen Plan hat, aber wir sollten es so aussehen lassen, als sei er von selbst darauf gekommen.«

»Natürlich, Hoheit.«

»Gut, bring den Prinzen jetzt in sein Versteck. Ich werde ihm einen Gutenachtkuss geben, so wie es sich unter Geschwistern gehört. Und dann werde ich mich endlich zurückziehen. Es ist spät, und morgen wird ein wichtiger Tag.«

Als sie die Kammer betraten, fanden sie sie jedoch verlassen vor. Durch einen offenen Fensterladen fiel Mondlicht auf den nackten Boden. Almisan stürzte zum Fenster. »Das Seil! Ich bin ein Narr!«

Shahila fühlte den Zorn in sich aufsteigen, jene schnelle Wut, die sie mit ihren Geschwistern gemein hatte. Sie atmete tief durch. Sie war sich sicher gewesen, ihn wieder auf ihre Seite gezogen zu haben. Hatte sie sich so getäuscht? »Siehst du ihn? Kannst du ihn einholen?«

»Dort unten, in der Gasse. Aber wartet, Herrin, er begibt sich geradewegs in neue Schwierigkeiten.«

Sahif war zu dem Entschluss gekommen, weder seinem alten Selbst noch seiner Halbschwester und schon gar nicht seinem Schattenbruder Almisan zu vertrauen. Er hatte das Seil genommen und sich aus dem Staub gemacht. Einen Plan hatte er eigentlich nicht, nur die ungefähre Idee, sich an Wulger Dorn, den Glasmeister zu wenden, denn das war so ziemlich der einzige Mensch, den er in dieser Stadt kannte. Er war den ganzen Tag seiner Vergangenheit nachgejagt, hatte versucht herauszufinden, wer er war. Jetzt wusste er es, und er rannte davon, vor sich selbst und vor den undurchsichtigen Plänen seiner Halbschwester. Die ganze Zeit hatte er unter unglaublicher Anspannung gestanden, weil er immer das Gefühl gehabt hatte, etwas tun zu müssen, von dem er nicht wusste, was es war. Er hatte das Gewicht der Verpflichtungen gespürt, auch wenn er keine Ahnung gehabt hatte, was das für Verpflichtungen waren. Jetzt wusste er es, und auch davor rannte er davon. War Aina, seine Geliebte, seine Rettung? Sie hatte sich in einen Schatten verliebt – wusste sie, was das bedeutete, und würde sie ihn auch lieben, wenn er nun ein anderer war? Das würde er herausfinden, aber zuerst musste er Ela Grams suchen. Er hatte keine Ahnung, wo sie sein mochte, aber er ahnte, dass sie in Gefahr war, und das war seine Schuld. Und jetzt musste er diese Schuld begleichen.

Er rannte die Straße entlang und um die nächste Ecke. Ein Trupp Soldaten kam ihm in langsamem Marsch entgegen. Sie trugen eine leblose Gestalt auf einer Art Bahre. Sahif hielt sich nicht damit auf herauszufinden, wer das sein mochte. Er drehte um und rannte zurück.

Hinter ihm brüllte jemand »Halt! Stehenbleiben!«, aber natürlich dachte er nicht daran, diesem Befehl zu gehorchen. Er bog in die nächste schmale Gasse ein, wieder um eine Ecke, um noch eine und rannte weiter. Vermutlich verfolgte man ihn, vermutlich würden all die Leute, die ihn zuvor in der Neustadt gejagt hatten, nun die Altstadt nach ihm durchkämmen. Er biss die Zähne zusammen und rannte. Ihm wurde klar, dass er unter diesen Umständen nicht zu Wulger Dorn laufen konnte, ja, nicht laufen durfte, weil er den Glasbläser sonst in ernsthafte Schwierigkeiten bringen würde. Doch wo sollte er hin? Einige schmale Querstraßen weiter wusste er es: Im Grunde genommen konnte er nur wieder in den Untergrund gehen. Der Gedanke gefiel ihm nicht besonders, denn anders als beim letzten Mal hatte er keinen Hünen an seiner Seite, der ihn heraushauen würde. Nur der frühere Sahif war mit ihm, aber der war ein sehr unzuverlässiger Verbündeter. Sahif rannte weiter durch die Gassen. Gar nicht weit entfernt wurden Befehle durch die Nacht gebrüllt, und in einigen Häusern flammten Lichter auf. Das fehlte ihm noch, dass sich auch die Bürgerwehr an der Jagd auf ihn beteiligte.

Der Lärm des Jahrmarkts war inzwischen verebbt, und manchmal, wenn er breitere Gassen überquerte, sah er kleine Gruppen von Menschen, die nach Hause schlenderten. Viele waren angetrunken, und die meisten waren zu sehr mit sich selbst und ihren Erlebnissen auf dem Jahrmarkt beschäftigt, um ihn zu beachten, wenn er zwischen ihnen hindurchhuschte. Sie blieben bestenfalls stehen und stierten den Soldaten nach, die durch die Straßen hasteten. Sahif rannte und suchte den Eingang, den er mit Habin benutzt hatte. Bei Nacht sahen diese Gassen für ihn alle gleich aus. Wenn er stehenblieb, hörte er das Getrampel der Soldaten, immer viel zu nah für seinen Geschmack.

Er kletterte auf das nächste Dach, um sich auszuruhen und

sich einen Überblick zu verschaffen. Wenigstens das gelang ihm inzwischen ganz gut ohne die Hilfe seines früheren Selbst. Er kauerte sich in den Schatten eines Kamins, sah sich um und lauschte. Noch sah er keine Schützen auf den Dächern. Unter ihm trottete ein Trupp Soldaten durch die Gasse, aber die hatten entweder keine Lust, auf die Dächer zu steigen, oder sie kamen einfach nicht auf die Idee. Dann fiel Sahif ein, dass nun möglicherweise nicht mehr nur die Wachen, Naroks Gesetzlose und die Bürgerwehr hinter ihm her waren: Er hatte mit seiner Schwester gebrochen, was bedeutete, dass wahrscheinlich auch Almisan, sein Schattenbruder, ihn jagte. Ihm wurde kalt. Das war ein Gegner, dem er nicht gewachsen war, wahrscheinlich nicht einmal, wenn ihm der alte Sahif zu Hilfe kam. Er presste sich dichter an die Ziegel des Kamins. Almisan war vielleicht noch in der Burg, und von da hatte er einen ausgezeichneten Blick über alle Dächer dieser Stadt.

Ausgerechnet jetzt beratschlagten die Wachen genau unter ihm, was zu tun sei. Sahif spähte über die Dächer. Da – bewegte sich nicht ein Schatten zwischen den Kaminen dort? Es mochte nur eine Katze sein, aber alleine die Möglichkeit, dass es Almisan sein *könnte*, jagte ihm Angst ein. Die Soldaten in der Gasse marschierten endlich weiter. Er kroch über das Dach und ließ sich leise auf die Straße fallen. Er musste den Zugang finden, und dazu brauchte er einen Anhaltspunkt. Er schlich in Richtung Markt, und tatsächlich stieß er auf die Gasse, in der sich auch der *Schwarze Henker* befand. Hier hatte die Hatz begonnen. Wieder musste er an Ela denken, die er dort zum letzten Mal gesehen hatte und der er irgendwie helfen musste. Aber wie, wo er doch nicht einmal wusste, was mit ihr geschehen war? Er hielt sich im Schatten und folgte seinem Fluchtweg vom Tag zuvor. Er erreichte die Abzweigung, an der er mit Habin zusammengestoßen war, sogar den zerbrochenen Besenstiel entdeckte er, von achtlosen Füßen nur etwas zur Seite geschoben, und er schlich geduckt weiter. Was, wenn Almisan auf dieselbe Idee kam? Sahif biss die Zähne zusammen. Solange ihm nichts Besseres einfiel, würde er dem Plan folgen. Er fand den kleinen Hinterhof wieder. Er lag immer noch still und verlassen. Er brauchte eine Weile, um im Dunkeln die richtige Platte zu finden. Er öffnete sie, und das leise Ächzen der Scharniere kam ihm viel zu laut vor. Die schwarze Finsternis, die ihn erwartete, wirkte wenig einladend. Er stieg ein und schloss den Eingang. Im Dunkeln suchte er nach einem Mechanismus, um den Zugang zu verriegeln, aber er fand keinen. Er tastete sich vorsichtig hinab und lauschte. In einiger Entfernung gurgelte leise Wasser durch einen Gang, und gelegentlich fielen Tropfen mit hohlem Klang von der Decke. Aber da war noch etwas, ein sehr leises Geräusch, beinahe nicht hörbar – jemand atmete, ganz in der Nähe, in der Dunkelheit, die ihn umgab.

Leutnant Aggi verfluchte diesen Tag, der einfach kein Ende nehmen wollte. Seit dem frühen Morgen war er auf den Beinen und fast die ganze Zeit in wichtigem Auftrag unterwegs. Auch jetzt hetzte er wieder durch die Stadt, dem Schatten hinterher. Er hatte vier Träger mit dem Gefangenen in die Burg geschickt, sie sollten außerdem dafür sorgen, dass dort die Posten verstärkt wurden. Er hatte einen Läufer in die Neustadt gesandt, um die Soldaten einzusammeln, die er jetzt auf dieser Seite des Kristallbachs brauchte. Einen zweiten Läufer beorderte er in den *Henker*, für den Fall, dass dort noch ein paar seiner Männer ihren Dienstschluss feiern sollten. Die anderen Männer seines Trupps hatte er in Dreiergruppen losgeschickt. Er seufzte. Sie hatten eindeutig zu wenige Männer, und nach der Verwundung von Hauptmann Fals blieb die Arbeit an ihm hängen, weil Henner Gort, der andere Leutnant, so faul und langsam war, dass man ihm beim Gehen die Schuhe besohlen konnte. Und nun eilte er durch die Heugasse und hoffte darauf, dass sich ihm noch ein paar Männer anschließen würden. Er lief zum Marktplatz, weil er den großen Brunnen dort als Sammelpunkt angegeben hatte. Die Buden, Stände und Bühnen waren inzwischen geschlossen, selbst in den Wirtshäusern am Markt kehrte langsam Ruhe ein. Zwei der Marktwächter drehten ihre Runde über den Platz. Er befragte sie, aber sie hatten nichts Verdächtiges bemerkt. Aggi dankte ihnen, ging hinüber zum Marktbrunnen und wartete. Seine Leute streiften in kleinen Gruppen durch die Gassen, er konnte ihre Rufe hören. Er musste anerkennen, dass sie tapfer durchhielten. Die meisten waren kaum weniger lange auf den Beinen als er. Er gönnte sich einen Schluck Wasser aus dem Brunnen, setzte sich, lehnte sich an die schmucklose Einfassung und ließ seinen Blick über das Gewirr der Stände schweifen. Der Mond stand hell und voll im Westen und tauchte den Markt in ein geheimnisvolles Licht, für dessen Zauber der Leutnant jetzt allerdings wenig Sinn hatte. Licht bedeutete Schatten, und die Schatten machten ihm Sorgen.

Jetzt fiel ihm ein Mann auf, der über die leeren Marktgassen schlenderte. Er rief ihn an: »Heda, Bürger!«

Der Mann blieb stehen, brauchte einen Augenblick, um ihn zu entdecken, und nickte ihm dann freundlich zu.

Aggi erkannte ihn wieder: Es war der Pilger, der am Morgen am Bach aufgetaucht war, als sie die Leiche von Apei Ludgar gefunden hatten. Auch dieser Mann war also schon lange auf den Beinen. Aggi erhob sich und ging dem Fremden ein Stückchen entgegen.

»Wohin so spät noch, Bürger?«, fragte er.

»Ich suche ein Gasthaus, in dem ich mir einen Krug für die

Nacht gönnen kann, ohne dass es mich meine letzten Groschen kostet«, erwiderte der Fremde.

»Das dürfte schwer werden, Bürger, denn die meisten Gastwirte schließen jetzt. Aber ich kenne Euch, Ihr seid der Fremde vom Bach.«

»Ihr habt ein ausgezeichnetes Gedächtnis, Herr Soldat«, erwiderte der Fremde.

»Ich habe auch ein gutes Namensgedächtnis, Fremder. Wenn Ihr also so freundlich sein wolltet ...?«

»Ured, Faran Ured ist der Name, und fremd bin ich in der Tat. Ihr wisst nicht zufällig vielleicht doch ein Wirtshaus, das noch geöffnet haben könnte?«

»Habt Ihr nicht gesagt, dass Ihr ausgeraubt wurdet?«

»So ist es, so ist es, aber die Räuber haben die Münzen, die ich am Leibe führe, übersehen.«

»Wenn Ihr nicht noch einmal überfallen werden oder gar Schlimmeres erleben wollt, empfehle ich Euch, die Gassen jetzt zu meiden, denn es sind gefährliche Menschen in diesen Straßen unterwegs. Geht in Euer Quartier, das wäre das Beste. Ihr habt doch eines, oder? Sonst müssten wir Euch aus der Stadt weisen.«

»Ja, in der Tat bin ich untergekommen, Herr Soldat, ich wohne bei Asa Ludgar, in der Korbgasse. Sie war so freundlich ...«

»Bei Apei Ludgars Witwe? Da wollt Ihr übernachten?«

»So ist es, Herr Leutnant.«

Aggi grinste breit und sagte: »Ich weiß nicht, ob Ihr dort viel Schlaf finden werdet, Faran Ured, ja, ich weiß nicht, ob Ihr dort nicht sogar in größerer Gefahr seid als hier draußen in den Gassen.« Er wusste, das war abgeschmackt, aber er musste es einfach sagen und schob das auf die Anspannung.

Der Fremde lachte höflich, dann fragte er: »Sagt, Herr Soldat, was für eine Gefahr ist es denn, die Euch und Eure Kameraden so beunruhigt?«

Aggi seufzte. Normalerweise hätte er die Frage wohl nicht beantwortet, denn das alles ging einen Fremden wenig an, aber er war übermüdet, fühlte sich zerschlagen und fand, es könne nicht schaden, seine Gedanken mit diesem überaus freundlichen Menschen zu teilen. »Ein Schatten ist es, und ich meine keinen von der Sorte, wie sie Mond und Sonne werfen. Er treibt sich in der Stadt herum. Der Mann, den wir heute Morgen tot aus dem Bach gezogen haben, Verwalter Ludgar, er fiel ihm vermutlich zum Opfer. Und eben habe ich ihn nahe der Burg gesehen. Ich möchte wissen, was er dort wollte.«

»Ein Schatten? Ich habe von diesen Männern gehört. Wie furchtbar!«

Als er es sagte, ging Teis Aggi plötzlich auf, dass der Schatten womöglich nicht nur *bei,* sondern sogar *in* der Burg gewesen war. Das wäre dann das zweite Mal. »Irgendwer da drin muss ihm helfen«, murmelte er.

»Wo drin?«, fragte Faran Ured höflich.

Aggi sah ihn stirnrunzelnd an. Die fortwährende Freundlichkeit des Mannes war beinahe schon anstrengend. »Nirgendwo«, sagte er. »Doch jetzt, Fremder, bitte ich Euch, geht in Euer Quartier, denn sonst ist es möglich, dass einer meiner Leute am Ende Euch für den Schatten hält und auf Euch schießt. Ihr seid hier nicht bekannt, und ich kann für Eure Sicherheit nicht garantieren.«

»Ganz, wie Ihr meint, Herr Soldat. Ich will Euch keinesfalls im Wege stehen. Dann hoffe ich, dass vielleicht die Witwe Ludgar auch einen Krug Bier im Hause hat. Ansonsten müssen wir uns eben mit Tee behelfen.« Er lachte, verneigte sich leicht und zog sich zurück.

Der Leutnant sah ihm nach, bis er zwischen den Ständen

verschwunden war. *Ein seltsamer Mann,* dachte er. Er fand, Faran Ured sah nicht aus wie jemand, der um diese Uhrzeit noch ein Bier trinken ging. Und er fragte sich, was dieser Mann denn dann so spät noch auf dem Marktplatz, ja, was er überhaupt in Atgath wollte. Er wohnte also bei Witwe Ludgar. War das ein Zufall?

Faran Ured fluchte lautlos, als er über den Platz Richtung Korbgasse lief. Er hatte den Leutnant im Schatten des Brunnens zu spät entdeckt. Der Mann war leider nicht dumm, und seine Neugier machte es jetzt erforderlich, dass er noch einmal zu Witwe Ludgar zurückkehrte. Sie würde schon jetzt Stein und Bein schwören, dass er die ganze Nacht dort gewesen war, aber nun musste er den Zauber behutsam erneuern. Er seufzte, aber er gestand sich ein, dass er ohnehin zu früh am Markt gewesen war. Ured schüttelte den Kopf. Früher wäre ihm das nicht passiert. Er war aus der Übung, sein Gefühl für die richtige Zeit und den richtigen Ort schien ihm abhanden gekommen zu sein. Zwei Betrunkene schwankten an ihm vorüber. Dieser Jahrmarkt ließ die Leute anscheinend nicht ins Bett finden, und dann waren da noch andere, dunklere Ereignisse, die die Atgather beunruhigten. Diese lästigen Soldaten würden wohl noch eine ganze Weile in den Gassen unterwegs sein, und er konnte nur hoffen, dass sie nicht bis zum Morgen durch die Stadt patrouillierten.

Grimmig wünschte er sich, dass sie den Schatten endlich fassen würden, aber natürlich wusste er, dass auch dies seine Gefahren barg. Der junge Mann verhielt sich nicht, wie sich ein Schatten verhalten sollte, ja, sein Verhalten erschien Ured sogar völlig sinnlos, und man konnte viel über die Schattenbrüder sagen, doch nicht, dass ihre Handlungen ohne Sinn waren. Prinz Weszen hatte geschrieben, dass er sich nicht um ihn kümmern solle, aber der Prinz wusste ja nicht, wie seltsam sich der Schatten aufführte. Er erregte Verdacht – der Leutnant begann schon zu ahnen, dass dieser junge Mann Verbündete in der Burg hatte. Wenn er jetzt noch darauf kam, dass es Almisan und die Baronin waren, konnte er alles zunichtemachen. Faran Ured musste ihn im Auge behalten, ja, vielleicht musste er ihn sogar töten. Er fluchte noch einmal. Dieser Auftrag lief immer mehr in eine Richtung, die ihm ganz und gar nicht gefiel. Aber man hatte ihm keine Wahl gelassen.

Wenn man es erst einmal bemerkt hatte, war das leise Atmen unüberhörbar, ja, Sahif schien es mit jeder Sekunde, die er im Dunkeln des Stollens darauf lauschte, lauter zu werden. Sollte er zurück an die Oberfläche? Er hatte nicht einmal ein Messer, um sich zu verteidigen. Plötzlich zuckte ein Funke aus der Dunkelheit, und eine Laterne begann grünlich zu leuchten. Sahif starrte in ein kleines, blasses Gesicht, das ihn interessiert zu mustern schien. Für einen Augenblick dachte er, er hätte es mit dem seltsamen Wesen zu tun, vor dem er sich mit Habin in der Tunnelnische versteckt hatte, aber dann erkannte er seinen Irrtum: Diesem Wesen haftete nichts Monströses an. Ein Mensch war es allerdings nicht. Die Augen! Sie waren dunkel, fast schwarz in dem bleichen Gesicht, aber tief darin glomm ein seltsames Licht.

»Wer ... was, ich meine, wer bist du?«

»Marberic«, sagte das Wesen, dachte einen Augenblick nach und setzte hinzu: »Mahre nennen uns die Menschen.«

Und als Sahif es weiter anstarrte, sagte es: »Ich habe dich gesehen.«

»Im Dunkeln?«

»Nein, vorhin. Der Köhler kennt dich.«

»Köhler Grams? Er ist hier?«

»Nein. Ich warte auf ihn.«

»Du wartest auf Meister Grams?« Sahif versuchte zu verstehen, was das Wesen von sich gab.

»Er kommt nicht«, erklärte der Mahr jetzt nachdenklich.

»Und warum wartest du dann auf ihn?«

Der Mahr kratzte sich an seinem schütteren Bart. »Ich habe ihm einen Ring gegeben. Er sagte, er kommt gleich wieder. Ich hätte ihn nicht gehen lassen sollen.«

»Wo ist er denn hingegangen?«, fragte Sahif und fand, dass dieses Gespräch in eine seltsame Richtung glitt.

»Er will seiner Tochter helfen.«

»Augenblick – Ela? Du sprichst von Ela Grams?«

Der Mahr nickte.

»Warte«, sagte Sahif. »Ich habe da eben etwas gesehen. Die Soldaten haben jemanden in die Burg gebracht. Sie mussten ihn mit mehreren Männern tragen, und ich glaube, es könnte Meister Grams gewesen sein.«

»Dann sind sie jetzt beide in der Burg.«

»Ela? Sie ist auch in der Burg?«

»Er kommt also nicht zurück«, sagte der Mahr und wirkte mit einem Mal sehr einsam.

»Ela ist also wirklich in der Burg«, murmelte Sahif. Und das sollte seiner Schwester entgangen sein? Jetzt war sicher, dass sie ihn angelogen hatte.

Der Mahr schob Sahif plötzlich sanft zur Seite, legte die Hand auf den Stein und begann in einer fremden, rauen Sprache einige Worte zu murmeln. Sahif hörte ein Knirschen und Knacken im Fels. Fasziniert betrachtete er das Wesen bei der Arbeit. Er schämte sich fast, es mit dem hässlichen Geschöpf verwechselt zu haben, das er in den Gängen gesehen hatte. Alles an ihm wirkte fein, fast zerbrechlich: die kleinen Hände, das bleiche Gesicht, die schmalen Schultern. Und dann diese dunklen Augen – es war kein Wesen von dieser Welt. Wie hatte es sich genannt? Mahr? Der Name war gleich, Sahif begriff, dass er sich mit einem Berggeist unterhielt, einem Berggeist aus den alten Märchen, und aus irgendeinem Winkel seiner Vergangenheit glomm eine Erinnerung auf, eine Stimme, die ihm etwas erzählte oder vorlas. Aber dann erlosch dieser kleine Funke wieder, und er konnte die Erinnerung nicht fassen. Es knackte noch einmal im Stein, dann wurde es still.

»Ich habe das schon einmal gehört, dieses Knirschen«, sagte Sahif langsam. »Als ich mit Almisan hier unten war.«

»Der große Mann? Wir haben euch gesehen«, sagte der Mahr.

Sahif blickte hinauf zum Zugang. Im grünlichen Schein der kleinen Laterne konnte er keine Veränderung feststellen. Dann hörte er ein leises Kratzen. »Das Licht, schnell, lösche das Licht«, flüsterte er.

Aber der Berggeist reagierte nicht. Die Steinplatte wurde angehoben, und dann zeigte sich Almisans breitschultrige Gestalt vor dem gestirnten Nachthimmel. Doch irgendetwas war zwischen ihnen, eine dünne Schicht Rauch vielleicht. Sahif starrte gebannt hinauf. Er wusste, dass er besser weglaufen sollte, aber irgendwie konnte er nicht, etwas an Almisans Gesichtsausdruck hinderte ihn daran. Der Hüne starrte ihn an. Jetzt leuchtete der kleine Kristall auf, mit dessen Hilfe er sie am Abend durch die Stollen geführt hatte. Almisan ging auf die Knie, leuchtete hinab, genau in Sahifs gebanntes Gesicht, und dann klopfte er mit dem Knöchel auf einen unsichtbaren Fels. Sahif hörte es. Ein leises Pochen auf meterdickem Gestein.

»Steinzauber«, sagte der Mahr leise und klang sehr zufrieden. »Er sieht nicht, hört nicht. Wir sehen und hören.«

Faran Ured schlug dieses Mal einen Bogen um den Markt. Er schlich durch die Straßen und achtete darauf, auf der dunklen Seite der Gasse zu bleiben. Der Mond war noch nicht untergegangen, aber der Tag war auch nicht mehr fern. Er musste sich beeilen. Zweimal musste er sich verstecken, weil ihm Soldaten auf Streife begegneten. Aber die Männer waren müde und nicht sehr aufmerksam. *Einen Schatten werden sie so jedenfalls nicht fangen,* dachte Ured und schlich weiter. Bei den Fernhändlern herrschte noch Ruhe, aber bei dem Weißbart, den er suchte, schien Licht durch die Abdeckplane. Ured starrte hinüber. Musste ausgerechnet dieser Mann schon wach sein? Jetzt konnte die Sache gefährlich werden. Er tastete sich näher heran, bis er Deckung am benachbarten Stand fand, und beschloss, sich die Sache anzusehen. Er nahm seinen Trinkbeutel von der Schulter, goss etwas Wasser auf das Pflaster, legte einen Finger in die Pfütze und murmelte lautlos die Beschwörungsformel. Die kleine Lache gebar ein Rinnsal, das den Fugen im Pflaster folgte, kleinere Unebenheiten überwand und schließlich unter den Stand des Händlers floss. Dann hielt er es an. Ured sammelte sich, ein verzerrtes Bild erschien, und er versuchte, Einzelheiten zu erkennen. Der Händler saß im Schneidersitz auf einem Kissen und trank Tee. Das Bild war verschwommen, aber Ured hatte den Eindruck, dass der Mann sehr entspannt wirkte – es schien, als würde er sehr gelassen auf etwas warten. Ein zweites Kissen lag bereit, und es stand eine zweite Tasse auf der Erde. Faran Ured runzelte die Stirn und erhob sich. Der Mann wartete auf ihn? Er ging hinüber, schlug die Plane vorsichtig zur Seite und trat ein.

Die Augen des alten Mannes leuchteten auf. »Ich dachte mir schon, dass Ihr mich noch einmal besuchen kommt«, sagte er.

Faran Ured nickte stumm. Mit dieser Begrüßung hatte er nicht gerechnet.

»Setzt Euch doch, bitte«, meinte der Händler.

Er nahm Platz, rührte den angebotenen Tee aber nicht an.

»Wisst Ihr«, sagte der Händler, »ich habe mich wirklich gefragt, ob mein Gedächtnis mir einen Streich gespielt haben könnte. Den ganzen Tag habe ich darüber nachgedacht, und bis jetzt war ich mir nicht völlig sicher. Aber jetzt, da Ihr hier seid, ist es wohl wahr. Damals, vor über siebzig Jahren in Anuwa, das wart Ihr, oder?«

Faran Ured nickte, denn er fand, der Mann hatte Ehrlichkeit verdient.

»Und Ihr seid keinen Tag gealtert«, stellte der Händler fest.

Ured zuckte mit den Schultern. »Es war übrigens nur eine Kiste Gold, die ich damals gestohlen habe, den Rest haben sich vermutlich die Schatzwächter unter den Nagel gerissen«, erklärte er.

Der Alte lächelte erfreut. »Auch das wurde damals vermutet. Es ist schön, dass Ihr mir auch in diesem Punkt Gewissheit verschafft.«

Ured wurde aus dem Alten nicht schlau. »Habt Ihr mit jemandem über mich gesprochen?«

»Nein, wozu? Offensichtlich ist Euer Schicksal von dem einfacher Menschen unterschieden. Dafür muss es einen Grund geben, einen, den ich nicht kenne, den ich nicht verstehe, aber ich denke, das ist eine Sache zwischen uns beiden. Es geht niemanden etwas an, versteht Ihr?«

Faran Ured nickte nachdenklich. Auch er war der Meinung, dass sein Geheimnis niemanden etwas anging. Seine Frau war bis zu diesem Augenblick die Einzige, die die ganze Geschichte kannte. Eigentlich war er nur ein sehr begabter junger Zauberer gewesen, damals, als er zum ersten Mal nach Atgath gekommen war. Er hatte mit Hilfe des Wassers einen Weg in das Reich der Mahre gefunden – und dann noch viel weiter hinab und damit auch zu einem Schatz, den er sich zuvor nicht einmal hätte vorstellen können. Zu seiner Überraschung hatten ihn die Mahre nicht getötet. Sie hatten ihm sogar einen Ring geschenkt, der verhinderte, dass er alterte, und dafür lediglich das Versprechen verlangt, dass er nie wiederkommen würde. Dreihundert Jahre lang hatte er sich daran gehalten. Doch nun war seine Frau mit seinen Töchtern in der Hand Prinz Weszens, und er saß in Atgath einem alten Mann gegenüber und bereitete sich darauf vor, ihn zu töten.

»Wisst Ihr, ich bin weit in der Welt herumgekommen«, fuhr der Händler fort. »Ich war auf den Gewürzinseln, in den verschlossenen Reichen des Westens, in Tenegen, Oramar, bei Barbarenstämmen und an vielen Orten, deren Namen mir vermutlich nicht mehr einfielen, wenn ich sie nennen sollte. Ich habe vieles erlebt, Reichtümer erworben und verloren, doch nun bin ich alt. Der Tod, jener treue Begleiter, der jedem Menschen folgt, nur Euch offenbar nicht, ist mir schon dicht auf den Fersen.«

Ured legte dem Mann in einer Art mitfühlenden Geste die Hand auf den linken Unterarm. »Ihr seht aus, als hättet Ihr noch viele gute Jahre vor Euch, Freund«, sagte er.

Der Händler sah ihn mit seinen hellen Augen nachdenklich an. »Doch wozu, frage ich Euch? Ich bin kein armer Mann, doch meine Frau starb vor Jahren schon, und als sie noch lebte, habe ich sie oft monatelang nicht gesehen, denn immer war ich auf Reisen. Zwei Töchter habe ich gezeugt, doch habe ich sie so lange nicht gesehen, dass ich nicht einmal weiß, ob sie noch leben. Nein, das Alter ist eine Last, die ich nicht mehr lange tragen will.« Er kratzte sich nachdenklich am Arm, da, wo Ured ihn berührt hatte, dann schüttelte er den Kopf. »Ihr versteht vermutlich nicht einmal, wovon ich rede, denn das Alter kann Euch wohl nichts anhaben. Es ist eine Art Überdruss, die Sinne werden stumpf und die Gefühle mit ihnen. Bis gestern hielt ich das für unvermeidlich, doch nun sitzt Ihr vor mir, wenigstens einhundertundzehn Jahre müsstet Ihr alt sein, und doch würde man Euch eher auf vielleicht vierzig schätzen, Euer Blick ist scharf, und ich kann keine Spuren von jenem Überdruss erkennen, von dem ich sprach.«

Ured zuckte mit den Schultern. Der Alte massierte sich den linken Arm und starrte Ured an. »Ich will es wissen«, flüsterte er. »Ich will wissen, was für ein Kraut oder welche Magie dahintersteckt. Verratet es mir, Freund, und ich verspreche, ich schwöre, dass nie jemand davon erfahren wird.«

»Das kann ich nicht«, sagte Ured schlicht.

Die Miene des Alten verdüsterte sich schlagartig. »Habe ich mir Euer Vertrauen nicht verdient? Ich hätte den Wachen berichten können, was ich weiß, aber ich habe es nicht getan.«

»Dafür schulde ich Euch Dank.«

»Dank? Ich will Euren Dank nicht, ich will Euer Geheimnis!«

Der Alte versuchte aufzustehen, aber aus irgendeinem Grund schien seine Kraft dazu nicht zu reichen. »Was ...?«, stammelte er.

»Bleibt sitzen. Das ist der treue Freund, der Tod, von dem Ihr vorhin gesprochen habt. Er hat Euch eingeholt.«

Der Alte wurde bleich, er rang nach Luft, sein Gesicht verfärbte sich.

»Ihr hattet eine Frau, Kinder – glaubt mir, das ist mehr wert als ein endloses Leben.«

Der Händler keuchte, die Augen traten aus ihren Höhlen. »Wie ...?«, krächzte er.

»Es gibt eine sehr seltene Baumechse auf einer der südlichsten Gewürzinseln. Ihre Haut ist so giftig, dass eine bloße Berührung die Lunge und das Herz eines Menschen lähmen kann. Wer von diesem Tier nichts weiß, wird glauben, das Herz des Unglücklichen habe einfach versagt, gerade bei Menschen in Eurem Alter, Freund.«

»Ihr ... Ihr habt mich ...« Die Stimme des Händlers war nur noch ein Flüstern.

Faran Ured erhob sich. »Grämt Euch nicht. Ihr ergründet nun die Geheimnisse des Todes, und die sind doch viel größer als das Geheimnis meines bescheidenen Lebens.«

Er war sich nicht sicher, ob der Händler ihn noch gehört hatte, denn er sackte schon zusammen und fiel langsam auf die Seite. Faran Ured seufzte. Der Mann hätte gefährlich werden können, für ihn und für seinen verfluchten Auftrag. Er wickelte behutsam den Streifen Leder von der Hand, in dem das Gift verborgen war. Die Stämme auf jener Insel bestrichen damit ihre Jagdwaffen und auch Fallen, und sie hatten einen Weg gefunden, seine Wirkung zu beschleunigen. Er selbst hatte auch noch einmal Jahre darauf verwendet, es zu vervollkommnen. Jetzt spürten seine Opfer es nicht einmal mehr, wenn sie damit in Berührung kamen. Er faltete den Streifen vorsichtig zusammen, denn es konnte ihn zwar nicht umbringen, aber selbst für ihn war das Gift doch schmerzhaft. Er widerstand der Versuchung, sich am reichhaltigen Kräutervorrat des Händlers zu bedienen, spähte kurz unter der Plane hervor und schlich davon, als er den Markt völlig verlassen fand.

Kaum war er verschwunden, als sich ein seltsamer Schatten auf die Plane des Zeltes legte, darin verschwand und dann die Gestalt von Rahis Almisan annahm. Der Hüne starrte nachdenklich auf den Toten hinab. Diese Stadt war wirklich voller Rätsel. Er hatte Prinz Sahif gesucht, aber der Zugang zu den Stollen war einfach verschwunden. Die Platte, die ihn verschlossen hatte, war noch dort, doch statt eines Eingangs hatte ihn darunter massiver Fels erwartet. Und dann hatte er, als er weitergesucht hatte, diesen Mann durch die Nacht schleichen sehen. Es war keiner von Naroks Männern, da war sich Almisan sicher, und es war ebenfalls niemand aus seiner Bruderschaft, auch wenn er die Kunst des Tötens zweifellos sehr gut beherrschte. Ob die Prinzessin ohne sein Wissen noch einen weiteren Mann für ihre Pläne eingespannt hatte? Almisan musterte den Toten. Keine Frage, es sah aus, als sei ein alter Mann einfach entschlafen; niemand würde Fragen stellen. Selbst er hätte es nicht besser machen können. Er beschloss, dem Unbekannten zu folgen.

»Ich verstehe es einfach nicht«, gab Sahif zu.

»Menschen«, murmelte der Mahr und kratzte sich am schütteren Bart.

»Also Meister Grams hat einen Ring von dir bekommen, deinen Ring, der ihm Kraft gibt, und das ist nicht gut, weil der Ring Kraft nimmt? Was nun, nimmt er oder gibt er?«

Der Mahr schloss die Augen und sagte dann langsam: »Erst gibt er, dann nimmt er. Nimmt von Grams.«

»Aber warum um alles in der Welt verwendest du einen Ring, der dich erst stark und dann schwach macht?«

»Mich macht er nicht schwach. Menschen schon.«

Sie saßen im Schein der grünlichen Laterne am Fuß des Zugangs, durch den Almisan nicht hereingekommen war. Sahif hatte inzwischen verstanden, dass der Mahr ihn mit einem Zauber verschlossen hat, und dass jeder Mensch, der von der falschen Seite kam, undurchdringlichen Stein anstarrte, während sie hindurchsehen konnten. Ganz offensichtlich war es Marberic aber nicht gewohnt, mit Menschen zu reden, und es war schwer, seinen Sätzen zu folgen. So auch jetzt.

Marberic seufzte. »Menschen nehmen von Tieren oder

Pflanzen, wenn sie Dinge tun mit Zauber. Mahre nehmen von Magie, um Magie zu machen. Du zum Beispiel. Da ist ein Tier, das dir hilft. Aber die Verbindung ist unterbrochen.«

Sahif starrte ihn an. Was wusste der Mahr über seine magischen Fähigkeiten? »Was für ein Tier?«

Marberic zuckte mit den Achseln.

»Woher weißt du davon? Weißt du, wer ich bin?«

Marberic schüttelte den Kopf.

Sahif sprang auf und trat wütend gegen die Wand. Fast hätte er sich auf den Mahr gestürzt, um ihn zu schütteln, um ihn zur Aussage zu zwingen, aber dann tat er es doch nicht. »Kannst du oder willst du mir nicht helfen?«, fragte er zornig.

»Ich kann nicht.«

Seufzend setzte Sahif sich wieder. Der Mahr konnte schließlich nichts dafür. »Aber woher weißt du, dass ich magische Fähigkeiten habe?«

»Ich bemerke sie. Sehr stark sind sie nicht.«

Sahifs Laune verschlechterte sich weiter. »Und alle Menschen nehmen ihre, wie sagtest du, Magie von Tieren?«

Der Mahr schüttelte wieder den Kopf. »Schwache Zauberer nehmen von Tieren, stärkere von Wasser, oder Wind, oder Feuer. Es sind starke Zauberer in Mahratgath. Aber einer sollte nicht hier sein.«

Sahif fragte erst gar nicht. Ihn beschäftigte etwas ganz anderes. »Ich verstehe immer noch nicht, worauf wir hier warten. Grams wurde festgenommen und zur Burg geschafft, Ela ist ebenfalls dort. Wir müssen doch etwas unternehmen!«

»Wir warten«, sagte Marberic, und gerade als Sahif wieder große Wut in sich aufsteigen fühlte, fügte er hinzu: »Auf Amuric.«

»Noch einer aus deinem Volk? Warum hast du das nicht gleich gesagt?«

»Ich war nicht sicher, ob er kommt. Aber er kommt.«
»Und wer ist dieser Amuric?«
»Er ist einer der Ältesten. Er hat Mahratgath gebaut. Kennt alle Wege. Besser als ich. Aber ...«
»Aber?«
»Er mag keine Menschen. Vor allem jene nicht, die zaubern können.«

Nestur Quent rollte gähnend seine Pergamente zusammen. Der Wanderer war hinter dem Horizont verschwunden und mit ihm das Sternbild des Jägers. Die Sterne begannen schon zu verblassen. Er hatte es gesehen, mit eigenen Augen: Der Wanderer hatte die Pfeilspitze berührt, war mit ihr verschmolzen und dann wieder hervorgetreten, um seinen Weg fortzusetzen. Ein erhabener Augenblick, etwas, worauf er Jahre gewartet und hingearbeitet hatte. Quent streckte sich und ließ den Blick über seine Apparaturen schweifen, das Fernrohr, die Sanduhren, die Winkelmesser. Er schüttelte den Kopf. Er würde sie sicher noch brauchen, die Arbeit war schließlich nicht getan. Es gab noch viele Sterne, deren Position und Bahn nur ungenau bekannt war, und die Gilde der Seefahrer in Frialis war immer interessiert an verbesserten Mond- und Sterntabellen, weil sie damit in fremden Gewässern navigierten. Quent gähnte noch einmal herzhaft, deckte seine Werkzeuge zu und verschloss den Verschlag. Seefahrt hatte ihn nie sonderlich beschäftigt, und dass die Kapitäne seine Sterntabellen nutzen konnten, nur um herauszufinden, vor welchem sandigen Eiland sie gerade ankerten, kam ihm irgendwie entwürdigend vor. Er warf einen letzten Blick auf das Firmament und seine Sterne und machte sich dann, beladen mit Pergamenten, an den Abstieg. Der Nordturm hatte den Vorteil, dass er hoch und etwas abgelegen stand, aber es war eben auch ein weiter Weg mit vielen Stufen.

Er summte leise, als er die lange Wendeltreppe hinunterstieg. Er hatte ihn gesehen, den Beweis, dass alle seine Berechnungen richtig waren – ein wirklich erhabener Moment. Aber nun machte sich in ihm ein seltsames Gefühl breit. Er hatte ein Ziel erreicht, ein schönes, ein prachtvolles Ziel, und was nun? Er würde einige Schreiben verfassen, an Kollegen, die an anderen Orten ähnlichen Beschäftigungen nachgingen. Man würde Wissen und Höflichkeiten austauschen, und die Briefwechsel würden sich über Monate hinziehen. Einige würden ihm zustimmen, andere würden ihm trotz des offensichtlichen Beweises Fehler in seinen Berechnungen unterstellen. Quent brummte, als er den Turm verließ und die Pforte sorgfältig verschloss. Im Grunde genommen fand er es fürchterlich uninteressant, was andere Astronomen dachten. Er hatte sie gesehen, die Hochzeit des Wanderers mit der Pfeilspitze, mit eigenen Augen, und nun hatte er das seltsame Gefühl, dass ihm die Sterne nichts mehr geben konnten. Er dachte darüber nach, während er dem Wehrgang zu den Hauptgebäuden der Burg folgte. Ja, wenn er nicht noch einmal fünfundsiebzig Jahre wartete, würde er dort oben wohl nichts Vergleichbares mehr entdecken. Er schlurfte durch die dunklen Gänge zu seinem Wohnturm auf der Ostseite der Burg. Wie müde er sich fühlte. Er stieg die Treppe hinauf, betrat seine Kammer, legte die Pergamente auf den Tisch und stellte sich ans Fenster. Der Hausberg ragte vor ihm in die Dämmerung. Wie sehr das seine Sicht doch begrenzte. Er fühlte sich plötzlich eingeengt. Eine Reise, er könnte eine Reise unternehmen. Vielleicht nach Frialis, er war seit Jahrzehnten nicht mehr dort gewesen. Er könnte die Schule des Lebendigen Odems besuchen, sehen, ob alte Freunde von ihm noch dort unterrichteten. Er kratzte sich am Rücken und starrte gähnend auf den Berg. Dann durchfuhr es ihn wie ein Blitz – der Schatten, die Prinzen! Er hatte vollkommen vergessen, dass er sich um einige wichtige Dinge zu kümmern hatte. Er war der Sache mit den Einladungen immer noch nicht nachgegangen.

Er riss das Fenster auf und ließ frische Luft in die Kammer. Der kalte Wind, der die Pergamente über den Tisch rollen ließ, vertrieb die Müdigkeit. Quent schüttelte sich. Warum beschäftigten ihn diese Einladungen so? Es war doch beinahe offensichtlich, was hier geschehen war: Jemand hatte im Namen, aber ohne das Wissen des Herzogs dessen Brüder nach Atgath eingeladen. Vermutlich hatte es Zusagen gegeben, von denen sie nie erfahren hatten, weil es ihnen jemand verheimlichte. Wer kam dafür in Frage? Verwalter Ludgar, wer sonst? Der Mann war tot, gestorben, kurz bevor Baron Beleran mit seiner Gattin hier eingetroffen war. Quent ging ein paar Schritte auf und ab. Das alles ergab dennoch keinen Sinn. Der Herzog war nicht so einfach zu töten, und seine Brüder ...? Der alte Zauberer hielt inne. Die beiden Prinzen waren auf dem Weg hierher, das hatte Beleran gesagt, und sie reisten gemeinsam. Der Wind! Er hatte den Wind fragen wollen, was es mit der Galeere auf sich hatte. Das war es, was er über die Sterne vergessen hatte.

Er blickte schuldbewusst auf seinen Tisch, auf dem sich Tafeln und Pergamentrollen türmten, dann wischte er sie kurzentschlossen mit einer einzigen Armbewegung zur Seite. Er trat an eines der hohen Regale und suchte die Fächer ab, bis er einige staubige Blätter fand, zog sie heraus und warf sie auf den leeren Schreibtisch. Er überflog die Zeichen und nickte grimmig. Im Grunde genommen kannte er diesen Zauber in- und auswendig, aber es konnte nicht schaden, die alten Kenntnisse etwas aufzufrischen. Er brauchte Laub, oder würde es auch mit Pergament gehen? Laub war ohne Zweifel besser, aber Pergament war doch ganz ähnlich. Er nahm ein kleines, unbeschriebenes Blatt und zerriss es in vier Teile. Noch einmal überflog er die Notizen, dann trat er ans Fenster, hielt die vier Fetzen zwischen den Händen und begann die Beschwörungsformeln zu murmeln. Eigentlich hätte er einen Sturmkreis gebraucht, und Blatt vom Baum, kein Pergament, aber vielleicht würde es auch so gehen. Er fragte den Wind, fragte ihn nach einer Galeere, einer bestimmten unter den hunderten, die das Goldene Meer kreuzten. Die vier Pergamentfetzen in seiner Hand begannen leise zu rascheln. Nestur Quent wiederholte die Beschwörung, bis sich das Rascheln des Pergaments zu einem Wispern wandelte. Der Bergwind wusste nichts vom Meer, aber er trug die Frage weiter. *Feuer,* flüsterten die Blätter. Aber Quent wollte nichts von Feuer wissen; das Meer, er suchte ein Schiff. Es klopfte an der Tür. *Feuer und Tod.* Quent lauschte angestrengt. *Wellenbrennen.* Er schüttelte den Kopf. Das ergab keinen Sinn. Wieder klopfte es. Hatte er den Wind falsch verstanden? Das Wispern wurde immer leiser. Laub, er brauchte Laub. Ein drittes Mal klopfte es leise, beinahe schüchtern. Quent ließ die Hände sinken, und die Pergamentfetzen trudelten zu Boden. Er spürte ein leichtes Zittern der Hände. Beinahe wäre es dennoch gelungen. Aber es war auch kein Wunder, dass er den Zauber nicht in den Griff bekam, wenn er dauernd gestört wurde. Wellenbrennen? Was mochte das bedeuten? Er ging zur Tür. Wer immer es wagte, ihn zu belästigen, er würde es bereuen.

Kapitän Sepe Baak sah brennendes Wasser und eine gewaltige schwarze Rauchwolke, die sich dann plötzlich wieder in das endlose Meer verwandelte, ein Meer, auf dem er ganz allein durch raue See trieb. Und dann kamen die Gesichter, Kindergesichter. Sie tauchten aus der Tiefe auf, sahen ihn stumm und vorwurfsvoll an, und dann packten sie plötzlich sein Boot und versuchten, es umzuwerfen. Baak schreckte hoch. Er musste eingenickt sein. Wie spät war es? War das schon die Morgendämmerung? Einer der Männer hatte eben geschrien. Das Boot schaukelte bedrohlich, und das passte so gar nicht zu den langgezogenen, ruhigen Wellen, in denen sich ihr Gefährt hob und senkte.

»Mann über Bord«, stammelte Hafid, der sich bleich im Heck zusammenkauerte.

Baak richtete sich auf. Er sah im Wellental unter ihnen zwei Körper treiben. Im Zwielicht konnte er kaum etwas erkennen.

»Es war Jamad, Kapitän. Er hat Gollis getötet und dann wollte er mich ... aber Gollis, das Messer in der Brust, klammerte sich an ihn, und ich hab ihm eins mit dem Ruder übergezogen! Und dann gingen sie beide über Bord.«

»Du hast ihn erledigt?«, fragte Baak.

Neben ihm kauerte der schweigsame Wamet, beinahe ebenso blass wie Hafid, und starrte auf das Meer. »Ich habe es nicht gesehen, Kapitän, ich war eingenickt«, murmelte er.

Die treibenden Körper blieben schnell zurück, denn in der Nacht hatten sie das kleine Segel aufgestellt, und der Wind war ihnen gewogen.

»Ja, wir müssen wenden und ...«, meinte Wamet.

»Nein, dieser Teufel bringt es fertig und tötet uns alle«, rief Baak.

»Aber, Gollis«, wandte Hafid leise ein.

Sepe Baak zuckte mit den Achseln. »Hast du nicht gesagt, dass ihm ein Messer in der Brust steckte? Ist besser für ihn, er ertrinkt schnell, statt langsam zu krepieren, oder?«

»Ja, Kapitän«, murmelte der Matrose.

Baak blickte auf, damit er die treibenden Körper nicht mehr sehen musste. Die Sterne verblassten, und bald würde die Sonne aufgehen. »Gut, sehr gut«, murmelte er. »Hafid, reich mir den Gradstock. Wenn ich die letzten Sterne richtig deute, liegen wir auf Kurs. Ich glaube, der Wind meint es gut mit uns. Wir werden schneller in Felisan sein, als ich dachte.«

Er lachte vor lauter Nervosität und spürte dabei die besorgten Blicke, die sich die beiden anderen Männer zuwarfen. Gollis war also tot, das war bedauerlich, aber nicht zu ändern. Aber Jamad war auch tot oder ertrank gerade jämmerlich, und das war ein Segen. Um nichts in der Welt hätte Baak das Boot noch einmal in die Nähe dieses jungen Mannes gebracht. Die Morgendämmerung kam, und selten hatte der Kapitän die Sonne so herbeigesehnt wie an diesem Tag. Ihr Licht würde die finsteren Gedanken vertreiben und die Ereignisse der Nacht auslöschen. Baak fasste sich an die Brust. Der Beutel mit den Edelsteinen hing ihm noch um den Hals, und jetzt fühlte er sich schon bedeutend weniger wie ein Mühlstein an.

ZWEITER TAG

Morgen

Nestur Quent stand in der Tür und betrachtete das Häuflein Elend, das sich in verschachtelten Sätzen um eine vermutlich höchst unerfreuliche Nachricht herumwand.

»Der Herzog will also in die Stadt?«, unterbrach er den Feldscher endlich.

»So ist es, Meister Quent. Und ich wäre geneigt, es für ein gutes Zeichen zu halten, wenn er uns nicht auch gebeten hätte, ihm einen der Vögel zu fangen, die über seinem Bett sitzen«, sagte der Arzt.

»Es sind Vögel im Schlafgemach des Herzogs?«

»Leider nicht, Meister Quent, leider nicht, und deshalb dachte ich, Ihr solltet vielleicht einmal nach ihm sehen und versuchen ...«

»Schon gut«, brummte Quent. Er warf einen Blick auf das offene Fenster und nahm sich vor, den Zauber später zu wiederholen. Es ging wohl doch nicht ohne Sturmkreis, und er benötigte Laub, Pergament war einfach kein Ersatz. Er trat hinaus und schloss ab. »Wieso ist Herzog Hado um diese Zeit überhaupt schon auf?«, fragte er.

»Ich fürchte, er war die ganze Nacht nicht im Bett, Meister Quent.«

»Geht es ihm so schlecht?«, fragte der Zauberer besorgt, als sie durch die Gänge liefen.

»Ganz im Gegenteil, es geht ihm so gut.«

Der Magier blieb stehen und legte dem Feldscher die Hand auf die Schulter. Der Mann schien unter seinem Blick zu schrumpfen. »So gut? Was redet Ihr da, Mann? Ich spüre, dass Ihr mir etwas Wichtiges vorenthaltet.«

»Nun, ich habe dem Herzog gestern Abend eine neue, andernorts aber sehr wohl erprobte Medizin verabreicht, und sie half ...«

»Ihr habt ihm ein neues Mittel gegeben, ohne mich zu fragen?«

»Ihr wart auf dem Nordturm, und ich weiß, dass Ihr dort nicht gestört werden wollt, Meister Quent.«

Der Zauberer runzelte die Stirn, und seine magische Tätowierung legte sich in bedrohlich wirkende Falten. »Doktor Segg, auf dem Turm war ich erst nach Mitternacht. Wart Ihr so spät noch beim Herzog? Nein? Also, rückt damit heraus. Was ist geschehen?«

Der Arzt sah aus, als würde er sich am liebsten in Luft auflösen, aber dann erzählte er kleinlaut von den verwundeten Soldaten und dem Fremden, der seine Hilfe angeboten hatte. »Ich war auch erst skeptisch, aber dann waren ihre Schmerzen ganz und gar verschwunden, und ich dachte, wenn es den Soldaten hilft, dann hilft es vielleicht auch dem Herzog, und ...«

»Und die vier Männer haben die Nacht überlebt?«

»Nun, immerhin drei, Herr«, stieß Segg kleinlaut hervor.

»*Drei?*«

»Hauptmann Fals fühlt sich viel, viel besser, Herr. Auch der Mann, der seine Hand verloren hat, und sogar jener mit dem zerschmetterten Gesicht sind eigentlich wohlauf, wenn man die Schwere der Verletzungen bedenkt. Der vierte jedoch ... aber er war schwer verwundet, und Meister Ured sagte auch, es sei kein Heilmittel, sondern wirke nur gegen die Schmerzen, und ...«

»Und wer ist dieser Meister Ured? Etwa ein berühmter Arzt?«

»Eigentlich ist er ein Pilger, wenn ich es recht verstanden habe, Herr, ein Fremder, zufällig in Atgath.«

»Also jemand, den Ihr zuvor gar nicht kanntet?«

Der Arzt wurde immer kleinlauter. »Nein, Herr, doch ist er weit gereist, und ...«

»Ihr habt also einem Fremden die Behandlung des Herzogs anvertraut?«, unterbrach ihn Quent scharf.

Der Arzt nickte schwach. Er war leichenblass.

Quent hatte gute Lust, ihn aus dem Fenster zu werfen. Er packte den Mann an den Schultern und sah ihm ernst in die Augen. »Das Mittel. Wie heißt es?«

»Das ... das weiß ich leider nicht, Herr«, stotterte Segg. »Aber ... aber es stammt aus Tenegen, wo sie doch berühmt für ihre Heilkunst sind, und es enthält Wolkenkraut und Mohnmilch, aber den Namen ...«

»Mohnmilch? Vom Nachtmohn? Seid Ihr noch bei Trost? Da ist es kein Wunder, wenn unser Herzog Vögel singen hört.«

Der Feldscher verstummte.

»Diesen Meister Ured, den würde ich gerne kennenlernen. Holt ihn!«

»Er übernachtet nicht in der Burg, sondern in der Stadt, Herr.«

»Na und? Sind Eure Beine so schwach wie Euer Verstand? Lauft, sonst mach ich Euch neue!«

Quent sah dem Arzt nach, der verängstigt davonstolperte, dann begab er sich so schnell wie möglich in die Gemächer des Herzogs. Die Milch vom Nachtmohn war berühmt, oder besser gesagt, berüchtigt. Die Schamanen der Barbarenvölker verwendeten sie für ihre seltsamen Geisterreisen, und es hieß, diese Milch ließe einen Dinge sehen und hören, die nicht von dieser Welt waren. Quent verfluchte den Leichtsinn des Arztes und war besorgt, dass der Herzog, ohnehin nicht in bester Verfassung, sich selbst etwas antun könnte, denn auch das kam bei den Schamanen vor. Es sah Meister Segg gar nicht ähnlich, derart vorschnell und eigenmächtig zu handeln. Der Zauberer stürmte den Gang entlang. Diesem Meister Ured musste er unbedingt auf den Zahn fühlen, um herauszufinden, ob er etwas Böses gegen den Herzog im Schilde führte. Als Quent die Gemächer des Herzogs erreichte, schlich sich ein anderer Gedanke ein: Wenn sich dieser Fremde so gut auf Pflanzen und Kräuter verstand, dann kannte er vielleicht noch andere Mittel, vielleicht sogar solche, die dem Herzog *wirklich* halfen.

Als Quent die Kammer endlich betrat, saß der Herzog auf dem Tisch. Er trug ein fleckiges Nachthemd, das er von unten bis zum Kragen hinauf zerrissen hatte, hatte keine Unterkleider an, und Wahnsinn lag in seinen Zügen. Der alte Ostig stand dicht bei ihm und wirkte völlig verängstigt.

»Ah, Quent, hört Ihr das? Hört Ihr das Singen und die Stille?«, rief Hado fröhlich.

»Nein, Hoheit, bedauerlicherweise nicht. Welcher Art ist das Singen?« Er warf einen Blick auf die Fenster, sie waren geöffnet, was ungewöhnlich war. Kalte Herbstluft wehte hinein, aber ganz sicher kein Gesang von Vögeln.

»Lerchen, viele Lerchen. Und das Wort – es schweigt. Habt Ihr Lust, Euch die Kämpfe mit mir anzusehen, Quent?«

»Die Faust- und Ringkämpfe beginnen erst gegen Mittag, Hoheit.«

»Natürlich tun sie das. Und wie spät ist es jetzt?«

»Die Sonne wird gleich aufgehen, Hoheit.«

»Wirklich? Warum bin ich dann schon wach?«

»Nun, Ihr könntet Euch wieder zur Ruhe betten. Wir wecken Euch, wenn es so weit ist, Hoheit.«
»Aber ich will den Lerchen lauschen.«
»Das könnt Ihr auch von Eurem Bett aus, Hoheit.«
»Nein, da sitzt ein schwarzer Sperber und tötet sie alle. Habt Ihr das Blut nicht gesehen?«
Quent schüttelte den Kopf. »Da ist kein Blut.«
Der Herzog starrte ihn an, und plötzlich klärte sich sein Blick, und seine Stimme klang ganz vernünftig. »Ihr sagt mir nicht die Wahrheit, Quent, und Ihr tut nicht, was Ihr versprochen habt. Das Wort, zum ersten Mal seit Monaten brennt es nicht wie Feuer in meinem Kopf, aber das ist nicht Euer Verdienst, Quent, nicht Euer Verdienst. Ein anderer musste kommen. Dabei habt Ihr versprochen, ein Mittel zu finden. Ich frage Euch, wo ist dieses Mittel? Und wo wart Ihr in der letzten Nacht? Wo wart Ihr in all meinen schlimmen Nächten?« Noch einen Augenblick starrte er Quent mit seinen traurigen Augen an, dann legte er sich auf den Tisch und streckte sich aus. »Der Sperber, Quent, er tötet all die kleinen Vögel«, flüsterte er. Dann war er von einer Sekunde auf die andere eingeschlafen.

Nestur Quent betrachtete ihn erschüttert. Der Feldscher würde ihm dafür büßen, und dieser geheimnisvolle Fremde gleich mit.

Teis Aggi blickte zum Himmel auf. Es war ein Morgen, wie er friedlicher nicht beginnen konnte: Die Sonne war über den Bergen aufgetaucht, und die Stadt Atgath erwachte zum Leben. Die Händler am Markt bereiteten sich auf die ersten Kunden vor, und auch die Fernhändler rückten ihre Waren gemächlich ins rechte Licht. Aus den Bäckereien roch es nach warmem Brot, der Reisig kehrte das Pflaster, und Bauern, die lebendes Vieh auf den Platz schafften, stritten um die besten Plätze.

Der Leutnant ließ den Blick über den Markt schweifen. Für gewöhnlich verschlief er diesen Teil des Tages, nur manchmal, nach nächtlichen Wachdiensten, bekam er dieses bunte und lebhafte Treiben zu sehen. Er seufzte und wandte sich wieder dem Leib des toten Fernhändlers zu, der in der Nacht gestorben sein musste. Es war eben doch kein so schöner Morgen. »Wer hat ihn gefunden?«, fragte er.

»Der Händler nebenan, Leutnant«, sagte der Marktwächter, der ihn gerufen hatte. »Er hat sich gewundert, dass sich hier nichts tat, und nachgesehen.«

»Er sieht aus, als sei er unter Schmerzen gestorben«, stellte Aggi fest.

»Aber verletzt ist er nicht. Und er wurde wohl auch nicht ausgeraubt«, sagte die Wache und gab Aggi einen langen Lederbeutel mit einer beachtlichen Zahl von Münzen aus den verschiedensten Hafenstädten des Goldenen Meeres.

»Kein Raub, keine Wunde ... was mache ich dann hier?«

»Nun, Herr Leutnant, wir wissen nicht, was wir mit ihm und seinen Waren anfangen sollen.«

Aggi seufzte und unterdrückte ein Gähnen. Waren die Männer nicht einmal in der Lage, eine so einfache Entscheidung zu treffen? Er sehnte sich nach seinem Bett, er freute sich sogar auf die vorwurfsvollen Blicke seiner Mutter, die vielleicht in übertriebener Sorge um ihn die ganze Nacht aufgeblieben war, denn er hatte schlicht vergessen, ihr Bescheid zu geben. Dann fiel sein Blick auf die beiden Kissen. »Für wen war das zweite Kissen?«

»Herr?«

»Der Alte saß dort. Aber wer saß ihm gegenüber? Und da sehe ich eine zweite Tasse. Für wen war der Tee?«

Der Wächter zuckte mit den Achseln. Aggi beugte sich hinab. Die Teekanne war halbvoll, die Tasse des Händlers ebenfalls. Die andere war jedoch leer, und es sah nicht so aus, als sei daraus getrunken worden. »Sie ist unbenutzt«, stellte Aggi fest. Was hieß das nun? Hatte der Händler auf jemanden gewartet, der nicht gekommen war? Oder war der Unbekannte gekommen, hatte aber nichts getrunken? Er roch am Tee. Er roch kalt und unbestimmt nach irgendwelchen Kräutern. Gift? Aggi erhob sich und musterte die Auslage des Händlers. Er sah Schmuck aus bunten Korallen, Dufthölzer, Stoffballen, Schalen voller Gewürze und Kräuter, eben das, was die Fernhändler aus fremden Ländern heranzuschaffen pflegten.

»Bringt die Leiche zu Bahut Hamoch«, befahl er dann in einem plötzlichen Entschluss. »Und die Waren auch. Fragt Meister Hamoch, ob er feststellen kann, ob der Mann vergiftet wurde, vielleicht sogar mit etwas aus seinen eigenen Waren.«

»Ihr wollt, dass wir das alles hinauf zur Burg schaffen, Herr Leutnant?«

»Seht mich nicht so entsetzt an. Ich weiß, dass euer Dienst zu Ende ist, so wie meiner seit Stunden, aber wie es aussieht, werden wir noch eine Weile beschäftigt sein. Oder habt ihr vergessen, dass ein Schatten in unserer Stadt sein Unwesen treibt?«

Sahif war dann doch eingenickt. Jetzt erwachte er, weil er ein raues Knirschen hörte. Er blinzelte und sah zwei Mahre, die sich im grünlichen Licht der Laterne miteinander in ihrer eigenen Sprache unterhielten. Es klang, als riebe man Kiesel aneinander.

Marberic bemerkte, dass er erwacht war, und sagte: »Das ist Amuric. Er baute dies.«

Sahif streckte sich. Der andere Mahr musterte ihn aus tiefliegenden Augen mit einem Blick, der beinahe böse wirkte. Er war ebenso bleich wie Marberic, aber sein Bart war eisgrau und dicht, und sein langes Haar beinahe weiß und mit einer braunen Kappe bedeckt.

»Ich grüße Euch, Amuric«, sagte Sahif höflich und bekam ein Knurren als Antwort.

»Er erwidert deinen Gruß«, übersetzte Marberic.

»Habt ihr schon einen Plan?«

»Plan?«

»Wie wir Ela Grams und ihren Vater befreien können.«

»Amuric meint, es gibt Wichtigeres zu tun«, sagte Marberic. »Der Wasserzauberer«, fügte er erklärend hinzu.

»Wer?«

»Der, der den Weg in unser Reich fand. Habe ich nicht von ihm erzählt?«

Sahif schüttelte den Kopf.

»Er hat versprochen, nie wiederzukommen.«

»Aha.«

»Wir wissen nicht, was er hier will.«

»Warum fragt ihr ihn nicht einfach?«, sagte Sahif gähnend. Dieser Wasserzauberer interessierte ihn herzlich wenig, solange Ela im Kerker schmachtete.

»Wir zeigen uns nicht«, meinte Marberic.

»Natürlich«, murmelte Sahif. »Passt auf. Wir befreien Ela, und dann frage ich für Euch diesen Zauberer. Ihr müsst mir nur sagen, wo ich ihn finde.«

Amuric schnaubte missbilligend.

»Wir wissen auch nicht, warum du hier bist«, übersetzte Marberic.

Sahif seufzte. »Das weiß ich doch selbst nicht. Ich habe es dir doch schon gesagt – ich habe mein Gedächtnis verloren.«

Wieder knirschte der zweite Mahr in seiner harten Sprache.

»Amuric sagt, er traut dir nicht«, übersetzte Marberic.

»Er versteht mich?«

»Natürlich.«

»Aber er redet nicht mit mir?«

»Er mag dich nicht. Du benutzt Magie.«

Sahif seufzte. »Tut ihr das nicht auch?«

»Nicht wie du. Nicht, um zu stehlen, nicht um zu töten«, sagte Marberic, und es klang fast entschuldigend.

Ungläubig blickte Sahif von einem zum anderen. »Ihr ... ihr wisst, was ich früher getan habe?«

»Amuric sagt, dass du nach Tod stinkst. Wir töten nicht, keine Mahre, keine Menschen. Blut ist schlecht für Magie.«

Diese Wesen wussten offenbar mehr über ihn als er selbst. Ob sie wirklich begriffen hatten, dass er sein altes Selbst vergessen hatte? Und dass er auch gar nicht mehr der sein wollte, der er war? Seine Schwester hatte ein paar Dinge angedeutet, und Sahif hatte Bruchstücke seiner Vergangenheit gesehen. Jetzt kam es ihm vor wie ein Blick in einen Abgrund. Nein, er wollte nicht mehr Sahif der Schatten, der Mörder, sein, er wollte nichts mit den finsteren Plänen seiner Schwester zu tun haben. Er musste Ela retten, die seinetwegen, oder eigentlich wegen des alten Sahif, im Kerker saß. Er seufzte wieder, denn das alles war schon für ihn selbst furchtbar verwirrend. Er hatte keine Ahnung, wie er es den Mahren begreiflich machen sollte, wollte es aber dennoch wenigstens versuchen: »Hört, das liegt lange hinter mir, ich meine, das liegt hinter mir. Ich bin erwacht, wenn ihr so wollt. Was ich früher tat, ist wie ein böser Traum, an den ich mich nicht erinnern kann. Ich will Ela Grams retten und ihren Vater. Sie sind wegen der Taten, die mein früheres Ich verübt hat, in Schwierigkeiten.«

Wieder knirschte Amuric eine Antwort. »Was genau warst du früher? Und was führte dich hierher?«, übersetzte Marberic.

»Ein Schatten war ich, ich meine, ich war ein Mitglied der

Bruderschaft der Schatten, ausgebildet, um zu stehlen und zu töten, wie du schon gesagt hast. Doch ich will kein Schatten mehr sein. Und ich kam ursprünglich hierher, weil meine Schwester magische Dinge aus einer geheimen Kammer stehlen wollte.«

Amuric stellte wieder eine Frage in der Mahrsprache, und Marberic übersetzte: »Von was für einer Kammer sprichst du?«

Sahif zuckte mit den Achseln. »Genaues weiß ich nicht, denn meine Schwester, vielmehr Halbschwester, traut mir nicht mehr. Es geht um eine verborgene Kammer voller Geheimnisse und magischer Gegenstände. Shahila, meine Schwester, wollte, dass ich den Schlüssel zu dieser Kammer stehle. Das hat sie jedenfalls gesagt, aber es kann sein, dass sie noch mehr von mir erwartet hat. Wie ich es euch schon sagte, ich habe meine Erinnerung verloren.«

Die beiden Mahre tauschten einen seltsamen Blick. »Den Schlüssel? Bist du sicher?«, fragte Marberic schließlich.

»Nein, aber so habe ich sie verstanden.«

»Was sagte deine Schwester genau?«

»Sie sagte etwas von mächtigen, magischen Geheimnissen, von Ringen und Amuletten, die in Atgath verborgen sind.« Als Sahif es aussprach, kam es ihm plötzlich lächerlich vor: Ringe des Vergessens? Wer, um der Himmel willen, sollte für solche Ringe Verwendung haben? Hatte seine Schwester ihn auch in dieser Angelegenheit belogen?

Amuric räusperte sich vernehmlich, und dann sprach er in der Menschensprache, in der er doch angeblich nie redete, und er sagte klar und deutlich: »Diesen Schlüssel kannst du nicht stehlen, Mensch.«

Mit sicherer Hand köpfte Shahila von Taddora ein Ei. Sie frühstückte mit ihrem Gatten, der nicht aufhören konnte zu gähnen. Sie wusste, das war ihre Schuld, denn offensichtlich hatte sie das Schlafpulver etwas zu hoch dosiert, dennoch wünschte sie sich, er würde sich zusammenreißen, das Frühstück zu einem Ende bringen und endlich gehen, um sich anzukleiden. Hinter ihm in der Tür stand Rahis Almisan, und er sah aus, als hätte er ihr etwas Wichtiges mitzuteilen.

»Nun, Liebste, hast du dich entschieden?«, fragte Beleran.

»Ich denke, ich werde in der Burg bleiben, Liebster. Es ist recht kalt dort draußen, und ich muss sagen, dass mich diese barbarischen Ring- und Faustkämpfe nicht sehr reizen.«

Wieder gähnte Beleran und starrte gedankenverloren über die Tafel. Dann sagte er: »Ich verstehe. Es geht wirklich etwas rau zu, aber ich erinnere mich, dass die Frauen von Atgath durchaus Vergnügen daran fanden, die stärksten Männer der Gegend beim Kampf zu sehen.«

»Ich bin nicht aus Atgath, Liebster.«

»Natürlich«, murmelte Beleran. »Und die Rennen? Gegen Abend werden die Vertreter der Zünfte im Rennen gegeneinander antreten.«

»Ein Pferderennen?«

»Nein, die Rennen sind etwas anderer Art«, sagte Beleran lächelnd. »Habe ich dir nie davon erzählt? Was ist mit Euch, Hauptmann, werdet Ihr mich begleiten? Die Faustkämpfe sollten Euch doch zusagen.«

»Gewiss, Herr. Doch weiß ich nicht, ob die Baronin mich heute entbehren kann.«

»Liebste?«

»Es wäre mir lieb, Almisan in meiner Nähe zu wissen. Du weißt, dieser Schatten, er ist immer noch auf freiem Fuß.«

»Ach, ja. Das hatte ich beinahe vergessen«, meinte Beleran.

Shahila fragte sich, wie man so etwas vergessen konnte, andererseits passte es zu ihrem Gemahl, der oft etwas weltfremd wirkte. »Auch du solltest einige unserer Männer mitnehmen, denn ich hätte keine ruhige Minute, wenn ich dich dort draußen ohne Schutz wüsste, Liebster.«

»Ach, ja. Schutz. Ich nehme an, wenigstens die Einheimischen werden vor unseren Bergkriegern Angst haben.« Beleran streckte sich, stand auf und sagte: »Ich werde versuchen, meinen Bruder zu sehen. Vielleicht will er mich heute empfangen. Und vielleicht gibt es auch Nachricht von Gajan und Olan. Sie müssten doch bald eintreffen.«

»Da du es erwähnst, Liebster, kommt es dir nicht auch eigenartig vor, wie Meister Quent deinen Bruder vertritt?«, fragte Shahila.

»Was meinst du?«

»Es ist vermutlich nichts, aber es scheint doch fast, als würde Quent verhindern wollen, dass wir deinen Bruder Hado treffen. Und ganz sicher ist er es, und nicht Hado, der in dieser Stadt das Sagen hat.«

»Quent? Nein, Liebste, da irrst du dich. Der Alte ist froh, wenn man ihn in Ruhe nach seinen Sternen schauen lässt. Er zeigt es zwar nicht, aber ich glaube, das Alter macht ihm allmählich zu schaffen. Und mein Bruder ist doch schon seit einigen Jahren krank. Es scheint nur, dass es schlimmer geworden ist.«

»Du hast vermutlich Recht, Liebster, es sind nur die Gedanken einer Fremden.«

»Fremd? Aber du bist mein Leben, Shahila, und da du für mich keine Fremde bist, bist du es auch nicht für die Menschen von Atgath.« Er gähnte wieder und ging dann endlich hinüber ins Schlafgemach, um sich für seinen Gang in die Stadt anzukleiden.

»Er ist nicht so leicht gegen Quent aufzubringen, scheint mir«, sagte Almisan, als der Baron gegangen war.

»Auf ihn kommt es letztlich auch nicht an, aber ich will dennoch wenigstens versuchen, Zweifel zu säen. Umso eher wird er uns später glauben. Aber reden wir nicht über Beleran. Hast du eine Spur ... des Schattens gefunden?«, fragte sie vorsichtig.

»Ich hatte sie, aber ich habe sie auf höchst ungewöhnliche Art verloren.« Und dann berichtete er von dem geheimen Zugang zu den unterirdischen Stollen, der über Nacht verschwunden war. »Ich habe so etwas noch nie gesehen, Hoheit. Ich hob die Platte, und darunter war nichts als Fels.«

»Magie?«

»Ich finde keine andere Erklärung, doch weiß ich nicht, wer diesen mächtigen Zauber gewoben haben soll. Euer Bruder war es ganz sicher nicht. Es muss ein Meister gewesen sein, ein sehr starker Meister.«

»Hamoch?«

Der Hauptmann schüttelte den Kopf. »Ich würde es vielleicht Quent zutrauen, doch der war die ganze Nacht auf dem Nordturm mit seinen Sternen beschäftigt, und nach allem, was ich über die Schule des Odems weiß, beschäftigt sie sich auch nicht mit Steinen.«

Shahila dachte nach. Sahif war es ganz sicher nicht gewesen, da teilte sie Almisans Einschätzung, denn ein Zauber der beschriebenen Art überstieg seine Fähigkeiten bei Weitem. Wenn es aber auch Hamoch oder Quent nicht waren, blieb eigentlich nur eine Möglichkeit übrig: »Sollte etwa noch ein Zauberer in der Stadt sein?« Der Gedanke gefiel ihr nicht.

Almisan nickte. »Ich habe da auch schon einen Verdacht, Hoheit, denn ich sah einen Mann, der vergangene Nacht einen anderen tötete, und zwar so, dass es keine Spuren hinterließ.«

»Ein Mord? Mit Magie? Wer wurde getötet?«

»Ein alter Fernhändler, ganz unbedeutend für unsere Pläne,

jedenfalls kann ich keine Verbindung zu uns oder dem Herzog erkennen. Und es war auch keine Magie im Spiel, denn das hätte Spuren hinterlassen, die ich bemerkt hätte. Es muss ein Gift gewesen sein, doch dann wiederum eines, das ich nicht kenne. Ich hätte geschworen, dass der Händler einfach seinem Alter erlegen ist, wenn ich nicht jenen anderen gesehen hätte, der aus dem Stand davonschlich.«

Jetzt war Shahila ernstlich beunruhigt. Die Stunde der Entscheidung rückte näher, und unerwartete Störungen konnte sie nicht gebrauchen. »Noch ein Schatten?«

Almisan schüttelte den Kopf. »Nein, es sei denn, er hätte vergessen, wie wir uns vor anderen Augen verbergen. Und es kommt noch besser. Ich bin ihm gefolgt. Er wohnt in einem Haus, das einer Frau gehört, die erst seit gestern Witwe ist. Ihr Mann war uns zu Diensten.«

Shahila lief es kalt über den Rücken. »Er wohnt bei Apei Ludgars Witwe?«, fragte sie mit belegter Stimme.

Ihr Vertrauter nickte knapp, doch weder er noch die Baronin konnten sich erklären, was das zu bedeuten hatte.

»Soll ich versuchen, diesen Mann zu töten?«, fragte Almisan schließlich.

An seiner Wortwahl erkannte Shahila, dass er bezweifelte, dass er es konnte, und das war nun wirklich beunruhigend. Almisan *versuchte* für gewöhnlich nicht, jemanden zu töten, er tötete, und noch nie hatte er einen Auftrag nicht zu Ende gebracht, wenn er ihn erst einmal angenommen hatte. Dieser Zauberer hatte ihn offenbar sehr beeindruckt.

Nestur Quent war in der Kammer, in der die Verletzten der Wache versorgt wurden. Er wollte sich mit eigenen Augen davon überzeugen, wie dieses angebliche Wundermittel, das den Herzog fast in den Wahnsinn getrieben hatte, bei den Soldaten wirkte. Einer lag jammernd und betrunken auf seiner Pritsche.

Er war bei der nächtlichen Jagd von einem Dach gestürzt, und der Feldscher hatte sich offensichtlich nicht mehr getraut, das geheimnisvolle Mittel des Fremden einzusetzen, sondern ihn stattdessen mit Branntwein abgefüllt. Auf der Pritsche daneben kauerte ein Soldat, dem der Schatten Kiefer und Wangenknochen zerschmettert hatte. Quent klopfte ihm freundlich auf die Schulter und riet ihm, sich bald an einen Bader zu wenden. Viel mehr konnte er da nicht tun. Auch für den Mann, der seine Hand verloren hatte, fand er nur ein paar tröstende Worte. Er war eben kein Heiler. Ganz hinten in der Kammer lag der Soldat, der die Nacht nicht überlebt hatte. Quent untersuchte die tiefe Wunde in der Brust. Der Arzt hatte Recht – dieser Mann war nicht an einem Kraut gestorben, die Hiebwunde ging zu tief. Hier hätte es schon eines sehr guten Wund-Zauberers bedurft, um den Soldaten noch zu retten.

Quent deckte den Leichnam wieder zu und ging hinüber in die Nachbarkammer, in der Hauptmann Fals mit glasigem Blick an die Decke schielte. »Wie fühlt Ihr Euch, Hauptmann?«, fragte er und warf einen flüchtigen Blick auf den Verband und die Wunde. Fleisch und Sehnen waren zerschnitten, aber die Knochen schienen nicht in Mitleidenschaft gezogen zu sein.

»Nicht sehr gut, Meister Quent. Heute Nacht war der Schmerz verschwunden, aber langsam kehrt er zurück.«

»Ihr werdet es überleben, Fals.«

Der Hauptmann nickte düster. »Es würde mir bedeutend besser gehen, wenn Leutnant Aggi nicht so ein Versager wäre. Die ganze Nacht haben sie den Fremden gejagt, und immer noch ohne Erfolg.«

Quent runzelte die Stirn. Er kannte den Leutnant kaum, aber er konnte sich nicht vorstellen, dass er noch unfähiger war als Fals. »Sie jagen einen Schatten, Hauptmann, und ähnlich wie die richtigen Schatten sind diese Männer nur sehr schwer zu fangen.«

»Trotzdem, sobald Meister Segg es erlaubt, werde ich mein Krankenlager verlassen und die Sache wieder selbst in die Hand nehmen.«

»Lobenswert«, murmelte Quent und verließ die Krankenstube.

Dem Gestammel des Feldschers zufolge hatte der Fremde gesagt, dass sein Mittel lediglich Schmerzen betäubte, aber nicht heilte. Das schien zuzutreffen, auch wenn dieser sogenannte Arzt den Unterschied vielleicht nicht begriff.

Als Quent über den Innenhof zurück zum Haupthaus ging, traf er auf einen kleinen Zug von Soldaten, der auf einer Bahre eine Leiche und dahinter noch allerlei Kisten heranschleppte.

»Was hat das zu bedeuten?«, fragte er den Sergeanten, der den Zug anführte.

»Es war gewiss nicht meine Idee, Herr. Leutnant Aggi hat befohlen, dass wir diesen Toten zu Meister Hamoch bringen, auf dass er ihn untersucht. Dabei ist der Mann wohl einfach nur an seinem Alter gestorben, wenn Ihr mich fragt.«

Quent schlug die Decke zurück, mit der der Tote zugedeckt war, und betrachtete ihn. Schmerz hatte sich in sein Gesicht gegraben und war auch mit dem Tod nicht gewichen. War er wirklich dem Alter erlegen, das auch ihn allmählich beschlich? »Und diese ganzen Sachen, die Ihr in den Hof schleppt, Sergeant?«

»Wieder ein Befehl des Leutnants, Herr. Er glaubt, dass jemand den Mann getötet hat, obwohl ich keine Wunde sehen kann. Aber Aggi, verzeiht, Leutnant Aggi, meinte, dass es vielleicht ein Gift war, das wir nicht kennen. Und da der Mann ein Fernhändler war, will er Meister Hamoch bitten, sich die Waren des Mannes anzusehen.«

»Soso«, sagte Quent. »Was brachte den Leutnant zu diesen Vermutungen?«

»Ein Kissen, Herr, da lag ein zweites Kissen neben der Leiche, und eine unbenutzte Tasse. Aber wenn jetzt jede unbenutzte Tasse verdächtig ist, dann weiß ich nicht, wo das enden soll, Herr.«

»In diesem Fall bei mir, Sergeant. Bringt den Mann und seine Sachen ins Wachhaus, dorthin, wo Meister Segg seine Kranken behandelt. Ich werde mir das selbst ansehen.«

Der Sergeant zögerte. »Ich habe den Befehl, Herr, diese Leiche zu Meister Ham…«

»Und ich gebe Euch einen neuen Befehl! Nun, worauf wartet Ihr? Und dann soll der Leutnant dort erscheinen. Sofort.«

»Die Krankenstube, jawohl, Herr«, murmelte der Sergeant. Dann blieb er noch einmal stehen. »Der Herr Leutnant, Herr, er wohnt in der Stadt, bei seiner Mutter. Soll ich dennoch nach ihm schicken?«

»Wenn ich Euch nicht in einen Ochsen verwandeln soll, solltet Ihr das tun, Sergeant«, entgegnete Quent zornig. Er war aber nicht nur über die Begriffsstutzigkeit des Soldaten erzürnt, sondern auch über sich selbst. Der Eindringling auf dem Dach, der tote Verwalter, und nun schon wieder ein Toter. Er hatte die Sache bis jetzt seinem Adlatus überlassen, aber das war offensichtlich ein Fehler. Hier war etwas sehr Gefährliches im Gange, er konnte es förmlich schmecken, und es wurde höchste Zeit, dass er sich selbst darum kümmerte.

Heiram Grams konnte sich nicht bewegen. Er hatte die Augen geöffnet und spürte den dröhnenden Kopfschmerz, den er schon an vielen Morgen gespürt hatte, er fühlte auch jeden Knochen im Leib, als sei er nicht ganz an der richtigen Stelle. Um ihn war Lärm. Irgendjemand rückte einen Tisch über den

Steinboden. Davon war er erwacht. Grams stöhnte leise, versuchte sich aufzusetzen, aber seine Glieder waren wie Blei. Er blieb liegen, starrte an die Decke aus grauem Stein und versuchte sich zu erinnern. Der Plan. Er hatte den Plan gehabt, in einem der Gasthäuser der Stadt Erkundigungen einzuziehen. Er schloss die Augen wieder, und eine Welle von Scham überflutete ihn. Die Erinnerung war zurück: Er hatte gesoffen, statt nach seiner Tochter zu fragen. In einer Lache aus Bier hatte er sich gewälzt und war verlacht, verhöhnt und verprügelt worden. Eine Schlägerei, er hatte eine Schlägerei angezettelt. Fühlte er sich deshalb so zerschlagen?

Er hob mit großer Anstrengung den Kopf. Er sah Gitter, man hatte ihn also eingesperrt. In der Nacht, da hatte jemand mit ihm gesprochen, ein vertrautes Gesicht. Teis Aggi. Hatte etwa dieses Muttersöhnchen ihn in den Kerker werfen lassen? Marberic. Der Mahr hatte etwas zu ihm gesagt, bevor er in das Gasthaus gegangen war, und er hatte ihm etwas gegeben, einen Ring. Marberic hatte von Kraft gesprochen und ihn gewarnt. Aber wovor? Grams rollte sich unter großer Anstrengung auf die Seite. Der Ring würde Kraft geben und nehmen, das hatte Marberic gesagt. Fühlten sich seine Glieder deshalb so schwer an wie Blei? Er spürte den Reif noch am kleinen Finger. Er brauchte geradezu lächerlich lange, um die Hand zu heben und zu betrachten, und noch viel länger, um den Ring mit der anderen Hand abzustreifen, aber kaum war das geschafft, fühlte er sich schon wesentlich besser. »Magie«, brummte er. »Ist wohl nichts für Köhler.«

»Sieh an, er ist wach«, stellte eine gehässige Stimme fest.

Grams hob den Kopf, was nun schon etwas, aber noch nicht viel besser ging, und sah einen alten, schlecht rasierten Mann, der ihn höhnisch angrinste.

»Wo bin ich?«, fragte Grams.

»Burg Atgath, jedoch nicht dort, wo die feinen Herrschaften wohnen. Du bist im Kerker, Köhler. Sollst einiges Unheil angerichtet haben, gestern.«
Grams brauchte seine ganze Kraft, um sich aufzusetzen. Er fühlte sich schlaff, wie ein Sack Kohlenstaub. »Ich kenne dich irgendwoher«, sagte er.
»Klar kennst du mich, ich nehme hier unten die Kohlen entgegen, wenn du lieferst«, sagte der Wächter. Er saß an einem Tisch und schnitt sich dicke Kanten Brot von einem Laib. Grams bemerkte, wie völlig ausgehungert er war. »Wann gibt es Frühstück in dieser Herberge?«, fragte er.
»Vielleicht gar nicht«, meinte der Wächter.
»Wenn ich verhungere, gibt es im nächsten Winter keine Kohlen«, antwortete Grams übellaunig.
»Es gibt sicher noch andere Köhler.«
»Aber nicht in Atgath. Sag, meine Tochter Ela, ist sie hier?«
Der Wächter grinste noch etwas breiter und schüttelte den Kopf. »Sie ist bei Meister Hamoch. Er befragt sie.«
»Was soll das heißen, Mann?«
Der Wächter streckte ein Bein aus, und Grams sah, dass das andere Bein unter dem Knie in einem Holzstumpen endete.
»Wart's ab. Vielleicht befragt Hamoch dich bald selbst. Und dann wirst du sehen, was das heißt. Vielleicht befragt er sie mit dem glühenden Eisen, vielleicht mit Zauberei, wer kann das wissen?«
»Glühendes Eisen?«, flüsterte Grams entsetzt.
»Dann hätte sie noch Glück, wenn du mich fragst. Denn wenn er erst mit der Zauberei anfängt, nein, mein Freund, ich hab' Leute gesehen, denen das widerfahren ist. Ist, als würde einer das, was im Kopf ist, zu Mus verarbeiten, verstehst du? Sabbernde Hohlköpfe werden das. So sieht's aus.«
»Ela«, flüsterte Grams. Er war gekommen, um sie zu retten.

Und dann hatten ein paar Krüge Bier ihn dazu gebracht, seine Tochter zu vergessen. Er hatte versagt, und der Gedanke an das, was seiner Tochter gerade widerfahren mochte, trieb ihm den Angstschweiß auf die Stirn.

Es roch nach Haferbrei. Ela sprang auf und stieß sich den Kopf. Sie war immer noch in dieser schrecklichen, stinkenden Kammer, aber über den üblen Geruch jener Flüssigkeit wehte der vertraute Duft von Haferbrei. Ela presste das Gesicht an das Gitterfenster der Pforte. Eines dieser merkwürdigen kleinen Wesen stand davor und hielt ihr eine Schüssel mit einer dampfenden, graubraunen Masse hin.

»Willst du nicht die Tür öffnen und mir die Hände losbinden? Dann kann ich selber essen ...«

Der Homunkulus starrte sie stumm an, nahm den Holzlöffel und schickte sich an, sie durch das Gitterfenster zu füttern. Sie blickte auf den Löffel, dann auf das Wesen, dann wieder auf den Löffel. Sie öffnete versuchsweise den Mund, und es stopfte den Löffel hinein. Hungrig schluckte sie. Es schmeckte nach nichts.

Sie nahm den zweiten Löffel. »Da fehlt Honig«, sagte sie.

Der Homunkulus schwieg und fütterte sie weiter. »Sahne wäre auch nett, weißt du?« Sie plapperte, weil jetzt, da sie wieder richtig wach war, die Angst zurückkehrte.

Der nächste Löffel.

Erst jetzt sah Ela, dass die anderen Homunkuli in einiger Entfernung standen und ihr zusahen. »Nüsse, es wäre doch die richtige Zeit für schöne, frische Walnüsse.«

»Was macht ihr da?«, fragte eine unfreundliche Stimme von der Treppe. Es war der Adlatus, und Esara war bei ihm. »Habt ihr nichts Besseres zu tun? Eure Brüder, kümmert euch um eure Brüder!«

Der Homunkulus zögerte, sah Ela mit seinen unheimlichen, blassen Augen noch einen langen Moment an, dann stellte er die Schale mit dem Haferbrei auf dem Boden ab und trottete zum Fuß der Treppe.

»Ist euer Bruder Utiq zurück?«, fragte der Adlatus, aber keiner der Homunkuli reagierte auf diese Frage.

»Vielleicht hat er etwas entdeckt und verspätet sich deshalb, Herr«, sagte Esara.

»Nein. Er hatte seine Befehle. Es muss ihm etwas zugestoßen sein«, sagte Bahut Hamoch nachdenklich. »Oder es ist das Alter. Sieh dir Ilep an, Esara, er hinkt noch stärker als gestern.« Dann zuckte er mit den Achseln und sagte mit düsterer Miene: »Wir können es nicht ändern.«

»Ja, Herr«, sagte Esara, und Ela fand, dass sie für einen kurzen Augenblick bekümmert aussah.

Der Adlatus stieg die Treppe herab. »Kontrolliert die Temperatur und steigert sie langsam. In einer Stunde, höchstens zwei, müssen wir sie wecken. Seht doch, wie weit sie schon sind!«

Ela sah hinüber zu den vier Glaskolben. Die gärende Flüssigkeit hatte sich verändert, sie war viel heller geworden, klarer. Es sah aus, als würden vier tote Kinder in diesen Gläsern treiben, nackte Leiber, die gelegentlich ein unwillkürliches Zucken durchlief. Ihre Augen waren noch geschlossen, und weißliche Hautfetzen schienen sich von den Körpern zu lösen – oder fügten sie sich an? Ela wandte den Blick ab.

»Hältst den Anblick nicht aus, Mädchen?«, fragte Esara, die dem Homunkulus die Schüssel mit Haferbrei abgenommen hatte. In ihrem Blick lag Triumph. »Sie sind bald so weit, und noch heute liefert Meister Dorn die neuen Kolben. Für dich, Mädchen, für dich!«

»Aber ich habe nichts Unrechtes getan!«, rief Ela und kämpfte gegen die aufsteigende Panik an.

»Einem Schatten hast du geholfen, dich gegen deine Mitbürger und den guten Herzog Hado verschworen. Ist das nichts Unrechtes? Nein, es ist Hochverrat. Sei froh, dass du nicht den Weg anderer Verräter gehst; Monate im Kerker, Folter, dann der Prozess, bei dem die ganze Welt von deiner Schande erfährt, und am Ende doch nur der lange Weg zum Richtblock, wo der Henker auf dich wartet. Und dann die kalte Grube, irgendwo in ungeweihter Erde, wo die Würmer dir das Fleisch von den Knochen nagen. Das alles ersparen wir dir, obwohl du es wahrlich verdient hättest. Du solltest uns dafür danken. Und wenn dein Leben schon eine Verschwendung war, so wird dein Ende doch noch einen Sinn haben. Vier Kinder wirst du gebären durch deinen Tod.«

»Nur drei, Esara, ich glaube, dieses Mädchen bringt nur Material für drei«, sagte der Adlatus, der hinzugetreten war. »Und ich denke, Dankbarkeit dürfen wir nicht erwarten. Sie sieht nur den Tod, nicht das, was wir ihr ersparen, nicht das, was wir ihr ermöglichen – ihr Weiterleben in ihren, in unseren Kindern! Ich bin sehr gespannt auf die Ergebnisse. Du bist die erste Frau, die wir verwenden können, Kind. Füttere sie ruhig, Esara, sie soll bei Kräften sein, wenn es so weit ist.«

»Aber, Ihr könnt doch nicht ...«, rief Ela.

»Doch, wir können«, schnitt ihr Esara kalt das Wort ab. »Und nun mach den Mund auf und iss.«

Leutnant Aggi hatte das untere Tor von Burg Atgath gerade erreicht, als er plötzlich Faran Ured vor sich sah. Im Gegensatz zum Leutnant schien der Fremde jedoch nicht in Eile zu sein.

»Nanu, Meister Ured? Was führt Euch zur Burg?«

»Man hat offensichtlich Fragen zur Heilkunst an mich, Herr Hauptmann«, begrüßte Ured ihn freundlich.

»Leutnant bin ich, und Aggi ist der Name. Ihr seid ein Heiler?«

»Aber nicht doch! Meine weiten Reisen haben mich jedoch das eine oder andere Kraut kennenlernen lassen, das bei verschiedenen Leiden hilfreich sein kann. Euer Feldscher versteht dennoch weit mehr davon als ich. Und was führt Euch zur Burg? Ist Euer Dienst immer noch nicht zu Ende? Ihr seht ein wenig müde aus, wenn ich das sagen darf.«

Aggi war nur sehr kurz zuhause gewesen, hatte sich gewaschen und die Vorwürfe seiner Mutter ertragen. Dann hatte ihn der Befehl von Meister Quent ereilt, und so wurde es wieder nichts mit ein wenig Schlaf. Er gähnte und sagte: »In dieser Stadt gibt es wohl keine Ruhe, es sei denn, man ist tot. Und ich darf nun wegen eines Toten Meister Quent aufsuchen.«

»Wegen eines Toten? Ist denn schon wieder jemand ermordet worden?«, fragte Ured und klang besorgt.

»Ein Händler, aber es ist noch gar nicht sicher, ob es Mord war. Vielleicht liegt es an diesem verfluchten Schatten, der uns immer wieder entwischt, dass ich sogar hinter dem Ende eines alten Mannes ein Verbrechen vermute. Es sind böse Zeiten, wirklich.«

»Nun, böse Zeiten brauchen gute Männer, wie man sagt, Leutnant. Ich denke, die Menschen dieser Stadt können froh sein, Euch zu haben.«

Aggi starrte den Mann kurz verwirrt an. »Ihr seid zu freundlich«, sagte er dann. »Ihr seid auf dem Weg zum Feldscher, Meister Ured?«

»Wir haben denselben Weg, denke ich, denn Meister Quent hat auch mich rufen lassen. Doch nicht wegen eines Toten, wie ich hoffe.«

Faran Ured hoffte es wirklich. Er ließ sich nichts anmerken, aber er war besorgt. Wie war man darauf gekommen, dass der Händler nicht einfach am Versagen seines alten Herzens gestorben war? War er so nachlässig geworden, dass er Spuren hinterließ? Er war wirklich aus der Übung. Natürlich war das kein Wunder, hatte er doch seit beinahe fünfzehn Jahren die Pfade seines alten Lebens gemieden. Aber dann war Prinz Weszen mit seinem verfluchten Schiff gekommen, hatte seine Frau und seine Töchter als Geiseln genommen, und er musste zusehen, wie er zurechtkam. Wenigstens auf die Begegnung mit Quent war er vorbereitet. Er hatte auf seinen Reisen wirklich allerlei interessante Kräuter kennengelernt. Im fernen Usegi wuchs zum Beispiel das Blindkraut. Es trug seinen Namen zu Recht, denn es unterdrückte die magische Begabung eines Menschen. Es war ein Mittel, das sich in der Zeit als äußerst nützlich erwiesen hatte, als jene Magier gnadenlos verfolgt wurden, die sich nicht der Großen Vereinbarung unterwerfen wollten. Ured hatte es sofort, wenn auch widerstrebend, genommen, als ihn der Ruf aus der Burg ereilt hatte. Quent war ein Meister der Neunten Stufe. Wenn er länger mit ihm zusammen war, würde er sonst vielleicht seine Begabung wittern. Besonders wohl fühlte Ured sich allerdings nicht – es war, als sei einer seiner Sinne betäubt. Und so begleitete er den Leutnant mit sehr gemischten Gefühlen in das dunkle Innere der Burg.

Der Tote war in einer der vielen leerstehenden Kammern des verwinkelten Wachhauses aufgebahrt. *Leider hast du mir keine Wahl gelassen*, dachte Ured, als er in die starren Augen blickte.

»Es war keine Magie, die ihn getötet hat«, stellte Nestur Quent fest. Er hatte dem Toten die Hand aufgelegt, jetzt zog er sie weg und wirkte auf Ured etwas ratlos.

Der Feldscher war ebenfalls dort und hatte Ured mit einer

Mischung aus Freude und Verlegenheit begrüßt. Jetzt verkündete er: »Ich sehe auch wirklich keine Wunde, nicht einmal eine kleine, und seine Lippen, seine Zunge, sie sehen nicht aus, als sei er vergiftet worden.«

»Und diese Verfärbung am Unterarm?«, fragte Aggi.

»Ja, die ist in der Tat seltsam«, sagte Quent nachdenklich. »Was meint Ihr, Meister Ured?«

Faran Ured versuchte so zu tun, als ginge ihn das alles nichts an. »Ich? Ich verstehe nichts von solchen Dingen, Herr.«

»So? Und das Mittel, das Ihr dem Herzog verabreicht habt, und dem Hauptmann?«

»Ein Schmerzmittel, weiter nichts. Es ist auch nur bei starken Schmerzen zu empfehlen, denn die Kranken neigen dazu, seltsame Dinge zu sehen und zu hören.«

»Kann man wohl sagen«, brummte Quent und starrte immer noch auf die Verfärbung.

Ured wusste, es war die Stelle, an der das Gift eingedrungen war.

»Was genau hat Euch eigentlich auf die Idee gebracht, jener Unglückliche sei ermordet worden, Leutnant?«, fragte Quent.

Der Leutnant wirkte etwas verunsichert, als er antwortete: »Es gab ein Kissen für einen Besucher, und eine Teetasse, die nicht benutzt worden war. Deshalb dachte ich, der Tee sei vielleicht vergiftet worden. Wenigstens fragte ich mich, wer der Besucher gewesen sein könnte, mitten in der Nacht.«

Aggi deutete dabei auf die Kanne, die auf einem Tisch in der Ecke stand. Ured erkannte sie gleich wieder. Dieser Leutnant war wirklich umsichtig. Er war sogar kurz innerlich zusammengezuckt, als Aggi von dem Kissen gesprochen hatte. Er war so besorgt gewesen, nichts am Ort des Verbrechens zu verändern, dass er auch das hatte liegen lassen, was er besser beseitigt hätte.

»Für mich riecht dieser Tee nach Tee«, meinte Quent, der an der Kanne roch.

»Vielleicht sollten wir Meister Hamoch hinzuziehen, er versteht sich gut auf die Geheimnisse des menschlichen Körpers«, schlug Aggi vor.

Er erntete einen vernichtenden Blick des alten Zauberers. »Ihr meint, er sägt an Leichen herum, sieht hinein, wo man nicht hineinsehen sollte. Ich habe davon gehört, und ich heiße diese Methoden, die von den Totenbeschwörern stammen, keinesfalls gut. Und Ihr solltet das auch nicht, Leutnant.«

»Jawohl, Herr«, murmelte Aggi.

Ured versuchte, sich seine Erleichterung nicht anmerken zu lassen. Ein Nekromant, der sich Herz und Lunge genauer angesehen hätte, hätte vielleicht etwas herausgefunden, aber Quent war zum Glück kein Freund der sogenannten dunklen Kulte.

»Wenn man es nicht an der Zunge sieht, dann sieht man es auch nicht an einem anderen Teil des Körpers«, behauptete der Arzt jetzt. Er bemühte sich offenbar, bei Quent gut Wetter zu machen.

Ured räusperte sich. »Verzeiht, Herr Leutnant, aber wenn die Tasse nicht benutzt wurde, warum nehmt Ihr dann an, dass ein Gast zugegen war?«, fragte er freundlich. »Ich verstehe zwar nichts von diesen Dingen, aber hätte ein Giftmischer nicht sogar selbst etwas Tee genommen, um so einen möglichen Verdacht seines Opfers zu zerstreuen?«

»Dafür, dass Ihr nichts davon versteht, redet Ihr gar nicht so dumm daher, Meister Ured«, brummte Quent und warf das Vergrößerungsglas, mit dem er noch einmal die Zunge des Händlers untersucht hatte, auf die Decke, mit der der Leichnam halb zugedeckt war. »Nein, der hier ist eben einfach dem Alter erlegen, findet Euch damit ab, Aggi. Es war ausnahmsweise nicht Euer Schatten.«

»Jawohl, Herr«, sagte der Leutnant, wirkte aber nicht überzeugt.

Ured nahm sich vor, schon bald herauszufinden, wo der Leutnant wohnte. Der Mann war intelligent genug, um gefährlich zu werden.

Dann baute sich Quent vor ihm auf und betrachtete ihn eingehend, als hätte er nicht schon eine halbe Stunde dort gestanden. »Und nun, Meister Ured«, sagte er, »erzählt mir mehr von diesem tückischen Kraut, mit dem Ihr versucht habt, unseren Herzog zu vergiften.«

Also begann Ured von seiner Reise nach Tenegen zu erzählen. Er hielt sich so weit wie möglich an die Wahrheit, auch wenn er natürlich verschwieg, dass diese Fahrt über einhundertdreißig Jahre zurücklag.

»Ich dachte, das Reich von Tenegen sei vor langer Zeit untergegangen«, warf Quent plötzlich ein.

Faran Ured lächelte. »Das ist richtig«, sagte er, »doch wird auch das Kernland des untergegangenen Reiches so genannt, und die Reiche kommen und vergehen, das Land bleibt.«

Teis Aggi hörte der Erzählung mit halbem Ohr zu. Er war müde. Er konnte seinen Blick nur schwer von der Leiche lösen, weil er immer noch das Gefühl hatte, dass hier etwas nicht mit rechten Dingen zugegangen war, aber jetzt, da es nur noch um Heilkräuter ging, zog er sich mit einer knappen Verneigung zurück. Mit einem gewissen Widerwillen besuchte er Hauptmann Fals auf seinem Krankenlager. Dieser fühlte sich offenbar schon wieder gut genug, um Aggi Unfähigkeit zu unterstellen, ohne sich erst die Mühe zu machen, den Bericht der vergangenen Nacht anzuhören: »Versagt, Aggi, auf ganzer Linie! Es sterben Leute, Eure Kameraden werden verwundet, und Ihr lasst den Vogel zum zweiten Mal entkommen. Und wie ich hörte, habt Ihr nicht einmal meinen Befehl befolgt und die Familie der Hure Grams verhaften lassen.«

»Der Köhler sitzt im Kerker, Hauptmann«, wandte Aggi lahm ein.

»Aber erst, nachdem er eine Wirtschaft zertrümmert und viele gute Bürger ernsthaft verletzt hat. Eure Schuld, Aggi, ganz allein Eure Schuld! Ich weiß, Ihr schielt auf meinen Posten, aber ich hoffe, Ihr begreift jetzt endlich, wie viel Euch noch zu einem guten Offizier fehlt. Hat denn wenigstens die Befragung dieser Hure etwas ergeben?«

»Ich habe noch nichts von Meister Hamoch gehört, Hauptmann«, gab Aggi steif zurück.

»Noch nichts gehört? Also habt Ihr Euch darum auch nicht gekümmert? Ich bin enttäuscht, Aggi, sehr enttäuscht.«

Als sei es noch nicht genug, wurde Aggi kurz darauf im Innenhof vom hünenhaften Leibwächter der Baronin abgefangen. »Leutnant Aggi, auf ein Wort.«

Aggi blieb seufzend stehen und hoffte, dass es nicht irgendwelche Reibereien zwischen den Soldaten des Herzogs und den Kriegern des Barons gegeben hatte. »Was kann ich für Euch tun, Hauptmann ... Almisan, richtig?«

»Dies ist mein Name«, sagte der Hüne mit einer angedeuteten Verneigung. »Ich hörte, dass Eure Männer einen Schatten durch die Straßen der Stadt jagen, Leutnant, und ich wollte Euch im Namen des Barons unsere Hilfe anbieten.«

»Eure Hilfe, Hauptmann?«

»Einige meiner Männer sind gute Fährtenleser, und sie alle sind im Kampf erprobt. Sie könnten sehr nützlich sein.« Dann fügte er hinzu: »Und ich bin der Rahis dieser Männer, kein Hauptmann.«

Aggi nickte, obwohl er den Unterschied nicht verstand. Er hatte die Männer des Rahis gesehen. Fals hatte die Nase gerümpft, weil sie nicht einmal einheitliche Waffenröcke trugen, aber Aggi hatte gleich gewusst, dass diese Krieger so etwas nicht brauchten, um sich Respekt zu verschaffen. »Nun, vielleicht wendet Ihr Euch in dieser Angelegenheit an Hauptmann Fals, er scheint weit genug wiederhergestellt, um Befehle zu erteilen. Oder Ihr geht gleich zu Meister Quent, der sich um die Untersuchungen kümmert«, schlug er vor.

Der Hüne sah ihn nachdenklich an, dann sagte er: »Nun, das habe ich vor, aber ich dachte, ich sollte zunächst Euch überzeugen, damit Ihr mich in dieser Sache unterstützt, wenn ich den alten Zauberer aufsuche.«

»Mich?«

»Wenn ich es richtig verstanden habe, wart Ihr es, der die Jagd auf den Schatten geleitet hat, und so könnt Ihr sicher eher beurteilen, ob meine Männer gebraucht werden oder nicht. Außerdem habe ich viel Gutes über Euch gehört, viel mehr als über den Hauptmann.«

Aggi seufzte. Der Rahis brachte ihn in eine unangenehme Lage. Wenn er Fals den Vorschlag unterbreitete, würde dieser aus Prinzip oder einfach nur aus Dummheit ablehnen. Wenn er Quent fragte, würde sich Fals übergangen fühlen und es ihm bei nächster Gelegenheit heimzahlen. Er wusste, dass es am besten wäre, es Rahis Almisan selbst erledigen zu lassen, aber er wusste auch, dass dann vielleicht beide einfach Nein sagen würden, und dabei konnten sie bei dieser Jagd jeden zusätzlichen Mann sehr gut gebrauchen. Er seufzte und sagte dann: »Wir gehen zu Meister Quent. Ich hoffe, wir können ihn überzeugen.«

Als sie die Treppen zur Wachstube hinaufstiegen, fragte er sich, warum Rahis Almisan so erpicht darauf war, seine Leute bei der Jagd dabeizuhaben.

Eine ganze Weile schon hörte Sahif den beiden Mahren zu, die sich in ihrer Sprache unterhielten und es nicht für notwendig erachteten, ihm irgendetwas zu erklären. Er erhob sich. »Ich kann nicht länger warten«, sagte er.

Die beiden Mahre verstummten und sahen ihn mit ihren beunruhigend tiefliegenden Augen an.

»Ich werde zu Meister Dorn gehen. Ich habe lange darüber nachgedacht, und ich glaube, mit seiner Hilfe komme ich in die Burg hinein.«

»Der Glasmacher?«, fragte Marberic.

»Ihr kennt ihn?«

»Grams erwähnte ihn.«

»Er liefert Glas in die Burg, wenn ich es richtig verstanden habe. Vielleicht kann ich mich irgendwie bei so einer Lieferung mit hineinschmuggeln.«

Marberic hob eine seiner dünnen Augenbrauen und sagte: »Das wird so nicht gehen.«

»Habt ihr eine bessere Idee?«

»Wir beraten über die Kammer und den Schlüssel.«

»Jenen, den man nicht stehlen kann?«

»Genau, das heißt, vielleicht kann man es doch.«

Sahif seufzte. Seit die Mahre zu zweit waren, fand er es noch schwieriger, Marberic zu folgen.

Der fuhr jetzt fort: »Man muss den Träger töten.«

»Den, der den Schlüssel trägt?«

»Ja.«

Sahif überlegte. Wenn man den Schlüssel nur über eine Leiche bekam, war es einleuchtend, dass ihm diese Aufgabe zufallen sollte, dem alten Sahif. Aber Almisan war ja auch noch da. »Meine Schwester hat mit ihrem Vertrauten einen anderen Mann, der diese Aufgabe übernehmen könnte. Den Schlüsselträger zu töten, meine ich.«

»Aber man kann ihn nicht töten«, erklärte Marberic. Sahif starrte ihn an. Es war zum Verzweifeln. Nichts, was diese Berggeister sagten, ergab einen Sinn. »Also, es gibt einen Schlüssel, den man nicht stehlen kann, es sei denn, man tötet den Träger, den man aber nicht töten kann.«

»Er ist beschützt«, bestätigte Amuric. Es war das zweite Mal, dass er etwas in der Menschensprache sagte.

»Aber vielleicht findet ein Mann von der Bruderschaft der Schatten doch einen Weg«, wandte Sahif ein.

Der Mahr kratzte sich am Kopf. »Niemand außerhalb Mahratgath wusste von der Kammer.«

»Shahila und Almisan wissen es aber, denn meine Halbschwester hat den Bruder des Herzogs geheiratet. Ich nehme an, dass dieser Bruder die Geheimnisse von Atgath kennt, und vermutlich hat er sie seiner Frau verraten.«

»Menschen«, brummte Amuric missbilligend, und Sahif hatte das Gefühl, dass sein strafender Blick ihn durchbohren sollte.

»Wollt ihr mir nicht sagen, was es mit dieser Kammer auf sich hat?«, fragte er ungeduldig. Sie versuchten offenbar, ihm seinen Plan auszureden, ohne ihm einen anderen anzubieten oder ihm wenigstens zu erklären, was hier vorging. Aber er konnte nicht länger tatenlos herumsitzen. Ela Grams brauchte doch seine Hilfe.

Die beiden Mahre unterhielten sich kurz in ihrer Sprache, dann nickte Amuric, und Marberic sagte: »Doch. Aber es ist schwierig. Es fehlen mir vielleicht Worte.«

»Hilft es mir irgendwie dabei, Ela und ihren Vater zu retten?«

»Nein.«

Sahif spürte, wie der Jähzorn wieder in ihm aufwallte. »Dann muss es eben warten. Erzählt es mir, wenn ich zurück bin, oder eben gar nicht, wenn ihr nicht wollt!«

»Wenn du hinausgehst, fangen sie dich.«

»Das kann ich dann wohl nicht ändern.«

»Du kannst einen anderen Weg wählen. Amuric kennt diese Gänge. Einige führen auch zur alten Burg. Unter der Erde. Aber er sagt, sie sind verseucht und gefährlich.«

»Verseucht?«

»Von deinesgleichen. Menschen. Sie pissen überallhin.«

»Und – wollt Ihr etwa durch diese Wand hindurchgehen?«, fragte Sahif ungehalten und starrte auf den Fels, der ihn auf allen Seiten umgab und der die Stollen verschloss, durch die er mit Habin gegangen war.

»Wir machen Wände, wir gehen hindurch«, sagte Marberic, als sei es das Selbstverständlichste der Welt. »Wir können dir berichten. Auf dem Weg. Von der geheimen Kammer«, fügte Marberic hinzu. Amuric knirschte etwas in der Mahrsprache, und Marberic antwortete. Offenbar stritten sie. Dann winkte Amuric ab, als ob er wider besseres Wissen nachgeben würde, und Marberic sagte: »Und wir helfen dir. Bei Grams Tochter. Aber du musst auch etwas für uns tun.«

Sahif starrte von einem zum anderen. Er hatte das Gefühl, dass er gleich etwas hören würde, das ihm nicht gefiel. »Und das wäre?«, fragte er vorsichtig.

Der Mahr schloss die Augen und bewegte die Lippen, als wollte er probehalber die Worte für sich sagen, bevor er sie laut aussprach. Dann sagte er: »Töte deine Schwester.«

Shahila von Taddora hatte es geschafft, das Angebot ihres Gemahls, vielleicht doch gemeinsam über den Jahrmarkt zu schlendern, endgültig abzulehnen, und er war endlich gegangen, um nachzufragen, ob er nicht noch mit seinem Bruder sprechen könnte. Jetzt saß sie am Fenster ihres Gemachs und kämmte ihr langes schwarzes Haar. Sie wollte nachdenken, und das ruhige Gleiten des Kammes half ihr dabei für gewöhnlich. Die Dinge liefen nicht ganz so, wie sie sollten: Bahut Hamoch war noch nicht sicher auf ihrer Seite, und er war schwächlicher, als sie erwartet hatte. Dann gab es diesen fremden Zauberer, von dem sie nicht wusste, wem er diente und welche Zwecke er verfolgte. Und zum bösen Schluss hatte ihr Halbbruder Sahif sich offensichtlich entschlossen, ihr nicht zu vertrauen, und war geflohen. Es war nicht absehbar, was er vorhatte oder was er tun konnte. Würde er gefangen genommen und fiele Quent in die Hände ... Sie atmete tief durch und starrte durch die braunen Butzenscheiben in den Hof hinab.

Unten riefen Almisan und einer der Leutnants des Herzogs die Soldaten der Burg und die Krieger ihrer Baronie zusammen. Ihr Gemahl hatte eine kleine Ehrenwache bekommen, aber die anderen Männer rückten aus, um Sahif zu fangen, *nein, zu töten,* berichtigte sie sich in Gedanken. Er durfte auf keinen Fall lange genug am Leben bleiben, um irgendetwas über ihr nächtliches Gespräch verraten zu können. Sie hatte sich in ihm getäuscht, aber sie verstand immer noch nicht, wo ihr Fehler lag. Sie hatte ihm seine Lage doch beinahe wahrheitsgetreu erläutert, und sie war wirklich seine einzige Verbündete in Atgath, der Rest der Stadt war hinter ihm her. Eigentlich war sie sogar seine einzige Verbündete auf der ganzen Welt. Ob er irgendwie geahnt hatte, dass dieses Bündnis ein für ihn äußerst unvorteilhaftes Ende nehmen sollte? Das konnte sie sich nicht vorstellen. Der alte Sahif war geschult im Misstrauen, und selbst dieser hatte ihr am Ende fast blind vertraut, wie konnte der neue Sahif es nicht tun? Sie versuchte sich mit dem Gedanken zu beruhigen, dass Almisan ihn schon erwischen würde. Und wenn die Bergkrieger ihn fingen und verstecken konnten, würde er erst sterben, wenn alles andere erledigt war, und so würde er am Ende doch noch seine Bestimmung erfüllen. Ihr Halbbruder war so gut wie tot, auch wenn er das noch nicht wusste. *Er hat Almisan abgeschüttelt, unterschätze ihn nicht,* mahnte sie sich.

Sie hielt mit dem Kämmen inne. Sie hatte lange an ihrem Plan gearbeitet, hatte sich in Geduld gefasst und die Dinge behutsam vorangetrieben, das würde sich hoffentlich bald auszahlen. Die Sache mit Sahif war nur eine kleine Unbequemlichkeit – bis jetzt. So war das eben mit den Plänen. Selbst die besten mussten ständig geändert und verbessert werden. Ursprünglich hatte sie einmal vorgehabt, die kommenden Ereignisse ihrem Vater in die Schuhe zu schieben. Vielleicht hätte das gereicht, um den Seebund in einen Krieg gegen Oramar zu treiben. Doch Almisan hatte ihr davon abgeraten, und sie sah inzwischen ein, dass er Recht hatte: Ihr Vater war viel zu mächtig, es war nicht auszuschließen, dass er einen solchen Krieg gewinnen würde. Außerdem würde er ihr Spiel wahrscheinlich durchschauen, und dann wäre sie verloren. Natürlich, am Ende würde ihre Rache ihn treffen, würde sie ihn büßen lassen für das, was er ihrer Mutter angetan hatte, doch erst, wenn sie stark genug war. Erst, wenn ihr die Geheimnisse und damit die verborgene Macht von Atgath gehörten, konnte sie es wagen, ihn herauszufordern. Sie versuchte ruhig zu bleiben, aber der Hass auf ihren Vater loderte stark, und sie konnte es kaum erwarten, ihm all das Unrecht heimzuzahlen, das er ihr und ihrer Mutter angetan hatte.

Schon in Elagir hatte sie überlegt, wie sie ihn töten könnte, aber sie kam nicht mehr in seine Nähe, seit ihre Mutter Nilami verstoßen worden war. Auch hatte sie die Hoffnung gehegt, dass er ihre Mutter eines Tages begnadigen würde, und deshalb stillgehalten. Niemand außer Almisan wusste, wie es im Inneren um sie stand, und er war es, der ihr beigebracht hatte, ihre Gefühle zu verbergen. Nur einmal hatte sie ihren Vater über einen Boten gebeten, ihre Mutter besuchen, sie wenigstens einmal noch in die Arme schließen zu dürfen. Doch selbst die Erfüllung dieser Bitte hatte ihr der Vater verweigert, ja, er verbot ihr und allen anderen im Palast, auch nur den Namen der Eingekerkerten zu nennen, und lange hatte Shahila nicht gewusst, ob ihre Mutter überhaupt noch lebte. Vor drei Jahren war dann ihr Bruder Weszen erschienen und hatte ihr im Namen ihres Vaters mitgeteilt, dass die schöne Nilami im Kerker verstorben sei. Das war am Tag nach ihrer Hochzeit gewesen, als sie sich schon auf dem Schiff befunden hatte, mit dem sie Oramar verlassen sollte. Beleran hatte ihre Tränen ganz falsch verstanden und gedacht, es sei seinetwegen, denn sie hatte ihm nichts von dieser Nachricht erzählt, und er hatte alles versucht, um sie zu trösten. Bis heute wusste er nicht, warum sie an jenem Tag geweint hatte, und das würde auch so bleiben.

Shahila versuchte, die dunklen Gedanken abzuschütteln, denn dafür hatte sie eigentlich keine Zeit. Es lag eine andere Herausforderung vor ihr: Nestur Quent. Der Alte war schwer zu fassen. Er war leider genau so, wie ihr Gemahl ihn beschrieben hatte. Er schien geradezu stolz darauf zu sein, dass ihn weder Frauen noch Gold noch Macht interessierten. Damit hatte er keine der üblichen Schwächen. Die Sterne interessierten ihn, also hatte sie dafür gesorgt, dass ihm Prinz Gajan aus Elagir ein neues Fernrohr schickte, damit war er wenigstens ein wenig abgelenkt. Aber noch immer war er eine unberechenbare Größe in ihrem Spiel, eine Gefahr, weit größer als ihr untreuer Halbbruder. Sie hatte widerwillig eingesehen, dass sie den Zauberer nicht auf ihre Seite ziehen konnte, aber sie wollte wenigstens dafür sorgen, dass seine Handlungen berechenbar wurden – und dass er sich verdächtig verhielt, denn er musste seinen Teil in ihrem Spiel doch erfüllen. Sie strich wieder mit langsamen Bewegungen durch ihr Haar und rief sich die wenigen Begegnungen mit ihm ins Gedächtnis. Er hatte sich kaum eine Blöße gegeben, nur, wie er mit dem Adlatus umging, das war seltsam. Sie hielt inne. Das angespannte Verhältnis zwischen diesen beiden Männern ließ sich natürlich auf mehr als eine Weise nutzen. Und noch etwas wurde ihr plötzlich klar: Die Verachtung, die Quent für den jüngeren Zauberer, ja, für fast alles außer für seine Sterne zeigte, offenbarte Überheblichkeit. Er war stolz, das war seine Schwäche! Sie legte den Kamm lächelnd zur Seite und begann, ihr Haar aufzustecken. Er hatte also doch einen schwachen Punkt, daraus musste sich doch etwas machen lassen.

Sie erfuhr von einer Magd, dass sie Quent im Haus der Wachen finden würde. Also ging sie hinüber. Im Hof sammelten Almisan und ein junger Leutnant ihre Männer, und sie konnte sehen, wie sehr die Soldaten den Kriegern misstrauten, während es andererseits so aussah, als würden die rauen Bergkrieger die Burgwachen in ihren schönen Wappenröcken nicht sehr ernst nehmen. Und als Shahila ihren Blick über die Soldaten ihres Schwagers schweifen ließ, konnte sie es ihren Leuten nicht verdenken: Die Männer aus Atgath waren offenbar zur Wache gegangen, weil sie einen sicheren, ruhigen Beruf suchten, nicht, weil sie auf Kämpfe aus waren und Heldentaten vollbringen wollten. Die Männer aus den Bergen Damatiens waren aus härterem Holz geschnitzt. Shahila besprach sich kurz mit Almisan und erfuhr, dass der Leutnant Quent tatsächlich überredet hatte, die Bergkrieger auf den Schatten loszulassen. Eine beachtliche Leistung, wie sie fand. Offenbar war dieser junge Mann nicht ganz unfähig. Es hieß natürlich auch, dass der Zauberer für vernünftige Vorschläge nicht gänzlich taub war. Das musste sie berücksichtigen. Sie ging hinüber in das Wachhaus, das grau und schief den Hauptgebäuden gegenüberstand.

Der Feldscher fing sie noch auf der engen Treppe ab: »Bitte,

Herrin, Meister Quent ist in einer der oberen Kammern, doch kann ich Euch dort nicht hineinlassen, denn es ist ein Toter bei ihm.« Und dann lief er unter ihrem belustigten Blick rot an und sagte: »Verzeiht, ich meinte, er ist bei einem Toten, und Meister Ured ist bei ihm.«

»Wer?«

»Ein Fremder, er versteht sich gut auf Heilkräuter.«

Shahila zögerte einen Augenblick, aber dann erkannte sie, dass es besser nicht laufen konnte. Sie schob den Arzt beiseite und ging die Treppen hinauf in besagte Stube. Sie hörte die leicht raue Stimme des Zauberers, der gerade über den Fernen Osten und seine Wunder sprach, die er leider nie gesehen hatte, und trat ohne weitere Umstände in die Kammer ein. Es lag tatsächlich ein Toter auf einem Tisch, nur halb zugedeckt, und seine glasigen Augen starrten sie an. Fasziniert blieb sie stehen und betrachtete den Mann.

Quent sprang auf und deckte den Leichnam rasch zu. »Verzeiht, Herrin, dies ist kein Anblick für eine zarte Frau. Aber wir haben mit Euch auch nicht gerechnet.«

Shahila lächelte dem Alten freundlich zu und sagte: »Ich habe im Hause meines Vaters schlimmere Dinge gesehen, Meister Quent. Ich erinnere mich, dass einmal, nach einem Diebstahl, als der Schuldige nicht gefunden werden konnte, zwölf Männer hingerichtet und ihre Köpfe zur Abschreckung auf den Palastmauern aufgespießt und ausgestellt wurden.«

»Und keiner der zwölf hat gestanden?«, fragte Quent, offensichtlich irritiert.

»Nein, wie sollten sie auch? Es waren Wachen, die mein Vater für ihre Nachlässigkeit bestrafen ließ. Der Dieb wurde nie gefunden.«

Sie löste ihren Blick von dem toten Händler und bemerkte jetzt den dritten Mann im Raum. Er verneigte sich höflich, und sein offenes Gesicht drückte eine Freundlichkeit aus, die sehr vertrauenerweckend wirkte. Shahila erwiderte seinen Gruß mit einem knappen Nicken, aber sie musste sich sehr zusammenreißen, um sich ihre Überraschung nicht anmerken zu lassen: Sie kannte ihn! Es war lange her, aber sie hatte diesen Mann schon einmal gesehen. Und sie wusste auch genau, wo.

»Ist Euch nicht wohl?«, fragte der Fremde besorgt, weil sie offensichtlich doch erbleicht war.

»Nun, ich sagte es doch, der Anblick eines Toten ist nichts für Frauen, jedenfalls nicht bei uns in Atgath«, brummte Quent. »Kommt, wir treten einen Augenblick hinaus in den Gang. Hier sind wir ohnehin fertig, nicht wahr, Meister Ured?«

Auf dem Gang hatte sich Shahila wieder in der Gewalt, auch wenn sich ihre Gedanken überschlugen. Sie hatte den Fremden gesehen, vor vielleicht fünfzehn Jahren, als sie noch ein Kind gewesen war. Sie erinnerte sich daran, wie sie bei ihrem Vater auf dem Schoß gesessen hatte, das arglose Kind seiner damaligen Lieblingsfrau, und dann hatten Diener aus einer Seitenpforte diesen Mann in die sonst für alle Fremden verschlossenen privaten Gemächer des Padischahs geführt.

»Was aber führt Euch zu mir, Herrin?«, fragte Quent.

Sie riss sich von ihren Gedanken an glückliche Zeiten los und sagte: »Ich freue mich, dass unsere Männer die Euren bei der Jagd nach diesem Schatten unterstützen können.«

»Ich schätze, ich habe Euch dafür zu danken, Herrin«, sagte Quent, und sie hörte ihm an, wie sehr ihm das gegen den Strich ging.

Der Fremde stand schweigend dabei und blickte freundlich drein. Kaum konnte jemand harmloser wirken – Shahila bewunderte ihn dafür. Sie sagte: »Ich habe gehört, dass sich gestern auch die Bürger der Stadt an der Suche beteiligt haben.«

Quent schnaubte verächtlich. »Die Bürgerwehr, ein wahrhaft tapferer Haufen. Sie griffen zu den Waffen, weil ihnen der Schatten quasi auf den Tisch fiel, und da verteidigten sie sich natürlich, aber sobald sie das eigene Haus verlassen, bekommen sie vor jedem Schatten Angst, und nicht nur vor denen, die dieser verfluchten Bruderschaft angehören.«

»Nun, vielleicht fehlt ihnen nur der rechte Anreiz, Meister Quent«, sagte Shahila. »Seid Ihr nie auf die Idee gekommen, eine Belohnung für die Ergreifung des Mörders auszuloben?«

Quent sah sie stirnrunzelnd an.

Einen Augenblick fürchtete Shahila, dass ihre Idee vielleicht so gut war, dass der Zauberer zustimmen würde, aber dann sagte er: »Nein, besten Dank, Herrin. Ich weiß Euer Bemühen zu schätzen«, behauptete er, aber sein Tonfall sagte das Gegenteil. »Ich fürchte, wenn erst einmal Silber im Spiel ist, verlieren die braven Leute vollends den Verstand. Dann wäre niemand mehr sicher, der auch nur halbwegs verdächtig aussieht, und glaubt mir, in dem Fall würde ein jeder, der nicht aus Atgath stammt, *sehr* verdächtig aussehen. Und das, während doch der Jahrmarkt so viele Auswärtige anlockt? Nein, Baronin, vielen Dank. Euer Vorschlag ist sicher gut gemeint, aber vielleicht solltet Ihr solche Dinge besser ... ich meine, ich danke Euch für den Vorschlag, aber ich halte es für besser, es nicht zu tun.«

Shahila runzelte die Stirn. Sie wusste, dass Quent sie nicht für eine Idiotin hielt, und gab sich daher den Anschein, beleidigt zu sein. Dann sagte sie: »Ihr habt vermutlich Recht, Meister Quent. Ich habe nicht bedacht, dass eine Belohnung doch auch eine Verführung zu übereiltem Handeln sein kann. Doch wenn ich Euch auf andere Art behilflich sein kann, dann lasst es mich wissen.« Und dann verabschiedete sie sich kühl, weil sie angeblich noch so viele andere dringende Dinge zu erledigen hatte.

Als sie die Treppe wieder hinabstieg, hätte sie eigentlich mit sich zufrieden sein können: Quent hatte so reagiert, wie sie es erwartet hatte: Sie hatte angeboten, ein Kopfgeld auf den Schatten auszuloben, er hatte abgelehnt. Doch sie war zu sehr mit dem Fremden beschäftigt, um sich über diesen kleinen Erfolg zu freuen. Fünfzehn Jahre waren vergangen, aber sie hatte ihn nicht vergessen. Glückliche Tage waren das gewesen, im Palast von Elagir. Sie war die Tochter der Lieblingsfrau des Padischahs gewesen, und er hatte sie gerne um sich gehabt. Sie erinnerte sich, wie sie im Palastgarten an den Wasserspielen gesessen hatten, oder wie er sich des Abends sogar Zeit genommen hatte, ihr Geschichten zu erzählen. Er konnte gut erzählen. Doch dann hatte sich von einem Tag auf den anderen alles geändert, und aus der Lieblingstochter war eine von vielen geworden, eine, die nicht einmal mehr in die Nähe ihres Vaters gelassen wurde.

Sie unterdrückte den Zorn und dachte an den Tag zurück, als sie dem Fremden zum ersten Mal begegnet war: Er war zu ihrem Vater gekommen und hatte ihm, eingehüllt in ein grobes Tuch, zwei unscheinbare Blechteller überreicht. Sie hatte mit den Tellern spielen wollen, doch ihr Vater hatte es ihr lachend verwehrt. Und dann hatte der Fremde zu ihrer Unterhaltung mit einem Schluck Wasser aus dem Zimmerbrunnen kleine Kunststücke vorgeführt. Er hatte das Wasser von einer Hand zur anderen durch die Luft springen lassen, hatte es wie ein Seil gespannt und es ihr dann wie einen Blütenkranz auf den Kopf gesetzt, ohne dass sie nass geworden war. Nie hatte sie etwas Erstaunlicheres gesehen, und nie hatte sie daher dieses freundliche Gesicht vergessen. Einen Namen wusste sie nicht, aber sie wusste noch, wie ihr Vater ihn genannt hatte: Wassermeister. Und nun war dieser Mann in Atgath? Sollte sie da an einen Zufall glauben? Sie würde Almisan von diesem Mann berichten. Er stellte eine Bedrohung dar. War er vielleicht sogar ein Spion ihres Vaters? Wenn es so war, dann musste Almisan ihn töten, je eher, desto besser.

Sahif schüttelte fassungslos den Kopf. »Meine Schwester umbringen? Seid ihr noch bei Trost?«

Die Mahre verzogen keine Miene, aber Amuric knirschte etwas in der Mahrsprache, und Marberic sagte: »Sie will in die Kammer. Das darf nicht geschehen.«

»Meinetwegen, aber sie ist meine Schwester!«

»Du erinnerst dich nicht an sie.«

»Dennoch – ich spüre, dass wir von gleichem Blut sind. Und – ich will auch nicht mehr töten. Ich will kein Mörder mehr sein!«, rief Sahif, aber als er das sagte, wusste er, dass es im Innersten nicht stimmte. Seine Schwester hatte ihn belogen, betrogen und benutzt, und ein Teil von ihm wünschte ihr gerade jetzt einen sehr unerfreulichen Tod.

»Sie darf nicht in die Kammer.«

»Dann müssen wir eben einen anderen Weg finden, sie aufzuhalten«, rief Sahif und stellte sich vor, wie es sein würde, seiner Schwester die Kehle durchzuschneiden. Er schloss die Augen, um dieses Bild, das das Blut in seinen Ohren rauschen ließ, zu verdrängen. *Nein, das bin ich nicht,* sagte er sich, *nicht mehr.*

Marberic sah ihn nachdenklich an. Dann sagte er: »Wenn du einen findest, ist es gut. Wenn nicht, musst du sie töten. Verstehst du?«

»Nein, das verstehe ich nicht«, rief Sahif ungehalten. Er fühlte sich plötzlich beengt von der steinernen Röhre, in der er mit den beiden Berggeistern sprach, beengt auch von diesem dunklen Blutdurst, der aus dem schwarzen Loch in seinem Inneren aufstieg. *Ein böser Traum,* dachte er, *das ist alles nur ein böser Traum. Und gleich werde ich erwachen.* Aber er erwachte nicht. »Was wäre denn so schlimm daran, wenn Shahila ein paar magische Gegenstände in die Finger bekäme?«, fragte er.

»Nicht die Gegenstände. Der Pfad«, erklärte Marberic, und als ihn Sahif verständnislos anstarrte, fügte er hinzu: »Der Pfad zur Magie. Er beginnt in der Kammer. Kein Mensch darf ihn gehen.«

Sahif ahnte endlich, was der Mahr meinte. Marberic hatte ihm schon erklärt, dass die Magie der Menschen lediglich ein schwacher Nachhall der alten, reinen Kraft war, über die nur die Mahre verfügten. Es gab also in Burg Atgath einen Zugang zur Magie? Dennoch erschien ihm das Ansinnen der beiden Wesen völlig verrückt. »Warum sperrt ihr diesen Pfad nicht einfach? Habt ihr nicht auch hier Mauern gezogen?«, fragte er und wies auf die Wand, die den Stollen versperrte.

Amuric knirschte etwas und klang zornig, Marberic antwortete ruhig in der Mahrsprache, worauf der andere Mahr seufzend nickte. Schließlich erklärte Marberic: »Das können wir nicht. Wir haben diesen Pfad nicht gebaut.«

»Aber ich dachte ...«

Marberic unterbrach ihn. »Wir bewachten ihn, bauten die Torburg. Das war unsere Aufgabe. Doch wurden wir weniger, die Menschen immer mehr. Daher gaben wir die Burg und den Schlüssel Menschen, denen wir vertrauten.«

»Den Herzögen«, murmelte Sahif.

»Damals waren es keine Herzöge«, warf Marberic fast entschuldigend ein, als ob es darauf ankäme.

Sahif schüttelte den Kopf: »Aber wenn nicht ihr den Pfad gebaut habt, wer ...?«

»Die, die vor uns waren, doch sind sie lange schon zu Stein geworden.«

»Aber ...«

Marberic fiel ihm erneut ins Wort: »Kein Mensch darf diesen Weg gehen. Auch deine Schwester nicht.« Seine tiefliegenden Augen blickten ungeheuer ernst.

Sahif nickte beeindruckt und fragte sich, was wohl geschehen würde, wenn doch ein Mensch hinabstieg zur Essenz der Magie. »Ich werde es versuchen«, sagte er schließlich. »Lasst uns erst Ela Grams retten, aber dann werde ich versuchen, meine Schwester aufzuhalten.«

»Um jeden Preis?«, fragte Amuric.

Sahif zögerte. Shahila war bereit, für ihr Ziel über Leichen zu gehen, das war ihm schmerzhaft bewusst, denn er war ihr Werkzeug gewesen. Er wollte mit all dem nichts mehr zu tun haben, aber hatte er eine Wahl? Die Mahre brauchten ihn, und er brauchte die Mahre, wenn er Ela retten wollte. Und Shahila hatte den Tod verdient, oder nicht? Er blickte von einem zum anderen, dann sagte er: »Ich werde sie aufhalten.«

»Wirst du sie töten?«, fragte Amuric.

»Wenn es gar nicht anders geht«, erklärte Sahif. Er hoffte, dass er einen anderen Weg finden würde, auch wenn in seinem Inneren eine hartnäckige Stimme ihr Blut forderte. Aber er wollte Shahila nicht töten, sie war doch trotz allem seine Schwester, und er versuchte nicht mehr an das zu denken, was er während seiner Kämpfe empfunden hatte, dieses klare, kalte Verlangen, Blut zu sehen, seinen Gegner zu töten. Und auch das Bild, das wieder so lebendig vor seinem inneren Auge stand, das Bild, in dem er seiner eigenen Schwester die Kehle aufschlitzte, auch das versuchte er nun zu verdrängen. Er fasste einen Entschluss: Er würde Ela retten, und dann, dann würde man weitersehen.

Ela wollte gar nicht hinsehen, aber sie konnte den Blick auch nicht abwenden, also presste sie das Gesicht an das Gitter und sah zu. Unerträglicher Gestank wie nach faulen Eiern erfüllte das Laboratorium. Er kam von einem der großen Glaskolben, aus dem Dampfwolken und gelblicher Schaum quollen, nachdem Esara die lederne Verschlusshaube entfernt hatte. In dem Kolben steckte einer dieser schrecklichen Homunkuli, nackt, bedeckt mit Hautfetzen, die weiß in der Brühe trieben, wenn er sich bewegte. Und er zuckte, drehte sich, streckte sich.

»Noch nicht«, mahnte Meister Hamoch. Er stand ganz dicht am Kolben und schien kleine Instrumente abzulesen. »Noch nicht«, wiederholte er und wischte sich Schweiß von der Stirn. Die Homunkuli heizten den Kessel an, kümmerten sich um die anderen Kolben, in denen ebenfalls beinahe vollendete Wesen trieben und zuckten, und hielten Werkzeuge in den kleinen Händen.

»Den Trenner, jetzt«, zischte der Magier plötzlich.

Esara nahm einem Homunkulus eine riesige Zange ab und reichte sie dem Zauberer, der sie mit schneller Bewegung um den schmalen Hals des Kolbens legte. Im Inneren zuckte der Homunkulus heftiger, als habe er das knirschende Geräusch gehört. Er drehte sich schneller, und dann – Ela starrte gebannt hinüber –, dann öffneten sich seine großen Augen. Er begann zu zappeln, die kleinen Arme und Beine stießen hart gegen das einengende Glas, oben spritzte Flüssigkeit aus dem Gefäß, und der Kolben begann, bedrohlich zu schwanken. »Den Spreizer, schnell doch!«, rief Hamoch. Er riss einem der Homunkuli die eigenartige Zange mit den Gelenkarmen regelrecht aus der Hand, während Esara den Trenner mit ihren starken Händen festhielt. Der Adlatus steckte den Spreizer in den Kolben, und der neue Homunkulus, der den metallenen Eindringling bemerkte, zuckte zurück, schlug um sich und kauerte sich dann plötzlich zusammen. »Guter Junge«, murmelte Esara, »guter Junge«, und auch auf ihrer Stirn standen Schweißtropfen.

Hamoch schob die Metallarme weiter hinein, bewegte die Griffe, und ruckartig klappten die beiden Arme auseinander und stießen innen gegen das Glas. Es knirschte, und dann zeigte sich plötzlich ein langer Sprung. Hamoch stöhnte, sein Gesicht verzerrte sich vor Anstrengung, er drückte noch einmal – und dann platzte der Kolben. Ein Schwall gelber Brühe ergoss sich über den Boden, sammelte sich in einem Ablauf und verschwand in einer Wand. Fahler Dampf wallte auf, und für einen Augenblick war Ela die Sicht genommen. Als der Dunst sich verzog, sah sie, dass Esara den Hals des Kolbens behutsam zur Seite stellte. Das Gefäß war sauber in zwei Hälften geplatzt. Dann entdeckte sie den Homunkulus: Er lag zusammengerollt auf dem Boden, inmitten der gelben Brühe, zuckte mit Armen und Beinen und zitterte erbärmlich. Hamoch beugte sich hinab, sah seinem Geschöpf in die Augen und hauchte ihm in einer seltsam zarten Geste ins Gesicht. Der Homunkulus schnappte nach Luft. »Nerep sollst du heißen, nach dem siebzehnten Buchstaben«, sagte Hamoch sanft. Und dann schrie er Esara an, weil sie fasziniert zusah und noch nicht das verlangte Handtuch geholt hatte, um den neu geborenen und gierig nach Luft schnappenden Homunkulus von Hautfetzen und Grind zu reinigen.

Faran Ured verließ die Burg mit gemischten Gefühlen. Quent hatte ihn lange befragt und hatte alles über seine Reisen und die Kräuter wissen wollen, die er dabei kennengelernt hatte. Es war ihm inzwischen klar, dass der Zauberer nach einem Heilmittel für die starken Kopfschmerzen suchte, die den Herzog offenbar schon seit Jahren quälten. Ured war freundlich, offen und mitteilsam gewesen, hatte die eine oder andere vielleicht hilfreiche Pflanze empfohlen, und am Ende doch keinen Rat gewusst. Wolkenkraut und Mohnmilch blieben das Beste, was er anbieten konnte, sehr zur Enttäuschung Quents. »Da tauschen wir nur Schmerz gegen Wahnsinn«, hatte dieser schließlich gerufen und Ured ziemlich brüsk stehen lassen.

Ured war jedoch nicht beleidigt, sondern erleichtert, denn er spürte, dass die Wirkung des Blindkrauts allmählich nachließ. Als er durch das Tor ging, dachte er, dass der alte Magier offensichtlich zu Übertreibungen neigte: Sein Mittel beruhigte den Schmerz, gepaart mit wilden Illusionen, wenn man es zu stark dosierte. Und natürlich, wer es zwei- oder dreimal gekostet hatte, wollte nicht mehr ohne leben. Aber dennoch, er hatte den Herzog gesehen, hatte gesehen, wie sehr ihn der jahrelange Schmerz zermürbt hatte. Mit dem Mittel – Ured nannte es in Ermangelung eines besseren Namens *Wolkenmilch* – würde er zwar Dinge wahrnehmen, die gar nicht da waren, dafür würde er aber etwas, das sehr wohl da war, nämlich den dauernden Schmerz, nicht mehr spüren. Ured war nicht entgangen, dass Quent bei der Frage nach der Ursache dieses Schmerzes sehr ausweichend antwortete, aber er war sich nach dem, was er am Vorabend gesehen hatte, sicher, dass Magie dabei im Spiel war. Konnte es an dem Amulett der Mahre liegen? Aber ein Amulett konnte man ablegen. Nein, es musste etwas anderes sein.

Noch etwas anderes beschäftigte ihn: die Baronin. Ihr Vorschlag, ein Kopfgeld auszusetzen, hatte ihn überrascht. Er war eigentlich zu dem Schluss gekommen, dass der Schatten in ihrem Sold stand. Wie so vieles in dieser Geschichte ergab ihr Vorschlag also keinen Sinn. Und wie sie ihn angesehen hatte! Sollte sie etwa Verdacht geschöpft haben? Quent hatte dank des Blindkrauts nichts gemerkt, da war sich Ured ziemlich sicher, aber sie schien irgendwie misstrauisch geworden zu sein. Sie war sehr gefasst mit Quents Zurückweisung umgegangen. Ob sie geahnt hatte, dass er ihren Vorschlag ablehnen würde? Vielleicht wollte sie nur vorbeugend jeden Verdacht entkräften, dass der Schatten etwas mit ihr zu tun haben könnte. Ja, das erschien ihm einleuchtend, aber ganz zufrieden war er mit der Erklärung nicht. Auf jeden Fall schien sie ihre Pläne, wie immer die auch aussahen, energisch voranzutreiben. Ured war sehr gespannt auf ihren nächsten Zug.

Als er durch das Tor schritt, dachte er kurz darüber nach, umzukehren und sich unter irgendeinem Vorwand die Schatzkammer anzusehen. Die meisten Wachen waren in der Stadt auf der Jagd nach dem Schatten, und die Sicherheit der Burg wurde offensichtlich vernachlässigt. Vermutlich, weil sie glaubten, dass dem Herzog nichts geschehen konnte, oder vielleicht auch, weil sie über die Jagd die Übersicht verloren hatten. Der Weg war also beinahe frei. Aber dann hielt er es für ein unnötiges Risiko. Er hatte vom Feldscher inzwischen erfahren, dass die Kammer, im Gegensatz zum Burgherren, nicht durch Zauber geschützt wurde. Also waren ihm nur Menschen und Mauern im Weg – und mit beiden konnte er fertig werden.

»Ihr seid also sicher, dass er im Palast Eures Vaters war?«, fragte Almisan noch einmal.

»Würde ich es sonst sagen?«

»Verzeiht, Hoheit, doch Ihr wart, wie Ihr selbst gesagt habt, damals noch ein Kind.«

»Er ist es. Diese unerschütterliche Freundlichkeit, die blonden Haare, die hohe Stirn. Ich glaube, er hat sich seither kein bisschen verändert.«

»Und Euer Vater nannte ihn einen Wassermeister?«

»Almisan, ich wiederhole mich nur ungern.«

»Verzeiht, Hoheit«, sagte der Rahis mit dem üblichen unbewegten Gesicht. »Ich weiß nicht, was ich davon halten soll.«

»War er es vielleicht, der den Händler tötete?«, fragte Shahila.

Almisan zuckte mit den Schultern. »Ich habe den Mann, den Ihr getroffen habt, zwar nicht gesehen, aber Eurer Beschreibung zufolge könnte er es gewesen sein. Auch wenn der Händler nicht durch Zauberei, sondern durch ein mir unbekanntes Gift getötet wurde.«

»Ich weiß«, sagte Shahila nachdenklich. »Nach allem, was ich hörte, glaubt selbst Quent, dass der Fernhändler eines natürlichen Todes gestorben ist.« Dann stellte sie die Frage, die ihr auf den Nägeln brannte: »Könnte es sein, dass mein Vater ihn schickt?«

Almisan hob die Brauen, schwieg eine Weile nachdenklich und sagte dann: »Aber zu welchem Zweck, Hoheit?«

Darauf hatte Shahila zunächst keine Antwort, aber dann sagte sie: »Vielleicht lässt er mich überwachen. Es sähe ihm ähnlich. Immer hat er seinen Kindern misstraut, immer hat er sie beobachtet. Ist es nicht so?«

»In Taddora hat er uns jedenfalls nicht überwacht, das hätte ich bemerkt«, sagte Almisan. »Warum sollte er also ausgerechnet jetzt damit anfangen?«

Shahila nagte an ihrer Unterlippe. Der Gedanke, dass ihr Vater etwas mit diesem Fremden zu tun hatte, beunruhigte sie mehr, als sie gedacht hätte. War das nur die alte Furcht, die sie vor dem grausamen Mann empfand?

»Ich wäre dennoch beruhigter, wenn dieser Meister Ured tot wäre«, meinte sie schließlich.

»Wenn Ihr es befehlt, wird es geschehen, Hoheit, doch glaube ich, dass es zur Zeit mehr schaden als nutzen würde. Diese Toten und vor allem der Schatten beunruhigen die Leute, und Quent ist doch jetzt schon misstrauisch«, fügte er hinzu, als Shahila schwieg.

Sie öffnete ein Fenster, denn es verlangte sie nach frischer Luft. Dann ließ sie ihren Blick über die Dächer der Stadt schweifen. Kaum zu glauben, dass dieses Nest die ganzen Anstrengungen wirklich wert sein sollte. Sie fröstelte. Es gefiel ihr einfach nicht, dass der Wassermeister hier aufgetaucht war. Es war wieder etwas, das nicht war, wie es sein sollte. Doch bevor sie dem Gedanken weiter nachgehen konnte, trat ihr Gemahl ein. »Ich wollte dich fragen, ob du es dir nicht doch anders überlegt hast, Geliebte«, fragte er.

»Die Kämpfe? Nein, danke, aber es ist mir wirklich zu kalt da draußen, und ich fühle mich auch ein wenig müde. Hattest du eigentlich Gelegenheit, mit deinem Bruder zu sprechen?«

»Nein«, sagte Beleran bekümmert. »Es scheint wirklich, dass er eine schlimme Nacht hatte, und Quent und der alte Ostig, sein Diener, wollen niemanden zu ihm lassen.«

»Quent ist sehr auf seine Gesundheit bedacht, wie mir scheint«, meinte Shahila.

»Ich weiß nicht, was wir ohne ihn tun würden.«

»Ja, er scheint unentbehrlich. Es ist schade, dass er kein Mittel gegen das Leiden deines Bruders findet.«

»Wie? Ja, in der Tat.«

Shahila folgte einer plötzlichen Eingebung: »Weißt du, ich habe heute in der Wachstube, als ich Meister Quent in anderer Angelegenheit sprechen wollte, einen Mann kennengelernt, der sich sehr gut auf Kräuter zu verstehen scheint.«

»Wirklich? So besteht also doch Hoffnung?«

»Vielleicht, allerdings hat Quent ihn weggeschickt«, sagte Shahila in bedauerndem Ton. Am befremdeten Stirnrunzeln ihres Gatten sah sie, dass sich der Besuch des Wassermeisters tatsächlich zum Vorteil verwenden ließ.

»So? Nun, er wird seine Gründe haben«, sagte der Baron. »Was wolltest du eigentlich von Quent?«

»Ich habe ihm angeboten, aus unseren Mitteln ein Kopfgeld auf den Schatten auszusetzen, der die Stadt heimgesucht hat.«

»Ah, wie großzügig und klug du bist, Liebste!«

»Danke, Liebster, aber dem alten Quent gefiel auch diese Idee nicht.«

»Wirklich? Sonderbar. Nun, vielleicht sollte ich selbst noch einmal mit ihm reden, erst später allerdings, denn mir scheint, er hat heute Morgen schlechte Laune«, meinte der Baron nachdenklich.

Shahila konnte seiner Miene ansehen, dass der Samen ausgebracht war. Quent hatte gute Gründe für seine Entscheidungen, aber das musste sie ihrem Gemahl ja nicht sagen. Dann ging Beleran hinaus, um sich anstelle seines Bruders auf dem Jahrmarkt zu zeigen. Shahila bestand darauf, dass er zwei ihrer auf der Burg verbliebenen Krieger zu seiner Sicherheit mitnahm. Es waren gute und aufmerksame Männer, sie würden ihr alles berichten, was ihr Ehemann dort draußen unternahm: mit wem er sprach und wie er vom Volk begrüßt wurde. Und sie hatte endlich Zeit, sich um wichtigere Dinge zu kümmern.

Nestur Quent stapfte schlecht gelaunt durch die Flure von Burg Atgath. Er konnte nicht einmal genau sagen, was seine Gereiztheit verursacht hatte. War es vielleicht dieser merkwürdige Fremde, der so weit in der Welt herumgekommen war – beneidete er ihn? Oder war es die Baronin von Taddora, die sich in Dinge einmischte, die sie nichts angingen? Ihren Vorschlag mit dem Kopfgeld konnte er bestenfalls für gut gemeint halten. Quent wurde aus dieser Frau einfach nicht schlau. Immer wieder beschlich ihn das Gefühl, dass noch ihre belangloseste Bemerkung irgendeinem verborgenen Zweck diente. War das nur Einbildung? Lag es einfach am bösen Ruf ihrer Familie? Sie war auf keinen Fall so harmlos, wie sie sich gab. Und natürlich gab es noch diesen Schatten, der sich irgendwo in der

Stadt versteckte und Unheil stiftete. Doch was hatte er vor? Das einzig lohnende Ziel für einen Attentäter war der Herzog, doch der war geschützt, sehr gut geschützt. Quent rannte fast einen Diener um, der in irgendeiner eiligen Besorgung unterwegs war und ihn in dem verwinkelten Gang zu spät gesehen hatte. Der Mann stammelte eine Entschuldigung, und Quent blaffte ihn an, er möge besser aufpassen. Etwas, so sagte er sich wenige Schritte später, was auch für ihn selbst galt: Er musste besser achtgeben. Hier ging etwas vor, und er verstand nicht, was es war. Er machte auf dem Absatz kehrt. *Es bringt wohl nichts, wenn ich hier weiter im Nebel herumstochere,* dachte er, *ich muss mich an etwas Greifbares halten.*

Er eilte endlich in die Kanzlei der Burg, dorthin, wo der ermordete Apei Ludgar gearbeitet hatte. Von dort waren die mysteriösen Einladungen an die Brüder des Herzogs ergangen, dort mussten auch die Zusagen liegen, wenn sie denn nicht vernichtet worden waren. Er war viel zu lange nicht dort gewesen. Er betrat die Kammer, ohne sich erst mit Anklopfen aufzuhalten.

»Die Tür, so schließt doch die Tür!«, rief eine Stimme. Ein Fenster stand offen, und der plötzliche Durchzug wehte Blätter von einem Tisch. Ein Mann sprang zum Fenster, um es zu schließen, aber bevor er es erreichte, hob Quent die Hand, murmelte leise das passende Wort, und der Wind erstarb. Der Mann blieb stehen und starrte offensichtlich verblüfft vom Fenster zu Quent und zurück, denn der Wind heulte noch im Fenster, kam aber nicht mehr in die Stube herein.

»Seid Ihr der neue Verwalter?«, fragte Quent. Er trat ein und schloss die Tür. Es wäre natürlich einfacher gewesen, die Tür gleich zu schließen, und für gewöhnlich unterließ er solche Prahlereien, aber er wollte sicherstellen, dass ihm dieser Verwalter gleich seine ungeteilte Aufmerksamkeit schenkte.

»Meister Quent, welch unerwartete Ehre«, stammelte er, ein schlanker Mann, der jünger zu sein schien, als es seine weißen Haare auf den ersten Blick vermuten ließen.

»Seid Ihr nun der neue Verwalter, oder nicht?«

»Anotan Ordeg, zu Euren Diensten, Euer Gnaden. Bislang zweiter Verwalter von Atgath, und nun, durch traurige Umstände ...«

»Die Umstände sind mir bestens bekannt, Ordeg. Ich bin auf der Suche nach den Kopien von gewissen Einladungen, die von hier aus versandt wurden, beziehungsweise den Antwortschreiben, die eingegangen sein müssen, und zwar von den Prinzen Gajan, Olan und Beleran.«

»Schreiben der Prinzen, jawohl, Euer Gnaden«, antwortete der Verwalter. »Diese Art der Korrespondenz lief ausschließlich über den Tisch des so tragisch abberufenen Apei Ludgar.«

»Aber Ihr seid imstande, sie zu finden?«

»Sehr wohl, auch wenn er eine etwas eigenwillige Ordnung pflegte, Euer Gnaden.«

»Seid Ihr nun fähig, mir die Schreiben zu geben, oder nicht, Ordeg?«, fragte Quent mit schnell wachsender Ungeduld.

»Sehr wohl, Euer Gnaden«, rief der Verwalter und eilte zu einem Tisch im hinteren Bereich der Kammer.

Quent folgte ihm. Lange Reihen von Regalen, mit Akten gefüllt, nahmen dort ihren Anfang, und der Zauberer fragte sich, was auf all diesen Pergamenten stehen mochte. Ob er irgendwo in den Tiefen dieser Regale auch jene Urkunde der Mahre finden würde, mit der sie den Herzögen ihre alte Burg geschenkt hatten? »Wie weit gehen Eure Unterlagen zurück?«, fragte er mit plötzlicher Faszination.

»Wie? Ach, nun, die letzten hundert Jahre sind gut dokumentiert, Euer Gnaden, davor wird es jedoch recht spärlich, und dann kann auch von Ordnung keine Rede mehr sein.«

»Und aus der ersten Zeit? Als die Herzöge Atgath übernahmen?«

»Oh, möglicherweise, Euer Gnaden. Ich habe es jedoch nie geschafft, so weit zurückzugehen. Wozu auch? Allerdings hat Apei Ludgar in letzter Zeit das eine oder andere gesammelt, glaube ich.«

»Ludgar interessierte sich für die alten Urkunden?«

»Sehr wohl, Herr, und ich will ihm nichts Übles nachreden, wo er doch tot ist, doch hätten wir wahrlich auch ohne diese Marotte genug Arbeit gehabt.«

»Zeigt mir, was er zusammengetragen hat – und dann findet endlich diese Schreiben, nach denen ich gefragt habe!«

»Sehr wohl, Euer Gnaden«, sagte der Verwalter und öffnete eine große Lade. »Dort sind die alten Schriften, Herr. Sie sind nicht in bestem Zustand, fürchte ich, und die Tinte ist oft verblasst.«

Quent schob ihn ungeduldig zur Seite und überflog die Pergamente. Sie waren wirklich alt und brüchig, viele kaum leserlich, allerdings auch kaum lesenswert. Da waren alte Verträge, Gedichte, Schenkungsurkunden, Gerichtsprotokolle und dergleichen mehr. Quent legte den Stapel aus der Hand, hielt aber plötzlich inne und zog ein einzelnes Blatt aus dem Stapel. Gedichte? Was hatten Gedichte in einer Kanzlei zu suchen? Die Schrift war kaum noch lesbar, aber dann entzifferte er:

»*Keine Waffe, kein Werkzeug,*
kein Feuer, kein Wasser,
kein Stein, kein Zweig,
kein Fluch, keine Magie,
kein Erz, kein Gift ...«

Quent ließ das Blatt sinken. Er kannte den Rest des Textes. Es war eine Übersetzung der Worte, die auf der Innenseite des herzoglichen Amuletts eingraviert waren. Irgendein Wahnsinniger hatte den Schutzzauber niedergeschrieben, vor langer Zeit, und Apei Ludgar hatte das Blatt gefunden. Er atmete einmal tief durch. Nein, es gab keine Lücke in diesem Zauber, und der Herzog war in seinen Gemächern nicht nur durch das Amulett geschützt. Selbst ein Schatten würde ihm nichts anhaben können.

»Hier, Euer Gnaden, hier sind die Schreiben«, rief Anotan Ordeg und riss ihn damit aus seinen Gedanken. »Und es ist seltsam ...«

»Was?«, fragte Quent ungehalten, als der Verwalter verstummte.

»Sie lagen an einem Ort, an dem ich sie eigentlich nicht vermutet hätte. Und es sind nicht die Zusagen, die Ihr sucht, sondern nur Kopien der Einladungen, die Ihr aber natürlich schon kennt.«

»Kennen? Woher?«

»Sie tragen hier einen Vermerk, dass die Originale von Euch gesiegelt wurden, Euer Gnaden.«

Quent riss dem Verwalter die Schreiben aus der Hand. »Von mir?«, fragte er und starrte auf die drei Schreiben. Er überflog die Zeilen. Unter all den höflichen Floskeln stach ihm vor allem ein Satz in die Augen, ein Satz, der sich in allen drei Schreiben fand, nämlich die Zusicherung, dass der Herzog von Atgath den Prinzen ein Schiff für die gemeinsame Reise bereitstellen würde, verbunden mit dem Vorschlag, Gajan und seine Brüder mögen gemeinsam anreisen. Und ganz unten zeigte ein Vermerk, dass an dieser Stelle im Original das Siegel von Nestur Quent, Kanzler von Atgath und Magier des neunten Ranges der Ehrwürdigen Schule des Lebendigen Odems, prangte.

Der Magier ließ die Blätter sinken. Er verstand nun noch weniger, was hier vorging. Ludgar hatte sich erdreistet, sein Siegel zu verwenden? Aber wozu? Das war doch eigentlich gar nicht nötig. Die Einladung hätte auch ohne sein Siegel gegolten. Das Schiff, das schien der Schlüssel zu sein. Beleran hatte den Landweg gewählt und war wohlbehalten hier eingetroffen. Der Baron hatte gesagt, dass das die Idee seiner Ehefrau gewesen war, die sich Land und Leute hatte ansehen wollen. Also waren nur die Prinzen Gajan und Olan auf dem Schiff, und mit ihnen vielleicht sogar Gajans Familie. Es war in dem Schreiben an Gajan eigens erwähnt worden, dass der Herzog sich unbändig darauf freute, endlich seine Neffen kennenzulernen. Aber warum hatte Ludgar diese gefälschten Schreiben nicht verbrannt? Warum bewahrte er sie auf?

»Und die Zusagen?«, fragte Quent noch einmal.

»Ich habe sie nicht gefunden, aber ich kann mich erinnern, dass vor einiger Zeit Schreiben der Prinzen hier eingingen. Doch die hat Ludgar, wie immer, selbst gelesen und weitergeleitet, Euer Gnaden.«

»Eben nicht, er hat sie nicht weitergeleitet. Weder an mich noch an meinen Adlatus. Sucht sie, Ordeg, sucht sie, und dann bringt sie mir in meinen Turm.«

Gelbliche Schwaden zogen durch die stickige Luft. Wieder knirschte Glas und zersprang, und Ela sah im Dunst einen weiteren – den dritten – Homunkulus in der stinkenden Brühe zucken, die sich aus den Scherben des Kolbens über den Boden ergoss. Der Magier, Esara und die Homunkuli bewegten sich durch diesen widernatürlichen Nebel und trockneten die neugeborenen Geschöpfe ab, sammelten Glas auf und kümmerten sich um das Feuer unter dem letzten verbliebenen Kolben. Ela hatte das Gefühl, in ihrer kleinen Zelle zu ersticken – sie hatte schon mehrfach an der Pforte gerüttelt und erst verlangt, dann gebettelt, dass man sie hinauslassen möge, aber niemand beachtete sie, auch nicht diese kleinen, bleichen Wesen, die durch den fahlen Dunst stapften und ihrer Arbeit nachgingen.

Plötzlich klang der Ton einer kleinen Glocke durch das Laboratorium.

»Ah, das wird Meister Dorn mit den neuen Kolben sein. Geh, Esara, und hilf ihnen, sie oben abzustellen. Aber lass sie unter keinen Umständen hier herein!«

»Natürlich nicht, Herr«, sagte Esara und verschwand.

Meister Dorn? Ela überlegte fieberhaft. Sollte sie um Hilfe rufen? Würde er sie dort oben hören? Was hatte sie zu verlieren? Sie schrie nach Leibeskräften, aber als sie zum dritten Mal schrie, stand plötzlich ein Homunkulus vor der Pforte und stopfte ein schweres Tuch in das Gitterfenster. Ela wollte es sofort wieder hinausdrücken, aber irgendetwas hielt diesen Lappen dort fest. Sie trommelte gegen die Tür, trat dagegen, aber sie wusste, niemand außerhalb des Laboratoriums würde sie hören. Sie gab auf und setzte sich an die Pforte. Die schlechte Luft, die durch die Spalten zwischen den Brettern eindrang, war immer noch besser als die in der niedrigen Kammer.

Sie hörte Stimmen. Meister Hamoch war offenbar ungehalten über eine Störung, Esara bat um Vergebung und entschuldigte sich damit, dass der Besuch sich nicht abwimmeln lassen hatte, und dann erklang eine fremde, weiche Stimme, die über den bestialischen Gestank klagte. Irgendetwas an der Klangfärbung dieser Frauenstimme kam Ela bekannt vor, ja, sie hatte einen südländischen Klang, wie die von Anuq. Bevor sie jedoch mehr hören konnte, verließen die Frau und der Zauberer das Laboratorium offenbar wieder. Ela fragte sich, was aus dem vierten Homunkulus werden würde, der noch auf seine Befreiung aus dem Glaskolben wartete. Und sie dachte an Anuq, der für sie gekämpft hatte, im *Schwarzen Henker,* und der jetzt irgendwo ganz allein da draußen in der Stadt war und von den Wachen gejagt wurde.

»Und ihr seid sicher, dass uns dieser Gang ans Ziel bringt?«, fragte Sahif.
Er blickte mit wenig Begeisterung auf den Weg vor sich, denn dort breitete sich knietief eiskaltes Wasser aus. Im grünlichen Laternenlicht der Mahre sah er hässliche, augenlose Fische darin, und wenn er sich nicht täuschte, wurde das Wasser eher tiefer als flacher.

»Der einzige Weg«, sagte Marberic.

»Kaltes Wasser schreckt Menschen ab«, warf Amuric ein. Dann raunte er wieder etwas in der Mahr-Sprache, drehte sich um und ging dann im Stollen zurück.

»Was tut Amuric da?«, fragte Sahif, als sie die nächste Biegung hinter sich gelassen hatten.

Marberic antwortete nicht gleich, aber dann sagte er: »Es war ein Fehler. Die Stollen, sie lagen lange verborgen. Dann kam der neue Teil der Stadt. Jemand hat einen Zugang gefunden, dann noch mehr. Amuric will die Gänge wieder schließen. Es war ein Fehler.«

»Und was genau?«, fragte Sahif. Das Wasser war noch kälter, als er es in Erinnerung hatte, aber Marberic, der inzwischen fast bis zur Brust darin watete, schien das nichts auszumachen.

»Wir überließen den Menschen die Stollen bis zur Stadtgrenze. Sie haben die Stadt größer gemacht. Das haben wir nicht bedacht.«

»Wenn ich es also richtig verstehe, dann habt ihr diese Stadt gebaut?«

»Nein. Nur ein Tor, einen Turm, Mahratgath. Das Tor zur Welt. Das Tor zum Reich.«

»Das heißt, ihr habt euch früher offen gezeigt?«

»Früher, ja. Doch selbst damals selten. Haben gehandelt. Es gibt vieles, was es nicht gibt, unter der Erde.«

»Verstehe«, sagte Sahif, der den Kopf einziehen musste und nun selbst fast bis zum Oberschenkel durch kaltes Wasser schritt. Er spürte immer wieder leichte Berührungen, und dass er im Licht von Marberics Laterne besonders große Exemplare der widerlichen Fische sah, machte es nicht besser.

»Was hat es eigentlich mit dieser geheimen Kammer auf sich? Ich meine, wenn kein Mensch sie betreten soll, warum wurde sie dann überhaupt gebaut?«

»Eines Tages muss ein Mensch sie betreten.«

Sahif stapfte frierend hinter dem Mahr her, dem das kalte Wasser nichts auszumachen schien.

»Aber wozu, wenn die alte Magie uns doch vorenthalten bleiben soll.«

»Um es zu beenden.«

»Was zu beenden?«

»Alles«, meinte der Mahr ruhig.

Sahif blieb stehen. »Warte. Alles? Du ... du meinst, es wäre das Ende der Welt?«

»Ja«, lautete die schlichte Antwort. Der Mahr drehte sich um, sein feines Gesicht bekam im grünlichen Schein seiner Laterne etwas Bedrohliches. »Das Ende der Welt. Wenn sie alt geworden ist. Ein Mensch wird es bringen.«

»Meine Schwester«, murmelte Sahif.

»Wenn sie den Schlüssel bekommt, wenn sie hinabsteigt. Aber die Zeit ist noch nicht reif. Es wäre ganz falsch. Du wirst es verhindern.«

»Werde ich?«, fragte Sahif verwirrt.

Der Mahr zuckte mit den schmalen Schultern. »Du hast es versprochen. Wenn ein Mahr verspricht, hält er sein Wort.

Hältst du dein Wort auch?« Dabei sah er Sahif so tief in die Augen, dass dieser verlegen den Blick senkte. Er wusste nicht, ob er sein Versprechen halten konnte. Noch immer konnte er sich nicht vorstellen, dass er seine Halbschwester töten würde.

Shahila versuchte sich nicht anmerken zu lassen, wie froh sie war, dem Gestank dieser Giftküche entronnen zu sein. Bahut Hamoch war ganz offensichtlich verwirrt, vielleicht, weil sie trotz der Proteste seiner Dienerin einfach in sein Allerheiligstes eingetreten war, vielleicht weil sie auf diese fürchterlichen kleinen Wesen, die er erschaffen hatte, nicht so reagierte, wie er es erwartet hatte. Sie entschuldigte sich noch einmal, wenn auch nur mehr der Form halber, für ihr unerwartetes Eindringen.

»Es ist nur, dass es ein sehr heikler Moment ist, Herrin, und wenn jetzt etwas schiefgeht, kann es nicht mehr korrigiert werden«, sagte der Zauberer.

»Leider geschehen außerhalb Eures bemerkenswerten Laboratoriums Dinge, die keinen weiteren Aufschub dulden, Meister Hamoch.«

»Kommt bitte zur Sache, Baronin«, sagte der Adlatus knapp.

Shahila hätte über diesen Mangel an Höflichkeit beinahe laut gelacht, aber sie gab sich gekränkt. Hamoch bemerkte seinen Fehler offenbar und sagte schnell: »Verzeiht, die Anspannung, die kurzen Nächte ...«

Sie hob abwehrend die Hand: »Nein, bitte, Ihr steht unter großem Druck, Meister Hamoch, und das verstehe ich. Leider kann ich diesen Druck nicht vermindern, ganz im Gegenteil, denn ich fürchte, Meister Quent wird sich bald, vielleicht noch heute, hier herunterbegeben. Und ich fürchte, er wird weit weniger begeistert von Eurer Arbeit sein, als ich es bin.«

»Quent?«

Im Gesicht des Zauberers sah Shahila das nackte Entsetzen. Sie fand das beinahe lächerlich; hatte er etwa angenommen, er könne ewig im Verborgenen arbeiten? »Er hat vorhin etwas in der Art angedeutet, ja«, behauptete sie. »Vielleicht kommt er schon heute, vielleicht auch erst morgen. Wisst Ihr, man sagt, er habe vergangene Nacht seine Beobachtungen zu gewissen Sternen abgeschlossen, und er habe nun wieder mehr Zeit, sich um die Belange der Burg und der Stadt zu kümmern. Aber ich nehme an, das wisst Ihr bereits.«

»Kümmern? Inwiefern kümmern?«, fragte der Adlatus, der offensichtlich völlig ahnungslos war.

»Die Leiche, die heute Morgen entdeckt wurde, er hat sie eigenhändig untersucht, ja, er beaufsichtigt sogar die Jagd auf den Schatten.«

»Aber diese Aufgabe hat er doch mir übertragen. Und was für eine Leiche? Ich weiß von keiner Leiche.«

»Vielleicht ist er mit Euren Fortschritten in diesem Fall nicht zufrieden, vielleicht fürchtet er aber auch gerade, Ihr könntet zu viel herausfinden.«

»Ich kann Euch nicht ganz folgen, Herrin«, stöhnte der Zauberer.

Sie legte ihm in freundschaftlicher Geste und auch, weil sie wusste, dass ihre Nähe, ihr Duft auf ihn betörend wirkten, eine Hand auf den Arm und sagte: »Denkt Euch, ich habe ihm heute vorgeschlagen, aus meiner eigenen Schatulle ein Kopfgeld zur Ergreifung des Schattens auszuloben, und er hat abgelehnt.«

»Wirklich? Das ist seltsam«, meinte der Magier, der einen halben Schritt vor ihr zurückwich. Dafür war Shahila nicht undankbar, denn er roch nach Fäulnis und Verwesung, wie sein ganzes Laboratorium.

»Mir ist da noch etwas aufgefallen, Meister Hamoch«, fuhr

sie fort. »Ich hörte, der Schatten sei in eine Eurer Fallen getappt und durch eine Explosion fast getötet worden.«

»Das ist richtig. Es war eigentlich nur ein Experiment, ich hätte nie damit gerechnet, dass wirklich einmal ...«

»Man hat mir etwas von Schießpulver berichtet.«

»Oh ja, das schwarze Pulver, eine mächtige Erfindung. Warum sollte man es nur für Kanonen verwenden? Ich habe es mit anderen Zutaten gemischt, um die Wirkung zu verbessern, und in Gefäßen, die ...«

»Und gab es keinen lauten Knall, keinen Blitz?«

»Nun, doch, ein wenig gedämpft vielleicht, denn ich fürchte, es ist feucht geworden, bei dem dauernden Regen der letzten ...«

»Und Meister Quent hat ihn nicht gehört? Hat nichts gesehen? War er denn nicht auf dem Nordturm in dieser Nacht?«

»Wie? Nun, ich weiß nicht, ob er ... obwohl, nun, da Ihr es sagt, ja, es stimmt. Der Regen hatte schon aufgehört, als es geschah. Es ist wirklich eigenartig, dass er nicht wenigstens den Blitz gesehen hat. Sogar einige Wachtposten auf den Türmen der Stadtmauer haben ihn doch bemerkt. Aber vielleicht war er gerade in diesem Augenblick so in seine Sterne vertieft, dass ...«

»Sterne? War die Nacht nicht sehr bewölkt? Wir lagerten nur wenige Stunden von Atgath entfernt, und ich sage Euch, in dieser Nacht war es äußerst schwierig, durch die wenigen Wolkenlücken auch nur einen einzigen Stern am Himmel zu sehen.«

Der Adlatus verstummte. Offenbar versuchte er zu begreifen, worauf sie hinauswollte.

Sie seufzte, näherte sich ihm wieder und sah ihm tief in die Augen. »Ich kann verstehen, dass ein Mensch ohne Arg, ein

Mann wie Ihr, sich nicht vorstellen kann, dass Quent etwas Böses im Schilde führt, doch leider hege ich einen Verdacht.«

»Ihr meint, er hat ... er hat etwas mit dem Schatten zu tun?«, stotterte Hamoch.

Sie bejahte es mit einem zögernden Nicken. »Ich würde nichts sagen, wenn es nur die beiden Anzeichen gäbe, die ich Euch eben geschildert habe, doch sind mir noch andere beunruhigende Dinge aufgefallen. Warum verhindert er, dass wir den Herzog treffen? Nicht einmal sein Bruder Beleran darf zu ihm. Und dann kommt ein Fremder in die Stadt und wird ohne Umstände zu Hado geführt? Ja, er darf ihm sogar ein angebliches Wundermittel verabreichen, das meinen armen Schwager nur leider fast um den Verstand bringt! Und wisst Ihr, wen ich mit diesem Fremden in vertrautem Gespräch überrascht habe? Quent! Was hat er mit diesem Fremden zu schaffen? Hält er nicht sonst alle Menschen, Euch ebenso wie uns, mit allen Mitteln von meinem Schwager fern? Hat er Euch nicht von der Behandlung des langjährigen Leidens des armen Hado ausgeschlossen? Und nun darf dieser Fremde, mit Quents Segen wohlgemerkt, dem Herzog näher kommen als Ihr oder ich?«

Sie konnte sehen, wie es in Hamoch arbeitete. Die Anwesenheit des Wassermeisters beunruhigte sie zwar, aber warum sollte sie sein Auftauchen nicht zu ihrem Vorteil nutzen? Sie seufzte und ließ tiefe Sorge aus ihren Zügen sprechen. »Es gibt da noch etwas, Hamoch, etwas, das mich weit mehr beschäftigt als alles andere.« Sie wandte sich halb ab und legte eine wirkungsvolle Pause ein, bevor sie stockend fortfuhr: »Wusstet Ihr, dass die Einladungen, die an Beleran und seine Brüder verschickt wurden und von denen angeblich niemand in Atgath zu wissen schien, dass diese Einladungen von Quent selbst versandt wurden?«

Der Adlatus schüttelte den Kopf. »Von Quent? Die Einladungen? Wozu? Was sollte er damit bezwecken?«

»Ich fürchte das Schlimmste, Meister Hamoch. Wenn alle Brüder an einem Ort versammelt sind, und mit ihnen Prinz Gajans Kinder, und wenn dann etwas Schreckliches geschähe ...« Sie stockte wieder, tat, als würde sie von Sorgen überwältigt und führte ein Tuch an den Mund, als müsse sie gleich weinen.

»Nein, ich bitte Euch! So beruhigt Euch doch!« Unbeholfen legte Hamoch ihr eine Hand auf den Arm. Sie drängte sich an ihn, obwohl es ihr fast den Atem verschlug, weil der schweflige Gestank auch aus Hamochs Kleidern zu steigen schien. »Ich fürchte das Schlimmste!«, wiederholte sie flüsternd.

Hamoch schüttelte den Kopf. »Ich gestehe, dass auch ich diese Zeichen beunruhigend finde, doch kann ich keinen Sinn darin entdecken. Was hätte Quent davon?«

»Die Kammer, Hamoch, die Kammer! Die mächtigen Geheimnisse! Er kennt sie, da bin ich sicher. Warum, glaubt Ihr, ist er Euch bei dem Bankett so über den Mund gefahren? Er will nicht, dass andere von ihren Geheimnissen erfahren! Und das kann doch nur bedeuten, dass Quent sie für sich will. Ja, ich fürchte, er wird nicht davor zurückschrecken, den Herzog und all seine Verwandten auszulöschen, um diese Geheimnisse an sich zu bringen.«

Hamoch trat einen Schritt zurück und sah sie mit großen Augen an. »Seine Verwandten? Aber ...«

»Der Schlüssel, Hamoch, der magische Schlüssel. Sagt mir nicht, dass Ihr nicht wisst, dass der Schlüssel zur Kammer von Herzog zu Herzog vererbt wird. Aber wer, frage ich Euch, wird ihn wohl erben, wenn kein Herzog mehr lebt?«

Hamoch sah sie verwirrt an, und Shahila begriff, dass der Mann nicht viel über diesen Schlüssel wusste. Wie dumm von

Quent, seinen Nachfolger nicht in dieses Geheimnis einzuweihen. »Es ist genau, wie Ihr gesagt habt, Hamoch. All diese magischen Gegenstände, von denen Ihr gesprochen habt – sie stammen wirklich aus Oberharetien, ja, nicht nur aus dieser Gegend, sie stammen aus Atgath, noch genauer, sie stammen aus der geheimen Kammer, von der Euch Quent nie etwas erzählt hat, obwohl Ihr doch angeblich sein Nachfolger sein sollt. Und den Schlüssel zu dieser Kammer verwahren seit Jahrhunderten die Herzöge. Das magische Wort, von dem Hado immer spricht: Seit sechshundert Jahren kommt es von einem Herzog auf den nächsten, aber wer wird den Schlüssel nehmen, wenn es keine Erben mehr gibt? Denkt nach! Ist Quent nicht schon jetzt die wahre Macht hinter dem Thron, Hamoch?«, fuhr Shahila fort. »Er weiß von der Magie in der verborgenen Kammer, und sie stellt für ihn eine ungeheure Versuchung dar. Ich fürchte, er will sie an sich bringen.«

»Ein magischer Schlüssel?«, murmelte Hamoch. »Natürlich, das Wort! Hados Leiden! Ich war blind! Aber Augenblick, der Herzog, er ist beschützt, selbst Quent könnte ihn nicht töten, auch nicht mit stärkster Magie.«

»Und wenn er einen Weg gefunden hat? Was glaubt Ihr, was er in den letzten Monaten getan hat, auf dem abgelegenen Nordturm, den niemand außer ihm betreten durfte? Glaubt Ihr wirklich, dass ein Zauberer des neunten Ranges sich damit begnügt, die Sterne anzustarren?«

»Wenn Ihr es so darstellt, aber ... ich ... ich muss darüber nachdenken.«

»Bitte, Hamoch, denkt nach, doch denkt schnell, denn ich fürchte, sobald die Brüder des Herzogs hier versammelt sind, wird etwas Schreckliches geschehen. Meine Familie ist auf Eure Hilfe, Euern scharfen Verstand und Eure Tatkraft angewiesen!«

Der Magier wandte sich kopfschüttelnd ab, und Shahila fragte sich, ob er vielleicht noch begriffsstutziger war, als sie gedacht hatte, und sie war froh, dass sie nicht von seiner Tatkraft abhängig war. Aber da drehte er sich plötzlich um und rief: »Das Schiff! Sie kommen mit dem Schiff!«

»Nun, auch mein Ehemann und ich wären beinahe mit diesem Schiff gekommen. Was habt Ihr denn?«

»Das Wetter, der Regen, der Wind, der über Nacht gedreht hat ... ich bin ein Narr!«

»Verzeiht, Meister Hamoch, ich kann Euch nicht folgen.«

»Nestur Quent – er ist ein Meister des Windes, ein Meister von höchstem Rang. Man erzählt sich Geschichten, dass er früher Regenstürme über Atgath heraufbeschwor. Bei den Göttern!«

»Aber so redet doch! Was habt Ihr?«, fragte Shahila und gab sich ahnungslos.

»Die Prinzen sind nicht sicher. Wenn er ihnen einen Sturm sendet ... es ist nicht auszudenken.«

»Das könnte er?«, fragte Shahila. Sie war fasziniert, weil es plötzlich weit besser lief, als sie erwartet hatte. Hamoch war von selbst auf diesen Gedanken gekommen, den sie ihm eigentlich erst später hatte einflüstern wollen, nämlich dann, wenn bekannt wurde, dass das Schiff der Prinzen im Goldenen Meer versunken war.

Der Zauberer lief aufgeregt in der Kammer auf und ab. »Oh, ja, das könnte er«, rief er dann. »Nestur Quent kann Euch eine Wolke an den Himmel zaubern – oder in Euer Gemach. Er kann Regen machen, Hagel und Sturm – in einer Schale vor Euch auf dem Tisch, aber ebenso gut über einem weit entfernten Meer!«

»Meister Hamoch, Ihr macht mir Angst«, sagte Shahila, und dann trat sie ganz nah an ihn heran, Tränen in den Augen, und flehte: »Sagt mir bitte, dass es nicht wahr ist. Sagt mir bitte, dass die Prinzen in Sicherheit sind!«

»Ich wollte, das könnte ich, Herrin, ich wollte, das könnte ich«, rief Hamoch. »Leider verfüge ich nicht über ...«

Ein langer, dünner Schrei aus dem Laboratorium unterbrach ihn.

»Der Homunkulus!«, rief Hamoch, und ohne sich auch nur zu verabschieden, stürmte er ins Laboratorium.

Als er die Tür aufriss, wehte ein Schwall der üblen Luft von dort in die Kammer, und Shahila presste das Tuch vor die Nase, um sie nicht einatmen zu müssen. Dann hörte sie Hamoch drinnen schreien und schimpfen. Über seine Homunkuli schien er alles andere zu vergessen. Ihr wurde klar, dass sie das bei ihren weiteren Planungen bedenken musste. Bahut Hamoch wusste es zwar noch nicht, aber er würde bald gegen seinen Meister kämpfen. *Eigentlich*, so dachte Shahila, *wäre es mir lieber, ich hätte Quent auf meiner Seite, aber lieber einen Schwächling von einem Zauberer als gar keinen.* Sie verließ die Kammer mit gemischten Gefühlen. Für einen Augenblick wurde ihr wieder bewusst, wie sehr ihre ganze Unternehmung auf des Messers Schneide stand: Quent war ein gefährlicher Gegner, Hamoch alleine würde gegen ihn keine Chance haben. Und ihr Halbbruder Sahif, der doch den Sündenbock für all ihre kommenden bösen Taten abgeben sollte, war immer noch verschwunden. *Nein*, so dachte sie, *es läuft eben nicht alles nach Plan, und ein einziger Fehler kann mir das Genick brechen.*

»Müssten wir nicht längst unter der Burg sein?«, fragte Sahif, als sie die Kammer durchschwommen und endlich wieder trockenen Boden unter den Füßen hatten. Er war durchnässt und fror erbärmlich. Marberic brummte etwas, legte eine Hand auf den Boden, und plötzlich verfärbte dieser sich rötlich, und Wärme stieg aus den Felsen auf. »Besser«, sagte Marberic und setzte sich auf diese warme Fläche. Sein schmales Gesicht leuchtete in fahlem Rot.

»Wollen wir nicht weiter?«, fragte Sahif zitternd.

Marberic schüttelte den Kopf. »Wir brauchen Kraft. Nur einen Augenblick. Und es ist schwer, zu gehen und zu reden.«

»Natürlich«, murmelte Sahif und setzte sich ihm gegenüber, um sich aufzuwärmen.

»Die Kammer ist ein Tor zur Magie. Das einzige für Menschen, heute. Wir haben andere Wege«, setzte Marberic seine Erklärungen fort. »Früher war die Welt erfüllt von Magie. Dann kamen die Menschen. Die Götter versteckten die Magie in der tiefsten Tiefe.«

»Vor uns?«

»Vor den Menschen. Nicht vor den Mahren. Ein Hort. In der tiefsten Tiefe, im Schwarzen See.«

»Und der Weg aus der Kammer führt zu diesem Hort?«

»So ist es.«

Sahifs neues Ich wusste nicht viel über Magie. »Hast du nicht gesagt, dass Zauberer oder magisch begabte Menschen die Magie aus Pflanzen, Tieren und die Stärkeren sie sogar aus den Elementen schöpfen?«

»Mahre nicht. Wir haben noch Verbindung zu der Magie selbst.«

»Zu diesem Hort?«

»Ja, und wir können dauerhaft von ihm nehmen. Kleine Stücke, winzige Teile, verstehst du? Wir können Dinge daraus machen. Dinge, die dauerhaft sind. Nicht wie Menschenmagie, die schneller vergeht, als sie gewoben wird.«

»Wie den Ring von Grams?«

»Ja. Aber wir machen auch Stücke für Menschen. Werkzeuge, Amulette.«

»So wie die Ringe des Vergessens?«

Der Mahr sah ihn mit einem fragenden Blick an.

»Meine Schwester – Halbschwester –, die Baronin, sie sagte, dass diese magischen Ringe dafür sorgen, dass ein Mensch vergessen wird, und zwar von allen, die ihn kannten.«

Marberic dachte einen Augenblick nach, dann schüttelte er den Kopf. »Nein, solche Ringe gibt es nicht.«

Sahif nickte grimmig. Er hatte schon vermutet, dass Shahila ihn belogen hatte.

»Steine, die Mauern unzerstörbar machen, Schwerter, die niemals stumpf werden, Spiegel, die über weite Entfernung sehen, Amulette, die jede Waffe abwehren, ein Mantel, der unsichtbar macht, solche Dinge haben wir gemacht und den Menschen geschenkt. Oder getauscht.«

»Ich verstehe langsam, warum meine Schwester unbedingt den Schlüssel zu dieser Kammer haben will.«

»Nicht viele wissen von der Kammer. Nur die Herzöge, ihre Magier.«

»Ich begreife aber immer noch nicht, warum dieser Eingang überhaupt gebaut wurde, wenn es doch so gefährlich ist.«

»Die Magie gehört doch zur Welt, und eine Verbindung muss bestehen bleiben. Denn ohne Magie würde diese Welt zugrunde gehen. Das sagt Amuric. Er ist einer unserer Ältesten. Er glaubt auch, dass das, was die Welt nun erhält, sie eines Tages zerstören wird. Er sagt, so ist es bestimmt.«

Sahif seufzte und sagte nicht zum ersten Mal: »Das verstehe ich einfach nicht, Marberic.«

Der Mahr ließ die Glut im Fels ersterben und erhob sich. »Diese Welt muss eines Tages enden. Wenn sie alt ist, wenn sie müde ist, wenn ihre Zeit abgelaufen ist. Doch noch ist es nicht so weit. Noch lange nicht. Und doch könnte es geschehen. Also weiter jetzt.«

Sahif nickte, erhob sich und folgte dem Mahr, in Gedanken bei einem riesigen magischen Hort, der in einem schwarzen See in der tiefsten Tiefe verborgen lag und der vielleicht das Ende der Welt brachte. Dann fiel ihm etwas auf, etwas, was der Mahr gesagt hatte: »Warte, Marberic, du hast gesagt, die Kammer sei *heute* der einzige Weg für die Menschen – heißt das, es gab früher auch andere?«

»Durch den Berg«, sagte der Mahr im Laufen. »Deshalb haben wir das Silber vor den Bergleuten versteckt. Damit sie nicht tiefer und tiefer graben. Aber einer fand den Weg über einen Bach, der unter dem Fels verläuft.«

»Langsam, das heißt, es war bereits ein Mensch an dem Hort? Wieso ist die Welt dann nicht ...«

Jetzt blieb Marberic stehen. »Wir haben ihn überredet, den Hort nicht anzurühren.«

»Du meinst, ihr habt ihm gedroht?«

»Nein, wir haben ihm Unsterblichkeit geschenkt.«

Sahif sah den Mahr im Schein der Laterne inzwischen mit ganz anderen Augen als noch vor wenigen Stunden: Bleich und zierlich war er, wirkte beinahe zerbrechlich, aber er schien über Macht zu verfügen, die Sahifs Fassungsvermögen überstieg. »Unsterblichkeit? Das könnt ihr?«, fragte er ehrfürchtig.

Marberic zuckte mit den Schultern. »Er wollte es. Wir schmiedeten ihm einen Ring, und er versprach, nie wiederzukommen. Doch jetzt ist er hier. Das Wort der Menschen gilt nichts, es verweht wie Sand, wenn der Sturm kommt. Wir kamen seinetwegen in die Stadt. Doch jetzt ist deine Schwester wichtiger. Dann jedoch kümmern wir uns um den Pilger.«

»Aber ich dachte, ihr tötet keine Menschen.«

»Wir nehmen ihm den Ring, aber vielleicht ...« Der Mahr stockte, dann sah er Sahif scharf an: »... vielleicht kannst du auch ihn für uns töten.«

Faran Ured trat zur Seite, denn eine Gruppe Soldaten von Atgath marschierte im schnellen Schritt durch die Heugasse, vermutlich auf der Jagd nach dem Schatten. Ihnen folgten, etwas gemächlicher, einige Krieger der Baronie Taddora. Ured beobachtete sie interessiert, denn sie gingen die Sache anders an als die Soldaten aus Atgath: Sie sammelten sich vor dem *Schwarzen Henker* und untersuchten das Blut, das Hauptmann Fals dort verloren hatte. Dann teilte einer der Krieger die anderen in Dreiergruppen ein, und sie begannen, auf beiden Seiten der Gasse nach weiteren Spuren zu suchen. Ured hätte den Männern sagen können, dass diese Spur längst kalt war, aber er begnügte sich damit zuzusehen. War es nicht das, weswegen er hierhergesandt worden war? Um zu beobachten? Er war schon tief genug hineingeraten. Er fragte sich, warum die Baronin ihre Männer für diese Jagd einsetzte. Er war sich inzwischen sicher, dass der Schatten zu ihr gehörte – diente das also nur der Ablenkung? Hatten die Männer vielleicht den Befehl, den Mann gar nicht zu erwischen? Wieder verfluchte er seine Auftraggeber, die ihm höchstens die Hälfte von dem gesagt hatten, was er wissen musste. Er kam sich vor wie ein Mann, der in einem nebligen Sumpf seinen Weg sucht. Ein Fehltritt konnte das Ende bedeuten – nicht für ihn, das verhinderte das Geschenk der Mahre, doch sehr wohl für seine Frau und seine Töchter, und er hatte noch keine Vorstellung, wie er sie in Sicherheit bringen konnte. Nur, dass es viel Silber kosten würde, das war ihm inzwischen klar.

Die Krieger versammelten sich erneut, berieten leise, und dann zogen sie davon. Sie folgten der kalten Spur nicht, vielleicht hatten sie eine andere. Ured fragte sich, ob sie auch auf die Idee kamen, unter der Erde nachzusehen? Oder waren die alten Stollen in Vergessenheit geraten?

Faran Ured erinnerte sich plötzlich wieder daran, wie er

damals tagelang durch diese Gänge geirrt war, immer auf der Suche nach dem Ursprung der Legenden und sagenhaften Gerüchte, die ihn nach Atgath gelockt hatten. Das Wasser hatte ihn schließlich ans Ziel geführt. Ob es diesen Pfad noch gab, diesen gefährlichen Weg hinab in die Tiefe, an dessen Ende ein unvorstellbarer Schatz wartete? Er konnte es sich eigentlich nicht vorstellen, die Mahre würden Vorkehrungen getroffen haben, damit nicht noch einmal ein Unberufener an das schwarze Ufer treten würde. Und wenn nicht? Mahre waren nicht wie Menschen, sie dachten anders, und sie handelten anders. Gedankenversunken setzte er seinen Weg fort. Er wusste, es war abwegig, er war nicht deswegen hier, er hatte andere, wichtigere Dinge zu erledigen. Andererseits – er konnte im Augenblick nicht viel tun, nur beobachten. Würde es denn schaden nachzusehen?

Er sah sich unauffällig um, niemand beachtete ihn, nur der geistig zurückgebliebene Straßenkehrer, der alle Menschen angaffte, sah gelegentlich auch zu ihm herüber. Die Gelegenheit wäre also gegeben, aber sollte er sie auch nutzen? Nicht, um zu den Mahren zu gehen, denn das wäre äußerst unklug. Sie hatten eine sehr eindeutige Vorstellung vom Wert eines gegebenen Versprechens, aber die Stollen waren weitverzweigt und boten gute Verstecke. Sie konnten ihm vielleicht nützlich werden.

Unauffällig schlenderte er durch die Gassen, bis er in jenen kleinen Hinterhof gelangte, in dem er Rahis Almisan und den anderen Schatten hatte verschwinden sehen. Der Hof lag verlassen. Er sah sich um – niemand schien ihn zu verfolgen. Es lag ein gewisses Risiko darin, diese Pforte zu öffnen, denn vielleicht würden die Mahre ihn bemerken, wenn er unter die Erde ging, aber es war zu verlockend. Er sah sich noch einmal vorsichtig um, suchte und fand die bewusste Steinplatte, hob sie an – und hielt verblüfft inne: massiver Fels! Er runzelte die

Stirn. Er war sicher, dass Almisan, den er mit eigenen Augen hier hatte hinabsteigen sehen, nicht die Fähigkeit besaß, durch Wände zu gehen. Er betastete das Gestein. Hart, unnachgiebig, keinesfalls eine Illusion.

Er nahm etwas Wasser aus seinem Trinkschlauch, ließ es über die Hände auf den Stein tropfen und murmelte eine Beschwörungsformel. Die Tropfen fielen auf den Fels und begannen zu kreisen, immer schneller, dann verdampften sie, und dann geschah – nichts. Ured nickte. *Der stete Tropfen höhlt zwar den Stein, doch nicht, wenn dieser Stein magischer Art ist,* dachte er. *Mahr-Zauber!* Wer auch sonst sollte dieses steinerne Wunder vollbracht haben, wenn nicht diese Bergwesen? Ured starrte auf den verschlossenen Eingang. Die Mahre hatten die Stollen unter der Stadt gemieden, damals, hatten unter der Stadtmauer eine steinerne, beinahe undurchdringliche Grenze gezogen. Was hatte sie veranlasst, diese von ihnen gesetzte Grenze zu überqueren? Sollten sie seine Anwesenheit etwa schon entdeckt haben? Die beiden Räuber im Hain der Riesenbuchen – das war ein dunkler und starker Zauber gewesen. Vielleicht hatten sie ihn bemerkt. Faran Ured wurde kalt. Er hatte ihnen versprochen, nicht wiederzukommen, doch nun war er da, war nach Atgath gekommen, weil man ihn dazu gezwungen hatte. Er schloss die Augen, sah vor sich das graue Meer gegen seine Insel branden, und dann seine beiden Töchter, wie sie mit unschuldigen Augen das schwarze Schiff bestaunten, das dort vor Anker gegangen war, um ihn zu holen. Ob die Mahre das verstehen würden?

Das Glas knirschte. Ela presste das Gesicht an die Gitterstäbe. Es war ihr doch noch gelungen, das Tuch, mit dem das winzige Fenster in der Pforte verschlossen worden war, hereinzuziehen. Ein Riss sprang über den ganzen Kolben, vom Hals bis zum

Boden. Esara versuchte, den Hals noch mit der großen Zange zu halten, doch es war zu spät. Das Wesen im Inneren drehte sich, schlug um sich, schien in Krämpfen zu zucken und trommelte mit den kleinen Fäusten gegen sein Gefängnis. Das Glas platzte, ein Schwall gelber Brühe schwappte heraus und mittendrin eine kleine Hand, aus der Blut schoss, dann zersplitterte der ganze Kolben, Esara ließ die Zange fallen, schrie auf und versuchte viel zu spät, ihr Gesicht zu schützen. Und dann schrie das Wesen, dünn, aber durchdringend. Seine Geschwister, die Homunkuli, erstarrten. Das Wesen wimmerte, zuckte, kroch blutend durch die Scherben, fiel zur Seite, schrie noch einmal, leise. Der Schrei erstarb, es öffnete die Augen, zuckte noch einmal, und dann rührte es sich nicht mehr.

Ela hörte Meister Hamoch brüllen, sah, wie er die Treppe herabsprang. Die gelben Dunstschwaden wichen vor ihm zurück, und er lief zu dem toten Geschöpf, kniete inmitten von Scherben, Blut und gärender Flüssigkeit nieder und legte eine Hand beinahe zärtlich auf den Kopf des Wesens. »Nein«, flüsterte er, »nein.«

Dann wandte er sich Esara zu, die wie erstarrt neben ihm stand und aus vielen kleinen Schnittwunden im Gesicht blutete.

»Wie konnte das geschehen? Warum hast du mich nicht gerufen?« Dann sprang er auf, packte sie an der Gurgel und schob sie vor sich her durch das Laboratorium, bis sie hart gegen einen Tisch stieß. Gläser, Kolben und Werkzeuge fielen zu Boden, es klirrte und klapperte. »Wie konntest du nur, wie konntest du nur?«, zischte er.

»Meister, bitte«, röchelte Esara.

Er starrte sie noch einen Augenblick lang an, dann schob er sie mit einer harten, verächtlichen Handbewegung zur Seite, so dass sie stolperte und zu Boden fiel. Ela konnte es nicht sehr gut sehen, aber ihr war, als würden sich unter die Blutstropfen auch Tränen mischen.

Die Homunkuli waren Zeugen dieser Szene, aber sie hatten sich nicht gerührt. Sie standen einfach nur da, weder achteten sie auf den Adlatus noch auf Esara, und auch nicht auf ihren toten Bruder. Sie wirkten völlig teilnahmslos. Bahut Hamoch schien sich wieder zu fassen. Er atmete zwar noch schwer, aber dann sagte er mit flacher Stimme: »Räumt auf, meine Kinder, macht sauber, und bringt euren toten Bruder in die hintere Kammer. Und du, Esara, geh und schick einen Diener in die Stadt. Er soll nachfragen, wo Meister Dorn mit den Kolben bleibt.«

Esara kam mühsam auf die Knie, wischte sich mit einer rauen Bewegung Blut und Glassplitter aus dem Gesicht und stand auf. »Ja, Herr«, sagte sie, und ihre Stimme klang wieder so hart wie eh und je.

Mittag

Leutnant Aggi fand, dass er endlich genug Dienst geleistet hatte. Seine Männer waren in der Stadt unterwegs, und die Bergkrieger waren an ihrer Seite – mehr oder weniger. Das gegenseitige Misstrauen war noch da, aber sie würden einander vorerst nicht an die Gurgel gehen, selbst wenn er nicht in der Nähe war. Wenn sie den Schatten fanden, würde man ihn schon holen. Allerdings hatte Teis Aggi starke Zweifel, dass sie erfolgreich sein würden. Es war ja schon mehr als erstaunlich, dass sie ihn überhaupt zu Gesicht bekommen hatten. Wenn er darüber nachdachte, fand er das Verhalten dieses Mannes ziemlich merkwürdig. Einerseits war er geschickt genug, bei Nacht ungesehen in die Burg einzudringen, andererseits war er so dumm, direkt in die Arme seiner Leute zu rennen. Aber darüber sollten sich nun andere den Kopf zerbrechen. Er würde nach Hause gehen und versuchen, endlich ein paar Stunden zu schlafen.

Er schlenderte über den Marktplatz, am Gericht und am Zunfthaus vorbei, und es war, obwohl gerade erst die Mittagsstunde nahte, schon viel los auf den schmalen Gassen zwischen den Ständen. Vom Herzen des Platzes drang Jubel herüber, und Aggi dachte, es könnte nicht schaden, wenigstens einen kurzen Blick auf die Kämpfe zu werfen. Er war zwar todmüde, aber doch immer noch viel zu angespannt, um schlafen zu können. Er drängte sich durch die Menge, bis er einen halbwegs guten Blick auf den Ring werfen konnte. Der Kampfplatz war mit neun Pfosten mehr oder weniger kreisförmig abgesteckt, und ein schlichtes Seil hinderte die Zuschauer daran, den Ring zu betreten. Es musste einer der ersten Kämpfe des Turniers sein, aber trotz der frühen Stunde war das Gedränge schon recht groß.

»Wer kämpft denn?«, fragte er einen der Nebenstehenden.

»Fischer Jon aus Atgath im Faustkampf gegen einen Riesen aus Felisan«, lautete die Antwort.

Es war unschwer zu erraten, wer wer war. Der Mann, der sich eigens aus Felisan zum Turnier aufgemacht hatte, überragte seinen Gegner um Haupteslänge und wog vermutlich das Doppelte. Als sie sich jetzt in der Mitte des Ringes zur Begrüßung die Hand gaben, verschwand die Hand seines Gegners in seiner mächtigen Pranke. Den Fischer hatte Aggi schon einmal irgendwo gesehen, er stammte vermutlich aus dem Dorf am See, aber obwohl er streng genommen keiner von ihnen war, feuerten die Atgather ihn als ihren Favoriten an.

»Ich setze zehn Silbergroschen auf Jon aus Atgath«, rief eine helle Stimme hinter Aggi. Er drehte sich um. Es war Baron Beleran, der hier zum Jubel der Menge Geld auf ihren Mann setzte. »Ah, Leutnant Aggi«, begrüßte ihn der Baron.

Es gab eine kleine Empore für den Herzog, mit einem Stuhl – ein guter Platz, um den Kampf zu beobachten. Aber Baron Beleran hatte sich unter die Zuschauer gemischt. Zwei Bergkrieger wachten über seine Sicherheit, und die Menge hielt ehrfürchtig Abstand.

»Baron«, antwortete Aggi mit einer Verbeugung.

»Ein Hoch auf Prinz Beleran«, rief jemand in der Menge.

Er ist beliebt, dachte Aggi, als er sah, wie der Baron lächelnd, ja, beinahe beschämt, die Jubelrufe entgegennahm.

Als der Jubel abebbte, fragte der Kampfrichter verlegen: »Erlauben Eure herzogliche Hoheit, dass der Kampf beginnt?«

»Baron, guter Mann, ich bin nur ein Baron«, rief Beleran gut gelaunt. »Aber ja, sie sollen beginnen. Möge der Bessere gewinnen – und möge er aus Atgath stammen.«

Die Menge lachte über diesen kleinen Scherz. Aggi hätte sich gerne zurückgezogen, aber Beleran näherte sich ihm, legte ihm die Hand auf die Schulter und flüsterte: »Ich glaube ja nicht, dass unser Mann eine Chance hat, aber wollen wir das Beste hoffen.«

Aggi nickte stumm.

Dann gab der Kampfrichter das Zeichen, und Jubel brandete auf, als die beiden Kämpfer aufeinander zustampften. Der Felisaner ließ seine lederumwickelte Faust niedersausen, aber sein Gegner wich aus und verpasste ihm einen Hieb in die Seite. Der Riese knurrte, stapfte erneut auf seinen Gegner los, schlug wieder ins Leere und empfing wieder einen Schlag in die Seite. Aggi bezweifelte jedoch, dass er unter all der Masse von Fett und Muskeln etwas davon bemerkte.

»Guter Schlag!«, rief Baron Beleran dennoch.

So ging es weiter. Der Riese teilte gewaltige Hiebe aus, die in die Luft gingen, der Fischer wich leichtfüßig aus und landete Treffer um Treffer. Die Menge jubelte, der Felisaner schnaubte vor Wut, griff immer wieder an und konnte seinen Gegner doch nicht stellen. Aggi warf einen Blick auf die Sanduhr. Die Kämpfe dauerten nicht länger als das Viertel einer Stunde, aber er wusste aus eigener Erfahrung, dass das im Ring eine Ewigkeit war.

»Dieser Feigling sollte endlich kämpfen«, murrte einer der beiden Bergkrieger, die den Baron begleiteten.

Aggi schüttelte den Kopf. »Rohe Kraft gegen Schnelligkeit – das ist doch ein guter Kampf«, sagte er.

»Für einen aus Atgath vielleicht«, meinte der Krieger abfällig.

Aggi schüttelte den Kopf. Das war nicht einmal eine Erwiderung wert.

Er selbst fühlte die steigende Spannung. Wenn beide Kämpfer am Ende der Viertelstunde noch auf den Beinen waren, würde der gewinnen, der mehr Treffer gelandet hatte, und bis jetzt hatte überhaupt nur der Fischer getroffen. Doch noch musste er mehr als die Hälfte der Zeit überstehen. Der Riese änderte seine Taktik, er stapfte jetzt mit ausgebreiteten Armen durch den Ring, um seinen Gegner in die Enge zu treiben. Aber dieser verpasste ihm einen krachenden Schlag gegen das Kinn und tauchte dann unter den Armen hindurch. Die Menge jubelte bei dem guten Treffer, aber der Felisaner schüttelte sich nur kurz und griff wieder an. Die Zeit verrann langsam. Der Riese schnaufte wie ein Stier, und sein Schweiß lief in Strömen, aber auch der Fischer keuchte und schwitzte. Wieder sauste die gewaltige Faust ins Leere, doch dieses Mal verfehlte sie ihr Ziel nur um Haaresbreite. Aggi hielt den Atem an. Es war offensichtlich, dass der Atgather alles gab, aber dennoch den übermächtigen Gegner nicht entscheidend schlagen konnte. Er versuchte nur, über die Zeit zu kommen, und ihm war wohl ebenso wie der Menge bewusst, dass ein einziger Treffer seines Gegners den Kampf beenden würde.

Teis Aggi warf wieder einen Blick auf die große Sanduhr. Sieben Striche unterteilten die Kampfzeit. Der Sand bedeckte nicht einmal mehr zwei davon. Der Riese griff schnaubend an, holte aus, verzögerte zum ersten Mal im ganzen Kampf den Schlag, und ließ die Faust dann in die Richtung sausen, in die sein Gegner auswich. Er erwischte ihn an der Schulter, und der Fischer taumelte. Der Felisaner setzte brüllend nach.

Der Atgather versuchte, auf unsicheren Beinen auszuweichen, doch jetzt war er wirklich zu langsam. Der nächste Hieb erwischte ihn an der Brust und schleuderte ihn quer durch den Ring auf den Boden. Die Menge schrie entsetzt auf. Aggi hatte etwas krachen hören. Hatte der Hüne seinem Gegner eine Rippe gebrochen?

»Bleib liegen«, hörte Aggi den Baron murmeln, doch noch einmal kam Fischer Jon aus Atgath auf die Beine, schwankte und blickte auf. Dann krachte die Faust seines Gegners ihm ins Gesicht. Er lief drei Schritte rückwärts, fiel um und rührte sich nicht mehr. Die Menge stöhnte enttäuscht auf. Der Riese blickte auf seinen gefallenen Gegner, als könne er es nicht glauben, ihn endlich erwischt zu haben, dann riss er die blutverschmierte Rechte hoch und brüllte seinen Sieg hinaus.

»Einen Silbergroschen für jeden der beiden tapferen Kämpfer«, rief der Baron in das betretene Schweigen, das dem Ende des Kampfes folgte.

»Der Stärkere gewinnt immer«, sagte der Bergkrieger zufrieden.

»Meistens«, murmelte Aggi.

»Nun, ein guter Kampf, nicht wahr, Leutnant? Aber vielleicht war es ganz gut, dass Shahila nicht mitgekommen ist. Dieser Anblick hätte ihr sicher nicht gefallen.«

Ein paar Männer trugen den bewusstlosen Fischer aus dem Ring. Sein Gesicht hatte sich durch diesen einen letzten Schlag in eine blutige Masse verwandelt. Nase und Jochbein waren zerschmettert, und Blut sickerte aus der zerquetschten Augenhöhle. Eine Heilerin aus einem der Dörfer tupfte ihm das Gesicht mit einem Lappen ab, während sich der Riese mit einer Handvoll Bewunderer immer noch brüllend über seinen hart verdienten Silbergroschen freute.

»Die Baronin ist in der Burg geblieben?«, fragte Aggi, der

bezweifelte, dass der Fischer auf dem zerstörten Auge jemals wieder etwas sehen würde.

»Ja, ihr ist dieses Wetter einfach nicht genehm. Nun, kein Wunder, wenn man weiß, dass sogar die Winter in Oramar wärmer sind als unsere Sommer hier, nicht wahr?«

Aggi blickte unwillkürlich zum Himmel. Ein paar Wolkenfetzen trieben darüber, und die Sonne stand hoch und blass hinter einer dünnen Dunstschicht. Es war ein wundervoll frischer Herbsttag.

Der Baron nahm Aggi zur Seite. »Gibt es eigentlich Neues in der Angelegenheit des Schattens?«, fragte er leise.

Aggi verneinte. »Die Männer aus Taddora sind jedoch eine willkommene Verstärkung, Herr«, erwiderte er.

»Ja, Shahila ist wirklich klug und umsichtig. Ich muss mich glücklich schätzen, dass ich sie zur Frau habe, nicht wahr? Sie hat auch darauf bestanden, dass ich diese beiden Leibwächter mitnehme. Sie ist sehr besorgt um mich, wisst Ihr?«

»Jawohl, Herr«, murmelte Aggi.

»Vielleicht übertreibt sie, Aggi, aber auch ich bin inzwischen besorgt. Meine beiden Brüder wollten mit dem Schiff kommen, aber sie sind immer noch nicht eingetroffen, und es gibt keine Nachricht von ihnen.« Er wirkte jetzt ernsthaft beunruhigt.

»Nun, widrige Winde«, meinte Aggi lahm.

»Wie? Ja, das wird es sein, widrige Winde.« Der Baron straffte sich. Er wurde sich offensichtlich bewusst, dass er unter Beobachtung der Menge stand. »Werdet Ihr Euch den nächsten Kampf auch noch ansehen, Aggi? Ein Ringkampf, und wieder ist einer unserer Bürger beteiligt, wenn ich mich nicht irre.«

Aggi sah zum Ring. Er kannte den Mann flüchtig, es war ein Metzger aus der Neustadt, dessen Name ihm aber nicht einfiel. Er schüttelte den Kopf.

»Ah, verstehe, immer im Dienst, wie? Sehr gut, Leutnant, weiter so«, sagte der Baron und hatte sich schon abgewandt, bevor Teis Aggi etwas erwidern konnte. Als er sich durch die Menge drängte, hörte er noch, dass Beleran unter allgemeinem Jubel wieder zehn Silbergroschen auf den Atgather setzte. Aggi hatte seinen Gegner gesehen; vermutlich würde der Baron auch dieses Geld verlieren.

Er nahm nun doch noch einen Umweg in Kauf, um Wulger Dorn, den Glasbläser, zu besuchen, denn er musste sich dringend um etwas Bestimmtes kümmern, etwas, das er über seinem endlosen Dienst fast vergessen hätte. Er kannte Meister Dorn von Kindesbeinen an und wusste, dass er ein sehr enges Verhältnis zu Ela Grams und ihrer Familie hatte. Er fand ihn in der Werkstatt, wie immer viel zu beschäftigt, um zum Jahrmarkt zu gehen. In knappen Worten schilderte er, was vorgefallen war.

»In der Burg eingesperrt? Heiram und eine Rauferei, das erstaunt mich kaum, aber Ela? Was wird ihr vorgeworfen?«, fragte der Glasmeister verwundert.

»Sie hat einen Fremden in die Stadt gebracht, und wie sich herausstellte, ist er ein Schatten«, erklärte Aggi. Er verschwieg dem Glasmeister, dass Ela nicht im Kerker, sondern bei Meister Hamoch war, und dass er sich Sorgen um sie machte, das verschwieg er auch.

»Ein Fremder, wirklich?«, erwiderte Wulger Dorn, und Teis Aggi hatte den Eindruck, dass der Glasmeister ebenfalls etwas verheimlichte. Er hatte den Kohlenkarren im Hof gesehen, also konnte er sich ungefähr denken, was es war: Ela hatte den Schatten mit hierhergebracht – ein Zeichen, dass sie völlig arglos gewesen war. Er beschloss, den Meister nicht darauf anzusprechen, denn er achtete ihn zu sehr, um ihn unnötig in Verlegenheit zu bringen. »Es ist nun Folgendes, Meister Dorn«, sagte er stattdessen, »wenn die beiden gefangen sind, ist niemand da, der sich um Stig und Asgo kümmert. Und da wollte ich fragen, ob Ihr nicht eine Möglichkeit seht ...«

Wulger Dorn kratzte sich am Hinterkopf. »Asgo ist zwar eigentlich schon alt genug, aber Ihr habt Recht. Ich werde gleich einen meiner Gesellen hinüberschicken. Die beiden können bei mir wohnen, bis diese Dinge geklärt sind – sie werden doch geklärt, nicht wahr?«

Aggi nickte. »Es ist nur ein Missverständnis und wird sich bald aufklären«, behauptete er, obwohl er sich gar nicht mehr sicher war. Hätte Hamoch sie nicht längst freilassen müssen, wenn sie doch nichts zu verbergen hatte?

Er verließ die große Werkstatt des Glasbläsers und ging endlich nach Hause. Die Müdigkeit lag inzwischen wie Blei auf ihm, aber er fand keine Ruhe. Zu viele Dinge gingen ihm im Kopf herum. Die Sorge um Ela, der Ärger mit ihrem Vater und die seltsamen Ereignisse, auf die er sich keinen Reim machen konnte. So vieles von dem, was er gesehen und gehört hatte, passte einfach nicht zusammen. Als er die Tür aufschloss, wusste er immerhin, was ihn schon seit den Faustkämpfen störte: Beleran wurde von zwei Leibwächtern begleitet, auf ausdrücklichen Wunsch seiner Gattin, wie er gesagt hatte. Wenn die Baronin aber glaubte, dass der Schatten es auf ihren Mann abgesehen haben könnte, dann waren zwei Leibwächter eindeutig zu wenig. Aggi seufzte. So vieles stimmte nicht in Atgath: Die Toten, die Schatten, Ela Grams, es war ein wirres Durcheinander von Dingen, die nicht waren, wie sie sein sollten. Er spähte in die Küche, doch seine Mutter war offenbar nicht zu Hause. Das war ihm nur recht. Er setzte sich an den schlichten Küchentisch, nahm Pergament und Feder zur Hand und begann aufzuschreiben, was seit dem vorigen Tag alles geschehen war, denn er dachte, dass er so seine

Gedanken vielleicht ordnen könnte. Apei Ludgars Tod, der Eindringling auf dem Dach, der Schatten, der tote Händler. Der Schatten, natürlich, er stand im Zentrum, aber irgendwie schien er Aggi nicht die treibende Kraft bei all diesen Ereignissen zu sein. Doch wer konnte es dann sein? Er schrieb all seine Gedanken und Fragen nieder und sah bald, dass er fast alles, was er notierte, auf mehr oder weniger verschlungenen Pfaden mit Meister Ured oder mit der Baronin von Taddora in Verbindung bringen konnte.

Die Mittagssonne hatte sich durch den Dunst gekämpft und warf nun blasses Licht durch die Fenster der Burg. Shahila von Taddora nippte an dem Tee, den der Gesandte Brahem ob Gidus in seinem Quartier reichen ließ.

»Es ist wirklich eine unerwartete Freude, dass Ihr mich besucht, Baronin«, sagte der Graf und faltete die Hände über seinem enormen Bauch.

»Und es ist eine Freude, dass Ihr diesen Tee nach Atgath mitgebracht habt, Graf. Mansupa?«

»Ah, Ihr seid eine Feinschmeckerin. Ja, er stammt aus Mansupa, ich habe mir jedoch erlaubt, ihn mit etwas Rimar zu mischen, denn ich finde, es rundet den Geschmack noch ein wenig ab.«

»Er erinnert mich an die Sommerabende auf den Terrassen unseres Palastes in Elagir, Graf.«

»Wenn Ihr wünscht, lasse ich ein wenig davon an Eure Baronie liefern, als ein bescheidenes Zeichen der Wertschätzung, Baronin.«

Shahila nahm das Angebot mit einem Lächeln an, nachdem sie das übliche Spiel von beschämter Ablehnung, beinahe beleidigter Wiederholung des Angebots und schließlich erfreuter Einwilligung hinter sich hatte.

»Dennoch vermute ich, dass es nicht der Tee ist, der Euch zu mir führt, Baronin«, sagte der Gesandte, als das endlich geklärt war.

»Ihr habt Recht, Gidus. Eigentlich hatte ich vor, Euch aufzusuchen, um mit Euch über Fragen des Handels zu sprechen, denn bislang machen die Schiffe des Seebundes meist einen Bogen um den kleinen Hafen unserer Baronie, aber ...«

»Aber?«

»Ich bin in Sorge, Graf, in großer Sorge.«

Der Gesandte rührte bedächtig in seinem Tee. »Ich verstehe«, sagte er dann. »Noch keine Nachricht von den Prinzen?«

»Nichts, und man muss doch annehmen, sie würden einen schnellen Boten voraussenden, wenn sie in Felisan gelandet wären.«

»In der Tat«, stimmte der Gesandte zu.

»Ich habe dafür keine Erklärung, Graf.«

»Nun, das Wetter, widrige Winde, ein Schiff kann sich aus vielen Gründen verspäten.«

»Ich begreife Eure Ruhe nicht, Gidus. Die Prinzen – und Gajan ist sicher einer der klügsten Köpfe des Seebundes – werden vermisst, und jetzt geht ein Schatten um in dieser Stadt – lässt Euch das kalt?«

Der Gesandte lächelte ein sehr feines Lächeln. »Keineswegs, werte Baronin, keineswegs. Seht, ich habe nun auch Wachen vor der Tür, und ich bin zuversichtlich, dass die Soldaten von Atgath und die Krieger, die Ihr mitgebracht habt, diesen Mann schon stellen werden.«

»Wirklich? Er ist ein Schatten, außerdem ...«

»Ja?«

»Kann ich darauf vertrauen, dass das nun Gesagte unter uns bleibt, Graf?«

»Selbstverständlich«, sagte Gidus unbewegt.

Shahila zögerte. Ihre Meinung über den Grafen war im Großen und Ganzen gefestigt: Er trat leutselig auf, gab sich harmlos, und sie hatte ihn anfänglich tatsächlich für einen fetten Dummkopf gehalten. Aber dann hatte sie über all die kleinen Sätze nachgedacht, die er beim Bankett geäußert hatte, und war zu dem Schluss gekommen, dass er hinter seinem gewaltigen Bauch eine ebenso große Gerissenheit versteckte. Er war sicher nicht so leicht zu täuschen wie Meister Hamoch. Sie musste vorsichtig sein. Leise sagte sie: »Ich glaube, der Schatten hat einen Verbündeten in der Burg.«

Der Gesandte hob kurz die Augenbrauen, dann nickte er. »Natürlich, jener ermordete Verwalter, wie war sein Name? Nun, der stand wohl mit ihm in Verbindung, nach allem, was ich höre. Nicht zu seinem Vorteil, wie ich anmerken möchte, nicht zu seinem Vorteil.«

»Ich habe lange darüber nachgedacht, und ich glaube, es muss noch jemanden geben«, sagte Shahila.

Die Augen des Gesandten verengten sich um eine Winzigkeit. Sein Gesicht bekam etwas Lauerndes. »Wie kommt Ihr darauf, Teuerste?«

»Ich hörte, die Wachen trafen vergangene Nacht in den Straßen unterhalb der Burg auf den Schatten. Was wollte er dort? Außerdem, ich habe es bislang nicht erwähnt, aber die Einladungen, von denen hier niemand etwas wusste ...« Sie hielt inne, als scheue sie sich, es auszusprechen.

»Bitte, Baronin, sprecht es aus, wir sind hier unter Freunden«, sagte der Gesandte, beugte sich so weit vor, wie sein Bauch es zuließ, und nahm in einer warmherzig wirkenden Geste ihre Linke in seine fleischigen Hände.

Du fettes, selbstgefälliges Schwein, dachte Shahila und sagte: »Ihr seid zu gütig, Graf. Nun, also, unsere Einladung war von Quent höchstpersönlich gesiegelt.«

Gidus hob wieder eine Augenbraue und sagte nach kurzem Zögern: »Das ist leicht erklärlich, der Verwalter hat das Siegel wohl einfach gefälscht.«

Shahila sah ihm mit gespielter Überraschung in die Augen, lachte erleichtert und sagte: »Natürlich! Wie Recht Ihr habt, Gidus. Wie konnte ich nur etwas anderes denken?«

»So völlig überzeugt wirkt Ihr jedoch nicht, Baronin«, meinte der Gesandte und gab sich fürsorglich. Immer noch hielt er ihre Hand.

»Oh, doch, ich bin sicher, die andere Sache ist wohl einfach nur ein dummer Zufall.« Aber dann erzählte sie auf sein hartnäckiges Drängen, wie sie angeboten hatte, eine Belohnung zur Ergreifung des Schattens auszusetzen, und wie Quent das aus Gründen, die sie nicht verstehen konnte, abgelehnt hatte.

Gidus hörte zu und nickte gelegentlich, am Ende sagte er: »Ich denke, Ihr habt insofern Recht, dass die von ihm genannten Gründe wirklich etwas fadenscheinig sind, ich denke jedoch, dass ich den wahren Grund kenne. Es ist sein Stolz. Er kann einfach nicht zulassen, dass sich jemand in seine Angelegenheiten einmischt.«

»Ah, das mag sein«, meinte Shahila, die feststellen musste, dass der Graf die Schwäche des Zauberers ebenso gut erkannt hatte wie sie selbst. Er war nicht leicht zu täuschen. »Deshalb hat er wohl auch die Untersuchungen, die diesen Schatten betreffen, an sich gezogen«, sagte sie. Für einen Augenblick sah sie, wie überrascht der Gesandte von dieser Neuigkeit war, aber dann hatte er sich wieder im Griff. Er ließ ihre Hand los, nickte unbestimmt und bot ihr dann eine weitere Tasse Tee an.

Sie nahm dankend an. »Was ich jedoch nicht verstehe, ist, dass er diesem Fremden die Behandlung des Herzogs erlaubt, wo er doch uns, und ich nehme an, auch Euch, jeden Besuch bei meinem Schwager verwehrt.«

Jetzt gelang es Brahem ob Gidus nicht mehr, seine Überraschung, ja, seine Verärgerung zu verbergen. »Ein Fremder wurde zu Hado vorgelassen?«, fragte er. Schnell tat er aber wieder gelassen und murmelte: »Nun, wenn es ein Heiler war, ist auch das erklärlich.«

»Aber es war kein Heiler, nur ein Fremder, der aus fernen Ländern irgendwelche Kräuter mitgebracht hat. Quent scheint ihm daher wohl zu vertrauen.«

»Offensichtlich haben sie Hado aber nicht geholfen«, sagte der Gesandte und klang nun beinahe beleidigt.

»Ich habe sogar gehört, dass sie ihm sehr geschadet haben.« Shahila senkte die Stimme zu einem Flüstern: »Die Dienerschaft erzählt sich, man habe sogar befürchtet, der Herzog könne sich etwas antun.«

Jetzt war Gidus sichtlich irritiert, und Shahila erhob sich und sagte: »Aber das sind alles nur Gerüchte, und ich denke, Ihr habt Recht, es ist nur eine Verkettung seltsamer Zufälle, die nicht das zu bedeuten haben, was eine besorgte Gattin und Schwägerin darin zu sehen glaubt.«

Als sie den Gesandten nach den üblichen langwierigen Höflichkeitsfloskeln verlassen hatte, war sie sehr zufrieden mit sich. Der Graf war schwer zu durchschauen und noch schwerer zu manipulieren, aber sie hatte sein Misstrauen gegenüber Quent geweckt, und darauf kam es an. Vermutlich wusste er noch nicht, was er von all dem halten sollte, aber sie vertraute darauf, dass sein scharfer Verstand am Ende die Schlüsse ziehen würde, die er ziehen sollte. Oder durchschaute er sie am Ende? Er war zwar nur eine Randfigur auf dem Spielbrett, aber sie durfte ihn nicht außer Acht lassen. Er war der Gesandte des Seebundes, und der Seebund musste glauben, dass Quent für das Unglück verantwortlich war, das nun bald über Atgath hereinbrechen würde, wenigstens, bis sie über den Schlüssel zur Kammer verfügte. Das kurze Gefühl der Zufriedenheit schwand: Sie hatte noch gar nichts erreicht, und so vieles konnte noch schiefgehen, vor allem, solange Quent noch lebte. Sie blickte aus einem der Fenster im Gang über die Stadt. Die Menschen dort unten waren, bis auf wenige Ausnahmen, völlig ahnungslos. Selbst ihr Halbbruder Sahif hatte doch keine Ahnung, was vor sich ging. Sollte er nur untertauchen, am Ende würde sie die Schuld doch auf ihn, den Schatten, abwälzen. Solange er nicht lebendig in die Hände der Wachen fiel, stellte er keine Gefahr dar.

»Ich habe dir gesagt, dass ich das, was ich früher war, nicht mehr bin. Ich will niemanden töten«, erklärte Sahif zum wiederholten Mal. Er musste den Kopf einziehen, weil der Gang an dieser Stelle besonders niedrig war.

»Aber du kannst, wir können nicht«, sagte Marberic, auch nicht zum ersten Mal.

»Ich kenne diesen Menschen doch nicht einmal.«

»Du kennst ihn«, widersprach der Mahr. »Er war bei Grams.«

Sahif stutzte. »Dieser freundliche Fremde?«

»Ja, freundlich, so ist sein Gesicht. Doch nicht seine Gedanken. Er tötet. Sogar mit Magie. Wir haben es gespürt.«

»Ured, ich glaube, das war sein Name. Faran Ured.«

»Damals nannte er einen anderen.«

Sahif nagte an seiner Unterlippe. »Weißt du, ich glaube, er hat versucht, mir und Ela zu helfen. Im Wirtshaus. Er hat die Soldaten abgelenkt.«

»Aber er hat uns versprochen, nie wieder herzukommen.«

Sahif seufzte ergeben. »Lass uns das später besprechen, Marberic, wir sind doch hier, um Ela zu helfen. Sag, müssten wir nicht auch schon längst unter der Burg sein? Ich meine, diese Stadt ist doch nicht besonders groß, und wir laufen jetzt schon eine Ewigkeit durch diesen Stollen.«

»Wir sind nicht mehr unter der Stadt«, meinte der Mahr und lief weiter.

»Augenblick, was soll das heißen? Ich meine, wo sind wir?« Der Mahr hielt an, hob die Laterne und schien sich das Gestein anzusehen. Der Fels sah für Sahif nicht anders aus als der, den sie vor einigen hundert Schritten durchwandert hatten.

»Wir sind östlich, gar nicht mehr weit von der Burg. Es ist der Ring.«

»Was für ein Ring? Wieder etwas Magisches?«, fragte Sahif verwirrt.

Marberic schüttelte den Kopf, schien kurz zu überlegen und sagte dann: »Mahratgath war früher eine Wegkreuzung für viele Stollen. Wir holten Silber aus den Bergen rund um die Stadt.«

»Ich habe von Ela gehört, dass es hier Silber gab, doch ich dachte, die Minen seien alle nach sehr kurzer Zeit erschöpft gewesen.«

Der Mahr grinste plötzlich breit. »Wir haben es doch versteckt.«

Sahif seufzte. Dann hatte er vorhin doch richtig gehört. Nur verstanden hatte er es nicht. »Aber das Silber war doch noch im Berg, in Adern, oder?«

Der Mahr nickte, hörte aber nicht auf zu grinsen. »Steinzauber. Wir können nicht erlauben, dass sie unsere Minen finden, oder den Weg hinab.«

»Ich verstehe«, sagte Sahif langsam und dachte an all die Bergleute, von denen Ela erzählt hatte. Sie waren voller Hoffnungen hergekommen, und dann hatten die Mahre sie getäuscht.

»Früher liefen alle Wege durch Mahratgath, aber wir schenken den Menschen die Festung. Die Gänge unter der Stadt gehören dazu. Also legen wir einen Weg um die Stadt herum.«

»Verstehe«, behauptete Sahif wieder.

»Aber sie erweitern die Grenze, finden die alten Zugänge, graben neue, jetzt sind überall unter der Stadt Menschen.«

»Und pissen überallhin«, ergänzte Sahif, der diese Klage nun schon kannte.

Der Mahr nickte. »Gefährliche Wege. Dieser ist sicher.«

»Aber wenn die Menschen die Stollen unter der Stadt gefunden haben – haben sie dann nicht auch einen Weg in Euer Reich gefunden? Oder in diese geheime Kammer?«

Marberic schüttelte den Kopf. »Alle Verbindungen sind jetzt gesperrt, kein Mensch kann sie gehen. Nur durch die Kammer gelangen sie in die Tiefen unseres Reiches. Und diese Kammer ist verschlossen.«

»Durch einen Schlüssel, ich weiß. Den hat der Herzog, und man kann ihm den Schlüssel nicht wegnehmen, es sei denn, man tötet ihn, was aber nicht geht. Habe ich es so richtig verstanden?«

»Wenn du ihn tötest, ist der Schlüssel fort.«

»Fort? Zerstört?«

»Nein. Beim Herzog.«

Und als Sahif schon nachfragen wollte, verbesserte der Mahr: »Beim neuen Herzog.«

Sahif bekam Kopfschmerzen. Er fragte: »Also, der Schlüssel geht dann an den nächsten Herzog weiter? Aber wie denn? Auf magische Weise? Der neue Herzog *weiß* es einfach?«

»Du hast es verstanden«, lobte Marberic.

Natürlich stimmte das nicht ganz. Angeblich konnte man den Herzog doch gar nicht töten – warum also die Aufregung? Sahif fragte den Mahr, der ihm inzwischen wieder vorauseilte.

»Weder Waffe noch Gift, weder Werkzeug noch Magie

kann dem Herzog das Leben nehmen, das ist wahr. Aber deine Schwester will es dennoch versuchen. Vielleicht hat sie einen Weg gefunden.« Er klang wirklich besorgt.

Sie kamen an einem dunklen Loch vorbei, einem Schacht, der seitlich steil in die Tiefe führte. »Eine unserer alten Minen. Wir haben sie aufgegeben.«

»Ist sie erschöpft?«

»Nein, aber es ist ein weiter Weg zu den Minen, und den will von uns heute niemand mehr gehen. Keiner will so nah an der Welt der Menschen sein.«

»Außer dir, Marberic.«

»Ja, außer mir. Einer muss darüber wachen, was sie tun. Und jetzt ist der hier, der versprochen hat, nie wieder hier zu sein. Das können wir nicht hinnehmen.«

Faran Ured schlenderte über den Markt und bemühte sich, nicht an die gewaltige Versuchung zu denken, die tief unter Atgath lockte. Er wusste, dass er froh sein sollte, dass die Mahre den Eingang versiegelt hatten, denn eine Begegnung mit ihnen wäre ihm vermutlich schlecht bekommen. Ob sie sich seinetwegen unter die Stadt gewagt hatten? Er hoffte nicht. Vielleicht spürten sie auch die Anwesenheit der Schatten, schließlich verfügten auch diese über Magie.

Er musterte die Auslage eines Fernhändlers, feilschte der Form halber um einen Beutel Ingwer, ohne ihn zu kaufen, und ließ sich ansonsten mit der Menge treiben. Auf der anderen Seite des Platzes fanden offensichtlich die berühmten Ringkämpfe statt. Er zog es in Erwägung hinüberzugehen, allerdings war ihm das Gedränge dann doch zu groß.

Es gab nicht viel, was er im Augenblick unternehmen konnte. Die Baronin trieb ihre Pläne offenbar energisch voran. Er war gespannt, wie sie den magischen Schutz des Herzogs durchbrechen wollte, und er fragte sich, wie sie den alten Nestur Quent aus dem Weg zu räumen gedachte. Diese Frau hatte sich viel vorgenommen. Oder hatte sie vor, den alten Zauberer auf ihre Seite zu ziehen? War er vielleicht schon eingeweiht? *Nein, er tappt völlig im Dunkeln,* dachte Ured dann, *und er ist zu klug, um sich in Versuchung führen zu lassen.* Quent war ein Magier der neunten Stufe, wie wollte sie ihn also beseitigen? *Ich könnte ihr das Blindkraut zukommen lassen,* dachte er, *serviert in gutem Tee mochte es Quents Fähigkeiten dämpfen oder sogar ganz unterdrücken.* Aber dann verwarf er diesen Gedanken wieder. Erstens hatte er nicht vor, sich noch weiter einzumischen, zweitens würde Quent das Kraut spätestens beim ersten Schluck schmecken. Nein, so leicht war einem Meister wie ihm nicht beizukommen.

Er ließ den Gedanken also fallen und lauschte unauffällig auf das, was die Leute auf dem Markt redeten, während er scheinbar Tongeschirr begutachtete und Stoffe prüfte. Ganz Atgath sprach immer noch über den Mord vom Vortag, und es gab wilde Gerüchte über den Verwalter, sein Liebesleben und die zahllosen Verbrechen, die er begangen haben musste. Seine Witwe sei aber schon wieder versorgt, erzählte man sich, was Ured ein Grinsen entlockte. Asa Ludgar wäre sicher nicht abgeneigt, ihr Bett mit ihm zu teilen, ja, sie glaubte sogar, sie habe es bereits getan, aber das nur, weil er es ihr mit einem einfachen Zauber eingeredet hatte. Der tote Fernhändler wurde zu Ureds Erleichterung nur am Rande erwähnt, und in erkennbarer Missgunst erzählte man sich, er sei vermutlich an seiner Habgier erstickt. Ansonsten war man wegen des Schattens besorgt, und vor allem fürchtete man um das Leben des Herzogs. Ured war milde erstaunt, mit wie viel Zuneigung und Verehrung die Atgather von Hado sprachen. Sie schienen ihn wirklich zu lieben und zu verehren, obwohl er sich offenbar so gut wie nie sehen ließ. Er hingegen hatte ihn gesehen, einen früh gealterten, schwermütigen Mann, der der Bürde seines Amtes nicht gewachsen war. Auf dem Markt wusste man das auch, man schob es auf die rätselhafte Krankheit, und immer wieder hörte Ured, dass man für die Genesung des »guten Hado« beten wollte. Das alles war Tratsch und Geschwätz, was ihm zeigte, dass noch niemand die wirkliche Bedrohung erahnte. Einige Bürger schwärmten sogar von der Schönheit der Baronin aus Taddora, obwohl Ured bezweifelte, dass irgendjemand sie zu Gesicht bekommen hatte. Aber dann fielen doch Worte, die ihn beunruhigten, denn die Bürger von Atgath nannten immer wieder einen Namen: Teis Aggi. Der Leutnant habe sich der rätselhaften Todesfälle angenommen, und schon bald seien Ergebnisse zu erwarten, denn Aggi sei doch einer der klügsten jungen Männer der Stadt. Und dann zählte man einige Bürgertöchter auf, die sich Hoffnungen machten, den Leutnant, der nicht mehr lange nur Leutnant bleiben werde, näher kennenzulernen, während jener, bedauerlicherweise, immer noch an dieser Köhlertochter hing. »Man kann eben nicht erwarten, dass ein Mann nur klug ist«, meinte eine der Frauen, denen Ured gerade zuhörte. Und dann gab es ein paar Bemerkungen darüber, dass auch der Verstand des klügsten Mannes bei ein paar hübschen Grübchen aussetze. »Wenn es nur die Grübchen wären«, scherzte eine Bauersfrau, und dann brach die Schar in lautes, zufriedenes Gelächter aus.

Teis Aggi, Euch hätte ich fast vergessen, dachte Ured, als er weiterging. Der Leutnant hatte ihn nachts auf dem Markt gesehen und wegen des Fernhändlers gleich Verdacht geschöpft. Außerdem hatte er, was die Schatten betraf, wirklich ein paar ziemlich scharfsinnige Schlussfolgerungen gezogen. Der Leutnant war vielleicht der Einzige, der die Gefahr, in der die Stadt und ihr Herzog schwebten, erahnte. Ihm fehlten jedoch die Mittel, das Verhängnis abzuwenden. Der vermutlich Einzige, der das vermocht hätte, war Nestur Quent, vielleicht noch sein Adlatus, aber von dem hatte Ured noch nichts gehört, was ihn beeindruckt hätte. Er schien in seinem Laboratorium unter der Burg zu stecken und sich kaum um die Angelegenheiten der Stadt zu kümmern. Nein, Quent war der Mann, der das Unglück aufhalten konnte, aber er war zu stolz, um die Warnzeichen zu bemerken. Ured blieb stehen. Was, wenn Teis Aggi seinen Verdacht dem alten Zauberer mitteilte? Er murmelte einen Fluch. Diese Möglichkeit hatte er nicht bedacht. Das musste er auf jeden Fall verhindern.

Kaum war Faran Ured im Gedränge verschwunden, als ein junger Mann eilig aus einer Seitengasse herangehinkt kam und sich zum Reisig gesellte, der unverdrossen das Pflaster mit einem neuen Besen kehrte. »Er ist es«, flüsterte der Hinkende.
    Habin sah kurz fragend auf.
    »Ihn habe ich bei den Riesenbuchen gesehen, wo ich unsere beiden toten Gefährten gefunden habe.«
    »Dieser? Verflucht! Bist du sicher, Owim?«
    Der Hinkende nickte.
    »Verflucht, er ist ein Zauberer! Er trägt zwar keine Linien, aber er war es, der irgendwie den alten Eingang hinter den Tavernen verschlossen hat.«
    »Bei den Himmeln! Und was machen wir jetzt?«, fragte Owim.
    »Du gehst nach unten und rufst ein paar Männer zusammen. Der Mann hat sich nach dem Haus der Aggis erkundigt. Ich glaube, dort können wir ihn erwischen. Aber wir müssen schnell sein.«

Nestur Quent hatte alle Tische und Stühle zur Seite gerückt, Sternenlisten und Bücher in einer Ecke seiner Turmkammer gestapelt und mit Kreide einen großen Sturmkreis auf den Boden gemalt. Dieses Mal wollte er es richtig machen, keinen Zauber mehr zwischen Tür und Angel. Er hatte einen Diener vor die Stadt gehetzt, damit dieser ihm frisches Laub besorgte, und nun nahm er aus dem Sack einzelne Blätter und verteilte sie sorgsam auf den zwölf Himmelsrichtungspunkten. Er wählte vier unversehrte, kleine Buchenblätter und rollte sie zwischen den Händen zusammen. Das Fenster stand offen, die Tür war verschlossen, er konnte beginnen. Er schloss die Augen und versuchte, nicht daran zu denken, wie es ihm ergangen war, als er das letzte Mal einen starken Zauber versucht hatte. *Ich frage nur den Wind, ich zwinge ihn zu nichts,* beruhigte er sich selbst. Verdammt, er war ein Zauberer des neunten Ranges! Diesen Zauber hätte er früher im Schlaf ausgeführt.

»Nord und Süd, Ost und West, Ihr Winde, ich rufe Euch.« Er öffnete die Hände einen Spalt weit, und die vier Blätter begannen leicht zu flattern. »Ich rufe Euch, sucht mir den Wind, der mir berichten kann vom Goldenen Meer, von Prinz Gajan und von seinem Schiff. Nord und Süd, Ost und West, ich rufe Euch. Sucht den Wind, der Nachricht weiß vom Prinzen und seinem Schiff.« Die vier Blätter auf seinen Händen zitterten wieder, er formte die Hände vorsichtig zu einem Hohlraum, so dass die Blätter darin schweben konnten, und dann lauschte er auf das, was der Wind sagte. Es war ein Flüstern, das aus seiner Hand drang, leise, ein Hauchen, kaum lauter als ein Wind, der um eine Mauerecke weht, aber Quent lauschte, verstand es – und erbleichte. *Untergegangen, das Schiff ist untergegangen!,* dachte er bestürzt. Er sammelte sich. »Wie ist das geschehen?«, fragte er den Wind.

Jetzt wisperte der Wind von einem Riff, von Holz, das auf nadelspitzen Felsen zerbarst, von Flammen, schwarzem Rauch und Männern in Ketten, die den Wind vergebens um Hilfe anbrüllten, bevor sie vom Wasser verschlungen wurden.

»Überlebende, gibt es Überlebende?«

»Ein Boot«, hauchte der Wind mit ersterbender Stimme, »Trümmer.«

Quent sammelte sich. »Nord und Süd, Ost und West – ich befehle dem Wind zu antworten! Ist Prinz Gajan in diesem Boot, seine Kinder? Seine Frau? Sein Bruder?«

»Nein«, wisperte der Wind, und dann hauchte er »Tod« und verging.

Quent taumelte erschüttert aus dem Kreis. Er musste sich an seinem Stuhl festhalten. Ein frischer, stummer Wind drang in die Kammer ein und wirbelte das Laub aus dem Sturmkreis. Der Zauberer sah gelähmt vor Entsetzen zu. Gajan – tot? Er schüttelte den Kopf, nein, das *durfte* nicht sein! Prinz Gajan war der Erbe, klug, voller Tatendrang und Entschlusskraft. Der geborene Herzog, aber durch seinen älteren Bruder Hado daran gehindert, über Atgath zu herrschen – Hado, der dem Geheimnis nicht gewachsen war. Quent schlug mit der Faust auf den Tisch: Nein, nein, es durfte nicht sein. Und Prinz Olan ebenfalls tot? Dann bliebe nur Beleran. Er wollte gar nicht daran denken. Beleran, der Träumer? Wenn es dazu kam, war unschwer zu erraten, wer dann die Macht in Atgath ausüben würde: Shahila, die Tochter des Großen Skorpions.

Quent ließ sich erschöpft in einen Sessel fallen. Er zitterte am ganzen Leib. War ihm dieser Zauber wirklich einmal leichtgefallen? Natürlich, die schlechten Nachrichten, die hatten ihn in seiner Konzentration gestört. Dennoch, früher hätte er das besser gemeistert. *Aber womit, um der Himmel willen, habe ich denn gerechnet? Mit guten Neuigkeiten? Verfalle ich schon dem Wunschdenken? Bin ich schon so alt?* Er nahm mit unsicheren Händen einen der Folianten auf, die er auf dem Boden gestapelt hatte, einfach, weil er etwas brauchte, woran er sich festhalten konnte. Es war ein Werk über die Geschichte des Seebundes. Er hatte es einmal an Gajan verliehen, als dieser noch jung gewesen war. Er starrte mit leerem Blick auf die Seiten, über die einst auch Gajans Augen gewandert waren. Nein, es konnte nicht sein. Er rief sich die Worte des Windes in Erinnerung. Hatte er wirklich gesagt, dass der Prinz tot war? Oder waren die Menschen in dem Boot dem Tode geweiht? Ein Riff. Er dachte nach. Im nördlichen Teil des Goldenen Meeres wartete die Schärensee, voller tückischer Riffe. Gab es dort nicht auch Inseln? Winzige Eilande nur, aber doch groß genug, um einige Tage zu überleben? Konnte das eine Hoffnung sein? Der Wind hatte doch auch etwas von Trümmern gesagt.

Quent schaute aus dem Fenster. Nein, er hatte den Wind nach Prinz Gajan gefragt, und er hatte mit »Tod« geantwortet. Etwas anderes zu hoffen war aberwitzig. Dennoch, er musste einen Boten nach Felisan schicken, damit man ein Schiff aussandte, um nach Überlebenden zu suchen. Das war das Mindeste, was er tun konnte. Er seufzte. Es gab andere Riffe, das Goldene Meer war unter seiner meist ruhig anmutenden Oberfläche voller Tücken. Sie konnten an hundert anderen Stellen untergegangen sein. Er würde den Wind noch einmal fragen müssen, später, wenn er wieder zu Kräften gekommen war. Es klopfte an seine Tür.

Quent blieb sitzen, er wollte von niemandem gestört werden, nicht jetzt, nicht, solange er annehmen musste, dass sein Lieblingsschüler Gajan tot war.

Es klopfte erneut, energisch und hell. Und dann rief eine bekannte Stimme: »Meister Quent? Bitte, es ist dringend.«

Die Baronin? Die hatte ihm gerade noch gefehlt. Seufzend erhob er sich und legte das Buch vorsichtig wie einen kostbaren Schatz zur Seite. Dann ging er zur Tür. Er sammelte sich, denn er wollte sich keine Blöße geben, nicht vor dieser Frau, die einem Nest von Skorpionen entstammte.

»Werte Baronin, welch unerwartete Ehre«, murmelte er, als er die Tür öffnete.

»Ich hoffe, ich komme nicht ungelegen«, erwiderte sie, um ihn dann besorgt anzusehen und zu fragen: »Ist etwas nicht in Ordnung? Ihr seht so blass aus, Meister Quent.«

Der Zauberer bat sie mit einer Geste einzutreten, weil er sich auch die Blöße der Unhöflichkeit nicht geben wollte, und knurrte: »Ich war inmitten meiner Arbeit, verzeiht die Unordnung.«

Sie ließ den Blick durch die schmucklose Kammer schweifen und blieb am Rande des Sturmkreises stehen, als fürchte sie sich, die weiße Kreidelinie zu überqueren.

»Keine Angst, es ist kein Bannkreis, Baronin«, sagte der Zauberer.

»Ihr habt den Wind beschworen, nicht wahr? Bei Gelegenheit würde ich gerne sehen, wie Ihr das macht, Meister Quent. Mein Gemahl hat mir viel von Euren erstaunlichen Fähigkeiten erzählt.«

Quent nickte grimmig. Beleran redete zu viel. Und zwei seiner Brüder waren vermutlich tot. Er schloss für einen Moment die Augen.

»Ihr seht erschöpft aus, Meister Quent. Was ist mit Euch?«

Sollte ihre Sorge etwa echt sein? Was wusste er schon von dieser Frau, außer, dass sie weit klüger und ehrgeiziger als ihr Mann war?

»Der Wind brachte schlechte Nachrichten, Baronin, wiewohl das Flüstern des Windes immer schwer zu deuten ist und ich vielleicht etwas falsch verstanden habe, aber lassen wir das.«

»Nein, Meister Quent, ich sehe, wie sehr Euch die Nachricht bedrückt. Bitte, was ist es? Oh, ich kann es mir denken, Ihr habt den Wind nach meinen Schwägern gefragt, ist es nicht so?«

Er nickte schwach. Sie war wirklich klug, und dieser sorgenvolle Blick, die plötzliche Blässe – sie schien ehrlich betroffen zu sein. Quent seufzte: »Es ist nichts Sicheres, Baronin. Doch muss ich befürchten, dass das Schiff der Prinzen gesunken ist.«

»Gesunken?« Sie starrte Quent mit offenem Mund an. »Wie furchtbar! Um der Himmel willen! Aber – es gab doch sicher Überlebende? Ein Beiboot, in das sie sich flüchten konnten, ein anderes Schiff, das sie aufnahm. Das Goldene Meer ist doch viel befahren. Gajan und Olan – habt Ihr von Ihnen gehört? So sagt doch etwas, Quent!«

Er schüttelte den Kopf. »Ich weiß es nicht. Es gibt ein Boot mit Überlebenden, doch wollte der Wind mir nicht sagen, ob die Prinzen unter ihnen sind. Eigentlich sagte er sogar, dass sie tot ... aber nein, es ist nicht sicher.«

Shahila von Taddora wandte sich ab. Unterdrückte sie gar ein Schluchzen? Quent hätte nicht gedacht, dass sie ihre Gefühle jemals offen zeigen würde. Er legte ihr väterlich die Hand auf die Schulter. »Ich bitte Euch, Baronin, beruhigt Euch. Noch ist nichts sicher. Der Wind ist ein unzuverlässiger Berichterstatter. Leicht kann er sich getäuscht haben.«

Sie warf ihm einen tränenvollen Blick zu. »Meint Ihr? Es besteht also noch Hoffnung?«, sie schien wieder ein Schluchzen zu unterdrücken.

Quent nickte. »Natürlich, meine Teuerste. Ich werde sogleich einen Boten nach Felisan aussenden. Man wird dann dort ein Schiff bemannen, das nach den Überlebenden sucht – falls die Prinzen nicht inzwischen doch wohlbehalten im Hafen eingetroffen sind.«

»Werdet Ihr es Hado sagen? Ich hörte, er sei nicht besonders wohl. Wenn Ihr wollt, könnten Beleran und ich ...«

»Nein, ich werde dem Herzog nichts davon sagen, nicht, bevor wir nicht Gewissheit haben. Beten wir, dass der Wind sich irrte. Und ich bitte auch Euch, vorerst Stillschweigen zu bewahren. Ja, es wäre mir lieber, ich hätte es Euch gar nicht erst gesagt. Könnt Ihr es eine Weile für Euch behalten?«
»Aber, Beleran, mein Mann, es sind seine Brüder ...«
»Ihr habt Recht, doch auch ihm gegenüber bitte ich Euch zu schweigen. Schickt ihn zu mir, ich kann ihm wohl besser erklären, was ich weiß und was ich nur vermute. Wollt Ihr das für mich tun?«

Shahila nickte und schluchzte noch einmal. Sie vermochte sogar Tränen in ihre Augen steigen zu lassen. Natürlich rang sie um Fassung, denn bis eben hatte sie nicht gewusst, ob dieser Teil ihres Planes gelungen war, und nun erzählte ihr ausgerechnet Quent, ihr gefährlichster Gegner, dass das Schiff untergegangen war. Und das Boot? Nein, er hatte gesagt, dass die Prinzen tot waren, wollte es sich nur noch nicht endgültig eingestehen. Wie arglos er doch war! Sie genoss den Augenblick. Kurz überlegte sie, ob sie weinend an die Schulter des alten Zauberers sinken sollte, aber das erschien ihr dann doch etwas übertrieben. Sie rieb sich die Augen, um die Röte zu verstärken, und gab sich unsicher und verzagt.
»Nun, lasst uns die bösen Zeichen vergessen, Baronin«, versuchte der Zauberer sie unbeholfen zu trösten. »Nichts ist so schlimm, wie es scheint, wie man so sagt. Lasst uns also von etwas anderem sprechen, denn Ihr seid doch sicher nicht ohne Grund die vielen Treppen hier heraufgestiegen, wie ich vermute.«
»So ist es, doch erscheint es mir mit einem Mal so unbedeutend, dass ich nicht weiß, ob ...« Dann verstummte sie und tat, als müsse sie mit den Tränen kämpfen.

»Unbedeutend? Das kann ich mir nicht vorstellen. Ihr seid doch niemand, der wegen nichts zu mir kommt. Bitte, Baronin, sprecht.«

Shahila wischte sich noch einmal über die Augen, dann sagte sie: »Es sind mir gewisse Dinge zu Ohren gekommen, Meister Quent. Ich gebe sonst nicht viel auf das Geschwätz der Dienerschaft, doch da gibt es diesen Schatten und überhaupt so viele merkwürdige Ereignisse, und da die Gerüchte dunkel und unheilvoll waren, dachte ich, ich könnte ihnen auf den Grund gehen – oder sie entkräften, was mir lieber gewesen wäre.« Wieder verstummte sie, als würden sie die Gedanken an die vermissten Prinzen überwältigen.

»Da Ihr zu mir gekommen seid, nehme ich an, dass Ihr Eure Befürchtungen bestätigt gefunden habt?«

»Leider ja, Meister Quent. Ich war im Laboratorium Eures Adlatus, und ...«

»Bei Meister Hamoch?«

»So ist es. Seine Dienerin wollte mich nicht einlassen, aber ich ließ mich nicht abweisen, denn nun, da ich so weit gegangen war, wollte ich nicht umkehren.«

Sie sah, dass Quent die Stirn runzelte. Wusste er etwa schon etwas? »Ich weiß nicht, wie ich es ausdrücken soll, Meister Quent, doch was ich sah – es übertraf meine schlimmsten Befürchtungen. Meister Hamoch ... er ... ich glaube, er ... er macht Menschen.«

»Sagtet Ihr – *Menschen?*«

Shahila nickte. Sie musste sich nicht sehr anstrengen, um ihre Abscheu glaubhaft zu spielen. Zwar hatte sie selbst unter erheblichem Einsatz von Mitteln dafür gesorgt, dass Hamoch die verbotenen Pergamente überhaupt erst erhalten hatte, doch es war ein Unterschied, ob man von Homunkuli las oder ob man sie in Fleisch und Blut sah. »Sie sind kleiner als richtige

Menschen, beinahe wie Kinder, Meister Quent, doch abscheulich anzusehen. Ihr könnt es Euch nicht vorstellen.«

»Und Ihr seid sicher, dass es nicht wirklich Kinder ... nein, verzeiht, ich muss Euch wohl glauben.« Er blickte nachdenklich zu Boden. »Homunkulus!«, rief er dann plötzlich.

»Verzeiht?«

»Homunkulus, das ist eine verbotene Schrift der Totenbeschwörer über ein Geschöpf, geschaffen aus dem Körper eines Toten und allerlei unheiligen Zutaten. Ein berüchtigtes Werk, aber leider auch berühmt.« Quents Blick ging ins Leere.

»So ist es wahr? Es ist das Werk eines *Nekromanten?*«, fragte sie flüsternd und achtete darauf, angstvoll auszusehen.

»Bahut Hamoch, was habt Ihr getan? Ich hätte es nicht für möglich gehalten. Er trieb schon immer seltsame Dinge, befasste sich mit abseitigen Zaubereien, aber das? Nein, das hätte ich Hamoch nie zugetraut!«

»Ich hätte es auch nicht geglaubt, wenn ich es nicht selbst gesehen hätte. Er wirkt so harmlos, beinahe hilfsbedürftig, und dann diese abscheulichen Geschöpfe dort unten, es war furchtbar! Er bat mich, es zu verschweigen, aber das kann ich nicht. Und deshalb kam ich zu Euch. Werdet Ihr etwas unternehmen, Meister Quent?«

»Ich werde mir selbst ein Bild machen. Und dann werde ich es beenden. So einfach ist das.«

Shahila ließ einen Hauch Bewunderung in ihren ängstlichen Gesichtsausdruck eingehen. »Aber bitte, bitte sagt ihm nicht, dass ich bei Euch war, Meister Quent.«

»Ihr müsst ihn nicht fürchten, Baronin, ich werde ihm diese verbotenen Künste schon wieder austreiben.«

»Ich zweifle nicht an Euch, Meister Quent, aber ich bin leider kein mächtiger Magier, der vor nichts und niemandem Angst haben muss. Bitte, versprecht es mir.«

Er legte ihr wieder väterlich eine Hand auf die Schulter. »Ich verspreche es. Ich werde einfach sagen, die Dienerschaft hätte davon gesprochen, denn das ist wahr, und ich bin bislang nur nicht dazu gekommen, der Sache auf den Grund zu gehen. Aber das werde ich nun gleich nachholen. Mir scheint, es ist höchste Zeit.«

Als die Baronin gegangen war, offenbar tief getroffen von dem, was er ihr von den Schwägern hatte berichten müssen, blieb Meister Quent jedoch zunächst noch eine Weile sitzen. Er fühlte sich immer noch elend, und das nicht nur wegen der schlechten Nachrichten. Hamoch versuchte sich an der Nekromantie? Ausgerechnet jetzt, als hätte er nicht genug Kummer. War der Mann denn des Wahnsinns? Die Totenbeschwörer waren die verhasstesten aller Zauberer, ihr Orden und alle ihre Schriften seit langem verboten. Wie war Hamoch an ihr Wissen gelangt? Und wo hatte er die Leichen her? Hatte er deshalb unbedingt Verwalter Ludgars Leiche haben wollen – um aus seinem Leib ein Ungeheuer zu erschaffen? Er hätte es ihm wirklich nicht zugetraut. Da war noch etwas, was dieser Leutnant gesagt hatte, von einer jungen Frau, die der Adlatus verhören wollte. Sie war in seinem Laboratorium. Es waren jedoch keine Ergebnisse dieses Verhörs zu ihm gedrungen. War sie etwa auch ...? Quent schüttelte den Kopf.

Er rieb sich die müden Augen und fühlte sich plötzlich alt. Früher hätte ihn der Windzauber niemals so mitgenommen. Und dieses Gefühl von Schwäche, es wollte einfach nicht weichen. Oder waren es die schlechten Nachrichten, die ihm so zusetzten? Die Prinzen waren vermutlich tot. Und wenn Ludgar dem Schatten die Inschrift des Amuletts verraten hatte, dann ... nein, selbst dann würden sich die Schatten am Schutz der Mahre die Zähne ausbeißen, noch kein Herzog von

Atgath war eines gewaltsamen Todes gestorben. Aber vielleicht war es nun seine, Quents Aufgabe, dem Herzog das Herz zu brechen. Konnte ihn das umbringen? Würde Hado am Ende vielleicht eine Waffe gegen sich selbst richten? War das möglich? War das eine Lücke im Zauber der Mahre? Das war eine Frage, die Quent nicht beantworten konnte. Aber noch war nichts gewiss, er würde den Herzog erst unterrichten, wenn er Genaueres wusste. Also galt es, den berittenen Boten nach Felisan zu senden. Er machte sich auf den Weg in die Kanzlei. Hamoch und seine widernatürlichen Zaubereien mussten noch ein Weilchen warten.

Ela saß in ihrem Kerker, spähte hin und wieder aus dem kleinen Fenster in der Tür und konnte nur warten. Das machte sie wahnsinnig. Sie hatte versucht, die Homunkuli mit freundlichen Worten zu locken, aber sie hörten sie scheinbar gar nicht. Sie hatte gegen die Tür getreten und geschlagen, bis Esara gekommen war und wieder damit gedroht hatte, das Fenster zu verschließen, da hatte sie es gelassen. Der Adlatus war in einer anderen Kammer verschwunden, mit der Leiche des tot geborenen Geschöpfes, aber die Brüder dieses Wesens schien sein Tod nicht zu bekümmern. Sie räumten auf und säuberten den Boden, wie sie es immer taten, versorgten den großen Kessel mit neuen Kohlen – Kohlen, die nur von der Köhlerei ihrer Familie stammen konnten. Dann waren die großen Glaskolben geliefert worden, auf die der Zauberer so ungeduldig gewartet hatte. Zu Elas Leidwesen blieben der Glasbläser und seine Gehilfen jedoch vor der Tür, und es waren die Homunkuli, die kurz darauf die Gefäße hereintrugen.

Wenig später tauchte Esara wieder vor Elas Zelle auf. »Wird Zeit, Mädchen.«

Sie schloss die Tür auf, und Ela wich zurück.

»Nun komm. Besser, du fügst dich. Wo willst du denn hin? Entkommen kannst du nicht«, sagte die Frau und streckte den Arm aus.

Darauf hatte Ela gewartet. Sie sprang vor, riss die überraschte Dienerin am Arm in die Zelle, stieß sie zu Boden und rannte hinaus. »Fangt sie!«, schrie Esara aus der Zelle, aber da war Ela schon fast an der Treppe. Die Homunkuli waren in ihrer Arbeit erstarrt, doch jetzt ließen sie alles stehen und liegen. Ela sah die Tür: Sie hatte einen Vorsprung, der konnte knapp reichen. Sie sprang die Stufen hinauf, erreichte die Pforte und fand sie verschlossen. Einen Augenblick war sie in Panik, dann bemerkte sie, dass der Schlüssel steckte. Sie drehte ihn um, mit einem lauten Klacken sprang das Schloss auf, aber als sie die Tür aufriss, hatten die Homunkuli sie eingeholt. Sie fühlte die kleinen, kalten Hände, die sich an ihren Armen und Beinen festkrallten. Es waren nur drei, nicht größer als Kinder. Ela versuchte, sie abzuschütteln, doch sie stellte überrascht fest, dass diese Wesen viel stärker waren, als sie aussahen, ja, sie waren viel stärker als sie selbst. Sie wehrte sich, schrie, spuckte diese Geschöpfe sogar an, doch sie hielten sie einfach nur fest und zerrten sie die Stufen hinab. Ela versuchte, sich ans Geländer zu klammern, aber es half nichts.

»Wirst schon sehen, was du davon hast«, sagte Esara und funkelte sie böse an. »In die Schlachtkammer mit ihr, los.«

Ela wehrte sich weiter verbissen, aber es war aussichtslos. Die drei Homunkuli schleiften sie quer durch das Laboratorium in eine niedrige Kammer. Drinnen war der Adlatus, er hatte sich eine schwarze Schürze übergeworfen und war noch damit beschäftigt, einen groben Holztisch zu säubern. Neben ihm standen drei blecherne Eimer, gefüllt mit einem roten Brei. Dann sah Ela, dass kleine Knochen aus diesem Brei hervorstanden. »Nein«, flüsterte sie, und dann schrie sie es hinaus: »Nein! Nein!« Sie schrie aus Leibeskräften, klammerte sich am Türrahmen fest, wehrte sich, schlug um sich, aber im eisernen Griff der Homunkuli wurde sie unerbittlich näher an den blutgetränkten Tisch herangeschoben, hinaufgeschafft und mit ledernen Bändern festgeschnallt. Und als die letzte Fessel sich schloss, verstummte Ela, gelähmt von Grauen.

»Es ist besser, du wehrst dich nicht, Kind«, sagte der Zauberer. »Es wird sonst nur noch schmerzhafter.«

»Aber was habt Ihr mit mir vor? Ich habe doch nichts getan. Bitte!«

Der Adlatus schwieg, prüfte seine Instrumente, seine Zangen, Messer, Meißel und Sägen, und legte sie, eines nach dem anderen, auf einem kleinen, gesonderten Tisch ab.

»Du hast deine Stadt verraten, an einen Schatten«, sagte Esara, die auf der anderen Seite stand. Triumph leuchtete in ihren Augen. »Eine Verräterin bist du, und so wirst du behandelt.«

»Aber ich bin unschuldig.«

»Wir wissen es besser«, sagte Esara. »Aber du hast Glück. Meister Hamoch ist ein großer Mann, er tut große und wichtige Dinge, und du wirst nun Teil seiner Arbeit. Siehst du, das ist der Stichel, mit dem er die Adern öffnet, damit dein Blut herausströmen kann. Mit dieser Schale fangen wir es auf. Es wird eine Weile dauern, denn wir müssen es mischen, mit allerlei Zutaten, damit es nicht gerinnt, sondern unsere – deine – Kinder nährt. Dieser Schaber hier dient zur Entnahme deiner inneren Organe, die gesäubert werden müssen, denn du bist voller Unrat, Kind. Diese Löffel werden deine Augen aus ihren Höhlen lösen. Und dann werden wir dich entbeinen, Stück für Stück, und das Fleisch in den großen Bottich geben, wo es zersetzt wird in einer magischen Lösung. Nichts von dir wird verschwendet, Mädchen. Selbst Haare und Zähne brauchen wir, um neues, besseres, reineres Leben aus deinem unkeuschen Leib zu erschaffen.«

Ela kämpfte gegen das blanke Entsetzen an – es konnte doch nicht sein, dass sie hier, auf diesem Tisch, sterben sollte! Sie spürte eine Berührung an der Schulter und zuckte zusammen. Es war der Adlatus. Er sah blass aus, aber in seinen Augen flackerte ein unheimliches Feuer. Er hatte sich über sie gebeugt und flüsterte: »Es wird kaum wehtun. Glaub mir, die Folter, die grobe Axt des Henkers – es bleibt dir viel erspart, Kind. Ein kleiner Stich, dein Blut wird langsam aus dir herausfließen, und du wirst einschlafen. Weißt du, du bist ein Glücksfall, und ich erwarte viel von dir. Es ist das erste Mal, dass wir so frisches und junges Material zur Verfügung haben, ich bin sicher, du wirst unseren Kindern zu einem langen Leben verhelfen.«

Ela hätte ihm gerne irgendetwas ins Gesicht geschleudert, eine kluge, spöttische, tapfere Bemerkung, aber sie flüsterte nur: »Ich will nicht sterben.«

»Nun, wir alle sterben irgendwann, mein Kind, und du kannst wenigstens sicher sein, dass dein Tod nicht sinnlos ist.«

Ela spürte einen leichten Stich im Arm. Ein Riemen verhinderte, dass sie den Kopf heben konnte. Sie stemmte sich dagegen, zog und zerrte an ihren Fesseln, aber sie waren zu stark. Dann hörte sie ein langsames, helles Tropfen, und sie wusste, es war ihr Blut, ihr Leben, das in eine Schale tropfte. Der Adlatus reinigte mit fahrigen Bewegungen noch einmal seine Messer. Ihr Sterben hatte also schon begonnen.

»Jetzt ist es nicht mehr weit«, sagte Marberic, als er wieder einmal das Gestein geprüft hatte. Sie kamen gut voran, nur einmal hatte der Mahr angehalten, um einige bleiche Pilze zu ernten, die er dann beim Marschieren roh verzehrte. Er hatte auch Sahif davon angeboten, dieser hatte aber nach einer zaghaften Probe dankend verzichtet.

»Und wo kommen wir am Ende heraus?«, fragte Sahif ungeduldig. Er hatte Nackenschmerzen, weil er die meiste Zeit mit eingezogenem Kopf laufen musste, und er hatte die Nase voll von diesen ewigen Tunneln und Stollen.

»Am Tor, das heißt, heute in der Burg, wie es die Menschen nennen.«

»Gut, ich kann es kaum noch erwarten.«

»Du weißt, ich werde dich nicht begleiten.«

»Aber du kannst mir dein Messer leihen«, sagte Sahif grimmig.

»Es ist ein gutes Schwert«, erwiderte der Mahr, und Sahif kam es beinahe vor, als sei er ein wenig beleidigt, weil er diese Waffe als Messer bezeichnet hatte. Er hätte es gern gegen die kurze Bergmannspicke eingetauscht, die die Mahre ihm gegeben hatten. Angeblich war Köhler Grams ganz zufrieden damit gewesen, aber Sahif war kein Köhler, er wollte eine richtige Waffe. »Dieses Schwert, ist es magisch?«

Der Mahr zuckte mit den Schultern. »In den Augen von Menschen, ja.«

»Darf ich?«

Marberic zögerte einen Augenblick, aber dann gab er ihm seine Waffe.

»Die Klinge ist wunderbar leicht«, rief Sahif überrascht. Er schwang sie probehalber ein paar Mal durch den Stollen. Sie lag gut in der Hand.

»Bricht nicht«, sagte Marberic.

»Und das ist die Magie darin?«, fragte Sahif und gab die Klinge mit leisem Bedauern zurück.

Wieder zuckte der Mahr mit den Schultern. »Weiter«, sagte er.

Sahif folgte ihm. Eine Waffe, das war ein irgendwie vertrautes Gefühl, etwas, das er vermutlich von Sahif, seinem alten Ich, hatte. *Hoffentlich bist du mir in den nächsten Stunden ein wenig behilflich*, dachte er. *Aina!* Plötzlich kam ihm dieser Name in den Sinn. Sahifs Geliebte saß in Felisan und wartete auf ihn. Demzufolge, was Shahila gesagt hatte, liebten sie einander, aber er konnte sich nicht an sie erinnern. Er schüttelte den Kopf. Das würde er später klären, irgendwie, sobald das hier erledigt war. Marberics Laterne war schon um die nächste Biegung verschwunden. Sahif beeilte sich, sie einzuholen, weil es ja eine Frau gab, an die er sich erinnerte und die ihm geholfen hatte, obwohl sie wenig Grund dazu gehabt hatte. Er würde sie nicht im Stich lassen. Alles andere musste warten.

Er blieb stehen, denn auch der Mahr war stehengeblieben. Ein Hindernis versperrte ihnen den Weg. Der Stollen endete an einer Wand. Marberic hob und senkte die Laterne, klopfte gegen die Wand, lauschte, und seufzte dann: »Die hier ist anders.«

Sahif trat heran. Immer noch sah alles Gestein gleich für ihn aus.

»Amuric machte sie, vor langer Zeit. Aber davon wusste ich nichts.«

»Können wir nicht hindurchgehen?«

»Nein, dies ist anders, dauerhaft, fest«, erklärte der Mahr, und Sahif sah ihm an, dass er die richtigen Worte suchte.

»Aber warum hat Amuric uns nicht gewarnt?«

»Er dachte wohl, ich nehme den anderen Weg. Er ist kürzer. Doch dort roch es so stark nach Mensch, und nach den *anderen*.« Das letzte Wort sprach er mit Abscheu aus.

»Das heißt, wir sind einen *Umweg* gelaufen? Und jetzt? Müssen wir umkehren?«, fragte Sahif, und er versuchte, den aufsteigenden Zorn zu unterdrücken.

Marberic schüttelte den Kopf. »Ich kann es aufheben.« Und mit diesen Worten zog er einen kleinen Meißel aus der Tasche und fing an, Linien in die Wand vor ihnen zu ritzen. »Ich muss sie nur finden, Amurics Zeichen. Dann wird es gehen.«

Der Mahr begann, in langen, ruhigen Strichen über das Gestein zu kratzen, aber gerade als Sahif, der mit schnell wachsender Ungeduld zusah, vorschlagen wollte, doch umzukehren und den anderen Weg zu versuchen, rief Marberic: »Hier, das Erste!« Er wischte Staub vom Gestein, und dann begann ein langer, silberner Strich in der Dunkelheit zu leuchten. Marberic setzte seine Arbeit fort, und vor den Augen des staunenden Sahif enthüllten sich nach und nach fünf dieser silbernen Streifen in der Wand. Dann trat er einen Schritt zurück.

»Was jetzt?«

»Jetzt muss ich mich erinnern, Steinzauber wirken.« Und dann setzte Marberic sich im Schneidersitz vor die Wand und begann leise in der knirschenden Mahrsprache zu murmeln.

Nestur Quent eilte die Treppen hinab. Er hatte dem begriffsstutzigen Verwalter der Kanzlei den Auftrag erteilt, einen Reiter nach Felisan zu senden, und es hatte mehr Geduld erfordert, als er übrig hatte, bis der Mann begriffen hatte, dass es heimlich geschehen sollte. Er hatte auch die Baronin noch einmal gebeten, vorerst mit niemandem über seine Vermutung zu reden. Wäre er nicht so betroffen und erschrocken gewesen, hätte er ihr gar nichts erzählt. Aber sie war klug, sie würde seine Absichten begreifen. Er wurde aus dieser Frau nicht schlau. Sie schien sich mit dem Adlatus recht gut zu verstehen, doch offenbar war sie wenigstens so vernünftig, dass sie ihm ihre Beobachtungen gleich mitgeteilt hatte. Nekromantie! In seiner Burg! Der Adlatus würde den Tag bereuen, an dem er sich auf diese dunkelste Seite der Magie eingelassen hatte.

Quent stieg weiter hinab. *Ich habe die Dinge wirklich viel zu lange schleifen lassen,* dachte er. *Die Sterne, alles schön und gut, aber hier, hier unter meiner Nase geschehen Dinge, von denen die Gestirne nichts wissen.* Aber nun würde er aufräumen, und der Adlatus würde der Erste sein, der es zu spüren bekam. Die Schwäche, die ihm nach dem Zauber so zugesetzt hatte, war gewichen. Er fühlte sich jung und stark. Er erreichte die Katakomben, durchquerte den Vorraum, ohne sich damit aufzuhalten, nach der Dienerschaft zu klingeln, und fand die Tür zum Laboratorium verschlossen. Er dachte kurz daran, sich mit einem Blitzschlag Zugang zu verschaffen, weil ihm sehr danach zumute war, aber dann ermahnte er sich zur Besonnenheit – er wusste ja nicht, was ihn auf der anderen Seite der Pforte erwartete. Also legte er eine Hand auf das Schloss und murmelte eine Beschwörungsformel. Er musste sie wiederholen, weil er sich zunächst nicht an den genauen Wortlaut erinnerte, aber dann fuhr ein scharfer Wind ins Schloss, es knackte, knirschte, und dann sprang die Tür auf. Quent betrat das Laboratorium, zum ersten Mal seit Monaten. Acht Augenpaare starrten ihn an, Augenpaare, die eindeutig nicht menschlich waren. *Er hat es tatsächlich geschafft,* dachte Quent, und für einen Augenblick war er zwischen Abscheu und Bewunderung hin- und hergerissen. Aber dann wusste er, was er zu tun hatte: »Bahut Hamoch!«, donnerte er. »Zeigt Euch!«

Die Homunkuli hatten ihn nur kurz angestarrt, jetzt gingen sie wieder ihren Arbeiten nach. Offenbar reinigten sie das Laboratorium. Es roch nach verfaulten Eiern. Quent musste nur drei Sekunden warten, dann tauchte ein leichenblasser Bahut Hamoch aus einer der niedrigen Türen auf der gegenüberliegenden Seite des Laboratoriums auf. Eine verhärmt wirkende Frau folgte ihm, schloss die Tür der Kammer und versuchte gleichzeitig, ihren Meister von einer schwarzen Schürze zu befreien.

»Meister Quent, welch unerwartete Ehre«, stammelte Hamoch.

»›Unerwartet‹ will ich glauben, doch eine Ehre ist es nicht, nein, eine Schande ist es! Für mich, weil ich es nicht bemerkte, weil ich nicht hörte, was die Flure flüsterten, und für Euch, Hamoch, weil Ihr Euch auf wahrhaft dunkle Dinge eingelassen habt!«

»Aber, ich bitte Euch, es ist nicht, wie es aussieht …«

»Sind diese widerwärtigen Kreaturen dort etwa keine Homunkuli?«

Die Frau rief die Wesen zu sich und Quent bemerkte, dass Hamoch tatsächlich versuchte, sich schützend vor sie zu stellen. Er stotterte: »Nun ja, ja, es sind Homunkuli, doch seht nur, sind sie nicht kleine Wunderwerke? Wer hätte gedacht, dass aus totem Fleisch etwas so Nützliches geschaffen werden könnte? Nein, Meister Quent, nichts an ihnen ist von Übel. Nicht alles, was die Totenbeschwörer erschufen, war schlecht. Ungewohnt, dunkel, ja, aber nicht böse, nicht schlecht. Aus ihrem Wissen können wir Nutzen ziehen, wir können selbst viel Gutes daraus schaffen, wenn wir nur den Mut haben, unseren Geist für neue, ungewohnte Gedanken zu öffnen!«

Quent war erstaunt, mit welcher Leidenschaft sein Adlatus jetzt sprach – so hatte er ihn noch nie erlebt. Aber er schüttelte den Kopf und sah kalt auf den jüngeren Zauberer herab. »Ich wusste, dass Euch das Gespür für echte Magie abgeht, Hamoch, aber dass Ihr Euch in so abseitige Gebiete begebt, nein, das hätte ich nie für möglich gehalten.«

»Bitte, ich kann es erklären, wenn Ihr nur erst seht, was sie können, wie gelehrig und klug …«

»Genug!«, schnitt ihm Quent das Wort ab. »Ich bin nicht hier, um mich von Euch belehren zu lassen, ich bin hier, um es zu beenden.«

»Beenden? Ihr wollt, dass ich meine Forschungen einstelle? Das könnt Ihr nicht verlangen, Quent. Seht Ihr nicht, welch ungeheure Möglichkeiten …«

»Ungeheuer, ja, die sehe ich!« Er sah sie tatsächlich, wie sie sich um diese verhärmte Dienerin scharten, als sei sie ihre Mutter. Wie missgestaltete Kinder hingen sie an ihren Rockzipfeln. Er schüttelte unwillig den Kopf. Dann breitete er die Arme aus, rief: »Inhullu!«, und ein Windstoß fuhr, wie an der Schnur gezogen, durch die Katakombe, sein Brausen wurde lauter, und der Wind wurde stärker, riss den überraschten Adlatus von den Füßen, die Frau ebenso, und wirbelte die kleinen Leiber in alle Richtungen davon. Kleine spitze Schreie zeigten, dass auch diese Ungeheuer erschrecken konnten. Es krachte und klirrte, wo sie niederfielen, und Quent bildete sich ein zu hören, wie ihre kleinen Schädel an der Wand zerplatzten.

Als der leichenblasse Adlatus wieder auf die Beine kam, sagte Quent: »Es ist vorbei, Hamoch. Ich gebe Euch bis heute Abend Zeit, diese von euch geschaffenen Leben zu beenden, sofern diese Ungeheuer nicht schon tot sind. Dann erwarte ich Euch in meinem Turm. Ihr werdet mir den Schlüssel zu diesem Laboratorium aushändigen sowie sämtliche Pergamente und Bücher, die das hier betreffen. Dann werden wir sehen, wie es weitergeht. Wenn Ihr verständig seid, werde ich mich für Euch verwenden, und Ihr werdet vielleicht mit einer milderen Strafe davonkommen. Komme ich jedoch zu dem Schluss, dass Ihr Eure Fehler nicht ganz und gar einseht und bereut, werde ich Euch in Ketten nach Frialis schicken. Habe ich mich klar ausgedrückt?«

Er wartete, bis der Adlatus nickte. *Wäre er ein Mann, würde er jetzt zum Kampf gegen mich antreten. Er würde natürlich verlieren, aber vielleicht ein wenig Selbstachtung bewahren. Doch er besteht nur noch aus Angst.* »Ihr habt mich enttäuscht, Hamoch, bitter enttäuscht«, sagte er, bevor er sich auf dem Absatz umdrehte und das Laboratorium verließ. Er blieb noch einmal stehen, denn ihm war, als würde er einen gedämpften hellen Schrei hören. *Vermutlich einer der Homunkuli,* dachte er und ging.

Als die donnernde Stimme des alten Zauberers nach dem Adlatus verlangt hatte, hatte Ela neue Hoffnung geschöpft, aber Esara hatte ihr gedankenschnell ein schmutziges Tuch in den Mund gestopft, bevor sie Hamoch hinausfolgte und die Tür schloss. Ela würgte, hustete und versuchte alles, um das Tuch auszuspucken. Dann drückte der Wind sogar die Tür auf, und einer der Homunkuli wurde gegen den Holzrahmen geschleudert und sackte dann leblos zu Boden. Sie hörte die zornbebende Stimme des Zauberers, aber als sie endlich das Tuch ausspucken konnte, war es zu spät, und Esara verschloss die Tür der Kammer wieder. Ela versuchte den Kopf zu heben, aber immer noch hinderte sie ein Lederband daran. Sie hörte, dass draußen aufgeräumt wurde, dann ging die Tür auf, und sowohl der Zauberer wie auch seine Dienerin trugen je einen leblosen kleinen Leib in die Kammer. Stumm legten sie sie auf die Erde, und Ela war froh, dass sie sie nicht mehr sehen konnte, denn der kurze Blick hatte ihr gereicht. Beiden schien der Schädel eingeschlagen worden zu sein. Sie hatte Blut und Hirn durch die Schädeldecken quellen sehen. Der Adlatus sagte keinen Ton.

Als Esara den zweiten Leichnam abgelegt hatte, fragte sie: »Was sollen wir nun tun, Meister, soll ich die Kolben dennoch vorbereiten? Wir haben immer noch ...«

»Hast du es nicht gehört? Es ist vorbei, närrisches Weib! Es ist vorbei.«

Esara nahm diesen plötzlichen Ausbruch hin, ohne mit der Wimper zu zucken.

Der Zauberer sah Ela nicht einmal an, als er sagte: »Binde diese da los und versorge ihre Wunde. Mag Richter Hert sich um sie kümmern, soll sie eben Folter und Henkersaxt zu spüren bekommen. Es ist eine Verschwendung, eine Verschwendung! Aber so wollen sie es offenbar. Ich werde nach oben gehen und die Pergamente zusammensuchen. Und dann ... nun, darum kümmern wir uns später.«

»Jawohl, Meister«, sagte Esara.

Ela konnte ihr Glück kaum fassen. Eben noch hatte sie dem sicheren Tod ins Auge geblickt, jetzt würde sie hier herauskommen, und bald wäre dann sicher auch ihre Unschuld erwiesen. Und nach allem, was sie hier erlebt hatte, war selbst eine Begegnung mit diesem Richter Hert oder sogar Hauptmann Fals nichts mehr, wovor sie sich fürchtete.

Esara blieb bei ihr, bis die müden Füße des Zauberers die Treppe hochgestiegen waren und die schwere Tür ins Schloss fiel. Dann wandte sie sich Ela zu, aber keine Liebe war in ihrem Blick. »Er hat Zweifel, manchmal, wie alle großen Männer. Aber er wird am Ende das Richtige tun.«

»Mag sein, aber du hast ihn gehört. Binde mich los«, verlangte Ela, die endlich den Knebel losgeworden war.

Esara betrachtete sie mit unbewegter Miene. Dann bückte sie sich und hob etwas vom Boden auf. Dann kam sie mit ihrem hart geschnittenen Gesicht nah an das von Ela und sagte: »Nicht so schnell, Mädchen.« Und mit diesen Worten drückte sie ihr den Knebel wieder in den Mund, ja, zu allem Übel befestigte sie ihn noch mit einem Lederriemen.

Ela wehrte sich vergeblich.

»Es ist noch nicht vorbei, Mädchen. Er wird sich besinnen, und dann wird er froh sein, dass wir weitergemacht haben.«

Ela schrie gegen den Knebel an, aber nur ein dumpfes Stöhnen drang hindurch. Die Wunde! Immer noch rann das Leben in kleinen Tropfen aus ihrem linken Arm. Esara lächelte kalt, dann sagte sie: »Es wird noch eine Weile dauern, eine ganze Weile. Das Leben verlässt dich langsam. Du hast also Zeit, in dich zu gehen und deine Fehler zu bereuen. Und wenn du sie nicht bereust, dann macht es mir auch nichts.« Dann löschte sie das Licht, verließ die Kammer, verschloss sie sorgfältig und ließ Ela allein in der Dunkelheit zurück.

Nachmittag

In ihren Gemächern starrte Shahila hinaus auf die Stadt. Ihre Spitzel in der Dienerschaft hatten gemeldet, dass sich Quent endlich auf den Weg in die Katakomben gemacht hatte. Die Dinge spitzten sich zu, und nun stand vieles, nein, alles auf des Messers Schneide. Fehler konnte sie sich nicht erlauben.

»Der Wassermeister«, sagte sie langsam, »konntest du mehr über ihn in Erfahrung bringen, Almisan?«

»Ich habe mich umgehört. Er hat dem Herzog einige Kräuter gegen seine Schmerzen besorgt, und er scheint gut mit dem Feldscher der Burg befreundet zu sein.«

Shahila nickte grimmig. »Er führt irgendetwas im Schilde. Denkst du immer noch, dass seine Anwesenheit gerade jetzt ein Zufall ist?«

»Vielleicht, ich denke, er verfolgt seine eigenen Pläne, nicht unsere. Und ich denke, dass es ein Fehler wäre, ihn zu töten, Hoheit. Wir wissen nicht, wer ihn geschickt hat oder was ihn herlockt. Er scheint jedenfalls nicht auf Quents Seite zu stehen.«

»Aber er steht auch nicht auf unserer, Almisan.«

»Ich schlage vor, dass wir uns seiner versichern, sobald es die Umstände erlauben. Ich werde meine besten Männer auf ihn ansetzen. Sie werden ihn festnehmen, sobald gewisse andere Angelegenheiten erledigt sind.«

»Was ist mit dem Boten, den Quent nach Felisan schicken wollte?«

»Er hat die Burg bereits verlassen, allerdings wird er den Hafen nie erreichen, dafür habe ich gesorgt. Es ist doch besser, wenn vorerst niemand weiß, dass die Prinzen vermisst werden.«

Shahila nickte – der Rahis war ein umsichtiger Mann. Eines fügte sich zum anderen, aber noch lag das Schwerste vor ihr. »Glaubt Ihr, Hamoch wird der Herausforderung gewachsen sein?«, fragte sie. Sie starrte hinab in den dunklen Innenhof. Wenn sie das richtig sah, kehrte ihr Gemahl gerade zurück.

»Ich werde ihm helfen, Hoheit, oder er mir, je nachdem, wie man es sehen will.«

»Gut. Dann geh, ich denke, es ist Zeit. Aber achte darauf, dass du Quent nicht in die Arme läufst.«

»Aber Hoheit, ich bin ein Schatten«, sagte Almisan und lächelte, zum ersten Mal, seit sie Atgath erreicht hatten.

Unmittelbar nachdem der Rahis gegangen war, um den nächsten Schritt ihres Planes einzuleiten, trat Beleran in die Kammer und warf seinen Mantel auf einen Stuhl. Dann stellte er sich an den Kamin und wärmte sich die Hände. »Ich hatte vergessen, wie mitreißend diese Kämpfe sein können. Es war schade, dass du nicht dabei warst. Sie hätten dir gefallen, Liebste.«

»Vielleicht morgen, Liebster«, sagte Shahila.

»Allerdings geht es auch ganz schön ins Silber, wenn man der herzoglichen Tradition folgt und auf die Einheimischen setzt. Ich fürchte, unsere Reisekasse hat erheblich gelitten.« Beleran ließ sich in einen Sessel fallen und legte die Beine hoch. »Das Pflaster von Atgath ist hart, das hatte ich vergessen«, sagte er, »und ich hatte vergessen, wie anstrengend es sein kann, den Herzog zu vertreten.«

Shahila wandte sich ihm zu. Er sah müde aus, aber auch irgendwie zufrieden. Das Bad in der Menge schien ihm gutgetan zu haben, auch wenn er sich nun über seine müden Füße beklagte.

Wie wenig an ihm doch fürstlich ist, dachte sie.

»Du wirkst jedoch bekümmert, Liebste. Ist etwas nicht in Ordnung?«

»Es ist nichts«, erwiderte sie und wandte sich wieder ab.

Sie hörte ihn förmlich aus dem Sessel springen. Zärtlich legte er die Arme um sie. »Was ist mit dir, mein Leben? Du wirkst besorgt.«

Angespannt träfe es wohl eher, dachte Shahila und sagte: »Ich habe versprochen, es nicht zu sagen.«

»Wie? Ein Geheimnis? Vor mir?« Er küsste ihren Nacken.

Ein wohliger Schauer durchströmte Shahila. Er verstand es wirklich, sie schwach werden zu lassen, allerdings hatte sie in diesem Fall ohnehin vorgehabt nachzugeben. »Quent hat es verlangt«, sagte sie.

»Quent? Er verlangt etwas? Von meiner Frau?«

»Nun, es war vielleicht auch eine Bitte. Er ist eben manchmal etwas rau in seiner Wortwahl«, nahm Shahila den Zauberer scheinbar in Schutz.

»Und was ist es, das du mir nicht sagen solltest, Liebste?«, fragte Beleran, der nicht damit aufhörte, ihren Nacken mit seinen Küssen zu verwöhnen. Wohlige Schauer liefen ihr durch den ganzen Leib, aber dafür war jetzt keine Zeit. Sie löste sich von ihm und wandte sich ihm zu. »Es geht um deine Brüder, Beleran.«

Beleran hielt inne. »Gajan und Olan?«, fragte er.

»Ich habe Quent heute Vormittag besucht. Offenbar störte ich ihn bei einem Zauber. Er war nicht sehr erfreut.«

»Was für ein Zauber?«

»Er stand in einem Kreidekreis, einem, wie du ihn mir einmal beschrieben hast.«

»Ein Sturmkreis?«

»Ja, mag sein, dass er so genannt wird. Er war sehr erschöpft, und er sagte, das Schiff, es sei möglicherweise ... in Gefahr.«

»In was für einer Gefahr?«, fragte er besorgt.

Ich muss genau abwägen, was ich ihn wissen lasse, und was nicht, dachte sie und sagte: »Ich weiß es doch nicht, und ich weiß auch nicht, warum er mich bat, es vorerst für mich zu behalten. Er murmelte etwas davon, dass er sich noch nicht sicher sei, ob es gelungen ... ach, ich verstehe diesen Mann einfach nicht«, rief sie mit einem Seufzer.

»Nun, das Meer ist immer voller Gefahren, aber wenn etwas geschehen wäre, dann könnte Quent es in Erfahrung bringen. Er versteht sich gut auf den Wind, weißt du?«, erklärte Beleran.

Er versucht wirklich, mich zu beruhigen, dachte Shahila. Aber sie war die Ruhe selbst, auch wenn sie versuchte, einen gegenteiligen Eindruck zu erwecken. »Weißt du, ich habe mich schon immer darüber gewundert, dass er von den Einladungen nichts wusste. Sie waren doch von ihm gesiegelt.«

»Tatsächlich?«, fragte Beleran.

Shahila hatte ihm damals in Taddora die Einladung gezeigt, sie wusste, dass er sich die gefälschten Siegel nicht genauer angesehen hatte. Sie hatte ihn beinahe schon nötigen müssen, wenigstens das Schreiben selbst zu lesen. Sie fügte hinzu: »Ich wollte, wir wären seinem Vorschlag gefolgt und auch mit diesem Schiff gereist, dann wüssten wir wenigstens, ob alle wohlauf sind.«

»Ach, ja, so stand es ja in den Einladungen«, meinte Beleran gedankenverloren.

Shahila lächelte. Sie hatte ihrem Gemahl noch viel zu sagen über all die seltsamen Ereignisse, die, wenn man sie aus dem richtigen Blickwinkel betrachtete, ein schlechtes Licht auf den alten Zauberer warfen, aber dafür war es noch ein wenig zu früh. Jetzt musste sie sich darum kümmern, dass der Baron sich nicht zu viele Sorgen machte, denn sie wollte ihn nicht in der Burg wissen, wenn ihr Plan zu seiner Vollendung reifte. Also sagte sie: »Quent hat wohl Recht, ich mache mir einfach zu viele Gedanken. Es ist wahrscheinlich nichts, und schon morgen werden wir darüber lachen.« Und dann umarmte sie ihren Mann und küsste ihn innig. *Wenn es so weit ist, werde ich dir die Augen schon noch öffnen,* dachte sie, *und dann wirst du sehen, was ich dich sehen lassen will.*

Als Quent wütend — wütend über den Adlatus und über sich selbst — durch die Flure zurück zu seiner Turmkammer stapfte, wurde er unerwartet aufgehalten.

»Meister Quent, auf ein Wort!«

»Graf Gidus? Verzeiht, aber das ist ein ungünstiger Augenblick.«

»Es ist wichtig, Quent, sehr wichtig.«

Der Gesandte stand im kahlen Gang, der zum Ostturm führte. Er versperrte ihn geradezu mit seiner Leibesfülle. Kalter Wind drang durch die nackten Fenster ein, die auf die Berge blickten. *Ob dieser Wind bessere Nachricht weiß?,* fragte sich Quent und blieb notgedrungen stehen. »Aber, bitte, fasst Euch kurz.«

Zu seiner Überraschung packte ihn der Graf am Ärmel und zog ihn in eine der vielen leerstehenden Kammern der Burg. »Kommt«, sagte er, »diese Wände haben Ohren, und nicht alle dienen dem Herzog von Atgath, wie ich fürchte.«

»Darf ich fragen, was dieser Unsinn zu bedeuten hat?«, polterte der Zauberer.

»Ich werde versuchen, mich kurz zu fassen, Quent. Ich halte

es für meine Pflicht, Euch über ein Gespräch zu unterrichten, das ich heute mit der Baronin von Taddora führte.«

»Belerans Frau?«

»Ich muss anerkennen, dass sie eine hervorragende Diplomatin wäre, denn was sie mir sagte, waren nichts als Andeutungen, Gerüchte, nichts, was man festhalten könnte.«

»Verzeiht, Gidus, aber für Tratsch und Klatsch habe ich keine Zeit.«

»Ich auch nicht, auch wenn es sonst mein täglich Brot ist«, sagte Brahem ob Gidus mit schwachem Lächeln. »Ich sollte Euch dennoch sagen, dass ihre zarten Andeutungen alle in eine Richtung wiesen, nämlich in Eure, Quent.«

»In meine? Inwiefern?«

»Nun, der Herzog, der keinen Besuch empfängt, die Einladungen mit Eurem Siegel, ein fremder Heiler, mit dem Ihr Euch lange unterhalten habt, das Kopfgeld auf den Schatten, das Ihr nicht aussetzen wolltet, die Ermittlungen, die Ihr Eurem Adlatus abgenommen habt; so, wie sie es schilderte, schien alles, was hier in letzter Zeit an Merkwürdigkeiten geschah, von Euch auszugehen.«

Quent starrte den Gesandten an. »Das ist Unsinn, das wisst Ihr, Gidus.«

»Natürlich, Quent, denn ich kenne Euch besser, als Ihr ahnt. Aber nicht alle in dieser Stadt kennen Euch so gut wie ich. Seid auf der Hut vor der Baronin und vergesst nicht, wessen Tochter sie ist.«

Der Zauberer schüttelte den Kopf. »Ihre Herkunft ist mir bewusst, doch gibt es auch einiges, was Ihr nicht wisst, Gidus. Gerade heute erst hat mir die Baronin in einem anderen, sehr heiklen Fall geholfen.«

»Hat sie das? Und das ganz ohne eigenen Nutzen?«, fragte der Gesandte zweifelnd.

»In der Tat. Jedenfalls vermag ich keinen Nutzen für sie in dieser Angelegenheit zu sehen. Im Gegenteil, sie hat einen Mann, der ihr freundlich gesinnt war, als gefährlichen Scharlatan entlarvt.«

Gidus runzelte die Stirn, und Quent fragte sich, ob der Gesandte vielleicht von Hamochs finsterem Treiben wusste. *Natürlich, er hat seine eigenen Ohren und Augen in der Dienerschaft*, dachte Quent plötzlich. *Wahrscheinlich spioniert er uns schon seit Jahren aus.* Der Seebund war ohne Zweifel schon aus Gewohnheit interessiert an dem, was in Atgath geschah. Er nahm sich vor, so bald wie möglich der Dienerschaft gründlich auf den Zahn zu fühlen. Auch das hatte er viel zu lange nicht mehr getan.

Jetzt sagte der Gesandte: »Und es gibt Euch nicht zu denken, dass sie einen vorgeblichen Freund so leichten Herzens ans Messer liefert?«

Quents Miene verfinsterte sich. »Glaubt mir, Gidus, ein Zauberer des neunten Ranges ist nicht leicht zu täuschen, weder von einer oramarischen Prinzessin noch von einem frialischen Gesandten. Guten Tag.« Und damit ließ er den verdutzten Grafen einfach stehen.

Es waren nur ein Dutzend Pergamente. Bahut Hamoch wog die Rollen in der Hand. Schwer waren sie nicht, und doch hatten sie ihn ins Verderben gestürzt. Zwölf Rollen Pergament, Abschriften aus verbotenen Werken der Meister des Zwielichts. Nicht alle betrafen die Erschaffung der Homunkuli, es gab andere, Andeutungen über das Erwecken von Toten, Hinweise auf die Wirkung gewisser Kräuter zur »Erweiterung des Geistes«. Hamoch betrachtete die Rollen und war drauf und dran, sie ins Feuer zu werfen. Sie hatten ihn ins Unglück gestürzt.

»Ihr seht nicht sehr glücklich aus, Meister Hamoch«, sagte eine dunkle Stimme hinter ihm.

Er fuhr erschrocken herum. Ein wahrer Hüne verdunkelte die Tür. »Wer seid Ihr?«, fragte der Adlatus.

»Rahis Almisan, Vertrauter der Baronin von Taddora, zu Euren Diensten«, sagte der Hüne. Seinem unbewegten Gesicht war nicht zu entnehmen, ob er das spöttisch meinte.

»Ich bin beschäftigt«, erwiderte Hamoch knapp.

»Die Baronin hörte von Euren Schwierigkeiten. Sie schickt mich, um zu sehen, ob ich helfen kann.« Der Hüne sah sich gelassen in dem kleinen Raum um. »Was sind das für Rollen, die Ihr so hasserfüllt anstarrt? Betreffen sie jene geheimen Künste, die meine Herrin so bewundert?«

»Verflucht sind sie, diese Rollen. Ich bin froh, wenn ich sie los bin, und glücklich, wenn Quent Gnade vor Recht ergehen lässt.«

»Er will, dass Ihr ihm diese Schriften übergebt?«

Hamoch nickte.

»Er ist gerissen, der alte Fuchs, das muss ich ihm lassen«, sagte der Rahis.

»Ich verstehe nicht ...«

Der Hüne nahm eine der Rollen zur Hand und ließ seinen Blick über die alten Zeichen schweifen. »Er bringt dieses machtvolle Wissen an sich, jetzt, da Ihr bewiesen habt, dass diese Pergamente mehr sind als sinnloses Geschreibsel. Lasst mich raten – er stellte Euch Gnade in Aussicht? Glaubt Ihr ihm das etwa? Er muss doch ebenso gut wie Ihr wissen, dass Nekromanten von den Zauberern des Seebundes keine Gnade zu erwarten haben.«

»Ich bin kein ...« Hamoch verstummte.

»Meine Herrin hat mir bereits gesagt, dass Ihr vielleicht nicht wisst, was jetzt zu tun ist. Deshalb hat sie mich gesandt, um Euch bei Eurem Kampf zu unterstützen.«

»Seid Ihr wahnsinnig? Kampf? Gegen Quent? Da könnte ich gleich mein eigenes Todesurteil unterzeichnen.«

»Ihr hört mir nicht zu, Meister Hamoch, sonst hättet Ihr begriffen, dass es schon längst unterzeichnet ist.«

Hamoch starrte den Hünen erschrocken an. Dann sank er entmutigt auf einen Schemel. »Ja, Ihr habt Recht, ich bin verloren.«

»Wenn Ihr Euch einfach so in Euer Schicksal ergebt, sicherlich, aber ein Mann, der die Bewunderung meiner Herrin erringen will, würde sich wehren.«

Hamoch schaute auf. Was erzählte dieser Mann da? Bewunderung? Sein Leben war in Gefahr, gleich, ob ihn jemand bewunderte oder nicht. Und ausgerechnet die schöne Baronin?

»Habt Ihr nicht bemerkt, wie sehr Euer scharfer Verstand sie beeindruckt, Hamoch?«, sagte der Hüne. Dann senkte er die Stimme. »Um das klarzustellen – sollte etwas Unsittliches zwischen Euch und der Baronin vorfallen und bekannt werden, würde ich Euch ohne zu zögern töten.«

Jetzt verstand Hamoch gar nichts mehr. »Aber davon war nie die Rede!«, rief er.

»Natürlich spricht sie es nicht aus, aber ein Mann wie Ihr sollte die Zeichen lesen können. Oder glaubt Ihr, sie besucht viele Männer in ihren Quartieren – ohne Leibwächter?«

»Aber das ist alles ein Irrtum, ich will gar nicht ...« Hamoch verstummte, weil ihm das alles so unwirklich erschien. Sein Leben hing am seidenen Faden, und hier stand dieser Hüne und faselte von unsittlichen Handlungen. Es war verrückt. Er straffte sich. »Sagt Eurer Herrin meinen Dank, aber ich fürchte, ich bin nicht der Mann, für den sie mich hält. Ich wäre allerdings viel lieber in ihrer Hand als in der von Nestur Quent.«

Der Rahis nahm auch das mit völligem Gleichmut hin, sagte

aber: »Habt Ihr verstanden, dass Ihr so gut wie tot seid? So wie Gajan und Olan.«

»Die Prinzen? Es gibt Nachricht von ihnen?«

»Quent hat meine Herrin heute darüber unterrichtet, dass ihr Schiff untergegangen ist, drohte ihr aber mit schlimmen Konsequenzen, falls sie jemandem davon erzählen sollte.«

»Er drohte ihr?«

»Es wird nicht lange bei Drohungen bleiben, Hamoch, bald werden Taten folgen. Dann wird der Alte alle aus dem Weg räumen, die seinen Plänen im Wege stehen. Zuerst die Prinzen und am Ende den Herzog, vielleicht auch die Baronin und mich, falls ich versuchen sollte, ihn aufzuhalten. Quent ist ein Gegner, gegen den ich mit meiner Waffenkunst allein nicht viel ausrichten kann. Ach ja, und irgendwo auf dieser Liste steht auch Euer Name, Bahut Hamoch, vermutlich schon geraume Zeit, denn Ihr seid vermutlich der Einzige, der Quents dunklen Pläne durchkreuzen kann.«

Hamoch schüttelte den Kopf. Er begriff nicht, was dieser Mann da redete und was er von ihm erwartete.

Almisan verschränkte die Arme vor der Brust und betrachtete das Häuflein Elend, das da vor ihm stand. Er fand, dass dieser Magier ein hartes Stück Arbeit war. Er war eigentlich kein Mann des Wortes, aber Shahila hatte ihm erklärt, was der Adlatus zu hören bekommen musste: »Zuerst mach ihm klar, dass er todgeweiht ist, dann sage ihm, dass Quent Übles vorhat, und da ich bezweifle, dass das ausreicht, seinen Kampfgeist zu wecken, deute ruhig an, dass auch ich in Gefahr bin sowie alle, die er kennt«, hatte sie befohlen. Und jetzt war alles gesagt, und Almisan hoffte, dass er nicht noch mehr reden musste.

Der Zauberer starrte ihn immer noch kopfschüttelnd an. »Das Schiff ist also wirklich gesunken?«, fragte er schließlich.

»Die Baronin sagte mir, dass Ihr das vorausgesehen hättet.«
Der Adlatus nickte. »Aber auch ich kann ihn nicht aufhalten. Quent ist ein Meister des neunten Ranges. Seine Kunst ist unübertroffen, ich ... bin noch nicht so weit.«
Almisan bezweifelte, dass dieser Mann *jemals* so weit sein würde. Er war auf die Verzagtheit des Zauberers vorbereitet worden, aber er hatte das Gefühl, dass er die richtigen Worte noch nicht gefunden hatte. Doch irgendetwas musste den Kampfgeist dieses Mannes doch wecken. »Das ist bedauerlich, denn ich glaube, nur Ihr könnt diese Stadt noch vor Quent retten. Meine Herrin sagte, Ihr wärt ein kluger Kopf, und dass Ihr viele Dinge erdacht hättet, an die gewöhnliche Magier niemals denken würden. Ihr sollt, so sagte sie, in der Alchemie wahrhaft Erstaunliches erreicht haben. Gibt es da nichts, was Euch bei einem Kampf helfen würde?«
Hamoch lachte bitter auf. »Meint Ihr die Homunkuli? Was er mit denen macht, habe ich heute gesehen, ermordet hat er sie, meine Kinder ...« Und er verstummte.
War es das? Almisan dachte kurz nach, dann sagte er: »Es ist schade, dass Euer Wissen nun mit Euch verloren geht. Wenn Quent keinen Nutzen darin sieht, wird er alles, was Ihr erreicht habt, ausmerzen, und dann wird all das, was Ihr in langen Jahren herausgefunden habt, wieder vergessen sein.«
»Vergessen?«, Hamoch blickte auf. »Meine Forschungen«, murmelte er, und sein Blick flackerte.
Ja, das war es. Prinzessin Shahila hatte sich getäuscht: Hamoch würde nicht für sie kämpfen, nicht für den Herzog oder die Stadt, nicht einmal für sich selbst, nein, er würde für seine Arbeit ins Feld ziehen, seine *Forschungen*. Alles andere würde er später vielleicht nutzen, um seine Taten auch vor sich selbst zu rechtfertigen, aber im Grunde interessierten ihn nur die verbotenen Früchte der Erkenntnis, an denen er genascht hatte.

»Denkt nach, man sagte mir, die Alchemie stecke voller ungeahnter Möglichkeiten«, sagte Almisan ruhig.

Die Prinzessin hatte ihm eingeschärft, dass es wichtig war, ihn von allein auf die Lösung kommen zu lassen, die sie schon lange gefunden hatten. Jetzt konnte Almisan nur hoffen, dass der Mann den richtigen Gedanken finden würde. Denn auch er, obschon ein Meister der Bruderschaft der Schatten, verspürte wenig Lust, sich mit einem so mächtigen Magier wie Quent anzulegen.

Der Blick des Adlatus ging ins Leere, dann aber ließ er die verbotenen Rollen fallen, stand auf, zog ein schmales Buch aus dem Regal und schlug es auf. »Das hier, das könnte vielleicht gehen. Es ist etwas, das ich nicht selbst herausgefunden habe, ich habe es nur verbessert, und ich weiß noch nicht, wie wir es einsetzen können, aber ...«

Almisan sah ihm über die Schulter. *Endlich!*, dachte er und rief: »Bei allen Himmeln, Meister Hamoch, das ist es! Meine Herrin hatte Recht, als sie Euren Verstand lobte.« Und er trat in gespielter Ehrfurcht einen Schritt zurück, bevor er hinzufügte: »Vielleicht erlaubt Ihr mir, Euch zu helfen, denn im Kampf bin ich erfahren, wenn auch nicht mit dieser Art Waffe.«

In den Augen des Magiers sah er jetzt fiebrige Erregung. *Endlich*, dachte er noch einmal, *endlich hat er den Kampf angenommen.*

Abseits des Jahrmarkts wurde es schnell ruhiger, und die Gassen waren beinahe menschenleer. Hinter Faran Ured schlurfte ein Straßenkehrer mit seinem Besen durch die Straße. Der Mann war ihm zuvor schon ein- oder zweimal aufgefallen. Er schien überall zu sein und war offensichtlich schwachsinnig. Ured beachtete ihn nicht weiter, denn seine Gedanken waren nach vorn gerichtet. Er wusste, wo Leutnant Aggi wohnte, und er wusste, es war Zeit, dem Mann einen Besuch abzustatten. Er fragte sich, ob es genügen würde, ihn einfach nur für eine Weile aufzuhalten. Für gewöhnlich achtete er bei seinen Unternehmungen sehr darauf, dass er niemanden töten musste, denn ein Toter weckte für seinen Geschmack immer viel zu viel Aufmerksamkeit. Aber hier war alles anders. Er war nicht freiwillig hier, man hatte ihn gezwungen, und je mehr er gezwungen war, gegen seine Überzeugung und seine Erfahrung zu handeln, desto stärker wurde die kalte Wut, die in ihm wuchs. Wenn die Arbeit erledigt war, würde er zuallererst seine Familie irgendwie in Sicherheit bringen, und danach würde er Prinz Weszen zeigen, dass er kein Mann war, der sich ungestraft zwingen ließ.

Er bog in die Weidengasse ein, die Gasse, in der das Haus der Aggis stand. Der Leutnant wohnte noch bei seiner Mutter, etwas, worüber Ured auf dem Markt milden Spott gehört hatte. Es war auch die Rede von einem älteren Bruder gewesen, doch der hatte, zum Kummer Mutter Aggis und zur Erleichterung Meister Ureds, die Stadt verlassen, um zur See zu fahren. Für Faran Ured bedeutete eine zweite Person im Haus jedoch genug Ärger. Er spazierte erst einmal an dem Haus vorbei, das sich schmal und hoch an ein Nachbarhaus lehnte und fast genau in der Mitte der Gasse lag. Er versuchte, durch die kleinen Fenster hineinzusehen, aber dahinter war es zu dunkel, und er konnte nichts erkennen. Im obersten Stock stand allerdings ein Fenster offen. Vermutlich war also jemand zuhause. Ured zögerte, weil es ihm widerstrebte, den Leutnant und vielleicht auch noch seine Mutter aus dem Weg zu schaffen. Vielleicht war es gar nicht nötig? Aber um das zu entscheiden, musste er herausfinden, was der Mann wusste.

Ein schmaler Durchgang neben dem Haus der Aggis erschien ihm vielversprechend. Er bog in die dunkle Gasse ein, um zu erkunden, ob es einen Hinterhof oder sogar einen zweiten Eingang gab. Es gab tatsächlich eine schmale Tür, vermutlich, um den Unrat in die Rinne zu kippen, die zwischen den Häusern verlief. Einen Hinterhof gab es nicht. Ured musterte das Schloss. Es stellte kein Hindernis dar. Aber zuvor wollte er wissen, was ihn drinnen erwarten würde. Er nahm seinen Trinkbeutel, ließ etwas Wasser in die Hand laufen und murmelte eine Beschwörung. Dann goss er das Wasser über die Türschwelle und legte die Finger hinein. Sofort bildete sich ein kleines Rinnsal, das unter der Tür hindurchfloss und im Inneren des Hauses verschwand. Es war recht dunkel dort, und Ured konnte kaum etwas erkennen. Er ließ das Rinnsal weiter über den Steinboden laufen und legte ein Ohr an die Tür, um zu lauschen.

Er hörte eine weibliche, verdrossene Stimme, und eine ungeduldige jüngere, vermutlich also Mutter und Sohn. Er goss etwas Wasser nach und ließ das Rinnsal weiter vordringen. Da, die Küche: In dem verzerrten Bild erkannte Ured den Leutnant, der am Küchentisch saß und etwas zu schreiben schien. Eine gebeugte, ältere Frau stand daneben, und offensichtlich war sie sehr unzufrieden mit ihrem Sohn. Soweit Ured es verstand, wollte sie ihn zu Besorgungen auf den Markt schicken, aber er weigerte sich, weil er mit Wichtigerem beschäftigt war. Daraufhin schimpfte sie ihn aus, weil ihm verdächtige Pilger und fremde Barone wichtiger waren als die eigene Mutter.

Verdächtige Pilger?, dachte Ured. *Er ist wirklich nah dran.* Er überlegte fieberhaft, wie er Aggi am unauffälligsten beseitigen konnte. Wenn er das Haus verließ, konnte es in einer stillen Seitengasse geschehen oder sogar im Gedränge des Marktes. Er könnte ihn mit einer kleinen Berührung unauffällig vergiften, so wie er es mit dem Fernhändler gemacht hatte. Selbst der Vergiftete bemerkte das Verhängnis doch erst nach einigen Sekunden, und da wäre er schon längst in der Menge verschwunden. Aber nein, die Leiche des jungen Leutnants würde zu viele Fragen aufwerfen. Es musste im Verborgenen geschehen, Teis Aggi musste verschwinden, und das ging am besten im Haus. Er lauschte weiter. Drinnen war Teis Aggi stur geblieben. Stattdessen verkündete nun seine Mutter unter allerlei Wehklagen, dass sie dann wohl eben selbst gehen müsste. Ured löste den Zauber. Er hatte genug gesehen. Wenn Mutter Aggi erst einmal aus dem Haus war, hatte er freie Bahn.

Nestur Quent spürte die Störung: Er stand im Sturmkreis, den er am Morgen auf die Dielen gezeichnet hatte, und der Wind antwortete ihm nicht. Er hatte getötet, mit Magie. Es war zwar nicht einmal absichtlich geschehen, und es hatte mit den Homunkuli Kreaturen getroffen, bei denen er sich nicht ganz sicher war, dass sie wirkliche Lebewesen waren, aber dennoch gelang es ihm nicht, den Wind zu beschwören. Zweimal hatte er ihn fast gehabt, hatte das Laub in seinen Händen schon angefangen zu wispern, aber dann war ihm die Kontrolle wieder entglitten. Die Magie verweigerte sich ihm immerhin nicht ganz, das nahm er als ein Zeichen, dass auch sie die Homunkuli offenbar nicht als richtiges Leben erachtete. Er seufzte und ging zum Schreibtisch, um ein paar der Papiere zu ordnen, die er am Morgen in aller Eile aufeinandergeschichtet hatte. Die Sterntabellen, die ihm gestern noch so wichtig gewesen waren und die er nun ansah, als hätte er sie in einem früheren Leben verfasst, lagen in wirrem Durcheinander auf dem Fußboden. Er hob sie auf und betrachtete die Zahlenkolonnen. Die Sterne konnten ihm nicht helfen. Er fragte sich, wie die Schatten diesen Zwiespalt überwanden. Ihr ganzes Leben war doch Tod durch Magie – wie schafften sie es, die Quelle ihrer Macht mit diesem

Widerspruch zu versöhnen? War es vielleicht etwas, das im Inneren des Magiers begründet lag, und nicht in der Magie selbst? »Theorie«, schnaubte er und warf die Blätter, die er eigentlich hatte ordnen wollen, ungeduldig wieder zu Boden.

Hatte Brahem ob Gidus vielleicht Recht? War die Baronin doch nicht so wohlmeinend, wie er annahm, oder spielte der listige Gesandte hier nur ein eigenes Spiel? Eigentlich hatte er selbst der Baronin auch misstraut, bis sie von Hamochs abscheulichen Taten in den Katakomben der Burg berichtet hatte. War das vielleicht wirklich nur Berechnung? Dass Beleran, dieser Träumer, mit den ganzen undurchsichtigen Geschehnissen in Atgath nichts zu tun hatte, war Quent klar. *Habe ich dieses Weib unterschätzt?*, fragte er sich. Dann schüttelte er den Kopf über sich selbst. Auch das konnte er den Wind fragen! Es war nichts, was man in der Schule des Lebendigen Odems gerne sehen würde, aber er konnte den Wind fragen, der um die Mauern der Burg wehte, der jede Gasse, jeden Winkel der Stadt durchstrich. Er würde ihm zutragen, was gesprochen wurde, und dann würde die Baronin keine Geheimnisse mehr vor ihm verbergen können. Quent blies den Staub von seinen alten Notizbüchern. Es waren viele, und er hatte sie lange nicht mehr durchgesehen. Er überflog die Zeilen, die er einst selbst in Geheimschrift verfasst hatte, denn er suchte einen bestimmten, schwierigen Zauber. Ihm war klar geworden, dass es nicht reichte, den Wind berichten zu lassen, er musste selbst hören, was gesprochen wurde. Schließlich fand er, was er suchte. Murmelnd überflog er die Zeilen. Wie viel er doch vergessen hatte!

Er begann, frisches Laub auszuwählen, aber dann hielt er inne. Von dem, was in der Burg, in der Kammer der Baronin gesprochen wurde, würde er nichts hören, es sei denn, sie war so närrisch, ein Fenster zu öffnen – das hatte er nicht bedacht.

Dann schüttelte er den Kopf: Irgendwo stand doch immer eine Tür oder ein Fenster offen, und der Wind drang selbst durch kleinste Ritzen, wenn er richtig geführt wurde. Ein schwieriger Zauber, ein Zauber, für den ein einfacher Sturmkreis nicht reichte. Aber da die Magie ihm im Augenblick ohnehin nicht gewogen war, hatte er genug Zeit, den Spruch gründlich vorzubereiten. »Dreifacher Kreis und doppelte Zeichen«, murmelte er, nahm die Kreide und begann, den Boden dicht mit Zeichen zu beschreiben.

»Du solltest einen Schritt zurücktreten«, sagte Marberic schließlich und erhob sich.

Sahif gehorchte, ohne zu fragen. Er hatte dem Mahr ungeduldig zugesehen, wie er in sich selbst versunken vor sich hinmurmelte, und jetzt, endlich, war es wohl so weit, und sie konnten die Wand, die ihren Weg blockierte, beseitigen.

»Noch weiter«, riet Marberic freundlich.

Als Sahif dreißig Schritt entfernt war, hörte er einen einzelnen knirschenden Laut, einen Ruf in der Mahrsprache. Für einen Augenblick geschah nichts, dann lief ein leises Knistern durch den Stein, und nicht nur durch den Stein: Sahif war, als würde es auch durch seinen Körper laufen. Sämtliche Haare standen ihm zu Berge, er fühlte sich plötzlich schwach und hatte Schwierigkeiten zu atmen, dann ertönte ein lautes, trockenes Knacken, scharf wie ein Knall. Es raubte ihm kurz die Luft, und er sackte auf die Knie. Er hatte ein Gefühl, als würde jeder Knochen in seinem Leib ganz langsam zersplittern. Der Schmerz war erst schwach, dann wurde er stärker und stärker, aber dann war er plötzlich weg. Sahif blinzelte und sah in das besorgte Gesicht Marberics. Der ganze Gang war dick mit Staub gefüllt. Er konnte keine fünf Schritte weit sehen.

»Weiter«, sagte der Mahr.

Sahif hustete und nickte, auch wenn er keine Ahnung hatte, was hier vorging. Er kam wieder auf die Beine, das schreckliche Gefühl in seinen Knochen war fort, auch die Schwäche und die Atemnot wichen. Als er das Hindernis erreichte, sah er die Veränderung: Die Wand war zusammengestürzt, und Marberic war dabei, das Geröll mit fliegenden Händen zur Seite zu räumen. Erst jetzt sah Sahif, dass die Wand viele Schritte dick gewesen war. Der Mahr hatte einen Durchgang geschaffen, kaum groß genug für einen Menschen, und der massive Fels war offensichtlich zu dem Staub pulverisiert worden, der Sahif das Atmen schwermachte.

»Wie hast du das gemacht?«, fragte er hustend.

»Die Zeit schleift selbst den härtesten Stein«, erwiderte der Mahr und kroch in den kurzen Tunnel.

Sahif kroch hustend hinterher und fand sich schließlich in einem niedrigen Gang wieder, der kaum zwanzig Schritte weiter vor gemauerten Quadern aus dunklem Granit endete.

»Mahratgath«, sagte Marberic, strich beinahe zärtlich über die Blöcke und klang stolz.

»Ich sehe da nur eine Mauer«, erwiderte Sahif düster. »Kannst du uns da auch hindurchzaubern?«

»Jetzt nicht«, sagte der Mahr, eine Hand immer noch an der Mauer.

»Und warum nicht?«, fragte Sahif stöhnend.

»Es sind Menschen auf der anderen Seite. Viele Füße.«

»Und Ihr seid sicher, dass uns dieser Weg zum Ostturm führt?«, fragte Almisan noch einmal.

Der Adlatus nickte und leuchtete mit seiner Lampe die Wand ab. »Hier kommt so gut wie nie jemand her. Das ist der älteste Teil der Burg. Seht Euch die Steine an, fugenlos gemauert. Es heißt, die Mahre selbst hätten sie ineinandergefügt.«

»Faszinierend«, sagte Almisan, mäßig beeindruckt.

»Das Gute ist, dass wir hier an einem Teil des Arsenals vorüberkommen, der meist gemieden wird. Ihr versteht sicher, weshalb.«

»Ich verstehe vor allem, dass die Wachen in dieser Stadt ihre Aufgabe nicht sehr ernst nehmen. Aber das kann uns nur recht sein«, meinte der Rahis gleichmütig. Er drehte sich um. Hinter ihm gingen fünf der Homunkuli des Adlatus im Gänsemarsch. Einen hatten sie zurücklassen müssen, weil er krank war, wie Hamoch es ausdrückte. Almisan nahm an, dass der Mann sich nicht eingestehen wollte, dass das Leben seines kleinen Geschöpfs dem Ende entgegenging, aber er erkannte den Tod, wenn er ihn sah. Esara, die Dienerin des Zauberers, folgte mit der zweiten Laterne am Schluss.

Ein seltsamer Zug, dachte Almisan. *Ein feiger Zauberer, eine vertrocknete Vettel und fünf kindsgroße Wesen fordern den mächtigen Nestur Quent heraus.* Wie er die Sache sah, konnten sie froh sein, dass da noch ein Schatten war, der sie anführte.

»Hier, hier ist es«, rief der Adlatus leise und wies auf einen Seitengang. Er spähte um die Ecke und schreckte zurück.

»Was habt Ihr?«, fragte Almisan.

»Eine Wache. Sonst steht dort nie jemand, wirklich. Ich fürchte, wir müssen uns etwas anderes überlegen. Sie werden uns kaum glauben, wenn wir erklären, was wir vorhaben. Sie werden Fragen stellen, es melden, und dann wird Meister Quent es erfahren, und wir wären verloren.«

Almisan schob den Zauberer wortlos zur Seite und verschaffte sich selbst einen Überblick. Ein gutes Stück weiter hinten im Gang saßen zwei Männer im Schein einer Laterne bei einem Kartenspiel. Hinter ihnen wartete eine mit mehreren

Riegeln gesicherte Holzpforte. Diese Männer hielt Hamoch für ein Hindernis? Almisan bekam immer größere Zweifel, dass der Zauberer der Aufgabe gewachsen war.

»Wartet hier – und lasst Euch nicht sehen«, sagte er leise.

»Sollen wir unsere Lampen nicht besser löschen?«

Almisan zuckte mit den Schultern. Die Soldaten konnten das schwache Licht unmöglich sehen, solange sie selbst so dicht unter der Lampe saßen. Dann flüsterte er: »Geht einfach ein paar Schritte zurück und haltet Ruhe, das genügt.«

Der Zauberer nickte und gehorchte.

Rahis Almisan war zufrieden, denn so hatte er sichergestellt, dass Hamoch nichts sah, was er nicht sehen sollte. Er trat um die Ecke und flüsterte das Wort, das den Schatten weckte. Er erschien und verhüllte mit samtener Dunkelheit seine Gestalt, machte ihn zu einem Teil des Ganges, dämpfte sogar den Klang seiner Schritte. Almisan schlich voran und zog den Dolch. Er glitt an den beiden Männern vorüber. Sie spielten ziemlich lustlos und murmelten einige halblaute Bemerkungen, beides Ausdruck großer Langeweile. *Vielleicht sollten sie um Geld spielen*, dachte Almisan, *das würde den Reiz erhöhen.*

Er schlich bis zur nächsten Abzweigung, sah sich um und lauschte, und erst, als er sicher war, dass die beiden Wachen wirklich ganz alleine hier unten waren, kehrte er zu ihnen zurück. *Die Kunst*, dachte er, *ist es, die Magie nur zu nutzen, um die Tat vorzubereiten.* Er ließ den Schatten fallen und schnitt dem Mann, der vor ihm saß, mit einer schnellen Bewegung die Kehle durch. Das helle Blut spritzte auf die Karten. Der andere sprang auf und öffnete den Mund. Er kam nicht mehr zum Schreien. Als er zu Boden glitt, wischte Almisan bereits seinen Dolch am ersten Toten ab. Er stieß einen leisen Pfiff aus. Der Adlatus lugte erst um die Ecke, dann hastete er voran.

Für einen Nekromanten ist er ziemlich empfindlich, dachte Almisan, als er das entsetzte Gesicht des Zauberers sah.

»Ihr habt sie getötet!«

»Nun, wie Ihr schon gesagt habt, sie hätten uns unsere Erklärungen kaum geglaubt.«

»Aber sie taten doch hier nur ihre Pflicht.«

»Manchmal sind unschuldige Opfer unvermeidlich, Hamoch. Ihr hattet schon Recht, sie hätten es gemeldet, und dann wäre unser Vorhaben gescheitert. Schreibt sie auf Quents Rechnung, denn letztlich ist er mit seiner finsteren Verschwörung an ihrem Tod Schuld.«

Der Adlatus starrte ihn verwirrt an, dann nickte er. »Habt Ihr ... habt Ihr die Schlüssel, Rahis?«, fragte er stotternd.

Almisan verzog immer noch keine Miene, aber er deutete auf den Haken, an dem, deutlich sichtbar, der Schlüsselbund baumelte. Natürlich hätte er nur Sekunden gebraucht, um diese Tür auch ohne Schlüssel zu öffnen, aber er hielt es für klüger, Meister Hamoch noch ein wenig im Unklaren über den Umfang seiner Fähigkeiten zu lassen.

Der Zauberer schloss mit fahrigen Händen die Pforte auf.

»Finden wir hier, was wir brauchen?«, fragte Almisan.

»Mehr als genug«, sagte Hamoch, und ein unsicheres Grinsen irrlichterte über sein Gesicht. Die Homunkuli tappten einer nach dem anderen in die Kammer, und jeder kehrte mit einem kleinen, aber schweren Holzfässchen zurück.

»Schwarzes Pulver. Sehr mächtig«, sagte Hamoch, der nervös die Hände aneinanderrieb.

Almisan schnaubte verächtlich. Natürlich, Quent war ein Meister des neunten Ranges, das erforderte außergewöhnliche Maßnahmen, aber für seinen Geschmack war dieses Sprengpulver zu laut und zu plump, keine Waffe, die ein Schatten sonst verwenden würde.

»Seid vorsichtig mit der Lampe«, mahnte er Esara. Er sah die fiebrige Erregung in ihrem Blick und war jetzt froh, dass sie dabei war, denn sie würde die Sache wohl eher zu Ende bringen als ihr wankelmütiger Herr.

Faran Ured war ein geduldiger Mann, aber Mutter Aggi stellte seinen Langmut auf eine harte Probe. Er hatte genau gehört, wie sie ankündigte, »jetzt« zum Markt zu gehen, aber offenbar war »jetzt« für sie ein äußerst dehnbarer Begriff. Dann endlich geschah es doch, und er hörte die Eingangstür des schmalen Hauses. Das Schloss wurde umständlich aufgesperrt, dann wurde die Tür knarrend langsam geschlossen, und die Frau murrte darüber, dass sich ein bestimmter Jemand doch um die Türangeln hatte kümmern wollen. Sie ließ die Tür, um es zu unterstreichen, noch zweimal auf- und zuschwingen. Ured hörte die Angeln quietschen und mahnte sich zur Geduld. Endlich schlurften ihre Schritte langsam über das Pflaster davon. Der Weg war frei, aber Ured zögerte. Seine Nackenhaare stellten sich auf, ein Zeichen, dass irgendetwas nicht stimmte.

Er fuhr herum. Am anderen Ende des dunklen Durchgangs stand ein Mann, der mit einer Armbrust auf ihn zielte. Ein zweiter Mann stand dicht hinter ihm und hielt ihm offensichtlich den Rücken frei. Ured unterdrückte einen Fluch und ergriff die Flucht. Aber bevor er die Weidengasse erreichte, tauchten von dort drei Männer auf und versperrten ihm den Weg. Er blieb stehen, hörte ein sirrendes Geräusch, und dann durchzuckte ein stechender Schmerz sein linkes Bein. Ungläubig starrte er nach unten: Ein Armbrustbolzen steckte in seinem Oberschenkel. Ächzend ging er in die Knie. Als er aufblickte, sah er im Halbdunkeln in ein Gesicht, das ihm vertraut erschien, nur dass er es bis dahin immer mit einem Besen und nicht mit einem Messer in Verbindung gebracht hatte.

»Sieh an, wen wir hier haben«, höhnte der Straßenkehrer und hielt ihm die Klinge an die Kehle.

Ein weiterer Mann stand grinsend hinter ihm, ein Schwert in der Hand. »Sicher, dass er das war, Reisig? Der trägt keine Zauberzeichen«, meinte er.

Statt einer Antwort spuckte Reisig nur aus und nickte.

»Was wollt ihr von mir? Ihr müsst mich mit jemandem verwechseln«, stieß Ured hervor. Er musste Zeit gewinnen.

»Ich hab dich gesehen. Du hast unseren Eingang verhext. Und nun wirst du ihn wieder öffnen«, zischte der Straßenkehrer.

»Eingang, was für ein Eingang?«, stammelte Ured und überlegte fieberhaft, wie er sich hier herauswinden könnte.

»Den Zugang zu unseren geheimen Wegen unter der Stadt. Ich hab dich in unserem Hof gesehen, Mann«, sagte Reisig und ritzte mit dem Messer die Haut an Ureds Kehle.

»Und du hast zwei unserer Männer getötet. Im Wald der Riesenbuchen«, zischte der Mann an seiner Seite.

Ein spitzer Schrei unterbrach ihn. Vor dem schmalen Gang standen zwei junge Frauen. Sie hatten die kleine Gruppe bemerkt, und eine von ihnen schrie noch einmal hell auf. »Leutnant Aggi! Leutnant Aggi! Zu Hilfe!«, rief eine der jungen Frauen laut.

»Verdammt!«, fluchte der Straßenkehrer und stieß Ured zu Boden. Für einen Augenblick war es unwirklich still, aber dann waren schnelle Schritte zu hören.

»Verdammt!«, fluchte Reisig noch einmal.

»Stehenbleiben!«, forderte eine helle Stimme. Ein Mann mit einem Schwert war im Zugang aufgetaucht. »Hier sind sie, Männer, schnappt sie Euch!«, rief er.

»Die Wache! Weg hier!«, rief der Begleiter des Straßenkehrers und rannte schon.

»Wir sehen uns wieder«, zischte Reisig und folgte seinen Kumpanen.

Ured sank stöhnend zusammen. Eine Hand legte sich auf seine Schulter. »Alles in Ordnung?«, fragte die Stimme. Es war Teis Aggi, aber er machte keine Anstalten, die beiden Männer zu verfolgen. »Bei allen Himmeln, Ihr seid verletzt«, rief er.

Ured blickte auf den Bolzen. Der Schmerz war höllisch. »Sieht schlimmer aus, als es ist«, murmelte er.

»Sagt, war das nicht Reisig, der Straßenkehrer?«, fragte der Leutnant und starrte auf den leeren Durchgang.

»Der Straßenkehrer? Nein, ich glaube nicht«, meinte Ured, der kein Interesse daran hatte, dass jemand, der ihn, wenn auch aus den falschen Gründen, für einen Zauberer hielt, verhaftet wurde. Wo blieben eigentlich die Wachen, nach denen der Leutnant gerufen hatte?

»Könnt Ihr aufstehen? Ich werde zum Feldscher schicken.«

»Lasst nur, ich verstehe mich selbst ein wenig auf Heilkunst, wie Ihr wisst, Leutnant. Wenn ich nur etwas heißes Wasser bekommen könnte«, sagte Ured und betastete das Bein. Es schien nur eine Fleischwunde zu sein. Dennoch, das würde einige Augenblicke dauern. Er konnte ein Stöhnen nicht unterdrücken. »Vielleicht können Eure Männer mir in das nächste Haus helfen. Das wäre schon eine Hilfe.«

»Meine Männer?«

»Ihr habt ihnen doch eben Befehle zugerufen.«

Der Leutnant grinste dünn. »Es erschien mir angebracht, den Feind über meine wahre Stärke im Unklaren zu lassen.«

»Gerissen, Leutnant Aggi, das muss ich schon sagen«, stieß Ured hervor. Er hatte beim Kampf in der Taverne gesehen, dass der Leutnant mit einem Schwert umzugehen verstand, auch wenn er auf den ersten Blick wirkte, als wisse er es kaum zu halten. *Er tut nur so harmlos,* dachte Ured. Und offenbar war der junge Mann auch so klug, sich nicht nur auf sein Schwert zu verlassen, nein, er verstand es auch, einen Sieg mit List zu erringen.

»Was ist denn hier geschehen?«, fragte der Leutnant.

Ured sah ihm an, dass sein Misstrauen schon wieder erwacht war, und er ärgerte sich, dass diese Männer, die ihm so tapfer aufgelauert hatten, vor einem einzelnen Mann und ein paar erfundenen Kameraden Reißaus genommen hatten. *Sie haben sich übertölpeln lassen,* dachte er grimmig, *und jetzt ist es wieder an mir, ihn zu erledigen.*

Ein heißes Brennen durchlief die Wunde. Ein Zeichen, dass die Heilung schon einsetzte. Er stöhnte noch einmal, dieses Mal eher, um Mitleid zu erregen, und sagte dann: »Es ist mir ein wenig unangenehm, aber ich kam vom Marktplatz und spürte ein gewisses menschliches Bedürfnis. Da sah ich diese dunkle Gasse und dachte ...«

»Ihr wolltet meiner Mutter ans Haus pissen?«

»So könntet Ihr es ausdrücken.«

»Und dann wurdet Ihr überfallen?«

Ured nickte wieder. Der Leutnant bot ihm einen Arm zur Hilfe. Er nahm ihn dankbar an.

»Ein sehr unwahrscheinlicher Ort für einen Überfall«, meinte Aggi.

»Das Unglück findet auch die verstecktesten Winkel«, erwiderte Ured mit vor Schmerz zusammengebissenen Zähnen.

»Mitten in der Stadt, am helllichten Tag? Sehr seltsam. Und dass diese Männer ausgerechnet Euch in dieser Gasse auflauerten, war vermutlich auch nur ein unglücklicher Zufall, wie?«, fragte Aggi.

Der Leutnant war wirklich nicht dumm, und Ured stöhnte, denn wenn Aggi ihn für verletzt hielt, würde er wohl weniger Vorsicht walten lassen. »Das Leben folgt seltsamen Pfaden, Leutnant«, keuchte er dann die nächste Binsenweisheit hervor, die ihm einfiel. Der Bolzen in seinem Oberschenkel brannte wie Feuer, und er verstellte sich nicht, als er sich vor Schmerz krümmte.

»Nun, kommt erst einmal in unser Haus, ich will mir die Wunde ansehen«, sagte Aggi und legte den Arm um ihn.

Jetzt!, dachte Ured, und seine Hand wanderte zum Messer. Aber dann sah er, dass die beiden jungen Frauen immer noch dort standen und die Szene mit schreckgeweiteten Augen beobachteten. Als Teis Aggi ihre Befürchtungen zerstreut hatte, die Angreifer könnten noch irgendwo dort lauern, wurden sie ausgesprochen hilfsbereit und halfen Faran Ured ins Haus.

Die beiden Helferinnen — es waren offensichtlich Schwestern — brachten Ured in die Küche und waren wirklich sehr um ihn bemüht. Er brauchte eine Weile, bis er bemerkte, dass sie nicht um seinetwillen im Hause Aggi bleiben wollten: Es war der Leutnant, der es ihnen angetan hatte, der Leutnant, der leider so klug war, und der sich nun entschuldigte, weil er auf der Gasse einen Boten suchen wollte, der ein paar Soldaten herrief. »Jemand muss diesen Gesetzlosen folgen, auch wenn sie sich vielleicht schon in alle Winde zerstreut haben«, sagte er.

Aber Ured wusste, dass er nicht mehr viel Zeit hatte. Bald würden weitere Soldaten hier sein, und nicht nur wegen der Räuber. Nein, der Leutnant war kein so geübter Lügner wie er selbst, er hatte vor, ihn festzunehmen. Vorsichtig betastete er den Bolzen in seinem Oberschenkel. Er versuchte, ihn langsam zu lösen, aber er spürte, dass das Geschoss mit Widerhaken versehen war. Er würde ihn herausschneiden müssen. Sein Körper versuchte bereits, sich selbst zu heilen, und der Schmerz brannte in der Wunde, die sich nicht schließen konnte.

»Wollt Ihr vielleicht einen Tee?«, fragte eine der jungen

Frauen fürsorglich. »Ich bin sicher, Mutter Aggi hätte nichts dagegen.«

»Nein, ich danke Euch«, erwiderte Ured freundlich, »aber seid so gut, und macht bitte etwas Wasser für mich heiß, denn ich muss die Wunde reinigen. Und seht, ob Ihr nicht ein sauberes, schmales Messer findet. Und vielleicht könntet Ihr mir auch meinen Rucksack reichen, den der Leutnant dort drüben abgestellt hat. Er enthält einige Kräuter, die mir jetzt sehr helfen würden.« Das stimmte tatsächlich. Aber nicht alle waren Heilkräuter, einige waren ausgesprochen tödlich, und die waren es, die er nun brauchte. Wenn es nicht anders ging, musste es eben mit Gift erledigt werden. Erst jetzt fiel sein Auge auf ein Pergament, das auf dem Küchentisch lag. Er konnte die unruhige Schrift des Leutnants kaum lesen, aber er las mehrfach seinen Namen, immer unterstrichen, und in vielen anderen Zeilen stand das Wort »Baronin«.

Die junge Frau war erfreut, ihm helfen zu können, und erzählte ihm, dass Mutter Aggi immer einen Kessel auf dem Feuer hatte, wie es in Atgath Brauch war, wo man doch stets einen Tee für Besuch bereithielt. Sie brachte ihm eine irdene Schüssel und stellte sie genau auf das Pergament, aber Ured hatte genug gesehen. Die andere besorgte das Messer, reinigte es umständlich, redete viel zu schnell für Ureds Ohren über den Jahrmarkt und füllte schließlich das heiße Wasser in das Gefäß. Ured dankte der Frau freundlich für ihre Hilfe und erinnerte sie an den Beutel. Sie war arglos und hilfsbereit, ebenso wie ihre Schwester, aber darauf konnte Ured keine Rücksicht nehmen. *Am leichtesten geht es im Tee, sie werden gar nichts merken,* dachte er und wusste doch, dass ein dreifacher Mord viel zu viel Aufsehen erregen würde. Teis Aggi hatte inzwischen einen Boten gefunden. Jetzt stand er den Schwestern im Weg und verzog sich schließlich in den kurzen Flur, wo er zwischen

Haustür und Küche unruhig auf und ab lief. Ured musste sich schnell etwas einfallen lassen.

Doch zuerst musste er seine Wunde versorgen. Der Schmerz wurde schlimmer, und ihm wurde klar, dass er für das sorgfältige Aufschneiden der Wunde keine Zeit hatte, denn dafür hätte er unbeobachtet sein müssen. Er bat eine der beiden Frauen, doch nach dem Leutnant zu sehen, der so allein an der Tür stand, ein Wunsch, dem sie nur zu gerne nachkam, die andere beschäftigte er, indem er sie fragte, ob sie nicht vielleicht doch einen Tee zubereiten könne. Und als sie sich am Herd zu schaffen machte, ihm den Rücken zuwandte und recht unbescheiden ihre eigenen Qualitäten in der Küche lobte, schritt Faran Ured kurz entschlossen zur Tat: Er setzte das Messer an die Wunde, öffnete sie ein wenig, um den zu erwartenden Schmerz auf ein erträgliches Maß zu reduzieren, und riss dann den Bolzen mit einer einzigen schnellen Bewegung heraus. Es war, als würde ihm das Bein abgerissen, und der Schmerz verschlug ihm den Atem. Ein dunkler Schwall Blut schoss aus der Wunde, und Ured wurde schwarz vor Augen. Als er die Augen wieder öffnete, sah er das Mädchen vor sich knien, sie drückte ihre Schürze auf die Wunde, und ihre Hände waren blutverschmiert. Ured ächzte.

»Was macht Ihr denn?«, fragte die junge Frau, und ihr Blick war warm, freundlich und besorgt.

»Der Bolzen war gar nicht tief drinnen, und ich dachte ...«

»Ihr könntet verbluten«, unterbrach sie ihn.

Er spürte, dass ihre Sorge echt war. Er war drauf und dran, sie nach ihrem Namen zu fragen, um ihr seinen Dank zu sagen, aber dann ließ er es und bat sie stattdessen, ihm doch endlich seine Tasche mit den Kräutern zu geben. Er wollte gar nicht wissen, wie diejenigen hießen, die er doch töten musste.

»Und du willst mich wieder nicht begleiten?«, fragte Beleran. »Ich bin sicher, die Atgather wären hocherfreut. Sie kennen dich doch gar nicht, und es wäre mir wichtig, dich an meiner Seite zu wissen, Shahila«, fügte er hinzu.

Er wirkte zerstreut, und Shahila wusste, dass er sich Gedanken um seine Brüder machte. Er hatte sogar einen Diener zu Quent geschickt, um den Zauberer um eine Unterredung zu bitten. Es hatte Shahila drei Silbergroschen gekostet, den Mann mit der Meldung zurückkehren zu lassen, dass der Zauberer derzeit nicht zu sprechen sei – etwas, das Beleran sichtlich irritierte. *Es trägt Früchte,* dachte sie, *Beleran beginnt, an dem Alten zu zweifeln.* »Ich gehe morgen mit, versprochen. Du weißt, ich mache mir nichts aus diesem Trubel.«

Er seufzte. »Glaubst du denn, mir macht es Freude? Weißt du, ganz in der Nähe der Stadt gibt es einen Hain von Riesenbuchen. Ich wäre lieber dort, mit dir, ganz allein unter den mächtigen Baumkronen, und würde dir die herbstlich stille Schönheit unserer Berge und Wälder zeigen. Ich könnte mein Leben unter diesen herrlichen Bäumen verbringen – solange du an meiner Seite bist. Aber ich muss nun einmal meinen Bruder vertreten. Auch wenn Hado mich nicht sehen will, so kenne ich doch meine Pflicht.«

»Nun, Liebster, es ist Quent, der sagt, dass dein Bruder uns nicht sehen will.«

Aber Beleran hatte sie wohl nicht gehört. Er öffnete ein Fenster und blickte hinaus. Aus der Stadt wehte der Lärm des Jahrmarktes heran. »Ich habe mich sehr gefreut, hierherzukommen, noch einmal die Gassen meiner Jugend zu durchstreifen, auf den Jahrmarkt zu gehen wie früher, als ich noch ein staunendes Kind war, aber irgendwie hat sich alles verändert. Es ist mir fremd geworden, und ich glaube, es ist deine Schuld.« Er lächelte, als er das sagte. »Ich weiß, unsere kleine

Baronie macht nicht viel her, aber für mich ist sie schon Heimat geworden, durch dich, Shahila.«

Shahila blickte zu Boden. Seine naive Zuneigung überraschte sie immer wieder.

Jetzt sagte er: »Was würdest du eigentlich davon halten, wenn wir auch in Taddora so ein jährliches Fest einführten? Kleiner natürlich, aber einfach etwas, worauf sich die Leute freuen.«

»Wenn *wir* so etwas einführen, geht vielleicht niemand hin, Liebster. Du magst dich dort heimisch fühlen, aber ich fürchte, uns werden sie bis ans Ende unserer Tage als Fremde betrachten.«

»Ach, mit der Zeit werden sie sich schon an uns gewöhnen. Wirklich, ich kann es mir vorstellen, ein kleines Fest an der Küste, im Spätsommer, wenn die Heide blüht. Und statt der Faust- und Ringkämpfe machen wir einen Wettbewerb im Schafscheren. Ich glaube, da macht unseren Taddorern so schnell keiner was vor.« Beleran musste selbst über seinen Einfall lachen, und Shahila stimmte mit ein. Er wandte sich ihr zu und umarmte sie. »Ich weiß, du bist die Tochter eines mächtigen Herrschers, und ich nehme an, du hattest mehr Diener und Sklaven, als es in Taddora Schafe gibt, aber dieses kleine Stück Land gehört uns, und ich freue mich darauf, mit dir dort alt zu werden und zu sehen, wie es wächst und gedeiht, Liebste.«

Shahila errötete. *Er meint es tatsächlich ernst.* Sie spürte seine sanften Hände, seine zarte Umarmung, und fühlte sich in seinen Armen plötzlich wohl und geborgen. Für einen Augenblick stand die Welt still. War es möglich, dass sie auf diesem armseligen Stück Küste gemeinsam alt und glücklich wurden? Aber dann dachte sie an ihre Mutter, wie sie einst an dieser Säule im Palast von Elagir gestanden hatte und vor aller Augen ausgepeitscht worden war. Auch sie hatte einmal den schönen Worten ihres Mannes geglaubt. Sie schob den Baron sanft zurück und sagte mit einem verlegenen Lächeln: »Schafe schert man nicht im Spätsommer, Liebster. Und nun geh, die Kämpfe gehen weiter, und die Atgather sollten wenigstens einen der herzoglichen Prinzen auf dem Markt sehen.«

Als Beleran ging, bemerkte Shahila, dass sie zitterte. Sie schloss das Fenster, aber das Zittern blieb. Sie schüttelte den Kopf. Es war ohnehin zu spät. Die Saat war schon lange ausgebracht, und jetzt war die Stunde der Ernte gekommen.

Es war nur ein leises Knirschen zu hören, dann bewegte sich der schwere Quader. Marberic legte die Hand auf den nächsten, murmelte etwas in der Mahrsprache, und auch dieser Block begann sich zu bewegen. Sahif sah staunend zu, wie sich die zentnerschweren Blöcke so leicht verschoben, als seien sie Federn.

»Unglaublich«, murmelte er.

»Mahre machen diese Steine, Mahre können sie bewegen«, sagte Marberic trocken.

»Und Mahre können sie schweben lassen«, stellte Sahif beeindruckt fest.

In der Tat schienen die Steine in der Luft zu verharren. Marberic zuckte mit den Achseln und schob die Steine mit der Hand noch ein Stückchen auseinander, so dass sie hindurchgehen konnten. Sahif folgte ihm. Er konnte der Versuchung nicht widerstehen und legte eine Hand an einen der schwebenden Blöcke. Er drückte, strengte sich an, aber der Block rührte sich keinen Fingerbreit.

»Mahre haben diese Steine gemacht, nicht Menschen«, meinte Marberic mit einem flüchtigen, aber sehr zufrieden wirkenden Grinsen.

Sahif nickte. Seine Achtung vor der Magie dieser Bergwesen wuchs Stunde um Stunde. »Wohin jetzt?«, fragte er.

Zu beiden Seiten erstreckte sich ein langer, finsterer Gang. Keine der beiden Richtungen sah besonders einladend aus.

Der Mahr legte ein Ohr an die Wand und lauschte. »Dort entlang«, sagte er schließlich und wies nach links. »Schnell.«

»Was hast du gehört?«, fragte Sahif, als sie den Gang entlanghasteten.

»Grams Tochter. Sie stirbt.«

Ela Grams spürte eine bleierne Müdigkeit. Sie lag festgeschnallt auf diesem blutgetränkten Tisch und hörte das leise *Pling, Pling,* mit dem das Leben aus ihren Adern tropfte. Sie wollte nicht einschlafen, sie wusste, wenn sie jetzt einschlief, dann würde es für immer sein, und was würde dann aus Stig und Asgo werden? Und was aus ihrem Vater? Nein, sie durfte nicht sterben. Also kämpfte sie, sie kämpfte einen stummen, verzweifelten Kampf gegen diese tiefe Müdigkeit, die sie in das Reich des Todes locken wollte. Die Augen fielen ihr zu, sie riss sie wieder auf. Sie versuchte, den Knebel aus dem Mund zu drücken, denn wenn sie nur laut genug schrie, dann musste doch jemand kommen und sie retten, aber der Knebel rührte sich nicht. *Warum hat Esara mich nicht gehen lassen?*, fragte sie sich. *Was habe ich ihr getan, dass sie mich so hasst?* Die Augen fielen ihr wieder zu, und es kostete sie viel Kraft, sie erneut zu öffnen. Es wäre aber doch so einfach, so schmerzlos, auf diese Weise zu gehen. War es nicht das, was sie immer gewollt hatte, einfach fortgehen? Was hatte sie schon zu verlieren? Ein Leben in Armut, einen trunksüchtigen Vater.

Stig und Asgo, dachte sie, *ich darf sie nicht im Stich lassen.* Für eine Weile hielt sie dieser Gedanke wach, dann spürte sie wieder die Schwere ihrer Lider, die sich Stück für Stück schließen wollten. Sie gab nach. *Nur einen Augenblick, nur, um Kraft zu schöpfen,* dachte sie und wehrte sich nicht länger. Asgo war doch schon ein halber Fischer, er würde Ria Hegget heiraten und war versorgt. Und Stig war zwar verträumt, aber nicht dumm. Meister Dorn würde ihn sicher aufnehmen. Und ihr Vater? Nun, der sollte eben sehen, wo er blieb, wenn niemand mehr da war, der all die Unordnung aufräumte, die er anrichtete. Warum sollte sie sich also länger gegen diese tiefe Müdigkeit wehren? Der Schlaf umfing sie, und der Tod, der mit dem Schlaf wartete, breitete freundlich die Arme aus. Ein Geräusch drang an ihr Ohr. Sie öffnete widerwillig die Augen.

Die Tür stand offen und ein Homunkulus war an den Tisch getreten. Er stand einfach da und starrte sie mit seinen zu großen, blassblauen Augen stumm an. Sie stöhnte gegen ihren Knebel an, bat mit flehenden Blicken, aber er rührte keinen Finger. Sie erkannte ihn. Es war jener, der hinkte, der, von dem Esara gesagt hatte, dass es bald mit ihm zu Ende gehe. Ilep, so hatte ihn der Adlatus getauft. Sie versuchte, ihn beim Namen zu rufen, aber der Knebel erstickte den schwachen Versuch. Sie sah Schweißperlen auf dem glatten, haarlosen Kopf. Dann schnaufte der Homunkulus, wandte sich ab und hinkte davon.

»*Warte*«, wollte sie ihm hinterherrufen, denn vielleicht konnte sie ihn doch irgendwie dazu bringen, ihr zu helfen. Aber auch dieser Ruf erstickte in dem alten Lappen, den Esara ihr in den Mund gestopft hatte. Sie schloss die Augen wieder. Für einen Augenblick hatte sie Hoffnung geschöpft, aber Hoffnung worauf? Auf ein Leben in der Köhlerhütte? Nein, es war vorbei. Sie hörte etwas, gedämpften Lärm, einen hohen Schrei, aber der kam von sehr weit weg, von einem Ort, der sie nichts mehr anging.

Der Tee stand auf dem Tisch. Darin sah Faran Ured verschiedene düstere Möglichkeiten, die er gegeneinander abwog, während er damit beschäftigt war, die beiden jungen Frauen von seiner Wunde fernzuhalten. Viel Zeit würde ihm nicht mehr bleiben: Die Soldaten, nach denen Aggi geschickt hatte, mussten bald hier sein. »Es ist wirklich nichts«, beteuerte er, aber das war gelogen. Der Schmerz wütete in seinem Bein, ein weiteres Zeichen, dass das Geschenk der Mahre seine Arbeit tat. Die Blutung hatte aufgehört, und wenn er die beiden besorgten Frauen den Verband wechseln ließ, würden sie feststellen, dass sich die Wunde bereits geschlossen hatte. Sie schnatterten aufgeregt, und er wusste, es würde zu schwierig werden, ihnen die Erinnerung an diese Ereignisse zu nehmen. Es war eine Sache, jemanden etwas völlig Belangloses vergessen zu lassen, aber je tiefer die Eindrücke waren, desto schwieriger war es, sie auszulöschen. Es gab nur eine wirklich sichere Lösung. Leutnant Aggi hatte immer wieder nur kurz in die Küche geschaut, ansonsten andere, wichtige Dinge im und vor dem Haus erledigt, was Ured zunächst leichtsinnig fand, aber dann begriff er, dass es die Anwesenheit der beiden jungen Frauen war, die den Leutnant aus der Küche vertrieb. Der junge Mann war offensichtlich schüchtern. Und er verdächtigte ihn zwar, hielt ihn aber offenbar nicht für gefährlich, vermutlich wegen der Wunde. Aber waren die Wachen erst einmal da, war die Sache verloren, und wenn die Baronin scheiterte, dann ...

Faran Ured stöhnte wieder auf, um die Frauen von der Wunde fernzuhalten. Er konnte nicht riskieren, dass der Leutnant die Pläne der Baronin durchkreuzte. Das Leben seiner Frau und seiner Töchter hing von ihrem Erfolg ab. Ured würde sein Leben für sie geben, und er würde erst recht nicht zögern, das Leben des Leutnants – und wenn es sein musste, sogar das dieser beiden Frauen – für ihre Sicherheit zu opfern. Also sagte er: »Kommt doch in die Küche, Leutnant Aggi, denn ich habe etwas mit Euch zu besprechen.«

Aggis Blick war ausgesprochen kühl, als er eintrat, aber Faran Ured lächelte auf die ihm eigene, freundlich-harmlose Art. Seine Hand lag an der Schüssel, die immer noch auf dem Pergament stand, auf dem so oft sein Name geschrieben war.

»Wenn Ihr etwas zu sagen habt, sagt es Meister Quent, nicht mir«, meinte Aggi.

»Ich weiß gar nicht, was Ihr habt, Leutnant Aggi«, entgegnete Ured mit einem beinahe demütigen Lächeln.

»Was ich habe? Fragen habe ich, denn immer seid Ihr dort anzutreffen, wo seltsame Dinge geschehen. Ihr wart am Bach, als wir den armen Apei Ludgar fanden, Ihr wart am Markt, als der Fernhändler starb, Ihr wart im *Schwarzen Henker*, als der Schatten dort war. Ich weiß nicht, wie, aber ich weiß, dass Ihr in seltsame Dinge verstrickt seid, Meister Ured – falls das überhaupt Euer Name ist. Ihr seid gerissen, das ist sicher, zu gerissen für einen Pilger, vielleicht zu gerissen für mich, aber sicher nicht für Meister Quent, der die Wahrheit schon herausfinden wird.«

»Oh, ich habe nichts zu verbergen«, behauptete Ured, und seine Hand glitt über die Schüssel, als wolle er sie festhalten. Seine Finger berührten das Wasser. Es waren gute Menschen, mit einem Freundschaftszauber konnte er sie zunächst dazu bringen, ihm völlig zu vertrauen. Und dann würden sie sterben. In Gedanken ging er schnell die Gifte durch, die ihm zur Verfügung standen. Das Baumechsengift schied aus, denn es hinterließ Spuren auf der Haut, die Quent schon bei dem alten Fernhändler aufgefallen waren. Ein zweites Mal würde ihm das nicht entgehen. Oder er musste die Spur verdecken. *Ein Feuer? Das würde vielleicht reichen, die Spuren zu verwischen, wenigstens würde ich Zeit gewinnen,* dachte er. Er würde sie erst vergiften und dann das Haus anzünden. Faran Ured tauchte einen Finger in das Wasser und begann, eine sanfte Melodie zu summen. Mit seiner linken Hand durchsuchte er unauffällig den Beutel nach dem kleinen Fläschchen, das das passende Gift enthielt. *Sie sollen nicht unnötig leiden.*

Er konnte spüren, wie die Aufregung aus der Küche schwand und sich Gelassenheit ausbreitete. *Nein, Feuer weckt zu viel Aufmerksamkeit,* dachte er dann, *und es dauert zu lange, es zu legen.* Aber konnte er es vielleicht aussehen lassen wie eine Tat aus Leidenschaft? Eine zurückgewiesene junge Frau, die das Objekt ihrer vergeblichen Liebe, ihre Rivalin und am Ende natürlich sich selbst tötete, das Messer noch in der Hand? Es war vielleicht nicht sehr glaubhaft, aber im besten Fall würde es wenigstens so lange geglaubt werden, bis andere Ereignisse dieses Drama in den Schatten stellten. Er summte, mit der Hand rührte er langsam durch das Wasser in der Schüssel, und die drei jungen Menschen schienen dem beruhigenden Plätschern zu lauschen. Seine Stimme zitterte ein wenig, und er spürte, dass ihm Schweiß ausbrach.

Er zog die Hand aus der Tasche. Gift war hier die falsche Waffe. Das Messer auf dem Tisch lag doch schon dort. Er musste schnell sein, denn der Überlebensinstinkt eines Menschen war stark. Der leichte Bann, den er über die drei gelegt hatte, war noch nicht so tief, dass sie sich nicht wehren würden. Ured konzentrierte sich auf den Zauber, das Summen, die kleinen Wellen, die seine Finger umspielten. Mit der Linken nahm er das Messer an sich. Eine Bewegung, die Aggi mit leichtem Stirnrunzeln verfolgte. Ihn musste er auf jeden Fall zuerst töten, dann die ruhigere der beiden Schwestern. Der Dritten musste er dann helfen, das Messer selbst in ihrer Brust zu versenken. Er war unzufrieden. Das alles war schlecht geplant und nicht sehr durchdacht, aber er sah keine andere Möglichkeit. Er legte sich das Messer zurecht.

Plötzlich polterten schwere Stiefel ins Haus herein. Als Ured aufblickte, sah er zwei Soldaten, die ihn und die unwirkliche Szene in der Küche anstarrten. Das Fläschchen war schon an der Teekanne. Ein dritter Mann trat ein, kein Wachsoldat, sondern ein Krieger aus den Bergen. Er stieß einen Fluch aus, und dann flog ein Messer durch die Luft. Ured zog im letzten Augenblick die Hand aus der Schüssel. Das Messer traf sie, und sie zersprang. Wasser ergoss sich über den Tisch und das Pergament. Der Zauber verflog augenblicklich, und die jungen Frauen und der Leutnant schreckten hoch.

»Was ...?«, fragte der Leutnant.

Faran Ured seufzte bekümmert und blickte auf das Messer, das auf dem Küchentisch lag. Warum hatte er so lange gezögert? Jetzt war es zu spät.

»Jener dort ist ein Zauberer«, sagte der Bergkrieger und deutete mit seinem kurzen Speer auf Ured. »Der Rahis befahl uns, ihn festzunehmen und unter allen Umständen von Wasser fernzuhalten.«

»Ein Zauberer? Wasser? Aber er trägt gar kein Zeichen«, wandte Teis Aggi verwirrt ein.

»Einige Zauberer tragen die magischen Linien nicht«, sagte der Krieger düster. »Ihr wisst, was das heißt.«

»Er ist ... er ist ein *Schatten?*«, fragte Aggi verblüfft.

»Oder Schlimmeres«, antwortete der Krieger.

Nestur Quent schritt den Kreis ab und wiederholte leise die magischen Worte: »*Saru ziqu, galabu sami, awur dabawu nesu Gajan ti Olan.*« Vielleicht war es ein Fehler. Er hatte den Kreis gezogen, um zu erfahren, was in Atgath vorging, doch er konnte nicht anders, er musste erst wissen, was im Goldenen Meer geschehen war. Gajan war ihm immer der liebste der Prinzen gewesen, er musste einfach in Erfahrung bringen, ob er noch lebte, alles andere würde sich dann schon finden. Er schritt noch einmal den Kreis ab, die vier Birkenblätter sorgsam in den hohlen Händen haltend, und wiederholte: »*Saru ziqu, galabu sami, awur dabawu nesu Gajan ti Olan.*« Es war ein alter Zauber aus einem fernen, längst vergangenen Reich. Er hatte ihn in dieser Form noch nie angewandt, denn in der Schule des Lebendigen Odems hatten sie andere, neuere Sprüche, solche wie den, mit dem er es am Morgen versucht hatte, doch Quent klammerte sich an die Hoffnung, dass die Alten es vielleicht doch besser wussten. Er hielt inne und wartete. Der Wind antwortete. Er sprach durch die Blätter in seiner Hand, wisperte von dem Schiff, das untergegangen, und dem Boot, das davongekommen war. »*Gajan ti Olan*«, wiederholte Quent, aber der Wind wich aus, die Blätter verstummten.

Quent erstarrte. Hatte er versagt? Warum war es so still? Dann geschah etwas Merkwürdiges: Er sah ein Bild. Er konnte nicht sagen, woher es kam, doch es stand so klar vor ihm, dass er glaubte, es berühren zu können. Es war das Meer, ein tückisches Riff, über dem sich kaum merklich die Wellen brachen. Und dann veränderte sich das Bild, und Quent war, als würde er mit dem Wind über die Wogen fliegen. Der Wind zog über das Meer. Da war ein Boot, klein auf den Wellen. Drei Männer saßen darin, doch keiner war Gajan, keiner Olan. Das wollte er nicht sehen, aber der Wind schien Quent noch näher heranzutragen.

Das Boot hob und senkte sich im Rhythmus der Wellen. »Ich glaube, der Wind dreht«, sagte Wamed müde.

Kapitän Baak reckte den Kopf und steckte die Nase in den Wind. »Nein, nur eine Böe.« Er starrte zum Horizont. Er meinte, eben etwas gesehen zu haben, was er schon lange suchte. Jetzt wieder. Er stand auf. *Kein Zweifel, wir haben es geschafft,* dachte er. »Da, seht ihr!«, sagte er laut und wies voraus.

Wamed und Hafid reckten die Köpfe.

»Was ist das?«, fragte Hafid.

Baak streckte sich und wartete, bis er ganz sicher war. »Das ist der Spiegelturm von Felisan, der den Schiffen bei Tag den Weg weist. Wir können den Hafen nicht mehr verfehlen. In der Nacht entzünden sie in diesem Turm große Feuer, wisst ihr?«

»Ich weiß, ich war schon oft …«, sagte Wamed und sprach nicht weiter.

Sepe Baak drehte sich um. Wamed starrte ihn mit offenem Mund an, seine Lippen formten ein Wort, brachten aber keinen Ton heraus, und dann fiel er tot vornüber. Ein roter Fleck breitete sich auf seinem Rücken aus. Baak starrte entsetzt auf den Leichnam. Dann irrte sein Blick zu Hafid, der seelenruhig im Heck des Bootes saß und mit der Rechten das Ruder führte. In der Linken hielt er ein Messer.

»Was hast du getan?«, flüsterte der Kapitän.

Hafid seufzte, dann schüttelte er sich, und ein seltsamer falscher Schatten schien über seinen Körper zu gleiten, verschwand, und statt Hafid saß plötzlich Jamad dort, Jamad, der ihm den verfluchten Auftrag besorgt hatte, Jamad, den er gefürchtet hatte und der doch letzte Nacht ertrunken war. Er saß dort und lächelte.

Baak starrte ihn fassungslos an. »Aber du bist tot!«, stieß er hervor.

Jamad lachte auf eine seltsame, fröhliche Art, und jetzt, beim zweiten Hinsehen, erkannte Baak, dass Jamad sich noch weiter verändert hatte. Dort saß eine junge, lächelnde Frau, hager, mit harten Gesichtszügen und leicht mit einem Mann zu verwechseln.

Der Kapitän sank schwer auf seinem Sitz zusammen. »Wer bist du?«, flüsterte er.

»Ihr könnt mich Jamade nennen, Kapitän. Ich dachte, es wäre langsam Zeit, mich vorzustellen. Wisst Ihr, ich wäre Euch sogar zu Dank verpflichtet – wenn Ihr nicht versucht hättet, mich zu täuschen.«

»Ich weiß nicht, was du meinst«, stieß Baak rau hervor.

»Das Riff. Ihr wusstet, dass wir es Stunden früher als angekündigt erreichen würden. Ihr habt gehofft, das Schiff reißt mich mit in die Tiefe.«

»Nein, ein Versehen, nur ein Versehen«, stammelte Baak.

»Beruhigt Euch. Ohne Euch hätte ich es nie geschafft. Ihr wart eine große Hilfe.«

»Eine Hilfe?«

»Alleine hätte ich gewiss kein ganzes Schiff versenken können, und ohne Eure Kenntnisse hätte ich den Weg nach Felisan kaum gefunden. Ich bin kein Seemann«, sagte die junge Frau lächelnd.

»Aber Wamed, Gollis und – was hast du mit Hafid gemacht?«

»Mitwisser, Kapitän. Wollt Ihr wirklich, dass noch jemand lebt, der von Eurer Schandtat erzählen kann?«

»Natürlich nicht«, murmelte Baak. Er führte einen Säbel am Gürtel, Jamade hielt ihr kurzes Messer in der Hand. Aber wenn er sich noch auf dem Schiff nie ganz sicher gewesen war, ob sie zu den Schatten gehörte, so wusste er es nun mit tödlicher Gewissheit. In einem Kampf hatte er wenig Aussicht auf Erfolg. Aber vielleicht konnte er sie irgendwie überraschen. »Du gibst es also zu, ich habe dir geholfen«, stieß er hervor.

»Allerdings nicht umsonst.«

»Nicht umsonst?« Sepe Baak riss sein Hemd auf, packte den

Beutel mit Edelsteinen, zerrte ihn sich vom Hals und warf ihn Jamade zu. »Hier, hier! Behalte sie! Ich will sie nicht. Es klebt zu viel Blut an ihnen!«

»Ich danke Euch, Kapitän. Ihr macht es mir leichter.«

»Leichter?«

»Meine Auftraggeber sind nicht so reich, wie Ihr vielleicht annehmt. Ihnen war sehr daran gelegen, wenigstens einen Teil Eurer Bezahlung wieder zurückzubekommen. Und jetzt, da Ihr mir die Steine so freundlich überlasst, kann ich Euch meine Dankbarkeit bezeugen, indem ich Euch einen schnellen Tod gewähre.«

Baak suchte verzweifelt einen Ausweg. Er versuchte, Zeit zu gewinnen: »Hast du es deshalb getan? Wegen dieser Steine? Die vielen Menschen ... mein Schiff ...«

Jamade lächelte. »Eine seltsame Frage für einen Mann, der seine Seele für den Inhalt dieses Beutels verkauft hat. Aber ich bin nicht wie Ihr, Baak, Edelsteine und Silber kümmern mich nicht. Nein, dieser Auftrag war ...« Sie schien einen Augenblick nach dem richtigen Wort zu suchen, dann lächelte sie dünn und fuhr fort: »... eine Herausforderung. Und ich liebe Herausforderungen.«

Sepe Baaks Hand fuhr zum Säbel, aber Jamade war über ihm, bevor er ihn auch nur halb aus der Scheide gerissen hatte. Er spürte den heißen Schmerz, als ihre Klinge in sein Herz fuhr. Sie sah ihm fest in die Augen, fast, als interessiere sie, wie er starb.

Der Wind zog weiter, und Quent wurde schwindlig von der Geschwindigkeit, mit der er über das Meer dahinflog. Wie unglaublich mächtig, beinahe berauschend dieser alte Zauber war! Felsen tauchten aus dem Wasser auf, Inseln, klein, karg, verlassen. Aber was war das? Ein Funken Hoffnung glomm in ihm auf. Große Holztrümmer trieben auf dem Wasser, vielleicht ein Teil eines Schiffsdecks. Bewegte sich dort unten etwas? Ja, da waren Menschen, einige lagen regungslos auf dem zerbrochenen Deck, andere schienen sich jedoch zu bewegen. Überlebende! Es gab Überlebende! War Gajan unter ihnen? Der dort, der sich nicht bewegte, er sah aus wie ... Das Bild trübte sich ein, bevor er es genau erkennen konnte. War das Regen? Quent konnte die Tropfen auf dem Kopf spüren. Aber nein, das war etwas anderes. Da war tatsächlich eine Berührung, etwas rieselte auf seinen Kopf herab. Das Bild schwand. *Nein*, dachte Quent, *nein, ich war so nahe dran!* Er starrte noch einen Augenblick ins Nichts. Das Bild war fort, aber irgendetwas Feines fiel in dünnen Schleiern in den Sturmkreis. Er blickte nach oben. Staub rieselte von der Decke. Der Zauber verflog. Quent schüttelte sich, um das plötzliche Gefühl von Erschöpfung loszuwerden. Was hatte das zu bedeuten? Die Dachkammer über ihm stand doch leer. Er ließ die Blätter fallen. Schweiß tropfte ihm von der Stirn. Der Zauber hatte ihn stärker angestrengt, als er erwartet hatte. Er schüttelte sich, starrte an die Decke und hielt inne. Vor seiner Tür war noch etwas, eine magische Präsenz. Quent brauchte einen Augenblick, um zu erkennen, welcher Art sie war. Es war ein Schatten.

Rahis Almisan trat einen Schritt zurück. Die ganze Zeit hatte er gelauscht, hatte dem Zauberer bei seinem Ritual zugehört. Jetzt spürte er, dass sich etwas verändert hatte. Etwas tastete nach ihm und dem feinen Schatten, den er auf die Tür gelegt hatte, um damit die unvermeidlichen Geräusche auf der Treppe zu dämpfen.

»Er hat uns bemerkt«, flüsterte er.

Der Adlatus blickte ihm angstvoll ins Gesicht. »Aber wir sind noch nicht so weit.«

»Doch, sind wir. Zündet die Lunte an.«
»Aber die Homunkuli, sie sind noch oben!«
»Jetzt oder nie, Hamoch!«, drängte Almisan, doch der Zauberer schien erstarrt. Dieser Narr würde alles verderben! Almisan konnte förmlich spüren, wie sich die magische Aura Quents ausdehnte, wie er mit diesem sechsten Sinn nach ihm suchte. Er verstärkte den Schatten, aber er wusste, es würde nur Sekunden bringen.

Plötzlich erklang ein scharfes Zischen, und als Almisan die Treppe hinaufblickte, sah er Esara, die mit harter Entschlossenheit getan hatte, wozu ihr Herr nicht in der Lage war.

»Nein!«, flüsterte Hamoch schreckensbleich. »Die Homunkuli!«

Etwas rüttelte an der Tür, und das war sicher kein Mensch. Ein scharfer Wind fuhr die Treppe hinauf, und es wurde schlagartig eiskalt.

»Er weiß, wo wir sind«, flüsterte Almisan. »Zurück!«, kommandierte er mit gepresster Stimme und versuchte, den Schatten auf der Tür zu halten.

Das uralte Holz knarrte und begann sich zu verformen. Almisan spürte die ungeheure magische Kraft, die gegen die seine drückte. Das Holz begann zu brechen. Kleine Füße kamen die Treppe heruntergetrappelt. *Wann ist der Funke endlich an der Ladung?* Almisan wusste, dass es hier auf Sekunden ankam. Wartete er zu lange an der Pforte, konnte er dabei umkommen. Er zog den Schatten von der Tür, sprang zurück und wob einen neuen. Die Pforte zersplitterte, und für einen Augenblick sah Almisan den alten Zauberer, der hochaufgerichtet in seinem Sturmkreis stand und mit einem triumphierenden Lachen einen Hagel aus nadelspitzem Eis auf ihn losließ. Er zog den Schattenschild hoch, aber er war zu schwach. Dutzende Eissplitter drangen hindurch, und Almisan spürte, wie sie seine Arme, Beine und Brust trafen. Donner grollte.

»Hamoch, so helft doch!«, stöhnte er.

Der Adlatus drückte sich an die Wand und schüttelte zitternd den Kopf. Plötzlich war Esara bei ihm, wand Hamoch die Glasflasche, die er krampfhaft umklammerte, aus den Händen und schleuderte sie in die Turmkammer. Sie zerplatzte, und eine brennende Flüssigkeit ergoss sich über den Holzboden und setzte ihn in Brand. In Windeseile fraßen sich die Flammen auf Quent zu. Dieser wich jedoch nicht zurück, sondern reckte die Hände gen Himmel und rief *»Elgur Mahtam!«*, und dann geschahen sehr viele Dinge beinahe gleichzeitig: Es wurde noch kälter, eiskalt. Die Flammen erstickten unter einer plötzlichen Schicht von Eis, ein harscher Wind fuhr durch den Turm, und der Frost raubte Almisan den Atem. Er glaubte, ersticken zu müssen. Er sah den Adlatus keuchend zu Boden gehen, und von irgendwoher drang das Jammern einer Frau an sein Ohr. Dann bemerkte er Schneeflocken in der Luft. Er sank in die Knie, die Kälte kroch in seine Lungen und in sein Herz, und er sah in einem kristallklaren Bild den Alten inmitten des Sturmkreises stehen, mit hoch erhobenen Armen, die Adern an seinen Schläfen waren weit hervorgetreten und die magischen Linien auf seiner Stirn leuchteten.

Ein würdiger Gegner, dachte Almisan, während ihm schon schwarz vor Augen wurde. Dann endlich, endlich, erreichte der Funke jene zehn kleinen Fässer mit dem schwarzen Sprengpulver, die die Homunkuli nach oben geschafft hatten.

»Dort«, sagte Marberic, blieb stehen und wies auf eine niedrige Pforte, einige Schritte voraus.

»Was ist?«, fragte Sahif. Er hatte inzwischen begriffen, dass die Fundamente der Burg von den Mahren gelegt worden waren, ebenso wie die unteren Stockwerke. Die Decke des Ganges war so niedrig, dass er immer das Gefühl hatte, er müsse den Kopf einziehen.

»Ich gehe nicht hindurch«, erklärte der Mahr.

Sahif nahm es mit einem Nicken hin, auch wenn er Marberic gern an seiner Seite gewusst hätte. Die Pforte war zu seiner Überraschung nicht verschlossen. Er zog die Picke, die die Mahre ihm gegeben hatten, aus dem Gürtel, öffnete die Tür und spähte in den Raum. Er war vollgestopft mit seltsamen Gerätschaften. Etliche Lampen sorgten vermutlich sonst für viel Licht, aber jetzt brannten nur zwei davon und tauchten die Katakombe in gelbliches Zwielicht. Es war still, und er sah keine Spur von Ela. »Seltsam«, sagte Sahif. »Sieh dir das an!«

Der Mahr kam zögernd näher. Dann hob er die Hand. »Still«, flüsterte er. Er sog die Luft durch die Nase ein und bekam plötzlich einen seltsamen Gesichtsausdruck. »Es ist hier.«

»Was denn?«, fragte Sahif leise.

Aber der Mahr antwortete nicht. Er zog sein Schwert, stellte seine Laterne ab und schlich nun doch in die weitläufige Kellerkammer. Sahif folgte ihm vorsichtig. Er spürte jetzt, dass noch jemand hier war. Dann sah er eine Bewegung im Augenwinkel und duckte sich. Irgendetwas Schweres sauste dicht über ihn hinweg und prallte gegen die Wand. Etwas huschte zwischen den Tischen davon. Marberic fletschte die Zähne und rannte hinterher. Sahif folgte ihm, die Picke in der Faust. Es zischte im Dunkeln, wieder kam etwas geflogen und verfehlte den Mahr knapp. Marberic stürzte nach vorn und rollte sich blitzschnell unter einem Tisch hindurch. Sahif verlor ihn aus den Augen.

Ein dumpfer Schlag klang durch die Kammer, dann ein scharfes Sausen, etwas polterte zu Boden, und dann zerbrach

Glas. Sahif sprang über den Tisch, in die Richtung, in der er den Kampf vermutete. Er hörte einen schrillen Schrei, hell und dünn, fast wie von einem Kind. Als seine Füße den Boden wieder berührten, war es schon vorbei. Da stand der Mahr, sein kurzes Schwert zum Stoß erhoben, und vor ihm lag der Feind. Er lag vor Marberic auf dem Boden, eine tiefe Wunde im Leib, graue Gedärme quollen daraus hervor. Der kleine Brustkorb hob und senkte sich in schnellen, flachen Atemzügen. Sahif starrte in einer Mischung aus Abscheu und Faszination auf dieses Wesen. Es glich jenem, das er in den Gängen unter der Stadt gesehen hatte: einem Kind ähnlich, klein wie ein Mahr, aber weder das eine noch das andere. Das Wesen blickte ihn stumm aus großen Augen an.

»Sagtest du nicht, Blut sei schlecht für die Magie?«, fragte er Marberic, um die Stille zu brechen.

»Blut von Menschen und Mahren, ja«, entgegnete der Mahr düster.

»Und was ist das da?«

»Etwas anderes. Böses Geschöpf. Keine Seele. Totenbeschwörer machen solche wie das da.« Er stieß es mit dem Fuß an, aber das Wesen rührte sich nicht mehr. Es hatte aufgehört zu atmen.

Sahif sah sich um. Das Labor lag nun völlig verlassen, und noch immer gab es keine Spur von Ela. Dann hörte er etwas, sehr schwach, ein Wimmern.

»Dort, die Tür!«, rief er und stürzte schon hin. Er riss sie auf und sah im Halbdunkel Ela Grams auf einem Tisch liegen. »Ela!«

Der Mahr entzündete eine Laterne. Das Mädchen war gefesselt, und eine kleine Metallröhre steckte in ihrem linken Arm. Etwas tropfte dort langsam heraus. Blut, wie Sahif entsetzt feststellte.

Marberic reagierte schnell, sprang zu Ela und zog ihr das Röhrchen aus dem Arm. Sie stöhnte schwach. Mit fliegenden Fingern löste Sahif die Fesseln und hob das Mädchen vom Tisch.

»Viel Blut hat sie verloren«, flüsterte der Mahr. Er klang sehr besorgt.

»Ela Grams, kannst du mich hören?«, fragte Sahif.

Sie öffnete die Augen und nickte schwach. »Anuq. Warum hat das so lange gedauert?«, flüsterte sie.

Sahif presste die Zähne zusammen. Er fürchtete, sie könne in seinen Armen sterben. »So tu doch etwas, Marberic!«

»Auf die Heilkunst verstehe ich mich nicht bei Menschen«, sagte der Mahr rau.

Aus der Wunde sickerte Blut, es schien sogar mehr zu sein als zuvor, während das Röhrchen noch im Arm gesteckt hatte. Sahif legte eine Hand darauf, um die Blutung zu stillen. Als er die Hand wieder anhob, stellte er verblüfft fest, dass sich die Wunde geschlossen hatte.

»Du riechst nach Tod«, meinte Marberic, »aber offenbar kannst du auch heilen.«

»Aber ich weiß nicht, wie – und ihr Blut kann ich ihr nicht zurückgeben, Marberic.«

»Sie muss hier heraus. Wir tragen sie. Erst in den Stollen. Dann frage ich Amuric. Vielleicht weiß er Rat«, sagte der Mahr.

»Stig, Asgo«, murmelte Ela.

»Ihre Brüder«, erklärte Sahif und strich ihr eine Locke aus dem Gesicht.

»Ich weiß«, sagte Marberic. »Nun komm, doch sei vorsichtig.«

Kaum hatte er es gesagt, als ein dumpfer Schlag die Burgmauern erschütterte. Mörtel rieselte von der Decke.

»Was war das?«, fragte Sahif.

Der Mahr blickte nach oben. »Es ist etwas im Gange. Auch Magie. Viel Gewalt. Spürst du es nicht? Sehr viel Gewalt. Der Herzog wird vielleicht sterben.«

»Aber – du hast gesagt, man könne ihn nicht töten.«

»Vielleicht kann man es doch.«

Sturm und Eis! Hagel und Schnee! Quent fühlte die Macht der Magie durch seine Adern strömen. Er bezwang die Elemente, er bezwang die Zeit, die in seinem Zorn zu gefrieren schien. Es war ein Augenblick der Kraft, des Sieges, des Triumphes, und Quent berauschte sich daran. Der Mann vor der Tür war auf die Knie gesunken. *Der Schatten, also doch! Und ein beinahe würdiger Gegner.* Der ganze Turm bebte unter den Gewalten, die Quent entfesselt hatte, und er war noch lange nicht am Ende. Er würde seine Feinde lehren, was es hieß, sich mit Nestur Quent anzulegen! Er spürte, wie seine Macht mit jedem Zauber wuchs, den er gegen seine Feinde sandte – es war, als hätte diese Herausforderung, dieser Kampf, eine Schleuse geöffnet, durch die unendliche Kraft in seine Adern schoss. Schon lange hatte sich der alte Zauberer nicht mehr so jung und lebendig gefühlt wie jetzt, inmitten von Chaos und Sturm. Schnee tanzte durch die Kammer, und die lächerliche Flamme, die diese hagere Frau gegen ihn gesandt hatte, war erloschen.

Alchemistische Kinderspiele? Damit griffen sie ihn an? Und dieser Versager Hamoch wagte es nicht einmal selbst? Er versteckte sich hinter einem Schatten, aber es würde ihm nichts nutzen. Quent fühlte sich jung, stark und unbesiegbar. Die Winde verliehen ihm genug Kraft, um es mit zehn Schatten aufzunehmen. Jetzt erkannte er den Mann. *Der Leibwächter der Baronin?*, dachte Quent verwundert. *Sie hat einen Schatten an ihrer Seite?* Er hatte sie wirklich unterschätzt. Er sah Hamoch, der ängstlich über den Boden kroch. Der Schneesturm wütete durch die Tür, der Frost zwang den Schatten in die Knie, und Quent beschwor einen Blitz, um die Sache zu beenden. Plötzlich blieb die Zeit stehen. Das Zischen – der heulende Wind hatte es übertönt, aber nun, da er im Auge des Sturms stand, hörte er es wieder. Es kam von oben. Er blickte auf. Das Zischen endete, die Zeit endete – und dann explodierte die Welt.

Die Detonation zerfetzte die Decke über Nestur Quent, er riss die Arme nach oben und wollte einen Schutzzauber wirken, doch jetzt war er zu langsam: Die Druckwelle warf ihn zu Boden, und dann folgten Zentner von Gestein, Holz, Mörtel. Mit Erstaunen sah Quent plötzlich den grauen Himmel über sich. Aufgewirbelte Papierfetzen und Herbstlaub umtanzten ihn im Schneegestöber. Der Turmhelm war fort, in die Luft gesprengt, und Dachsparren, Steine und Ziegel fielen auf ihn herab. Es schien fast, als würden sie aus den Wolken fallen, die er herbeigerufen hatte. Er wehrte sich, er war ein Meister der Schule des Lebendigen Odems, so leicht gab er nicht auf. Aber sein Kopf dröhnte, der Kampf hatte ihn erschöpft, das Gefühl, vor Kraft zu bersten, hatte ihn getrogen. Er war verwundet, und der Zauber, mit dem er die Trümmer, die auf ihn hinabregneten, aufhalten wollte, misslang kläglich. Er spürte Stein, Schutt und Schiefer auf seinen alten Leib prasseln, spürte, dass sie ihm Knochen zerschmetterten und Sehnen zerrissen. Er konnte nichts mehr hören, aber er sah, dass Rahis Almisan sich erhob und die Kammer, oder das, was von ihr übrig war, betrat. Der Mann machte sich nicht einmal die Mühe, sich noch hinter einem Schatten zu verstecken. Quent versuchte, sich zu erheben, aber dann sah er den grotesk großen Berg von Trümmern, der seinen Unterleib verschlungen hatte, und er gab auf. War das also das Ende? Der Schmerz schien ihn zerreißen zu wollen. Er blickte noch einmal in den Himmel. Schnee fiel aus den dichten Wolken, die er herbeigerufen hatte. Er schloss die Augen und lächelte über seine eigene Dummheit. Aber einen Zauber hatte er noch. Er war Nestur Quent, Meister des neunten Ranges der Schule des Lebendigen Odems. Es gab noch eines, was er tun konnte.

Rahis Almisan hinkte in die Kammer. Er blutete aus mehreren kleinen Wunden, doch er spürte, dass ihn keine davon umbringen würde. Die Wände waren geborsten, die Decke über ihm verschwunden, und vom Dach waren nur noch die Trümmer übrig, die Nestur Quent unter sich begraben hatten. Almisan blickte auf. Schnee fiel in dichten Schauern aus einem schwer verhangenen Himmel. Hatte nicht eben noch eine wärmende Sonne dort oben an einem wolkenlosen Herbsthimmel gestanden? Er war beeindruckt. Nestur Quent war wirklich ein Meister seines Fachs. Das Schneegestöber fuhr durch die zerstörte Kammer und verwehte Pergamente und das Laub, das der alte Mann wohl für einen Zauber gebraucht hatte. Almisan betrachtete den Mann, der zu seinen Füßen lag. War er schon tot? Nein, er lächelte auf eine entrückte Art.

Almisan spuckte Blut. Vielleicht hätte er den Erfolg bejubeln sollen, aber ihm war nicht danach zumute. Er fühlte sich um seinen Sieg betrogen. Sie hatten Quent nicht durch die Kunst der Schatten, nicht durch Magie oder eine ehrliche Klinge, sondern durch Schießpulver besiegt. Das kam ihm falsch vor. Der Alte stöhnte plötzlich auf und bewegte sich. Der Rahis zog sein Messer und beugte sich über den Zauberer, der halb unter dem Schutt begraben war. Quent lächelte und murmelte leise Worte, die Almisan nicht verstand. Ob er noch einen Zauber wirken wollte? Der Rahis blickte dem Sterbenden nachdenklich ins Antlitz. Angst suchte er dort vergeblich, es war eher eine gewisse Heiterkeit. *Ein würdiger Tod*, dachte er, hob seine Klinge und bohrte sie dem Zauberer ins Herz. Quent seufzte, sein Blick ging ins Weite, brach, und dann war es vorbei. Almisan erhob sich wieder. »Es ist erledigt«, sagte er. »Ich gratuliere Euch zu Eurem Sieg, Meister Hamoch.«

Die Wand vor der Treppe war eingestürzt. Zwei Homunkuli lagen dort mit grotesk verrenkten Gliedern. Sie waren tot. Einem war der Leib aufgeplatzt, und schwarzes Blut kroch über die Stufen. Aber Hamoch und seine Dienerin hatten überlebt. Der Zauberer kauerte noch ängstlich auf dem Boden, erst jetzt stand er auf, strich sich Staub und Schnee aus dem Gewand und betrat zitternd die Kammer. Er starrte auf den Leib seines Meisters. Dann schüttelte er sich, und in seinen Augen erschien plötzlich eine fiebrige Gier. »Esara, schnell, wir müssen ihn ins Laboratorium schaffen. Er war ein Magier. Wir hatten noch nie einen Magier für unsere Versuche.«

»Ja, Herr«, murmelte die Frau und hustete. Die drei Homunkuli, die überlebt hatten, standen in der Tür und starrten ausdruckslos auf das Chaos.

Almisan nickte. Der Mann schien alles andere vergessen zu haben. *Wenigstens denkt er praktisch*, dachte er, wischte seinen Dolch an Quents Gewand ab und steckte ihn ein.

»Könntet Ihr mir mit diesen Sparren helfen, Rahis?«, fragte Hamoch.

Aber Almisan schüttelte den Kopf. »Das hier überlasse ich Euch, ich habe noch etwas anderes zu erledigen.«

Sie waren auf dem Markt, als sich die Dinge plötzlich veränderten. Faran Ured hatte zunächst keinen Blick dafür, denn er war mit seinen eigenen Gedanken beschäftigt. Man wollte ihn in den Kerker schaffen, in die Burg. Das hatte sein Gutes, denn dann wäre er am Ort des Geschehens, und Mauern oder Gitter waren für ihn eigentlich kein Hindernis. Es würde ihn auch in die Nähe der Schatzkammer bringen, und das war ebenfalls etwas, was er zu schätzen wusste. Nur, dass es dafür eigentlich zu früh war. Er hatte keine Ahnung, wie weit die Pläne der Baronin gediehen waren, und wenn er jetzt Nestur Quent gegenübergestellt wurde, konnte das alles über den Haufen werfen. Er musste Zeit gewinnen, also hinkte er stark, um ihren Marsch zu verlangsamen.

Und dann schlug das Wetter um. Es wurde so schneidend kalt, dass die Menschen auf dem Markt erst einander und dann den Himmel verblüfft anschauten. War es nicht eben noch ein strahlend schöner Herbsttag gewesen, frisch zwar, doch keineswegs winterlich? Aufgeregte Rufe lenkten die Aufmerksamkeit auf die Burg, über der sich Wolken zusammenballten, Wolken, die schnell wuchsen, bald die Berge verschluckten und schließlich den ganzen Himmel bedeckten. Dann begann es zu schneien. Kein leichter Schauer oder ein paar verfrühte Flocken, nein, es schneite wie im tiefsten Winter, und dazu wehte ein eisiger Wind. Ein lauter Donnerschlag von der Burg ließ die Menschen verstummen. Die Wolken verwirbelten sich, und dann ging Hagel über dem Marktplatz nieder. Ured duckte sich unwillkürlich. Er sah den Hagel über das Pflaster springen und bemerkte, dass er grau war. »Das ist Stein«, flüsterte Teis Aggi neben ihm. Ured betrachtete die tanzenden Bröckchen und sah, dass der Leutnant Recht hatte. Dicht neben ihm schlug etwas weit Größeres hart auf dem Pflaster auf, Bruchstücke eines Dachträgers. Jemand schrie, und dann prasselten Holzsplitter, halbe Dachziegel und große Gesteinsbrocken über dem Markt nieder. Die Menschen rannten davon oder warfen sich zu Boden. Ured sprang unter einen Marktstand. War das vielleicht eine Gelegenheit zu entkommen? Er sah sich um und blickte in das grimmige Gesicht des Bergkriegers. »Keinen Schritt weiter, Zauberer«, knurrte dieser und hielt ihm die Speerspitze an die Kehle.

Das Chaos war unbeschreiblich, und Shahila genoss es, erfüllt von einer kalten Klarheit. Völlig kopflos rannten Diener hin und her oder standen wie erstarrt. Die einen brüllten, man werde angegriffen, die anderen glaubten, die Pulverkammer sei explodiert. Draußen tobte ein Schneesturm, und dann regneten kleine und große Stücke des Turms auf die Burg hinab. Viele Butzenscheiben waren zersprungen, und jemand rief: »Der Ostturm, Quents Turm ist fort!«

Shahila fand in dem ganzen Chaos niemanden, wirklich niemanden, der zu wissen schien, was nun zu tun war. Sie sah es mit leichtem Erstaunen und viel Verachtung. *Wie die Schafe rennen sie durcheinander,* dachte sie, *kopflos, weil ihr Oberhaupt nun tot ist.* Sie hielt einen der herumirrenden Diener an. »Meldet den Wachen, dass Quent ein furchtbarer Fehler unterlaufen ist.«

»Quent?«, fragte der verwirrte Mann.

»Natürlich, er hat mit einem Blitz den Ostturm zerstört. Habt Ihr den Donner nicht gehört? Seht Ihr den Schneesturm nicht, den er herbeigerufen hat? Bringt Euch besser in Sicherheit!«

»Ein Blitz, natürlich, Herrin«, murmelte der Mann.

»Nun lauft!«, herrschte sie ihn an, und der Diener stürzte davon.

Sie ging weiter, fand einen Küchenjungen und dann eine Magd und einen jungen Soldaten, denen sie jeweils dasselbe auftrug: Quent habe Sturm und Blitz beschworen und dabei den Turm zerstört. *Wird es oft genug wiederholt, werden es die Menschen schon glauben,* dachte sie.

Plötzlich schob sich ihr der gewaltige Leib von Brahem ob

Gidus in den Weg. Auch der Gesandte war leichenblass, doch wirkte er ganz und gar nicht kopflos. Sein Blick gefiel ihr nicht.

»Der Ostturm, habt Ihr es gehört, Baronin?«, rief er.

»Wie könnte ich nicht? Ich glaube, der Donner war im ganzen Land zu hören.«

»Im ganzen Land, wie wahr«, murmelte der Gesandte.

»Quent muss einen schrecklichen Fehler gemacht haben«, sagte Shahila und ging weiter.

»Sicher, er hat Fehler gemacht«, sagte Gidus mit einem durchdringenden Blick, versuchte aber nicht, sie aufzuhalten.

Als Shahila um die Ecke bog und schon die breite Pforte zu den Gemächern des Herzogs sehen konnte, hörte sie den Gesandten rufen: »Wachen! Zum Herzog, zum Herzog! Es sind Feinde in der Burg!«

Sahif rannte die langen Treppen hinauf. »Ist der Herzog auch gegen Pulver und Blei geschützt?«, hatte er den Mahr gefragt.

»Gegen jede Magie, jedes Gift, jede Waffe«, lautete die Antwort. »Aber vielleicht haben die Schatten einen Weg gefunden.«

Also rannte Sahif, rannte am hellen Tag durch eine Burg, deren Soldaten ihn zwei Tage lang durch die Stadt gehetzt hatten. Es waren jedoch zunächst keine Wachen zu sehen, nur die Dienerschaft. Und die Küchenjungen, Mägde, Köche, Stallburschen und Kammerdiener standen da oder rannten planlos über die Flure, starrten in das dichte Schneetreiben, das durch die offenen Fenster der Flure eindrang, oder drückten sich ängstlich in eine vermeintlich sichere Ecke. Sahif lief schneller.

Sie hatten Ela in den Stollen getragen, und Marberic hatte gesagt, dass Amuric sicher Rat und Heilung wüsste, und Sahif fortgeschickt. Zuvor hatte er jedoch verlangt, dass er niederkniete.

»Aber wozu?«

»Du brauchst den ...« Und dann hatte er ein Wort in der Mahrsprache geknirscht, das Sahif nicht verstand. Aber er war dem Wunsch gefolgt, niedergekniet, und Marberic hatte ihm die Hand auf die Stirn gelegt und weitere Worte in seiner Sprache gemurmelt. *Ein Segen, er hat mir einen Segen gespendet,* dachte Sahif und wich einem weinenden Koch aus.

»Vielleicht brauchst du ihn, es ist mächtige Magie dort oben im Gange«, hatte Marberic gesagt.

Natürlich, dachte Sahif, als er durch die dunklen Flure hastete, *es gibt zwei Magier in der Burg, dann noch Almisan, den Vertrauten meiner Schwester. Und jeder dieser Männer ist mein Feind.* Er hielt eine aufgeregte Magd an: »Die Quartiere des Herzogs, schnell.«

Die Frau sah ihn mit großen Augen an. Sahif war klar, dass er nicht sehr vertrauenerweckend aussah in seiner schwarzen Kleidung, die von seiner Flucht, seinen Kämpfen und der Wanderung durch die Unterwelt schmutzig und zerrissen war. Außerdem hielt er das kurze Mahr-Schwert in der Hand, das Marberic ihm schließlich doch überlassen hatte. Die Frau öffnete den Mund, sagte aber nichts, sondern wich ängstlich einen Schritt zurück. Für so etwas hatte Sahif keine Zeit. Er fasste sie hart am Arm, hielt ihr das Schwert an den Hals und fragte noch einmal. Jetzt redete sie, vielleicht hatte sie in seinen Augen gesehen, dass er sie wirklich töten würde, wenn sie es nicht tat.

Als sie um Hilfe schrie, war er schon wieder auf der Treppe.

»Ein Stockwerk höher«, hatte die Frau gesagt.

Im nächsten Stock wurde es nicht einfacher, und Sahif fluchte über die Baumeister, die diese verwinkelten Gänge angelegt hatten. Die ganze Burg schien planlos zusammengeschustert, aber Sahif folgte seinem Instinkt. Er konnte nur hoffen, dass er den Herzog rechtzeitig finden würde. Als die

Gänge breiter und höher wurden und die ersten Wandteppiche zu sehen waren, dachte er, dass er auf dem richtigen Weg war. Er bog um die Ecke und rannte einen Mann über den Haufen, der den Waffenrock des Herzogs trug. Der Mann stöhnte und krümmte sich vor Schmerz. Es war der Hauptmann aus der Schänke, unschwer an dem Arm in der Schlinge und dem Verband zu erkennen.

»Der Schatten!«, flüsterte er heiser und versuchte, sein Schwert mit der Linken zu ziehen.

Zorn loderte in Sahif auf. Dies war der Mann, der Ela geschlagen hatte, dies war der Mann, der sie in das finstere Verlies geschickt hatte. Er packte ihn an der Kehle. Der Hauptmann ließ mit einem erstickten Gurgeln die Waffe fallen. Er fiel zu Boden, entwand sich dabei Sahifs Griff und begann, rückwärts davonzukriechen, bis die Wand ihn aufhielt. Sahif hob das Schwert auf und biss sich auf die Lippen. Es würde nur ein paar Sekunden dauern, diesem Kerl den Kopf vom Hals zu trennen, und ein Teil von ihm verlangte sehr danach. Er holte aus – aber nein, er wollte keinen wehrlosen Mann töten. Doch der Zorn war stark, und so rammte Sahif dem Hauptmann mit einem Schrei der Wut das Schwert durch die verwundete Schulter und nagelte ihn so an der Wand fest. Fals heulte laut auf. Sahif rannte weiter.

»Der Schatten! Hierher Männer, hierher! So helft mir doch!«, hörte er den Hauptmann rufen. Als er um die nächste Ecke bog, blickte er in die erschrockenen Gesichter zweier Soldaten, die ihm entgegenkamen. Sie waren offenbar dem Ruf gefolgt, aber sie wichen ängstlich zurück, als Sahif seine Waffe hob. *Wenn die wüssten*, dachte er grimmig.

Plötzlich löste sich eine große Gestalt aus dem Schatten, und ehe Sahif etwas sagen konnte, lag der erste Soldat schon mit durchschnittener Kehle am Boden. Der andere sah es mit

Entsetzen, er hob seine Hellebarde zur Abwehr, aber Rahis Almisan wich der plumpen Waffe leicht aus, griff sie mit der Linken kurz hinter der Klinge und zog den Soldaten mit einem Ruck nach vorne. Der Mann ließ nicht los und bezahlte diesen Fehler mit dem Leben. Er sackte zu Boden, ohne auch nur einen Schrei von sich zu geben. Almisan wischte seine Klinge am Waffenrock des Gefallenen ab. Er verriet mit keiner Miene, was in ihm vorging. Er sagte: »Für einen Schatten machst du erstaunlich viel Lärm, Bruder.«

Sahif fasste Marberics Schwert fester. Angeblich war es unzerbrechlich, aber er fragte sich, ob ihm das jetzt etwas nutzen würde.

»Schönes Messer«, spottete Almisan. Er stand scheinbar ganz entspannt zwischen den beiden Toten in der Mitte des Flurs, aber Sahif bemerkte, dass er verwundet war. Blut sickerte durch einen notdürftigen Verband an seinem Bein, und an seinem Oberarm war ein weiterer Verband. Sahif sprang nach vorn und stieß zu.

Das also ist der Herzog von Atgath?, dachte Shahila und betrachtete den Mann, der ihr gegenüber am Tisch saß und sie traurig ansah. Und traurig war alles an ihm, seine schweren Augenlider, sein müdes Gesicht, sein wirres Haar, seine gebeugte Haltung.

»Aber warum sagt mir denn niemand, was geschehen ist?«, fragte er wieder. »Ostig! Ostig!«

»Euer Diener ist auf dem Flur und versucht zu erfahren, was der Lärm zu bedeuten hat, Hoheit«, sagte Shahila. Ihre Hände zitterten. Das fand sie seltsam. Sie war so weit gegangen, hatte so viel erreicht und getan, und nun zitterten ihre Hände und hörten einfach nicht auf. Sie verbarg sie im Schoß und hoffte, dass der Herzog das Blut daran nicht bemerkte. Ostig war tatsächlich draußen vor der großen Kammer, nur, dass er niemanden mehr etwas fragen konnte. Dieser alte Narr hatte sie nicht einlassen wollen. *Habe ich ihn wirklich getötet?*, fragte sie sich. Es kam ihr unwirklich vor, denn noch nie hatte sie so etwas mit eigener Hand getan. Doch im Augenblick fand sie alles in Atgath unwirklich: Die düstere Burg, die bei der Explosion zersprungenen Fensterscheiben des herzoglichen Gemachs, die Kälte, die mit dem Schnee in das Gemach eindrang, die alten magischen Zeichen an den vier Säulen, die einst den Thronsaal geschützt hatten – vor allem aber Hado III., der Herzog selbst, war ganz und gar unwirklich. Wie schwach und armselig er doch war!

»Wo ist Quent?«, fragte er jetzt. »Und wieso schneit es?«

»Meister Quent ist beschäftigt, Hoheit«, sagte Shahila. »Er schickt mich, um Euch zu holen.«

»Euch? Aber ich kenne Euch nicht!«

»Ich bin Shahila, die Gattin Eures Bruders Beleran, Hoheit.« Sie musste nur dafür sorgen, dass er diese Kammer verließ, das konnte doch nicht so schwer sein!

»Beleran? Ist der etwa auch hier?«, fragte der Herzog, und auch der Gedanke an seinen Bruder schien ihn zu bekümmern. »Was will er? Versteckt er sich wieder?«

»Er vertritt Euch auf dem Jahrmarkt, Hoheit. Man sagt, Ihr fühlt Euch nicht wohl.« Sie lächelte und streckte einladend die Hand aus.

Aber der Herzog beachtete ihr Lächeln gar nicht, er blickte starr auf ihre Hand und rührte sich nicht.

»Wirklich, lieber Schwager, Ihr solltet dem Ruf Quents folgen. Ich glaube, er hat eine wundervolle Überraschung für Euch.«

»Quent. Ich will, dass er herkommt!«

»Hoheit, er wartet draußen. Die Überraschung, Ihr versteht?«

»Ich will von dem Mittel, das der Fremde mir gebracht hat. Es ließ das Wort schweigen, wisst Ihr?«
»Ah, Ihr meint Meister Ured?«
»Ihr kennt ihn?«
»Natürlich, Hoheit, seit meiner Kindheit«, sagte Shahila und lächelte wieder, um ihre wachsende Ungeduld zu verbergen. Der Herzog musste sterben, bevor die Wachen hier waren. Und sie konnte ihn nicht töten, solange er in diesem Saal war. »Er ist draußen bei Quent, wisst Ihr? Er wartet auf Euch.«
»Draußen?«, fragte der Herzog, und seine schweren Augenlider flackerten unruhig.
Shahila streckte noch einmal die Hand aus. »Kommt, Hado, lieber Schwager. Wir wollen das Wort, das Euch so viel Kummer bereitet, wieder zum Schweigen bringen.«

Sahif stieß ins Leere, denn Almisan war leichtfüßig zwei Schritte zur Seite ausgewichen. Sein Gesicht zuckte leicht, als er das verwundete Bein belastete, das einzige Zeichen von Schmerz, das Sahif erkennen konnte. Der Rahis strahlte eine gefährliche Ruhe aus und schien es nicht besonders eilig zu haben, gegen Sahif zu kämpfen. Aber er stand ihm im Weg, und Sahif rannte die Zeit davon. Hinter der nächsten Ecke stöhnte und jammerte der Hauptmann um Hilfe.
»Warum das alles, Bruder?«, fragte Sahif. Er hatte keine Ahnung, was er tun sollte. Er konnte nur hoffen, dass sein früheres Ich ihm im Kampf zu Hilfe kam.
»Das musst du deine Schwester fragen, Sahif«, sagte Almisan. »Sie ist dort hinten.« Er griff an, und Sahif wich aus, aber mitten im Angriff hielt Almisan inne, als wolle er ihn nur erschrecken. »Wie langsam du bist, Bruder«, stellte der Rahis fest. War das Spott? Sahif spürte etwas Warmes am linken

Arm – Blut. Almisan hatte ihn getroffen, dabei hatte er nicht einmal ernst gemacht.

»Ihr wollt den Herzog töten, ist es das?«

»Und wie klug du bist«, spottete der Rahis. »Aber nicht wir werden den Herzog töten, sondern du. Es ist übrigens sehr entgegenkommend von dir, gerade jetzt hier aufzutauchen.«

»Jetzt? Warum gerade jetzt?«, fragte Sahif und bewegte sich vorsichtig zur Seite. Er hätte die Hilfe seines alten Ichs gut gebrauchen können, aber noch zeigte es sich nicht. Er musste weiter, Almisan versperrte ihm jedoch mit aufreizender Ruhe den Weg.

Plötzlich erklang das helle Lachen einer Frau von irgendwo weiter hinten, ein Lachen, so hell und schrill, dass es Sahif kalt den Rücken hinunterlief. Der Rahis hörte es auch, lächelte wieder, trat einen Schritt zurück in den Schatten einer Steinsäule, und dann konnte Sahif ihn nicht mehr sehen. Er hob das Schwert zur Abwehr des unvermeidlichen Angriffs. Da – war das nicht eine Bewegung vor der Wand? Er blieb in Abwehrstellung und wusste, dass er nicht die geringste Chance hatte, wenn Almisan ihn wirklich töten wollte. Aber wollte er das überhaupt? Spielte er mit ihm? Das Poltern schwerer Soldatenstiefel klang heran. Sahif fluchte und rannte los, und jeden Augenblick befürchtete er, dass Almisan aus den Schatten hervorspringen und dieses Spiel beenden würde. Viel Zeit hatte er nicht mehr. Was hatte diese Bemerkung zu bedeuten, dass *er* den Herzog töten würde? Das würde er ganz sicher nicht tun. Oder doch? Gab es da irgendeinen finsteren Zauber, von dem er nichts wusste? Hatte sein altes Ich irgendetwas getan, was nun böse Früchte tragen würde? Der Thronsaal konnte nicht mehr weit sein, und er musste das Verhängnis aufhalten, koste es, was es wolle. Schon sah er die breite Pforte, und er sah auch gleich, dass Almisan hier gewesen war, denn vier tote Soldaten lagen davor. Sahif sah, dass jeder von ihnen nur eine einzige, aber tödliche Wunde davongetragen hatte. *Almisan*, dachte er. Dann lag da noch ein alter Mann, vielleicht ein Diener, sein lebloser Körper blockierte die Türflügel. Sahif sprang über ihn hinweg.

Die Doppeltür zum eigentlichen Wohngemach des Herzogs stand weit offen. Umflort vom Licht aus den zerbrochenen Fenstern stand dort ein Mann, der ihn mit schief gelegtem Kopf ansah. Der Mann sagte etwas, so leise, dass Sahif ihn nicht verstehen konnte, machte zwei unsichere Schritte nach vorn und sackte dann plötzlich in die Knie. Ein seltsamer, weißer Gegenstand ragte aus seinem Hals hervor, er schien auf einer Seite hinein-, auf der anderen Seite wieder herauszuwachsen. Blut floss aus den Wunden, aber der Herzog lächelte verzerrt. Hinter ihm tauchte die Silhouette von Shahila auf. Sie lachte auf eine seltsame, entrückte Art. Es war das gleiche Lachen, das Sahif im Flur gehört hatte.

»Elfenbein«, flüsterte sie. »Wer hätte es gedacht? Elfenbein!«

Sahif ließ sein Schwert fallen und fing den zu Boden gehenden Mann auf. Seine Halbschwester redete weiter: »Keine Waffe, kein Werkzeug, kein Metall, kein Stein und kein Zweig, kein Gift und keine Magie, nicht einmal ein Blitz hätte ihn töten können – aber ich konnte es, ich konnte es!«

Sahif begriff, dass sie mit sich selbst redete, dass sie ihren Sieg feierte. Aber auch der Herzog sprach, flüsternd, und Sahif beugte sich hinab, um zu verstehen, was er sagte.

»Eine Haarnadel!«, rief Shahila lachend. »Ein Schmuckstück aus Elfenbein ist stärker als alle Zauber!«

»Die Stille«, flüsterte der Herzog und lächelte schwermütig. »Die Stille.«

Sahif war erschüttert. »Was hast du getan, Schwester?«

»Ich habe gar nichts getan«, sagte sie mit einem bösen Lächeln. »Und es ist der Edelstein in der Krone meines Sieges, dass du selbst nun hier bist, genau zur rechten Zeit. Das ist besser, als ich zu hoffen wagte. Du hast Hado getötet, Bruder. Ich danke dir.«

Sahif hielt den Sterbenden noch im Arm. Er fühlte den Zorn in sich wachsen. Er war zu spät gekommen. Er hatte den Herzog nicht gerettet – nun musste er also seine Schwester töten. Shahila redete einfach weiter, als könne sie gar nicht aufhören. »Dank deiner abscheulichen Tat wird mein Mann nun Herzog – und damit bin ich die Herrin von Atgath!«

»Der Schlüssel – Beleran wird den magischen Schlüssel erben!«

»Ich sehe, du bist nicht völlig verblödet, lieber Bruder. Ich danke dir, dass du dich herbemüht hast, und ich werde mit Freuden zusehen, wenn die Wachen dich gleich töten. Schau nicht so entsetzt, lieber Sahif. Sie werden keine Gnade kennen mit dem Mann, der den Herzog ermordet hat.«

Sahif begriff es endlich: Er war ein Schatten, und niemand würde ihm glauben, dass nicht er Hado getötet hatte. Doch gerade als er aufstehen wollte, packte ihn der sterbende Herzog am Kragen und zog ihn mit erstaunlicher Kraft hinab. »Das Wort«, flüsterte er, »das Wort.« Und dann sagte er es Sahif ins Ohr.

Der Lärm auf dem Gang schwoll an. Sahif hörte die heisere Stimme des Hauptmannes, der seine Männer zur Eile antrieb. Er hob sein Schwert auf. Shahila war seine Halbschwester, aber sie hatte ihm jeden Grund gegeben, sie umzubringen. Sie sah seinen Blick und wich in den Thronsaal zurück. Er folgte ihr. Sie hatte Tod und Verderben über die Stadt gebracht, und wenn sie erst die Kammer öffnete, würde es noch schlimmer werden. Die Mahre hatten Recht – sie hatte den Tod verdient. Als er über die Schwelle trat, sah er das Schwert in seiner Hand an – und hatte plötzlich keine Ahnung mehr, was er damit anfangen sollte.

»Dies ist das Gemach des Herzogs von Atgath, Sahif. Der zweite Schutz! Hier gibt es keine Waffen, keine Gewalt – hast du das etwa auch vergessen?«

»Der Herzog, der Herzog!«, riefen draußen Stimmen.

»Er ist hier! Der Mörder ist hier!«, rief Shahila.

»Verflucht sollst du sein!«, schrie Sahif und rannte zum nächsten Fenster. Er riss es auf, und die bereits geborstene Scheibe fiel klirrend heraus. Der Wind trieb dichte Schneeflocken herein. Etliche Soldaten drangen in den Saal ein. »Packt ihn, Männer«, kommandierte eine sich überschlagende Stimme.

Sahif schwang sich hinaus auf den schmalen Sims und blickte in den Hof, der so tief unter ihm lag, dass er sich bei einem Sprung leicht das Genick brechen würde.

»Er hat den Herzog ermordet. Der Schatten hat den Herzog ermordet!« Und der Ruf verbreitete sich in der ganzen Burg, hallte von den Wänden wider, wurde wiederholt und weitergegeben.

Sahif balancierte auf dem fußbreiten Sims zum nächsten Fenster, in dem sich aber plötzlich die wütenden Gesichter seiner Verfolger zeigten. »Er kann nicht entkommen!«, triumphierte der Hauptmann drinnen.

Sahif atmete einmal tief durch, er musste hinunter in den Hof. Er ließ das Schwert fallen und glitt hinab, seine Hände krallten sich in den Sims. Unter ihm wartete einige Ellen entfernt ein zweiter, noch schmalerer Ziersims – nichts, worauf ein Mensch hätte landen können. Sahif ließ dennoch los und hoffte, dass ein Schatten es vielleicht vermochte. Er landete, wankte – und stand. Jemand warf einen Speer nach ihm, aber irgendetwas warnte ihn rechtzeitig, und er duckte sich.

»In den Hof, in den Hof, Männer!«, kommandierte der Hauptmann.

Sahif sprang, ohne zu überlegen, und hörte, wie ein Armbrustbolzen dort in die Mauer schlug, wo er eben noch gekauert hatte. Er fiel, und der Boden wurde plötzlich undeutlich, als wartete dort ein falscher Schatten. Sahif landete hart, aber er landete nicht so hart, wie er befürchtet hatte. Er rollte sich ab und sah sich einem Hellebardier gegenüber, der zwischen ihm und Marberics Waffe stand und mit weitem Schwung zum Schlag ausholte. Sahif wich aus, der Soldat wurde von seinem eigenen Schwung aus dem Gleichgewicht gebracht, und Sahif ließ das Schwert Schwert sein und rannte. Ein Bolzen kam aus dem Nichts geflogen, verfehlte ihn weit, traf aber den Hellebardier mitten in der Stirn. Er stöhnte nicht einmal, als er zu Boden sackte. Das Tor zum unteren Burghof stand offen, und Sahif rannte darauf zu. Dann sah er auch von dort Soldaten heranhasten, die wohl gerade aus der Stadt zurückkehrten. Dort kam er nicht hinaus.

Teis Aggi hatte seinen Gefangenen den Wachen und dem Bergkrieger anvertraut und war über den Markt zur Burg geeilt. Die ganze Stadt war in Aufruhr, denn jeder hatte den gewaltigen Knall gehört, der von der Burg gekommen war, und wer ihn doch nicht gehört hatte, spürte die bittere Kälte und sah das dichte Schneegestöber, das aus heiterem Himmel über die Stadt hereingebrochen war. *Nestur Quent,* dachte Aggi, *dieser Schnee kommt von Nestur Quent.* Kurzzeitig meinte er, es könnte ein gutes Zeichen sein, ein Zeichen, dass der mächtige Zauberer endlich gegen die Feinde des Herzogs vorging, aber als er die Burg erreichte, wurde er eines Besseren belehrt. Ein völlig verstörter Rekrut rief ihm zu, dass Meister Quent sich selbst und seinen Turm in die Luft gesprengt hatte. Im Vorhof waren eine Menge Menschen versammelt, Wachen, Mägde, Köche und andere Bedienstete, die nicht wussten, was sie tun sollten. Und dann rief jemand die Schreckensmeldung über die Burg: Der Herzog war tot. Hado III. war von einem Schatten ermordet worden. Lähmendes Entsetzen befiel die Männer und Frauen im Hof. Aggi konnte es nicht glauben. Der Herzog tot? Nein, das konnte, das durfte nicht sein!

Eine Magd heulte laut auf, und auch dem einen oder anderen Mann standen Tränen in den Augen. Aggi schluckte, aber dann schüttelte er den Kopf. Es konnte nicht wahr sein, und wenn doch, dann musste er etwas unternehmen. »Mir nach, Männer!«, kommandierte er. Als er das obere Tor erreichte, hörte er ein gequältes Stöhnen. Der Schatten war dort, keine zehn Schritte entfernt, und hinter ihm einer der Soldaten, der von einem Armbrustbolzen getroffen worden war und tot am Boden lag. Für einen kurzen Augenblick stand Aggi dem Schatten gegenüber, Auge in Auge. Dann drehte sich der Schwarzgekleidete um und rannte davon.

»Ihm nach!«, rief Aggi, von heißer Wut erfüllt.

Sahif verharrte einen Augenblick. Die Männer dort sahen beinahe verängstigt aus, bis auf den einen, der sie anführte – es war schon wieder dieser Leutnant. Sahif fluchte, wandte sich nach rechts und floh in das nächste Gebäude hinein. Er stürmte eine Treppe hinauf, einen Flur entlang und fand die ersten vier Türen verschlossen. Die Männer waren schon im Gang, als er endlich eine unverschlossene Pforte entdeckte. Er riss die Tür auf und sah nur eine düstere Kammer mit einem viel zu schmalen Fenster. Er rannte weiter, am Ende des Ganges wartete eine weitere Treppe, die er hinaufstürmte. Er musste hinaus, aus der Burg, aus der Stadt, irgendwie, und er hoffte, dass die Fenster weiter oben größer waren. Er rannte bis zum obersten Stock und fand eine Tür zum Wehrgang. Seine Verfolger waren ihm dicht auf den Fersen, und aus einem der Türme zur Rechten stürmten jetzt weitere Männer hervor. Er rannte nach links, bis ihm auch von dort Männer entgegenkamen. Der erste hatte ihn schon erreicht. Sahif wich seinem Schwert aus, der Angriff war langsam genug – nein, es war diese eiskalte Ruhe, die ihm so klar und deutlich verriet, wo das Schwert hingehen würde, dass er genug Zeit hatte auszuweichen. Er wusste plötzlich, was zu tun war.

Es gab also nur einen Weg? Schön. Er packte kurz entschlossen den Soldaten am Kragen und schwang sich mit ihm, gerade bevor ihn die anderen erreichten, über die Mauer. Sie fielen, und Sahif drehte den Soldaten im Fallen. Der Mann schrie. Unter ihnen lag das, was seine Schwester als ehemaligen Burggarten bezeichnet hatte, was inzwischen aber eine Ansammlung hässlicher Häuser und niedriger Schuppen war. Sie fielen und brachen durch das Dach eines Schuppens, und wie er es berechnet hatte, krachte der Soldat zuerst durch die Ziegel und dämpfte Sahifs Aufprall mit seinem Leib, als sie hart in einem Schweinekoben aufschlugen. Er rührte sich nicht, als Sahif mühsam wieder auf die Beine kam.

Über ihm brüllten wütende Männer, um ihn herum grunzten aufgeregt die Schweine. Sahif taumelte aus dem Stall, wieder nach rechts und in das nächste Haus, während um ihn herum die Bolzen der Armbrüste auf das Pflaster schlugen. Es war nicht das Gebäude, in dem er seine Schwester getroffen hatte, aber wenn seine Erinnerung ihn nicht sehr täuschte, gab es hier einen Turm, fast am Bach, der mit den Resten der alten Stadtmauer verbunden war. Er fand eine Wendeltreppe und rannte sie hinauf. Als er endlich oben angekommen war, stellte er fest, dass er Recht hatte. Dort unten lag die alte Stadtmauer, errichtet, bevor es die Neustadt gegeben hatte, aber sie lag viel zu weit unter ihm, um einen Sprung zu wagen. Und noch etwas sah er: Menschen, unglaublich viele Menschen. Die ganze Stadt schien auf den Beinen zu sein, und sie alle strömten im Schneetreiben zur Burg. Vor dem Tor staute sich die Menge bereits, aber auch in der Straße unter Sahif liefen Männer und Frauen zum Burgtor.

Er konnte sich ungefähr vorstellen, was sie mit dem angeblichen Mörder des Herzogs anstellen würden, wenn sie ihn in die Finger bekämen. Er musste schnell sein und hoffen, dass er nicht bemerkt wurde. Schon hörte er die ersten Verfolger unten im Turm. Er zog einen Augenblick lang in Erwägung, in den wild schäumenden Bach zu springen, doch er hatte ihn am Vortag aus der Nähe gesehen. Er war nicht sehr tief und voller Felsen. Also schwang er sich über die Brüstung und hangelte sich dorthin, wo der Turm aus der Mauer wuchs. Hier gab es größere Blöcke und einige Ritzen im Mauerwerk, Zeichen nachlässiger Bauweise. In den Ritzen klebte schon Schnee, aber es gab keinen anderen Weg, also kletterte er vorsichtig, aber so schnell wie möglich hinab, immer in der Hoffnung, dass sein altes, unzuverlässiges Ich ihm in der äußersten Not beistehen würde.

»Schickt Männer aus, Hauptmann. Sie sollen meinen Gemahl Beleran suchen und beschützen«, befahl Shahila.

Hauptmann Fals salutierte mühsam mit links. Schweiß stand ihm auf der Stirn. Er war leichenblass, und einer seiner Soldaten legte ihm einen neuen Verband über der abermals durchbohrten Schulter an. »Ich werde sehen, ob ich noch ein paar Männer auftreiben kann. Die meisten jagen den verfluchten Schatten«, sagte er stöhnend.

»Tut, was Ihr könnt, Hauptmann. Ich weiß, ich kann mich auf Euch verlassen«, erwiderte Shahila mitleidlos. Es war ihr herzlich egal, ob der Mann lebte oder starb. Sahif war entkommen! War sie denn nur von Versagern umgeben?

Der Hauptmann nickte schwach, dann machte er auf dem Absatz kehrt und verließ auf sehr unsicheren Beinen den Thronsaal. Bald hörte sie jemanden Befehle bellen. Aber es war nicht der Hauptmann – vielleicht ein Sergeant, der die Initiative ergriffen hatte.

»Sie gehorchen Euch, Hoheit«, stellte Rahis Almisan fest.

Shahila lächelte. »Überrascht dich das? Es sind Schafe, die nach Führung verlangen.«

Draußen war die Dienerschaft versammelt. Die Mägde weinten hemmungslos, und selbst den Soldaten und Knechten standen Tränen in den Augen. Wäre Shahila nicht gewesen, hätte niemand gewusst, was zu tun war. So aber wurden die toten Wachleute hinausgetragen, während man auf den Feldscher wartete, der den Tod des Herzogs untersuchen sollte. Er würde die richtigen Folgerungen treffen, dafür hatte Almisan mit seinem Dolch gesorgt. Jetzt, wo der Herzog tot war, schützte ihn kein Amulett mehr vor weiteren Verletzungen.

Shahila zog sich mit ihrem Vertrauten in den hinteren Teil des Thronsaals zurück, wo sie nicht gehört wurden, die Vorgänge im und vor dem Saal aber im Blick hatten. Die Menschen wirkten wie betäubt, und Shahila fragte sich, was die Leute so erschütterte. War der alte Herzog nicht ein Sonderling gewesen, gebeugt von Schwermut, menschenscheu und völlig unfähig, sich um seine Stadt zu kümmern? War er nicht schon seit Jahren kaum noch vor die Tür seiner Gemächer getreten? Sie waren ohne ihn besser dran, und dennoch weinten sie um ihn wie um einen Vater. Es waren wirklich Schafe.

»Glaubt Ihr, dass Euer Bruder entkommen wird?«, fragte Almisan leise.

»Ich hoffe nicht.« Shahila wandte sich ihrem Vertrauten zu und musterte seine ausdruckslose Miene. Es gab da etwas, was sie nicht verstand: »Ich frage mich, warum du ihn nicht schon auf dem Gang erledigt hast, Almisan.«

Die Miene des Hünen blieb unbewegt. »Ich hatte keine Gelegenheit dazu, Hoheit, denn ich musste mich um einige Soldaten kümmern.«

Shahila sah ihm prüfend in die Augen, aber dann wandte sie sich ab und zuckte mit den Achseln. Es war Almisan, er hatte schon ihrer Mutter gedient, und sie würde ihm ihr Leben anvertrauen. »Er wird nicht weit kommen. Ich nehme an, unsere Bergkrieger sind auch hinter ihm her?«

»So ist es, Hoheit.«

Shahila sah den Feldscher eintreten. Er verneigte sich unsicher vor ihr, dann trat er an die Leiche des Herzogs heran. Seine Finger zitterten, als er die klaffenden Wunden an Hados Hals untersuchte. »Ist sicher, dass Quent wirklich tot ist?«, fragte sie ihren Vertrauten flüsternd.

»Er ist es. Wirklich, er war ein starker Zauberer. Ich glaube nicht, dass ich jemals gegen einen stärkeren Gegner gekämpft habe.«

»Und du hast ihn besiegt.«

»Nein, Hoheit, das Sprengpulver hat ihn besiegt, ich habe ihm nur den Gnadenstoß versetzt. Es ist beinahe traurig, dass ein Mann wie Quent ein derart unwürdiges Ende findet. Seht hinaus – er hat einen Schneesturm beschworen. Was für eine Macht! Aber jetzt ist sein Leichnam in den Händen des Adlatus, und ich nehme an, dass der ihn schon für eines seiner widerlichen Experimente benutzt.«

»Sehr gut«, murmelte Shahila, für den Augenblick gedankenverloren.

»Was beschäftigt Euch, Hoheit?«

Shahila lächelte. »Wenn mein Gemahl erst einmal Herzog ist, wirst du diese Anrede wieder mit voller Berechtigung verwenden können.«

»Hoheit ist nicht nur eine Frage des Titels«, entgegnete der Rahis mit unbewegter Miene.

Shahila seufzte. »Lassen wir das. Als Hado starb, da hat er Sahif etwas ins Ohr geflüstert. Und der Blick meines Bruders ... ich weiß nicht, es lag so etwas wie Triumph darin. Und das gefällt mir nicht.«

»Was könnte er ihm gesagt haben, Hoheit?«

»Ich weiß es nicht. Kann es das magische Wort gewesen sein?«

Almisan schüttelte den Kopf. »Nach allem, was der Baron darüber gesagt hat, kann der Herzog es nur in der geheimen Kammer aussprechen, und dann auch nur, wenn niemand bei ihm ist. Ein sehr wirksamer Zauber, den die Berggeister da gewebt haben.«

»Diese Mahre sind wirklich sehr vorsichtig, was ihre Geheimnisse betrifft, nicht wahr?«

»Sechshundert Jahre haben sie sie erfolgreich bewahrt. Doch schon bald gehören sie uns, Hoheit.«

»Ja, schon bald«, antwortete Shahila, und sie fragte sich, wie lange es wohl dauern würde, bis das magische Wort in Belerans Kopf erscheinen würde. Sie blickte auf ihre Hände. Es klebte immer noch Blut daran, doch sie hatten aufgehört zu zittern.

Sahifs steifgefrorene Finger verloren den Griff. Er rutschte ein gutes Stück die Turmmauer hinab, riss sich am rauen Mauerwerk die Hände und die Kleider auf, bis er unsanft auf dem alten Wehrgang landete. Von oben erklangen wütende Stimmen. Sahif hastete weiter. Dann hörte er, wie Menschen auf der Straße zur Burg hinaufriefen und wissen wollten, was es denn gäbe.

»Der Mann dort, da auf der Mauer, er hat den Herzog ermordet!«, lautete die Antwort.

Da war Sahif schon in einem anderen alten Turm verschwunden und auf dem Weg nach unten. Er war aus der Tür, bevor die Menschen auf der Straße den Schrecken verdaut hatten, aber als er um die nächste Ecke bog, hörte er es schon: »Haltet ihn, fasst ihn! Haltet den Mörder!« Er rannte die Gasse entlang. Bald hörte er ein Rumoren in den Straßen, auf- und abschwellende Rufe von »Mord« und »Mörder«, laut und gleichzeitig seltsam gedämpft vom Schnee, der in dichten Schauern vom Himmel fiel. Was hätte er darum gegeben, sich in einem Schatten verstecken zu können, aber sein altes Ich verriet ihm nicht, wie man das anstellte. Er rannte in den schmalen Durchgang zwischen zwei Häusern und stellte fest, dass es eine Sackgasse war.

Also kletterte er über eine Mauer auf das nächste Dach. Hier oben würde man ihn hoffentlich nicht vermuten. Es war jedoch heller Tag. Von der Burg aus würde man ihn früher oder später sehen, denn er war schwarz gekleidet, und die Dächer waren schon mit einer dünnen Schicht Schnee bedeckt. Er balancierte über den First, rutschte die Ziegel hinab und sprang über eine schmale Gasse. Er hatte keinen Plan, wusste nicht, wohin, also folgte er einfach dem Weg, den ihm die Dächer anboten. Er bemerkte bald, dass er auf diesem Pfad nicht auf kürzestem Weg aus der Stadt hinauskommen würde, sondern einmal quer durch ganz Atgath flüchten musste, aber ändern konnte er es nicht. Dann hörte er einen Pfiff, und als er sich umdrehte, sah er Männer auf den Dächern. Er erkannte Wachen, Bürger und auch einige der Männer aus den Bergen, die seine Schwester mitgebracht hatte. Sie waren ein gutes Stück entfernt, aber sie riefen der Menge zu, wo er war, und in den Straßen waren seine Verfolger schneller als er auf den schneebedeckten Dächern. Er sprang über schmale Gassen, wich dem Markt und größeren Gassen aus, bis er bemerkte, dass er auf diese Weise genau in die Arme seiner Verfolger laufen würde. Schon forderten Männer und Frauen unten in der Straße seinen Kopf, und sie schwenkten Äxte, Hämmer und Sicheln.

Er sah keinen anderen Weg, also stieß er einen wilden Schrei aus und sprang in die Straße hinab. Die Menschen, eben noch voller Hass, Zorn und Mut, wichen erschrocken zurück. Er brüllte einen verängstigten Bauern an, riss ihm seine Heugabel aus der Hand, schlug einen Mann, der ihm nicht schnell genug aus dem Weg ging, damit nieder, rannte um die Ecke und kletterte sofort wieder aufs Dach. Die südliche Mauer rückte allmählich näher, das war die Seite, auf der er mit Ela Grams in die Stadt gekommen war. Aber es war noch ein gefährlicher Weg bis dorthin, und seine Verfolger waren ihm dicht auf den Fersen.

»Du bist keiner von denen, oder?«, fragte Ela Grams und meinte die Homunkuli.

Das bleiche Wesen sah sie aus seinen tiefliegenden Augen nachdenklich an. »Marberic ist mein Name«, sagte es schließlich.

Ela nickte schwach. Es strengte an zu reden. Es strengte schon an zu denken, und noch mehr zu verstehen. Anuq war da gewesen, mit seinem Rabenhaar, beinahe wie in einem Traum. Und er hatte sie fortgetragen, aber dann einfach irgendwo abgelegt und liegen lassen. Sie nahm sich vor, ihn bei Gelegenheit für diese Unverschämtheit zur Rede zu stellen.

»Trink das«, verlangte das Wesen, das kein Homunkulus war.

»Riecht komisch.«

»Hilft aber«, behauptete das Wesen. »Steinblut. Schließt Wunden, hilft, sagt Amuric.«

Und da Ela die Kraft fehlte zu widersprechen, gehorchte sie.

»Schmeckt noch schlimmer, als es riecht.«

Das Wesen zuckte mit den Schultern.

»Aber was bist du?«, fragte sie noch einmal. Was immer sie da getrunken hatte, es brannte fürchterlich. Feuer rollte durch ihre Adern.

»Mahre, so nennt ihr uns. Ich kenne deinen Vater.«

Ela nickte. Vielleicht war also doch nicht alles, was ihr Vater erzählt hatte, Ausgeburt des Branntweins. Dann schreckte sie hoch: »Asgo, Stig! Meine Brüder. Sie sind in Gefahr.«

»Nein, sie sind in der Stadt. Die Steine sagen, sie sind bei einem Mann namens Wulger Dorn«, sagte das Wesen.

»Gut«, murmelte sie, und wieder dachte sie an Sahif, der sie getragen und dann aus irgendeinem Grund wieder fallen gelassen hatte. Und sie dachte an ihren Vater, aber es fehlte ihr die Kraft, auch nach ihm zu fragen. Dann wurde es wieder dunkel um sie.

Als Faran Ured von seinen drei Bewachern durch den Innenhof in die Burg geführt wurde, war das Chaos allgegenwärtig. Es war in den Straßen, wo eine kopflose Menge einem Schatten hinterherjagte, es war an den Toren, wo keine Wachen standen, und es war im Innenhof, wo Bedienstete ohne Verstand durcheinanderrannten und Gepäck ohne Rücksicht auf Größe und Sinn übereinanderstapelten. Es gab auch Männer, die Pferde vor eine Reisekutsche spannten, und andere, die sie mit Gepäck beluden. Ured entdeckte einen sehr dicken, weißhaarigen Mann inmitten des Durcheinanders, der mit fahrigen Bewegungen der Dienerschaft Anweisungen gab und damit das Chaos nur noch vergrößerte. Der Mann hatte es offenbar eilig fortzukommen. »Wer ist das?«, fragte er eine der Wachen, die wachsbleich auf der Treppe stand.

»Graf Gidus, der Gesandte aus Frialis«, lautete die Antwort.

»Weiter jetzt«, schnauzte ihn der Bergkrieger an.

Sie führten ihn eine Treppe hinab und durch einen Gang, den er schon kannte. Gar nicht weit von dort musste sich die Schatzkammer befinden, deren Lage ihm der freundliche Feldscher verraten hatte, aber natürlich führte man ihn nicht dorthin. Nein, es ging noch zwei Treppen hinab, und Ured begriff, dass man ihn ohne weitere Umwege in den Kerker werfen würde. *Nun, wohin auch sonst,* dachte er gelassen. Eine seltsame Ruhe erfüllte ihn. Hado war tot, die Baronin am Ziel – das hieß, dass sein Auftrag erfüllt war. Nun konnte er daran denken, sich die Mittel zu beschaffen, die er brauchte, um seine Familie in Sicherheit zu bringen und dann dafür zu sorgen, dass er nie wieder in so eine Lage geraten würde.

Die beiden Wachen schoben ihn über die Schwelle in einen düsteren Raum mit mehreren Zellen. Ein Wächter mit einem Holzbein saß dort auf einem Stuhl und starrte sie feindselig an.

»Was soll das? Noch ein Gefangener?«, raunzte er.

»Hast du keinen Platz mehr?«, fragte einer der Soldaten spöttisch.

Nur eine der Zellen war verschlossen, und Ured erkannte mit einer gewissen Überraschung, dass hinter dem Gitter Köhler Grams im Stroh lag und schnarchte.

»Was ist denn da oben los?«, fragte der Wächter, als er brummend seinen Schlüsselbund von der Wand nahm. »Alles schreit, alles rennt, aber keiner nimmt sich die Zeit, mir Bescheid zu geben.«

»Weißt du es wirklich nicht, Mann? Der Herzog ist ermordet worden!«

»Der Herzog? Bei allen Himmeln!«

»Ja, bei allen Himmeln. Und jetzt beeil dich, der Mörder ist noch frei, und ich will mit auf die Jagd«, sagte der Wächter.

»Und was ist mit dem da?«, fragte der Holzbeinige, deutete auf Ured und humpelte zu einer der Zellen.

»Ich weiß es nicht. Angeblich hat er auch jemanden getötet.«

»Es ist alles nur ein Missverständnis«, warf Faran Ured freundlich ein.

»Die hier ist nicht besser oder schlechter als die anderen«, brummte der Wächter und meinte die Zelle. »Ein Mörder also.«

»Ja, und er kann zaubern, heißt es. Du darfst ihm kein Wasser geben. Und hier, sein Beutel, verwahre ihn einstweilen.«

»Wieso kein Wasser? Was denn sonst? Soll ich ihn verdursten lassen?«

»Rahis Almisan hat gesagt, dass er zaubern kann und kein Wasser bekommen darf«, knurrte der Bergkrieger.

»Wer?«, fragte der Wächter.

»Nun mach schon«, drängte einer der Soldaten. »Leutnant Aggi hat das Gleiche gesagt.«

»Aber er trägt keine Zauberzeichen.«

»Siehst du! Ein ehrlicher Zauberer ist er also nicht. Gib ihm Wein, wenn du Angst hast, dass er dir verdurstet.«

»Angst, Angst, davon rede ich nicht. Aber wer hat nachher die Scherereien, wenn er stirbt?«, fragte der Wächter. Er schob Ured über die Schwelle und schloss umständlich ab. »Und wann kann ich damit rechnen, dass jemand kommt und ihn zu den Verhören holt?«

»Keine Ahnung. Der Herzog ist tot, Mann, wen kümmern da noch deine Gefangenen?« Der Soldat grinste breit und drückte dem Wächter Ureds Beutel in die Hand: »Hebe das hier einstweilen für uns auf. Vielleicht hast du Glück, und diese beiden bleiben dir für immer erhalten!«

Faran Ured hörte die Soldaten davongehen. Er prüfte das Stroh und fand es zu feucht, um sich darin auszustrecken. Der Wächter warf ihm einen missmutigen Blick zu und humpelte zurück auf seinen Platz. Er murmelte vor sich hin, dass er auf diese Art Gesellschaft sehr leicht verzichten könne, und setzte sich wieder ächzend auf seinen Schemel. Ured nahm sich vor, ihn nicht allzu lange zu belästigen. Wie alle Kerker dieser Welt war auch dieser feucht, es drang sogar etwas Schnee durch die kleine vergitterte Öffnung unter der Decke ein, und er brauchte doch nur eine Hand voll Wasser und einen unbeobachteten Moment, um sich zu verabschieden.

Auf dem nächsten Dach wurde Sahif bereits erwartet. Es war einer der Bergkrieger, und er führte zwei gebogene Schwerter, die er nun durch die Luft wirbeln ließ.

Angeber, dachte Sahif und stürmte über die Ziegel hinauf. Dieses Mal musste er sich nicht einmal auf sein altes Ich verlassen, denn inzwischen hatte er ein Gefühl für die Dächer entwickelt, und er hatte schon bemerkt, wie glatt sie durch den Schnee geworden waren. Er rannte auf den Mann zu und sprang dann unter seinem Schlag hindurch, rutschte über das knirschende Dach und fing sich wieder ab.

Sein Gegner brüllte wütend auf, verfolgte ihn und glitt aus. Mit einem Fluch polterte er das Dach hinab und verschwand. *Leider fällt er nicht tief genug, um sich das Genick zu brechen*, dachte Sahif. Das Blut rauschte in seinen Ohren. Etwas in ihm verlangte, umzukehren und dem Mann den Rest zu geben, aber er rannte weiter.

Er hatte schon mehr als die halbe Strecke zwischen Markt

und Mauer zurückgelegt. Es waren nicht viele Wachen auf den Wehrgängen, und für einen Augenblick glaubte Sahif, dass er es schaffen könnte.

»Zur Mauer, er will zur Mauer«, brüllte eine Stimme. Und als sei das nicht schlimm genug, rief sie: »Alle Männer der Wache, zur Süd-Mauer! Wir fangen ihn ab.«

Sahif drehte sich um. Der Mann stand einige Dächer von ihm entfernt, und seine Befehle schienen der Menge in den Straßen darunter zu gelten. Es war schon wieder jener Leutnant, der ihm schon seit dem *Schwarzen Henker* auf den Fersen war. Also schlug Sahif einen Haken, tat, als wolle er zurück zur Burg und zur Ostseite der Stadt. Und als der Leutnant seine Männer dort entlangschickte, wechselte er wieder die Richtung, sprang über ein Gässchen und sah, dass es nicht mehr weit bis zur Mauer war. Die Stelle schien günstig gewählt, denn die Häuser bildeten hier einen sperrigen Block, den seine Verfolger auf den Straßen umgehen mussten. Nur auf die Mauer würde er vom Dach aus nicht gelangen. Aber er sah einen Aufgang, und das musste genügen. Er lief, rutschte über das nächste Dach hinab und landete hart auf der Straße. Vor ihm ragte die Stadtmauer auf, und von beiden Seiten kamen die Verfolger heran. Er rannte die Stufen hinauf. Oben stand ein zitternder Jüngling im Waffenrock, der halbherzig mit seiner Hellebarde drohte. Sahif packte ihn und warf ihn die Treppe hinunter, was seine Feinde jedoch nicht so lange aufhielt, wie er gehofft hatte.

Er rannte den Wehrgang entlang. *Sie sollten ihre Stadt wirklich besser bewachen,* dachte er grimmig, weil der Weg frei schien. Nur, wie sollte er von der Mauer hinunterkommen? Diese Mauer war errichtet worden, um Feinde abzuwehren, sie war stark, steil und hoch genug, um sich alle Knochen im Leib zu brechen, falls man so wahnsinnig war, hinunterklettern zu wollen. Er duckte sich. Ein Armbrustbolzen hätte ihn durchbohren müssen, aber der Schatten in ihm hatte ihn gewarnt und ausweichen lassen, bevor er wusste, wie ihm geschah. Da war also doch jemand auf dem Turm vor ihm. Was, wenn er nicht alleine war? Und schon flog die Tür zum Wehrgang auf, und ein weiterer Armbrustschütze erwartete ihn, seine Waffe im Anschlag.

Sahif spürte die kalte Ruhe wieder, als er weiterrannte. Es waren nur noch zwanzig Schritte, nur noch fünfzehn, und der andere wartete. Es war kein Jüngling, sondern ein alter Haudegen, der mit Bedacht handelte. *Er will sichergehen, aber das ist jetzt ein Fehler,* dachte Sahif und begann kleine Ausweichbewegungen anzutäuschen. Die Armbrust folgte seinen Bewegungen. Er hörte das wütende Gebrüll hinter sich, und auch unten auf der Straße waren Männer hinter ihm her. Der Armbrustschütze erkannte seinen Denkfehler zu spät. *Wenn er mich verfehlt, trifft er seine eigenen Leute,* dachte Sahif und musste plötzlich grinsen. Er deutete einen Sprung nach links an, duckte sich ab, und als sich der Bolzen endlich löste, flog er steil in den Himmel, denn Sahif hatte dem Mann die Waffe aus der Hand geschlagen. Er drückte den kreischenden Alten zur Seite, entwand ihm die Armbrust und ließ wieder los. Der Alte taumelte zurück, verlor den Boden unter den Füßen und stürzte vom Wehrgang hinunter auf das harte Pflaster der Straße. Sahif sprang in den Turm, schlug die Tür zu und verkeilte sie mit der Waffe. Das würde wenigstens einen Teil seiner Jäger ein paar Sekunden aufhalten. Er lief weiter. Wieder flog ein Bolzen an ihm vorbei. Den Mann auf dem Turm hätte er fast vergessen. Es war nicht mehr weit bis zum Stadttor, aber Sahif erkannte jetzt, dass spätestens dort seine Flucht enden würde, denn zahlreiche Männer kamen ihm von dort entgegen. *Wie viele Einwohner hat diese Stadt eigentlich noch?,* fragte er sich.

Er sprang auf die Zinnen und lief noch einige Schritte. Er war oberhalb eines Festplatzes, den man vor der Stadt angelegt hatte. Er erinnerte sich dunkel daran, dass von einem Rennen die Rede gewesen war. Ein Pferd! Das war es, was er brauchte, denn was war besser für eine schnelle Flucht als ein Rennpferd? Nur sah er dort unten keine Stallungen, auch keine Rennbahn, sondern nur einen langen, gerodeten Hang, über den sich weiß der Schnee gelegt hatte, und ein paar gefällte Baumstämme. Aber er sah auch einige große Buchen, die unweit der Mauer wuchsen. *Unweit* hieß, dass sie eigentlich immer noch zu weit weg für einen Sprung waren, aber da ihm nichts anderes übrig blieb, vertraute er auf sein Glück, nahm Anlauf und sprang.

Teis Aggi war auf der Mauer. Es war ihnen gelungen, den verfluchten Schatten in die Enge zu treiben, und jetzt nahmen sie ihn von allen Seiten in die Zange. Der Herzog war tot? Es durfte nicht wahr sein! Die Menge hatte den Mörder verfolgt, kopflos zunächst, und auch in Aggi brannte der Wunsch, den Mann tot zu sehen, aber dann hatte er begriffen, dass es so nicht gehen würde, und er begann die nötigen Befehle zu erteilen. Hätte dieser närrische Armbrustschütze nicht versucht, mit seiner Waffe in den Nahkampf zu gehen, und hätte der verfluchte Schatten nicht die Tür mit der Armbrust verkeilt, sie hätten ihn wohl gehabt. Aber jetzt, da sie die Tür endlich aufgebrochen hatten, musste Teis Aggi mit ansehen, wie der Schatten über die Zinnen rannte und mit einem gewaltigen Satz versuchte, eine Buche zu erreichen, die vor der Mauer wuchs.

»Das schafft der nie«, presste ein Mann neben ihm hervor.

Doch der Schatten schaffte es, jedenfalls halb. Er erreichte das Geäst des Baumes, doch war seine Landung weit weniger beeindruckend als sein Sprung, und mit einem Schrei brach er durch das Geäst, fiel zu Boden in den Schnee und blieb regungslos liegen.

»Durch das Tor hinaus, schnell!«, kommandierte Aggi. Er entdeckte zwei Armbrustschützen, die hinunterglotzten. »Worauf wartet ihr noch? Schießt doch endlich!«, blaffte er sie an.

Die Männer gehorchten erschrocken. Der erste Bolzen blieb im Baum stecken, der zweite hätte den Liegenden durchbohren müssen, aber plötzlich lag er nicht mehr dort, wo er eben noch gelegen hatte, und das Geschoss fuhr tief in den Boden.

»Verflucht sei die Bruderschaft der Schatten!«, schrie Aggi und rannte weiter.

Sahif schlug die Augen auf. Für einen Moment waren ihm die Sinne geschwunden. Männer brüllten, und über ihm wiegten sich die Äste einer Buche im Schneetreiben. Dann klatschte etwas dicht neben ihm auf den Boden – nein, eigentlich dorthin, wo er eben noch gelegen hatte –, und er wusste wieder, wo er war. Er sprang auf und suchte hektisch nach den Pferdeställen. Er entdeckte zwei Männer, die ihm entgegenkamen. Sie wirkten verunsichert, aber das Gebrüll von der Mauer hatte sie anscheinend so weit gewarnt, dass sie ihre Werkzeuge – der eine einen schweren Hammer, der andere ein großes Messer – halbwegs kampfbereit in den Händen hielten. Sahif rannte auf sie zu. »Die Pferde, wo sind die Pferde?«

Die beiden tauschten einen verwirrten Blick. Er packte den mit dem Messer am Kragen, drückte ihn gegen eine Birke und wiederholte seine Frage. Der andere ließ den Hammer fallen und lief davon.

»Was für Pferde meint Ihr, Herr?«, fragte der, den er am Kragen gepackt hielt, als er plötzlich seine eigene Klinge am

Hals spürte. Sie war in Sahifs Hand geraten, ohne dass er wusste, wie er sie dem anderen abgenommen hatte. Sein altes Ich war also noch bei ihm, und es verlangte nach Blut.

»Das Rennen, du Narr! Es gibt hier doch ein Rennen!«

»Aber doch nicht mit Pferden, Herr.«

Und sein Blick zur Seite beantwortete Sahifs Frage. Es waren die Baumstämme. Sie lagen nicht zufällig dort am Hang, und sie waren auch nicht ohne Grund mit verschiedenfarbigen Bändern geschmückt. Irgendjemand muss auf die verrückte Idee gekommen sein, ein Rennen auf Stämmen auszutragen. Sahif starrte ungläubig hinüber, dann schüttelte er den Kopf. Diese Stadt war einfach grauenvoll. Konnten sie hier nicht einfach ein Pferderennen veranstalten, wie es sich gehörte? Aber er musste hier weg, schnell, und ein Baumstamm war ihm zur Not ebenso recht wie ein Pferd. Er hörte schon, wie sich die Männer aus der Stadt näherten, und die Armbrustschützen auf der Mauer waren wohl zu dem Schluss gekommen, dass sie es ruhig riskieren konnten, vielleicht ihren eigenen Mann zu treffen, denn Bolzen sausten dicht an ihnen vorüber.

Sahif ließ den Mann los, und dieser rannte schreiend davon. Er selbst hastete hinüber zu den Stämmen. Sie waren mit straff gespannten Seilen gesichert, und er konnte nur hoffen, dass es reichen würde, diese Seile zu durchtrennen, damit die Stämme ins Rutschen gerieten. Immerhin lagen sie schon halb auf dem Hang, und für gewöhnlich rutschten sie damit wohl sogar über Gras, nicht über Schnee. Er durchtrennte die Seile vorne und lief dann, gedeckt durch den Stamm, nach hinten, während Armbrustbolzen vor ihm ins Holz fuhren. Er durchtrennte das Seil erst links, dann das letzte rechts und sprang auf den Stamm. Der zitterte, aber er rutschte nicht. Die Leute aus der Stadt kamen schnell näher. Sahif lief nach vorne, und diese Gewichtsverlagerung gab den Ausschlag. Der Stamm kippte nach vorne und begann zu rutschen. Quälend langsam zunächst, und die ersten Verfolger holten ihn ein. Einer sprang mit wildem Gebrüll auf den Stamm, klammerte sich ans Holz und hielt dabei aber auch sein Schwert krampfhaft fest. Damit wurde der Stamm schwerer und auch schneller, denn jetzt waren sie in voller Länge auf dem Hang. Und noch etwas hatte der Mann nicht bedacht: Sein Gewicht brachte den Stamm ins Rollen. Sahif hielt sich fest und versuchte, mit Gewichtsverlagerung gegenzusteuern. Der andere, sein Schwert in der Hand, stand auf und ruderte wild mit den Armen. Eine Bodenwelle hob den Stamm an, ein spitzer Schrei erklang, und damit war Sahif seinen Begleiter los.

Er sah ihn in den Schnee stürzen und sich mehrfach überschlagen. Erst jetzt wurde ihm klar, worauf er sich eingelassen hatte: Der Stamm wurde auf dem langen Hang immer schneller, und er begann wieder, um die eigene Achse zu rollen. Sahif versuchte weiter, durch Gewichtsverlagerung gegenzusteuern, aber der Stamm wog einige Dutzend Zentner und Sahif nicht einmal zwei. Wieder war das Glück mit ihm, denn jetzt folgte das steilste Stück; der Stamm wurde noch schneller und rutschte in donnernder Fahrt über das schneebedeckte Erdreich, und je schneller er wurde, desto weniger rollte er. Sahif wagte einen Blick zurück. Man verfolgte ihn! Einige Atgather waren so verwegen, es ihm gleichzutun. Dann wurde ihm klar, dass da oben Männer waren, die das kannten, Männer, die vielleicht selbst schon zum Spaß und um der Ehre willen ein solches Rennen bestritten hatten. *Hartnäckig sind sie ja,* dachte er. Am Ende des Hanges tauchte dichtes Buschwerk auf, und Sahif fragte sich, wie man so einen Baumstamm wohl anhalten konnte.

Teis Aggi erreichte die Rennstrecke erst, als seine Männer schon unterwegs waren. Er lehnte sich keuchend an einen Stamm und sah weit unten den Schatten, der auf einem Baum zu Tale glitt, als hätte er sein ganzes Leben nichts anderes gemacht. Und er sah die Verfolger, bei denen doch sicher einige waren, die schon bei den Zunfttrennen dabei gewesen waren. Er selbst mochte diese Rennen, die immer ein Höhepunkt des Jahrmarktes gewesen waren. Sie waren nicht ganz ungefährlich, und es gab immer wieder einmal ein paar gebrochene Knochen, aber wenn eine Mannschaft gut eingespielt war, war es ein Vergnügen, ihnen bei ihrer rasenden Fahrt den Hang hinunter zuzusehen. Er seufzte, denn es wurde offensichtlich, dass diese Männer dort alles andere als eingespielt waren. Der vorderste Stamm schlingerte schlimm, und die ersten Reiter sprangen ab. Dadurch geriet er erst recht ins Schlingern, kam quer, und ein lauter Schrei sagte Aggi, dass er einen Mann überrollte, als er in wilden Sprüngen talwärts donnerte. Auf den anderen Stämmen beschlossen sie offenbar, es gar nicht so weit kommen zu lassen. Sie sprangen einer nach dem anderen ab und landeten unter lauten Flüchen im Schnee, schwarze Flecken in einer weiß verschneiten Landschaft. Und damit war die Jagd zu Ende.

Grimmig sah Aggi zu, wie der Schatten auf seinem Baumstamm im Buschwerk verschwand, während die Verfolger wie eine Schar fußkranker Bettler über den Hang humpelten und krochen. Ein altgedienter Sergeant, der neben ihm dieses Schauspiel betrachtet hatte, kam zu ihm. »Soll ich ihm Männer hinterherschicken, Leutnant?«, fragte er.

Aggi schüttelte den Kopf. »Es ist ein Schatten, und da unten im Buschwerk finden wir ihn nie.«

Der Alte kratzte sich am Kopf. »Soll ich dann Männer aussenden, damit sie die Stämme wieder hochschaffen, wegen des Rennens, meine ich?«

Aggi sah den Sergeanten an. »Ich glaube kaum, dass es noch ein Rennen geben wird, Mann. Wisst Ihr denn nicht, dass Herzog Hado tot ist?«

Und jetzt, da Aggi es laut aussprach, glaubte er das, was er nicht glauben wollte, schließlich auch selbst.

Heiram Grams schlug die Augen auf. Wie lange hatte er geschlafen? Er streckte sich und fragte sich, was er in diesem dunklen Loch verloren hatte. Dann blickte er in ein vertrautes Gesicht. »Ich kenne Euch«, sagte er.

»Natürlich, ich war gestern bei Euch in der Hütte. Faran Ured, der Pilger, wisst Ihr noch?«

Grams nickte. »Was macht Ihr hier?«

»Ich hole Euch aus dem Gefängnis, wenn Ihr erlaubt.«

Wieder nickte der Köhler. Irgendetwas war seltsam. Er mochte den Mann, der da in der offenen Tür stand und einen verbeulten Blechteller mit Wasser in der Hand hielt. Dann fiel sein Blick auf den Wächter. Blut tropfte von seinen Fingern auf den Boden. »Schläft er?«, fragte er.

»Wenn Ihr so wollt. Er ist tot.«

Grams erhob sich. Erst jetzt sah er, dass dem Wächter sein eigenes Schwert in der Brust steckte. »Er hatte sowieso nicht mehr viel Spaß am Leben«, sagte er nachdenklich. Er fühlte sich gestärkt, aber irgendwie auch benebelt. Es war fast, als wäre er leicht angetrunken. »Ich habe Durst. Und ich fühle mich seltsam«, sagte er.

»Das liegt daran, dass Ihr unter meinem Bann steht«, erklärte Ured freundlich.

»Ah«, sagte der Köhler, der nicht verstand, was der Fremde damit meinte. »Und warum?«

»Ihr seid recht kräftig, und ich brauche jemanden, der mir hilft. Wollt Ihr?«

»Gerne«, hörte sich der Köhler sagen. Aber irgendwie hatte er das Gefühl, dass nicht er selbst es war, der das sagte. »Wobei?«

»Es gibt hier ganz in der Nähe eine Schatzkammer. Ich dachte, wir statten ihr einen Besuch ab.«

»Aber sie wird bewacht sein«, wandte Grams ein.

»Nicht besser als dieser Kerker, denke ich«, sagte der Fremde lächelnd. Grams folgte ihm hinaus in den dunklen Gang. Wo sollte er auch sonst hin?

Bahut Hamoch legte die Säge zur Seite und wischte sich die blutigen Hände an der Schürze ab. »Schafft das in den Bottich zur Zersetzung«, sagte er und blickte noch einmal in das Gesicht des Toten. Quent sah beinahe friedlich aus, und Hamoch bedauerte fast, dass der Tod den alten Quälgeist so schnell ereilt hatte. Aber nun hatte er einen Körper auf seinem Tisch, in dem Magie gewohnt hatte, und er konnte es kaum erwarten zu sehen, welche Fähigkeiten die Homunkuli erben würden, die schon bald aus diesen toten Organen und Knochen zu neuem Leben reifen würden. Zwei Homunkuli gehorchten seinem Befehl und begannen, die Leichenteile in Eimern hinauszuschaffen. Den Kopf hatte Hamoch sich bis zum Schluss aufgehoben. Irgendetwas an Quent kam Hamoch schon die ganze Zeit verändert vor, jetzt begriff er, dass die magische Tätowierung verschwunden war. Er runzelte die Stirn. War das so bei alten Zauberern? Er hatte seinen ersten Meister sterben sehen, und dessen kümmerliche Tätowierung war erhalten geblieben. Er konnte nur hoffen, dass die Magie dennoch einen Weg in seine Geschöpfe fand.

»Herr, verzeiht die Störung«, sagte Esara.

»Was ist denn?«, rief er ungehalten.

»Die Baronin von Taddora schickt nach Euch. Sie wünscht

Euch sofort zu sehen. Offenbar ist Herzog Hado ermordet worden.«

»Der Herzog? Tot?«, fragte Hamoch.

»Ja, es ist furchtbar, Herr«, sagte Esara. »Es heißt, es sei der Schatten gewesen, der schon einmal versucht hatte, in die Burg einzudringen. Sie sagt, wir hätten Quent wohl zu spät aufgehalten.«

Hamoch legte seine Knochensäge zur Seite und hielt einen Augenblick inne. Hado war tot? Eine furchtbare Nachricht. Oder? Das erklärte die Unruhe in der Burg, die er zwar verspürt, aber nicht beachtet hatte. Er hatte andere Sorgen. Die Köhlertochter war verschwunden, und der Homunkulus, den er zurückgelassen hatte, war erschlagen worden. Von wem? Es gab viele Fragen, aber der Leichnam hatte Vorrang. Und nun erzählte ihm Esara, dass der Herzog tot war? Er lauschte in sich hinein und stellte verwundert fest, dass es ihn nicht berührte. Nun, vielleicht hatte er dafür jetzt einfach keine Zeit. Er blickte auf die sterblichen Überreste seines Meisters. »Quent wollte mich nicht nach ihm suchen lassen«, murmelte er. »Die Baronin hatte Recht mit allem, was sie sagte.«

»Ja, Herr«, erwiderte Esara zögernd und starrte unverwandt auf seine Stirn.

»Was ist denn?«

»Euer magisches Zeichen, Herr. Es ist gewachsen.«

»Gewachsen? Wirklich?«, fragte Hamoch. Damit hatte er nun zuallerletzt gerechnet. Wie viele Jahre war er nun schon ein Zauberer der Siebenten Stufe? Und nun hatte der Kampf mit Quent seine Kraft wachsen lassen? »Ein Spiegel, ich brauche einen Spiegel.«

»Es … es hat auch die Farbe gewechselt, Herr.«

»Die Farbe? Was meinst du? Gibt es denn hier keine Spiegel?«

»Es ist nicht mehr blau, sondern tiefschwarz.«

Der Köhler erwies sich wirklich als außerordentlich nützlich. Faran Ured lobte sich selbst für seinen Einfall. Grams hatte den einsamen Wächter vor der Schatzkammer niedergerungen, und er selbst konnte ihn mit einem leichten Zauber einschlafen lassen. Er hielt es nicht für nötig, ihn zu töten wie den Kerkermeister, der einfach zu viel gesehen hatte. Nun ließ Faran Ured Wasser in das Schloss der schweren Holztür vor der Schatzkammer laufen und murmelte die alte Beschwörung. Es knackte, dann sprang die Tür auf. Er lächelte zufrieden.

Der Inhalt der Kammer war jedoch zunächst eine Enttäuschung: Das schmucklose Gewölbe barg mehrere große Kisten, die Ured nacheinander öffnete, aber leer vorfand. Endlich entdeckte er in einem dunklen Winkel einen eisenbeschlagenen Kasten und eine Schatulle. Der Kasten enthielt silberne Groschen, Schillinge und einige schwere Barren.

»Wie viel ist das?«, fragte Grams, der ihm über die Schulter schaute.

»Vielleicht fünfunddreißig oder vierzig Pfund in Silber, würde ich sagen«, murmelte Ured, der einen Barren in den Händen wog. »Man sollte doch meinen, dass eine Stadt, die mit den Mahren in Verbindung steht, mehr Reichtümer zu bieten hätte.«

Er öffnete die nächste Schatulle. Sie enthielt, sorgfältig eingeschlagen in Leinen, ein silbernes Zepter und einen goldenen Stirnreif. »Sieh an, die Insignien des Herzogs«, sagte Ured. Er nahm beides heraus und betrachtete es. Dann schüttelte er den Kopf. Er war hier, um der Baronin, vielmehr ihrem Mann, auf den Thron zu helfen. Er würde nichts tun, woraus ihm Prinz Weszen einen Strick drehen konnte. Er legte beides zurück und wies auf den schweren Kasten.

»Seid doch so gut und tragt das für mich, Meister Grams, wollt Ihr?«

Grams runzelte die Stirn. »Ihr wollt es stehlen«, stellte er fest.

»Nein, ich bringe es nur vor dieser Schlange von einer Baronin in Sicherheit«, meinte Ured, der nicht vergaß, dass auch Menschen unter Bann nur schwer dazu zu bringen waren, gegen ihre innersten Überzeugungen zu handeln. Seine Auftraggeber hatten gesagt, er solle sicherstellen, dass Shahila die Herrschaft über Atgath an sich riss – davon, dass er sie nicht bestehlen durfte, hatten sie nichts gesagt. Die Baronin sollte ruhig sehen, wie sie ohne das Silber zurechtkam. Er ließ ihr Krone und Zepter, das musste genügen. Ihm war allerdings klar, wie gefährlich das war. Der Große Skorpion und seine Söhne hielten sich vielleicht mit dieser Art Haarspalterei nicht auf. Aber im besten Fall erfuhren sie erst davon, wenn er seine Frau und seine Töchter weit fortgebracht hatte.

»In Sicherheit«, murmelte Grams, als hätte er seine Gedanken gehört, hob den sperrigen Holzkasten auf und trottete Faran Ured hinterher.

Sie stiegen die Treppe wieder ein Stockwerk hinab und folgten dem Gang bis zur Außenmauer. Unterwegs begegneten sie einem Bediensteten, einem Koch vielleicht. Der Mann weinte und versuchte nicht, sie aufzuhalten. Ured fragte sich, ob er sie überhaupt sah. *Wer hätte gedacht, dass der Mord am armen Hado mir auch noch den Weg ebnen würde*, dachte Ured. Er goss sorgfältig etwas Wasser über die Fugen der Mauer.

»Was macht Ihr da?«, fragte Grams.

»Ich beweise, dass der stete Tropfen den Stein höhlt«, erwiderte Ured gut gelaunt. Er flüsterte die Beschwörungsformel, und dann begann das Wasser, den Mörtel aufzulösen. Es dauerte nicht lange, und das Gestein knirschte verdächtig. Ured fing an, die Steine aus der Mauer zu lösen.

»Ihr könntet mir ruhig helfen«, sagte er freundlich.

Grams packte an, und schon polterte Stein um Stein auf den Boden. Es war eine doppelte Reihe, dann kam eine breite Schicht mit Schutt, danach wieder eine doppelte Reihe Steine, aber das alles war für den Wasserzauber und ein paar kräftige Hände kein Problem. Schließlich hatten sie, kaum mannshoch über dem Boden, ein Loch in die Mauer gebrochen, durch das sie sich hindurchzwängten. Als sie im Schnee landeten, sog Ured die frische Bergluft ein und fühlte sich befreit. Die Dämmerung hatte bereits eingesetzt. Die Nacht würde sie bald vor neugierigen Blicken verstecken. Es tat ihm beinahe leid, Atgath zu verlassen, denn er hätte gerne gesehen, wie die Baronin die Stadt ohne Silber oder Gold halten wollte.

»Komisch, dass Schnee liegt«, meinte Grams.

»In der Tat«, murmelte Ured. »Doch folgt mir, Meister Grams. Wir haben einen weiten Weg vor uns.«

Der Köhler blieb jedoch mit hängenden Schultern stehen. »Ich kann nicht fort. Ich habe Kinder, wisst Ihr?«

»Sie sind in Sicherheit«, behauptete Faran Ured.

»Dann ist es gut.« Der Köhler schien eine Weile nachzudenken, dann sagte er traurig: »Vielleicht sind sie ohne mich besser dran. Ich habe immer diesen Durst, wisst Ihr?«

Faran Ured fragte sich, wie lange er Grams daran hindern konnte, wieder zur Flasche zu greifen. Betrunken konnte er ihn nicht gebrauchen. Er zuckte mit den Achseln. *Eins nach dem anderen,* dachte er, *einstweilen ist er nützlich.* Und dann brachen sie nach Süden auf. Ured blickte auf die Schatulle. Ein einfacher Diebstahl, es war beinahe wie früher.

Shahila von Taddora ließ ihren trauernden Gemahl am Bett des Herzogs stehen und stahl sich in die hinteren herzoglichen Gemächer. Sie wusste von Beleran, wo der Zugang zu der geheimen Kammer zu finden war. Und jetzt stand sie in diesem

Wunderwerk, das ohne jeden Zweifel noch von den Mahren selbst gebaut worden war. Die Kammer war niedrig, und die alten Wände waren mit rätselhaften Zeichen bedeckt. Almisan stand neben ihr, und selbst in seinem sonst so undurchschaubaren Gesicht meinte sie erkennen zu können, dass er beeindruckt war. Sie selbst war es in höchstem Maße, denn es gab eine zweite Kammer in der ersten: Ein gemauerter Block, nur wenige Schritte lang, breit und hoch, und er befand sich inmitten eines kleinen, künstlichen Teiches.

Sie umrundete den Teich einmal, aber der Block in der Mitte offenbarte keine Tür, kein Fenster, keinen Zugang.

»Er schwimmt«, stellte Almisan fest.

»Bist du sicher?«, fragte Shahila. Sie starrte auf den dunklen Teich. Die Flüssigkeit darin hatte nichts mit Wasser gemein. Sie war schwarz, zähflüssig, und kleine Wellen liefen unentwegt hin und her, ohne dass zu erkennen war, was sie auslöste.

»Nein, ich bin nicht sicher, aber es sieht so aus, als würde er sich bewegen.«

»Und schon bald werden wir ihn öffnen können.«

»Und Ihr glaubt, Beleran wird einfach tun, was Ihr verlangt?«

»Er konnte mir noch nie einen Wunsch abschlagen. Aber ich habe auch nach Meister Hamoch schicken lassen, für den Fall der Fälle.«

»Ich glaube nicht, dass wir hier mit Schießpulver etwas ausrichten können, Hoheit.«

Shahila lächelte. »Wahrscheinlich nicht. Es ist wohl auch nicht nötig. Aber dennoch, es heißt doch, Magie kann man nur mit Magie besiegen.« Sie ging noch einmal um den Block herum. »Weißt du, Almisan, das Gesicht Sahifs geht mir nicht aus dem Sinn, dieser Blick. Was hat Hado ihm ins Ohr geflüstert? Sollte er vielleicht irgendwie das Wort gestohlen haben? Du weißt, Magie und Magie.«

»Ich glaube es nicht, falls es aber doch so ist, wird er nicht lange daran Freude haben. Ich habe ihm meine besten Fährtensucher hinterhergeschickt. Und da mein Schattenbruder vergessen hat, wie man sich verbirgt, werden sie ihn bald zur Strecke bringen.«

»Das will ich hoffen, denn ein toter Sündenbock ist viel besser als einer, der anderen etwas erzählen könnte.« Shahila setzte sich auf die Einfassung des Teiches. Die Flüssigkeit darin warf neue kleine Wellen, die von ihr fortzulaufen schienen. »Ich habe übrigens gehört, dass der Gesandte Gidus uns sehr eilig verlassen hat.«

»Er hat vielleicht nicht alles geglaubt, was Ihr ihn glauben machen wolltet, Hoheit.«

Shahila zuckte gleichgültig mit den Achseln. »Er mag glauben, was er will. Gajan und Olan sind tot, und bald sitzt Beleran auf dem Thron. Seinen Anspruch vor dem Gericht des Seebundes anzufechten wird Jahre dauern. Bis dahin sind die Geheimnisse der Mahre mein, und dann brauche ich weder diese Stadt noch den Thron, oder den Mann, der darauf sitzt.«

»Wir sind also am Ziel, Hoheit?«

Shahila berührte die schwarze Flüssigkeit mit der Hand. Sie umfloss ihre Finger träge und warm. Es war ein angenehmes Gefühl. Und doch beschlich sie der Schatten des Zweifels. Ihr Bruder ... der Herzog hatte ihm etwas ins Ohr geflüstert. Wenn es nun das Wort war? Wenn es nun bei Sahif war und nicht zu Beleran kam? Doch das waren fruchtlose Gedanken. Sie hob die Hand und sah zu, wie die schwarze Flüssigkeit träge von ihren Fingern in den künstlichen Teich tropfte. *Ja, ich bin am Ziel,* dachte sie, aber sie sprach es nicht laut aus.

Sahif stapfte durch den Schnee. Er kämpfte sich einen Hang hinauf, und wenn er sich umdrehte, konnte er die Stadt Atgath unter sich auf der anderen Seite des Tales sehen. Er sah noch etwas, vor der Stadt, eine Reihe kleiner Punkte, die den schneebedeckten Hang hinabliefen, den er auf dem Baumstamm hinuntergerutscht war. Verfolger, ohne Zweifel, und so, wie er die Sache einschätzte, waren es die Männer seiner Schwester, die sich auf seine Fährte setzten. Er fragte sich, ob Almisan unter ihnen war, sein Schattenbruder, der ihn aus Gründen, die er nicht kannte, vor dem Gemach des Herzogs verschont hatte, obwohl er ihn leicht hätte töten können. Wieder etwas, das er nicht verstand, wie so vieles, was dort unten geschehen war. Sahif blickte zum Himmel. Er war immer noch dicht verhangen, und immer noch schneite es schwere Flocken. Es wurde jetzt schnell dunkel. Er hoffte, dass dieser rätselhafte Wintereinbruch ihm half, weil der Schnee seine Spur verwischte, doch die bittere Kälte setzte ihm zu, und er fror erbärmlich. Sahif war klar, dass er einen Unterschlupf für die Nacht brauchte, am besten auch ein wärmendes Feuer, denn sonst würde sich die Jagd seiner Verfolger von selbst erledigen. Frierend kletterte er weiter. Ela hatte etwas von Bergwerken gesagt, die es rund um Atgath gab. Vielleicht bot ihm eines einen Unterschlupf, wenigstens für eine Nacht, wenn er denn eines finden konnte. Er fragte sich, wie es der Köhlertochter ging.

Sahif blickte noch einmal zurück. Die Umrisse der Stadt verschwammen bereits in der Dämmerung. Marberic hatte behauptet, Ela würde überleben, aber hatte er auch die Wahrheit gesagt, oder wollte der Mahr nur, dass er sie zurückließ, um Shahila aufzuhalten? Wenigstens das war ihm geglückt, wenn auch anders, als er erwartet hatte. Der Gedanke erfüllte ihn mit grimmiger Genugtuung: Das Wort, der Herzog hatte ihm das Wort gesagt! Sahif hätte es nicht aussprechen oder aufschreiben können, ja, er hatte es nicht einmal gehört, als der sterbende Herzog es ihm zugeflüstert hatte, aber es war da. Er fühlte es, spürte es tief in seinen Gedanken, ohne dass er es benennen konnte. Er fragte sich, wie das möglich war, denn immerhin war er keiner der Erben. Ob es an diesem seltsamen Segen lag, den der Mahr ihm gespendet hatte?

Sahif bog ein paar Büsche zur Seite und kletterte weiter. Seine Schwester hatte also doch nicht alles bekommen, was sie wollte. Die Genugtuung wich, denn ihm wurde klar, dass Shahila nun erst recht seinen Tod verlangen würde. Sie würde ihr Ziel nicht so schnell aufgeben, und vielleicht würde sie auch einen anderen Weg in die Kammer finden ohne das Wort. Sie war einfallsreich, das hatte sie bewiesen. Er blickte wieder hinab ins Tal. Die Punkte waren im Unterholz verschwunden. Er hatte einen Vorsprung, aber der war nicht besonders groß. Er wandte sich ab und stieg weiter den Berg hinauf. Bald darauf hatte ihn die schnell einsetzende Dunkelheit verschluckt.

Die Macht eines Drachen, die Seele eines Mädchens, das Herz eines Helden.

512 Seiten. ISBN 978-3-442-26809-2

Mädchen und Frauen ist es bei Todesstrafe verboten, Drachenmagie zu wirken. Dennoch träumt Eona davon, ein Drachenauge zu werden – die Erwählte einer der himmlischen Mächte. Als Junge verkleidet schmuggelt sie sich in die Auswahlzeremonie, und es geschieht das Unglaubliche: Der lange verschollene Spiegeldrache erwählt sie zu seiner magischen Novizin. Doch der ehrgeizige Lord Ido hat sie als Mädchen erkannt. Schneller als je eine Novizin zuvor muss Eona nun ihre Kräfte meistern – wenn sie nicht zum Spielball seiner dunklen Intrigen werden will …

Lesen Sie mehr unter: **www.blanvalet.de**